XIANGCUN GUOSHI

乡村国是

纪红建 著

CnS 湖南人民出版社

本作品中文简体版权由湖南人民出版社所有。
未经许可,不得翻印。

**图书在版编目(CIP)数据**

乡村国是 / 纪红建著. —长沙:湖南人民出版社,2017.9(2017.11)
ISBN 978-7-5561-1780-2

I. ①乡… Ⅱ. ①纪… Ⅲ. ①报告文学—中国—当代 Ⅳ. ①I25

中国版本图书馆CIP数据核字(2017)第218438号

## XIANGCUN GUOSHI
## 乡村国是

| | |
|---|---|
| 著　者 | 纪红建 |
| 策划编辑 | 周　熠 |
| 责任编辑 | 周　熠　黎晓慧 |
| 装帧设计 | 肖睿子 |

出版发行　湖南人民出版社[http://www.hnppp.com]
地　　址　长沙市营盘东路3号
邮　　编　410005

印　　刷　长沙宇航印刷有限公司
版　　次　2017年9月第1版
　　　　　2017年11月第2次印刷
开　　本　710 mm × 1000 mm　　1/16
印　　张　26
字　　数　396千字
书　　号　ISBN 978-7-5561-1780-2
定　　价　58.00元

营销电话:0731-82683348　　(如发现印装质量问题请与出版社调换)

# 目 录

**序章**　　<<< **大国情怀** / 001

**第一章**　　<<< **艰难的跋涉** / 015

　　我们经过上门走访，反复调查与研究，认为十八洞村要彻底摆脱贫穷，必须因地制宜，必须跳出"十八洞"建设"十八洞"的扶贫思路。也就是说，我们不能再走"输血式"扶贫的老路，必须"造血式"扶贫，因地制宜发展产业建设。

　　　　　　　　　　——湖南花垣县双龙镇十八洞村扶贫工作队队长龙秀林

仅仅是两个山村的对歌吗 / 017
蓝色的祈祷，绿色的希望 / 044
乌蒙山的石头开花了 / 068
巴山魂 / 081

## 第二章　<<< 真是上帝的弃地吗 / 095

> 为了生存，永不放弃！
> 
> ——广西凌云县泗城镇陇雅村党总支部书记吴天来

大山深处桃花源 / 097

从大关到麻怀 / 111

汉尧屯，那温暖的山泉 / 135

山岩上的歌者 / 149

## 第三章　<<< 期盼的目光 / 161

> 我们这地方以前落后，不干不行，不干会更落后，我这个当书记的脸就没有地方挂了。
> 
> ——甘肃渭源县田家河乡元古堆村党支部原书记马岗

期盼的目光 / 163

生死订单 / 173

路有荆棘 / 184

电商扶贫的喜与忧 / 195

## 第四章　<<< 攒劲的小伙子 / 201

> 在驻村扶贫过程中我意识到，那种细致入微、送钱送物的扶贫是很需要的，但我觉得从政府层面来说，更多地应该从"造血"方面考虑，就是让贫困户都有自己的看家本领，这就等于撒播下了脱贫致富的种子。
> 
> ——贵州盘县民政局驻乌蒙镇水塘村第一书记田用

攒劲的小伙子 / 203
播种技能的种子 / 215
南部：可推广模式 / 228

## 第五章　<<< 远去的云朵 / 241

> 评上贫困户有啥子用嘛，评上了贫困户自己不努力还是脱不了贫，脱不了贫就致不了富，更还不了债，盖不了新房。自己肯定要搞项目，要想办法挣到钱，总不能坐在家里等着受穷吧……
> ——四川巴中市巴州区水宁寺镇龙台村五组村民李国成

远去的云朵 / 243
走出去的收获 / 264
桂花园里幸福的笑 / 283
一场疾病与一种奋斗 / 292

## 第六章　<<< 天与海之间 / 301

> 扶贫这30多年，最主要的是贫困户思想观念的转变，这比什么都重要。过去信息闭塞，交通不便，电视信号也收不到，导致了思想观念相当落后，这是制约老百姓脱贫致富的一个内在因素。
> ——宁夏海原县扶贫办"双到"扶贫股股长张维权

天与海之间 / 303
晴隆的忧伤 / 313
孤童守护者 / 323
忘我的激情 / 342
第一书记素描 / 350

## 第七章　<<< 希望中的忧思 / 361

> 我们学校的孩子是幸运的，要是所有贫困山区的孩子都能喝到牛奶该有多好啊！长得像城里孩子一样高高的壮壮的，一样白白的胖胖的……
> ——湖南吉首市河溪中学副校长高纪莲

一杯牛奶的遐想 / 363
一首民歌的忧思 / 380

## 尾声　<<< 没有国界的事业 / 390

## 附录　<<< 作者寻访的 202 个村庄名单 / 399

## 后记　<<< 心声·心愿 / 403

# 序章 大国情怀

▲ 宁夏彭阳县东彭生态移民新村　图片提供：彭阳县扶贫办

▼ 宁夏彭阳县移民新产业基地　图片提供：彭阳县扶贫办

贫穷，文明社会的顽疾。

据卫星数据制作而成的世界夜晚灯光亮度比较图得出，越是经济发达的地区，夜晚灯光越是明亮，越是贫困地区，则越黯淡。俯视一下我们美丽祖国的夜空，东部沿海地区灯火通明，而西部则黯然失色，贫困的阴影依然笼罩着这片内陆地区。

是的，贫困就像是挥之不去的浓雾缠绕着人类的身心。自从人类诞生之日起，贫困就一直伴随着人们。人类总是不断向前发展的，随着经济的发展，世界贫困现象总体上有所减轻，但是由于各地区经济发展不平衡，收入差距扩大，贫富不均的现象仍较严重。

中华民族切实感受到：贫困是一切苦难中必须首先根除的苦难。"仓廪实而知礼节，衣食足而知荣辱"，2000多年前的中国，古代哲学家管子就道出了中国人内心深处丰衣足食的渴求。千百年来，中华民族一直在抗击贫困。然而，由于当时生产力水平低下，以及疾病、战乱、自然灾害等因素的影响，人们从未远离贫困，且一直代际传递下来。特别是中国近代史更令人心酸！自1840年鸦片战争以后，伟大的中华民族内忧外患频仍，兵灾战祸连绵，社会动荡不已，广大劳动人民政治上深受压迫，经济上深受剥削，生活风雨飘摇。

1949年10月1日，中华人民共和国成立，标志着中国共产党领导人民取得了革命的基本胜利。然而，经历14年抗日战争和多年国内战争，当时的中国积贫积弱。消除贫困，带领人民过上幸福的生活便成了中国共产党人时不我待的历史责任，也彰显着中国共产党的立党宗旨。

新中国成立前夕，美国国务卿艾奇逊曾预言，中国永远摆脱不了由庞大人口所带来的"不堪负担的压力"。他还说："人民的吃饭问题是每个中国政府必须碰到的第一个问题。一直到现在没有一个政府使这个问题得到了解决。""中国共产党解决不了自己的经济问题，中国将永远是天下大乱。"面对民国后期混乱不堪的全国经济形势，上海一个资本家甚至用讥讽的口吻说："共产党军事上可以打一百分，政治上可以打八十分，经济上只能是零分。不依靠资本家，它无法将复杂的社会经济管理得像个样子。"当时，4亿多同胞有2亿多人处于饥饿状态，中国政府面临诸多严峻的挑战，百废待举。几亿人吃饱穿暖的问题首当其冲地摆在了年轻的共和国面前。

预言也好，讥讽也罢，他们都点中了穴位，击中了要害！但年轻的共和国没有丝毫胆怯，他如受尽欺凌、受尽屈辱而一朝摆脱枷锁、获得尊严的壮汉，浑身焕发出使不完的力量。毛泽东，这位农民的儿子、共和国的领袖，早在1919年，就意气风发地在《湘江评论》的创刊词上大声疾呼："世界上什么事情最大？吃饭问题最大！"是的，几乎从一开始投身革命，他就意识到，解决所有问题必须从"吃饭"开始，也就是从解决农民的土地和粮食问题开始。他对贫困有着深刻的感受和理解，对穷人有着天生的同情和悲悯。美国记者斯诺在《西行漫记》里曾记述，毛泽东是个有相当深邃感情的人，当他提到那些已故的战友和孤苦无依的穷人时，他的眼睛里常常是润湿的。新中国成立初期，重建家园、扩大生产、发展经济，全国上下掀起了社会主义建设的高潮。让世界震惊的是，仅仅用了三年时间，中国共产党人不仅医治了战争的创伤，让几十年战乱带来的社会混乱、生活动荡、生灵涂炭、满目疮痍的局势一去不返，而且通过没收官僚资本、建立国营经济、稳定物价、统一财经等一系列有力措施，一举扭转了民国后期连续多年经济崩溃、物价飞涨、民不聊生的局面。

当然，新中国所走过的历程并非一帆风顺。由于受诸多社会因素的影响，特别是极左思潮的长期干扰和破坏，新中国的巨轮在航行过程中，遇到一个又一个险滩，一次又一次风暴，炎黄子孙也为此付出了惨重而沉痛的代价。在那个特殊的年代，那种以吃苦为快乐、以贫穷为光荣的心理，弥漫到共和国的每一个角落，竟使当时的中国人虽然处于物资极端匮乏的贫困之中，却很少有人站出来埋怨贫困，当然更不用说消除贫困了。究其原因，除了长期处于贫困状态而对贫困习以为常，全国农村的普遍贫困反而使人们看不出贫困的缘由之外，还由于我国多年处于对外封闭状态和低水平的吃"大锅饭"阶段。

历史推进到1978年以后，中国迎来了改革开放的新时代。具有历史意义的党的十一届三中全会决定将今后全党全国的工作重点转移到经济建设上来，历经磨难后的中国，终于举步踏上了经济振兴之路。改革的春风吹遍大江南北，燃烧起了绝大多数中国人渴望致富的欲望，更让国人切身感受到贫困的尴尬。这时，人们才惊讶地发现一个赫然存在的事实：到1978年，我国年收入不足200元的贫困人口竟然多达2.5亿；贫困人口占总人口的比重竟然高达30.7%。从1958年到1978年的20年里，我国农民人均年收入增长不到3元钱，城镇居民人均收入增长不到4元钱。

面对令人惭愧的数据，中国人没有退缩，开始与贫困进行顽强的斗争。1978年到1985年，中国反贫困的主要手段是：第一，通过在农村普遍实行家庭联产承包责任制，全面推动农村经济体制改革，发展和提高农村生产力，以提高农民的收入和生活水平；第二，通过救助式扶贫等反贫困措施，对贫困人口进行帮扶。这两项措施取得了显著的成效。据相关数据统计，在此阶段，中国未解决温饱的贫困人口缩减至1.25亿。

1.25亿！这对于中华民族来说，消除贫困仍无疑是一场无法回避的跨世纪之战！

1984年9月29日，即中华人民共和国成立35周年的前两天，中共中央、国务院《关于帮助贫困地区尽快改变面貌的通知》（以下简称《通知》）正式出台。《通知》要求：各级党委和政府必须高度重视，采取十分积极的态度和切实可行的措施，集中力量解决十几个连片贫困地区的问题。《通知》指出：国家给予贫困地区的资金和物资，不能采取"撒胡椒面"的办法平均使用，而要突出重点，尽快帮助连片贫困地区改变生产条件，提高生产能力，发展商品生产，赶上全国经济发展步伐。《通知》甚至还针对贫困地区出台了一系列优惠政策，如延长垦荒耕地承包时间，在一定年限内减免农业税等；提出凡国营企业单位无力经营或经营得不好的山场、水面、矿藏，可以由农民承包经营；一切农、林、牧、副、土特产品（包括粮食、木材、竹），都不再实行统购、派购的方式，改为自由购销。

这份历史里程碑式的中发〔1984〕19号文件，是中共中央、国务院第一次就贫困问题向全党和全国人民发出的正式文件。30多年过去了，许多扶贫老干部依然对这份文件刻骨铭心。在湖南湘西土家族苗族自治州采访时，一位已经退休但在扶贫战线工作了一辈子的"老扶贫人"跟我说：19号文件具有突破性意义，具有里程碑式的意义。我国存在较大面积贫困地区和较多贫困人口的事实，在当时的时代背景下，首次在中央文件里公开承认，不容易啊！这既反映了我们党实事求是的精神，更表现了共和国的领导者们敢于面对贫困、勇于战胜贫困的信心和决心。

自此，中国政府开始实施有计划、有组织、大规模的农村扶贫开发，并确立了开发式扶贫的方针，改变了以往以救济、输血为主的扶贫方式，并成立专门的工作机构，确定贫困标准和重点扶持区域，安排专项资金，制定特殊支持政策。

十多年的持续努力后，中国新时期的反贫困发生了巨大变化：过去那种成片相连、触目惊心的大面积贫困，已经被分割打散，逐步向深山区、石山区、干旱区、水库区、边疆地区退缩。统计数据显示，到1993年年底，全国范围内没有解决温饱的农村贫困人口从1978年的2.5亿减少到8000万人，整整减少了三分之二。中国的反贫困大军是顽强善战的，然而，中国的贫困却是极其顽固的。此时的中国，虽然贫困地区面积一再缩小，贫困人口的数量急剧下降，但是在交通不便、自然条件恶劣、历史上开发程度较低的地区，要脱贫仍非常艰难，特别是西部，区位特征和生态环境等难以改变的自然禀赋，决定了贫困依然在那里张牙舞爪、疯狂肆虐。湘西和贵州的某些贫困山区，还停留在刀耕火种、靠天吃饭的原始阶段；川陕一带的革命老区，还随处可见衣衫褴褛、食不果腹的老人和孩子……此时的中国尽管只剩下8000万贫困人口，但要攻克这最后的8000万，难度骤然增大。

正是在这样的背景下，国务院于1994年4月15日发出关于印发《国家八七扶贫攻坚计划》的通知，决定集中人力、物力、财力，打一场大规模的扶贫攻坚战。这个计划第一次从一个全新的高度，把中华儿女消除贫困的不懈奋斗，纳入到我国20世纪国民经济和社会发展的整体战略目标之中，并向各级党委、政府和全国各族人民发出了对贫困做最后决战的总动员令。从此，扶贫开发不再是一个部门、一个领域、一个局部的事，而是成为全党和全国人民共同面对的大事。

共和国历史上又一个具有里程碑意义的决策！

七年艰苦卓绝的奋战后，中国扶贫开发战略的重点已经从解决温饱为主要任务的阶段转入巩固温饱成果、提高发展能力、加快脱贫致富、缩小发展差距的新阶段。在此背景下，党中央立足新世纪的广阔视野、全球视角以及中国实际，结合科学发展观、社会主义和谐社会及新农村建设等理论思想，对中国扶贫开发提出了更高要求，将扶贫开发的重要性和目标置于更广阔、更深刻的历史背景。

2001年6月13日，国务院印发《中国农村扶贫开发纲要（2001—2010年）》。2011年，第一个十年扶贫开发纲要完成。一方面，中国在经济社会发展过程中已经取得了举世瞩目的减贫成就，通过实施一系列的农村扶贫开发政策，使得农村居民的生存和温饱问题得到基本解决，贫困地区的生产生活条件明显改善，中国农村扶贫开发工作已经从消除绝对贫困转变到解决相对贫困的新阶段，并且是全球首个实现联合国千年发展目标中贫困人口减半的国家；另一方面，相对贫困凸显、贫困地区经济社会发展总体水平不高，制约贫困地区发展的深层次问题没有得到根本解决等问题，依然是新阶段中国扶贫开发面临的新问题新挑战，扶贫开发进入新阶段。2011年5月27日，中共中央、国务院印发《中国农村扶贫开发纲要（2011—2020年）》。这个纲要与上一个十年的纲要，被人们称为"两个农村扶贫开发纲要"。《纲要》提出，未来十年农村扶贫开发总体目标是"到2020年，稳定实现扶贫对象不愁吃、不愁穿，保障其义务教育、基本医疗和住房"。

然而，中华儿女的梦想不仅仅只是温饱，而是小康，且是全面小康。顺着扶贫专家对近年来扶贫数据的分析，我看到了两条走势相反的曲线——

一条，每年扶贫资金越来越多：2010年，中央财政安排专项扶贫资金222亿元，以后逐年大幅增加，2014年达到433亿元，四年几乎翻了一番。

另一条,每年减贫人数却越来越少:2011年全国贫困人口减少4329万人(贫困人口数会随着国家调整扶贫标准而发生变化,1978年中国尚有2.5亿的贫困人口,经过多年的努力,到2010年年底,按年人均纯收入1274元的扶贫标准计算,全国贫困人口下降到2688万人。2011年,中央决定将年人均纯收入2300元作为新的国家扶贫标准。这一新标准的出台,使得全国贫困人口数量和覆盖面由2010年的2688万人扩大到了1.28亿人,占农村总人口的13.4%,占全国总人口近十分之一),2012年减少2339万人,2013年减少1650万人,2014年减少1232万人。

两条曲线,折射出扶贫工作的艰巨性,也告诫人们脱贫攻坚的紧迫性。

此时,打开令人沉重的中国贫困人口分布图,14个集中连片特困地区赫然在目,且大多分布在西南、西北等偏远地区。它们覆盖了全国大部分深度贫困群体,又都是位置偏僻、山大沟深的地方,一般经济增长无法有效带动其发展。究其原因,无外乎如下几个方面。一是自然条件恶劣。我国黄土高原和青藏高原的大部分地区、内蒙古高原的部分地区、几个大沙漠的边缘地区,土地贫瘠,干旱缺水;我国南方的石漠化地区,土层稀薄,水肥渗漏严重。这些地区都普遍缺乏基本的生存条件,这是贫困发生的根本原因。二是高山大川阻隔,交通条件闭塞。我国山地和高原占国土面积的巨大部分,交通条件改善的成本大于世界上绝大多数国家。例如,西南的个别地区至今还要靠铁索溜索过江,使得人员和物资的交流受到极大的阻碍。三是经济发展落后。在我国这样一个人均土地很少的国家,那些只靠农业生存的区域,农民生产和就业的途径较少,农民没有其他生存的途径,脱贫的困难很大。四是社会发展落后。教育、卫生、医疗跟不上,文化水平低,发展能力弱。这就使得因病因残致贫、老弱无人抚养致贫、缺少技能致贫、缺少资金致贫等情况经常发生。就说因病致贫,国务院扶贫办对全国农村建档立卡贫困户的一份数据分析显示,"疾病"在主要致贫原因中位列第一,占比高达42.1%,远高于缺资金、缺技术、缺劳力等其他原因。因灾致贫,也不容忽视。中国是世界上自然灾害最严重的国家之一,自然灾害种类多、分布范围广、发生频率高、破坏强度大、损失严重。特别是

20世纪90年代以来，我国进入了新的灾害多发期，地震、洪涝、干旱、台风等自然灾害发生频繁。据不完全统计，20世纪全球54个最严重的自然灾害中，有8个发生在中国。1990年至2015年的26年间，中国平均每年因各类自然灾害造成约3亿人次受灾，直接经济损失2000多亿元。各种因自然灾害造成的损失呈明显上升趋势，因灾致贫、因灾返贫的现象比较突出。

还有个问题值得我们警惕，也是非常紧迫的问题。如果把目光移向千里之外的沿海地区，你会发现，这里有着与中西部，尤其是老少边穷地区较为鲜明的对比，这里有全世界最密集的工厂和楼群，每天有无数的船只从繁忙的港口进进出出，连接起这个世界工厂和地球的每个角落。或许你会发出感叹，改革开放快40年了，中国所创造的经济奇迹为世界所瞩目，区域经济格局也发生了一系列根本性变化，但东部与中西部、老少边穷地区发展依然存在较大差距。比如东部剩女、西部剩男的婚配难现象，分析其原因，除了经济外，还有啥？这种看似悖论性的经验现象，其背后的机制是什么呢？我觉得，这从更为广阔的时空层面反映出自20世纪80年代以来中国社会的转型和巨变。当然，差异的形成和扩展并非短期的、偶然的，也不是单一的，而是历史、自然、社会等综合因素长期演化的结果。差距也不是偏离历史发展轨道的奇特现象，而是符合历史发展规律的产物。为了缩小区域差距，国家也先后实施了西部大开发等战略。特别是西部大开发以来，西部地区进入了历史上发展速度最快、发展质量最好、老百姓得到的实惠最多的时期。然而，由于西部的特殊条件，东西部的差距在相当长一段时间内仍在扩大。这个原因，无疑也加剧了推进扶贫开发的紧迫性。

黄承伟，国务院扶贫办全国扶贫宣传教育中心主任、研究员，长期从事全球贫困与反贫困、国际减贫与发展合作等领域的理论、政策、实践研究，一个充满人文情怀的学者型扶贫干部。他告诉我说：经过多年的努力，容易脱贫的地区和人口已经基本脱贫了，剩下的贫困人口大多贫困程度较深，自身发展能力较弱，越往后脱贫攻坚成本越高、难度越大。以前出台一项政策、采取一项措施就可以解决成百万甚至上千万人的脱贫，现在减贫政策效应递减，需要以更大的投入实现脱贫目标。采用常规思路和办法，按部就班推进，肯定难以完成任务。

2012年11月，党的十八大在北京召开。报告首次正式提出："综观国际国内大势，我国发展仍处于可以大有作为的重要战略机遇期。我们要准确判断重要战略机遇期内涵和条件的变化，全面把握机遇，沉着应对挑战，赢得主动，赢得优势，赢得未来，确保到2020年实现全面建成小康社会宏伟目标。"

我注意到，党的十六大提出全面建设小康社会的奋斗目标，党的十七大提出全面建设小康社会的新要求，而党的十八大则提出了到2020年全面建成小康社会的目标。从"建设"到"建成"，一字之变，寓意深远：自己给自己设置倒计时，采取"最严考核"倒逼"精准脱贫"。这不是中国共产党向13亿多人民的庄严承诺，不是中国共产党人的历史担当，又是什么？

无疑，共和国脱贫攻坚进入到啃硬骨头、攻坚拔寨的冲刺阶段！

历史的重任落在了共和国新一代领导人身上！

足寒伤心，民寒伤国！作为新一届中国领导集体的核心、世界上最大发展中国家的领袖，习近平深知消除贫困、改善民生的重要意义。

时光回溯48年。

1969年1月，年轻的习近平来到陕西延川县插队。在这里，他成为中国共产党最基层的干部——大队党支部书记。之后40多年，他先后在县、市、省、中央工作，直至担任中共中央总书记。虽然他的工作地点和职务在不断改变，但他一颗扶贫的心却一以贯之，"扶贫干部"的身份从未发生过变化，贫困群众始终是他最牵挂的人，扶贫始终是他花精力最多的工作。

在陕西延川县的梁家河工作时，他住过破旧的窑洞，种过贫瘠的土地，吃过干瘪的饭菜。作为村支书的他自费到四川学沼气池建造技术，回来打第一口沼气池子时甚至还溅得自己满脸是粪，但他成功带领村民建成了陕西省第一个沼气化村。

在河北正定，时任县委书记的他顶着压力如实向上级反映问题，为农民争取到粮食年征购量减免2800万斤。

在福建宁德，时任地委书记的他推动挂钩扶贫的福安坂中畲族乡的公路建设，改变了当地"交通基本靠走"的现状。这里还是他第一部个人专著《摆脱贫困》的诞生地。他倡导"滴水穿石"的闽东精神、"弱鸟先飞"的进取意识、"四下基层"的工作作风，形成了一系列推进脱贫致富的实践探索和理论创新。无疑，宁德是习近平新时期扶贫开发战略思想形成的重要"策源地"和"试验田"。

……

深度贫困地区是脱贫攻坚的"重中之重，坚中之坚"。担任党的总书记以来的近5年时间里，从黄土高坡到雪域高原，从西北边陲到云贵高原，习近平走遍了全国14个集中连片特困地区，来到祖国最贫困、最落后的地区，察真情、看真贫，为推进新时期扶贫开发工作指方向、想办法。贫困群众，是他心中深深的牵挂。

2013年11月3日至5日，习近平赴湖南湘西考察。他来到花垣县排碧乡（现排碧乡与排料乡、董马库乡合并成双龙镇）十八洞村特困户施齐文家中看望，坐下来同一家人算收支账，询问有什么困难、有什么打算，察看了施齐文家的谷仓、床铺、灶房、猪圈，勉励一家人增强信心。就是在十八洞村，他做出"实事求是、因地制宜、分类指导、精准扶贫"的重要指示，并首次提出"精准扶贫"，要求扶贫要实事求是，因地制宜。他强调，要精准扶贫，切忌喊口号，也不要定好高骛远的目标。之后习近平又在中央扶贫开发工作会议上再次强调，要提高反贫困工作的成效，必须坚持精准扶贫、精准脱贫，并指出："扶贫开发，贵在精准，重在精准，成败之举在于精准。"2015年6月，他在贵州调研时，进一步将精准扶贫思想概括为："扶贫对象精准、项目安排精准、资金使用精准、措施到户精准、因村派人精准、脱贫成效精准。"

"精准扶贫、精准脱贫"战略既是针对长期制约因素的总攻，更是对新出现的问题的精确应对。

……

2017年6月23日，习近平在山西太原市主持召开深度贫困地区脱贫攻坚座谈会,听取脱贫攻坚进展情况汇报,集中研究破解深度贫困之策。这是他主持召开的第四个跨省区的脱贫攻坚座谈会。在这个会上,他说:"今天,我们召开一个深度贫困地区脱贫攻坚座谈会,研究如何做好深度贫困地区脱贫攻坚工作。攻克深度贫困堡垒,是打赢脱贫攻坚战必须完成的任务,全党同志务必共同努力。今年2月21日,中央政治局举行第三十九次集体学习时,国务院扶贫办准备了一个专题片,反映深度贫困地区问题,看到一些地区还很落后、群众生活还很艰苦,大家感到心里沉甸甸的。因此,我想请省市县三级书记来,研究推进深度贫困地区脱贫攻坚工作……党的十八大以来,党中央把贫困人口脱贫作为全面建成小康社会的底线任务和标志性指标,在全国范围全面打响了脱贫攻坚战。脱贫攻坚力度之大、规模之广、影响之深,前所未有……"

民生为上,不忘根本。

进山区、走边疆、访老区、入海岛——通过一张蜿蜒曲折的扶贫路线图,我看到了中国共产党人的承诺与担当,领袖的大国情怀也跃然纸上。

我在国务院扶贫办采访时看到了一组组令人赞叹的数据:2014年4月至10月,全国扶贫系统组织了80万人进村入户,共识别12.8万个贫困村、8962万贫困人口,建档立卡、录入信息,实行有进有出的动态管理,把真正需要扶贫的人扶起来;2015年8月至2016年6月,全国扶贫系统又动员了近200万人开展建档立卡"回头看",补录贫困人口807万,剔除识别不准人口929万;2017年上半年,国务院扶贫办组织各地对2016年脱贫真实性开展自查自纠,245万标注脱贫人口重新回退为贫困人口,建档立卡使我国贫困数据第一次实现了到村到户到人;2013年至2017年,中央财政累计安排财政专项资金2787亿元,年均增长22.7%;中央要求普遍建立干部驻村帮扶制度,期间全国共选派77.5万名干部驻村帮扶、19.5万名优秀干部到贫困村和基层组织薄弱涣散村担任第一书记,解决扶贫"最后一公里"难题;东部267个经济较强县(市、区)结对帮扶西部406个贫困县,中央层面共有310个单位定点帮扶592个贫困县,实施"百县万村"行动、"万企帮万村"等社会扶贫;还有数以万计的社会组织、民间组织、国际组织以及志愿者,都参与到了脱贫攻坚之中……

积土而为山，积水而为海。按现行国家农村贫困标准测算，全国农村贫困人口由 2012 年的 9899 万人减少至 2016 年底的 4335 万人，累计减少 5564 万人，平均每年减少 1391 万人；全国农村贫困发生率由 2012 年的 10.2% 下降至 2016 年的 4.5%，下降 5.7 个百分点，平均每年下降 1.425 个百分点；2016 年，贫困地区农村居民人均可支配收入 8452 元，名义水平是 2012 年的 1.6 倍，扣除价格因素，实际水平是 2012 年的 1.5 倍；2016 年贫困地区农村居民人均消费支出 7331 元，与 2012 年相比，年均增长 11.7%，且连续四年保持两位数增长，扣除价格因素，年均实际增长 9.6%……

两年多来，我一直行走在远离繁华的深度贫困区，除了看到了这一组组喜人数据带给群众的喜悦与笑容，以及背后的复杂与艰辛、矛盾与纠结、泪水与汗水，我更深切地感知着中国人的勤劳勇敢与善良质朴，中华民族实现小康的历史大潮与老百姓的炽热情愫。

# 第一章 艰难的跋涉

▲ 宁夏永宁县闽宁镇原隆村生态移民后的家园　图片提供：闽宁镇人民政府
▼ 宁夏永宁县闽宁镇原隆村生态移民者老家的照片　图片提供：闽宁镇人民政府

> 我们经过上门走访，反复调查与研究，认为十八洞村要彻底摆脱贫穷，必须因地制宜，必须跳出"十八洞"建设"十八洞"的扶贫思路。也就是说，我们不能再走"输血式"扶贫的老路，必须"造血式"扶贫，因地制宜发展产业建设。
>
> ——湖南花垣县双龙镇十八洞村扶贫工作队队长龙秀林

# 仅仅是两个山村的对歌吗

## 一

十八洞村，是位于武陵山脉腹地的湖南湘西土家族苗族自治州花垣县的一个山村苗寨。在这里，习近平总书记首次提出了"精准扶贫"。

2014年12月、2015年12月、2016年11月，我曾先后三次来到武陵山区。武陵山区大山神奇秀美、巍峨耸立、艰险陡峭，这里居住着土家族、瑶族、苗族、侗族等少数民族，日常生活充满丰富多彩的民族风情。探访整个山区，坐落在大山深处的十八洞村只是我行程中一个小小的驿站。

湖南湘西全国著名，除了沈从文和黄永玉这样的大师，还有湘西土匪、湘西赶尸、放蛊等传说故事也让人们对湘西充满好奇。在未到湘西时，纯地理意义的湘西在我心中的印象有五种定格：第一，湘西是个山窝子；第二，湘西曾经是个土匪窝；第三，边缘求生存让湘西人锤炼出坚忍不拔与血性剽悍的气质；第四，湘西一直流传着赶尸、放蛊、辰州符等神秘文化，是块令人向往之地；第五，贫困成了湘西的"标签"。然而，在几次的湘西之行后，这五种印象都留下了感性意义的认识，特别是对湘西的贫困。这里仅以狭义的湘西州为例。湘西全州山地面积占总面积的70%。武陵山脉自西向东坐落在湘西州境内，系云贵高原云雾山的东延部分，西骑云贵高原，北邻鄂西山地，东南以雪峰山为屏。因为受地质构造影响，碳酸盐岩在这里广泛分布，喀斯特地貌发育，石漠化问题十分突出。正因为如此，这里山高沟深、险峻陡峭，这也就是人们说"湘西是个山窝子"的缘由吧。

行走在湘西，土匪的故事，赶尸、放蛊、辰州符等神秘文化都成了传说，我看到和感受到的，除了沈从文所说的湘西"美得让人心痛"，还有就是湘西的贫困。湘西人如何脱贫致富？我不得不提一个人——早期民族学家、苗学研究的先驱，苗族教育家、政治家石启贵。

那个傍晚，在乾州一处古典精致的木楼前，石启贵老先生迈着沉重的步伐从历史的深处向我走来！

这位令人敬重的改革先驱，是湘西吉首乾州仙子营人，1924年从湖南群治法政大学毕业，回到故乡。仙子营处在仙子山的半腰上，巉崖壁立，进寨的路是一条挂在山腰的烂草一般的索悬，这里是一个岩多田少、地瘦民穷、庄稼不旺茅草旺的地方。苗语称这个苗寨为"乖者"，意思是石姓人家的寨子，汉语叫仙子营。有谚语称："一根茅签一捆藤，有女莫嫁仙子营。"前一句是说仙子营的苗民以卖茅草藤柴为生，后一句是说仙子营穷得已不适合女孩嫁进来。读了几年"洋书"的石启贵回来后忧心忡忡，家乡的落后让他失落。面对这么一个贫穷落后的地方，他想到的不是要离开，而是满腔热血要改革。他要改变仙子营，改变其贫困面貌，让它变得跟山外一样富裕起来，让父老乡亲能够挺起胸膛做人。这激起了他心中的斗志，他不相信湘西的土地上只能生长贫穷。

依凭当时的基础条件，这无疑是一件比登天还难的事情。石启贵没有气馁，在他心中早已有了谋略。几年的省城生活，塑造出了一个崭新的自己，现在他要建立一个崭新的家乡。那时，西风东渐已有些年月，长沙又是一个开风气之先的地方。石启贵懂得，民族的贫弱是愚陋、蒙昧造成的，家乡落后的根源在于科技的落后。"科技兴国，实业救国"是那个时代喊得最响亮的口号之一。

石启贵深以为然。他决定从工农业两方面同时入手,改变家乡积弱积贫的现状。当时的中国,工商资本已逐渐渗入。南京、武汉、长沙、上海、广州等地,已出现了不少工业革命后才有的新机器。"工欲善其事,必先利其器",石启贵决定再次离开家乡,去外面学习先进的科学技术。他想搞清机器的成本、投入、产出,以及具体的运转和经营方面的知识。他还要去平原地带,跟江浙一带的农民学习增产增收的新经验,使自己的家乡尽快彻底摆脱传统落后的手工生产和耕种方法。

出门可以,但一分钱难倒英雄汉。家里这几年供他读书已是四壁空空,哪还有多余的闲钱供自己出门游学呢?有一天晚上,趁妻子纺纱之际,石启贵先是顾左右而言他:"金艳,你纺纱的速度很快呢,纺车转得像风一样,我都看不清了。"妻子不知道丈夫在故意夸她,谦虚地说:"不快不行,要赶着纺完好湔洗织布,冬天来了才能给你和孩子们添做新衣啊。"石启贵听了感动地说:"金艳啊,你为了我们这个家,太辛苦了。"妻子说:"辛苦什么,都是一家人,你还客气起来啦。"石启贵说:"我是说真的。我们苗族妇女非常辛苦,白天下地劳动,晚上熬夜纺纱,鸡叫三遍才睡,一个晚上一刻不停地纺,最多能纺两锭纱吧。"妻子半开玩笑说:"世界上真有神仙就好了,点一下就纺出一锭棉纱,点两下就纺出两锭棉纱。"石启贵立刻说:"我知道汉口新出了一种纺纱机,虽然不能点一下纺出来一锭棉纱,但还是比手工推纺车快多了,一台机子一天可以纺几十锭纱。像我们家里这些棉花一天时间就可以纺完,既节省时间,人也轻松很多。"他眉飞色舞地继续说:"不光是纺纱机,还有织袜机、卷烟机、照相机,很多先进的劳动工具湘西都没有。"妻子打断他的话说:"启贵,你说的这些新鲜东西我也听我那个在北京读书的哥哥讲过,你也是进过大城市读书的,有文化,你有什么想法大胆去做,我都支持!"听了妻子的话,石启贵放心了,他把自己要引进先进技术,开发苗山经济的想法和规划很认真地向妻子和盘托出。妻子说:"启贵,你的这些想法、做法都好,我支持你。我知道做这个需要很多的钱,家里没有那么多,你要我怎么支持你就直说吧,我们一起想办法。"石启贵带着歉意轻声地说:"我们家里现在也没有什么值钱的了，唯有你陪嫁的 60 挑稻田……"他的声音虽然小，但妻子已经听出其中的用意，她思忖了一下说："启贵，你是读书人，见过外面的世界，当掉水田换新机器，应该是好事情。你当田若是用去打牌赌博，我绝对不支持你。但你是为了我们家和乡邻过上好日子，我没有意见。"

那天晚上，兴奋的石启贵就如何改进苗乡落后的生产模式，发展苗乡果木经济，引进先进的民族手工业等等想法一股脑儿倾诉给妻子听，不管妻子听懂与否，他像找到知音似的跟她谈了一夜，直到鸡叫三遍才躺下休息。第二天，石启贵就张罗着找来了中间人，把妻子陪嫁的水田卖掉了。

1925 年 3 月，山间春寒料峭，但已有星星点点的嫩绿在山野萌动。石启贵怀揣着当掉田产换来的资金，告别亲人，离开偏僻的苗山，启程到汉口、武昌等地考察棉纺织业，然后又转乘汉口到上海的火车，到上海针织厂学习用机械编织袜子和衣衫，又到柯达摄影公司学照相，随后他去往苏州参观刺绣手工业，到苏州浒墅关女蚕校参观学习，接着又到杭州养蚕学校蚕场见习蚕丝生产。每到一处，他都一丝不苟地用心学习，用心记录。他清楚地知道，家里为自己这次外出学习当田卖地，就像赌博一样押下了最后一注！

半年后，石启贵带着湘西山里人从来没有见过的新机器回到了苗山。1925 年 9 月，他倡导并组织成立了"湘西苗民文化经济改进委员会"。他倡议，充分地利用好山区资源，把坡地改造成梯田梯地，一来可以防止水土流失，二来可以开辟更多田土种植粮食，不能改的地方，还可以开成果园，种植桐、茶、柑橘、柚子、梨子、桃、李、枇杷等果木，发展农家经济，这样，山里人日子将会好过得多。

经过石启贵夫妇的共同努力，加上"湘西苗民文化经济改进委员会"会员的热心打理，几年下来，仙子营焕发出一派生机。山间果木成林，柑橘、柚子果实累累。荒坡上栽植的桐树、油茶树，岩壳边地栽植的桃、李、枇杷、板栗等各种果木都开花挂果，获得了好收成。果子成熟时，石启贵让大家带信给远近乡亲，大家有需要的都来采摘，而他贤惠善良的妻子还特地煮饭烧菜挑到山上招待大家，亲友们所采摘的果实，不用交给石启贵，他们尽可自己肩挑背驮，运回去自己享用，有的亲友舍不得吃，就拿到圩场卖钱贴补生活。

石启贵所向往的世外桃源般的苗寨，在水深火热的民国时期、在山高路陡环境恶劣的湘西大山里脱颖而出，这不能不说是个奇迹。

不仅付诸行动，带领乡亲脱贫致富，石启贵还专注于苗族研究工作。经过多年的走访调查，他于1940年完成了《湘西苗族实地调查报告》。因石启贵本人是苗族，生活在苗族聚居区，所以深知苗族人民的情况和处境，他认为弘扬苗族优秀文化是很有必要的，但更不能忽视的是发展苗区经济，摆脱贫困，争取政治平等。《湘西苗族实地调查报告》记录了老一辈反贫困斗士的人文情怀，真实反映了当时苗族贫苦大众的心声。即便今天，我们依然能够看到石老身上闪烁的思想光芒。

70多年过去了，有多少湘西人像石启贵老先生这样为了家乡致富前赴后继，有多少湘西人为此抛洒青春和血汗？他们的脱贫之路是否顺利，进展如何？我想，这应该是我们所要关注的。湘西州扶贫办提供的一组数据让我看到了湘西人脱贫的艰难：2013年湘西州地区生产总值仅为湖南全省的1.7%，财政收入仅为全省的1.5%，人均分别为湖南全省平均水平的44%、52.4%。全面小康社会总体实现程度73.6%，其中经济发展实现程度仅为51.4%。到2014年，湘西州通过精准识别确定，还有73.43万贫困人口。这是我在采访时收集到的数据，令人欣喜的是，在创作这部作品时，湘西州的扶贫数据就已经发生了巨大变化。2014年至2017年初，全州累计减少贫困人口35.0445万人，贫困发生率降至16.14%，全州进入减少贫困人口最多、农村面貌变化最大、贫困群众增收最快的时期。

无论如何，数据依然是沉重的，犹如湘西那险峻的大山，重重地压在了湘西人的肩膀上。湘西州扶贫办工会主席黎小涛向我坦言：湘西脱贫，如果用一个字来形容，那就是"难"，如果用两个字来形容，那就是"艰难"，如果用三个字来形容，那就是"非常难"。难在哪里？怎么个难法？首先是思想难。湘西这地方环境恶劣，交通不便，消息闭塞，可以说是集民族地区、革命老区、贫困地区、边远山区于一体，人们的思想自然也就落后。以前，湘西人"等靠要"的依赖思想严重，贫困不从自己身上找原因，老是埋怨上面，埋怨别人，埋怨老天和命运的不公。其次就是出山难进山也难。黎小涛说："纪作家，你看看，我们这里除了山还是山，一座又一座，一层又一层的，过了一弯又一弯，没完没了。我们这里的山不仅高，而且险，并且都是石头山，用悬崖绝壁来形容一点都不过分。想想看，要在这样的地方修路又谈何容易？哪像你们长沙那边，都是小山包，还都是黄土的，要修路，把山一推就可以了，成本低得很。我们这里可不行，都要从悬崖绝壁上开山炸石。这里修路的成本与代价，至少是长沙的几十倍以上，甚至上百倍。实话说，湘西州是湖南唯一的少数民族自治州和扶贫攻坚主战场，从20世纪80年代以来，不少资源、资金都整合到扶贫上，可是扶贫工作年年搞，不少老百姓还是年年贫穷。2013年11月习近平总书记来湖南考察时，为什么要来湘西，为什么又去了花垣的十八洞村，还在那里正式提出精准扶贫，并明确提出可复制、可推广的原则？我想，这与之前一直进行的粗放扶贫有关。以前扶贫，由于贫困居民数据来自抽样调查后的逐级往下分解，扶贫中的低质、低效问题普遍存在。那时贫困居民底数不清，扶贫对象通常是由基层干部推测估算的，扶贫资金也是天女散花，以致年年扶贫年年贫；重点县舍不得脱贫摘帽，数字弄虚作假，挤占浪费国家扶贫资源；人情扶贫、关系扶贫，造成应扶未扶、扶富不扶穷等社会不公，甚至滋生腐败。表面上看，粗放扶贫是工作方法存在问题，实质反映的是干部的群众观念和执政理念的大问题，不可小觑。说得具体点，就是扶贫制度设计存在缺陷，不少扶贫项目粗放'漫灌'，针对性不强，更多的是在'扶农'而不是'扶贫'。就以扶贫搬迁工程为例吧！居住在边远山区、地质灾害隐患区等地的贫困户，一方水土难养一方人，是扶贫开发最难啃的'硬骨头'，移民搬迁是较好的出路。但是，因为补助资金少，所以，享受扶贫资金补助搬出来的多是经济条件相对较好的农户，贫困的特别是最穷的农户根本搬不起。新村扶贫、产业扶贫、劳务扶贫等项目，受益多的主要还是贫困社区中的中高收入农户，只有较少比例特贫农户从中受益，而且受益也相对较少。原有的扶贫体制机制必须修补和完善。换句话说，就是要解决钱和政策用在谁身上、怎么用、用得怎么样等问题。扶贫必须要有'精准度'，专项扶贫更要瞄准贫困居民，特别是财政专项扶贫资金务必重点用在贫困居民身上，用在正确的方向上。扶贫要做雪中送炭的事，千万不能拿扶贫的钱去搞高标准的新农村建设，做形象工程不能实现扶真贫。习总书记选择在湘西在十八洞村提精准扶贫，还有一个原因，那就是我们湘西的贫困具有反复性和顽固性、典型性和代表性！在这里提出精准扶贫自然具有里程碑式的意义。至少我是这样认为的。"但黎小涛也欣喜地告诉我说，这两年，随着交通等基础设施的改善，湘西后发赶超的拐点开始出现，在一系列内外因素"共振"下，几十年形成的"等靠要"思想正在发生转变，湘西各地主动对接市场，加快区域发展，快速走上了"造血式"发展道路。

由此，我不禁想，典型光环之下的十八洞村的精准扶贫之路会一帆风顺吗？

## 二

"山沟两岔穷疙瘩，每天红薯苞谷（玉米）粑，要想吃顿大米饭，除非生病有娃娃。"

2015年12月19日上午，在从吉首前往十八洞的途中，黎小涛给我念起了流传在十八洞村的一首民谣。小涛并不是花垣人，但作为一名扶贫干部，他已经记不清多少次到过那里了。他是个开朗、热情的人，一路上给我介绍起十八洞的情况来。

小涛告诉我，十八洞村位于排碧乡西南部，紧邻吉茶高速、209和319国道，距花垣县城34公里，吉首38公里，矮寨大桥8公里，高速公路出口5公里，交通十分便利。全村总面积14162亩，耕地面积817亩，林地面积11093亩，森林覆盖率78%。全村有4个自然寨6个村民小组225户939人。十八洞村这个名字，是有传说的。十八洞的老人说，当年古夜郎国打败仗后，翻山越岭来到湘西深山老林，发现了一个能容纳几万人的大溶洞，而且洞内有十八岔溶洞，洞洞相连，于是便定居下来，休养生息，繁衍后代。最先，这里叫夜郎十八洞，后来简称十八洞。2005年，当地飞虫村和竹子村合并为一个村，为了发展乡村旅游产业，就以洞名作为村名，叫上了十八洞村。

小涛说："纪作家，你别看十八洞村地处高寒山区，但那里面美着呢。那里冬长夏短，属高山熔岩地区，平均海拔700米，生态环境优美，境内自然景观独特，有'小张家界'之美誉。那里有原始次森林——莲台山林场、黄马岩、乌龙一线天、背儿山、擎天柱等景点，特别是十八溶洞群，洞内景观奇特，神态各异，巧夺天工，被誉为'亚洲第一奇洞'。村内瀑布纵横，枯藤老树，鸟语花香，高山峡谷遥相呼应，享有'云雾中的苗寨'之美称。十八洞村还属纯苗族聚居村，苗族风情浓郁，苗族原生态文化保存完好，民居特色鲜明，有'过苗年''赶秋节''山歌传情'等民族文化活动。"

然而，这层叠交错的美丽背后，最悲凉的两个字莫过于"贫穷"。

小涛说："过去的十八洞村穷啊！全村人均耕地只有0.83亩，山多地少，有地也是三年两不收，靠天吃饭。为什么？没水！碰上干旱年，就会颗粒无收。以前，人家都不愿意到十八洞村来，既藏在山坳里，没有一条像样的路，也没地方住，没有厨房，没有厕所。年轻小伙子找不到老婆，年轻姑娘十五六岁就争着往村外嫁。看着'肥水流了外人田'，十八洞村的小伙子和老男人急得直跺脚。前几年，在各级各项扶贫措施的支持下，村里确实发生了很大的变化，进村公路、水渠、村部大楼等基础设施的建成，着实改变了十八洞村的面貌。然而，扶贫工作队工作到期了，撤离了，全村仍然普遍贫困。2013年，十八洞村年人均纯收入仅有1668元。因为穷，村里的年轻人基本都到外地打工去了，只剩下老幼病残留守；因为穷，村里还有几十个光棍汉找不到老婆……"

我沉浸在小涛的讲述中，也在内心赞叹着他对一个山村扶贫工作如此精准的记忆。也不知过了多久，感觉快要走近那个未曾谋面的山村了，想着一路走来，小涛始终未给村里的扶贫干部打电话，于是我有点担心地提醒他："黎主席，是不是给村里的扶贫干部打个电话？"小涛冲着我一笑，信心满满地说："放心吧，纪作家，别的我不能保证，但我能保证扶贫队百分之百在村里。他们一个月有二十来天吃住都在村里,即使偶尔到城里办事找项目,也是忙完就往村里跑。"

果不其然,当我们上午10时到达十八洞村时,龙秀林队长就像村口那棵扎根大地的银杏稳稳地立在那里了。个头不算高,但壮实;才四十多岁,却已满头白发。

龙队长确实算得上十八洞村的一棵树了。在花垣县委宣传部和扶贫办工作之前,龙秀林一直在基层干,不要说一般干部了,光乡镇的党委书记就干了八年。后来他到县委宣传部当常务副部长,虽然机关工作也是忙忙碌碌,但毕竟还是没有在乡镇当一把手时那么事无巨细。其实他心里一直有一个文艺创作的情结,只是在基层工作千头万绪,难以抽出时间进行创作,到了机关后,他总是忙里偷闲,写写毛笔字,也写点小散文,时不时抒发一下个人感情。私底下,亲戚朋友都叫他作家或是书法家,说他是文化人,叫得他心里美滋滋的。在机关工作了那么多年,加上年纪也不小了,龙秀林也没想过会再回基层。2014年1月中旬的一天上午,他突然接到通知,说是下午3点到县委常委会议室参加会议,研究十八洞村的扶贫工作。接到这个通知,他既感突然也感疑惑,十八洞村的新闻报道不是他分管,应该叫另一个分管新闻的副部长去才对呀。即使是扶贫工作,也应该与宣传部关系不大呀。但他对扶贫工作并不陌生,在乡镇的时候,他天天与贫困打交道,天天想着法子让村民脱贫。到会议室一翻会议资料,他就发现上面写着"十八洞村扶贫工作队",还有工作队队员名单,有十多个人,队长就是他。队员中有不少还是县里大局的党委书记,让他当这个工作队队长,肯定不是最合适的人选。他没想明白,别人也没想明白。龙秀林当时想,管他呢,可能这个工作队也就到十八洞工作一周,顶多一个月,是个短期工作队。但会一开,龙秀林才知道不是自己想象的那样,不是一周,也不是一个月,而是三年,并且要吃住都在村里。虽然龙秀林没有心理准备,但毕竟是多年的党政干部,孰轻孰重他心里清楚。他毫不犹豫地领下了这个"军令状"。一散会,县委书记就把他留下,对他说,你知道为什么派你当县里驻十八洞村扶贫工作队队长吗?龙秀林只是笑了笑,什么也没说。书记说,第一,你当过八年的乡镇党委书记，有丰富的农村工作和扶贫工作经验，擅长与老百姓打交道；第二，你是宣传部的常务副部长，又有文学才华，能写能说，用文化的理念感化老百姓的思想，是你最擅长的。你说，不派你去派谁去？让龙秀林没想到的是，后来县领导看他将十八洞村扶贫搞得风生水起，干脆把他调到县扶贫办任党组副书记、副主任，当上了正儿八经的扶贫干部。

我们行走在十八洞村坚实、干净、宽敞的柏油路上，眼前的景象着实让人惊讶。

昔日进村的狭窄土路变成了宽阔的水泥路；两条长6300米的供水主管道解决了村民生产生活用水；村民房子里原来凹凸不平的泥巴地，现在变成了水泥地面，房屋、厨房、厕所都已经改造得漂漂亮亮……新修的石板路、新扎的竹篾墙、新添的青片瓦、新刷的木板房、新修的宽广的停车场，在暖暖的春光下，绘成了一幅优美的水墨图。

坐落在半山坡上的梨子寨，家家房子都是全木结构。寨子里，上了年纪的人都喜欢这种住了几十年的木屋，冬暖夏凉，通风又好。楼上的排方和无数的横梁，在秋收时节，可以用来挂晒收获的果实。苞谷棒子剥了壳，留两三张鱼尾（剥壳时剩下的叶子，湘西方言），一扎一扎地捆好，悬挂在横梁上，慢慢风干；黄豆连着根须拔下扯出，也捆成一扎一扎的，骑挂在排方上；还有喂猪的红薯藤、萝卜缨等等，一茬一茬悬挂晾干后再一茬一茬地收藏；桐球沤在侧屋，油茶果摊在楼板上……

龙队长向我介绍说，2013年年底的时候，十八洞村还有136户贫困户542名贫困人口，2014年有9户42人脱贫，剩下的127户500人计划两年内摘帽。但实际上，今年年初，剩下的127户贫困户都已主动签字认账脱贫。

当然，成绩的背后必然有阵痛与涅槃！

我见到了十八洞村的老村支书石胜莲大姐；我也见到了第一支书、80后小伙施金通；我还听说了村支书、大学生村官、同为80后小伙的龚海华的故事……

他们都是十八洞村脱贫与致富的带头人，阵痛与涅槃的亲历者，他们都是十八洞村山坡上那一棵棵绿色的树,他们都是十八洞村天空那闪闪发光的星星。

## 三

来到十八洞村梨子寨施全友家的农家乐时,他家堂屋中间那个大火塘烧得正旺,火塘上的腊肉和施全友老婆孔铭英炒的饭菜飘出诱人的香味。

关于十八洞精准扶贫的话题便在火堆边拉开了!

龙队长对我说:"2014年1月23日,我们工作队进驻十八洞村的第一天,就遭遇了'下马威',因为修机耕道占用自家农田,竹子寨村民施长寿和两个儿子分别拿着柴刀、钢棍,阻止施工。看到修路受阻,其他村民纷纷涌上前,准备强行把他们拖走,'械斗'一触即发。当天晚上,我们就赶到竹子寨,七八十个老百姓烧了一炉大火,你一言我一语地商量着修机耕道的事情。当时就有村民说,修路是公益事业,既方便大家,也为子孙后代造福,如果还不同意,就要杀鸡,喝鸡血,歃血为盟,以后他们家就不再是竹子寨的人了,碰到他不叫他,他叫我们也不答应他了。还有村民说,我们不仅要把他们家开除出寨,而且路也要修通,他们要敢拦,我们就把那狗日的丢到田里去。那是我们工作队第一次到十八洞村解决问题,当时我给他们做了思想工作,还提到了西安事变,也讲得在场的村民们都点头了。随后,我们又来到施长寿家,问施长寿到底有什么要求。原来他担心,修机耕道最先占用他家农田,如果后面的村民不同意,导致机耕道修不成,他岂不是吃了哑巴亏?我想,既然这样,那就给他家一个台阶下。于是,我又跟竹子寨的其他村民说,他们家不是不同意修路,而是怕他家让了地,后面的人不让。我问他们,你们是不是真心想修路?他们说,是。我说,既然大家心这么齐,能不能保证后面修路畅通?他们说,能。我说,口说无凭,立字为据。于是,我就叫施金通施书记草拟了一份保证书,写好后,叫村干部一个一个签字,按手印。没有印泥,就用鸡血。给这家人设了台阶后,施长寿父子三人也同意修路了。正因为这件事，竹子寨后来才有个不成文的规矩，凡属竹子寨的公益事业，占村民家耕地 0.5 亩以下的，都要无条件支持，0.5 亩以上的，再商量着做，可以无偿，也可以适当补偿，没有价钱可讲。"

但难题才刚刚开始。进村后，有村民直接问龙秀林，你是扶贫工作队队长，这次带了多少钱来？这让龙秀林哭笑不得。此前，也曾有工作队来扶贫，主要是送钱送物，工作队一走，村民们又陷入了贫困。没看到真金白银，不少村民冷嘲热讽，工作队连动员会也没开成。

龙队长说："虽然十八洞村村民很纯朴善良，但因为长时期禁锢在大山里面，思想保守，缺乏科技意识和市场观念，加之文化素质不高，存在思想狭隘、目光短浅、斤斤计较等问题。我们以前小学课本上，不是有篇文章说力的方向如果不一致，人再多也没用吗？所以，十八洞村要发展，如果思想没统一，一切都是白搭，不要说五年，就是五十年五百年也发展不起来，都只能跟着人家屁股后头跑。十八洞村是 2005 年合并的，由飞虫村和竹子村合并。实话说，合并后的十八洞村，村合心不合，各自为政。原来的两个村，一个靠近国道，经济条件较好，那里的村民思想也较为开放，而靠近十八洞的这个村却非常贫穷，他们觉得，要死也要逮（湘西方言，在这里是"抓"的意思）住草根，要不就会掉到悬崖下去。这两个村互不往来。我们扶贫工作队进驻十八洞村后，村民有三种现状：一是抓住机遇，乘机而上，这部分人占了三分之一；二是搞不搞发展，无所谓，这部分人也占了三分之一；三是认为十八洞要发展起来很难，认为不可能，不仅不相信，还反对，也占了三分之一。举个例子：我们来之前，十八洞村村道是三米五宽，如果要发展十八洞的旅游和各项产业，来的车子就会增多，首先就必须拓宽村道，进行农网改造，等等。但刚开工时，几乎天天受阻，进展缓慢，甚至没进展。受阻，我们还能接受，努力去做村民的工作就是了；受气，我们还真有点委屈。一个村民写了一份大字报，晚上偷偷地贴在村部的墙上，说扶贫工作队与村干部贪污了习总书记带来的几个亿，说工作队瞎指挥，说修路是为了四、五、六组。他们不只是批评，还歪曲了事实。第二天一早，施书记就给我打电话，把情况一五一十跟我讲了。我跑到村部，看到了大字报。说实话，刚开始，我很难过，辛辛苦苦、真真切切帮他们脱贫，他们不仅唱反调，还诬陷我们，确实让人难过。开始，我也想查一下写大字报的这个人，后来想，真没必要查了。有村民不理解我们的工作，说明我们工作上也还存在问题。我想，只要我们是实实在在给百姓做事，我们心里就没愧，就不怕，最终也会得到百姓的理解。让我们欣慰的是，修路和农网改造等工作，得到了十八洞村青年的支持。他们看到进展很慢，着急了。修路过程中的一天晚上，已经12点了，我们工作队5个人，加上村干部，被十八洞村的青年约谈。30多个青年，搞了几桌夜宵，请我们一边吃夜宵，一边谈村上修路的事，谈村上发展的事。青年问我们，为什么村上的路这么久还没修通，是不是碰到了困难了？我们点头。青年又说，需要我们做什么，你们一个招呼，我们就上，谁捣乱，谁就是阻碍十八洞的发展，谁捣乱，我们就逮（搞）谁。"

龙队长意识到这是块真正的"硬骨头"，他也陷入了深深的思考：老百姓思想不统一，认识上不去，所建的产业都不会长久。必须统一村民的思想，只有思想统一了，才能激发老百姓的内生动力。这才是精准扶贫核心中的核心。为什么扶贫工作提了几十年了，也搞了几十年了，贫困地区依然贫困，产业始终建不起来？就是这个原因。如果不唤起贫困群众的精气神，光靠干部唱"独角戏"，将是死路一条。

但如何统一思想？这成了龙队长他们首要解决的难题。

龙队长说："基于这些现实情况，我们扶贫队在进驻十八洞村不久，就提出了对全村村民进行思想建设的提议。怎么搞？首先是把支委和村委的领导班子调整好，充分发挥村干部的带头作用。其次是与村民进行深入的交流和沟通，要让他们充分理解扶贫政策，以及扶贫的真正目的和意义。对此，我要求我们的扶贫干部必须有思想，必须有和老百姓交流的水平。再次，我们对村民加强道德教育。比如举办道德讲堂就是其中一种方式，让村民聆听身边的道德故事，沐浴道德洗礼，感染道德力量，让心灵在道德讲堂净化，让好心在道德讲堂滋生，积小善为大善，积小德为大德……思想统一后，工作就顺畅起来了。村干部无私奉献，默默付出；村民以十八洞为荣，团结一心，共同努力，不再互不往来。最后，无论是修路，还是农网改造，都占了村民不少责任地，但却一分钱都没要。这在以前是不可想象的，在其他村也是不可想象的，但十八洞村做到了。"

更难的还在后头！

龙队长说："我们经过上门走访，反复调查与研究，认为十八洞村要彻底摆脱贫穷，必须因地制宜，必须跳出'十八洞'建设'十八洞'的扶贫思路。也就是说，我们不能再走'输血式'扶贫的老路，必须'造血式'扶贫，因地制宜发展产业建设。也就是习总书记提出的可复制、可推广原则和'不搞特殊化，但是不能没有变化'的要求。一次，我与县委书记进行交流，探讨怎么建好十八洞村。书记说，按我们花垣目前的财力状况，给十八洞村投入五六千万进行建设，问题不大。但不能这么做，这么做了，就变成了'栽盆景'，不可复制了，更没有推广价值了，我们的精准扶贫就失去了意义。"

随后，龙队长他们带领村干部和群众大力发展产业。为此，他们磨破了嘴皮，也伤透了脑筋。他们目的只有一个，那就是要让老百姓真正感受到实惠。正是在他们共同努力下，十八洞村的产业项目，都是采取市场化机制、公司化运作，把龙头企业、贫困户、普通村民紧密团结到一起，形成了产业扶贫合力。比如十八洞村最大的产业项目——千亩猕猴桃产业园，投入达1600万元。村里引进龙头企业苗汉子合作社，成立十八洞村苗汉子果业有限责任公司，注册资本600万元。其中，苗汉子合作社出资306万元，占51%股份；十八洞村出资294万元，占49%股份（542个贫困人口以产业扶贫资金入股，占股27.1%）。

说到产业，龙队长显得颇为得意。他告诉我说："现在我们十八洞村有个'一一三工程'，就是每家每户种10棵冬桃，10棵黄桃，养300条稻香鱼。桃树就栽在村民的房前屋后，每当桃花开放时，十八洞就淹没在桃花之中。虽然冬桃目前市场价不低于十块钱一斤，但不能多种，多了就会滥。再说，我们主要不是卖桃子，而是卖桃树。418块钱一棵桃树，其中300块钱直接给老百姓，另外的118块是管理费用。要是你来十八洞村买了一棵桃树，你就是十八洞村的荣誉村民了,就可以享受到几大好处:第一,可以免费进村,免费停车,免费进十八洞参观,享受'三免'。第二,让你在十八洞村住得下,也吃得下。我们在保证原生态的基础上,保证'五改',也就是民居改造、厨房改造、卫生间改造、浴室改造、猪圈改造。第三,因为你的参与,让十八洞的桃树更有价值,花点小钱,既承担了政治责任,也助推了精准扶贫,让有爱心的人士找到了平台。第四,就是让你认了一门亲,和你买的桃树主人建立了感情。第五,长年为你准备了放心食品。因为与十八洞村的村民成了朋友,需要大米的时候,人家给你寄点大米,需要土鸡的时候,人家给你寄土鸡,需要蔬菜的时候,人家给你寄点蔬菜。然后呢,对于你的桃树,我们也会随时让你了解到它的生长情况。不几天,我们就会给你的桃树拍个照,拍个小视频,发个微信给你,让你看看桃树长得怎么样了。开花的时候,你可能要过来看看。要过来,一般不会只有你一个人过来,或许是你一家人,或许还会带上你的亲戚朋友一起过来;要过来,肯定首先要联系,联系好后,村民提前把房间打扫好,把吃的准备好。桃子成熟的时候,你肯定也得过来摘桃子,一次摘不完,可能还得两次三次。来一次,你带五六个人,一年来四次,你就可以带20个人。按一个人花费100元计算,20个人就可以给十八洞带来2000元的经济效益。按一户20棵树算,一年就可以产生4万元的毛收入。不是还有稻田里的稻香鱼吗?这个鱼也挣钱,但更大的价值还是用于观赏和营造氛围,能有四五千块钱的收入就可以了。这样一算,一家一年可以逮(挣)到四五万块钱,相当于过去种了20亩的烤烟。而且这个产业玩玩就逮了,种烤烟压力多大啊,主要是市场压力大。我们打算在十八洞村栽5000棵桃树,5000棵桃树,就有5000个荣誉村民,这5000个荣誉村民,都是十八洞的宣传员。不说多了,一人向100个人宣传十八洞,5000人就是50万人次。除了这些,你们把十八洞的产品带走,带到花垣,带到吉首,带到长沙,甚至带到北上广深这样的大城市,对十八洞也是一种宣传。如果这些做好了,十八洞村的乡村旅游就做起来了。当然,这是理想状态,有的不一定达得到。但总的来说,方向是好的,路子是对的。我们的这个做法,湖南经视已经报道过了,现在已经有不少人买了十八洞的桃树,成为十八洞村的荣誉村民了。甚至还有企业家提出要在十八洞买100棵桃树，我们说，不行，一人只能买一棵，这是限量版的，不能多买。为什么不能多买？我们主要是想把十八洞的5000棵桃树分散卖，不能集中在一个地方，这样宣传效果更好。"

十八洞村的产业，不光种冬桃、黄桃，养稻香鱼，开发十八洞村的景点，还开发苗绣，开农家乐，以及发展花卉产业，等等。

老村支书石胜莲大姐难抑喜悦。她说："2014年年初，县民委和县妇联来找我，说要到十八洞办一个苗绣合作社，组织广大妇女来做这个事，一起培训。我说，好啊，这是大好事，我参加。2014年2月，我们组织村里的妇女进行了培训，全村301个妇女，培训了192个。5月就正式注册成立了合作社。后来，他们又组织投票选举一个领导人，结果把我给选上了，让我当理事长。当时我就跟县民委的领导说，如果领导信任我，让我来管理这个合作社，我有信心做好，我也会把这个担子担起来。但我已经60岁了，干支书也干了十六七年，年纪大了，是该让年轻人来挑担子的时候了。于是，我没干支书了，一心一意干苗绣合作社。除了做苗绣，我们还做苗秀用具，包括绣片、花架、装饰品、织布机等等，只要与苗族有关的用具都做。平时，公司把产品送到我家，他们出布出图案，包括针和线，我再组织大家来领取，都在家里绣。怕我们的苗绣没出路，县里又给我们联系了相关公司，州里也给我们联系了相关公司，州里的公司叫金苹果公司。我们的产品，除了往外销，也在施成富家搞了个苗绣展示厅，租金一个月500块，一年6000块，还装修了墙壁。很多游客对苗绣感兴趣，我们的产品在那里也卖得很好。现在我们合作社，主要是缺少会画的妇女，她们都会绣，就是没一个会画的。画图案难，要美术功底，村里的妇女文化水平都不高，谁都没专门学过美术。这是目前我们最发愁的事。但不管怎样，合作社办起后，确实改变了十八洞村妇女的现状。一是大家都有事可做了，二是大家有了收入，手脚麻利的，一个月能拿到一千七八，最少的也有七八百。我在合作社当理事长，一个月1000块，支书退休后的工资一个月150，一个月总共可以拿到1150，很不错了。"

大火塘烧得更旺了，孔铭英也做出了一桌香喷喷的饭菜。她是2015年元旦从重庆秀山嫁到十八洞村来的，除了爱情的力量，还有一个重要原因就是十八洞村越来越好的日子吸引了她。她既是这家农家乐的老板娘，又是厨师。小孔抑制不住脸上的笑容，她一边麻利地收拾桌子、端菜盛饭，一边快言快语地说道："2014年散客少，主要是工作队照顾我们，带了很多客人来吃饭。今年就不一样了，散客多了。国庆那七天，天天爆满，我也是自己洗菜、自己切菜、自己炒菜，全友就负责买菜、烧火，当火头军。那七天，每天都可以结到二三千块钱。平常，人不是很多，但我们也从不挑剔，来一个也接，两个也接，把他们当朋友当亲人当贵客。"

……

龙队长他们真实的叙说，让我既看到了十八洞村的艰辛，更看到了希望。应该说，十八洞村是整个武陵山区的一个缩影，是整个中国贫困山区的一个缩影。同时我也被扶贫工作队的这种细心、耐心与执着感动。更令人欣喜与震撼的是，我在湖南省扶贫办了解到，2015年湖南省省、市、县、乡4级共有8000个扶贫工作队，奔赴农村最基层，进驻到三湘四水的8000个贫困村。当然，湖南还只是精准扶贫战场上的一个角落，只是精准扶贫与脱贫大部队的一个方面军。结穷亲、拔穷根、种富苗，全国早已掀起了一轮精准扶贫攻坚战。

从贫困与艰辛到阵痛与涅槃，再到可复制与可推广，我深切地感受到一个山村脱贫的艰难，同时又深刻地体验到，共产党人扎根乡村引领村民致富的担当与作为。

当然，与我一样，许多人都表达着对这个"扶贫明星村"未来之路的担忧。村民的思想是否如龙队长所说都已经统一了？老百姓的内生动力是否真正激发了，或者说较为充分地激发了？村里产业发展的战略部署是否科学、合理与实际？村里的产业看起来红红火火，辉煌的背后是否存在隐情，又能否持久……

我的担忧并不是没有根据，放眼全国，扶贫战场成秀场的现象并不鲜见。比如近年来，各级领导干部都有自己的扶贫点，这已成一种较为普遍的扶贫方式。领导干部对点扶贫有其天然优势，但有个别扶贫点却成了领导干部的政绩秀场，真正扶的不是贫困农民而是领导自己。有个地方，为了让上级考察时看到自己的扶贫成绩，派一些小学生披着装化肥用的白塑料袋，趴在领导路过的山坡上。领导远远望去，山坡上尽是"美羊羊"，大加赞许；地方干部"喜洋洋"，皆大欢喜。这是典型的"造盆景""垒大户"等重"面子工程"的扶贫做法。还有一个被戴上贫困村帽子的富裕村村干部如是说："我们村被定为市里某领导的扶贫点，村里挺重视的，要是搞不好，那不是给咱领导丢脸吗？"无疑，这个村干部说的是大实话，但这大实话中透露出的是什么信息？领导的脸面最重要，哪怕弄虚作假，也要维护领导的脸面。我想，这应该也是习近平总书记当时在十八洞村跟干部群众说，"要精准扶贫，切忌喊口号，也不要定好高骛远的目标"的重要原因吧。

如何防止扶贫战场成秀场？

我想，除了从思想根源上进行杜绝外，还有就是把好脱贫攻坚验收考核关，这是关键，也是最后一道防线。如果检查验收时大而化之，睁一只眼闭一只眼，不以贫困农民是否脱贫为唯一标准，不对贫困户脱贫情况逐一认真核查，让做虚功、玩花活儿、搞数字游戏、做表面文章者也可过关且邀功请赏，那么，谁还会全力以赴地去冲锋陷阵呢？显然，国务院扶贫办早就意识到了这个问题，并想好了对策——实行最严格的考核评估制度。如何"严"？一是有国家有关部门的考核，二是组织省际之间开展交叉考核，三是第三方评估。对脱贫成绩，不讲情面，只讲事实，有问题及时向社会公开，并严肃处理。

理性与警惕或许就是一种生存自救。我们始终要明白，始终要绷紧这根弦：贫困是人类的顽疾，是人类强劲的对手，是不会那么容易善罢甘休的。不论是谁，如果大意或是轻视，谁都难以真正走出贫困，即便走出了，可能也会脱贫又返贫。

## 四

与十八洞村深情对歌的是千里之外的赤溪村。这既是历史的对歌,也是现实的对歌。

说到中国三十多年来的扶贫史,我们不能不提赤溪村,不能不提一个叫王绍据的老人。

赤溪村位于福建省宁德市福鼎市磻溪镇东南部,这里本来是个穷得叮当响且默默无闻的小山村,因为王绍据"冒着风险"写的一封信,改变了这个小山村的命运,也让这个小山村被人们誉为"中国扶贫第一村"。

历史并未走远,还深刻地留在了人们的记忆中,很多老人把这段历史珍藏在了内心深处……

2016年9月10日下午,我到达福建宁德时,闽东大地已经下起了滂沱大雨。我给王绍据老人打电话。听说我到了宁德他非常高兴与热情,说欢迎作家来采访,但他现在还在福安办事,要晚上才能回来。我说不急,雨这么大,明天再采访。王绍据老人坚定地说:"那不行,你大老远都跑来了,我这几十百把里的算得了什么,一定要赶回来,你在宾馆等着就是了,只是耽误你休息了。"

古稀之年的王老,是个老新闻人。他曾任宁德市福鼎县(今福鼎市)县委办公室副主任兼新闻科科长、宁德市委委员、宣传部副部长、《闽东日报》总编辑等职。一辈子他都没当过扶贫干部,但一辈子他都在做着与扶贫有关的工作。三十多年来,光赤溪村他就去了八十多次,在那里采访调研,既见证了赤溪村脱贫致富的过程,也探索着中国贫困山村脱贫致富的路子。三十余年如一日,他潜心探索、悉心实践、热心参与,采写了《50万元贷款落户记》《农民致富,路在何方》《人往何处去,钱从哪里来》《农民进城喜与忧》《返贫——一道必须破解的难题》等一系列的专题文章,篇篇写扶贫,篇篇盼脱贫。

晚上快10点的时候,王老敲响了房门。一见面,我的顾虑就打消了。原本以为荣誉加身,且当过多年领导的他会有些架子,但王老的平易近人,立即让我如沐春风,我也少了些拘谨。

夜色中,王老打开了他的心扉。

提到赤溪,提到贫困,王老便充满深情地说:"我也是苦水里泡大的孩子啊!我老家也在福鼎的贫困山区,店下镇的台峰村。由于家里兄弟姊妹好几个,加上我10岁那年父亲就去世了,初中只上了一个学期,我就辍学了。当时我才12岁,还是虚岁。回到家,就是放牛和参加劳动,整天在山坡上和稻田里打滚。虽然当时我还小,但我知道读书是大有用处的,所以每当看到伙伴们上学放学时,我会傻傻地站在那里掉泪。但我对重返学校没有抱希望,因为家里实在太穷,一个哥哥当兵去了,一个哥哥生病了,还有妹妹需要照顾,我要撑起这个家。于是我就拿起原来的课本,天天看,看上面的文章是怎么写的,我就照葫芦画瓢,练习写作,写村里的好人好事。那时家里穷啊,电灯都没听说过,煤油灯也没有,我就到林子里抓萤火虫,放在鸡蛋壳里,当灯泡照明。一个鸡蛋壳可以放八十多只萤火虫,可以用三到五个晚上。我白天放牛,晚上写稿。写了后,我就不断地给《闽东日报》投稿,投了一次又一次,从未灰心。开始编辑老师没当回事,我也确实写得不好,但时间长了,投稿多了,编辑老师们也感觉到了,一个放牛娃写稿子不容易,应该鼓励和支持。于是,后来我的稿子在《闽东日报》发表了,并且越发越多,14岁我就成为《闽东日报》的通讯员,17岁我还成了《福建日报》和《中国青年报》的通讯员。因为自己受过贫困的苦,所以我对贫困一往情深,写的稿子都关注基层关注贫困。"

三十年前的赤溪村是另一番景象:村民过着"家家竹木屋、顿顿揭锅难"的艰辛生活。而要说赤溪的贫困,应该先从下山溪畲族村寨说起。下山溪并非村在溪边,而是下山之后才能见到溪。当地村民说,"前门听水声,后门听鸟鸣",意思是距崖下几百米处的溪水奔流,只闻其声,难见其形。紧贴屋后的是陡立的山崖。下山溪就这样"挂"在半山腰。这样的环境,其生活之艰难可想而知。村民们住的是破烂不堪的茅草屋或竹木屋,吃的是番薯丝拌野菜,父亲、儿子穿同一条裤子，婆婆、媳妇穿同一条裤子，更不要说家具了。这里大山阻隔，道路崎岖，让村民更伤心的是，这里远离乡镇卫生院，缺医少药，一旦患病，轻则病上加病，重则听天由命。今年70岁的李先如老先生，就是下山溪的，四十多年前就眼睁睁看着妻子因难产来不及送医而在家中一间茅草屋去世。

王绍据老人说："当时我是福鼎县县委办公室副主任兼新闻科科长，主要负责全县的新闻报道工作。一天我正与同事们在办公室聊天，来了一位磻溪公社的干部，他毫不掩饰地对我们说，你们新闻单位只知道报喜不报忧，难道现在农民都富起来了吗？我们赤溪村的下山溪穷得婆媳同穿一条裤哩！说实话，如此尖锐的批评我还是第一次听到。我就问他，还真有这么穷的现象吗？那个公社干部说，怎么没有？你去看了就知道了！我半信半疑，下决心打破砂锅问到底。"

1984年5月15日清晨，雨过天晴，王绍据从县城赶乘头一班区间车到达磻溪公社，再从磻溪徒步翻山越岭到赤溪村，然后在村里沿着一条布满荆棘、怪石嶙峋的崎岖小路攀登到下山溪自然村。一路上，饿了，他就用路边店买来的一串光饼当干粮啃几口；渴了，他就喝沿途的山泉水。全程不知走了多少里山路，后来他听当地人计算总共是28公里，好在他当时年轻力壮，但疲惫是免不了的。

说到这，王老心情沉重起来。他告诉我说："来到这个被深山老林淹没的村里，看到村民们食不果腹、衣难遮体的艰难与窘迫，我震撼不已啊！记得在一户村民家里，我看到有个少妇大白天裹着破棉被，于是忍不住问她，你生病了吗？她十分尴尬地摇摇头，没回答。这时，她的邻居告诉我说，她家里穷，只有一条裤子，让婆婆穿着上山采茶了，自己下不了床。听到这，我泪都出来了。特别是看到孩子们辍学、失学的无奈，我更是百感交集。看到他们的现状，我回想起了自己的童年，想起了童年的贫困与艰辛。穷苦心相连，现场真情牵！我还了解到，这个自然村不仅是畲族聚居地，还是革命老区基点村，叶飞等老一辈革命家曾在这一带打过游击。新中国成立前这里的人口就超过了百人，新中国成立后30多年里，这里人口不但没有增加，反而减少了。原因是村里的姑娘着急外嫁,山外的媳妇却娶不进来,光棍不断增加,唯有几个能生育的妇女,却也顶多只能生两孩。更令人不解的是,下山溪没有一丘水田可以种稻谷,仅有边边角角垦填出来的农地,也只能种些番薯,还不够村民们填饱肚子,却还得年年交缴公粮和征购粮。"

夕阳开始西下,王绍据揣着沉重的心情原路返回,尽管初夏的美丽杜鹃漫山红遍,但他却毫无兴趣瞟它一眼。他的心头像打翻了五味瓶:下山溪村民的先辈们曾经为革命付出鲜血和生命,怎能让烈士的后代和晚辈过着住不挡雨、衣不蔽体、食不果腹的生活呢?"应该呼吁社会给予扶贫,帮助他们摆脱困境!"王绍据暗下决心。

回到县城,已是夜深人静,万籁俱寂。王绍据躺在床上辗转反侧,难以入眠,脑海中不断浮现那呛人鼻腔的野菜、那面黄肌瘦的男女村民、那光着脚丫的稚嫩孩子、那难以下床的尴尬少妇……他内心无法平静,也无法再睡了,激情在心中点燃。于是他拿着笔和信纸,坐到书桌边,开始写起信来。

让我惊讶的是,32年过去了,王老还能基本背出这封信。王老说:"大概到凌晨2时,我就把这封信写成了,一气呵成,几乎没怎么修改,标题就叫《穷山村希望——实行特殊政策治穷致富》。"这封信记录了一个老新闻人的担当。


编辑同志:

实行农业生产责任制以来,广大农民积极性空前高涨,农村形势发生了巨大变化。但是,还有一些地方,特别是偏僻边远的山村,至今仍处在穷困落后的状态。

在闽东福鼎县与霞浦县交界的一条深山峡谷里,有一个穷山村。这里地名叫下山溪,全村18户81口人。他们居住的房屋十分简陋与破烂,耕种的土地全是贫瘠狭小的山坡地,粮食产量极低。他们祖祖辈辈靠吃番薯度日,偶尔到外地集镇买几斤大米,只能在春节期间吃两顿,或供妇女"坐月子"吃几天。他们身上穿得破破烂烂,有的人买不起鞋子而光着脚板。这里农民的文化水平更低。解放三十多年来,这里只出过一个高小毕业生。据了解,在闽东山区尚有一些村庄至今生活仍很艰苦。这些地方大多数是解放前红军和游击队的根据地。

要使下山溪这样的穷地方富裕起来,依靠国家零星的救济见效不大。我认为只有从这里的实际出发,扬长避短,并给予特殊的政策扶持,方可从根本上改变其贫穷落后的面貌。下山溪村拥有1200多亩的山场,可以大力发展山羊,每户养几十只,这里就成为一个养羊基地。还可以把现有的灌木林逐步改变为杉木、柳杉等混交林;同时大量种植毛竹、棕树,做到长短结合,提高经济效益。这样,要不了多久,这里就能逐渐富裕起来。

实现上述富裕目标,就要实行一些特殊政策,例如,有关部门要舍得花一笔投资,帮助他们搞开发性生产,或由有关单位提供资金、种苗,同他们直接联办羊场、林场。要创造条件帮助他们从外地引进人才、技术,并保送一些当地青少年到外地学习文化、技术,然后回村领导生产。另外,建议国家能减免粮食征购任务。在最好年景,下山溪全村平均每人占有几百斤粗粮。每年向国家交售之后,口粮往往发生困难。下山溪的群众迫切希望干部到那里去走走。

福建省福鼎县委报道组　王绍据
1984年5月15日

在这封饱含深情的信中,王老不仅反映了下山溪的贫困现实,也表达了自己的忧虑,更提出了很好的建议。这显示了王老的扶贫情怀,更见证了他的高瞻远瞩。"要使下山溪这样的穷地方富裕起来,依靠国家零星的救济见效不大。我认为只有从这里的实际出发,扬长避短,并给予特殊的政策扶持,方可从根本上改变其贫穷落后的面貌……",事实上这就是我们现在提倡的"造血式"产业扶贫。然而在那个年代,王老的勇气与担当显然比他的高瞻远瞩更为重要与珍贵。

第二天,王绍据就赶到福州,想将信发在省里的内参上。一家省级媒体的一位资深编辑看后兜头泼了一盆冷水，他毫不客气地批评说："现在全国各地都在宣传农村富裕的大好形势，你却披露缺吃少穿的黑暗面，这不是给'三中全会'抹黑吗？"碰了"钉子"回到家，王绍据的同事和朋友都劝他别冒这个险了，而他自己的心情也是错综复杂，难以平静。

王绍据铁了心要冒这个险。第三天，王绍据抱着试试看的心态，把这封反映下山溪村真实情况的信件直接寄往北京中共中央机关报——《人民日报》编辑部。

让王绍据没想到的是，19天后，即1984年6月24日，《人民日报》在第一版刊登了他的这封来信，并配发了题为《关怀贫困地区》的评论员文章。来自北京中南海的发声，犹如一声春雷响彻神州大地，立即引起全国各地的强烈反应。因为此，后来赤溪村也被誉为"中国扶贫第一村"。

当然，《人民日报》作为党中央机关报敢于向全世界披露农村"短板"的实事求是的态度，更是点燃了声势浩大的中国反贫困事业之火。即便今天，《关怀贫困地区》的评论员文章，依然有着很强的现实意义：我国农村形势很好，生产显著增长，农民生活改善，大家都是看到了的。实事求是的思想原则要求我们同时看到另一方面，这就是农村尚有局部地区和少数贫困户，在生产、生活上还存在着相当大的困难，有一部分农民的温饱问题还没有得到解决。今天本报读者来信中反映的闽东一个贫困山村的情况，就是一个有代表性的例子。来信里所说的这类贫困现象，多出现在老革命根据地、少数民族地区、山区、边疆地区。其中有些地区过去在战争年代曾经对革命做出很大贡献，解放以后理应得到较快的发展，政府在财政上也给予不小的支援。但在过去一段相当长的时间里，由于政策上'左'的偏差，这些地区生产、交通、文教、卫生、科技落后的历史状况改变不大，不少群众依然过着'吃粮靠定销、花钱靠救济、生产靠贷款'的贫困日子。我们共产党人的天职，就是领导全体人民走共同富裕的道路，如果让这些贫困现象长久继续下去，不但会影响整个农村经济的持续发展，也愧对那里曾为革命做出过牺牲的父老乡亲。少数贫困地区存在的问题，整个说来属于支流问题。但我们决不能因此而忽视它。支流问题拖着不去解决，越积越多，在一定条件下也会造成灾难。我们有些同志，过去那种搞浮夸、搞形式主义、报喜不报忧的毛病，至今没有很好克服，工作上只搞'锦上添花'，不去'雪中送炭'，谁一提到困难，似乎就是给大好形势抹黑。这种毛病如果不克服，势必助长脱离群众脱离实际的盲目乐观情绪，进而导致工作上的失误……

贫困的呼唤，很快得到了党中央的回应。

1984年9月29日，中共中央、国务院发出《关于帮助贫困地区尽快改变面貌的通知》。于是，一场波澜壮阔、旷日持久的扶贫大战，有计划、有组织地在全国如火如荼地开展……

"赤溪村后面的路顺利吗？"我有些担忧地问。我知道，光环的背后往往有辛酸。我又担心触及王老不想触及的话题。

然而，王老对此却非常坦荡。他一脸沉重而又毫无掩饰地说："不尽人意。最初的办法和社会上的关怀，思路基本一致：送钱、送物。我记得第一次县领导带着各部门负责人，给下山溪22户村民送去的是救济金、大米、鱼、肉、衣服、棉被等物资。第二次又是县领导带着各部门负责对下山溪进行'输血'：民政部门给家家户户送了一笔救济生活费；粮食部门再给每户一袋大米；畜牧部门免费送去了60多只山羊崽和50多只长毛兔种；林业部门免费送去了3000多株杉树苗、2000多株水果苗；农业和医药部门还免费送去了药材种子及种植方法……当时人们都期盼'众人拾柴火焰高'，然而事与愿违。由于下山溪山地过于贫瘠，加上那年干旱少雨，种下的杉树苗不到一年枯死一大半，存活下来的长不高，成不了材；一大批桃、李果树挤在'眉毛丘''斗笠丘'的农地上，虽然能长出几粒果，但还没到收成，就让野猴子抢先偷摘了。山羊崽分散到各户饲养，由于山里茅草过于粗硬，啃吃后羊嘴巴普遍冒血泡，接着化脓溃烂，这60多只山羊崽没能长大；许多长毛兔也由于缺乏饲养技术，不是患病死亡，就是被野狗叼个精光。当时李先如跟我说，他家养的羊崽和兔子夜里被野狗叼走两次，有一次啃吃得仅剩一堆残骸。有些村民还种下一批适应性极强的根茎药材，原本有望收获到手，结果被一群野猪咬得惨不忍睹。"

"输血"不治本,"穷根"依旧在。行路难、行路难,无路就走不出真正的"脱贫路"。我了解到,到20世纪80年代末,下山溪村年人均收入仍不足200元,整个赤溪村贫困率达90%以上。而其时,地处闽东的宁德尚属全国18个集中连片贫困地区之一。

针对当时闽东的贫困状况,当时的宁德地委发出了"摆脱贫困"的庄严承诺,一下击中了闽东人的心坎。一场以转变思想观念为突破口的摆脱贫困攻坚战开始打响!

"去年,习总书记在'2015减贫与发展高层论坛'上发表主旨演讲,他说,25年前,他在中国福建省宁德地区工作,他记住了中国古人的一句话:'善为国者,遇民如父母之爱子,兄之爱弟,闻其饥寒为之哀,见其劳苦为之悲。'他说,至今,这句话依然在他心中。"说到这,王老难掩激动,"针对当时宁德贫困状况,总书记多次强调:地方贫困,观念不能'贫困';不能寄希望于国家上重大项目,一下子抱个'金娃娃';要把事事求诸人转为事事先求诸己;要有'弱鸟先飞'的意识,坚持'滴水穿石'的精神……只有摆脱意识和思路的'贫困',走出一条因地制宜发展经济的路子,才能使贫困地区面貌焕然一新。"

赤溪迎来了转机!

王绍据老人说:"说到赤溪的变化,不能不提两个人。一个是时任赤溪村党支部书记的黄国来,他是村里当时少有的上过初中的文化人;另一个是时任磻溪镇党委书记的许文贵,许书记还有一个身份——桑园水电站建设指挥部副总指挥,分管移民搬迁。1993年,赤溪村上游的桑园水电站实现全面开工。因施工所需,赤溪村通往外界的羊肠土路变成了可以走货车的砂石路。当时老黄的想法是,从村里再修条路接上这条砂石路,把分散的14个自然村集中起来。而老许却在想:能不能把移民搬迁的办法'移植'到赤溪?后来两人一碰撞,一个'搬'字脱口而出,不约而同。但说起来容易,做起来难啊!整村搬迁安置的想法,传到了下山溪村老人们的耳朵里,世代居住于此的畲族老人们都反对:下山干什么?吃什么?天不是自己的天,地不是自己的地,路不是自己的路，死了都没个地方埋！应该说，最终打动老人们和下山溪村 22 户村民的，还是实打实的政策与心贴心的诚意。现在赤溪村主路——长 800 米、宽 15 米的长安新街，那时还是一大片竹林、菜园和杂地，属于村里以杜姓为主的几大宗族族产。为了安置下山溪村这 22 户村民，1993 年夏，老黄代表村两委和族长们谈判，他们最终答应以每亩 2000 元价格出让。每户两层楼，沿着长安新街规划线两侧各 11 户。他们只从山上带下来 80 根木头。包括盖房用的砂石、水泥、空心砖等建筑材料，还有钱，全部由赤溪村两委和镇里在上级帮助下筹集，孩子们一并转入赤溪小学。就连老人们担心的坟地，镇里村里也考虑到了：坟墓可以迁到村后山里。大概是从 1994 年 8 月到 1995 年 4 月，下山溪村 22 户村民全部完成搬迁。由此开始，20 年间，赤溪另外 13 个自然村的群众，也分三期陆续搬至长安新街两侧。到目前，赤溪村 408 户 1800 多人，已有 356 户 1500 多人搬到中心村。"

赤溪整村搬迁的成功经验，迅速传遍闽东。一场跨世纪的"挪穷窝""拔穷根"的脱贫行动，在八闽大地全面展开。至 2016 年，福建省累计搬迁 142 万户农民群众，整体搬迁了 7000 多个自然村，建成各类集中安置区 3000 多个。

……

我与王老聊着关于赤溪，关于贫困，关于过去，关于现在，关于未来的话题。

雨越下越大，夜越聊越深。

即便整晚几近失眠，但第二天我依然起得很早，对新赤溪的向往与好奇，已经驱散了瞌睡虫。来到赤溪村，整洁干净的村容、新旧错落的房屋，以及村民饱满的精神状态让我强烈地感受到：这里人们的生活已经大大改观，他们应该过上了小康生活吧。

老街质朴的街道、带有民族色彩的古建筑，以一种安静的方式，向我述说属于它的历史；在"赤溪扶贫展示厅"，我强烈地感受到了一个山村的艰难嬗变……

是啊，赤溪村的变化，是中国 30 多年来扶贫工作的一个缩影，也是中国农村建设与发展的一个缩影。

我有一种感觉，从赤溪村到十八洞村，再从十八洞村到赤溪村，并不只是两个山村的对歌，它们的顽强与坚毅，它们的开拓与创新，让这两个山村连接成了中国脱贫攻坚的"彩虹桥"，越来越多的桥梁将连接在一起，最终通往幸福的小康大道。

坐在高铁上，向福鼎、向宁德，挥手道别之时，我突然无比留恋起这个地方来。十八洞村，赤溪村，它们在我的视野中越来越远，但在我的心中却变得那么辽阔而亲近。

# 蓝色的祈祷，绿色的希望

## 一

西海固，一个听起来就让人感觉干涩、炽烈、坚硬的名字。

2016年6月下旬至7月上旬，我一直穿行在巍峨辽阔的六盘山地区，行走在沟壑纵横的宁夏西海固，当我站定在刺槐、山杏树、杨树等"高低搭配"，梯田层绿，沟洼成荫的绿色（有点灰，没有南方的绿那么纯那么鲜）之中时，我在心里反问自己："这是宁夏的西海固吗？"我眼前的西海固，与史料中有"苦瘠甲天下"之称的西海固，与上百年"十年九旱、生态焦黄"的西海固，与诗人笔下"我至今羞于启齿，您干涸的肌肤仍衣不蔽体"的西海固，反差太大了。如果不是亲历其境，如果不是亲眼见到那蔓延在纵横的山谷中的大片绿色植被，我怎么也不会相信。难道真如网上有人所说，"西海固正在变成西藏，变成福建霞浦，变成元阳梯田，甚至变成岜沙，成为新一轮的影像开采地"？当然，这种变化是新中国历史发展的必然。

岁月不堪回首。

历史上的西海固曾在较长一段时间内被沙漠和秃岭紧紧包围，在苦难的命运中挣扎。多少年间，西海固地区成了贫穷的代名词，称为"苦瘠甲天下"之地，被联合国确认为不适宜人居住的地方。事实上，西海固不缺人文历史积淀，丝绸之路从此穿过，各国商旅曾在这里交流与贸易，更遑论从战国开始，各朝各代的铁骑曾在这里留下无数的厮杀声；它不缺信仰，焦黄的土地上矗立着一座座明净的清真寺；它不缺勤劳，那高高的山峁上种植着一道道黄绿相间的庄稼；它不缺厚土，拿一把铁锹轻轻松松便能挖下十几米的土层。它唯一缺少的只是水，宽阔的河床上没有水，深阒的老井里没有水，屋里的瓦缸中没有水。这里常年干旱，年降水量300毫米左右，蒸发量却高达2000毫米以上。水是生命之源，人类的生存，最不能缺的就是水啊！

更让人痛心的是，这片土地上的人们曾经精神逐渐萎靡、活力逐渐消逝——信念与人格的贫困，这是比物质贫困更可怕的。一些贫困农民，拿到政府发的救济款后，不是筹划如何走脱贫致富之路，而是立即打酒买肉大吃一顿再说。还有一些贫困农民领到救济的被褥后，不是对党和政府的关怀心存感激，而是伸出一个手指头说，你们共产党还欠我一床棉被，某某年没有救济我。记得在六盘山西麓的宁夏西吉县采访时，我听扶贫干部说起20世纪八九十年代流传下来的一个故事：某乡镇当年有个老汉，家徒四壁。县民政局的干部看他一家人日子过得实在艰难，就打算发点救济款给他，但民政局干部又怕这点钱被他乱花了，于是就买了一头牛送到他家，以帮助他生产自救。三个月后，老汉嫌养牛辛苦，深更半夜还得起来喂料，他想着换点钱花，就把牛卖了，换回一只羊，以应付上级检查。过了半年，老汉觉得养羊也麻烦，每天得上山放羊，便又把羊卖了，换回一只鸡，既省事又有鸡蛋吃。可是到了冬天，鸡不生蛋了，老汉索性把鸡也杀了，吃进肚里。结果，他还像以前一样照旧过着穷日子，还四处对人说，政府不会让咱饿死的，会帮助咱的。

当然，在很长时间里，这种思想在全国贫困地区普遍存在。比如在相当长的一段时间内，大江南北的诸多贫困地区的县都纷纷争戴"贫困县"的帽子，他们甚至不以为耻反以为荣。政策的出发点是好的，确定贫困县有助于引导政策、资金等资源向贫困县集中,打好扶贫"阵地战",发挥扶贫举措的综合效应。但一旦成为贫困县,可以得到大把大把国家扶贫的真金白银,可以享受国家扶贫的优惠政策……实惠多多。于是,一些贫困县经济取得长足发展后仍戴着"贫困帽",甚至出现"哭穷争戴贫困帽""穷县富衙""戴帽炫富"等现象,引起社会广泛关注,带来的是负面效应。抢戴贫困县帽子,暴露出一些官员懒政、不思进取、贪图安逸等病态心理,是我们脱贫致富奔小康的绊脚石。同时,他们这种不劳而获的懒惰思想蔓延到了老百姓中,便繁衍出"新乞丐"现象,即有些农民有田不种,有家不归,而愿意长年流窜城市沿街乞讨,以为这样活得更轻松、更快活……多么可怕的思想传递和恶性循环!

正如研究我国农村贫困问题的专家高长江所说:"在人类文明发展的历程中,难以摆脱的贫困有两种:一种是经济贫困,一种是文化贫困。大量事实表明,无论是那些物质生活贫穷的乡村,还是那些精神生活落后的乡村,之所以陷入如此困境,原因并不只是在于那里自然条件和制度落后,更在于他们所拥有的是一种贫困的精神文化。正是这种贫困的文化使之安贫认命、麻木不仁、价值丧失、弊病丛生,陷入物质和精神贫困的深渊。"

回到西海固。当年,贫瘠的西海固一直牵动着中南海和全国人民的心。

1972 年,得知西海固地区不少农民"家无隔夜粮,身无御寒衣",周恩来总理心急如焚,立即决定从部队调拨 10 万套棉衣运抵西海固,派遣医疗队为贫困群众防病治病。20 世纪 80 年代以来,中央领导不断深入西海固考察,帮助当地分析情况,制定发展战略,提出了"种草种树、发展畜牧、改造河山、治穷致富"的建设方针,并从沿海各省调派大批干部和科技人员对口支援。1983 年,党中央和国务院决定,将宁夏的西海固与甘肃的定西、河西这三个全国极度贫困、极度干旱的地区列入国家重点扶贫攻坚计划,连续 10 年每年拨专款 2 亿元进行扶贫开发,其中西海固地区每年划拨 3400 万元。1994 年,国家又决定将"三西"扶贫攻坚计划延长 10 年。1986 年,在中央领导同志的关怀下,国家投资 2.5 亿元建成了固海扬水工程,甘甜的黄河水上山坡、跨荒原、穿涵洞,扬上了 370 多米高的亘古荒原,使 57 万亩干旱的土地成了水浇地,解决了 20 万人、100 万头牲畜的饮水问题。因 1991 年开始的连续 5 年的特大干旱，西海固群众的生产、生活环境变得十分恶劣。中央领导得知这一情况后十分焦急，对西海固的抗旱救灾工作做了具体指示，专门派出工作组奔赴宁夏指导工作，并给西海固拨出了大批的救灾物资。1994 年，经过全国政协赴宁夏专家考察小组的调查，并与自治区党委、政府反复研究，一个被称为"1236"工程的宁夏扶贫扬黄灌溉工程被描绘了出来，即移民 100 万人、兴建灌区 200 万亩、投资 30 多亿元，6 年内完成。1998 年 9 月 16 日，这项党中央、国务院十分关心的工程在宁夏各族干部群众的努力下，一期工程实现了试通水，滔滔黄河水被提升了 170 米，灌入了西海固 27 万亩荒原。新世纪扶贫开发 10 年，西部大开发的战略高瞻远瞩……从 20 世纪 80 年代开始，贫困的西海固经历了一个又一个扶贫接力赛，扶贫战略的实施改变了西海固的面貌，改变了西海固人的命运。

"一方水土都养不了一方人，还谈什么脱贫，还谈什么发展经济，还谈什么幸福日子！"固原市扶贫办的一名扶贫干部告诉我说，"西海固人命运的改变是从生态建设开始的。"

生态环境问题由来已久，生态环境的好坏关系到人类的生存和发展，对于这一关系，西海固地区的先民们深有感悟。从明代中叶以后，由于这里人口激增，便毁林毁草开荒种田；清代更是实行了"招民开垦，按亩收租"政策，致使大片草原被毁；到清末民初，这里的大面积草原已经不复存在，原来典型的草原牧区已经退化为以农为主、农牧业并存的地区。新中国成立后，伴随着人口的急剧增长与对粮食需求的增加，这一带垦荒面积进一步扩大，草原面积大幅减少。尤其是在 20 世纪 70 年代"以粮为纲"政策的影响下，更多的草地变成耕地，加上过度放牧，草地退化十分严重。直至 80 年代后相当长一段时间内，西海固一带的乱垦滥采、超载过牧现象仍未停止，造成当地 90% 以上的天然草原存在不同程度的退化，干旱缺水现象也越来越严重，生态环境的平衡遭到破坏，严重削弱了人们生存和发展的自然基础。这种局面直到国家实行退耕还林、退牧还草政策以后才有了较大改观。

西海固人也开始尝到了甜头，他们深刻地意识到：现在的西海固，下雨就是下GDP！

以固原为例。我在固原市统计局提供的相关资料中查到：在开展退耕还林还草之前的1999年，固原市牧草面积只有84万亩，草场退化已经达到相当严重的地步。在实行退耕还林还草之后，到2007年达到384万亩，比1999年扩大了3.6倍。到2007年，固原市畜牧业产值已经由2000年全面退耕、禁牧前的2.35亿元上升到11.22亿元，增长了4.8倍。畜牧业在农业产业结构中的比重也由原来的23.02%上升到30.23%，上升了7.21%个百分点。到2013年，固原市退耕还林草面积达到254.2万亩，98万多农业人口人均退耕2亩。这一"退"，固原市林草植被大面积恢复，草原植被覆盖率由退耕前的35%提高到现在的73%，森林覆盖率提高到17.6%，固原市还被确定为全国生态文明示范工程试点市。到2016年固原市林业用地总面积为668万亩，森林覆盖率达到22.2%，比宁夏平均水平高出8.4%，年均降雨量达到450毫米，是10年前的2倍。于是，水土流失得到有效遏制，沙尘暴、冰雹等灾害性天气发生次数减少、强度减弱，野生动物的种群数量明显增多，初步实现了生态环境由整体恶化局部治理向整体遏制局部好转的根本性转变。

这也正是我来西海固后与作家梅洁来后看到了截然不同的面貌的原因。

18年前，梅洁老师来到这片土地时，她眼前的情景是：大人和孩子为了赚钱都在挖甘草，他们不仅把西海固有甘草的草原全部翻了个底朝天，而且整个宁夏有甘草的草原也全部被翻了个底朝天。宁夏的甘草挖得差不多了，他们又三五人合伙，拿上被褥、镢头、麻袋和锅碗瓢盆，开上手扶拖拉机到内蒙古、新疆去挖……梅老师说，她在宁夏采访时，无论在农村还是在城市，无论是书报资料还是电视节目，都在说：宁夏有三宝，枸杞、发菜和甘草。

18年后的今天，不要说西海固地区，就是"三西"地区，甚至整个六盘山山区，除了满眼的青山绿水，就是西海固人发自内心的对这片土地的赞美。我与固原市彭阳县扶贫办副主任赵金平一起去孟塬乡双树村采访的路上，这个经历过西部贫困，当过多年乡镇干部的扶贫干部一个劲地告诉我说："你看，现在到处都是绿色，那都是树木花草，许多还是有高经济价值的树种和花草呢。我们彭阳发展只有两个字：种养。而种养靠水。我们这里以前树都砍光了，缺水严重，付出了惨重代价。近些年退耕还林了，树虽然还不大，但降水量有所提高，有了水就可以搞种植了，有了种植就可以发展养殖业了，比如说玉米秆，就是养牲口的好料子。但也有代价，就是我们的生态发展了，但经济跟不上，我们这里是黄土高原的边缘地带，属于黄土丘陵，没有工业，也没有矿产。但为我们的子孙后代留下可持续发展的生态环境，经济发展慢点也值。"双树村第一支书吴富祥告诉我说："彭阳退耕还林后，生态环境发生了很大的变化，杏花、槐花、苜蓿都有了，有花源的话，养殖业也就上来了，养殖业上来了，老百姓也就富了。"说起退耕还林，孟塬乡小石沟村小石沟组的陈俭银显得非常激动，他说："十多年的退耕还林、封山禁牧，气候环境好了，雨水也多了，感觉不干燥了。政府大力支持我们科学种田和养殖，粮食增产了，能养羊养牛养生态鸡，还可以养蜂了。"中卫市海原县史店乡副乡长田璟告诉我说："过去我们的土地生态破坏严重，都沙化了，山头开成土地了，靠天吃饭，十年九旱。近些年退耕还林，山坡山头都是树木了，年降水量也上来了。因为降水量提高了，我们县里就成了草蓄大县，种植紫花苜蓿，就拿我们乡来说，就能达到6万亩，紫花苜蓿留床面积能达到4万亩左右。"就连已经从固原市隆德县山河乡地湾村搬迁到银川市永宁县闽宁镇原隆村的邵东礼都说："原来我们老家是没有银川好，但现在就不见得比这里差了。银川这地方热，风大，有时刮起风来，沙子满天飞。看看我们老家，现在满山的树，喝的水都是山里渗出的水，是泉水，甜着呢。银川这地方的水不是太好，有股味道，有时候还供应不上。所以我们经常结伴回老家，看看那里的山林，呼吸那里的清新空气，喝喝那里的山泉水。"

十几年弹指一挥间，但十几年足以让一片土地满目疮痍，也可让一片土地绿意盎然、生机勃勃。一切，都是因为人！

## 二

然而，在西海固地区行走，更让我惊奇的还是那漫山遍野的绿色之中总是点缀着蓝。这种蓝，它蓝似海洋，可比海洋要蓝得纯真；它蓝似天空，可比天空要蓝得深沉。这种蓝，蓝得让人怦然心动。

7月1日上午，从彭阳县城前往白阳镇陡坡村时，越野车在黄土丘陵沟壑区上山、下山，再上山、再下山。彭阳的山算不上高，但一座连着一座，很深远，一望无际。这里望山山翠，看地地平，层层梯田如雕如塑，如诗如画；路边士兵一样挺拔的白杨树被风吹得"哗哗"直响，像是对远方来客的欢迎……我们连人带车完全坠入茫茫的绿海中，仿佛进入了另一个时空，似乎连生物钟都被打乱了，搞不清车子跑了多久，也搞不清车子跑了多少里路。

"那些蓝色是什么？真好看！"我指着那些鲜艳地点缀在山间的蓝色，问随同的彭阳县扶贫办业务股黄彦贵股长。

黄股长冲我一笑说："那是牛棚、羊棚的顶棚，看上去一点一点的是老百姓家的，成片成片的是养殖合作点的。"

"为什么非要用蓝色呢？"我继续问道。

"这里住的大都是回民，他们信仰伊斯兰教，而蓝色是伊斯兰教教徒最喜好的颜色之一，代表着神圣与纯洁。也可能是代表着老百姓对美好生活的希望与憧憬吧。"黄股长说。

也许对于黄股长来说，这是一个非常简单的问题，或许他认为这太平常不过了，甚至认为这是一个非常幼稚的问题。但他不知道，这对于我来说，给我带来了无限的艺术遐想。蓝色不光代表着神圣与纯洁，更饱含着西海固人的祈祷与希望。

"到了吗？"正沉浸在遐思中的我突然感觉车子已经稳稳地停住了。

"到了，到陡坡村村委会了。"黄股长说。

一下车，我就看到碧蓝的天空下，一座朱红色的漂亮房子出现在我眼前，房子前，鲜红的国旗正迎风招展。此时，一个大眼睛、深眼窝、高鼻梁，中等个头，较瘦，身着白底格子短袖衫的回族中年男子正在国旗下迎接着我们的到来。中年男子话不多，但那真诚的微笑，已经让我感觉到了他内心的热情。黄股长也是直言不讳："别看我们姬主任是个西北汉子，不太好说话，有时还会有点腼腆，但忙起活来像头牛，劲大着呢。"

姬主任叫姬登榜，今年44岁，陡坡村步子沟组人。家里五个兄弟姐妹，他是老大，一个弟弟，三个妹妹。对于这片土地的贫穷与苦难，他有着深刻的记忆。以前，姬登榜家与绝大部分村民一样，就住在山坡的窑洞里，种山坡地，靠天吃饭。搞点养殖，也就是种点菜、养几头牛和几头羊。1995年高中毕业，他就跟着表哥跑到银川打工去了。那是姬登榜第一次出远门，第一次到银川这样的大城市。一到银川，他才知道，原来外面的世界这么大，城市这么繁华，环境这么好，与农村完全不一样。最开始他在银川郊区的掌镇乡给人家养鱼，后来在城里搞基建，也就是给人家打小工挑砖，每天能挣十五六块钱。干了一段时间，他觉得应该学点手艺才行，于是他找到工程队维护电路的，跟着他们干水电。工程队的施工员看姬登榜勤快，做事也牢靠，就跟他说，年底回家多叫些人来干活，让你当个小头头，带着他们干。然而当他年底回到家时，他老爹死活都不让他出去了，说家里没人干活，不能再出去了。听老爹这一说，姬登榜急出了泪，他说，老爹，外面世界很大，必须到外面闯一闯，闯大了闯好了，家里就好了。但老爹非常固执，根本就听不进，甚至以死相挟。姬登榜是个孝子，看到老爹的眼泪，他心软了。当然，还有另一个重要原因，就是他是家中老大，弟弟妹妹还小，都还在上学，他也不忍心。可回老家有啥发展前途？除了每天下地干活，就是找对象成家。一回到家，姬登榜老爹就催他找对象结婚。在农村，除了种地与结婚生子，还能干啥呢？或许这就是农村青年的宿命。姬登榜当时就想，或许这一辈子都无法逃脱贫穷的命运。

姬登榜的老婆叫海明莲。海明莲家与姬登榜家一样，同属那个年代西海固地区的典型农家，同属"因贫困而蒙昧，因蒙昧而无节制地生育"的恶性循环的"产物"。海明莲家也是住窑洞，也是兄弟姐妹五个，她也是家中老大，下面有一个妹妹，三个弟弟。是姬登榜的亲戚去说的媒，海明莲家的条件相对好些，她家有点不愿意。姬登榜的亲戚就做工作说，姬家是条件差一点，但不能只看眼前，只要两口子齐心协力，将来会有好日子的。最终，海明莲家同意了这门亲事，但3000块钱的彩礼钱一分都不能少。姬登榜家本来就困难，弟弟妹妹都还在上学，哪拿得出这么多钱呀？为了娶儿媳，只得到处借，亲戚邻居，能借的都借遍了，借来借去也只借了1000多块钱。还差1000多块钱呢！咋办？姬登榜老爹把目光投向了家里的一头牛和两头驴。一看到牛和驴，姬登榜他们的眼睛就湿润了，它们不仅与主人关系好、情感深，还是这个家庭主要的"劳力"，50多亩的缺水山坡地，干活全指望它们。最后，姬登榜老爹一咬牙，把两头驴卖了，卖了500多块钱。最后总共凑了2700块钱。于是，姬登榜与海明莲在窑洞旁新盖的一个小土房里结婚了。婚后，小两口分了20多亩山坡地。不久后，小两口又建了新房子。所谓新房子，就是姬登榜叫上表弟和小舅子帮助，在离家不远的一个山坡挖了一个多月，挖出的三眼窑洞。三米多宽，五米多深，除了小窗户和门是木的，其余都是土。由于姬登榜是高中毕业，算是村里的"知识分子"，1998年他就开始到村里当会计，一直干到2013年当上村主任。

"我一当村主任，就碰上了整村推进。首先是完善基础设施建设，把村里14.7公里的村道全部硬化，把原来的两相电改成三相电，建了文化活动广场。其次是危房改造。最重要的是发展产业，我们这里主要是搞养殖业。当时我们县里有个提法叫'530'，就是每家每户要养5头牛和30只羊。这个事当时在村里炸开了锅，村民说这咋行，哪有这么大的牛棚、羊棚，哪来那么多成本。还有村民说，投资这么大，要是亏本了咋办，那样不就更穷了？我觉得，村民担心有客观原因，那就是原来都小打小闹，只养一两头牛，现在要养这么多，没有设施，也没有成本。但也有主观原因，主观原因就是有畏难情绪，思想认识不到位。因为思想认识不到位，所以我们的局面一时半会也就没打开。"姬登榜坐在我的对面，说起这些，他脸上依然有愁云，"我们先从思想工作开始，在走访中我估算了一下，我们村大概有80%的老百姓不愿意。不是他们不想发展养殖业，不想脱贫致富，而是他们没地方借钱，也害怕贷不上款。贷上款了又怕还不上,即便牛棚、羊棚建起来了,也把牛羊养大了,又怕销售不出去。担心太多。老百姓觉得,与其这样,还不如不搞养殖。老百姓不行动,我们村委只有先行动,让他们看到我们的决心与诚意。当时建棚没钱拉砖,也买不起其他材料,我们村里就只找了泥瓦工,但他们都不敢来,害怕建成后要不到钱。后来,我们就联系工程队,以村委的名义,叫他们先来建,验收合格后再付款。老百姓牛羊要养到几十头,没有资金,又咋办?我们就通过县扶贫办联系县里的银行,给老百姓贷款,组织上给他们担保。看到一些老百姓家的牛棚、羊棚建了起来,牛羊成群了,不仅有政策的支持,还有补助,其他老百姓也动心了,都想发展养殖。再后来,我们村里又建了四个养殖合作点,分别叫阳湾点、吊岔点、虎岔点、陡坡点。这是政府出钱建的,老百姓可以到里面养牛养羊,但养牛要达到10头,养羊要达到50只,但是这个成本不低,要5万多块钱的成本。但不是所有老百姓都可以到里面养,只限于村里的贫困户。我们参照住房、教育、残疾等情况,鉴定出149户贫困户。也就是说,只有这149户可进入合作点。对这149户,我们不仅精准定位,也是精准扶持,因户施策,因地制宜。主要有三种模式:家里有养殖基础的,我们不仅在政策上、资金上进行扶持,还帮助他们建棚补栏、建青贮池等,这叫单户扶持;有些贫困户想发展养殖业,但没有基础,也没有技术,更没有场地,就让他们进合作点,他们只需要买牛买羊进棚就可以了;有些贫困户家里没有劳动力,要么是老弱病残,要么是外出打工了,就进行托管,把他们家里的牛羊托管到村里的大养殖户,年底进行分红。这样,149户全部扶贫到位了,风险也降低了。"

姬登榜告诉我,他们村早在2015年就"整村推进"全部到位,整体脱贫了,今年是脱贫巩固。现在村里基础设施好了,危房基本上不存在了,家里收入高了,条件好了,跳广场舞的也多了,有点享受生活了。他掰着指头给我算起他家2015年的收入,年底卖了4头牛得了45000块钱,地里的玉米得了5800块钱,当村主任一年的收入1万块钱,全年纯收入超出了6万,在村里算是中高水平了。姬登榜还说,虽然现在脱贫了,但我们必须奔着小康去。我们村里要继续找项目,能养的养能种的种,要再给老百姓增加收入。

中午时分，我随姬登榜来到了步子沟组的一个老汉家。老汉叫姬秀林，70多了，是姬登榜的叔叔。走近姬秀林家，我才发现，刚才在山的对面看到的，山坡上的小小窑洞，竟然如此高大雄壮，山对面看到的蓝点点，原来是这么大的牛棚和羊棚，棚里也是牛肥羊壮。老汉告诉我说，在2013年之前，他每年只养两三只牛羊，基本上没有什么收入。2013年以后，他家的窑洞不仅加固了，政府也扶持他家建了牛棚和羊棚，牛羊也是越养越多。从2013年他就开始有收入了，2014年家里的纯收入有两万多块钱，2015年将近3万块钱，今年至少是3万多。姬登榜在一旁告诉我说，他叔叔就一个儿子一个孙子，家里人少，平均起来，家里的年人均收入就上万了。虽然姬老汉不太言语，但他脸上的微笑告诉我，他对当前的生活比较满意，对未来美好生活也充满向往与追求……

中午的陡坡村被凝固在了大西北的蓝天白云下，山路上没有行人，唯有老百姓房前的玉米地和白杨树"哗哗"作响。站在一个山头眺望四野，我尽情地感受着黄土地的淳朴与粗犷，也感受着那纯真而深沉的蓝给我的悸动。

"看，那里是一片蓝色。"我指着不远处的一片蓝色对黄股长说。

"陡坡村不是有四个养殖合作点吗，这个就是其中的陡坡点。"黄股长说。

"看看去。"我说。

我们没有去陡坡养殖合作点，而是去寻找那一片蓝色的描绘者。

这片蓝色的描绘者叫王振，宁夏兴华康源农牧科技开发有限公司总经理。兴华康源不在陡坡点，而在县城的工业园内。见到王振的第一个感觉是，虽然有些中年发福，但穿着简洁而利索，一看就知道是个有思想有能力有魄力的人。

他身上，透出一种真挚的情感和莫名的力量。

1968年，王振出生在陡坡村陡坡组。在他儿时的记忆里，全是恶劣的环境，艰苦的条件。和其他家庭一样，他家也住在山坡的窑洞里，每天放学回家，书包一扔，就是到地里拉粪。穿的补丁衣、鞋子是大人穿过的，餐餐吃玉米馍馍。看到家里没有劳动力，父母很辛苦，他初三上了一个学期就辍学了，虽然当时他的成绩不错，小学考初中时还是全区第三。辍学以后，他放了三年羊，家里的羊由十几只繁殖到了20多只。也就是在这三年里，他读完了《红楼梦》《三国演义》《水浒传》《西游记》四大名著。家里没钱买,他就跑到乡文化站看。父亲王志有是队上的会计,喜欢看报,他总会从村上拿回《宁夏日报》看。虽然报纸到王振手上时,新闻已经成了旧闻,但他多少还是了解了外面的世界。还有听广播、听收音机,更加深了他对外界的了解。他有个小半导体收音机,他总是一边放羊一边听收音机。于是,他知道了大山外面的世界,人家的山没有他们这里的大,路没有他们这里的陡,山也比他们这里的青,水更比他们这里的秀。当时他正处于朦胧的青春期,渴望自由,更向往外面的世界。然后,他便想法"逃离"这个穷山沟。先是报名参军。他瞒着父亲,报了名,体检也过关了,只等着政审了。但最后还是被父亲发现了,父亲跟乡武装部的人熟,就跟他们打招呼说,不能让王振那王八羔子去。看到许多同龄人穿上绿色军装高高兴兴当兵去了,王振急得直哭,甚至跟父亲吵了起来。父亲说,不是爹不让你去,爹也是共产党员,知道应该保家卫国,但你想过没有,咱家只有你这么一个儿子,要是你当兵去了,家里的农活谁来干,你要是有个三长两短,我和你娘还怎么活?父亲这么一说,王振跑到屋后的山上痛哭了一场。

然而,王振想到外面的世界闯一闯的梦想并没有就此泯灭。1985年,县里劳务输出,到乡里招工。这次他吸取了教训,听到这个消息后,他就立即跑到乡武装部部长办公室,软磨硬泡,动之以情晓之以理,把部长感动了,同意让他报名,并答应保守这个秘密。回到家,他就把家里的喇叭线掐断了。当父亲知道这个事时,王振已经坐上了开往青海的东风牌解放车。父亲没有再阻止,只能默认。那是他第一次坐汽车,那是他第一次离开彭阳。一路上,他兴奋得无法入睡。但到了青海他才知道,外面的世界也不是他想象的那样好,在建筑工地挑了大半年砖头却领不到工资。一气之下,他辗转回到银川,到一家电焊铺当起了学徒。再后来,他去了一家装饰公司,学氩弧焊,把电焊技术学得炉火纯青。2006年,他成立了银川瑞祥佳艺广告装饰有限公司。在此之前,他不仅完成了资本的原始积累,还找了个银川的老婆,房子、车子、孩子全都有了。公司成立后,生意更是芝麻开花节节高,年纯收入上百万元。

穷则思变,富则向仁。

此时，王振把目光投向了故乡彭阳。王振告诉我说："以前不经常回老家，也就春节的时候回来，那时也看不到农村潜在的东西，加之自身的视野不够宽，回来也只是看看老人，转转亲戚，顶多就是带走亲戚邻居家的娃娃到我的公司上班，他们都指望着我把他们的娃娃带走。但我总是在想，落后的彭阳需要在外面有一定社会经验和有一定资金的人回来，把当地资源充分整合，发掘出它的价值。这样做，国家应该在政策上会有照顾。但当我提出想在陡坡村租块地搞养殖场时，却一下子炸开了锅，反对声一片。父母说，好不容易离开这山沟沟，当上城里人，还当上了老板，再回来就丢人现眼了，人家以为你是在城里混不下去了；亲戚朋友说，你在银川有自己的公司，效益还不错，没有必要再到山沟里来受苦了。其实当时我看中了我父母家的一块地，我觉得那块地特别适合搞养殖。他们一反对，我当时就犹豫了，没有回来，但我还是建议父亲把那块地租给了人家，也是搞养殖，并且签了五年合同。五年后，也就是2011年，那个老板的合同到期了，按合同要求，他要把父亲的那块地恢复成原来的样子。这时我又回来了，我没让他恢复，把他余留的旧砖旧瓦接了过来，给了那个老板几万块钱，就开始干了。这时父母不太反对了，媳妇却没有同意。但我是铁了心要干，就把银川的公司关了。这个咱实在说，当时我回来，只是想自己搞养殖，找到另外一条致富路，也并非投钱在这儿扶贫，一是我眼界还没那么开阔，思想境界还没那么高，二是毕竟我的钱也不是很多。但有些亲戚朋友还是担忧。有朋友觉得我本来是搞装饰行业的，突然搞农业，不仅会很辛苦，而且还是个外行，不占优势，即便成功了，农业产业投资也不是一时半会能见到效益的。银川那边的一些老客户知道我改做这个行业后，都觉得很惋惜。"

刚开始倒没多大困难，资金也有，各级政府都很支持，相关部门也进行技术指导，但养着养着，王振就发现了问题。王振说："如果单凭我一个养殖场，即使利润再大，也形成不了气候，只有带动老百姓都来搞这个产业，连片成规模，不论牛羊，有存栏量，才能供给外面商贩，才有话语权。比如一个商贩要买100只羊，一个品种的，一个重量的，而我的养殖场只有50只，因为不够量，我的价格就上不来，谈判也就没有话语权。如果除了我的养殖场有，周围老百姓中张三李四还有，商贩也不用东奔西跑了，成本就降低了，我们的价格也就不会打折扣。如果一个人单打独斗，不仅带动不了周围百姓，自己还会走进一条死胡同。正在这时，县扶贫办的许主任和蔺主任到我的养殖场调研，说陡坡村是整村推进村，你是大养殖户，要起好带头作用，这次来主要是看还有什么实际困难。那是我第一次与许主任和蔺主任见面。我说，我说句话，你们别多心，以前扶贫扶了很多年，扶过很多人，又把谁扶脱贫了？他们说，当时的政策就是这么个政策。我说，军区过来扶贫，给好多家里都建了牛圈、羊圈，也给他们送来了牛羊。你看看现在的情况，刚送来的牛羊，他们马上就卖了，牛圈、羊圈都是空的。为什么不把资金整合起来，交给有能力养的人，让他来组织，这样一来，没能力养的人的资金就不会流失，他们不仅可以分红，还可以到养殖场来打工挣钱。许主任和蔺主任把我当时说的这种方式一拿回去就开会研究，很快就通过并实施了，很顺利。这是一种新的扶贫模式，我在银川月牙湖听说过，就记在了心里。"

王振说的这种模式，也就是姬登榜跟我介绍的"托管"。王振说："我马上起草了一个托管协议书，县扶贫办进行了修改完善，最后又在村委会上通过了。随后，我与村委会的人走家串户，与贫困户签合同。协议上除了我与托管的村民要签字，村委会也要签字，他们主要是进行监督。当时不少人不理解这种做法。村里有个 60 多岁的老汉，是个孤寡老人，头天跟他签协议时，他就问村支书，说这个没问题吧。村支书说，我是支书，我还能欺骗你？于是他就把这个协议签了，但第二天天还没亮，老汉就找到我。他说他想了一晚上，觉得这里面有问题，不同意这么做。我问他为什么，他说我是用他的名义去贷款，如果我用了钱不还，最后还是会要他来还这个钱。我说这不是贷款，是发展养殖业。但无论我如何解释，他就是不相信，最后只得把签的三份协议当着他的面撕了。当时我想的主要是贫困户，想带动他们。但这个模式搞完以后，我又发现了问题，如果光我这一个养殖场，还是解决不了我们整个村的脱贫，我又与县上扶贫办和村干部商量，怎样才能把更多的人带到这个行业来。"

2013 年年底，陡坡村村委会又开会进行讨论，县扶贫办领导、县扶贫办项目股的负责人,以及村干部都参加了。王振说:"当时我在会上提出,咱村还有这么多贫困户,如果就目前陡坡这个养殖合作场让大家参与,还远远不够,咱们可不可以再选几个点建养殖场,把各个有养殖合作想法的集中起来进行养殖。大家很赞同与支持我的想法。随后,我们又召开村民大会,统计谁有养殖想法和养殖能力。村民想法不一,有的认为集中在一起养殖,离家远,还不如在自家院里盖个棚养,方便;有的认为集中在一起养殖,至少可以统一管理,存栏量多,加上县上扶贫办的扶持,贷款也方便,有优势;还有的没说参加也没说不参加,持观望态度。统计出来后,我们就开始踩点。当时是冬天,特别冷,站到山上风吹起来耳朵都疼,我们把陡坡村的每个队都走遍了。把位置选好后,就是协调。当时咱们选的每个养殖点,涉及好几家的土地,而各家有各家的打算与想法。还有的土地在基本农田红线以内。为了协调这个事,我们前前后后就忙乎了两个月。2014年春天,我们建了另三个养殖合作点,阳湾点、吊岔点、虎岔点。"

但事情远远还未结束。王振说:"养殖合作点还在建设的时候,我们就请农牧专家对参与养殖的村民进行统一培训,学习养殖知识,如草料的配置之类的。养殖合作点建好后,我又带着村民去选牛羊的品种,参观外面成熟的养殖场。这一学习一参观,有的村民信心百倍了,但有的村民却动摇了,打起了退堂鼓。我又要去说服他们。我说,我投资几百万都不怕,你们投资几万块钱怕什么。我鼓励他们从事这个产业。后来村委会推荐我去管理这几个养殖合作点,每个点还选了一个点长。点长负责每个点的工作,我统一管理点长,协调解决他们的矛盾,也包括安全意识与卫生这一块。刚开始,到养殖点的路都是黄土路,下雨就泥泞,草都拉不出来。我们又向县扶贫办申请各种资金,把道路硬化绿化了,养殖条件也就完全成熟了。在这个过程中,我又说服村里的几个种植大户,把种植面积增大。我对他们说,村里有这么多养殖场,不管是玉米饲料还是粮食秸秆的需要量都很大,养殖场的牛粪、羊粪你们可随便拉去做肥料。这就是所谓的循环农业啊!"

说到这,王振的脸上露出了笑容。他说:"看到养殖条件成熟了,养殖点的牛羊多了起来，村里的养殖气氛也是空前高涨起来。一部分持观望态度的人，也要求加入到养殖合作点来。因为当初设计时，就已经按照统计数据进行了分配，这个棚是张三家的，那个棚是李四家的，现在他们想进合作点，但没地方了。他们就提意见，说都是一个村的，你们为什么对他们扶持，对我们不扶持。村民有热情，这是好事，我们当然要扶持。于是我们再次进行统计，统计好名单后，又拿出了一个方案，也就是到户实施，扶持他们在家养殖，把那部分持观望态度的人全都带到养殖队伍中来。2012年我搞养殖的第一年，全村牛羊的存栏量不到500头（只），到2014年的时候就达到了6000头（只）。目前，全村有养殖示范户20户，养殖户80多户，牛棚、羊棚建设总面积约4万平方米，年存栏量达到8000头（只），出栏量为2万至2.5万头（只）。"

紧接着，王振脸上的笑容不见了。此时，困难如天上的乌云滚滚而来。王振说："最开始担心养殖的村民少，形成不了规模，后来规模大了，销路又成了问题。到2014年，村里的养殖户掌握了技术，也有了存栏，但由于受市场价格的冲击，价格又没了保障。2012年一只羊可以卖到1500块钱左右，到2014年初就只能卖到600块钱左右了，造成了养殖户资产直线缩水。养殖户急了，都来找我，问咋办。我也没办法，我也急啊，因为我也解决不了市场问题。我只得带上几个养殖户出去找市场，去过吴忠、银川，还去过甘肃的武威，在那些地方找屠宰场，但不是价格不理想我们不愿意，就是人家对我们的品种不满意。后来我们又打听到卖到新疆价格高，但最后还是无功而返，因为我们这里离新疆太远，拉过去后，不是瘦了就是死了，损耗太大，划不来。"

回到彭阳，王振没有气馁，他对当时的现状进行了重新思考与探索。他告诉我说，当时他在思考，必须充分利用自己的优势，才能找到出路。彭阳虽然地处大山深处，但有优势。首先是这里空气质量相当好，没有工业，找不到冒烟的工厂，更没有废气。其次是水好，养殖场都打了井，牛羊喝的都是没有污染的地下水。再就是他们这里退耕还林后，绿化非常好，特别是紫花苜蓿种植面积相当大，占全国种植面积的六分之一，其他县牛羊饮草都有缺口，唯独彭阳有节余。还有就是彭阳种植的粮食不打农药，所以粮食秸秆无农药残留。还有一点，彭阳这个地方昼夜温差特别大，所以牛羊肉质量好。这么好的优势，养出的牛羊竟然卖不出好价钱，甚至销售不出去。他想，这不是牛羊的问题，也不能完全怪市场，而要从自身找原因。这时他想到了加工牛羊肉，甚至销售，从养到销售一条龙。当时他们也申请办了无公害产品场地认证，但由于合作社缺少资金，也缺少销售专业人才——人家不愿意来，山里的生活条件太艰苦。后来他就在彭阳现有的大养殖场老板之间游说，因为他遇到的问题也是他们遇到的问题，他的困难也是他们的困难。这么一游说，就有十多个养殖场老板愿意共同做清真牛羊肉，但后来真正要投资的时候，又有人退出了，最终只剩下五个股东，成立了彭阳县牛羊产业协会，也成立了宁夏兴华康源农牧科技开发有限公司，推出六盘农家商标牛羊肉系列。

这时，王振的语气里多了自信和自豪。他说："现在我们在彭阳和固原都有直营窗口，也供货到了固原和银川的超市。虽然现在业务量还不大，但我们生产的产品还远远不够，远远不能满足市场的需求。由于自己销售价格占优势，我们公司收购活牛羊时的价格也高于市场价格的3%，根据交易量，年底还给老百姓返利，这样一来，养殖户搞养殖也就踏踏实实的，不用再愁销路了。现在我们就是要把公司做得更规范，要建立微信公众平台，里面要有养殖技术，要有销售信息，要有养殖户互相之间的需求、供应信息，以及协会和外界的采购信息。以后还要举办养殖产业技术培训，多宣传与食品安全有关的国家法律法规，加强电脑技术在农村的实际运用。现在我们明白了，养殖牛羊只是牛羊肉销售环节的一个点，是个关键点，但不是唯一点，如果我们不以品牌的名义推出去，牛羊肉的附加值就会特别低。比如牛羊肉在北京市场能卖到二十六七块钱一斤，我们彭阳的则只有二十二三块。如果我们的牛羊肉走出了宁夏，走到了北京，走向了全国，我们的价格就上来了。目前我们已经向福建、广东、江苏这些沿海省市发过产品，反响很好。"

我一边听着王振讲述，一边漫步在兴华康源的产品展示厅里，参观彭阳牛羊肉加工的琳琅满目的产品，这个夏日里漫长的下午并不枯燥，而是如此鲜活而生动。王振确实很善谈，但并不空洞，总是真挚、质朴而又强烈地表达着他对这片土地的爱。与王振挥手道别时，彭阳大地已经沉浸在暮色中。他把我送出公司，又执意要把我送到工业园的大门口。一路上，他还告诉我说他入党了，是去年5月入党的，到今年整整一年了，现在组织正在审查他转正。他说："虽然以前在银川打拼了二十多年，但户口一直在老家，我从来没有想过要连根拔起逃离这个穷山沟，现在在老家搞养殖业，连我老婆都跟着过来了。可能是组织上看到我的决心了吧，他们就鼓励我向党组织靠拢。于是我在2014年就向党组织提交了入党申请书。入党图什么呢？多一份责任与担当吧！我们彭阳的养殖业，必须要探索突破，否则就没有竞争力，没有竞争力，奔小康就会成为一句空话。"

一打开自己回乡创业、带动乡亲脱贫致富的话匣子，王振似乎有说不完的话。不觉天已抹黑，抬头望去，满是依稀可见的星星。也说不清为什么，看到星星，我很自然地想到了养殖点和老百姓家那蓝色的牛棚和羊棚……

从姬登榜那里、从姬秀林那里、从王振那里，从陡坡村、从白阳镇、从彭阳县，我终于领会了西海固蓝色的意义，更看到了黄土地的希望……

## 三

行走在西海固，我总有种牵挂，一种既让人欣喜又有点悲壮的牵挂。

原本我打算走出彭阳后，直接乘大巴前往"三西"的另一个地方——甘肃定西地区，我想急切地走向那个反贫困斗争的最"前线"，我国第一批开展扶贫工作的地区。我更想知道，经过三十多年的努力，今天的定西是个什么模样了，他们又是如何实现由"生存型扶贫"向"发展型扶贫"飞跃的。但我临时决定暂缓进入定西地区，于是再次返回银川，去永宁县那个叫闽宁的生态移民镇。我知道那个镇子的村民全是从西海固移民过去的，即便那里现在从行政划分上不再属于西海固，但他们肯定比没有搬离西海固的人们有着更加深刻的感悟和体味。他们的祈祷和希望又是什么呢?

闽宁镇,位于银川市南端、贺兰山东麓、永宁县西部。东邻西干渠,201省道贯穿镇区,南与青铜峡市邵岗镇甘城子为界,北至西夏王陵,距银川市区50公里、永宁县城40公里。辖区南北长22.5公里,东西宽3.5公里,区域面积为200平方公里,开发农田4.3万亩,现有农户8870户4.4万人(其中包括0.45万生态移民、0.75万自发移民),回族人口占总数的83%,下辖6个村民委员会77个村民小组。闽宁镇是西海固人苦苦改变生态环境的象征与缩影。1990年10月,宁夏回族自治区党委、政府决定对西吉、海原两县进行易地搬迁,陆续在永宁县境内建立了玉泉营和玉海经济开发区两处吊庄。1996年5月31日,国务院部署经济发达的13个省市对口帮扶经济欠发达的10个省区,确定了福建省对口帮扶宁夏回族自治区。其中福建省帮扶的重点则是宁夏最贫困的地区——固原市。这年7月15日,福建、宁夏两省区第二次联席会议确定共同投资,在玉泉营开发区黄羊滩移民点成立闽宁村,作为两省区合作的形象工程。闽宁镇便是东西对口帮扶的结晶。闽宁镇还是生态移民的经典之作。生态移民新村原隆村自2012年5月份开始搬迁以来,目前已搬迁安置14个村民小组1987户10515人,其中回族705户3337人,汉族1282户7178人。

而事实上,闽宁镇也是西海固精神在他乡的另一种顽强呈现。以前,闽宁镇这片地方只是贺兰山下的黄羊滩。在永宁县玉泉营农场老人们的记忆里,这里曾经是戈壁荒滩,春冬长风呼号,枯草翻卷,夏秋穿越戈壁,唯有高空的雄鹰和白云相伴,贺兰山下,时有奔跑的黄羊。但后来的异地搬迁,再后来的协作帮扶,直到现在的生态移民,那些果敢先行的决策者,那些背井离乡的拓荒者,以及接力开发建设的后来者,将智慧创造和理想坚守,深深印刻在了这里的草木山水间。20多年过去了,曾经的戈壁荒滩变成了现代化的生态移民示范镇,4.4万多祖祖辈辈生活在西海固贫困山区的农民走出大山,通过移民搬迁走上了脱贫致富之路,农民人均可支配收入从开发建设初期的500元增长到2015年的10350元,增长了20.7倍。

无疑,闽宁镇的诞生与兴起,是中国脱贫攻坚的一个伟大缩影。尽管如此,闽宁镇仅仅只是西海固人彻底改变生活轨迹，告别恶劣生产生活条件，彻底拔掉穷根的一个点。仅"十二五"期间，西海固就搬迁35万贫困农民，安置到近水、沿路或靠城等发展条件较好的区域……

7月4日上午，我从永宁县城赶往闽宁镇。一条宽敞的柏油路，路的两边是高大挺拔的白杨树，树的后面是一望无际的绿色庄稼。车行大约40分钟，我开始欣喜了。一座现代化的城镇出现在了我眼前，闽宁路、福宁路、闽宁中学、闽宁超市、闽宁餐馆、闽宁宾馆、闽宁家政、闽宁汽修……一座多么完善的城镇呀。

在高大气派的"原隆村"牌坊处，我下车了。马路宽阔平坦，马路边一排排瓦房整齐排列，房顶上几乎家家户户装上了太阳能热水器；马路边体育设施一应俱全，有球场，有各式各样的健身器材。一群孩子正在操场上打篮球；树荫下，有老人下棋，有老人围坐在一起聊天。一派其乐融融的景象。

来到原隆村村部，我想找村干部聊聊，而他们的第一支书和村支书开会去了，村主任观摩去了，只有副书记马贵在家。马贵是镇上下派的干部，他跟我开玩笑说："虽然我名义上是个副书记，但实际上我是个'垃圾书记'，我只负责村里的环境卫生。"对于马贵的话我没有见外，相反我还特别理解。是的，一个刚刚从贫困山区移民到这里的新村，要让老百姓转变生活方式，尽快适应城镇生活，尽快融入城市氛围，逐步完成从农民向市民身份的转变；还要帮助没有地的移民增加生存发展技能，找到发展新路，谈何容易？村干部肯定是忙得不可开交。

我想听听老百姓的心声，就走到街头，寻找采访对象。

在原隆村南区的街道上，我碰到了一位回族汉子。他个头不高，皮肤黝黑，一看就知道是个朴实敦厚的庄稼人。他叫冯文虎，今年48岁，老家在固原市原州区开城乡上青石村七组，现在住南区六组十五排十三号。冯大哥的讲述很快就印证了我的感觉。在老家的时候，他家住的还是窑洞，虽然家里地不少，但都是薄地，靠天吃饭。平常的收入都是靠上山挖野生药材，他和老婆一起挖，一天能挖斤把，能卖七八块钱，也就够换点面粉。也不可能天天挖，农忙时还要下地干活。碰上灾年，不是冰雹，就是小麦得黄叶病。更早一点，男女只有一条裤子穿，女人穿男人的裤子是非常普遍的事。哎，可怜着呢！虽然国家一直在西海固扶贫，投入资金不少，但真正具体到一个家庭，或者说一个人身上，还是有限的，更重要的是，经济扶贫改变不了贫困面貌。

在搬迁之前，与其他人不一样的是，冯文虎压根就没动过要外出打工的念头。一是家里土地太多，抽不开身；另一个就是生病。他告诉我说，大概是2008年的时候，他老婆有病了，头部供血不足，病了一年半，都是借钱看的病。老婆刚好，他自己又病了。等自己病好了点后，他们又生了个闺女，今年已经15岁了。所以冯文虎家一直没有任何收入，也就没有搬离窑洞，更不要说脱离贫困了。冯文虎家的转机完全是靠生态移民。说到这，这个朴实的回族汉子显得有些激动："2009年听说要搬迁，我和我媳妇抱着哭了起来，我们那里太穷了，伤透了心。在搬迁之前，李克强总理还到过我们村子调研，他对我们说，乡亲们呀，为了给你们一个更好的生活环境，政府决定把你们搬到北边去。后来搬的时候要签字，不愿意搬的可以不签字。但我们村上没有不签字的。我们是2012年5月搬迁的，搬到了南区。北区汉族多，南区以回族为主。搬迁前，也就是3月20日，我自己一个人到原隆村看了看。当时村子正建着，村委办公楼下面正铺地板砖，南区村子里正铺人行道，搞辅助设施。回去我就跟媳妇说，那地方好着呢，比咱们这里不知好多少倍。我媳妇一听，高兴得睡不着觉，天天等着搬迁。"

让我有点吃惊的是，冯大哥看似少言寡语，但他心里却装着大梦想。他告诉我说，搬到原隆村后，由于自己没文化，只能给人家当临时工，搬石头，一天干10个小时，120元一天。后来他想，这样下去还是不行，不能致富。于是他就包工带人干，自己负责管理，媳妇负责做饭。2015年他在银川河东机场干了一个50多万的活，挣了将近20万。这是冯大哥赚到的第一桶金。有了这桶金，冯大哥的想法更大了。他不打算包工了，决定回原隆村种植黄芪。当时甘肃陇西县一个朋友说，甘肃那边药材市场好。而他一个外甥在甘肃种了十亩药材，效益还可以，除去成本，一亩年纯收入3000元左右。于是他投了10

多万,承包了80亩地,种植中药材,主要是黄芪。虽然一亩地的承包费只有200块钱,但还需要基建费,还需要购买化肥。为了节省成本,所以暂时没有请人,就他和他媳妇干。

"如果还按以前的做法,即使政府给了房子,也脱不了贫。要真正脱贫致富,既要依靠国家的扶贫政策,更要依靠自己的勤劳和努力。"冯文虎坚定地说,"现在还是投入期,还没见到效益,但两年后就会有收益的。明年我还打算投资30万左右,种到200亩。但这30万我拿不出了,需要贷款。贷款不需要亲戚担保,村上的互助资金就可以贷款。这是国家政策,如果没有这么好的政策,我想都不敢想,有想法也没啥用。以后如果顺利的话,一年毛收入可以达到100万,纯收入也有六七十万。我和媳妇在内心下了个决心,我们既然搬出去了,就不能再穷了,要搬就要彻底搬离穷根,要致富。"

冯大哥的一番话,给我带来了无限的期待与希望。

在原隆村北区的街道上,我碰到了一位汉族汉子。他叫邵东礼,1959年出生,瘦黑瘦黑的。他是从隆德县山河乡地湾村三组移民过来的,现住在北区一组一排八号。邵大哥说,他们家在隆德山河乡地湾村生活了三代,祖籍是甘肃庄浪的,1929年的时候,甘肃饥荒,他爷爷讨饭到了这里,就落在了这个地方,原本想落了个好点的地方,实际上还是落了个穷地方。他家兄弟三个,原来都在山沟里住着,但已经不再是住窑洞了,是石头垒的房子。他们那地方种啥都不行,也是靠天吃饭,交通又不方便,都是山路土路,离县城虽只有几十里地,但要花两个多小时才能走到。家里除了土豆和大豆有一点点收入,就没有其他收入了。村里年轻的就到银川等城市打工挣钱。他们那里困难的人多,日子没法过,揭不开锅,政府就给点钱给点粮,就这样,也没有扶持项目,有项目也不行,地太贫,没法干。20世纪八九十年代一家一年收入也就一两千块钱。那地方山大沟深,你想脱贫脱不了嘛,实在没办法了,只得搬。他家条件还算可以的,因为他以前在隆德县城跑出租车,他老婆张彩霞在县城的一家酒厂上班。

在打算搬迁到闽宁镇之前,邵东礼他们不知道闽宁镇在哪里,也不知道那地方为什么要叫闽宁镇。直到 2009 年,乡长到村上召集全村的人说,咱们这个地方,靠老天吃饭,交通不便,咱们要移民搬迁,要搬到银川附近去,靠城市近一点,打工也方便。消息一出来,村里立即就炸开了锅。老人掉泪,舍不得离开故土;年轻人高兴,盼着早点搬迁。邵东礼倒想得开,只要走出大山沟,搬到好地方,哪里都成。2009 年乡上和村上说了这事后,两年不见动静,他们又抱着怀疑的态度,担心实现不了。后来他们才知道,各级政府正在紧锣密鼓地协调他们异地搬迁的事,只是他们不知道而已。到 2011 年的时候,他们的搬迁就真的提上了议事日程,政府也开着大巴,带着村民到永宁县的闽宁镇参观了一番。邵东礼说,当时原隆村这片地方正在热火朝天地建房子,他们感觉这地方平,没有山,还不错,大部分人都喜欢着呢。政府也说了,等房子盖好了,水电都会到户,每个农户只要准备 12800 元,把家里重要的东西拿上,就可以住进来了。于是他们天天等,干啥都没有心思。他们是 2012 年 5 月 12 日搬过来的。邵东礼觉得老家的东西太旧太破了,几乎都没要,来的时候啥都没带,就带了一张床,其他都是来到永宁后现买的。因为他老婆还在酒厂上班,当时还没有跟着来。在要搬迁的那几天,他们都激动得睡不着,折腾了好几天。虽然老家地方不好,但毕竟是故乡,世世代代在那里生活。他们确实舍不得,还留恋着故乡,有个别老人还流着泪,就是不肯上车。

然而现在,人们最关注的不再是他们对故土的思念,而是四年多过去了他们是否已经完全适应这里的生活,失去土地的他们又是如何生存的。邵东礼说,搬到这里的第二年他就干起了老本行,花了 6 万多,买了一辆二手中巴车,不是跑客运,是专门拉干活的农民工。拉了半年,他觉得这个活不好干,又把车卖了,卖了 5 万多块钱。这半年没挣也没亏,持平了。虽然地没了,但在这里,只要人不懒,不愁找不到工作。中巴车一卖,他就进了附近的光伏电厂上班,最开始是管理生产,到 2015 年 7 月换成管水电了,一个月能拿 3000 多块。这时他老婆也辞去了老家的工作,在自己家里开了个肉店,生意也不错,一个月能挣个三四千,比打工强。邵东礼两个女儿一个儿子,在搬迁前两个女儿就出嫁了,都嫁到了隆德县城,儿子是最小的,现在银川打工,一个月收入也是三四千。算起来，他家一年的收入在10万块钱左右，年人均收入三四万，算是小康之家了。

言谈中，邵东礼最喜欢拿这里和老家做比较。他说，这里最大的好处是地平，交通方便，孩子上学方便，看病也方便，买东西方便，在老家可不行，要得个急病什么的，在路上就给耽误了。配套设施也好，道路很宽，可以跑步，还有各种各样的健身器材。在老家跑步和健身，人家还会骂你神经病呢，到这里就成了一种习惯。还有就是这里就业方便，出门就可以上班，即使到银川市上班，也方便得很，搭十块钱的短途客车就可以到。以前在老家靠啥都脱不了贫，只有出去打工，但打工也只能养家糊口，当然个别的混好了发了财，也可以脱贫。搬到这里后，政府帮着把房子建好了，只要自己不懒就可以脱贫了。但现在也有一部分人，好吃懒做，脱不了贫，靠政府救济，这样的人，就是把他搬到北京城也脱不了贫。在邵东礼看来，搬到这里后也有一些不好的。比如这里的风景就没有老家的好。搬到这里后，他经常回老家，总要到山河乡地湾村看看。但他们的房子早就被推平了，有老板在那里投资办了一个旅游区，自然风光非常美。还有墓地也是个大问题，买公墓吧，挺贵，地段好的要几万块，差一点的也要万把块钱，死不起。他们也一直在给政府说，但政府目前也没有啥好办法来解决。

邵大哥很热情，非要邀我到他家看看。于是我走进了位于北区一组一排八号的邵大哥家。刚一进门，我就看到他老婆张彩霞一脸笑容，正在肉店忙乎。张大姐立即停下了手中的活儿，擦去手上的油，热情地沏起茶来。外墙上贴着白色的瓷砖，房前停着白色的小汽车，院子里种着绿色的盆景——一看就是一个温馨之家。邵大哥对我说，别看他家房子只有一层，但有6间房，200多个平方，大得很，不比有钱人家的别墅差。到屋内一看，现代化的家具和电器一应俱全，客厅里挂着超大"福"字中国结，大大小小的盘景点缀在各处，的确已经是小康之家。看得出，邵大哥还是一位书画爱好者，他家的客厅里挂着装裱精美的隶书条幅和斗方画。

邵大哥笑着对我说，现在条件好了，也没农活干了，虽然自己肚子里没几滴墨水，但不知道为什么闲的时候喜欢上了写毛笔字。他不仅喜欢上了写毛笔字，还结交了一批书画爱好者，他家客厅里的那两个书法条幅就是他自己的作品，而那个斗方画是画友送给他的。看着现在的邵大哥，我确实有些惊喜，甚至不敢相信他是来自西海固贫困山区的普通农民。

更让我惊奇的是，邵大哥说，他结交的这些书画爱好者，既不是永宁县城的，也不是银川的，都是闽宁镇的移民，他们原来都是西海固地地道道土得掉渣的农民。

党的政策好，易地搬迁改善了贫困山区农民的生活条件和环境，物质生活改善了，人们对精神生活的要求也随之提高了。个别能干的人，更是提前实现了小康生活。眼前所见，让我对 2020 年全面实现小康社会充满了信心。

# 乌蒙山的石头开花了

## 一

2016 年 8 月 21 日，当我到达位于大西南的贵州毕节的飞雄机场，投入乌蒙山怀抱时，已经是晚上 10 时了。虽然一时难以看清乌蒙山的真面目，但却立即感受到了这个高原小城的舒适凉爽。但我脑海里更多的还是思索，关于地貌，关于生态，关于贫困；关于过去，关于现在，关于未来……

在我脑海，我首先想到的竟然是大西北的六盘山。乌蒙山与六盘山，就像一对孪生兄弟，虽然它们一南一北，相距 1700 公里之遥，但它们却又那么地相似。与六盘山一样，乌蒙山区是全国出了名的贫困山区，可以说，它们是同病相怜。其一，千山万壑的乌蒙山地貌也非常特殊，是典型的喀斯特地貌，生态系统极为脆弱。其二，因为生态系统极其脆弱，乌蒙山生存条件也极为艰辛，同样被人们称为"苦甲天下"之地，甚至曾被联合国有关专家宣判为"不适宜人类生存地区"。其三，它们同样有过惨痛的教训。历史上的乌蒙山由于生态破坏严重，导致气候反常，洪涝灾害交相为害，水土流失严重。结果粮食生产没有搞上去，反而陷入"越穷越垦—越垦越穷"的怪圈。其四，乌蒙山区的贫困面同样大，贫困程度同样深。乌蒙山集中连片特殊困难地区，包括云南、贵州、四川三省毗邻地区的 38 个县（市、区），其中四川省 13 个县、贵州省 10 个县（市、区）、云南 15 个县（市、区），是集革命老区、民族地区、边远山区、贫困地区于一体，贫困人口分布广、少数民族聚集多的连片特困地区。这片土地上的人们，大都曾经或现在还在饱受着贫困的折磨，家家都有部辛酸的苦泪史。一个西南，一个西北，乌蒙山与六盘山都曾弹起贫困的悲歌。即便现在，依然余音未了。

毕节，地处乌蒙山区最深处，现在是乌蒙山区的一张名片，但她与西海固一样，曾经也是一个时代的辛酸记忆，饥荒、贫穷、封闭、落后都是那个时代笼罩在当地干部和群众头上挥之不去的阴霾。这片土地离我们似乎是那么的遥远，然而当我踏上这片土地时，那些渐行渐远的历史就自然而然地在我眼前闪现。

石漠化被环境学家称为"地球癌症"。我国的石漠化主要是喀斯特地区的石质荒漠化，专家已将其与西北地区的沙漠化、黄土高原的水土流失并称为我国三大生态灾害。石漠化问题实质是水土保持问题，石灰岩地区水土流失最直接的后果是土地资源丧失，顶级形态就是石漠化，是一旦被破坏就难以恢复的环境。而毕节地区则是贵州省喀斯特石漠化面积最大、分布最广、危害最严重的地区之一。2011 年全国第二次石漠化监测结果表明，贵州石漠化面积达到了 4500 万亩，占全国的四分之一，而毕节的石漠化土地面积为 897.6 万亩，占了整个贵州石漠化面积的 19.79%。

然而令人遗憾的是，就是这片生态脆弱之地，却遭受着人为的破坏，甚至是毁灭性的破坏。毕节地区平均海拔 1490 多米，山高坡陡，植被稀疏，沟壑纵横，土地破碎，全区耕地总面积将近有 30%"挂"在 25 度以上的陡坡上。

过去在"以粮为纲"的思想支配下，片面强调抓粮，提出"向荒山要粮""大搞人造小平原""青石板上夺高产"等违背科学和自然规律的口号，到1988年，毕节的森林覆盖率由新中国成立之初的15.7%锐减到5.6%，生态环境日益恶化，成为贵州省水土流失最严重的重灾地区。每年每平方公里的土壤流失量，1956年是553吨，1961年是657吨，1979年是758吨……一直呈递增加剧趋势。全地区水土流失总面积达1564万亩，占土地总面积的40.7%。由于水土流失加剧，生态失调日趋严重，自然灾害随之频繁光顾，旱、洪、风、雹、泥石流等自然灾害连年不断。由于水土流失的加剧，粮食生产单位面积产量下降。自1957年到1984年，全地区人均占有粮食从480斤减少到413斤。全地区8个县中，威宁、赫章、纳雍、大方等6个县人均占有粮食400斤以下，吃饭成了一大难题。于是，一边是人口的膨胀和粮食短缺，一边是继续集中人力、物力、财力和土地资源搞粮食，"贫穷—开荒—减产—贫穷"就这样在毕节这片土地上恶性循环着……当然，大自然的惩罚，也随着人类掠夺性生产活动的加剧而变得越来越严厉。于是，在相当长一段时间内，特别是20世纪80年代，这里经济社会发展滞后，生态极度脆弱，基础设施建设落后，房屋破旧，人畜同住，山高坡陡，交通不便，群众的生活极端困难。"石漠化，风沙大，烈日当空雨难下。七分种，三分收，苞谷洋芋度春秋。"这是毕节群众多年来艰苦生活和恶劣环境的真实写照。

毕节市扶贫办副主任刘敬东给我讲了这么一个悲凉而真实的故事。故事发生在毕节的一个边远乡村，因为住在山顶，这个村子里的村民用水得到十几里远的山脚下挑。有一年大旱，山脚下的水用完了，村民们只有到更远的地方取水，一个来回不但大半天时间没了，山路的崎岖更是令挑水人和在家的亲人都提心吊胆。然而，不幸还是发生了。在一个烈日当空的中午，村子里一户人家的男主人在挑水回家的路上，从悬崖上摔下，再也没有回来。女主人从悲痛中走出来后，接下了挑水的重任。日复一日，她柔弱的身体越发感到力不从心。又是一个晴日，女主人拖着沉重的步子走进院子时，一不留神，被门槛绊倒在地，好不容易挑回来的水洒了一地，还未等她缓过神来，早已干渴难耐的牲畜拱翻栅栏，冲出来争相舔食地上的水。那一瞬间，女主人彻底崩溃了，等到晚上老人和孩子睡着后，她选择了离开这个世界。

刘主任有点伤感地说："这样的故事，在毕节并不少见。关于他们的苦泪史，不要说几本书，就是几十本书也写不完。"是啊，他们的眼泪都抛洒在了那片大山里，浇灌出乌蒙山区那一片片郁郁葱葱的森林。

好在毕节人终于从大自然的惩罚中清醒过来了！

写到这，我不得不提一个人，就像闽东的王绍据一样，刘子富也是乌蒙山区一个标志性的人物。现在已经从新华社贵州分社社长位置退休的刘子富，当年还是一名充满激情的年轻记者。

听说毕节地区的饥荒愈发严重，刘子富坐不住了，1985年5月29日他来到了赫章县恒底区四方乡海雀村。看到新华社的记者，时任村支部书记的文朝荣沉痛地对他说："我领你去看看村民的穷日子吧，我这个支书干得不好，不争气啊！"两人转了3个村组、11户村民家。这里的赤贫和饥饿让刘子富深感震惊。5月31日，新华社《赫章县有一万二千多户农民断粮，少数民族十分困难，却无一人埋怨国家》的报道急电中央。

在刘子富著作《热土：中国扶贫攻坚主战场》一书中，我找到了这篇报道——

贵州省赫章县各族农民中已有12001户、63061人断炊或即将断炊。

5月29日，记者到这个县的恒底区四方乡苗、彝族杂居的海雀村的3个村民组，看了11户农家，家家断炊。彝族社员罗启朝家生活属于中等水平。记者走进罗启朝家，只见他妻子梁友兰满脸愁容地待在家里。她对记者说：去年因低温收的粮食本来就不多，又还债200斤，现已断顿了。她丈夫只好外出借粮，至今不知有无着落。她家去年卖了5只鸡、200多个蛋，收入31元，买盐买油就花得差不多了。她还说：当着区乡干部的面，还不敢讲没吃的，讲出去担心今后受打击。记者看了她家的全部家当，充其量值百把元钱。

记者走进苗族人家，安美珍大娘瘦得只剩枯干的骨架支撑着脑袋。她家4

口人,丈夫、两个儿子和她。全家终年不见食油,一年累计缺 3 个月的盐,4 个人只有 3 个碗,已经断粮 5 天了。

在苗族社员王永才的家里,王永才含着泪告诉记者:全家 5 口人,断粮 5 个月了,靠吃野菜等物过日子,更谈不上吃油、吃盐。耕牛本是苗家的命根子,也只得狠心卖掉买粮救人命,一头牛卖了 250 元,买粮已经花光了。耕牛尚且贱卖,马、猪、鸡就更不用说了。在他家的火塘边,一个 3 岁多的小孩饿得躺在地上,发出"嗯、嗯、嗯"的微弱叫唤声。手中无粮的母亲无可奈何。

记者在海雀村民组一连走了 9 家,没发现一家有食油、有米饭的,吃的多是玉米面糊糊、荞面糊糊、干板菜掺四季豆种子。这 9 户人家没有一家有活动钱,没有一家不是人畜同屋居住的,也没有一家有像样的床或被子;有的钻草窝、有的盖秧被、有的围火塘过夜。

离开海雀村民组,不远就是学堂村民组。记者走进苗族大娘王朝珍的家,一下就惊呆了。大娘衣不蔽体,见有客人走来,立即用双手抱在胸前,怪难为情地低下头。她的衣衫破烂得掩不住胸肚,那条破烂成线条一样的裙子,本来就很难遮羞,一走动就暴露无遗。大娘看出了记者的难堪,反而主动照直说:"一条裙子穿了三年整,春夏秋冬都是它。哎!真没出息,光条条的不好意思见人!"大娘的邻居是周光华家。主人累得上气不接下气地说:"早在去年年底就把打下的粮食吃光了;几个月来,找到一升吃一升。"

苗族青年王学方边带记者一家家看,边告诉记者:目前,全组 30 户,断炊的已有 25 家,剩下的 5 家也维持不了几天。组里的青年人下地搞生产,由于吃得差,吃不饱,体力不支,一天只能干半天活,加上主要人都得外出找吃的,已经影响生产的正常进行。

这些纯朴的少数民族兄弟,尽管贫困交加,却没有一个外逃,没有一人上访,没有一人向国家伸手,没有一人埋怨党和国家,反倒责备自己"不争气"。这情景令人十分感动。

据了解,1984 年,赫章县粮食总产量是 1.833 亿斤,人均占有粮食 396 斤,纯收入 110 元。全县 89 个乡中,贫困乡有 88 个。全县贫困面太大,钱粮缺口大。

从春节过后就陆续发放救济钱、粮，但仍不能解决问题。值得注意的是，有一部分区乡干部对农民的疾苦不关心，麻木不仁。不少人由过去怕富爱穷转向爱富嫌贫，缺乏起码的工作责任心。比如海雀村距恒底区委12公里，区干部对这个村的贫穷状况也知道，但就是没有认真深入调查了解，真心实意帮助农民脱贫。

我之所以要把这个报道一字不落地抄下来，除了它依然具有现实意义外，还有就是它充满着真情与赤诚。也因为如此，1985年6月2日，时任中共中央政治局委员、中央书记处书记的习仲勋看了这篇报道后，当即作了批示："有这样好的各族人民，又过着这样贫困的生活，不仅不埋怨党和国家，反倒责备自己'不争气'，这是对我们这些官僚主义者一个严重的警告！！！请省委对这类地区，规定个时限，有个可行措施，有计划、有步骤地扎扎实实地多做工作，改变这种面貌。"据说，时任新华社社长的穆青看到这篇报道后潸然泪下，发出感慨说："我们的老百姓多好啊！难道我们不应该很好地为他们服务吗？"

批文电传贵州。7月24日，刚刚就任几天的省委书记胡锦涛指示相关部门以最快的速度，紧急调拨大批粮食和救援物资，日夜兼程运进毕节各县区。同时，胡锦涛亲自赶往赫章县海雀村等地，走访了许多村寨。看到那里到处是秃山野岭，土地贫瘠，人民生活极度贫困，他的心情十分沉重，笔记本上记满了密密麻麻的数据和干部群众的意见。经过几天实地调研、认真研究解决治穷致富问题，结论是明确和严峻的：靠救济解决不了贫困，让山绿起来，让土肥起来，让水留下来，才是脱贫致富的根本大计。为此，贵州省委、省政府根据实际情况向党中央、国务院报告，并提出了设立扶贫开发试验区的构想。

1988年，国务院以国办通〔1988〕38号文件，正式批复原则同意建立毕节试验点。这是中国第一个，也是唯一的国家级"开发扶贫，生态建设"试验区。

但刘主任告诉我，虽然有了国家层面的支持，也有了各种优惠政策，但最终落实的还是基层一线的扶贫干部和老百姓。在这个过程中，他们没少吃苦头，也没少走弯路，但却总是朝着一个正确而光明的方向前进。毕节的生态建设，主要是处理局部利益与全局利益，退耕还林与农民吃粮，资源开发与市场对接，生态效益与经济效益、社会效益等四大关系，咬定青山不放松。

毕节人选择的是短痛，但短痛也是痛。不过，短痛终于换来了硕果。毕节市统计局的数字告诉我，从1988年到2010年，毕节地区退耕还林262.4万亩，森林面积从601.8万亩增加到1620万亩，森林覆盖率从8.53%上升到34%，林木蓄积量从872万立方米增长到2092万立方米。水土流失面积减少7010平方公里，土壤侵蚀量减少50%，每年减少土地流失2100万吨。核心指标更是成倍增长。2016年，森林覆盖率提高到48%。从1988年到2016年，毕节市生产总值从23.4亿元增加到1440.17亿元，农民人均可支配收入从226元增加到6976元……

事实上，毕节试验区不仅促进了毕节、贵州的发展，对全国其他贫困地区发展也起着重要的示范作用。自拉开"扶贫开发，生态建设"序幕后，逐步扩展到滇黔桂喀斯特贫困片区、武陵山贫困山区、苗岭山区、麻山瑶山地区、大娄山脉山区等贫困人口相对集中连片的深山区、石山区、边远山区、高寒山区和少数民族聚居区。星星之火终成了燎原之势。

"乌蒙山的石头终于开花了！"刘主任笑着说。

"是吗？"我心里还是有些疑虑。

## 二

"我要去海雀村。"我对刘主任说。

"现在？"刘主任问。

我微笑着点头说："嗯，就现在。"

刘主任有点为难地说："时间太紧张了，你看现在都已经下午1点了。从毕节出发到赫章要一个半小时，再从赫章到河镇彝族苗族乡的海雀村，还需要两个多小时,总共大概要4个小时呢,到海雀就会是傍晚了。你不还要采访吗?哪有时间往回赶呀!即使在赫章过夜,也紧张呀,从海雀到海雀县城要两个多小时呢。明天一早去最好。"

"但是……"我迟疑着。

"那好吧,我知道你们作家要深入生活,扎根人民,要得到第一手资料。我们现在出发,就在海雀过夜。"刘任说。

8月23日下午1时,我们直奔海雀。

一上车,刘主任就向我介绍起海雀村的老支书文朝荣的故事。

在海雀村,第一个向贫困宣战的就是已经去世的老支书文朝荣。他1942年出生,彝族,土生土长的海雀人。老支书几乎把一生都献给了村里,1971年加入中国共产党,1972年3月至1982年2月任海雀村党支部副书记,1982年3月至1995年12月任海雀村党支部书记,即使他从支书位置退下了,也闲不住,他一辈子都在带领群众与贫困做斗争。

刘主任说,1982年老书记刚走马上任当书记,摆在他面前的是上万亩的草山草坡和次生林沙化严重,大小山坡都成了光秃秃的"和尚坡",石头越长越高,土地越种越薄。到年底,村里就有群众开始缺粮;青黄不接的四五月,更有农户断炊,以野菜果腹。1986年冬,面对肆虐的风沙,文朝荣决定发动村民种树,让荒山披绿。"饭都没得吃,还种什么树?"刚开始,很多村民不理解。"山上有林才能保山下,有林才有草,有草就能养牲口,有牲口就有肥,有肥就有粮。"文朝荣一家一户做工作、讲道理,终于得到大家的支持。植树第一天,为了开个好头,文朝荣杀掉了家里仅有的两只大公鸡,给山上种树的15个村民吃。种树要抢季节,当时文朝荣带领群众,开展植树大会战,连续三个春节大家都是在山上过的。经过三个冬天的苦战,他们完成了三十多个山坡的种树任务,植树12000亩。此后,海雀村利用退耕还林政策,进一步扩大森林面积。在接下来的十年,文朝荣一直带领村民分批次坚持种树。三分种七分管。海雀村的荒山能变成茫茫林海,着实得益于长期的严格管护。为保护树林不受破坏,1989年,文朝荣亲自起草护林公约,还与村组干部商量,成立了护林巡逻队。海雀的森林覆盖率从当初的不到5%飙升到现在的81.2%。据估算，海雀村的万亩林场经济价值达4000多万元，人均近4万元，是一座当之无愧的"绿色银行"。

在当时的情况下，光种树还不行，种树是造福后代的千秋大业，一下子看不到效益。怎么办？刘主任说，兴产业，抓教育，控人口。"高山大坪子，荞麦过日子；要想吃顿苞谷饭，除非女人坐月子。"由于是高寒山区，海雀种玉米产量上不去，村民的温饱长期得不到解决。农业科技人员建议发展地膜苞谷。1989年春，白色地膜运来了，村民们不信：地都被"胶纸"蒙住了，还能长出庄稼？文朝荣自己带头试种。秋收时节，文朝荣和4名党员示范的地膜玉米大丰收，全村老少都围拢来看稀奇。在文朝荣的带动下，地膜技术和杂交玉米、脱毒马铃薯逐步在全村推广开。玉米、马铃薯亩产量都翻倍了，海雀群众温饱得到彻底解决。随后，他又开始鼓励村民发展畜牧业等多种经营。村里先后组建了中药材种植、土鸡养殖、苗家刺绣等农民专业合作社。

1985年，海雀村只有5个"读书人"，且没有一个小学毕业。文朝荣小学三年级的"文凭"，是当时村里的最高学历，他也因此成为村里第一个会计。1988年秋天的一次村民大会上，文朝荣对大家说："海雀贫困的根源就是教育太落后，我们要富起来，必须先让娃娃读好书。现在最紧要的，就是好好为村里的娃娃盖所学校，不能再让他们像我们这一代一样成为睁眼瞎。"一个多月后，一所简易的土墙学校建好，村里的孩子实现了就近入学。解决农村贫困，还必须走出"越生越穷—越穷越生"的怪圈。文朝荣当年还动员大儿子带头进行计划生育，办理了独生子女证。

刘主任说，更为重要的是，老支书有一种情怀，一心为公，群众的事比天大。2000年，59岁的老支书退休离任，又当选了"名誉支书"，按国家规定不拿村干部的津贴了。可老支书依然还像在任上一样，天天拎着镰刀，背上背篓，揣上小本子，四处爬山巡看他最心爱的华山松、马尾松林子，检查三个护林员的工作。每天两次，来回数十里，"出门天不亮，回家月亮上"。在村里遇上什么事儿了，还要说几句，吼几声。2013年春，老支书病倒了，前列腺癌，动了手术。眼看着身体越来越弱了，老支书要求家人扶着他上山再看一次林子。走不动了，儿子便背起他。蓝天丽日下，满山坡的林海青翠苍郁，花草芬芳，松香扑鼻，斑斓的翠鸟在枝头快乐地歌唱。老支书动情地抚摸着一棵棵高大笔挺的华山松，像爱抚自己的孩子说："以后你们要护好这片林子啊，这是全村老百姓的心血汗水，也是子孙后代的传家宝啊，我死了也会惦记的……"说着，老支书泣不成声，泪水纵横。

2014年2月11日，73岁的老支书走了，全村男女老少都哭了。那天，似乎天也哭了，寒风呼啸，大雪纷飞。安葬的日子选在农历正月元宵节。那天，天寒地冻，白雪皑皑，周围几个村子的数千名老百姓都赶来了。大家强烈要求，每村出8个人，一村抬一程，都送送老支书。跟在后面的人群排起了绕山过谷的长队，泪水哭声洒了一路……

此时，我分明看到了刘主任这个毕节汉子眼角的泪珠。

刘主任的讲述，让我陷入了深深的思考。我们常说，新中国走过了三十多年的脱贫攻坚路，这是一个多么宏观的概念啊！其实宏观的概念和宏观的历史里包含着的是一个个血肉个体的生命体验。而文朝荣老支书就是其中一个血肉个体的生命体验。风雨兼程数十年，一个彝族老农民，一个村支书，面对困难"苦在前头"，勇于改革"走在前头"，投身建设"干在前头"。文朝荣老支书在群众心里走成一个路标，站成一尊雕像，活成一座丰碑！其实，老支书的精神代表的又何尝不是"毕节精神""贵州精神"？贵州穷，贵州又富——这里的人民具有超乎寻常的吃苦耐劳、坚忍不拔的奋斗精神。这里的"文朝荣"不止一个，而有千百个。放眼全国，还有数以万计的"文朝荣"在大山里辛勤地忙碌着。

到达绿树环抱的海雀，已经是傍晚6点。

说实话，来到这个古代属夜郎国管辖，后来又穷得"兔子不拉屎"的山村，我有些震撼与惊奇。这里分明是一片林海。随着山脉起伏，微风吹过，翻腾着绿色的海洋，我听见了绿色的涛声。清一色黛瓦白墙的黔西北民居，掩映在郁郁葱葱的林海里，水泥路连通各家各户，太阳能路灯像一个个哨兵似的树立在水泥路两边。

詹以香在村委会办公楼前等着我们。这个80后小伙子，是河镇乡人大主席，也是驻海雀村的第一书记。与其他驻村第一书记不同的是，他到海雀远远不止三年了，早在2008年他就来到这里任村委会主任。他与海雀已经结下了不解之缘。

"趁天还没黑，我带你到村里转转吧！"詹书记说。

"好啊！"我竟有些激动。

随后，我跟随詹书记来到了建在公路边上的河镇乡海雀生态农业专业合作社养鸡场。养鸡场里，工人们正忙着把传送带上源源不断传送过来的新鲜鸡蛋捡到包装板里装箱。厂房中，印有绿色"海雀土鸡蛋"字样的纸箱整齐地码放着，一人多高，排成长长的方阵，十分壮观。

我关心的不是企业规模做得如何大，而是当地老百姓是否真正得到了实惠。但在这里随时都可以听见林海深处那真诚的倾诉——

贫困户王正高告诉我说，他原本在家闲着靠领贫困补助生活，现在养鸡场上班，有了这份工作后，他非常高兴。为什么呢？就在家门口工作，还不累，他做梦都没想到，每月能拿2000多元的工资。另外，他流转给这个蛋鸡养殖场的土地，每年可得2000多元。不但全家基本生活有了保障，可以供孩子上学，还有点存款哩。

贫困户朱光亮，是个朴实憨厚的中年汉子。他告诉我说，他不识字，以前出去打工挣不到钱，一家8口人就靠养两头牛，种3亩薄地勉强度日。过去的日子让他心酸。养鸡场2015年6月投产，他在这里干捡鸡蛋装箱的工作，每天中午12点上班，下午7点下班。因为上班晚，一点也不耽误他干农活。上班之前他还可以割草喂牛，打理3亩薄地。他不光在养鸡场打工，还入了股。原来村里整合600万元扶贫资金在养鸡场入股，把股份分给村里的330户贫困户，每年每户可以领到2700元红利。他就是这三百三十分之一。因为有了收入，今年他打算把四间老屋重新翻修。

……

詹书记向我介绍说，这个蛋鸡养殖场规模为20万羽，2015年6月投产以来，产品销往县城、省城以及广东等地的超市，供不应求。而且，这个养殖场只是河镇乡发展200万羽蛋鸡养殖项目、带动贫困户增收致富的8个养殖场之一。蛋鸡养殖项目已经成为他们乡脱贫的一个重要产业支撑，仅这个集饲料加工、养鸡、鸡粪处理、蛋品鸡肉加工于一体的项目就可以带动全乡1000户贫困户实现精准脱贫。

除了蛋鸡养殖，养蜂也是海雀的重头戏。

到达瓦厂组吴天华家时，他家的蜜蜂正成群结队地忙着回家。就是这些小蜜蜂，为他家酿出了甜蜜的日子。他告诉我说，他以前也养蜜蜂，由于管理技术不行，酿不出蜜，一家人靠苞谷洋芋过苦日子。要感谢廖洪友，他是村里的养蜂大户。他看到村里养蜂的人家不少，可由于管理不到位，每年出的蜂蜜很少，于是决定外出"取经"，回来后好建个养蜂园。2015年3月，廖洪友到遵义等地"取经"回来后，就在村里的支持下建起了养蜂园。廖洪友免费给村民传授养蜂技术，将蜜蜂分发给有养蜂意向的贫困户，每户两桶。养蜂的收入村集体提成10%，剩下的养蜂园和蜂农平分。吴天华从养蜂园学了养殖技术，领走了两桶蜜蜂，在廖洪友的指导下，原来养的蜜蜂的蜂蜜产量也起来了，一桶最少能产10公斤蜜。今年，吴天华家的蜜蜂就已经产了10桶蜂蜜。按目前的市场价算，一桶2000元，10桶蜂蜜，就是两万元。吴天华说，2017年他的规模还会扩大，至少是一倍。

……

在海雀，像王正高和朱光亮这样进养鸡场打工的贫困户共有21位，像吴天华这样自己养蜂的贫困户共有12位。对贫困的记忆，他们大同小异。在乌蒙大山面前，他们似乎是那么的渺小，但他们却是这座大山里最顽强的生命。

入夜，我和詹书记以及老支书文朝荣的次子、海雀村村委会主任文正友等人，坐在村委会办公楼前，一边乘凉，一边聊天，聊他们村的过去，聊老支书，聊他们的学校，聊他们的产业，聊他们的未来。詹书记说，他们计划把整个村打造成一个生态博物馆，建森林公园。村里还会成立一个专门生产有机、原生态产品的龙头企业来引领当地经济发展、村民增收。还会进一步挖掘民族文化，发展刺绣等传统手工业。通过教育扶贫、生态扶贫、文化扶贫和产业扶贫等一系列措施，希望到 2020 年我们能够实现全面小康。文主任说，海雀年人均纯收入从 1985 年的 33 元增加到了 2015 年年底的 8000 元，年人均占有粮食从 107 公斤增加到 391 公斤，村里实现了水、电、路、通信、广播电视"五通"，家家户户住进了砖瓦房……

村委会办公楼左前方是海雀村小学，那里有三层的教学楼，有篮球场，还有一栋教师宿舍楼，远比简陋的村委会办公楼气派。看得出，海雀人对教育高度重视。文主任一边抽着烟，一边指着前方的海雀村小学说："20 多年前，我父亲为了修建学校，带头捐了 168 元钱，这是他背着我母亲把家里仅有的一头牛卖掉得来的。加上帮扶赫章县的台盟中央和地方政府共同投资 46 万元，海雀村建起了一栋 8 间校舍的教学楼，办学能力从三个年级升到了六个年级，不仅解决了整村儿童入学难的问题，也吸纳了邻近村的部分儿童到海雀小学读书。现在村里还成立了教育基金，考上大学有奖励，读职校都可以申请无息贷款……"

我没有打听海雀村名字的由来，但聊着海雀，不禁让我联想到麻雀。我国目前有行政村近 70 万个，海雀村只是其中普普通通的一个，但它却具有典型性和代表性。一个村就是一个小社会，麻雀虽小，五脏俱全，"上面千条线，下面一根针"，大到党的方针政策，小到夫妻吵架，每一项工作都与村干部有关，每一项任务都要靠村干部消化解决。这些工作，既艰巨复杂，又烦琐具体。可见村干部对于我国农村发展所起的重要作用。他们处在农村工作的第一线，担负着贯彻落实党的路线、方针、政策，密切党和政府同人民群众的联系，带领群众致富奔小康的重任，是党在农村实施核心领导的关键群体，这种特殊的作用是任何人、任何组织都无法替代的。同时，由于我国正处于社会转型时期，农村也出现了很多新情况、新问题，加之农村村干部、村委会所处的工作条件和工作环境以及村干部主观方面的因素，要做好村干部工作是很不容易的。海雀几代村干部用他们的实际行动，带领村民们改变了贫困落后的面貌。海雀村是第一批拉开中国当代扶贫开发序幕的村落,饱受过贫困带来的苦难,也见证了当代中国扶贫之路的泪水与笑容,它是毕节试验区的一个缩影,是贵州脱贫之路的一个缩影,也是中国贫困山区脱贫之路的一个缩影。海雀村反贫困的成功破题,对于科学与精准的发展道路而言,是一面镜子,可以折射出这条道路的无限光芒。

我知道,海雀村的村干部和村民还很苦,他们还有无尽的苦恼与难题,只是他们没有表露,悄悄地珍藏在内心罢了。但再苦,也敌不过他们的顽强。光从他们信心满满的讲述,我就能感受到他们的顽强与坚韧……

第二天早晨不到6点,我就起床了。我走进公路边的一片树林,漫步林间,与已经有缸钵粗的华山松近距离接触,尽情呼吸林中新鲜空气,顿感心旷神怡。据说,这片树林覆盖海雀村30多个大小山头,这不就是当年老支书带领村民顶风冒寒植树造林、绿化荒山的成果吗?

漫步在林间,眺望着不远处的蛋鸡养殖场和养蜂园,我终于明白了,为什么刘主任跟我说:"乌蒙山的石头终于开花了!"

# 巴山魂

## 一

身未动,心已远。到四川巴中前,我长时间地沉浸在对巴中的想象中。特别是我走过武陵山区、六盘山区、乌蒙山区等贫困山区后,我对这个位于四川盆地东北部,地处大巴山系米仓山南麓的热土有了一种热切的向往与期盼。

虽然巴中自然风光秀丽,北方的雄伟壮观与南方的秀美温婉在这里完美融合,甚至有着"川东北氧吧"之美誉,虽然这里是著名的红色革命老区,虽然巴中市是秦巴山区连片特困地区三大中心城市之一,但这里留给人们更多的还是有关贫困的历史记忆。确实，巴中是大巴山区，甚至秦巴山区贫困程度最深的地区之一。2016年11月当我从长沙出发穿越茫茫的武陵山，来到莽莽苍苍的大巴山腹地巴中时，处于连绵群山之中的村寨升起的袅袅炊烟似乎在告诉我，这片土地上的人们正在把所有的坎坷与艰辛燃烧成炊烟，然后飘上天空，随风而去。

我知道，巴中是块古老而神奇的土地。在夏代晚期，就有巴人迁至巴中一带。当时，巴中几乎是一片蛮荒之地，龙蛇出没、野兽横行，古代巴人在大巴山一带刀耕火种，创造出"巴人文化"。现在，巴州南龛坡、南江断渠，通江县的栾巴寺、千佛崖及巴山米仓栈道的古雕石塔等还遗留着灿烂的巴文化遗迹。这里不仅诞生了古老璀璨而又延绵不绝的巴人文化，也是中华文明的重要发祥地之一。千百年来，巴中有自开商埠领风气之先的开拓精神，有在众多的战役中展现出的不怕牺牲、奋勇拼搏的红军精神。我也知道，巴中作为一个行政区划，它只是一个年轻的地级市。1993年10月，这里的巴中、平昌、通江、南江四个远近闻名的贫困县、市组成为巴中地区。当时，全地区贫困人口达91万人，其中3100多户还住着窝棚或岩洞；近20万人患地方病，93万人与80万头牲畜饮用水困难；年人均财力仅35元，农民年人均纯收入497元。

当时的现实对于年轻的巴中地区来说无疑是残酷的。但在沉重的困难面前，巴中人没有畏缩，也没有回避，他们以《国家八七扶贫攻坚计划》为指针，勇敢地发动了一场大规模、大气魄的扶贫攻坚整体战。但这仗怎么打？经过多次调查论证，他们认为，巴中地区贫困的根源，在于巍巍大山隔绝了与山外世界的联系，交通不便，成了巴中地区经济发展的瓶颈。要从根本上改变巴中地区贫穷落后的面貌，就必须以修路为突破口。

说起来容易，做起来难。巴中山高地险，自古以来就有"蜀道难，难于上青天"之说。但巴中人并没有被艰难吓倒，从1994年开始，他们每年组织几十万群众，背上铺盖，带上粮草，到几十里甚至上百里外安营扎寨，修筑公路。从1994年到20世纪末，他们主要进行了两轮修道建路大会战。一轮会战打通了4条出境公路，将山区和山外的大市场紧紧连在了一起。二轮会战建起多条县乡道路，使全区村县之间、村村之间的公路总里程达到1.9万公里，有1953个乡村9765个社通了公路。在修路之时，巴中人对一部分国有企业进行了"卖、租和招股"的产权改革，对区内集体所有的林场、果园和荒坡，也以拍卖、租赁等方式转给私人经营开发，盘活了近6亿元资产。于是，死气沉沉的农村市场被激活了。又开展了池园经济大会战。他们广泛发动农民，以户为单位，通过自己的劳动，打饮水井、建蓄水池、办经济园，改善生产和生活条件。当农民在自己的宅边田头建起微型蓄水池后，不仅解决了山区最困难的饮水和浇灌问题，而且池里养鱼、池外养鸡、池边植树，很快形成了一个个池园式的小型家庭经济体系。无数个这样的小型池园经济连成一片，就产生了巨大的规模效应。于是，巴中地区的农业经济迅速发展。到1997年年底，巴中地区国内生产总值就达到了70多亿元，财政收入2.2亿元，粮食总产量达156吨，年人均占有粮食超过520公斤，农民年人均纯收入1049元。全区整体基本跃过了温饱线。

于是，"巴中经验""宁愿苦干、不愿苦熬"的扶贫精神，迅速传遍了巴山蜀水，传到了全国各地……

## 二

今天的巴中，情况怎么样了？

11月15日中午一见到杨运胜，我就感觉到了形势的严峻，气氛的紧张。

小杨是巴中市扶贫和移民工作局办公室干部，巴中市通江县人，一个非常帅气的80后小伙子。小杨不仅热情，而且办事干脆利索，周到细致。当时我就在心里想，这小伙子如此训练有素，是不是当过兵。一聊，果然如此。小杨原来在辽宁当兵，一直在政治部门干，当过报道员和新闻干事，豆腐块和大块头的新闻总共发了几百篇，是个很有实战经验的新闻工作者。2015年转业回老家，他被分配到了市扶贫和移民工作局办公室，局长看他文笔好，又有新闻工作经验，就让他兼着干局里的新闻工作。

虽然小杨来扶贫局工作时间还不长，但对扶贫历史和相关工作已经了如指掌。用他自己的话说就是，当兵出身的人没其他本事，就是适应能力强，别人吃不了的苦他能吃。小杨向我介绍说，虽然巴中在"八七"扶贫攻坚时创造过奇迹，甚至被省里和国家层面列为扶贫成功的典型，2001年到2010年的新阶段十年扶贫时期贫穷落后面貌加快改变，2011年以来的新一轮十年扶贫开发以来的五年累计减少贫困人口55.3万人，贫困发生率下降了16.6个百分点，成绩是不小，但远远不够，形势还相当严峻。除了自然条件恶劣，还有就是资源的极度缺乏，没有什么支柱产业。巴中有400万人口，其中有上百万在外面打工。为什么？在家里不能生存，外出打工才能找到出路。巴中贫困主要体现在两个方面。首先是令人头疼的整体贫困、连片贫困。巴中市所辖五县（区）均为国家确定的集中连片特困地区片区县，其中通江、南江、平昌为国定贫困县，巴州区和恩阳区为省定贫困区。2015年全市人均地区生产总值为15040元，为全国、全省平均水平的28.8%、42.3%；农村居民人均可支配收入9084元，为全国、全省平均水平的79.5%、88.6%；城镇居民可支配收入23845元，为全国、全省平均水平的76.4%、90.9%。到2015年年底，整个巴中的2347个行政村中仍有699个为贫困村，占29.5%；全市还有297个村不通硬化路，13个小水电自供区和243个村用电不稳，36.6万户农民饮水困难，18.25万贫困户居住在不宜人居的洪水淹没区、地质灾害区和边远高寒地山区。其实是深度贫困。这是最令人担忧的。到2015年年底，全市还有31.83万建档立卡贫困人口，在全省排第4位；贫困发生率10.5%，在全省排第3位。而在31.83万建档立卡贫困人口中，因病因残因灾返贫现象非常突出，其中仅因病致贫的就达10万人之多……

小杨口里一连串的数据，顿时让我明白，地理区位、自然环境、交通、教育等等方面的不足，依然是横亘在这片土地脱贫道路上的拦路虎。

巴中人的脱贫之路还异常艰辛！

此时，巴中的脱贫攻坚战进入了"白热化"时期。

小杨告诉我说，因为形势严峻，巴中对扶贫的重视也史无前例。市里成立了脱贫攻坚领导小组，市委书记和市长当组长，市委分管领导担任办公室主任。因为扶贫工作的重要性和紧迫性，市里扶贫和移民工作局也是高度重视。首先是配备最强有力的局班子。为了更好地开展扶贫工作，让扶贫局长兼任市政府的副秘书长；局班子成员6人，包括一名局长、三名副局长、一名纪检组长和一名机关党支部书记，平均年龄45岁。再就是配备年富力强的局机关工作人员。现在他们局机关工作人员39人，平均年龄37岁，其中中共党员24名，占比62%。各县（区）也参照市里做法。小杨说，巴中目前新增设成立了6个精准扶贫中心或脱贫攻坚指挥中心，乡镇也成立了扶贫开发办公室，配备3名左右专（兼）职工作人员。全市扶贫系统工作人员由原来的117名增加到763名，其中乡镇净增加575名。但还是不够用，只得身兼多职，一个人当两个人用，甚至当三个四个人用。

当我说可以先找市扶贫和移民工作局相关领导或部门负责人了解了解相关情况时，小杨有点无奈地说，现在验收考核评估，大家都没得空，开会的开会，下乡的下乡，只留了个值班的。王伟局长一天的会，米丽副局长到南江去了，吴智明副局长到平昌去了，纪检组长张孝宗到恩阳区去了，向斌副局长到巴州区去了，机关支部书记岳维生到通江去了。办公室、扶贫规划项目科、开发指导与社会扶贫科、移民规划安置科、信息法规科、督查考核科、扶贫移民开发中心、精准扶贫中心，各部门的人也都跟着下乡了。他们都是一大早下乡的，要深夜才能回，有的可能还只能在县里过夜。

没想到第二天早晨在巴中市扶贫和移民工作局食堂吃早饭时碰到了局长王伟。坐在我对面的王局长看上去文质彬彬的，更像个文化人，但他吃饭却狼吞虎咽的，聊起天来也是雷急火急的。他说："实在不好意思，我们都不能陪你去采访，实在是抽不出时间，我要赶着下乡，到南江，200多里，宜早不宜晚，要不今天就赶不回来，只能在南江过夜。不光我，我们其他班子成员以及部门负责人都要往下面跑，分头跑。你如果要采访，就到村里去，只有在那里才能找到我们的扶贫干部。"接着,王局长又匆匆忙忙给我介绍了两位可采访的人物。一位在恩阳,那里有个老太太,70多了,家里穷得叮当响,但她从不接受人家的捐赠,非得自己干。乡干部看她家穷,就免费送给她4只羊。她还不干,说,按政策办,该付多少就付多少。老太太每天坚持自己看羊,她有病,不能牵着羊跑,就在山上守着。老太太今年去世了。走的时候家里还是一贫如洗,但她留下了自强不息的精神财富。另一位在通江,一个快60岁的残疾人,行走困难,甚至失去了劳动能力,他老婆还有间歇性精神病,家里非常困难。但他不等不靠,自己办起了养猪场,不仅脱了贫,照目前势头发展下去,肯定还会致富。最让人敬佩的是,他从不埋怨命运的不公,还特别痛恨那些"等靠要"的懒汉。

听王局长这么一介绍,我改变了原来的采访计划,决定去挖掘他们的故事。

我们首先来到恩阳区,去找那个老太太的后人。在茶坝镇窑罐梁村一打听,这里绝大多数年轻人都外出打工了,只剩了老人和小孩。我向一个姓梁的老大爷打听老太太的故事。姓梁的老大爷说,她苦,但她更犟,什么都靠自己,从不要政府和别人的东西,直到死,都坚持自力更生。我又问老大爷,她有没有后人。老大爷说,她有两个女儿,都嫁到外地了,具体在哪个地方,他也不太清楚,很少回,她们娘死后,再没有回过。

于是,我们只得驱车前往通江。三个多小时后,我们来到了大山深处的新场乡巴州沟村。从通江县县级公路通往马州沟村几公里的山路,让我出了身冷汗。山路曲折盘旋,盘山而上,悬崖上,一个又一个急转弯,着实让我心惊肉跳。我紧紧地抓着车门把手。现在硬化路都如此惊险,可以想象以前是土路或是机耕道时又是多么的让人胆寒。

虽然一路上小杨都在一个劲地夸奖这位自强不息的残疾人,说他不仅脱了贫,还开始带领周围老百姓致富。但当我来到这位自强不息的能人的家门口时,我心里还是有种酸酸的感觉——即便这只是过去时的一种呈现,眼前的极其朴实简陋的土木结构的老房子已经被淘汰了,在他家不远处有个移民搬迁安置点,那里有他家的新房子,但是,过去的生活痕迹仍是让我震惊。虽然政府组织进行过危旧房加固改造，但依然掩饰不了老屋的"老态"与破旧，它像一个饱经沧桑的老人，颤颤巍巍的，屋顶上的草苗子在冬风中瑟缩，墙上满是绿苔的痕迹。走到屋里一看，光线昏暗，木质桌椅板凳与抽屉都很是陈旧。后来添置的一台21英寸的老式电视机与一台半自动洗衣机，显示出这家主人确实有一定的经济能力。一问才知道，之所以还住这里，是因为离养殖场近，方便养猪养鸡。

更让我心酸的还是今天的主人公——那位名叫余定泗的巴中男子。他矮得令我吃惊，顶多一米四，拄着一根木棍，走路缓慢而吃力。他才58岁，却已是满头白发。但他从容淡定的言行，他亲切而坚定的眼神，很是让我吃惊。他的眼神里，没有流露丝毫的失望与放弃，只看到了执着与坚毅。

余定泗说起话来不紧不慢，语调不高，却是那么的掷地有声，充满了对生活的笃定。他有三个兄弟，两个姐姐，都落在这山里大半辈子，怎么也没"飞"出大山。我开始以为余定泗残疾，个头不高，是因为小时候落下了小儿麻痹症。他说不是，是他5岁那年干农活时因左脚踝关节上扎了毒刺没钱及时治疗，导致左脚萎缩变形，右脚膝盖骨质增生，让他的身高停在了一米四。最终他落下了肢体四级残疾，行走困难，失去劳动力。他老婆叫李玉全，比他小6岁，先天性智障，间歇性精神病。他们这种结合，便是农村残疾人组合的一个缩影。在许多贫困山区，就是正常健壮的男子都找不到老婆，更不要说一个残疾人了。生活在贫困大山里的余定泗能够结婚生子，已经是上天对他的恩赐了。他也非常感恩，有了一个虽然贫困与残疾但却温暖的家。他最感谢的还是他老婆给他生了两个健康又争气的儿子。他觉得，有了家人的支撑，即使遇到再大的苦难，他也有生活下去的勇气与信心。他的大儿子叫余显著，32岁，大儿媳妇叫陈芳，30岁，以前一直在外打工，2015年余定泗搞养猪场后回来一起与父亲创业。小儿子叫余显平，28岁，小儿媳妇叫何晓蓉，27岁。由于家里穷，小儿子做了上门女婿。

随后，余定泗的话题便围绕山里的"路"展开着。我在贫困山区走访时，几乎所有的话题都是从"路"开始的。对于山区来说，"路"意味着什么？是生机，是希望！

余定泗说，他们屋前这条路以前是条很窄的毛坯路。之所以一直没有加宽，也没有硬化，不是政府不想修，是他们这里地理条件特殊，难度太大，加上当时政府资金不足，所以一直没有修。他们村每个社都在一道山梁上，山梁与山梁之间都是悬崖和河沟，每个山梁都是一个独立山头，所以一个社到另一个社，要绕很远。没路的时候，余定泗家是低保户，他一直在家喂鸡喂猪，再就是种了两亩水稻田，还有亩把坡地。因为没有路可以出去，也因为他身体的原因，到了50多岁，余定泗到乡上的集市才去过几次，更不要说通江县城了。这也是他当年喂猪少，甚至不敢喂猪的原因。他说，他一年也就喂一两头猪，主要喂了过年吃，喂多了也没用，卖不出去，没有人愿意冒着生命危险到这里来买猪。光一个人走路都打滑，更何况还要抬着一头猪，弄不好半路摔到悬崖下了，就丢了性命。即使有人来买，也卖不出好价钱。比如一头猪本来可以卖1000块钱，但因为路差，人家不愿来，即使把他们求上来了，也只能卖个七八百元。虽然余定泗家自给没问题，但一直没有摆脱贫困。余定泗说，初中毕业的他，算是村里同辈人中有文化的了，他喜欢思考一些问题，他也不想这样一直贫困下去。他最看不惯的是"等靠要"的懒惰思想，觉得要致富关键靠自己。他有很多想法，但因为没有路，没有政策扶持，无法实现。其实他早就想过，自己是个残疾人，外出不方便，最适合在家搞养殖，可以养猪，也可以养鸡，但条件不成熟，空想了很多年。

余定泗的转机出现在2014年。这年，精准扶贫开始在这片大山落地生根，巴州沟村被定为贫困村，他家也被精准识别为建档贫困户。也在这一年，村里开始修路了，道路也逐渐硬化了，还有了各种各样的优惠政策。先说路吧，自从他们村定为贫困村后，全村1.5公里的村道路，7.8公里的社道路都全部硬化了。特别是村道路还经过余定泗屋后，并且还硬化了一条分支路直通到他家院坝，购买的饲料、农用物资等商品，卖家可以直接送到他家院子里，出栏的猪、鸡，买家也可直接到门前收购，彻底解决了他因双腿不便难以出门以及路不通产品滞销的难题。再说优惠政策。政府不仅提供种养殖技术培训、指导，还积极帮助对接市场，帮助养殖户销售产品。更重要的是，政府帮忙解决了贷款的问题，既不需要财产担保，也不需要担保人，手续简单，利息不到5%，加上政府的贴息补助，自己基本上不承担贷款利息。

余定泗说，2014年，看到这么好的机会来了，他下定决心搞养殖业，他要改变现状，改善家里的生活，让老婆日子过好一点。他刚提出这个想法时，家里人还有点担忧，但都被他一一说服了。在家族里，他除了身体不行外，其他都是核心和权威。得到家人的支持后，他首先把这个想法跟村里的第一书记郭雄说了，郭书记除了有点担忧他的身体外，更多的是鼓励与支持。接着余定泗又大胆地把这个想法跟在村里进行帮扶的王县长说了，王县长一听，既感动也高兴，同样是鼓励与支持。首先是帮他协调资金。他自己贷了5万块，他大儿子也贷了8万块，都属于小额信贷，主要是针对贫困户的，利息很低，每年只是象征性地收点利息钱。随后是帮他选择场地。主要是他自己家的地，不够的，又置换了一部分邻居家的。接下来就是建养殖场。总共建了近700平方米，还配置了孵化机、禽畜饲料加工机、发电机等配套设施，总共花了20多万元，余定泗为此出了血本。既然出了血本，当然希望尽快见到效益。2015年余定泗就养生猪100多头，鸡1000多只。2016年离年底还有近两个月，他已经出栏成年猪120头，出售鸡苗600多只，出售成年鸡300多只了，纯收入至少超过10万。

随着养殖场规模越建越大，余定泗和他老婆根本忙不过来。好在有邻居和亲戚的帮助。余定泗说，在农忙时，邻居和亲戚朋友看到他家实在忙不过来，都过来帮着他们播种和收割。2015年9月，他对大儿子说，现在养殖场做大了，光靠父母是忙不过来了，你们在外面打工，如果觉得收入不行了，回来一起搞养殖也可以。实际上，余定泗特别渴望大儿子和大儿媳妇回来一起帮着干，只是他怕他们有顾虑，因此说得比较委婉而已。看到村里的路修好了，养殖场也有效益了，大儿子大儿媳很快就回来了。

余定泗拿出一个皱皱巴巴的本子，把修路前和修路后、脱贫前与脱贫后收支进行了详细的计算。他边写边说，2014年他还是村里的建档立卡贫困户，当年他家的总收入是7512元，其中稻谷收入2000元，玉米收入700元，油菜收入782元，薯类收入1280元，低保费1680元，粮食直补270元，退耕还林补助全年500元，还有过年过节给的钱，大概300元。这年他家支出4540元，包括电费260元，食用盐、醋、酱油、鸡精等调料220元，锅碗瓢盆等用品160元，洗衣粉、肥皂、面巾等用品80元，还有医药费1200元，购买种子、化肥、农药等2620元。全年纯收入2972元，按他和他老婆两个分摊（大儿子分家了），年人均纯收入1486元。

余定泗又给我算起2015年的收入。他家2015年水稻收入2400元，玉米收入1150元，油菜收入1150元，薯类收入2080元。更重要的是，他家有了养殖收入，出栏成年猪80头，收入约16.56万元，出售鸡苗600多只，收入约1.38万元。再加上政府补贴的2450元、粮食直补270元、退耕还林的500元等，他家全年收入达到了18.92万元。除去农业生产支出2729元，养殖支出12.36万元，生活费支出1590元，电费支出370元，医药费3200元，以及用于扩建圈舍、购买母猪和购买饲料加工机器等的贷款5万元，他家全年总支出18.05万元。全年纯收入8700元，人均纯收入4350元。余定泗脱贫了。

"为什么前后两年有这么大的变化？除了国家政策好，还有就是路修好了。路修好前，干活累，还挣不到钱；路修好后，干活轻松，挣的钱还多。"余定泗说，"但还不够，只是脱贫还不够。看到进山的路修好了，还硬化了，我兴奋啊，这么好的机会，为什么不抓住，不大力发展养殖呢？"

于是，余定泗又新规划建设养猪场800平方米。目前主体工程已经竣工，但依据预算，主体与配套设施共需要投入资金75万元，他正在四处筹措资金。他还把当了上门女婿的小儿子也劝了回来，一起创业。

"这么多钱，从哪儿筹，都去贷款吗？"我问。

余定泗说："国家有产业发展周转金，一户补助5000，我和大儿子各算一户，加起来就是1万。产业扶贫'增量奖补'人均1000，我们两家5口人，总共就是5000。还有建沼气池，政府补助7500，农业发展资金给了1万，我不是残疾人吗，县残联还帮我解决了1万块钱的扶贫资金，还有社会捐赠

4500块钱。不足的再去贷款。王县长知道我要扩大规模后，也非常关心。他看到我们养殖场买了搅拌机器，需要用三相电，就协调相关部门建了一条专线，三相的。养殖场扩建后，可容纳成年猪500多头，如果顺利，可实现年收入100万元大关。我估计，两年就可以收回所有成本。"

余定泗甚至成立了"东山畜禽养殖专业合作社"。他说，他们这里叫东山坪，所以把合作社取名为东山畜禽养殖专业合作社。目前合作社有六个人，他与他老婆，他大儿子与大儿媳妇，他小儿子与小儿媳妇。余定泗负总责，同时还负责销售与购置饲料，他老婆和大儿媳妇负责打扫卫生，大儿子负责喂食，小儿子负责防疫，小儿媳妇忙的时候来，不忙的时候就在娘家带孩子。

余定泗不光想着自家致富，还想着周围老百姓。余定泗说，如果他富起来了，那也是政府和各级领导帮助的，接下来，他有责任让更多的贫困户进入合作社。他将提供技术与猪崽、鸡崽，他们能自己卖出去最好，如果他们销路有问题，他就把贫困户养大的鸡收回去，用自己的渠道卖出去。虽然目前还没有村民加入他的合作社，但实际上他早就开始帮助贫困户了。今年除了他以很优惠的价格为贫困户提供了上千只鸡苗和上百头猪苗外，还免费为一些特别贫困的人家提供了40余头小猪，上百只小鸡。看着眼前的这位朴实的矮小的残疾村民，再看着颇具规模的养殖场，我不得不心生敬意。

新场乡派驻村扶贫干部金焕波告诉我说："老余虽然身体有残疾，不方便，但从来不等不靠不要，而是通过自身努力，带动和感染更多的贫困户自力更生，自强不息。老余有个梦想，如果在两年内成本收回，他要做的第一件事就是把小额信贷还给国家，不像有的贫困户，认为钱是国家无偿给他的，赖着能不还就不还，能拖多久就拖多久。老余是一个懂得感恩的人，有钱了，想的是第一时间把国家的钱还上。现在，我们要做的就是如何完善制度，如我们的路修好了，以后如何养护；我们的水池建好了，如何管理如何收费；等等，今天如果制度不完善，老百姓认识不到位，这些可能都只是昙花一现。如何不让老百姓'智贫'与返贫，这才是我们扶贫工作的重中之重。"

巴州沟村支部书记黄碧明向我介绍了一些村里的基本情况。他说，他们村目前有384户1463人,面积10.245平方公里,有8个农业合作社。在以前,是个传统的零散种植和养殖的山村,种点水稻,也种点杂粮,养猪,也养鸡。本地交通差,生活苦。就说用水,老百姓基本上都要到3公里以外的大山上往返背筒取水,要走两个多小时。后来,因为扶贫干部的帮助,加之村民自力更生,他们用钢钎大锤、用炸药,开山凿石,一小段一小段修起了路,也建好了水池。同时每家每户都有了相应的发展项目。2014年路还没修好,那年全村人均年收入是1600元。2015年部分社通了路,全村人均年收入就上升到了2300元。今年村社的路全通了,还硬化了,人均年收入可能会要突破4000元,贫困户60户190人,要整体摘帽。

……

沿着余定泗家门前那条弯弯曲曲的硬化山路望向远方,我看到了他未来之路的艰辛,更看到了他未来之路的幸福。

可见,路,对于住在大山里面的老百姓来说是何其重要。

此时,我想到了小杨跟我说的,巴中市目前还有297个村不通硬化路。那意味着这297个村都还是土路,甚至有的还只是狭窄机耕道。很多没有深入过大山深处的人,可能认为,现在已经村村通了公路;有些居住在大城市的人,他们难得到一次条件比较好的城郊乡村,看到四通八达的水泥路或是柏油路,就以点带面地认为,现在全国农村一片大好,都是清一色的水泥路或柏油路。其实,对于农村,我们的认识还远远不够。基础设施作为城乡一体化发展必不可少的硬环境,是城乡各种要素流通的依托和保障,同时也是城乡一体化发展的成果体现。事实上,城乡基础设施建设投入差距巨大,农村基础设施建设整体较为落后,基层管理者的素质也亟待整体提高,这些都严重制约了农村经济发展和农民生活水平的提高,影响了城乡经济社会的协调发展。特别是一些专家,面对如何让贫困山区脱贫的课题,并没有做实地调查,空谈搞高大上的产业开发,将大山里交通不便说成是无法改变的地理原因,强调山里人思想封闭、没有发展意识,甚至愚昧、愚蠢。但余定泗的例子已经给了我们很大的启示:山民是多么的纯朴、顽强和智慧,或许只要一条三四米宽的水泥路,就可以运走山区百姓几千年的贫困；修好一条离农民、离田地更近的路可能就是终结贫穷，开启小康大门的万能钥匙。

巴中不太乐观的贫困现状让我感受到了当地脱贫的巨大压力，而巴中人的自立与顽强则让我看到了脱贫的动力和希望。路还在修，脱贫攻坚战已经打响，我相信，只要党和人民一条心，未来的美好蓝图就一定能实现。

# 第二章 真是上帝的弃地吗

▲ 贵州罗甸县沫阳镇麻怀村村民开凿麻怀隧道　图片提供：邓迎香
▼ 修通后的麻怀隧道

> 为了生存,永不放弃!
> ——广西凌云县泗城镇陇雅村党总支部书记吴天来

# 大山深处桃花源

## 一

"为了生存,永不放弃!"

2016年9月8日,当我来到广西凌云县泗城镇陇雅村陇堆屯,看到村口石碑上刻着的这八个苍劲而沧桑的朱红大字时,我不由得心里一震,这是与铁面无私、残酷无情的大自然搏斗的誓言啊!

不是吗?来陇雅村时,车子在高耸的大山间穿行,弯曲窄小的公路外,一边是峭壁,一边是万丈深渊,陡峭的大石山延绵不绝似乎永远没有尽头。道路何其艰险,远胜我的想象!在延伸的山路某一端,那里的村民人均纯收入竟然超万元!我迫切想去探寻这个现代"桃花源"。

一下车,我就被大石山区的"桃花源"吸引住了,林海浩渺,树木葱郁,空气清新,环境宜人。我站在陇雅村村部所在地陇堆屯的中央,仰望苍穹,四壁是山,头顶是天,陇雅村的村民就世世代代生活在大山坳里。当地人用"山高石头多,出门就爬坡,地无三尺平,神仙莫奈何"来形容这里恶劣的自然条件。在这个遍地石头的山村中,300多户散居在42个不通路、不通电又严重缺水的自然屯里。1995年春,一群清华大学的学生跋山涉水来到陇雅村考察,看到这里的情况后,在考察报告里留下这样一句话:陇雅环境恶劣,根本不是人类生存的地方,这种地方的农户如果不搞易地安置,永远走不出贫困。但我今天显然看到在喀斯特大山中,坐落着一个个绿树成荫、环境优美、居家独特、干净整洁的小村庄。

这一切的改变与一个人紧密相连,这个人叫作吴天来。

站在我面前的吴天来是一个相貌平凡的中年汉子,个子不高,皮肤黝黑,但敦厚结实,目光坚毅,布满沧桑的脸上偶尔会绽放出灿烂的笑容。特别是当他说话的时候,声如洪钟,余音回荡,力量十足,极富感染力。他是陇雅村党总支部书记。正是他导演出了这大山深处致富的传奇,用吴天来的话说"再高再陡的山他也能踏出路来"!

我不能不以敬仰的目光,来仰视眼前这位看似不起眼的广西男子汉。他站得很稳重,腰板也挺得很直,似高原上的山峰。他是一位伟大的农民,或者说山民。我知道,"伟大"一词不是用在谁的身上都合适的,但我相信我眼前这位农民绝对是当之无愧的。他所创造的价值,远不止是带领一个山沟里的村民从贫穷走向了富裕这么简单,而是抒写了人类与大自然搏斗,并赢得巨大胜利的悲壮史诗。

当然,谈起57岁的吴天来,就不得不先说说他的先辈们。吴天来的先辈们同样生活在陇雅村,大概是200年前,也就是清朝嘉庆年间,吴天来的先辈从湖南新晃的一个小山村迁徙来到了现在的陇雅村陇堆屯。让吴天来先辈没想到的是,这里比他们老家的山更大、更高、更陡,生活条件更加艰苦。知道我是湖南人后,吴天来显得非常亲切,他说:"我们是老乡啊!200多年来,我们吴家人这股吃得苦、霸得蛮的湖南人的性格一直没丢,我们还保留着湖南人敢为人先的精神啊。"

先辈迁居过来时,这里只有一户姓欧阳的人家。欧阳家对吴天来先辈说:"这里除了石头山还是石头山,你们来这里干什么?我们在这里住了几代了,一直不发（繁衍）人，都是单传，住不下去了，我们打算搬走，住在这里只有死路一条。"虽然那时没有钢钎大锤，住的是石头洞，走路要像猴子一般爬壁岩，到百色买个盐巴一个来回也得半个月，但吴天来先辈就是不信这个邪，决定在这里扎根。吴天来先辈们凑了12块银元，把欧阳家的房屋、山地和鸡鸭狗猫等牲畜，全部兑换到了吴家。当时吴家与欧阳家都没念过什么书，写契约时，"兑换"的"兑"字不会写，写成"一堆两堆"的"堆"，加之这里是山脉阻断的山岗高地，于是吴家就把这里叫成"陇堆"了。

已经200年过去了，我来这里采访时，当年只有吴姓一家的陇堆，已经发展成为拥有42个屯363户1300多人口的行政村了。现在，这个村不仅有吴姓人家（占全村的48%），在这200多年的岁月里还陆陆续续吸引了李姓、王姓、韦姓、何姓、梁姓等十来个姓氏人家在这里居住。随着时间的推移，这里的人口成百倍地增长，但山还是那座山，依然没有一分水田，全是旱地，所有的生命都在石头缝里生存。但在这片土地上，石头缝里求生存的人们，愈发变得坚韧与顽强了。

苦难，自然是吴天来人生的必修课。那时的陇雅，没有公路，人们往来进出均是羊肠小道，搬运货物全靠肩挑背驮。耕地夹石缝，房建石头堆，喝水钻石洞，出门攀山头。吴天来有十兄弟姊妹，九男一女，他是老六。上学时他成绩特别优秀，本可参加高考，但因为家里实在太穷，高中没上完，他就辍学了。但他非常满足，在这样贫困的山区，在一个有十个孩子的大家庭里，他能够上两年高中，已经是烧高香了。也因为贫困，找对象成了吴天来的一大难题。几十年后，吴天来依然无法忘记那段刻骨铭心的记忆："地方穷，家里兄弟多，走亲戚的都不愿意来，谁还愿意嫁到我们这地方呀！所以直到二十四五岁我还没找到老婆，这个年龄在那个年代算大龄青年了。我着急，我娘更着急。我娘找到我老姑说，他老姑呀，你无论如何都要给六儿找个老婆，人家条件怎样，我们没资格说，只要是黄花姑娘，人家愿意来就行了。于是我老姑在山里四处给我找老婆，找来找去，找到了陇照村，一户住在山顶上的人家。这户人家姓杜，家里有13个孩子，除了第11个和第13个是男孩，其他都是女孩。我老姑原来打算带我去相杜家老九的,但当我到我老姑家时,老姑改变主意了。她对我说,六儿,杜家老九上面还有一个老六没出嫁,人家杜家说了,要娶老九也可以,但必须等老六出嫁后才可以,这样你可能还要等几年。要不相老六算了,相老六快点,只要你们都看得上,很快就可以办酒。老六叫杜美容,也就是我老婆。其实她前面相过几个对象了,有一个都谈婚论嫁了,但到结婚那天,男方的轿子没来。原来,男方家住在山外的平地里,家里条件也可以,亲戚中有当民办教师的,还有当工人的,人家嫌杜家住在山上,太穷,又没文化,所以悔婚了。刚到了杜家,我就看到杜家老六笑老九,老九啊,你今晚耳朵要缺(有小伙子来招亲)了。随后,我老姑就向他们介绍我,说这是吴家老六,高中生哩,想相你们老六。虽然我老岳父住在深山,但还挺开明的。当时他就跟我老姑说,我们没什么意见,老九要出嫁,老六也要出嫁,让年轻人自己拿意见。虽然我与我老婆是第一次见面,但谈得来,也谈开了,双方都满意。回到家,我们就张罗着结婚了。"应该说,吴天来的婚姻是贫困地区农村婚姻现状的一个缩影。即便现在,因为贫困而导致打光棍的现象依然大量存在于贫困山区。

吴天来身上毕竟留存着先辈的基因,哪那么容易被命运摆布!

大石山区由于交通不便,信息闭塞,山里老百姓山沟意识、封闭意识和守旧意识较浓。因此,多年来,陇雅发展一直比较缓慢。对于守旧的村民来说,吴天来算得上是个另类了。说他是另类,基于两点。一是吴天来的商品经济意识似乎与生俱来,是块做买卖的料,二是吴天来"明知山有虎,偏向虎山行"的勇敢与倔强。

20世纪80年代初,吴天来看到许多乡村连一碗稀饭都保不住了,年轻的他心里特别难受。"再这样下去就是死路一条,真的只能离开陇雅,背井离乡去乞讨了。"吴天来回忆说。穷则思变。那段时间,他整天想着赚钱的门道。大自然是残酷的,也是有情的,它为你关上一扇门,同时也会帮你打开一扇窗。一个偶然的机会,他发现陇雅村石山上竟然有锑矿,他欣喜若狂,马上组织乡亲们开采锑矿,而他自己则挖空心思拓展销路。在开采锑矿和销售过程中,他还发现了很多门道,原来他们这个石山上宝贝还不少,比如野生的中草药,在外面就很有市场。于是他又收购中草药，效益相当好。后来，他看到村民想要的商品进不来，又在村里办起代销店，当时的商品都是用马车拉来的，主要经销糖、烟酒类和一些生活日用品，为当地群众提供化肥、农药、农具、水泥、饲料等赊销服务。渐渐地，他的业务不仅发展到了凌云、百色、南宁，还出了省，到了贵阳、汕头等地。他在村里首先富了起来，原来一穷二白的家境彻底变了个样。"到1995年左右，我存折上定期就存到了88万，活期还有60多万，应该算得上村里的百万富翁了。"吴天来说。

虽然自己富了，但吴天来却始终高兴不起来。为什么？此时陇雅村除了一条10来公里长的机耕路外，42个自然屯村民们出门时依然只得攀爬"隔山望得见，相会要半天"的羊肠小道，村里所需的生产生活资料靠人背马驮。大山隔断了陇雅人与外界的联系，阻碍了陇雅人发展。更令人心酸的是，改革开放都十多年了，全村1200多人，人均粮食还只有百把斤，年人均纯收入才200多块，贫困率在70%以上。此时的吴天来也面临着很多的诱惑，比如有不少朋友看他有钱了，不仅鼓动他到县城买商品房、买门面，还鼓动他买地皮建房出租。"朋友们说得没错，在县城买上地皮建上房子，以后什么都不用干，也什么都不用愁了，光收租金就能过上衣食无忧的好日子。当时许多乡里人都挤破脑袋买'农转非'逃离大山，逃离农村，能跑多远就尽量跑多远。也有许多朋友叫我买个'农转非'，离开陇雅，去做城里人。我不是没有动摇过，但最终还是因为放不下陇雅而放弃了。我一直在想，自己是富了，但乡亲们还很穷，我一个人起楼房有啥意思，如果能帮乡亲们脱贫致富，全村都盖上楼房，那才叫好呢。"

确实，陇雅村的贫穷命运要得到改变，急需一个既开拓创新，又脚踏实地，且大公无私的"领头雁"。吴天来为人直爽，办事雷厉风行，心里有什么想法，从不藏着掖着。于是他积极向党组织靠拢，争取加入党组织，当好这个"领头雁"，带领乡亲们致富。1995年2月，他成为一名中共预备党员。随后，他像着了魔似的，开始疯狂地"挥霍"自己的积蓄。行走在陇雅村，依然可听到静谧的大山里掷地有声的脚步声——

1995年7月,凌云县农村初级电气化通过验收,全县97%的村通了电,然而,陇雅却是那3%不通电的村之一。看到别村群众都通了电,陇雅村的群众焦急万分。在一次党员会议上,拉电的资金和线路无法落实,老支书只好宣布散会。还不是正式党员的吴天来一直在外面听会,此时他径直冲进去大手一挥:"这个会不能散!"他随即拿出早已想好的线路安排方案,并表示费用自己预先垫上,"灯亮了再付钱"!

吴天来的举动彻底点燃了大伙的热情,乡亲们纷纷行动起来,有的取出存款,有的想办法贷款,有的干脆卖了年猪。在筹足集资款项之后,村里组织群众不分白天黑夜地运杆、埋杆、放线。

那一年,吴天来和村民一道没日没夜连续奋战41天,90多公里的电线架起来了,陇雅村42个屯都通电了,还辐射到周边其他乡镇100多个自然屯,2560多人从此告别了点煤油灯的历史。通电的那一天,村民们杀鸡宰鸭,整整狂欢了一个通宵!

也就是在这年冬天,为了帮助陇照村一起拉电线,在一个大雪纷飞的夜晚,吴天来到陇照村与村民商量拉电线的事。直到深夜,他才往回赶。陇照到陇雅,虽然直线距离只有五六里,但山路弯弯曲曲,平日在崎岖不平的石山上攀爬要将近两个小时才能到,更何况是在大雪之夜。

他小心翼翼地攀爬着,也不知过了几个屯,只知道这几个屯都是小屯,人不多,有的甚至没人住,如果不是天空飘着雪花,这里就是一团漆黑。他爬累了,身上也爬湿了。爬着爬着,他猛地一抬头,突然发现前面有个屯子有火光了。他一阵惊喜。在黑暗中行走,谁不希望碰到光明呢!一定要烤火后再走,他心里这么想着。可当他使足了劲爬近火光时,却被吓了一跳,原来是刚抬过来尚未入土的一具棺材,死者的亲人正在给她烧衣服和纸钱。后来他才知道,死者是一名还没出嫁的女子。吴天来虽然是个大男人,很少有害怕的时候,这一次却被吓得全身发麻,手和脚都不听使唤了。缓过神来后,他便连滚带爬地往家里赶。

1995年吴天才为村里做的事情还远不止这些。

那年，他还先后拿出 5.2 万元，领着村民建成了总蓄水量达 36263 立方米的大小水池 240 个，使全村所有农户用上了自来水；那年，他还先后垫付 13.7 万多元资金，带领群众修通了村至乡府、村至县城共 27.14 公里的公路，解决了群众行路难问题；那年，他还拿出 1 万元存款为 12 个困难户安装卫星地面接收站并购买了电视机……

1997 年，在当选为陇雅村党支部副书记之后，吴天来想得更多看得更远：陇雅村如何才能更快地发展，山里老百姓如何走进市场经济的天地？陇雅村地处两个乡镇交界处，周围居住着 2 万多人口，是兴建农贸市场的理想地段。1997 年夏天，吴天来在取得县工商、土地管理部门同意后，先后自己投入 22 万元，建起了一个拥有 20 间铺面、8 开间铝合金棚顶的农贸市场。1998 年 11 月，农贸市场正式开业，吴天来无偿地将所有铺面让给有经营能力的村民前来试营业。农贸市场是陇雅农民步入市场经济的启蒙学校。

1999 年 9 月，吴天来到北京参加了"全国扶贫贡献奖"的颁奖活动。回到村里没几天，他就在村民的期盼中担任了陇雅村党支部书记。上任的第二天晚上，他就组织召开了全村的群众大会。听说吴天来要召开群众大会，不仅本村的家家户户都来了，就连附近村子的老百姓也都过来看热闹。

"那天晚上来了很多人，村部前坪里黑压压的一片。我站在前面对大家说，乡亲们呀，承蒙大家厚爱，要我搞这个书记。既然要我来搞这个书记，就要为大家搞点实实在在的事，要不然我心里就会不安，就会惭愧，我也不想留下遗憾。具体地说，目前村里要做好四件事。我跟他们讲，我们这里是石漠化地区，如果山上没有树，水土就容易流失，如果再这样下去，不要说发展，家园都会保不住了。第一件事就是要全面封山，是死封，只能栽不能砍，谁也不准砍，一棵树也不能砍。听我这么一说，下面年纪大一点的就说，不准上山砍树，那我们怎么生火煮饭？我说，我们以后不再烧柴了，我们要建沼气池，既干净清洁，又保护了生态，一举两得。年纪大一点的又问，那谁来给我们建呀？我说，我去争取指标，你们只要配合就行了。听我这么一说，他们都没说什么了。后来，我争取到了 120 个沼气池建设指标。第二件事就是要把公路修到各家各户，进村有环村路，进屯有环屯路，村与村之间相连，家与家之间相接，户与户之间相通。前几天我到了北京，北京的路四通八达，一个街道连着一个街道，一排楼房挨着一排楼房。车子都可以开到家门口，一家一家经过，不用走回头路，多好啊！北京能行，我们陇雅也能行。我刚一说完，下面就炸开了锅。有老人说我，这山里本来地就不多，修路要占地，你对得起祖宗吗？还说，你刚才说了不准砍山上一棵树，修这么多路得砍掉多少树啊，你这不是打自己的嘴吗？更有老人说，去了一趟北京，当了个村支书，就不知道自己几斤几两了，敢把一个小山村跟首都北京相比，真是不知道天高地厚。年轻一点的就跟我开起玩笑来。我们吴家一个女婿站起来大声对着台上的我说，六叔，如果你能够把这些路修成，我就在我们屯搞个飞机场，你信不信。我还有一个侄儿叫吴长高，他指着对面山上说，六叔，我看你就是清朝政府的那个大炮筒（吹牛皮）。我说第三件事就是要使整个陇雅村农民都住上楼房，包括五保户。第四件事就是要使整个陇雅村，家家有存款，户户有小汽车。听我这么一说，攻击我的人更多了，甚至有些人哄我下台。一些领财政工资的'半边户'，是国家工作人员，也算是有文化的人，他们听我这么一说，也是相当不理解。他们有的摇头，有的叹息，有的干脆冲着我说，老六，你现在是党支部书记了，怎么说话跟放炮一样，能不能不信口开河呀。我当时也火了，冲着大家大声吼道，你们怎么骂我都行，我提出的四件事我一定要实现，不实现，不罢休，不实现，我就不是陇雅人！"那一幕，吴天来至今记忆犹新。

接着，吴天来拿出自己的存款先垫支，领着大家修路。其实早在1996年的时候，他就开始带领村民修路了，当时垫资4.8万元，把陇雅通往官仓13公里的机耕路改建成了平坦的村级公路。在带领村民劈山开路中，对于修路有点"疯狂"的吴天来总是带头攀悬崖、爬陡壁，重活险活抢着干，既当指挥员又当战斗员。

吴天来带着大家修环屯路，居然修到了陇堆屯前面的老鹰嘴的壁岩上。虽然这段路只有300多米，但由于在悬崖峭壁上，不要说修路，就是爬上去都非常艰难，所以不论是哪支施工队来承包，要价都很高，都在9万元以上。看到要这么多钱,吴天来心痛,嫌太贵。施工队的老板们坚决不让步,他们说:"那么险,谁敢修,不要命了,9万块钱已经是最便宜的了。"一天下午,一个老板对吴天来说:"六叔,你老是舍不得出钱,你上去看看,看你能不能上去,你要是爬到老鹰嘴的壁岩上,我少要3万块钱。"吴天来说:"讲话算话。"老板说:"当然算话,反悔是小狗。"让那个老板没想到的是,吴天来背着绳子就往老鹰嘴上走。老板说:"六叔,你不要命了,真去呀!"吴天来说:"说出的话不能反悔哟。"爬到老鹰嘴山顶后,吴天来把绳子的一头拴在一棵大树上,另一头拴住自己的腰,然后慢慢地往山腰处的悬崖上爬。他在悬崖上爬,下面的人为他直捏汗。两个多小时后,吴天来终于到达了要修路的山腰处的悬崖上。此时天已经完全黑了,再爬上山顶已经不现实了,主要是天黑太危险。于是吴天来对老板说:"我就在悬崖上过夜,你们回去吧。"老板不放心,大声喊道:"六叔,你不能把绳子解开呀,一定要注意安全。"吴天来说:"没事,放心吧。"就在这时,吴天来的老婆杜美容来找丈夫了。老板跟杜美容说:"六娘,六叔上山了,天太晚了下不来了。"杜美容一听,问:"这么晚了,上山干什么?"老板说:"上山修路。"杜美容疑惑了:"上山修路,怎么你们下来了,他还不下来?"老板支支吾吾地说:"他上壁岩上了。"杜美容一听,说:"真是疯了,上哪个壁岩了?"老板说:"老鹰嘴。"杜美容顿时吓了一跳,然后骂道:"你们这些狗日的,把我男人丢在壁岩上,你们算什么男人!"骂得施工队的人都不敢吱声。

随后,杜美容从家里拿上饭菜往老鹰嘴山下跑。跑到山下,她就焦急地叫了起来:"六哥——六哥——"吴天来一听是老婆在叫,立即回应道:"六娘,我在这里呢。"杜美容问:"具体在哪个位置,我上去,给你送饭菜。"吴天来立即说:"别发神经,我都下不来,你更不能上来。"吴天来说他不吃了,一顿不吃饿不死。杜美容又问:"怎么他们都下来了,你不下来?"吴天来说:"他们没上来,就我上来了,是与他们打赌上来的。"杜美容说:"打赌!"吴天来说:"是的,打赌。老板说,只要我能上老鹰嘴的壁岩,修这条路就少要3万块钱。"杜美容骂道:"六哥呀,你怎么这么傻,是命重要还是钱重要,再说又不是给我们家修路，你这么拼命做什么，你真是头蠢猪……"骂着骂着，杜美容就哭了起来，一边哭一边数落着吴天来的种种不是，说他把村上的事看得比家里的重要，说一条路比他的命还值钱，说他要是从壁岩上摔下，她和孩子以后的日子还怎么过……总之，能数落的都数落了。只要听到壁岩上的吴天来没动静，她就会哭得更厉害。也不知哭了多久，壁岩上的吴天来睡着了，杜美容哭累了，也睡着了。第二天天一亮，杜美容看到吴天来还在壁岩上好好的，又激动得哭了起来。那个老板也挺守信用的，他带着民工，带着设备，就开始钻炮眼，炸石头，修起环屯路来……

到 2002 年，吴天来带领村民陆续修通 44.8 公里的环村公路和近 100 公里的环屯路，但原来百万身价的他倒欠了 8 万多元外债。他又变成了一个彻底的穷光蛋。

路通了，灯亮了，水有了，陇雅村基础设施基本得到解决。吴天来又开始带领群众找脱贫致富的路子。陇雅村地处大石山区，山多地少，无地表河。要在土地有限、条件恶劣的大石山区发展产业，受到诸多自然因素的限制，让农民把最有限的土地拿出来搞新兴产业不种粮食更是一件不容易的事情。2002 年，吴天来自费到凤山县学习种桑养蚕技术，回村后大胆地拿出自家 11 亩土地种桑树，并试养了第一批蚕，经过反复摸索，种桑养蚕最终大获成功。2005 年，全村种桑养蚕达到高潮，全村人年均收入近 5000 元，是种地收入的十倍，村民从此脱贫。

种桑养蚕，仅仅是个开始。在种桑养蚕得到巩固和稳定后，吴天来又开始谋划成立合作社养猪，通过资源共享和信息共享，巧妙地建猪楼，实施"空中养殖"。楼房养猪一时间成为陇雅村的一大特色，肉猪最高纪录达到每年出栏 8000 头。养猪场修得一排排，成规模，而且与人居分开了，既科学合理，又漂亮整洁。

陇雅村大山延绵，土质稀薄，为了充分利用好每一寸土地，吴天来发现"十大功劳"（一种植物）具有耐干旱、易成活、经济效益好等特点，就动员村民大力发展十大功劳种植，至 2014 年，种植面积达 3400 亩。2010 年，吴天来在陇雅村发现深山林中的野生铁皮石斛具有珍贵的药用价值,市场上卖价非常高。通过专家指点,吴天来决定利用野生铁皮石斛进行人工繁殖,经过一段时间的研制,人工繁殖铁皮石斛取得了成功。最后通过产业化经营,成立了长生仙草科技公司和铁皮石斛产业合作社;通过公司化运作,铁皮石斛产值已有700多万元。

2015年全村人均收入突破万元大关,实现了全村"大家富"的目标。过去被认为是致富"绊脚石"的陇雅,如今成了村民眼中的"聚宝盆"……

一个石头山里的小山村,让我感受着穷山沟变桃花源的真实故事。

## 二

吴天来有开阔的发展思路,有敏锐超前的市场经济意识,但我觉得,最令陇雅人受用,也令我震撼的,还是吴天来对文化的认识与理解。对于一个农民来说,这太珍贵了。

虽然吴天来告诉我说:"我是个蛮汉,只会蛮干,没什么思路。"他还指着墙上的字说:"有关屯子的那些山歌,都是我们自己编写的,我们没什么文化,都是些打油诗,作家你莫见笑。"但他的这些谦逊之语深深地撞击着我的心灵,让同样出身农村,又身为"文化人"的我自愧不如。

是啊,农村特别是贫困山区,不仅需要物质上的富有,更需要精神上的富有。北方那千沟万壑的黄土高原,南方这水土极易流失的石头山……哪块土地都需要文化的滋润呀!我们不得不承认,在相当长的一段时间内,由于重视不够及其他原因,广大农村人民群众的文化事业缺乏有效的组织和管理,群众的文化生活单调,整体素质不高,农村的文化氛围淡薄,集体文化活动极少,公共文化设施缺乏,有些地方愚昧迷信活动盛行,错误腐朽思想滋生。"治贫"必先"治愚",大力发展农村的文化事业,提高农民的思想文化素质和科学技术水平,是促进农村经济发展,从根本上改善农民生活的关键所在。

但文化扶贫之路还很艰难,也很漫长。我注意到,2017年全国"两会"上,不少人大代表和政协委员就在提案中提到文化扶贫。如全国政协委员,民进中央委员、民进湖北省委副主委唐瑾就在她的提案中提到:

作为公共文化服务五大重点工程之一,农家书屋工程被誉为"民心工程",在2012年时就覆盖了全国有基本条件的行政村,建成了60余万个农家书屋。农家书屋为改善农村文化环境,提高农民文化生活质量、人文素质和文明程度,在建设经济发展、乡风文明、管理民主的新农村方面发挥了积极而重要的作用。然而,从2007年至今,农家书屋工程建设走进了第11个年头,现状如何呢?

2008年,我们曾到一些偏远贫困落后山区做过农家书屋工程建设的调研,并提交了《关于完善"农家书屋"工程建设的建议》的提案。时隔8年,2016年11月,在强力实施精准扶贫,脱贫攻坚实战中,我们再次来到这些偏远贫困山区,就怎样提升农家书屋的管理服务能力、发挥"书屋"为脱贫攻坚提供科技文化支撑作用等问题开展了系列调研。通过走访查看多个农家书屋,我们感到农村的文化扶贫是长期而又艰难的;既要看到农家书屋建设好的地方,也要了解农家书屋工程建设在偏远贫困山区有不容乐观、不受重视的现状;既要送图书送知识进农家,更要关注农家书屋建设在脱贫攻坚中是否发挥了应有的作用及面临的困难。调研中我们看到多年建起来的书屋大多还在,门上也挂着书屋标牌,但走进书屋十分萧条冷落。书柜里书脊朝外立放的图书不多,大多堆放在书柜里,既没有分门别类立在书柜里或架子上,更没有看到借阅登记本、借阅记录和管理人员。堆放的图书要翻书堆才能看到书名;一两张布满灰尘的书桌横七竖八地摆在里面,少有人光顾坐读。有的村委会没有设农家书屋,也不挂书屋标牌,更看不到一本图书。村干部说原来有书屋,现在还没搞好,书都堆在那里,没时间清出来。这种现象与8年前我们对农家书屋调研的情况相比,反而后退。在推动全民阅读中,农家书屋对村民的阅读并没有发挥应有的作用。农家书屋建设与维护不受当地政府有关部门和村干部的重视。主要表现在：一是在精准扶贫、精准脱贫工作中，关注重视的主要是经济发展、布局产业、增加收入等方面的扶贫工作，将农家书屋建设、文化扶贫与脱贫攻坚工作相剥离；二是政府部门和村干部对农家书屋在精准扶贫、脱贫中能发挥的文化支撑作用认识不足，更缺乏在脱贫攻坚战中同时还需实施文化扶贫、精神扶贫、志气扶贫的理念与思考……文化扶贫，不可轻视，也迫在眉睫啊。2017年6月，文化部发布《"十三五"时期文化扶贫工作实施方案》，提出到2020年，贫困地区文化建设取得重要进展，文化发展总体水平接近或达到全国平均水平，文化扶贫还任重道远。

唐瑾的担忧也是吴天来的担忧。正因为此，吴天来在努力将自己的情感和思想，或者说文化情怀，化成一滴滴甘露渗透在贫瘠石山的村民心上。也许，这正是陇雅人能够团结一心、抗击贫困的内在因素吧。

2003年国务院扶贫办带了27个国家的扶贫官员来陇雅村陇堆屯参观调研，陇雅人好客，整个村子都载歌载舞。外国人既高兴，也惊叹。他们都瞪眼、摆手、耸肩、晃脑袋，露出不可思议的表情。他们通过新华社记者问村民这样那样的问题。其中一个非洲国家的官员问吴天来，你们村过去是怎么发展的，现在发展得怎么样，将来又会怎么发展，你能不能用一句话来概括。当时吴天来想都没想就脱口而出："为了生存，永不放弃！"那个非洲国家的官员一听，更加惊讶。他竖起大拇指，说了句："这就是生活在最基层的中国政治家！"2007年陇雅村立寨门，吴天来想到了这句话，于是把这句话刻在了石碑上，也刻在了陇雅人的脑海中。

"为了生存，永不放弃！"吴天来当时脱口而出，但这不是一句简单的口号，而是心血与生命的凝聚，是国家与民族的誓言。它是吴天来带领父老乡亲以顽强的毅力，艰苦奋斗，建设陇雅村、改变陇雅村的精神写照，更是我国扶贫与发展事业的缩影——为了生存，永不放弃。

为活跃群众文化生活，改变村民文化生活单调的现状，一个大胆的设想在吴天来头脑中逐渐形成——建一个高标准的文化广场。这一想法虽得到了党员及村民代表的支持，但在农村建广场毕竟是件新鲜事，这让和土地打了一辈子交道的老百姓多多少少有些不理解。吴天来顶着压力施工。但最终，掌声压过了风言风语。2008年春节，占地200平方米的广场竣工时，群众欢呼雀跃，老老少少都走进广场，唱歌、跳舞、扭大秧歌，齐声称赞广场建得好。广场建好了，文艺队也一支一支地成立，群众文化生活也随之丰富起来，群众精神风貌焕然一新。

陇雅村已经不是过去那个贫穷落后的山村了，而是升级了的新山村。但如何让年轻一代"吃水不忘挖井人"，如何让年轻人忆苦思甜，如何一代又一代地传承陇雅村艰苦奋斗的精神，这是未来的陇雅村必须面对的。于是，吴天来不辞辛劳地带领村民建立了陇雅村陇堆屯民俗博物馆。民俗博物馆原名叫农民博物馆，那时还是2008年，吴天来和村里的53名党员商议建农民博物馆，并分头到农户家收集薅锄、煤油灯、石磨等祖辈们使用过的生产生活用具，向各级政府部门收集各种历史图片，然后把一幢已经不用了的民房改造成农民博物馆。博物馆建成后，里面陈列着老一辈农民使用过的各种生产生活器具，完整地还原了高山汉族的生活状态。2013年，吴天来又自掏10万元购置了附近一农户的自留地，对农民博物馆进行了搬迁，并正式更名为陇雅村陇堆屯民俗博物馆，成为全县艰苦奋斗教育实践基地，并一次次迎来来自全国、区、兄弟县和本县的各级考察学习团。

……

一切与昨天一样，山还是那座山；但一切又都与昨天不一样，桂西北的大石山早已不是那座大石山了。连绵无际的大石山区，众多和吴天来一样的基层党员干部在平凡的岗位上默默奉献。在他们的身后，曾经令人敬畏的大山正在悄然发生改变。

2016年11月底，就在我伏案整理这部作品的采访资料时，我欣喜地看到一则消息：11月24日，中国共产党广西壮族自治区第十一次代表大会以无记名投票方式，选举出第十一届自治区党委委员、候补委员和第十一届自治区纪委委员，凌云县陇雅村党总支部书记吴天来当选候补委员。看到这个消息，我从长沙打电话给吴天来,向他表示祝贺。但他很淡定地说:"感谢老乡的祝贺!这是我的荣誉,但更是党和国家对农村和农民的关心和重视。"

作为一个来自最基层的模范人物,吴天来有着太多的光环,比如村党总支部书记、全国劳动模范、全国优秀共产党员、全国扶贫模范、党的十八大代表,比如科技人才、致富能手、农村实用拔尖人才等等。但他作为一个村的党总支部书记,当选为一个省级党组织的候补委员,这让很多人为之惊讶,但我相信更多的人会为之惊喜。

众所周知,"三农"问题核心是农民,农民增收脱贫是关键。吴天来就是一条纽带,他让国家与乡村的距离变得近在咫尺,也让我感受到,国家与农民的命运是如此息息相关。我已经看到,随着中国的崛起,中国农民正朝着曙光向前奔腾,一条更加清晰明了的"三农"发展之路展现在我眼前……

# 从大关到麻怀

## 一

从广西凌云到贵州罗甸,我依然没有走出茫茫的滇桂黔石漠化区,没有走出贫困。

滇桂黔石漠化区真的很大,横跨广西、贵州、云南三省(区),涉及15个地(市、州)、91个县(区、市)。整个区域的国土总面积为22.8万平方公里,大部分地处云贵高原东南部及其与广西盆地过渡地带,南与越南接壤,属典型的高原山地构造地形,碳酸盐类岩石分布广,石漠化面积大,是世界上喀斯特地貌发育最典型的地区之一。这里不仅是我国石漠化分布最集中的地方,更是面积最大、贫困人口和少数民族人口最多的片区。千百年来,这里一直经受着石漠化的严重威胁。水土流失,极度干旱,生态系统遭到破坏!山坡溜光、石丛遍布,石漠化现状让人触目惊心!究其原因,有喀斯特脆弱生态环境的客观原因,但更多的还是人为因素。由于长期以来自然植被不断遭到破坏,大面积的陡坡开荒,造成地表裸露,加上喀斯特石山区土层薄,基岩出露浅,暴雨冲刷力强,大量的水土流失后岩石逐渐凸现裸露,呈现石漠化现象,并且随着时间的推移,石漠化的程度和面积也在不断加深和扩大。石漠化发展最直接的后果就是土地资源的丧失。又由于石漠化地区缺少植被,不能涵养水源,往往伴随着人畜饮水严重困难。于是,这里的人们,从出生开始,就注定要面对茫茫的大山和遍野的石头,以及"越穷越垦,越垦越穷"的困境。在这片饱经苦难的土地上,不断蔓延的石漠化一点一点吞噬着人们的希望。但这一切,随着人们的觉醒,在渐渐地成为过去时。这个区域的人民在饱受血和泪的教训后,纷纷把治理石漠化列为头号目标。于是,他们用智慧和汗水在这片被判定为"基本丧失人类生存条件的地方"创造出了无数的绿色生态奇迹,谱写了一曲曲战天斗地的壮丽诗篇。

当2016年这个秋高气爽的季节在这片土地上行走时,我看到,成群的牛羊悠闲地在草地上漫步,"天苍苍,野茫茫,风吹草低见牛羊"的美景在这里呈现。据国家林业局的资料显示:"十二五"期间,该片区农村贫困人口由2011年的816万人减少到2015年的398万人,农村贫困发生率由31.5%下降到15.1%,治理石漠化面积近4000万亩。这实在是一件了不起的事情。但这些成果的取得,离不开这片土地上顽强的人们。

罗甸,这个区域的91个县之一。这里风景优美。比如经过红水河时,我驻足凝望,四周群山环抱,山上树木郁郁葱葱,河上五彩的浮筒就像是一只蝴蝶,翩翩起舞,悠然自得。再比如董架白龙天坑,位于沫阳镇白龙村境内,距平塘大窝凼世界大射电望远镜基地只有3公里。这里四面群山雄奇险峻,青树翠蔓,浓荫蔽日,奇花异草,鸟语花香,坑底原始森林茂盛,树木品种繁多,生态保护完好,具有喀斯特原生态地质特征,形成气势磅礴、景观秀美的天坑群,确实令人叹为观止。

那么，罗甸就是滇桂黔石漠化区的一块富美的天堂吗？不是，罗甸还是一个贫困县。石漠化是当地人的天敌，即便是今天，他们还在与石漠化进行着顽强的斗争。

到罗甸，必须去龙坪镇的大关。说到大关，带我前去采访的罗甸县扶贫办干部韦政理，似乎有说不完的话题。土生土长的他在乡镇当过多年的中学老师，平时也热爱写作，对许多事情都有着自己独到的见解。他对我说："人类有时候是个矛盾体。人类生存离不开对环境的索取和破坏，每一个人的生存都离不开对环境的破坏，人类改造自然的过程就是改变自然发展规律的过程，违背环境的自然规律，必然是一种破坏。这是无关理性的，却是人类发展的必须，也是我们评价过程中必须承认的。人类在生存的过程中造成对环境破坏的现象比比皆是。植被破坏、过度挖掘、水体污染、大气污染、气象灾害地质灾害频发等等，无一不是人类为满足自身发展的私欲造成的。直到伤痕累累的大自然开始反击人类，人类为了自己能更好地生存和繁衍下去，才提出要保护环境。人类又成了环境的赎罪者，但这种救赎代价又是何其之大呀！大关也有这样的经历。为填饱肚子，曾经劈石抠土造出'石头田'，吃尽生态恶化苦头后，又从'砍山'变'养山'。"

大关不大，只是个村，但很高，山高，但大关的人更"高"。

大关村52岁的村支部书记吴吉文首先把我带进了位于已故老支书何元亮家旁边的村展览室。可能由于经费等方面的原因，这个展览室非常简陋，甚至有些破旧。在展览室的二楼，我看到了一个顽强的大关，一个令人敬重的大关。这里是大关人留下的一个个瞬间，又是由一个个瞬间连接起来的大关历史。

大关，作为一个村的历史，可以用两个字来概括：一个字是"穷"，一个字是"拼"。

20世纪初，大关村原始森林密布，几户逃兵役、躲债避祸的人家来到大关，以"穷"字写下了大关村历史的头一笔。大关村的先人们没想到，这个字竟然写了上百年。

20世纪70年代，大关人"赶山吃饭"，山上的树木砍尽种上苞谷，然而往往是"种一坡,只收一箩"。第二年雨水一来,把土也冲走了。村民再翻一座山砍一片坡种上苞谷……那时,嫁到大关的媳妇,第一件事是学做苞谷饭,第二件事是带着自家的男人回娘家想方设法赖着不走。这第二件事不用教,大关的媳妇都会。等到实在赖不下去了,背着娘家送的一口袋米一步三回头地回到大关,眼睛哭肿了,心也哭冷了。"悔不该,嫁到大关来。"1958年"大跃进"搞大炼钢铁,大关的原始森林全部被毁,生态环境遭到严重破坏。曾经有专家到大关考察,考察的结论是:大关缺乏人类生存的基本条件,最好搬迁。直到20世纪80年代初,大关村仅有62亩望天田,1270亩旱地全为零星破碎的石旮旯地,分布在180多个石山垭里,1200余村民靠在石缝缝里种苞谷为生,人均产粮仅130公斤,人均纯收入不足50元。

  大关人确实想到过搬迁,政府也非常支持,并表态说,只要你们看好了地方,你们搬到哪里都行。大关人先后六次为此做过努力。

  也就在此时,一个对大关日后产生深远影响的人物出场了。他叫何元亮,小时候由躲壮丁的哥哥抱到大关的。1980年,刚过不惑之年的他担任村党支部书记。抱着为乡亲们找条活路的目的,他揭下自家屋上的瓦,卖了60元钱,承载着全村人的梦想和希望,走向山外,去过八总,去过董当,去过沫阳等地方。一次次带着希望而去,一次次带着疲惫和失望而回。何元亮将残酷的现实告诉乡亲:"山外到处都是人,别说热闹的地方无法插足,就连偏远的地方,只要具备生存条件,早有人捷足先登了。"

  农村实行联产承包责任制后,虽说大关人也将山地分别承包给了个人,但在光秃秃的石旮旯里刨食,依然填不饱肚子。何元亮又带着村里的青壮劳力外出打工。他们走州府、上省城、甚至到了外省,住山洞、喝冷水、啃干馒头,拼死拼活赚到点钱,除去路费、开销,依然不能养家糊口。

  将"穷"字收笔,换写"拼"字,大关人的转折出现在1984年。

  这一年,何元亮领着大关人参加修筑从县城到猴场的公路。公路修通了,何元亮猛然蹦出一个念头:劈开大山能修路,难道就不能造田?靠在山旮旯种点苞谷,以原始耕作手段谋生的大关人,如果有了田,有了土,就没必要搬迁,就能靠自己填饱肚子，告别贫困。

也就在这年的春天，何元亮又去考察可搬迁的地方，回来经过云干乡，看到他们在插秧，他随手捡了几把他们扔在路边不要的秧苗，带了回来。随后他就在家门口点燃了劈石造田的第一炮，与他一起点燃第一炮的还有党员李必先等人。穷得叮当响的他们，卖了年猪，把生蛋换盐巴钱的母鸡也卖了，从黑市换来炸药、雷管、导火线，像蚂蚁啃骨头一样，在各自的责任山上一点点剔石平地。男人抡锤，女人掌钎，小孩搬石头，从清晨到夜晚，铁锤钢钎的碰撞声与土炸药的轰隆声，撼动着沉睡的大山。当年，他们共造田0.4亩，种上水稻，收粮食50多斤，大关人第一次吃上自己种的白花花的米饭。

示范田成功后，何元亮欣喜若狂，告诉村民：我们这里也能种水稻，不搬了，我们不搬了。随后，他将全村人集中开会，让全村都来造田。这个会是1984年9月开的，在大关村历史上具有里程碑式的意义。然而，这次会议的进程却是极艰难的，封闭的思维和习惯将村民们束缚住，会议连开了三天三夜都没有结果。

"穷得裤裆无底，哪有钱开山放炮？"

"要能开的话，老祖宗早就开了，还轮得上我们？"

……

反对声一片。

何元亮不识字，讲不出大道理，但他认准一条：不造田，只有饿死、穷死；等死，不如拼一把。最后，何元亮拿出他当支书的"尚方宝剑"：老祖宗不认我们认，5年里，每个人开半亩田，不接受任务不散会。谁不干，就收回他的责任地，拍卖给其他人。谁造出的新田归谁所有，新增一个人口，必须新造一亩田。在"土政策"的施压下，会散了，大规模的造田正式开始。

当时，不要说铲运机、装载机、推土机、挖掘机等现代化的机械，就连拖拉机都上不去，半饥半饱、穷到根上的大关人造田，绝不亚于一个新的天方夜谭。

要造田，先把岩山的土抠出来堆在一边，再用炸药把岩石炸开，大石头用来填坑洼，砌石坎，细石和碎石用来铺面；平整后再把原先取出的土和外面运来的土铺在上面,摊上肥泥。这么造一亩田,要搬开石头800立方米,填土150立方米,投工500个,投资600元。

为造田,大关人节衣缩食,卖年猪、卖鸡蛋,甚至连老人的棺木也卖了。实在没钱买炸药,乡亲们就自制土炸药,连土炸药也搞不起的人家,只得上山砍柴,堆在石头上烧,烧红了石头再用冷水浇,石头裂缝了,再用钢钎插进去撬。

为造田,大关人付出了生命、青春和血汗。

1988年,村民王明光从部队复员,脱下军装就造田,大年三十、初一也不休息。初三那天,疲惫至极的王明光点燃导火索却挪不开步子,结果,右眼被炸瞎,左手被炸掉三个手指头。他后来造出的那块0.7亩的稻田,被乡亲们称为"血田"。

村民王明华没钱买炸药,夫妻俩就用火烧石头,再浇冷水,然后用木棍撬⋯⋯投工150多个,造出了三分"火烧田"。

在大关,还有"老少田""连心田"⋯⋯每造一亩就留下一个故事。

奋斗者不是孤独的,努力改变自我命运的大关人也得到了社会的回报。

1990年以后,各级政府对大关人劈石造田的壮举给予充分支持,到1997年,大关得到国家以工代赈资金52万元。从此,大关每年造田以上百亩的速度递增,到1997年,共造田1038亩,配套修建蓄水池255个,栽杜仲87万株,栽椿木、泡桐、桃树、黄柏等经济林木119.18万株。

一组数据让我惊讶:从1984年到1997年,大关人为造田累计投工251.9万个,投入资金62.2万元,翻动石头83万立方米,回填泥土156万立方米。按以工代赈一个工5元来计算,一亩田500多个工,折资就是2500多元,雷管、炸药平均每亩600元,加起来每亩共3100多元,1000多亩就是310多万元。修6公里公路就是100多万元,修255个水窖就是20多万元,栽种200多万株经济林价值100多万元。也就是说,大关人用国家资助的52万元干出了530多万元的工程,从人均不足半分田到人均实现基本农田0.9亩,翻了10多番,农民人均纯收入增长6.7倍。1997年,大关人均占有粮食580公斤,人均收入1280元,基本解决了温饱。

我知道，大关人在劈石抠土之时，虽然也没忘栽树，但他们毕竟触犯了大自然，触犯了大自然就要受到应有的惩罚。造田时期，山上石旮旯中的泥土被抠出填田，原本生态脆弱的大关，许多地方变成如森森白骨般的连片石漠，没有植被，也涵不了水。吴吉文还清楚地记得，1998年，一块约一吨重的石头从山顶滚下，把位于山腰的村民汪明苏的泥瓦房砸个稀烂。干部群众都认识到，失去良好的生态环境，一切发展都无从谈起。

大关人醒悟了，老支书何元亮也曾深深反思。吃尽生态恶化苦头的大关人投入极大的决心和毅力，掀起了种树、种经果林的热潮，把石旮旯里全种上了各类苗木。为了保护生态，还制定了严格的爱树护林村规民约，砍树、烧山的村民要"罚四个一百二"：罚120斤米、120斤肉、120元钱，请120个人吃饭，还要上山补种树木。土办法发挥了大作用，十几年来大关从未发生过一次山火，没人上山砍树，灌木丛林也自然生长起来。2009年大关被评为全国生态文明村。吴吉文告诉我："大关村目前共有林地3246亩，灌木林地35907亩。现在大关的森林覆盖率达到了72%，是罗甸最高的。"

大关人可能正如韦政理所说是个"矛盾体"，这也是我们无法回避的问题，但这种矛盾却让人同情，且有着极强的现实意义与深远的历史意义。当我看到展厅墙上那425名或男、或女、或年老、或年幼的造田者头像整齐排列成强大阵容时，那些朴实的面容深深地震撼了我的心灵。我想到的只有理想、信念、意志、顽强、不屈、坚韧。是啊，在那个艰苦的岁月，对粮食和生存的任何强调都不过分。

大关是个不具备人类基本生存条件的地方。这里水源奇缺，耕地破碎，自然条件极其恶劣，大关人长期生活在贫困线以下。为改变贫困面貌，大关人劈开千古石，抠出万年土，经过十多年的奋战，凭着一双勤劳的双手，造出平整的良田，不仅改变了生存条件，并逐渐脱贫。如此这般，大关人到底告诉了我们什么？又留给了我们什么？

我这样想，大关人在告诉人们，在困难面前，不低头，不屈服，脚踏实地，艰苦奋斗！这从来就是中华民族的优良传统。早在远古时期，中华民族就有女娲补天、大禹治水、夸父追日、愚公移山的神话传说，而这些传说无一不体现了中华民族艰苦卓绝的奋斗精神，这种精神每每在中国历史的困难时期，都曾迸发出最绚烂的时代火花。20世纪40年代，在延安处于最困难时期时，毛泽东主席向全国发出的学习愚公移山精神的讲话是这样；新中国成立后，大庆、大寨人的创业精神是这样；今天大关精神也是这样。也许今天有人会说，在一个讲究实惠和物质的时代，光讲精神是不够的。但我要说，要全面脱贫奔小康，没有精神肯定是不行的！大关能够在这样一个不具备生存条件的地方生存下来，并脱贫，那么偌大的中国还有什么地方不能脱贫？大关人能够在恶劣的环境面前，不退缩，靠自力更生改变自己的命运，那么中国当前面临的诸多困难，又有什么理由不可以战胜？

　　站在半山腰"大关俯瞰台"处，望着远处的山峦和山谷金灿灿的稻子，吴吉文书记感慨地说："老书记（何元亮）是2014年6月20日去世的，他在大关村党支部书记位置上干了整整30年，他是积劳成疾，累死的。他快走的时候，我去看了他老人家，当时他对我说，我看不到愿望实现的那一天，你要把担子接过去。说这话的时候，他是含着泪水的。我知道，老书记生前最大的愿望就是：治理大关村石漠化，实现小康。从老书记手中接过担子两年多了，我感受到了压力，也看到了希望。压力就是大关是个模范村，老书记树下了一面旗帜，我们必须把这面旗帜扛好，任何时候都不能倒，不仅不能倒，还要扛得更好。还有就是老书记说了，要治理大关村石漠化，实现小康。虽然我们村2015年年人均收入达到了6208元，但贫困户还有332户，并且大部分都是伤残人员和病人，占全村总户数881户的近38%，要实现全部脱贫和小康，任务还相当艰巨。目前村民的收入主要是两大块，一是外出打工，目前我们村有五分之一的人在外面打工。二是靠种植、养殖业。要全部脱贫，要实现小康，按部就班还不行，我们必须在山上做文章，依托种植经济林和套种中药材等，稳步提高收入。我们规划用三年时间种植山豆根1000亩，天麻1000亩，岩黄连1000亩，还要建一座年生产能力60吨的杜仲茶加工厂，带动村民增收……"

　　令人敬重的大关步履还很艰难，但艰难的步履总是那么沉稳而矫健。

## 二

走出大关,我又来到了罗甸县沫阳镇董架社区的麻怀村。

从大关到麻怀,是历史的选择,是生存与发展的选择。

到麻怀村,必须经过麻怀隧道。远远望去,那只是石头山悬崖边上的一个小洞,但走到跟前一看,心里马上升起一种对超越大自然的鬼斧神工的敬畏。隧道的路面已经水泥硬化了,但它的两侧,它的顶部,仍是凹凸不平,像人类为了生存而挣扎着抓出的印痕。

这是一件作品,一件由麻怀人共同创作的心血之作!站在这件作品面前,我肃然起敬。

千百年来,麻怀村150多户600多人被封锁在山洞里。村民出行、物资进出、孩子上学、看病就医要翻越1个多小时的山路,山民饱受交通之困的煎熬。

1998年秋,村民们商定:把山崖壁的溶洞凿通。

在麻怀村支两委的号召下,由村委会副主任、党员李德龙带领全体村民全力投入到"啃洞"中。就近崖壁的翁井组27户100多人全都豁出去了。村民们租来了空压机、凿岩机,借来手推机,集资1300多元购买铁锹、大锤、蜡烛、煤油,从乡政府和各部门"弄"来了炸材。

男人打炮眼、放炮,妇孺老人抬运石块,通过整整7年的艰苦鏖战,2005年终于凿通了山洞。

李德龙放炮震聋了双耳,而修路的任务还没完成。为了让大车开进家门口,女党员邓迎香接过"拓宽山洞变隧道"的担子。她一边跑部门求助,一边组织村民继续拓洞,历尽千辛万苦,敢教山崖变隧道。通过全体村民锲而不舍的努力,2011年8月16日,一条承载着村民致富梦想的216米长的隧道顺利通车,村民出行由原来的1个小时的翻山越岭缩短到现在的10分钟宽敞的水泥大道!

麻怀隧道共点去 2300 支蜡烛、100 公斤煤油,打了 2000 多个炮眼,投工 5800 多个,从洞内运出砂石 1.5 万立方,相当于填满 2 米深的标准足球场。

……

麻怀人这种"敢于挑战,锲而不舍,迸发干劲,建设家园"的干劲,鼓舞着全县 35 万各族人民。在省、州党委政府的领导下,罗甸县委、县政府有信心有决心带领全县人民奋起直追,实现后发赶超、跨越发展,同步小康!

这是麻怀隧道口右侧石碑上关于这个隧道的简介。简介不长不短,七百多字,文笔不优美,甚至还有语法错误,但朴实文字里的那一系列的数据却让人感到村民团结的无限力量。是啊,麻怀那些朴实的农民,他们扎实肯干,从不声张,他们把辛勤和血汗化作了这一个个数据。

穿过 216 米的麻怀隧道,缕缕阳光从山头间隙透射而出,田坝里覆盖地膜的早玉米正奋力生长。平整宽阔的水泥路,盏盏现代化的路灯,栋栋拔地而起的楼房,以及村民们洋溢在脸上的开心笑容,无不显示着麻怀的发展日新月异。

我要找的正是麻怀隧道简介上提到的两个人:李德龙和邓迎香。他们是夫妻,又都是党员,还都是村干部,更是麻怀故事里的主要人物。以前李德龙当村委会副主任的时候,邓迎香是村上的计生员,现在倒过来了,邓迎香当上了村党支部副书记、村委会主任,李德龙又干起了计生员。

两口子都不在家,男的到地里忙活去了,女的在村里的党员群众活动中心给人讲课。从邓迎香家往隧道方向走 200 来米,山坡处,便是党员群众活动中心。我迫不及待地去找她。当我到达那座两层楼的木质建筑前时,我听到了她的讲课声。她正在给罗甸县人社局的干部职工做"两学一做"的报告。邓迎香一口的贵州本地话,但声情并茂,声如洪钟。

"对不起,记者,让你久等了。"从课堂一出来,邓迎香就迎了上来,伸出粗糙的双手。

"邓主任好!邓主任好!"我伸出双手,打量着眼前这个名声在外且非同寻常的女人。

邓迎香的手虽然很粗糙，但温暖而有力。粗糙的双手那是大山赋予她的，温暖的力量肯定来自她的内心，来自她内心的善良与顽强。长得壮实的她穿着白色花边的民族服饰，她就像秋天大山里一朵土气而鲜艳的花儿。

"邓主任，纪老师不是记者，他是作家。"韦政理很认真为邓迎香纠正。

看着韦政理一本正经的样子，我忍不住笑了。

"不是只有记者采访吗，怎么作家也可以？"邓迎香先是有点不解，随后便是满脸的不在乎，"我只上过小学一年级，听说过作家，但不知道作家都具体做些什么。你也别见怪，我性格直爽，有什么说什么，憋在心里憋不住，也难受。"

我笑着说："我是专程来向你学习的。"

"作家，你这样说就不对，我没什么可学的，要学你跟他们学。"邓迎香一边说一边领着我直往党员群众活动中心的村史馆走。

在这里我看到了罗甸全国劳模群像。原来地处红水河畔的罗甸既是一个有着革命传统的圣地，也是一个出经验出典型，更是盛产劳模的地方。从20世纪50年代的全国劳模王甫小荣，到70年代的全国劳模饶早明；从80年代的全国劳模胡天英，到90年代的全国劳模、十五大党代表何元亮；从21世纪的全国劳模汪财发，到连续获得中国青年"五四奖章"标兵、全国劳模的李兹喜；从红水河畔女财神、全国"三八红旗手"、全国星火科技先进工作者李桂莲，到全省"十大杰出青年"、全省优秀工作者李琼芬；从信邦员工、全国劳模罗谋，到去年获得全国"三八红旗手"标兵的邓迎香。自20世纪60年代以来，几乎每一个年代都会出现一个有影响力的劳模。我认真看了看这些劳模的简介，不难找到一个共同点：他们都是带领全县群众自力更生、艰苦奋斗、苦干实干、摆脱贫困、走上致富路的代表人物。在他们身上，体现了罗甸干部群众在改变贫穷面貌，推动经济发展中不甘落后、积极向上的精神风貌。劳模精神一代又一代地在罗甸大地传承，不停地鼓舞着罗甸人民：面对困难，坚忍不拔，以一种敢于战天斗地的英雄气概，改变罗甸贫困落后的面貌，塑造西部山区反贫困的一种典型。

在这里我还看到了麻怀群像。李德龙、邓迎香、袁端权、袁端辉、袁端红、袁端恩、杨正方、杨育贵、金玉祥……我数了数，总共107人，我想可能还不止这些人，虽然他们没有在这个群像上，但肯定为修麻怀隧道出过力。是他们共同抒写了麻怀的传奇。

随后，邓迎香又领着我看了看麻怀隧道，看了看他们的合作社，看了看他们风格统一的两层的居民楼，看了看那弯弯曲曲的硬化水泥路……

麻怀隧道穿越了岁月和时空。沿着隧道，我又跟着邓迎香返回到那段令人心酸的贫困岁月。

对于贫困，邓迎香儿时就有感知，她的父辈和祖辈感知更深。

1972年10月出生的邓迎香娘家在罗甸沫阳镇高峰村，与麻怀不同的是，那里盛产大米，在黔南州算有点名气。因为有大米，因为大米的味道好，那边比这边吃得饱，经济也比这边好。但她家里穷。虽然她父亲当兵出身，但没文化，从部队退伍后，分到了县水泥厂当电工，可惜由于生病，四妹出生不久父亲就英年早逝。从此全家的重担落在了母亲身上。母亲只是一个大字不识的农村妇女，一个弱女子，带着四个女儿，要与顽固的土地进行斗争，可以想象有多么艰辛。

"我们家几姐妹只有一套像样的衣服，晚上在被窝里睡觉，都没有衣服穿，顶多只能穿补丁衣服。要是碰上外出，比如到亲戚家喝喜酒啦，去赶集啦，就只能派一个跟妈妈一起去，并且衣服还要在前一天晚上烤干。我家种了水稻，还有一些玉米，但地离家都很远，加之是山路，我们从家里到地里，光一个单边，就要走两个多小时。但这些还不够吃。于是，我就跟着大姐在收稻谷的时候，到别人家的地里捡稻穗。还跟着大姐上山砍柴，一是做柴火，二是可以卖了补贴家用。但要整整半天才能弄到一担柴。我还看过牛，是给家里富裕点的邻居家看。一次要看十来头牛，从早上看到晚上，中午不吃中饭，那时候我们只吃两餐，没有中饭一说。看牛，邻居不给钱，也就是方便的时候吃顿饭，过年过节的时候做件衣服。因为都是山，坡也陡，有次帮别人看牛不小心摔死了一头，邻居叫我赔。那个时候死了头牛可了不得，是天大的事。当时我不知道怎么办，只知道哭，眼睛都哭肿了。后来村里人都看不下去了，都过来评理，对那个邻居说，你又不给工钱，人家是帮你看，再说人家又不是故意的，没有理由让人家赔钱。那个邻居可能觉得理亏，后来也就没要我家赔了。那个事后我妈不让我看牛了，我自己也不想看了。"邓迎香说。

由于家里穷，邓迎香姐妹们都没读多少书。她是老二，小学一年级文化。姐姐叫邓金苹，没进过学堂门，好在后来在扫盲班上过几天学，总算会写自己的名字。三妹叫邓荣妹，小学三年级文化。四妹叫邓乔娥，初中毕业。然而，令人庆幸的是，邓家姐妹虽然饱受饥饿和吃尽没有知识的苦头，但她们并没有落入贫困与愚昧的恶性循环。大姐就嫁在了本队，离娘家20米远的地方。她家同样贫穷，但为了让两个儿子多读书，她家没有添置一件像样的家具，她自己更没有买过什么新衣服。后来一个儿子读了大学，一个读了中专，现在不仅有了不错的工作，还都在城里买了房子，都成家了，她也当上了奶奶。而邓迎香也深知没有文化的苦恼，于是她担负起赞助四妹上学的责任。四妹上学时，她已经出嫁了，但母亲实在供不起四妹上学。听到这个消息后，邓迎香立即翻山越岭往娘家赶，那时都是山路，35公里，光一个单边都要走四五个小时。母亲说："家里油盐都买不起，怎么能上学？"邓迎香说："妈，我借钱给四妹上学。"回到家，她就找亲戚借钱，借了190块钱，总共借了七家，其中两家50的，一家30的，两家20的，还有两家10块的。就这样，邓迎香一直负责四妹上到初中毕业。虽然文化程度还算不上高，但至少比几个姐姐强。后来四妹嫁到湖北，并与老公在广州那边做服装生意，一年收入几十万，还在广州买了房子，算是发了小财。"后来我女儿上学有困难，四妹听说后也是大力支持，还给我女儿买了电脑，3800元一台。我三妹的两个孩子也培养得不错，挺争气的。"说到这，邓迎香满脸幸福感。

邓迎香是1991年嫁到比她娘家更穷的麻怀村翁井组的，她当时嫁的不是李德龙，而是袁端林。但她嫁到这里还是经历了一番波折，不是嫁的老公袁端林不好，只因一个字：穷。这里山高坡陡、地形复杂，6个自然寨被阻隔在大山之中，孩子上学需翻山越岭，生产生活物资拉不进来，农产品运不出去，被认为是"不具备生存条件的区域",更是当年罗甸远近闻名的贫困村。邓迎香与袁端林是自由恋爱的,但遭到了母亲的极力反对。当时母亲流着泪对她说:"迎香啊,麻怀在大山里边,那里没有路,也修不了路,是个鸟不拉屎的地方,在那里没好日子过,只有吃不尽的苦头啊。"邓迎香说:"妈呀,袁端林是个好男人呢。"母亲说:"迎香啊,人好有什么用,他不能给你吃的,不能给你穿的,连条出山的路都没有,你能幸福吗?娃啊,你嫁到其他哪个地方都行,就是麻怀不行。"

但爱情的魔力让邓迎香早已超越了对贫困的恐惧。她跟着袁端林跑到了麻怀这个大山里,这里除了大山还是大山,袁端林家六姊妹和父母就挤住在破旧的挂在悬崖上的木房子里,一到晚上全屋就黑乎乎的。在当时的麻怀,不是木房,就是石头房,都是就地取材,要木材,拿起斧头进山砍,要石头,点燃炸药上山炸,炸下来的石头,既可以当砖头,也可以烧石灰。在这里住了半个月后,她最初对贫困的无所畏惧还是有所动摇。当年的麻怀村并不像邓迎香的娘家那样已经通了电,当时村里人还用传统的煤油灯照明,进村出村要爬一山下一坡,一走便是两个多小时。她有点后悔,想回去。但一想到心中的白马王子,她又放弃了。

但邓迎香的母亲没有放弃。"那年五月二十几号,我妈妈带了三十几个人,有自家人,还有亲戚邻居,都是寨子上的人,走了五个多小时到了麻怀,到这里的时候天已经黑了,他们打着火把来的。那天晚上,袁端林家也是点上了火把,召集了几十个亲戚和邻居,拿着锄头和木棍,守在房子四周。如果我妈妈抢我,他们就会争。开始我没有现身,我妈妈就在袁端林家屋前大声说,如果你不回去,我们就把他家房子烧了。其实我妈也就吓唬一下,并没有动手。我婆婆家也挺客气,泡了茶,蒸了好多饭,还给我妈他们准备了许多竹铺,请他们住下。但我妈妈很犟,她带着我娘家的人就坐在屋前的石头上。最后我现身了,婆婆家一群人保护着我。我对我妈说,妈,我不回去了。我妈妈急得直哭,她说,你这个吃里扒外不知好歹的畜生,你以后不管吃多少苦受多大的委屈,都不要回来说,你打掉牙往肚子里吞吧!说完后,婆婆家就让我躲开了。那天晚上，我妈妈他们就在石头上坐了一晚，第二天一早才回去的。后来我妈妈慢慢地接受了这个现实。现在我一回去就跟她说，妈，麻怀现在变化很大呢。妈妈很高兴，现在她也经常来，原来要走四五个小时，现在坐车只要一个小时就可以了。妈妈也很信任我，家里，包括姐妹之间的大小事，她都要我拿意见。"说到这，邓迎香这个豪爽快直的"女汉子"悄悄地抹着眼角的泪花。

不过很快，邓迎香就受到了贫穷落后对她的伤害。1993年3月9日，她人生的第一个孩子出生了。6月29日晚上，孩子因为感冒发高烧，烧到了40度，不停地抽筋。她和袁端林急忙抱着孩子往村里的赤脚医生家里跑。吊了两瓶盐水，但烧还是没退下来。赤脚医生也急了，说，赶紧到乡卫生院去吧。她和袁端林抱着孩子又往外面的乡卫生院跑。袁端林抱着孩子爬啊爬啊，爬过公鹅，又爬广山坡……坡很陡，爬起来异常艰难。邓迎香跟在后面一边爬一边哭："娃啊，你不能有事啊。"他们爬了个把小时，还没爬到杜家湾，孩子就没气了，到山那边的公路还要爬一个小时。"在当时，即使到了山那边的公路，其实也没有车了。隧道打通后，把山两边的路拉直，其实两公里都不到，开车也就5分钟。我大儿子叫袁洪球，如果活到现在也是20出头的小伙子了，也应该成家了。唉，这就是命啊……"邓迎香落寞的脸上满是泪水。在那个年代的麻怀村，这样的情况比较常见。那时候每家都是好几个孩子，有时候生病因为出不去，或是因为没钱医治，夭折的很多。

岂止看病，路不通太让他们恼火了。因为坡太陡，又没有路，马走不了，他们交公粮都要抬着粮食翻山越岭两个多小时才能把一麻袋食粮抬到山外。土地里的农作物成熟时，村民一清早摘来新鲜的蔬菜，汗流浃背、马不停蹄地送到集市时，蔬菜早就变成了干瘪的"烟叶"，市价的五折也鲜有人问津。养有牲畜的人家，也只能将牲畜在村里宰割好，再担到集市上去卖。这样做并非可以卖更高价格，只是路途遥远不便。少有人到村里收生猪，就算有生意人来了，价格也比别处低了很多。邓迎香也曾几次外出打工。每次一起和几个罗甸老乡打工回家，对于她来说都是一件既快乐又辛苦的事。比如从福建打工回来，需要倒几班车，坐几十个小时才能到县城。这些辛苦都不算什么，最心酸的是她看着一起回来的同伴下车后,可以几个人包车,带着行李直接到家门口,而自己却只有待在人家屋檐下等待亲人牵来马匹,背来背篼,再走几个小时山路接她回到家中。邓迎香时常想,要是有公路直接通到家门口,那该多好啊。以前,麻怀人对于打隧道只是遥想、梦想,或者根本就没想过,不敢想,他们更多的是埋怨命运的不公,诅咒大自然的残酷无情。但渐渐地,这个不敢想的想法还是在他们心中萌芽。

邓迎香现在的老公李德龙出场了。

1998年秋天,实施农村电网改造,大型改造设备被一座大山阻断,进不了村子。当时麻怀村党支部书记是金玉才,村委会主任是汪贵才,副主任是李德龙。这可把他们急坏了。特别是催公粮的时候,有村民不交,他们对村干部说:"要交可以,首先要把路修通了,修通路了我们就交。"还有村民说村干部没本事,只会催公粮,不会带头修路。于是他们绞尽脑汁地想办法。他们想过沿山修路,从北边修过来,但从山崖上修十来里的山路,需要巨大的投资。这钱谁出?他们找过乡政府,领导们只能无奈地摇头,他们也找过县里相关部门,同样是无能为力。他们更不敢把目光投向麻怀村,这里的百姓都是一贫如洗。

"以前我们到外面打工,坐大巴走高速,总是要经过隧道。我们也可以挖隧道,挖隧道只要炸药钱,其他的我们每家每户出工出力。"就在问题陷入僵局之时,当时年仅34岁的李德龙提议道。

李德龙一提议,各种意见就涌来了。

"这样的大山谁撼得动,还想愚公移山,这个李德龙真是年轻气盛啊!"

"就等着看笑话吧!"

"他是翁井组的,离大山最近,隧道真要挖通了,最先受益的就是他们,他当然想干啦。"

"要挖他挖,我们不干。"

……

但李德龙是铁了心。他虽然个头不高,但性格豪爽,一颗公心,谁有错误就纠正谁,群众信服。更重要的是他有耐心和恒心,只要他认定的事,就会坚持做下去。只要听到有人说风凉话，他就会气愤地对那些人说："如果不打通隧道，我们公粮都难以上交，电杆电线都进不了村，难道你们想一辈子就点着煤油灯吗？难道隧道打通了，其他组就不会受益了吗？再说啦，大山下面有个溶洞，在这里打隧道还是有科学依据的。"

虽然反对的人不少，但支持的人还是占多数。那天，李德龙请来了县交通局退休的副局长帅永昌。金玉才、李德龙，还有翁井组组长曹响国，以及党员宿文付，陪着帅永昌勘测隧道路线。而在此之前，李德龙他们则进行过多次实地踩点，他们已经完全摸清了广山坡半山腰上的那个溶洞。那个洞是天然的，约有40米深，但洞很小，不能直着走，只能趴着走。溶洞的正前方，正好连着翁井组。他们把绳子拴在腰上，一个一个地爬进了隧道，对地形、地质进行了认真的考察与勘测。之后，帅永昌认为以溶洞为突破口挖隧道，并直线往前挖，是最科学和最合理的一种方案。如果挖通了，不光是翁井组，就是整个麻怀村，还有附近的几个村子都会受益。但他也提出了自己的担忧，这毕竟是山，还是石头山，要挖一条200多米的隧道，有可能遇到非常坚硬的石头，可能会打不通。即使能打通，也绝非两三个月的事，可能要三五年。还有就是在石头山里挖隧道，要用到炸药，而如果没有现代化的机械和设备，全都是在洞里手挖肩背，则时刻都会有生命危险。

虽然帅永昌进行了利弊权衡，但李德龙还是非常坚定，他说："就是真打不通也要试一下，其他组不参与没关系，我们翁井组的人自己挖。"随后，经过与村民协商，大家一致同意以溶洞为突破口，挖一条通往麻怀村的隧道。村"两委"商讨决定兵分两路，一路由金玉才带队，麻怀、屯上等组修明路连通隧道，另一路暂由李德龙带队率翁井组27户村民小组挖通隧道。

伴随着1999年腊月初八的一声炮响，麻怀人拉开了长达13年之久的凿洞修路的序幕，开始向贫困发出了持久而最有力的反击。

对于麻怀村打隧道一事，乡政府也是大力支持，想办法筹集了5000块钱，又想办法找来20箱炸药。于是李德龙和曹响国他们把打隧道放在第一位，将全组分成3班，每班9户，三班不分昼夜从溶洞口轮流凿洞。由于隧道狭窄，施工的村民只能紧挨着匍匐进洞，用钢钎、铁锤一点点掘土刨石，再用双手如接力般将泥石一捧一捧传递出去。当时洞特别小，大个子还不能进，个子小点的才能缩进去，还必须有人推才能进去……挖了一段时间，他们又从另一端开始挖，一边挖，一边用爆竹，判断是否挖得准，打得通。后来发现，帅永昌定的方向有点弯了，他们又立即进行纠正。"有水了！有水了！"因为靠近翁井组这边有个水塘，当溶洞那边挖着挖着发现有水了，他们兴奋极了。看到希望的他们，挖起来更有劲了，那段日子几乎是没日没夜地干，一直挖到2001年腊月二十四晚上，两边的人能够手拉着手了。"隧道打通了！隧道打通了！"消息很快在这个沉寂千百年的山村传开了。那天晚上，翁井组就像过年一样，家家户户煮起了夜宵，甚至有些人家还放起了鞭炮来庆祝。虽然那时的隧道最窄处只能过人，无法通行交通工具，但已足够把电杆顺利抬进村。用邓迎香的话说就是：这是小通，人要过去，就像耗子过洞，只能爬着过。

麻怀人没有停止脚步，他们继续挖，想尽量挖宽挖高点，由原来的"耗子过洞"，变成"猴子弯腰"。有一次乡党委书记过来，看到他们挖洞艰难，就建议他们买台拖拉机。李德龙一想，就目前情况而言，买拖拉机还不如租个车子运砂。于是，他找了一台拖拉机来运，把砂运到洞口，一车两块钱。拉了几个月，拉了1200车，总共2400块钱。但后来那个书记也没找到钱，车主就跑到李德龙家要，李德龙哪有钱，车主就叫了一帮人把他家的牛牵走了。没办法，村支书金玉才想办法解决了1500块钱，李德龙想办法贴了900块钱，把牛换了回来。从那时开始，李德龙就有了放弃继续打隧道的念头。

正聊着，邓迎香突然大声吼道："李德龙，你过来！"我吓了一跳，随后看到一个满身泥泞的中年男子走了过来。邓迎香又朝我笑着说："把你吓到了吧，他耳聋，不跟打雷一样跟他讲话，他根本就听不到。"

李德龙拿着手中的农具笑着对我说："修这个隧道，我是炮工班的，我总共用烟头点了140多炮，每次都是从前面往后面点，一个一个地点，点完后再跑出来，没死在隧道里已经算命大了。但要死也不容易，我们分工比较细，有专门的安全员，安全员必须把不稳的石头敲下来，运土运石的才能进去。放炮的时候,炸出来的松土和石块,必须要让这个班弄完,下一个班才能接手放炮。"本来我想与他多聊聊,但说完这句,他又走向了他的田地。我没有叫住他,我知道,田地是农民的命根,是他们的希望与未来。

邓迎香接手牵头修隧道是2004年的事了。这时大家修道的积极性不如以前高了,一是时间长没耐心了,二是得出去打工挣钱谋生存了。其实邓迎香的想法很简单,进出隧道弯着腰走多别扭,直着走多好啊,如果还能开着摩托车走那又该多好啊!那年,她和前夫在一家煤矿打工,前夫在井下挖煤,她则负责上车。由于瓦斯爆炸,前夫遇难了。伤心的她回到了麻怀。而此时,李德龙在打隧道时放炮使耳朵受伤,听力下降。渐渐地,邓迎香走出了丧夫的阴影,主动承接起"拓宽山洞变隧道"的担子。2007年,她与在车祸中失去老婆的李德龙组合了新家庭。

邓迎香把自己当个男人,她也打锤——十八磅的锤,也掏石头——好几十斤重的石头。有人当着她的面说她是女汉子,背着她就说她是傻子。打隧道,危险无时不在。一次,田景华和曹响兴放炮炸石头,炸完后,他们又用钎敲击那些危险的石头。曹响兴走在前面,田景华走在后面,一块大石头正好掉在他们中间。如果曹响兴慢半步,而田景华快半步,就没命了。只要不是农忙,他们在炎热的夏天打,在严寒的冬天也打。

一次,邓迎香偶然看到乡上的一份报告,报告说要拓宽拓高麻怀隧道,这与她之前的期盼完全一样。看到这个报告,她就找到了乡领导,并"缠"着乡领导,叫他们带着她到县里相关部门,打报告,找领导,申请费用。县里的相关部门也是根据各自情况,尽其所能地给予帮助,有的给一千,有的给两千,有的给三千,也有给上万的,总共争取了三万块钱。回到家,邓迎香跟李德龙说:"找了三万块钱。"李德龙说:"三万太少了,不能全部拓宽拓高。"邓迎香说:"有三万就先干三万的活。"李德龙说:"你是不是疯了?"邓迎香说:"以前那么苦你都要打隧道,现在怎么啦?"李德龙说:"正因为我知道太苦,所以才不同意的,当时为了2400块钱的运砂钱,人家把家里的牛都牵走了,不要说几万块上十万了。"李德龙犟,但邓迎香比他更胜一筹。她对李德龙说:"没有路哪来什么发展,哪能过上好日子?你不搞我搞,我就是要修高一点,修宽一点,不仅要让运货的车都能出能进,还要用水泥硬化路面,要不下雨天全是泥……"

但这都是小打小闹。

真正"拓宽山洞变隧道"应该是2010年了。这年国庆,在浙江打工的女儿李琼回村办喜事,邓迎香忙里忙外,希望把李琼的婚礼操办得喜庆、热闹。李琼出嫁要通过隧洞,但由于隧道太小,车子只能停在隧道那边,进不来。当时正值雨季,隧洞里淌着齐膝深的水,穿着婚纱的李琼不得不和大家一样脱下皮鞋换上了塑料拖鞋。李琼挽着新郎在低矮的隧洞里跟跄前行,几次险些跌倒,洁白的婚纱上沾满了湿泥。女儿的狼狈相触动了邓迎香的神经。送走女儿和女婿,她对丈夫李德龙说:"一定要把隧洞再凿高、凿宽,像真正的隧道一样,能通汽车。""你是痴人说梦吧?"李德龙被她的想法吓了一跳。她答道:"不只是说,我还要做呢!"并非所有村民都支持邓迎香的决定。在拓洞前,村里召开了5次讨论会,第一次是"50个人的吵架大会,足足吵了4个小时"。会上闹得最凶的是认为不用再享受扩修隧洞福利的人,他们造房、卖牲畜吃过很多苦,而今拓洞,让后来人"大树底下好乘凉"。邓迎香苦口婆心地劝说村民,只有隧道大到卡车能开进村,才能真正让全村致富。但这样的争吵一直持续到第5次讨论会开完,村民才全部同意。

虽然会上通过了,但还有不少人持观望态度,积极性并不高。邓迎香觉得再这样下去,这个事情就会泡汤。2010年12月,她独自一人走进洞内,抡开了铁锤,风风火火地干了起来。没有风枪、空压钻孔等凿洞设备,钢钎、锤子也能凿,磨穿了手套,磨破了皮肤,磨出了血……原本并不赞同的李德龙被妻子感动,每天进洞帮忙,渐渐地,越来越多的村民也加入凿洞大军。

劳力不缺了,但凿洞仍面临不少困难,最大的困难是物资严重匮乏。为了解决挖隧道的资金问题,女儿女婿带头捐助1万元。邓迎香为筹资四处奔走,县乡有关领导和部门被她的精神所感动,支持了凿洞所需的资金和物资。县民政局拨款5万,县城建局拨款5000,县财政局支持了40吨水泥,她把水泥变成钱买了炸药……有了上级领导的关心和帮助,邓迎香更积极了,她调动本村在外的驾驶员无偿拉砂,为家乡修建隧道出力,得到各方力量的帮助支持。

2011年8月16日,一条长216米、高5~8米、宽3.5~5米,能通过5吨重的小货车的麻怀隧道建成通车。通车后不久,县里又派出交通部门对隧道进行了加固处理,使得隧道成为麻怀联结外界的快捷通道。

从此,进出麻怀村翻山越岭被写进了历史,隧道的贯通拉近了村子和外界的距离。隧道贯通后,很多人家都买了摩托车和小汽车来代步。

"隧道通车后,麻怀原来的木房子90%以上的变成了砖瓦房,90%以上的家庭有了摩托车,还有不少家里买了小汽车、农用车和拖拉机;小孩上学由原来的十岁左右提前到了六岁,因为以前年龄小爬不了山;以前是半夜起床杀猪,然后砍成几大块,几个人背着走几个小时,送到山外的集市,现在天亮杀猪还不迟,一头猪可以增加500块钱左右的收入;年轻人常回家看看的多了……隧道通了后,不光改变了我们翁井组和麻怀村,还有田坝、联合、甲哨等6个村1万多人受益。"邓迎香给我算了起来。

邓迎香赢得了村民的尊敬,村民把她的事迹编成快板书,在乡间传唱:"……共产党员邓迎香,巾帼英雄响当当。携手丈夫李德龙,誓叫大山把路让。发动全村齐动手,一锄一镐挖山忙。不等不靠不伸手,麻怀隧道连乡场。昔日愚公是传说,今日愚公在身旁……"

因为拓宽隧道的担当与奉献,2013年12月,邓迎香被村民推选为村委会主任候选人。但当时组织上有自己的打算,认为邓迎香文化程度低,不是最理想的人选,想为麻怀村引进一个大学生村官,但村民在进行无记名投票时,把绝大多数票都投给了邓迎香。很多人不会写她的名字,有的把"邓迎香"写成了"邓迎乡",还有的把"邓迎香"写成了"邓银香"。当时就有人说,她不是这个"乡",也不是那个"银",名字写错了不能计票。但村民不同意,他们说,反正我们不管写哪个字,叫她她会答应。我们只认带头打隧道,给群众办实事的人,文凭再高,再年轻,办不成事,也是白搭。于是,邓迎香被村民选为村主任。

从麻怀隧道穿越回到现实，邓迎香依然面临着一大堆新矛盾新问题。

隧道通了，如何发展，这是麻怀村人必须面对的，也是作为村委会主任的邓迎香必须思考的。她想得最多的就是如何发展产业。然而，产业还在艰难的发展中，关于精准扶贫的一系列问题又随之而来了。

2015年11月21日，麻怀村召开了一个50人的村委会，会议关系到麻怀村精准扶贫对象的认定，牵涉许多家农户的切身利益，本来预计一两个小时的会竟然开了一整天。"事关国家精准扶贫政策的落实，精准扶贫工作要有效推进，又要协调好农户之间、农户与村委的矛盾，会开得长一点就长一点，重要的是得把道理和大家讲清楚。隧道那么难都能打通，老百姓的思想工作难道就做不通？"邓迎香想。

邓迎香很执拗，就是靠着这样的执拗，她硬生生地啃下了"精准扶贫名额分配"这块最难啃的硬骨头。啃下了，还得有个消化的过程。会后，差不多一个月的时间里，邓迎香每天都会接到村民打来表达高兴、感激、不满、抱怨等情绪的电话。特别是那些没有被认定为精准扶贫对象的农户，邓迎香要跟他们解释精准扶贫政策的有关规定，还要列举出认定精准扶贫对象的条件，更要安抚情绪。"道理大家都懂，只是一时间拐不过弯来。同样在县城上学，别人家的孩子是精准扶贫对象，就得到许多优惠，自家却不符合条件，所以他们想打电话发泄一下。那我们就得给他们一些时间，做群众的思想工作不能急，急了要出问题。"邓迎香说。

邓迎香讲话，大家都肯听，大家都肯信。上到七八十岁的老人，下到几岁的孩子，或是脾气暴躁的男人，或是性格温婉的女人……甚至是村子里聋哑人，邓迎香也能熟练地用手语与之交流。

村里一个姓黄的老人对我说："邓主任不像有些干部，大白话张口就来，嘴上一套，实际做起来是另一套。邓主任说要去找鸡苗来给大家养，然后就真的找来了，少的一百多只，多的几百只。邓主任说要建篮球场，篮球场就真的建起来了。如此一来，她讲话谁能不听？"

人事矛盾解决了，可村里最棘手的还是产业发展的问题。与其他乡村一样，近几年，麻怀村人走的也是外出打工的常规套路。村民曹响国曾在沈阳、山东等地从事土建类的工作，任鸿则选择往江浙一带去。有那么几年，为了挣钱，几乎所有的壮劳力都选择了背井离乡，麻怀村里只剩下空巢老人和留守儿童。每每得知麻怀村人在外面挣钱发财的消息，邓迎香都感到由衷的高兴。可置身于一个只剩下空巢老人和留守儿童的村庄，看着老人们佝偻着背做家务，看着孩子们渴望的眼神，邓迎香就感到一阵阵心痛。她甚至隐隐地觉得，这种外出务工模式虽然能挣到钱，但却不是长久之计。作为一个称职的村主任，她想的是如何让麻怀村走上"可持续发展"的道路。

想到什么就马上去实践什么，邓迎香就是这么一个风风火火的女人。她四处考察，寻找能够落户麻怀村的项目，然后又给在外地打工的年轻人去了电话，希望他们返乡创业。邓迎香是沟通高手，只是将利弊这么一说，就获得了大家的认同。大家都知道，城市生活虽然丰富精彩，自己的根却长在麻怀村的泥土里，打工也不能打一辈子，不如听主任的建议，趁着手头还有些积蓄，大家合力创业。于是，麻怀村便有了第一个种植专业合作社——宏源合作社。

全村参与合作社的有 12 户，大家在邓迎香的带领下，有的拿出了所有打工积蓄，有的将喂养的家禽全部变卖，最后总算凑到 80 多万元，才算真正让合作社运作起来。很长一段时间，邓迎香与曹响国、曹响平、任鸿等几个合作社的合伙人一起，在江西、广西、云南等地到处跑，去学习交流，还通过网络查阅有关项目资料。最后确定下来的项目有铁皮石斛和岩黄连两种中药材种植。

合伙人有了，启动资金有了，具体的项目也确定了，甚至还与外地商家达成了包销协议，一切进展得很顺利，邓迎香便又开始去走街串户了。"我总得为大家多做点什么，有好项目当然希望大家都参与进来，12 户还是太少了，力量还是显得单薄点，要真正做成事，还得全村人形成合力，还得我去和大家'摆事实，讲道理'。"邓迎香说。

邓迎香首先想到的是党员，在她心里，党员是要起带头作用的。40 出头的简有珍是她心目中最合适的动员对象。看到她这么诚恳，简有珍对她说出了自己的顾虑："我家小娃现在已经上高二了，得给娃留着一笔上大学的钱。投工投劳可以，可拿不出入股金。"

邓迎香说，在麻怀村，像简有珍这样的村民不少，总是有这样那样的实际困难，毕竟是全县最典型的贫困村。难道没有资金入股就不能参与了吗？邓迎香的脑子又活动起来了。"我们可以这样，没有参与的村民，可以将自己土地转租给合作社，每年合作社付给租金。过一段扩种秧苗还要请人，就请这些没有参与合作社的村民。这样一来，应该就能全村都调动起来了。"

邓迎香说："虽然村里的人均年收入从隧道打通前的800元到现在的8000多元，整整长了10倍。但村里还有38户贫困户，一些已经脱贫的农户还需通过产业来巩固。所以我们想通过合作社，用能人带动全村，在村里搞养殖和种植业。比如特色养猪和鸡，不喂饲料，比如种植无公害的水果和蔬菜，还有像铁皮石斛这样的中草药。另外，我们这里离大射电望远镜只有7公里，来那里的游客很多，我们可以做个点，想办法把那里的游客引过来。"邓迎香问我："这算不算个好思路？"我说："是个好思路，但关键还在于如何把自己的特色做出来，真正把那里的游客引过来。"她说："是的，是的，我们就为做这个特色都想疯了。"

这时，邓迎香说，她参加省里组织的"贵州省'脱贫攻坚·党员先锋'先进事迹报告会"时，认识了盘水市盘县普古乡舍烹村娘娘山高原湿地生态农业旅游开发有限公司的老总陶正学。过段时间她准备带着合作社的几个人到那里去看看，看看他们是如何办合作社的，取点经回来。

细数麻怀村的发展规划时，我看到邓迎香的眼睛里充满了坚毅与期待，但也有些迷茫。

在邓迎香家的堂屋我还看到，几张简易的木桌木凳拼接成一排，上面整整齐齐地摆放着各种奖状、奖杯、奖牌以及荣誉证书：第四届中国消除贫困感动奖、2013年度全国"三八红旗手"标兵、全国社会扶贫先进个人、全国优秀共产党员……这些荣誉，见证了一个大山女人，或者说一个山村女"村官"的艰辛与追求。

或许这就是多数基层村干部现状的真实写照。

再次穿过麻怀隧道，离开麻怀村，我回头凝望。

渐渐地，隧道洞口越来越小，变成了一个小点点，但它在我心中却变成了一条大道，那是麻怀村必须疏通的"扶贫攻坚大动脉"，是罗甸、是贵州打赢脱贫攻坚战的必经之路，也是中国贫困山区走向脱贫致富奔小康的康庄大道。

从"大关精神"，到"麻怀干劲"，难道这不是生活在滇桂黔石漠化区的顽强的人们对无情大自然的抗争宣言吗？

# 汉尧屯，那温暖的山泉

## 一

我的行走已经没有了地域概念，从广西的凌云到贵州罗甸后，我再从贵州罗甸返回到了广西的天峨。如此来回折腾，只为到天峨县八腊瑶族乡麻洞村，寻找一个叫汉尧的屯子，一个叫吕昌发的男人。

我从来没有如此细致地观察过一个屯。在我国，屯就是堡、寨那样的自然村落，它处于行政村与村民小组之间，是自然形态的居民聚落。其实"屯"字的本义是"包起来""卷起来""围起来"等，即我国古代的"军屯""屯垦"之"屯"，就是建有一圈防御性围墙的寨子，之后才演变为村落的。"屯"字的初形像一粒头顶甲壳的豆芽菜，是对草木始生、种子破土而出时的形状所做的描述。初生太艰难，所以"屯"字又有了艰难的意思。

来汉尧屯之前我就从天峨县扶贫办了解到，这是一个脱贫屯。虽然我做好了思想准备，但是还是被山路绕晕了。从县城到汉尧只有56公里，但车子在曲折绵延的山路上艰难地盘旋而行，我们早上出发，到达汉尧屯时已近中午。下得车来，放眼望去，展现在我眼前的，除了四周的高山峡谷，山石嶙峋的喀斯特地貌，更有体现人类的创造力和驾驭自然能力的足迹。崭新的楼群掩映在青山果林间，大小山头密密麻麻地长满了生态林，进屯水泥路贯通到各家各户，还安装了太阳能路灯……我很惊奇。

更让我惊奇的是吕昌发淡定的表情。这个高大而又壮实的中年男人，今年54岁，是土生土长的汉尧人，现在是麻洞村党支部副书记，汉尧屯队长兼屯支部书记，全国劳动模范。父母都是老实巴交、目不识丁的庄稼人。五兄弟姊妹，他排行老大。但他却是20世纪70年代的高中毕业生，是那个年代汉尧的知识分子。

"你也看到了，我们汉尧屯确实在偏远的旮旯，但人多地少，全屯五个村民小组，68户328人，人均耕地只有0.4亩，生存比较艰难。不说远了，就说前几年，大部分村民都只能赶马帮、贩药材、外出打工等，摸爬滚打、一年到头累得要死，顶多只能养家糊口。当时没有公路，只有一条崎岖不平的羊肠小道，家家户户住的是木瓦房，农民缺水缺电，年人均纯收入不足800元。可怜呀！"吕书记对我说，"客观地说，汉尧这几年发生了较大的变化，有了一个质的飞跃。2006年前后，我们屯年人均收入不足800元，现在我们人均收入已经达到8600多元了。全屯整体脱贫了，有三户特困户是兜底脱贫的，一户家里有癌症患者，一户家里有糖尿病患者，还有一户是白内障患者，双眼基本上失明了。三户都是因病致贫。我个人觉得，汉尧能够脱贫主要有三个方面的因素，一是村民自身的努力，这点不能否定，既然我们能够在这里一代一代生存下来，成百上千年地生存下来，这证明我们还是有顽强的生存与发展能力的。二是党组织的作用。我们屯在2009年成立了党支部——成立屯级党支部，这是不是河池市和广西壮族自治区的第一个我不知道，但肯定是天峨县第一个。我到县上开会，县委书记在大会上亲口说的。不是上级组织要求我们成立的，是我们屯里的党员想到后联名申请的，特别是老党员积极性更高。没想到我们的想法得到了上级党组织的大力支持，很快就得到了批准。屯里成立党支部后，我就在会上跟他们讲，既然成立了党组织，就不能只当'绣花枕头'，要脚踏实地，真抓实干，不仅要发挥党员的带头作用，更要发挥最基层的党组织的堡垒作用。三是国家扶贫政策的作用,特别是开展石漠化治理与精准扶贫相结合带来的结果。"

吕书记眺望着远方波澜壮阔的碧绿林海,笑着露出了他洁白的牙齿。他扭过头不急不慢地向我讲述他的感悟:"原来我们最怕的是这里的山,也恨过这里的山,因为有山,我们没法修路,没法修路就走不出大山,所以我们贫穷。没想到交通和思维改变后,过去的劣势反倒成了优势。汉尧处于天峨、东兰、凤山'金三角',是六画山鸡发源地,初步开发的溶洞景点和35000亩的原生态植被资源,成了我们的宝贵财富,让我们这里成了城里人向往的高端生态养生区……"我置身于这个天然的高端生态养生区,听着茫茫林海传出的阵阵波涛声,感受着不绝的生命的奔腾;我在享受绿意,更在感悟山区百姓顽强的生命特质……

## 二

吕昌发的命运与汉尧屯的命运紧紧相连。

虽然汉尧屯很少有人能把"汉尧"二字讲清楚,但他们却传承了先辈们的精神——面对贫瘠,顽强生存。"出门三步就爬坡,九分石头一分地,能做几多吃几多。"——这不仅是昔日汉尧屯的真实写照,同样是大多数天峨群众的真实写照。屯里的耕地少,他们家就靠在石头缝里种玉米、红薯为生,每到腊月与次年的一二月,就会缺粮。通往外面的道路是一条崎岖不平、狭窄陡峭的羊肠小道,赶一次集,要走上几个小时的山路……为摆脱这种贫困生活,年轻气盛的吕昌发外出闯荡。他打过苦工、赶过马帮、贩过药材,还到过云南、贵州贩山鸡来卖……外出多年,吕昌发没有赚到什么大钱,倒是见了不少世面,看见别人种什么、养什么,他也想搬回老家来试一试。后来,他养过羊,也尝试过"百日快速养猪法",结果都以失败告终,还亏掉了四五万元。辛辛苦苦赚来的钱赔了个精光，让吕昌发难受到了极点。就在他迷茫无助之时，他收到了正在上中学的儿子的来信："贫穷莫怪条件差，石头亦可长大树；只要有自信，爸爸总会找到一门致富的路子！"儿子的激励坚定了吕昌发创业的信心。

2001年，吕昌发回到了生他养他的汉尧。然而，家乡的一切依然让他难受。汉尧依然没有得到改变，没路、没电、没水，不仅屯外的人一说到汉尧就摇头，就连屯里的一些人都没了信心，一些人纷纷搬离汉尧。一天，他一个要好的儿时伙伴劝他说："昌发，我知道你是个有志气的人，但你想在汉尧干点名堂出来，难啊，搬走吧，只要搬出汉尧，哪儿都比这儿强。"吕昌发心里很不是滋味，对伙伴说："这可是我们祖祖辈辈生活的地方啊，他们都能生存下来，难道我们就不能了？"伙伴有点生气地说："这里除了山还是山，全是一文不值的石头，有什么可以留念的，难道在这里穷一辈子？祖辈父辈们和我们这一辈穷了也就算了，难道还要让我们的儿子孙子继续穷下去？"吕昌发也生气了，他说："难道我们就不会想办法，你搬到其他地方去，难道就有金山银山在等着你用，就不需要自己动手了……"他们的谈话渐渐变得火药味十足。最后伙伴急了，冲着吕昌发说："吕昌发，你就在这里穷一辈子吧，穷了你自己再穷你儿子孙子。"吕昌发也急了，冲着伙伴说："子不嫌母丑，狗不嫌家贫，你连本都不要了，你是个叛徒，是汉尧的叛徒，看你以后还有什么脸回汉尧？""我那个朋友搬走后，很长时间我们都不联系，他也很少回汉尧。现在想来，当时我也不应该那样骂他，毕竟他当时也是为了我好。再说，住哪里，那是他自己的自由与选择。"吕昌发脸上写上了丝丝歉意。而事实上，从20世纪80年代到90年代，甚至21世纪初，汉尧屯有五分之一的村民当了"逃兵"。

但吕昌发这次回来，不是回到人生的原点，而是一次历练与洗礼后的重新启航。于是，一心想改变汉尧屯的吕昌发第一个"吃起了螃蟹"。

2001年6月的一天，吕昌发在凤山县想买几只七彩山鸡走亲戚，结果花了半天的工夫，跑了几家养殖场才以每羽150元的高价买到6只。虽然是花高价买的，但这事对他的触动很大。对于吕昌发来说，山鸡并不陌生啊！小时候这山上虽然贫瘠，但并不缺山鸡、野猪之类的野生动物，特别是每当上山放牛、割猪草、砍柴时,总会碰到山鸡,运气好的时候还能抓只回来打牙祭。汉尧虽然环境恶劣,没有特色产业,更没有人愿意来投资开发,但养山鸡应该还是可以的啊!吕昌发想。想到了,就要去做,只想不做,那是空想。立即,他就像着了魔似的,到处打听关于山鸡的知识。他还悄悄地跑到了河池一家有一定规模的养鸡场偷看,看到那里养了好几千只山鸡。山鸡的腿很强健,善于奔走,特别是公山鸡的羽毛艳丽,非常好看。随后他又假装成一家饭店老板,说是专程来考察山鸡的。养鸡场老板信以为真,认真向他介绍了山鸡的品种、价格,以及销售情况。老板还对他说,他们人工饲养的山鸡不仅市场供不应求,售价还很高,如果是自己饲养的土山鸡就更值钱了。吕昌发越听越兴奋。从那家养鸡场出来,他就迫不及待地往家里赶。在回家的长途汽车上,他满脑子都是五颜六色的山鸡。

他决定自己饲养山鸡,回到家,就把这个想法跟家人讲了。没想到首先就遭到了老岳父的极力反对。老岳父说:"没听说谁家养野鸡可以养成功的,要是这条路能走通,也轮不到你。"但天生具有的冒险精神,让吕昌发没有放弃自己的想法。他仔细观察了汉尧屯的地理以及环境,觉得这里适合养殖野山鸡,最后终于说服了家人。

随后,吕昌发带上工具跑到屯里的山上捕山鸡。因为是捕着饲养,所以不能伤害山鸡。他没有带夹子,而是带的尼龙网。他先是悄悄地观察灌木丛中,看有没有山鸡。发现有山鸡后,他把一张五六米长的尼龙网铺在灌木丛的一头,然后从另一头赶野鸡。可能是他太性急了,山鸡还没到尼龙网中,就飞走了。从下午一直忙到晚上,他一只山鸡也没捕到。

听说他要捕山鸡饲养,屯里很多人都觉得好奇,第二天他们都一起参与进来。有个老人告诉他说:"赶山鸡的时候一定不能急,要慢,它走你就走,它停你就停,不能把它吓走。"吕昌发这样一试,果然就捕到了两只。还有一些孩子也参与进来,他们把家里装稻谷的箩筐,用木棍支起,木棍上系着一根绳子,孩子们拉着绳子的另一端隐蔽在灌木丛里。看到山鸡被撒下的玉米粒所诱惑,一边啄食,一边走进了箩筐,他们使劲一拉绳子,大功告成了!但山鸡很机灵，整个上午他们才捕到八九只。捕这八九只山鸡，对于其他人来说，仅仅是一次充满乐趣的山野活动，而对于吕昌发来说，他从此与山鸡结下了不解之缘。

随后，吕昌发开始对山鸡进行人工驯化。最初，他就放在家里养，房间里有，楼顶也有，楼顶上拉好网，搭好棚。他还在房间里放上稻草，尽量建造成类似野外的环境，让它们适应。至于喂养方法，他就按家鸡的方式喂养，投稻谷、玉米，以及南瓜、红薯之类的，山鸡都吃，还吃得很来劲。最开始山鸡老是挣扎着想出去，后来它们也不"反抗"了，安心在"家里"生活了。吕昌发很幼稚地认为，山鸡能吃能睡，不吵了，应该适应了新的环境。但几个月过去，山鸡就是不产蛋。这时他才知道，山鸡根本没有适应。直到第二年，雌山鸡才在吕昌发的期盼中生蛋。雌山鸡产蛋了，他为此高兴了好一阵子。不过，他还是高兴得太早了。接下来，吕昌发试着用雌山鸡产的蛋孵化鸡苗。由于当时没有设备，他只能采取最原始的孵化方式，用土鸡来进来孵化。让他没想到的是，几百个蛋才孵化出几十只小山鸡，出壳率极低。他一打听才知道缘由，原来山鸡在山上生活，啄食泥土，不缺钙，而到了新环境后，由于没有在土里生活，缺钙，所以出壳率低。更麻烦的是，由于土鸡看到山鸡宝宝与它之前的宝宝不一样，竟然不认它们这些孩子。于是，没有母亲保护的小山鸡到处乱跑，丢的丢，饿的饿，加上没有保温，没多久，小山鸡基本上都死了。看着一只只活泼可爱的小山鸡死掉，吕昌发急得眼泪流了一次又一次。在他的未来设想里，这些小山鸡是与他休戚与共的命运共同体啊。

第三年，吕昌发吸取了教训。首先，他在山鸡的饲料里增加钙的成分；然后，又增加含维生素的青菜；再就是增加蛋白质含量高的黄土粉等。营养到位了，种蛋的受精率提高了，孵化成功率也大大提高了。当然孵化成功率的提高，还得益于孵化方式的改善。吕昌发没有再用土母鸡进行孵化，因为土母鸡孵化难以控制温差，于是他用上了电热毯。孵化的控制温度是48摄氏度，为了保持受热均匀，吕昌发要随时关注温度的变化。为了能顺利孵化出小鸡，半夜里，他每隔一个小时就要起床看一次温度，翻一次蛋。有时候实在太困了，困得连鸡蛋都拿不稳，一不留神蛋就落到了地上。小山鸡出来如何保持成活率又是个大问题。它们出世后，不跟亲娘，没有血缘关系的土母鸡又不认，要保持成活率只有靠人工保温。由于没有经验，吕昌发也只能摸着石头过河。虽然孵化率提高了，但最后成活率还是不理想，有50%以上的死掉了。随着孵化的山鸡苗大都"壮烈牺牲"，这让想看笑话的人又多了话柄。他们说，你吕昌发只会异想天开做蠢事，还不如拿钱去做其他的事呢，兴许还能养活家人。村民的冷言冷语让吕昌发心里直发酸，但他还是咬紧了牙关，勉励自己要挺住。这个时候，最要命的是家人的反对。看到分文未挣，家里大大小小还跟着累得个半死，没有谁不埋怨他的。老岳父说："人家到了黄河就死了心，你到了黄河还心不死。你看看，有几个把山鸡养成了的，这不是开玩笑吗？你怎么这么傻。这几年你干了什么？什么都没干！但时间浪费了，还耗费了人力物力财力。过去的就过去了，别干这个了，干点正经事吧。"但吕昌发横下一条心，要把山鸡养到底。

第四年，吕昌发逆境而行，冒着更大风险，投入更大本钱。他买了一台小孵化器——一次可以孵化1200枚蛋的全自动孵化器，还是恒温的。第一次孵化时，他丝毫不敢马虎，几乎时刻盯着孵化器的温度计，也密切关注着室外的温度变化。20多个食不甘味的日夜之后，奇迹出现了，一只只可爱的小山鸡破壳而出。这些经过杂交驯化的山鸡显示出良好的种群特性，成活率在80%以上。他把这种山鸡命名为六画山鸡。"我们这里少数民族多，特别是壮族多。因为山鸡是五颜六色的，是花鸟，而壮语称花鸟为'ruowa'，与汉语的'六画'谐音，所以叫六画山鸡。"吕昌发向我解释说。之后，吕昌发便一发而不可收，大量养殖六画山鸡，从几百只到几千只，形成了一定的规模。吕昌发养六画山鸡成功的消息传开后，很多对山鸡养殖感兴趣的人纷纷前来参观取经，并向他购买鸡苗，回到当地发展这一特色养殖业。吕昌发从此名声在外，鸡苗订单纷至沓来。随着订单的增多，吕昌发改变了办养殖场的初衷，转而致力于种苗出售和技术跟踪服务。当年，他实现年销售六画山鸡5000多只，年末存栏1700多只，年产值30多万元，纯收入10多万元。之后的收入更是芝麻开花节节高。第五年,他又增加了 3 台更大的孵化器,一台可以孵化 3000 枚蛋,3 台一次就孵化出近 9000 只小山鸡,再加上原来的孵化器,他一次就孵化出 1 万多只小山鸡。另外,他还投资扩建了鸡舍,购置了发电设备、饲料加工机械等物资。一个现代化的养殖场建在了大山深处。

但吕昌发不想一枝独秀。因为地处偏僻、资源匮乏,汉尧屯村民的发展受到了很大的限制。富了的吕昌发看到周围的乡亲还处在贫困的状态中,心里很不是滋味。于是,他和家人商量着把自己的养鸡技术传授给大家。家人一时难以理解,都对他说:"多少次失败才得出的赚钱方法,怎能轻易传授给别人?"吕昌发却看得很开,他说:"一个地方要真正改变,靠一个人不行,得大家一起富,屯子里的人不是邻居就是亲戚,都沾亲带故,我真心希望他们也能富起来。"经过耐心解释,吕昌发终于获得了家人的支持。于是,他召集全屯群众开了个会,把自己的成功经验与大家分享。之后,他还赊出大量山鸡苗扶持本屯和附近群众发展山鸡产业。

在大家热火朝天干起来的同时,问题出现了:由于养山鸡的人多了,价格上不去了,销路也成了问题。经验丰富的吕昌发想到了一个办法:实行山鸡养殖联合经营,抱团取暖。于是,吕昌发提议成立六画山鸡养殖协会,建立汉尧六画山鸡基地。这个想法得到了大家的热烈支持,吕昌发还被推选为协会会长。不少村民养山鸡遇到的第一个问题是资金问题。对于缺乏发展资金的会员,吕昌发一方面在屯里全力推行"党员联保贷款"活动,另一方面是发动大户发扬能帮就帮的精神,一对一帮助贫困户。其次是技术问题。为了让协会会员更好地掌握养鸡技术,吕昌发经常走访养殖户,进行言传身教,或者邀请有关专家不定期地讲课。

之后,六画山鸡产业迅速地发展起来。吕昌发抓住这个大好时机,及时建立了营销小组。营销小组把各种渠道搜集到的六画山鸡求购信息,及时地反馈给协会。协会根据供求情况制订销售计划,并把销售计划传递到营销小组,由营销小组集中统一销售。通过这样的渠道销售,不但六画山鸡价格卖得高,而且确保了全体会员的利益,取得了良好的效果。2010 年,汉尧屯养殖六画山鸡年出栏种苗达 80 万羽,年人均增收 8500 元。

吕昌发不仅带动了汉尧屯的产业发展,而且促进了全乡乃至全县的经济发展。目前,山鸡产业已经成为全县的重点产业,并辐射到周边的县(市)。2008 年 6 月,天峨县被国家林业局中国经济林协会授予"中国山鸡之乡"称号;2009 年,六画山鸡被中国畜禽遗传资源委员会认定为地方家禽品种,并荣获"中国寿光国际农产品博览会优质产品奖";2010 年,六画山鸡通过中国农业部农产品地理标志认定……

尽管收获了荣誉,也改善了村民的生活水平,但这两年山鸡的市场下滑了,供电也不太正常,都亟待整改,吕昌发和汉尧屯正在积极转型。

## 三

吕昌发和汉尧屯之所以走进我的写作范围,不是因为六画山鸡产业的兴起,而是因为吕昌发、汉尧屯,以及汉尧屯周围散发的真情、情怀,一直温暖着我的心灵。

2001 年回到汉尧时,吕昌发已经由当年的一个毛头小伙磨炼成了一个见多识广的中年男子了。20 年前,意气风发的吕昌发曾发誓要挣到钱,把屯子里的这条路修好,修成拖拉机路。20 年过去了,屯里还是那条机耕道,只能自行力和马通行,就连拖拉机都走不了。辛辛苦苦喂肥一头猪,请人抬、马驮出村卖,除去运费,剩不了几个钱了。满山的柑橘结了果,却卖不出去,多半烂在树上了。看到这些,吕昌发觉得很内疚,为自己无所作为而内疚。于是,他带头修路。历尽艰辛修通路后,吕昌发又想到了电。当时屯里电还是通了,是从凤山接过来的,但是在 20 世纪 80 年代末接的只是简单的单相电,基本上只能用来照明和看电视,大功率的电器根本就用不了,一用就跳闸。而此时,村里要发展,特别是要发展产业,单相电已经远远不能满足需求了,必须改为三相电。看到各地在搞农村电网改造，吕昌发便带头找到电力公司，争取他们的支持。电力公司说，改三相电没问题，但你们汉尧山高路远，大车根本去不了。吕昌发说，只要你们改，我们用肩来抬。于是，屯子里的劳动力全部出动，白天黑夜抬电杆，从乡政府出发，翻山越岭，将一根一根电杆抬回村里。电网改造后，他们才真正感受到了现代化，不少家庭添置了电冰箱、打米机，连烧饭、烤火都用上了电。

在汉尧，水贵如油。汉尧周围是喀斯特地貌，留不住雨水。屯里有井，但基本上是枯井，即便有，也很少。很长一段时期，为了找水，汉尧村民凌晨两三点就排长队挑水，有的排到早上七八点，轮到自己了，水却没了。没办法，只得到处找水，常常是提着水桶跑几个溶洞才得到一满桶水。要是碰上干旱季节，屯子里就无水可找了，只得跑到3公里外的凤山地界溶洞里找水。一般白天是当地人去取水，汉尧人大都是晚上或凌晨去，白天在自家干活。机耕道上，挑水的队伍一串一串的，有钱的带个手电筒，没钱的便提个煤油灯。如果运气好，能挑满满两桶到家；运气不好，到天亮可能还是个空桶。还有运气更差的，挑着满满一担水马上要到家了，扁担断了，不光桶子里的水没了，就连桶子也被摔破了。真是欲哭无泪，恼火得很：要知道，到凤山地界溶洞挑水，来回一趟得三个多小时呢！在汉尧，也有个不成文的规矩，如果遇上哪家建新房，或是办红白喜事，各家各户就都会让路，优先他们找水。不光优先他们找水，还会一起帮他们找水。比如办红白喜事，屯子里家家户户都会主动去帮忙挑水，二三十个人的队伍，浩浩荡荡，非常壮观。

吕昌发指着一处溶洞告诉我说："以前我们就是从这里打水喝，干旱时，要打着手电筒爬到里面去打水，黑乎乎的。因为干旱，当时有狗啊猫啊老鼠啊獭啊在里面喝水，人与动物抢水喝。"我认真看了看，溶洞也就60厘米长60厘米宽三四十厘米深，里面黑乎乎的，四周长满了绿苔。但就是这样极其普通的溶洞，曾经承载着一个村子的生命。

有人把汉尧找水之事当作地方特色，但吕昌发觉得这是一种耻辱。吕昌发感慨着说："都21世纪了，居然没有解决饮用水。以前科学不发达，经济条件差,没有水,说明这里条件恶劣,情有可原。现在社会进步了,科学发达了,各方面条件好了,还没有解决饮水之事,这说明了什么?说明我们没能力啊!2007年之前,汉尧村民都是出去找水,后来则靠山坡积水。如何积呢?各家各户在自家山地的坡上建个蓄水的池子,有二三十个立方的,也有五六十个立方的,像我家搞养殖,用水多,我就建了两个六十个立方的。但没保障啊,只能靠天喝水,还要受环境的影响。有时候下大雨,山上的乱七八糟的东西都冲了下来,有死鸡死鸟死老鼠,还有牛粪马粪。虽然汉尧的海拔有1050米,但水的安全和卫生还是没有保障,我觉得饮用水到了非解决不可的地步了。我知道在我们屯四公里外海拔1200米的山上有一处水源,非常好。水源是天峨地盘的,但如果用水,水管还要经过凤山林峒乡同乐村地盘。于是我找到县扶贫办,把我们屯用水的情况进行了汇报。县扶贫办很重视,他们立即与凤山扶贫办进行了协商,凤山扶贫办立即跟林峒乡和同乐村干部进行协商,他们都没有意见。于是,我便组织屯里的村民开始行动起来。因为水管要经过凤山地盘,为了不占他们的山地,不影响他们的生产,水管在凤山地盘用的是塑料管,挖深沟,埋在里面。到了我们天峨地盘后,就走地面了,用的是钢管。很快,我们屯第一次各家各户通了自来水,实际上是山上的泉水,这比城里的自来水不知道要好上多少倍呢!屯里的一些老人不仅高兴,而且惊奇:龙头一扭,水就出来了,直接流到了水缸里,真是太方便了!当时有个老人问我,吴队长,这东西怎么这么神,扭下龙头就来水了,这水是从哪里来的?我告诉这个老人说,这水是从山里来的。老人不信:那它怎么来的,难道它长了脚,会走路?我笑着告诉老人说,主要是靠压力池。老人又觉得奇怪,问道,这压力池是什么,比神仙还厉害吗?我告诉他说,压力池主要起调节作用。老人越听越糊涂……有了自来水,我们没有忘记人家的好,通水的当天晚上,我们敲锣打鼓,抬了一坛酒,送了一面锦旗给凤山县的同乐村。我们在锦旗上写了这么八个字:地跨两县,系出同源。"

吕昌发说:"没几年这条水管就供不应求了,我又想着搞第二条水管。但天峨地盘没水源了,凤山同乐村板闹屯却有个又大又好的水源,是终年不干的泉水。当时我们屯的五个村民小组长开会,想通过办法用他们的水源。我们心里没底啊,怕人家有想法,不同意。最后我们决定面对面地跟板闹屯协商。记得是晚上去的,我们还抬了一坛酒。板闹屯的人非常热情,也给我们准备了一坛酒。我们一边喝着酒,一边商量着接水的事。当时我至少喝了八两酒,有六分醉了,当时我跟他们说了些什么,我都记不清了。我们屯一个村民小组长没醉,他后来告诉我,我对板闹屯的人说,汉尧屯和板闹屯以前是一家,现在是一家,以后还是一家。你们的困难就是我们的困难,我们有什么幸福你们也要一同享受。我们准备搞生态旅游,我们也要拉着你们一起搞,有钱一起赚。我们一直喝到凌晨3点多,都喝高了。板闹屯的组长们对我们说,你们汉尧的事,就是他们板闹的事,你们饮用水不够,就接我们的,想要多少就接多少,只要板闹的水不干,就有你们汉尧喝的。板闹那边如此仁义,我们也不能不够义气。我看到板闹自己的水管已经破旧了,就提出,给板闹无偿更换一根塑料水管,然后我又个人拿出2000块钱给他们做工钱。我们自己接的是直径32毫米的水管。两条水管同时供水后,村民家里的水量一下大了很多,他们不仅喜笑颜开,而且心里也舒畅起来。这次我们又敲锣打鼓给板闹屯送去了一面锦旗,上面写了十个字:同饮一溪水,尧板情长存。"

但还不够。吕昌发有点忧虑地对我说:"现在屯里不仅发展产业,还正在发展生态旅游,也开了不少农家乐,用水量可以说是飙升。还有一点,以前我们屯穷,有一部分人穷则思迁,他们迁出去了。而我们这几十户坚守了下来,路、水、电通了,产业也发起来了,条件也越来越好了,搬迁的人又陆续往回搬了,现在已经搬回了16户。所以我们的供水更不足了。"我问吕昌发:"是不是准备再找个水源,接几根更大的管子?"吕昌发说:"现在看来,那些方法老套了,必须通过公司引资,用更先进的设备来解决这个问题。"

吕昌发不愧是汉尧屯脱贫致富的领路人。在六画山鸡养殖形成产业发展之路后,他并没有满足,而是认为一个屯的发展,光靠一个产业是不行的,要充分结合潜在资源,实现整体推进。他又开始琢磨着依靠六画山鸡的影响力,打造全方位的致富规划。具体来说,就是结合汉尧屯的实际情况种植水果、开发旅游项目。穷乡僻壤搞旅游，群众是想也不敢想。谁会到这么偏僻的地方来旅游？吕昌发用行动一步步打消了群众的顾虑。开发旅游首先要从开发汉尧屯生态环境开始。"龙滩珍珠李"是从天峨野生李中选育出来的新品种。据说，这种果树具有丰产稳产、特晚熟、抗病、品质优异等特性，而且对土壤条件要求不严格，耐旱，即使是在石头缝里都能成活。另外，屯里养殖山鸡产生的大量鸡粪，正好可用作果树的肥料，有机栽培的水果卖价应该更高。最重要的一点是，这种果树，还具有极大的观赏价值，待到结果时，漫山遍野果实累累的景象将成为汉尧屯一道亮丽的风景线。经过反复调查和研究，吕昌发决定发动全屯群众规模种植珍珠李。但是，在世世代代以种玉米为生的石山区发展水果规模种植谈何容易！当吕昌发向大家提出要在汉尧规模种植珍珠李的时候，立刻招来了很多质疑的声音。"种了果树，就没有地种玉米了，我们吃什么？""大规模种植珍珠李，卖不出去怎么办？"……吕昌发告诉大家："依靠六画山鸡的影响力，打造汉尧生态屯，就必须把我们的屯建设好，规模种植珍珠李是其中一步。它不仅能绿化环境，而且还是一项能给大家带来长期稳定收入的项目。"吕昌发耐心地向村民讲解龙滩珍珠李的特性，并介绍了这种水果的市场前景，使群众的疑虑逐渐消除。之后，吕昌发乘胜追击，亲自登门，挨家挨户地做群众的思想工作。最后，大家一致同意种植这种果树。

　　做通了群众的思想工作，吕昌发又遇到了新的问题。当时的珍珠李果苗很贵，大量地买进果苗，群众还是很吃力的，很多人因此退缩了……这时候，吕昌发想到了争取县扶贫办支持的主意。他想，汉尧屯属于自治区级贫困村，它的发展一直受到扶贫部门的关注，何不找他们解决一下种苗的问题？申请扶贫项目必须经过严格的审查，程序也很复杂。为了使屯里的群众能早日把果树种上，吕昌发一趟一趟地往扶贫办跑。县扶贫办对积极主动改变自身面貌的村屯向来很支持，就很快同意了申请，免费给汉尧屯送来了珍珠李的优质果苗。此后，吕昌发带领着汉尧屯的群众向石山进发，在一个个石头缝里种下了树苗。为了果树能健康成长，吕昌发还请来果树专家到汉尧的田间地头给群众做指导。经过科学栽培的果树，很快就迎来了丰收的季节，沉甸甸的果子一下子把枝头压弯了。因为是 8 月份上市，错开了水果上市高峰期，一斤李果至少能卖到两块钱，一亩就是 4000 多块，是原先种玉米收入的十几倍。汉尧屯群众种植珍珠李，少的有十几亩，多的上百亩，这么一来，着实把村民们的荷包给胀得鼓鼓的……石头上种出能赚大钱的水果，意味着汉尧的石头真的能开花，村民们对吕昌发既信服又感激。2010 年 4 月，汉尧屯成立天峨县第一个屯级党支部，吕昌发被大家一致推选为党支部书记。吕昌发觉得肩上的担子更重了……

接着，吕昌发要拿山上的溶洞做文章。汉尧屯前山上有一个从山下贯穿到山顶的溶洞，洞内钟乳石奇形怪状，万象森罗。经专家综合考查，得出该溶洞具有很大开发价值的结论。听闻此消息，不少旅游开发公司纷纷前来参观考察，欲与该屯共同开发当地的旅游资源。想到跟旅游公司合作，收益必定减少很多，吕昌发于是提出由本村群众自主开发这个项目。2010 年 10 月，吕昌发召开了群众大会。大会决定以股份制方式开发包括溶洞、原始森林在内的生态旅游项目。经过养殖六画山鸡、种植珍珠李两件大事之后，大伙对吕昌发相当信服，都觉得跟着吕书记干准没错。按规定，每股 2000 元，可以用现金支付或投工投劳方式折算，待产生效益后，按股分红。方案出台后，全屯积极响应，短短几天，50 多户人家就以现金入股 320 多股。有钱的出钱，没钱的出力，汉尧屯群众就这样热火朝天地干了起来。吕昌发把村民分为 6 个小组，分别去铺路、引水、拉电、布置洞内景观设施……他自己既是指挥者，又是群众中的普通一员，既参与设计、规划，又参与路面建设。

"我们后来觉得光自己小打小闹只怕还是不行，一味地依赖政府也不行，得自己想办法。于是我们引进了八泉谷生态旅游投资公司，是南宁的一家公司。他们过来考察我们开发的溶洞资源、生态资源和气候资源后，认为汉尧这一片比较适合搞高端养生，于是决定投资，打造'天东凤'生态旅游'金三角'，力争贯通麻洞村、岜暮乡大曹村、东兰县金谷乡隆明村、凤山县文里村和同东村的旅游路网。老百姓出资源，占 10% 的股份，70 年合同。我们屯原来都是断头路，现在是四通八达了，经过我们屯的路有七八条，都成了交通枢纽。我们景区农家乐已经主体竣工了，占地 1400 平方米，三层，下面是餐厅，上面是宾馆，可同时容纳二三千人。下一步，这家公司还准备在这里建50套养生别墅。预计用三到五年时间，把汉尧及周边打造成5A级乡村景区，广西特色生态旅游名村。"吕昌发说。

……

中饭是在吕昌发家吃的，他老婆下的厨，有山鸡，还有山鸡蛋……清一色的土菜，味道鲜美。吃完饭，吕昌发对我说："记者，如果你不介意的话，你可以喝点我们的山泉水，比在外面买的矿泉水卫生甘甜多了。"我说："有什么可介意的呀，你们的山泉水在外面买都买不到呢。"我直接凑到水龙头处张口就喝。这充满感情的山泉水，甘甜可口，还有些冰凉，但入肚后感觉暖暖的，暖在心头。

俗话说，喝水不忘挖井人。吕昌发解决的可不是一家一户的饮水问题啊，而是全村人饮水、用电、脱贫致富奔小康的历史大问题。人如其名，他带领贫困的屯里人走出了一条繁荣昌盛的发展之路，相信，他的名字也将世世代代被汉尧屯的村民铭记。

# 山岩上的歌者

## 一

走出湘西，走出武陵山区，我始终无法走出对十八湾村的回味和留念。

十八湾村位于湖南省吉首市西南的社塘坡乡，是在海拔723米高的大山上的一个纯粹的苗家山寨，村子四周全是悬崖绝壁。这里最开始叫天星寨，因为这个村的村民都住在悬崖顶上，似乎伸手可以摘到星星。后来因为进村的那条小道，大湾十八处，小湾九十九处，十八湾村也就因此而得名。这个村有将近

80户人家，310多人，以姓麻的居多。以前人们为了避免战乱，来到了这个完全与世隔绝的悬崖山上。然而，他们逃避了一种战乱，却要面对另一种危险——恶劣的环境。那时，不，就是2004年修通盘山公路前，村子里的人上下山只能走羊肠小道，最险的一个路段要攀七八十米高的云梯。十八湾村几乎每家都有亲人在上山下山当中摔死或摔残的伤痛记忆。也因为这里具有易守难攻的地理优势，新中国成立前许多土匪涌入十八湾，这里一度成为令人畏惧的土匪窝。后来，即使新中国成立了，改革开放了，这里一直是鲜为人知的山寨，十八湾人过着与世隔绝般的生活。

但2000年，十八湾人积蓄多年的能量终于爆发。他们几乎是徒手与大山开始了搏斗，经过几年的苦战，最终将胜利的旗帜插在了大山的最高处，抒写了一曲山高人为峰的壮歌。一条路，一种精神，一面旗帜。十八湾人不畏艰险、坚忍不拔、不等不靠、团结奋斗，不甘贫困、自强不息修通了通往家里的路。十八湾村党支部先后多次被上级评为先进党支部，"十八湾人"被评为2006年湖南省十大新闻人物，十八湾村级公路建设被树立为全国通达工程先进典型……这也是我走进十八湾村的主要原因。

出发前，我有不少忧虑。因为在一年多的贫困山区的采访中我了解到，虽然大多数曾经具有标本意义的脱贫乡村依然发挥着它的作用，促进和带动着中国贫困山区的发展；但也有一些乡村，已经与它的历史地位渐行渐远，没有保持自身活力，最终没能成为推动整个中国贫困山区脱贫的强有力的引擎。十八湾村等待我的会是一个什么样的现实呢？

## 二

虽然之前对十八湾村的盘山路就有种种了解和猜想，算是有些心理准备了，但当2016年11月21日午饭后我跟随吉首市扶贫办茶叶办主任彭明安来到这片山崖时,还是有些紧张,甚至有些胆怯。而吉首市扶贫办李师傅开的越野车却在挂在悬崖上的山路上飞奔。李师傅叫李迎洋,老家是益阳的,上初中时跟随父母过来做生意就定居在了这边,现在不仅在湘西工作,还找了个湘西媳妇,生了孩子,已经深深扎根湘西了。看到我双手紧紧抓住车门上方的把手,彭主任笑着对我说:"纪作家,不用担心,别看我们小李长得瘦,但驾驶技术过硬,不用担心的。"我还是不敢看两边,左边是万丈深渊,右边是悬崖峭壁。"我在市扶贫办开了八年车了,如果没有记错的话,今天应该是我第58次来十八湾了。"说话时,小李显得很淡定,但车速丝毫没减。"我有点恐高,头有点昏。你应该不恐高吧?"我弱弱地问彭主任。"他恐高就搞不了扶贫,扶贫干部一年到头都在山上跑,恐高的、昏车的,反正身体不好的,都当不好扶贫干部。"彭主任还没说话,小李就抢着说了。我看了看彭主任,他正吞云吐雾地抽着烟,十分平静十分安然。我不由得对眼前这个个子不高,皮肤黝黑,说话有点口吃的湘西汉子心生敬意。

不知拐过了多少道弯,也不知走了多久,只觉得满眼的悬崖,盘山公路如巨龙般盘旋在悬崖之上。来到一个大弯处,小李停下了车。"这是上十八湾村盘山公路中最大的一个弯,这里不仅是会车的地方,在这里还可看清山路全貌,也不会让人心生恐惧。"小李说。小李说得果然不错,下车后,我没有任何的不适,只觉得这片地很大,大得让我有足够的安全感。

而此时,展现在我眼前的不再是一条公路,而是一件艺术品,一件村民们手工打造出来的伟大艺术品。与创意大胆、巧夺天工的张家界天门山盘山公路、贵州桐梓七十二道拐、南太行盘山路等盘山公路相比,它确实略为逊色,但我们不能忘记,十八湾村的盘山公路都是当地老百姓用手一块石头一块石头抠出来的,是用血汗甚至生命凝聚而成。这是一件有思想有情感有灵魂的作品。

"龙书记就在我们后边,他今天下山喝喜酒去了,正在回来的路上。"彭主任说,"要不我们就在这等吧,听他讲讲修路的故事,在这里讲可能更直观更感性。"

大概一刻钟后,一辆面包车停了下来,走出一个六旬左右的男子,很瘦,但很精干。他就是龙把银书记,1952年出生,1978年入党,1989年当村长,1995年当村支书。龙书记没有太多的客套,也没有过多的铺垫,而是直入主题。

2000年,吉首市村级公路大会战如火如荼地展开了,世世代代盼路的十八湾人坐不住了。龙书记说:"其实1999年吉首市委工作队来十八湾时,我就跟市委书记汇报过修路的事。书记也是苗族人,是凤凰三江的,出身贫穷。他当时对我说,现在中央有政策,村村要通路,大小你也是个村支部书记,你带头逮(干),我们支持。但那时政府钱也不多,也很难到位。我觉得不能坐在家里等着政府的钱到位,于是我就跟其他党员干部说,我们自己先逮起来吧!自私点说,我修路还有自己的一个小心愿。1987年6月,我父亲突发急性阑尾炎,疼得在地上打滚。当时我们六个劳动力抬着他往山下赶,但等我们赶到吉首市内的医院时,已是五个小时后了,这时我父亲已经不行了。当时我就在心里埋下一个心愿,一定要为村里修条路。可是当我们把修路的事跟村民说时,风凉话就来了。外村人说,十八湾猴子都爬不上去,修路就别做梦了,干脆直接修个飞机场算了。村里也有一些人积极性不高,主要是一部分老年人认为难以完成,但年轻人喜欢,积极性也高。有人对我说,书记,我们就这么一点一点地抠,要修到什么时候呀!还有人对我说,你们要是修通了,我请全寨人吃一天的饭。我对他们说,不要听闲言碎语,一年不行两年,两年不行三年,就是要修通这条路,这是功在当代、利在千秋的大事业,是为子孙后代谋幸福,没什么价钱可讲。"

龙书记说:"十八湾虽然偏僻,老百姓没什么见识,但民心纯朴,路不拾遗,夜不闭户,特别是男女老少都讲义气,讲感情,有什么事一呼百应。有个老党员叫麻国任,年纪比我大些,是个生产队长,还是我老表。虽然他一直体弱多病,但村子里干什么都冲在前面。听说村里打算修公路后,他立即找到我说,把银啊,你带头修路是件大好事啊,我大力支持,也随时听从你的安排。如果不把路修好,十八湾就没有任何前途。如果你真把这条路修通了,你做一辈子村支书我都支持。当时有个老人,叫麻正财,85岁高龄了,听说要修路后,他拄着拐杖找到我说,他也要上山崖。我对他说,那不行,年纪太大了,我得对你的生命安全负责任。麻正财却说,生为十八湾人,如果没有参加修路,那是件很不光彩的事,也对不起自己的子孙后代。老党员龙凤仙的老伴和儿子都去世了,村委看到她家只剩下两个寡妇和两个小孩,情况特殊,就说他们家可以不出工。但龙凤仙不肄,她说女人也是人,更何况自己还是党员,如果其他人去修路,她们在家待着,她们以后就没法见人了,走在新路上,也会脸红惭愧……"

2000年春节后不久,十八湾村的龙把银、麻金文、麻先忠等15个党员和干部,带着全村130多个劳力,开始了艰难的圆梦征程。我想说的是,他们基本上都是不会说普通话的苗族人,绝大部分是文盲,因为他们没有念过一天书,但是,他们的道德感却让人心生敬意。这条全长5.3公里的盘山路,大小弯道50多个,其中大弯、急弯、回头弯有18个,由于地势险要,整条公路只能临崖而立。十八湾人豁出去了。龙书记说:"去修路时,真的跟壮士远行一样,家里的女人做了好吃的让男人带上,男人则把该交代的事都交代好了,生怕万一就回不来了。别看悬崖就在我们村子的下方,但从山顶下到悬崖间,要整整三个小时。为了不误工,也为了安全,我们所有劳力都住在岩洞里,我们除了带钢钎、铁锤之类的工具,还带来了稻草和锅碗瓢盆,随便捡两三块石头架起锅来就是灶,铺捆稻草就是床,最险的'床'就安在悬崖边上。我们吃的是从家里带来的苞谷、大米和酸菜。因为长年累月地修路,那几年,各家各户除了种田,其他副业都不肄(干)了。当时政府给我们支持了炸药,政府也说了,石头不能乱打,怕塌下来,怕出人命。于是我们从上面开始挖,避免被石头砸伤。当时我想,家家户户都穷,出来修路的都是劳动力,是家里的顶梁柱,千万不能出事,哪怕炸伤摔伤一个,都是个悲剧。于是我们15个党员和干部,每天早上三四点出去查看情况,看有没有松动的石头,晚上十一二点才正式收工,主要是清点人数,看到一个画一个勾,不见到人不画勾,这个工作风雨无阻。不是不放心大家做的事,主要是放心不下人,十八湾人是个整体,就像个大家庭,少了谁都不行。老天保佑,修四年路,没少一个,也没有谁缺胳膊少腿。"

公路一米米艰难曲折地向前爬行着。十八湾人敲打石头的声音，如同江河边纤夫们千百年来的号子声，如同山岩上山民们对生命的呼唤与呐喊，但更如旋律优美的心灵之歌……他们的精神感动了四里八乡，外村的村民和远方的乡亲赶来加入了筑路大军，政府部门送来了十八湾修路急需的物料和资金，还派来了专业施工队。龙书记说："让我们感动的是，附近的一些村子，像牯牛村、强虎村、麻龙溪村等，看到我们在悬崖上修路，他们也感动了，由村委会统一组织，每个小组轮流派劳动力来修路，不要报酬，自带设备和干粮，完全是无私奉献。如果没有这些村的支持，我们不可能在2004年将路修通。"

龙书记对我说："修了四年路，大事故没有发生过，但小故事却多的是，几乎是天天有。你想想看，百来号人在悬崖上凿石头，难免会有磕磕碰碰的事，难免会有感冒生病的，但我们的队伍就像走长征过雪山、草地一样，手拉手向前进，生怕落下了谁，生怕摔下了谁，非常团结。在修路中没有出现过安全事故，但修路期间有人走了，这个人就是我老表麻国任。他本来身体就不太好，但一直坚持在修路。有回我看到他蹲在一边，脸色非常难看，就问他，国哥，不要紧吧。他说，不要紧，老毛病，只是肚子有点疼，休息一下就好了。我说，国哥，不要硬撑着，如果不行，我们把你送到乡卫生院看看去。他摆着手说，没那么严重。说着他又凿石头去了。但没过多久，他饭量越来越少了，直到一次昏倒在工地上。我们把他抬下山，送到吉首市医院一检查，才知道他已经是胃癌晚期了。当时我们谁也不忍心告诉他真相，但他已经意识到问题的严重性了。记得当时他跟我说，把银，你们不要瞒我了，我猜到情况了，我也活了五十多年了，现在死了，也不亏，但没把路修完，我心有不甘啊。他去世之前留下遗言，要儿子把家里的大米都捐到村上修路，并把自己埋在看得见公路进村的地方。后来他儿子捐了家里仅有的110斤大米，他也被埋在公路进村那段的山坡上，可以时刻看到公路。"

说到这，龙书记深深地吸了口烟，然后望着远处的山峦。

就是这支文盲队伍创造了一个奇迹。2004年1月18日，这条在悬崖峭壁上开凿的4米多宽，5.3公里长的盘山路正式通车。投入工日12万多个，开山挖土凿石40万立方米，4年没过一个舒坦年的十八湾人唱起了山歌、敲起了苗鼓、舞起了狮灯，不少村民搬出自家酿制的苞谷烧酒尽情畅饮。在政府的支持下，2007年村里对这条盘山路进行了硬化。

路通了，十八湾村的致富大门就打开了。十八湾人开始接受丰厚的回报。修路前的1999年，全村人均年纯收入638元。村里的姑娘要嫁出去，外面的媳妇难娶进来，光棍汉多，娃娃读不上书。在修通公路后，十八湾人干劲更足，大种经济作物，大力发展养殖业，改善了生产生活环境，促进了经济发展，增加了收入，实现了人与自然的和谐发展。2006年全村种青蒿1000多亩，创收70万元；开发金秋梨340亩，总产量9万公斤，实现收入15万元；外出劳力85人，挣回收入30多万元。全村实现人种1亩菜，4亩青蒿，3亩果，养1头猪，同时建成30多口水池，38口沼气池，47户改厨、改厕、改圈，63户都饮上了自来水，电话、手机、电视都进入了农户家中。全村100%的适龄儿童进了学校，85%的农户参加了新型农村合作医疗。此时，全村实现人均年纯收入3500元。从路修通的2004年到2011年，十八湾村光讨外地媳妇的就有17人。"这在以前想都不敢想，但富在深山有远亲，穷在大路无人问，现在路通了，富裕了，姑娘们也愿意来十八湾了。"龙书记说。

……

我想，这些应该都是十八湾作为典型标本的现实意义吧！但她是否依然保持着标本的鲜活性呢？

## 三

车到尽头，十八湾门楼进入了我的视线。

门楼是木头做的，盖的黑色烟瓦，有些陈旧。难道还是人们记忆中的湘西山寨？当我走进门楼时，展现给我的却是另一番景象。门楼后面，是一片地势低洼但却相对平整的土地,有房子,也有田地。在离门楼近的地方,是一片老土房。再远处点,就与这里形成鲜明对比了,有砖瓦房,更有成群的别墅,有一层的,也有二层三层的。龙书记告诉我,老土房大部分住的是老人,他们不肯搬走,所以还留着房子;年轻的,都搬到新房子了。我有种感觉,十八湾人真的是富了,真的是幸福了。

  我发现,从门楼进村里只是一条有坡度的能容两人行走的石板路。我又马上联想到不远处那一栋栋漂亮的别墅,于是问龙书记:"你们应该还有路可以进村吧?"龙书记说:"没了,就这一条,山顶上有块平地不容易,如果再修宽马路,许多房子就要拆迁,没地方搬了。"我又惊奇地问:"那你们的建筑材料怎么进村?"龙书记指着石板路中间和左边镶嵌的两条木板轨道说:"材料要么从这木板上滑下去,要么就用马驮。"哦,原来这是十八湾村的幸福轨道!我感叹地说:"虽然路通了,产业发展起来了,但十八湾人依然保持着勤劳的作风。现代与传统相结合,真是名副其实的世外桃源呀!"但彭主任却不以为然,他悄悄在我耳边说:"在吉首,在湘西,像这样的世外桃源还多的是,齐心村比这还好。"

  正说着,我看到一个身穿苗服,脚穿黄军鞋,挂着一根木棍的阿婆从石板路向村口稳健地走来。我正想找个村民聊聊,于是走了过去,向阿婆打招呼。阿婆显然有点紧张。龙书记连忙向我解释说:"她就是龙凤仙,老共产党员,当年修路,就是她主动请缨。但她听不懂汉话。"但我还是想跟她交流,于是龙书记当起了翻译。我问阿婆:"当年修路,您最后去了没有?"阿婆说:"去了,肯定得去。不去哪还有脸见人。"说到这儿,阿婆笑了。我又问:"现在日子好了吧?"阿婆说:"好了,孙子都结婚生娃娃了。地里也种了生姜和金秋梨,挣了钱了。我正打算到地里看看金秋梨,天冷了,怕它们冻着。"

  我跟着龙书记在村里的小道上转着聊着,除了看到好几栋别墅,还看到了成片的果树林。龙书记告诉我说:"别看我们这里山高路远,但也有好处,由于气候好,我们这里适合很多果树生存,像金秋梨、板栗、李子、桃子等等。不光适合,由于地处高寒,结出的果子,糖分更足。另外,我们这里种高山菜(反季菜）非常适合，不仅营养好吃，还能卖高价钱。现在全村有300多亩金秋梨，550多亩茶叶……这都是产业扶贫帮助搞的。我们的收入一年比一年高，2014年就摘掉了贫困村的帽子，现在年人均收入是4500块钱的样子，只有一户兜底户（最低生活保障兜底扶贫），22户贫困户了。从路修通后到现在的12年里，全村新建房子，包括别墅，总共建了38栋。现在全村有面包车4部，摩托车29台，三轮车12台。有113个年轻人在外面打工，占了全村收入的半壁江山。就拿我家里来说吧，我三个孩子，都是儿子，老大在乡政府当武装部长，第二个当了上门女婿，在三岔坪村，第三个在乾州古城的火车货运站打工。他们都很少回家，只有我们老两口在家，主要靠种植挣钱。今年我们种六亩生姜，收入有15000块钱左右，种了十亩金秋梨，由于有的还没挂果，只收入了11000多块钱，还种了两亩辣椒，有3000多块钱收入。另外我做村支部书记一年有18000元的补贴。今年加起来我们家的收入有44000多块钱。搞种植虽然也累，但生活在农村，特别还是我们这样的山区，不干点活，对身体也不好啊！过了农忙，我们就唱唱苗歌，打打苗鼓，生活很丰富。"

  我还看到了村部、学校、操场。在村部，我看到了几面大鼓，那是苗鼓，一般在农历"四月八"、每年春节前后、赶秋、椎牛、丰收喜庆、婚嫁、迎宾客等重大活动里，他们都以鼓乐助兴，以鼓乐作为抒发自己情感的特殊方式。在学校我碰到一个正在绣十字绣的女子。女子叫杨晓菊，娘家在保靖县，是村主任麻和林的老婆。我问她："杨老师，你们学校有多少学生？"杨老师说："十来个，只有学前班和一年级，包括牯牛村的。二年级到六年级设在了牯牛村小学。"我又问她："怎么想着嫁到十八湾来了？"杨老师笑着说："你看啊，这里风景多好，世外桃源。"杨老师笑得很灿烂。龙书记告诉我说："别看小杨现在这么高兴，当年刚嫁到十八湾来时可没少吃苦头。应该说我们村最大的变化还是人的素质方面，大大提高了。原来我们这里说汉话的人很少，路通了，与外面接触多了，出去读书的孩子多了，现在年轻的都会说汉话了。以前路不通，与世隔绝，没事的时候村民天天打牌；路通了，经济上来了，娱乐活动也多了，打球的，打鼓的，唱苗歌的都有。"

龙书记说："2014年贫困村的帽子摘掉后，上级政府的扶贫工作队就撤走了，村里的社会资源就少了，不好找资金发展产业了。这时，有个别村民找到我说，把扶贫队叫回来吧！一听这话我就生气，骂他们说，老是想着人家送钱送物上门，你们想当一辈子孬种吗？政府有政府的规矩，也有自己的难处，他们只是引导，发展主要还是靠自己。现在大的思想观念在慢慢转变过来，家家的种植业都发展得好。现在是冬天，要是春天、夏天，或者是秋天过来，一大片一大片绿色，一大片一大片黄色，非常壮观。我们是十八湾村，十八湾村是个典型，我们不能让人们感到失望，更不能让人家瞧不起。我们要拿出当年修路的劲头来，没有人支持，就自己逮。天下没有穷死的，只有懒死的。我开会时跟村民讲，只要大家不懒，我们就会有好日子过。"

龙书记还跟我说了自己的两个打算。第一就是他当了20多年的村干部，带着大家一步一个脚印地走到了今天，不容易。但年纪越来越大了，再加上没上过学，不识字，没文化，总感觉不太适应新的形势了，希望有文化、有胆识、有胸怀的年轻人来接班。比如说到乡上开会，别人一散会直接开车就走了，他不会开车，要走两个多小时才能到家。十八湾是个新农村，要有发展，要不断有新的变化和面貌，必须有好的领头雁。第二就是进村盘山路虽然硬化了，但还不安全，会车的地方也不够，他想在路上多增加几个会车的道，在崖壁上增加防险的设施……

从十八湾人的坚韧与顽强，紧迫感与忧虑感，我依然看到了十八湾村标本意义的鲜活性。而事实上，希望总是与忧虑相伴前行的。十八湾村的未来将是一片坦途。我想。

下山的时候，已经是傍晚，我看到一辆辆摩托车在盘山路上飞奔着。彭主任告诉我，十八湾村在镇上或是吉首市里务工的人都回来了。

回到长沙后，彭主任从微信上给我发来一篇名为《冬》的散文。他说，是跟我一起到十八湾村有感而发写的：

冬，是苗寨重生的季节。吉首是神秘湘西向外打开的一扇窗户。乾州古城

"四面环山，武溪潆绕"，南方长城"控诸苗之咽喉，树辰常之藩障"，厚重的历史背后是千年的兵连祸结，历史和自然的因素造成了湘西苗寨的贫困落后。在一年的"精准扶贫"中，我们深入苗家，驻村入户，结对帮扶，成了贫困户的亲人，苗家的贫穷与艰辛让扶贫人夜不能寐。在政府的统一安排下，"资金跟着穷人走"的各项帮扶措施全面铺开，沉寂的群山开始沸腾。一条条新路，一栋栋新房，一座座大棚，一群群牛羊，还有绕山绕水的黄金茶园，与大山深谷中的苗寨浑然天成，勾勒出一幅水墨家园。没日没夜的艰辛努力，冬日里，苗寨换了人间。

冬，也是心灵重生的季节。我们每个人都是清清白白地来到这个世上，时光荏苒，世事多艰，在忙碌地穿越繁华尘世的过程中，累了不能逃避，痛了无法止歇，何处不沾上厚厚的尘埃。扶贫是一个涤荡心灵的过程。一年到头，我们把全部时间和精力都放在帮扶脱贫上，常年与乡村相伴，终日思帮扶之策，反觉心情愉悦天阔地宽，如潺潺山泉洗净了岁月铅华。在冬肃杀的宁静中，与村民围坐火坑喝一壶热茶，谈笑间蓦然发现，我们的初心，是这样渴望一处安然净土，是这样向往一片朗朗青天。

……

不管文笔如何，但我知道，这篇散文中透露的是一个湘西扶贫者对扶贫工作真切的体会，对贫困山民的衷心期待。

我在想，岂止龙把银书记和其他所有十八湾村的乡亲，牦牛村、强虎村、麻龙溪村等村的乡亲，我未曾走访的齐心村等数以千计居住在山岩上的乡亲，还有吉首市扶贫办茶叶办的彭明安主任，以及司机小李他们这样的扶贫者，他们不都是山岩上的歌者吗？

# 第三章 期盼的目光

▲ 宁夏海原县史店乡徐坪村村民马树林家养的西门塔尔牛

▼ 宁夏海原县史店乡徐坪村最后一个搬离老窑洞的村民李德成

> 我们这地方以前落后，不干不行，不干会更落后，我这个当书记的脸就没有地方挂了。
>
> ——甘肃渭源县田家河乡元古堆村党支部原书记马岗

# 期盼的目光

## 一

我在前文中提到，宁夏中卫市海原县史店乡副乡长田璟向我描述了近些年来该县退耕还林后的美好景象。然而当我从海原县扶贫办项目规划股股长田保林手中拿过一份资料时，我依然感觉到了这片土地的艰难。资料说，2015年海原实现地区生产总值43.75亿元，增长10.8%，高于全自治区、全中卫市平均水平；全社会固定资产投资68.82亿元，增长17.2%；地方一般公共预算收入1.74亿元，增长10%；一般公共预算支出41.08亿元，增长10%；社会消费品零售总额8.71亿元，增长5%；城镇和农村常住居民人均可支配收入分别达19046元和6258元，增长8.4%和8.5%。应该说，单从这些涨幅数据来看，海原形势一片大好，这也是海原发展的必然趋势。但资料也说了：目前，全县有贫困村96个，建档立卡贫困人口23572户88706人，贫困发生率19%，占全市贫困人口的75%，占全区贫困人口的15.1%。贫困比例之高，已经远远超出了经济方面的增幅。

"两年前,我们海原46万的总人口中还有17.1万贫困人口,贫困率高达40.6%。这几年,全面实施精准扶贫,国家给出了最优惠的政策,海原也几乎穷尽所有扶贫手段和资源,扶贫工作取得了很大进步。但即使这样,我们的贫困发生率依然高达19%。海原贫困程度之深,扶贫攻坚之难,有可能甚于西海固,甚至是整个宁夏最难啃的一块骨头。2020年要全部脱贫,我们的形势十分严峻啊!"田股长满怀忧虑地说。

作为一名海原人,田股长对贫困有着深刻的体会。事实上,我每碰到一个西海固人,他在向我讲述现在扶贫情况时,总会不由自主地说起过去的贫困,我也用了很长的篇幅进行描述,或许这会破坏整个行文的流畅性,但我觉得这种牺牲很有必要。田股长告诉我说,他1960年出生于海原县李旺镇团庄村,虽然他家在农村,母亲是个农家妇女,但他大(父亲)念过几年书,是有工作的,在乡上的粮站工作。他出生的时候,本来就是国家三年自然灾害的时候,更何况生在西海固地区。他们那里主要是缺水,缺水的一个重要原因就是山上没树,全被砍掉了,留不住水。所以他大就给他取名为保林,希望他的下一代能够保住树林,有水可喝。而在田股长的记忆中,他们为了水可谓费尽心思。涨水季节水不成问题,但河里的洪水留给他的是咸味,略带着些许麻涩苦,实际上那是咸碱水。缺水严重的时候在冬天,他们就得到河里去挖冰,然后融化成水;到比较厚的背垴取雪,都是带泥的雪,拉回去放到水里融化。还有就是到井里取水,但井水也是咸碱水,跟涨水季节的河水差不多,不好喝……但贫困中的田保林打小就爱唱花(歌),唱得很好,是当地有名的民间花儿歌手,曾获得首届宁夏回族自治区花儿大赛优秀奖,人家都叫他骆驼。但他唱花有个特点,都跟水有关,跟贫困有关,不是找水的,就是砍柴烧炕取暖,吃红薯片糠麸皮的。

作为一个扶贫干部,田股长也尝尽了这项工作的酸甜苦辣。他1978年高中毕业后,当了三年兵,退伍回来后在县农业银行干了七年,之后转到县商业局,干了四年后,他来到了县扶贫办,一直干到现在。在扶贫办,搞过秦巴项目,也就是一个区域性扶贫项目,相当于后来的六盘山片区扶贫项目。"记得当时搞农田建设非常厉害,用大型机械化修农田,把海原15度以下的坡地全部改造成农田。但当时田少,再一个坡地无收入,通过改造后,就平整了,下点雨也不会跑掉了。当时资金少,普遍贫困,基础设施也差,农民生活标准也低。当时国家和自治区也进行过扶贫,但贫困面大,程度深,扶贫资金少,所以效果不太明显。即使改革开放近40年了,变化的主要还是在沿海一带,我们这里变化不大。如果要说变化,还是在农田建设方面有一点变化和效益。"田股长说。在扶贫办,田股长干过社会帮扶、互助资金、整村推进,以及闽宁帮扶,直到现在的项目规划及培训。作为扶贫干部,几乎没有节假日,天天在乡下,白天下乡,晚上开夜车,非常危险。苦点累点不要紧,自己可以克服,最大的困难是得不到群众的理解。比如说精准扶贫,在同等条件下,在同一个村庄,大家都是一样的生产生活条件,但这户勤劳点,脑子灵活点,现在生活过得好一点;那户懒惰点,能力差点,就被纳入精准扶贫对象。可好的那户不理解啊,就上访,提意见,闹得不可开交。还有一种情况让田股长他们哭笑不得,就是把扶贫资金当成民政救助资金来对待,比如互助资金,是由政府配股,个人入股,建立起来的发展滚动资金,但很多百姓不理解,他们当作扶贫救济款,不按期归还和缴纳利息……也就是说,如何改变老百姓的观念与思想,是田股长他们最头疼的事情。

在海原艰难的走访中,天气逐渐晴朗。

整村推进,就如同灿烂阳光照耀在这片饥渴的土地上,不仅带来了温暖,更带来了丰富的营养物质,滋养着这片土地。

田股长告诉我,整村推进就是以扶贫开发工作重点村为对象,以增加贫困群众收入为核心,以完善基础设施建设、发展社会公益事业、改善群众生产生活条件为重点,以促进经济社会文化全面发展为目标,整合资源、科学规划、集中投入、规范运作、分批实施、逐村验收的扶贫开发工作方式。早些年,国务院扶贫开发领导小组就推行了整村推进。后来海原积极响应,并具体探索。早在2005年到2006年,海原县就在15个乡(镇)23个村,实施第一批整村推进扶贫开发工作。2006年年底,全县净脱贫8274人,贫困面由36.5%下降到34.2%。随后，在2007年至2008年，海原又实施了第二批整村推进村扶贫开发工作。至2008年年底，全县农民人均纯收入达2350元，脱贫人口2.7万人。实践证明，整村推进扶贫开发是在贫困地区建设新农村的好形式、好抓手、好平台。缘于此，近年来，海原大力推进整村推进工程。2014年，海原投资2.9亿元，在关桥乡麻春等23个村开展整村推进村扶贫开发，使贫困农户收入水平和能力进一步提高，其中有15个村1.6万人实现了脱贫"销号"。2015年，海原创新扶贫工作思路，实施"1235"脱贫战略，推进30个重点贫困村脱贫销号和1个整乡推进乡的扶贫开发工作，确保了1.6万人实现脱贫的目标。而在"十三五"期间，海原计划整合各类扶贫项目资金14.5亿元，其中整合各类整村推进扶贫资金达10.7亿元，计划完成96个整村推进村的脱贫销号任务，村均投入1100万元。

田股长说："史店乡徐坪村就是通过整村推进减贫摘帽的典型。这是一个纯回民村，全村有496户2560人。自2014年整村推进扶贫以来，该村已种植紫花苜蓿3600亩，建设棚圈280座，全村目前牛存栏520头……在海原，通过整村推进减贫摘帽的远不止徐坪村。位于关桥乡西部的麻春村，常年干旱少雨，809户人共有耕地26426亩，其中有效灌溉面积只有2845亩。为了让麻春村的群众早日摆脱贫困，2014年，海原县把麻春村确定为整村推进示范村，投资3292.5万元，重点对基础设施建设、增收产业培育、社会事业、环境生态建设等四大类项目进行扶持，从而全面改造升级麻春村。整村推进工程实施以来，麻春村路网全部贯通。在产业配套上，全村在5900亩硒砂瓜种植面积的基础上，又扶持发展2000亩，实现了硒砂瓜种植扩规增效，并新建标准化棚圈250座、投放基础母羊1000只……"

但海原的整村推进并非一帆风顺。田股长说："整村推进后村容村貌都有了很大的改变，基础设施都搞上来了，也新盖了牛棚羊棚，房顶上还新安装了太阳能热水器，甚至还有政府补贴的种子、化肥，以及各种各样的补贴。可以说，无论走到哪家哪户，都能找到政府补贴的项目。但麻烦的是，整村推进往往只能对留守村中的老人产生吸引力，外出打工的年轻人却一点兴趣都没有，也难以形成生产力。外出打工的年轻人，大多数由于文化水平不高，除了房租，每月的收入并不多，也只能在贫困线上下徘徊。有的当年打工挣钱了，就脱贫，没挣上钱，就返贫，或者家中盖了房、生了娃、害了病、老人过世等情况，那就又返贫了。"在田股长看来，整村推进也并非十全十美。他说："整村推进还是有一定局限性的。第一，为期只有两年，两年过后，如果没有后续资金，两年里形成的一点积累很可能又没了。第二，扶贫面太窄，海原县的贫困村有96个，而只能一步一步来，不能同步进行，即使贫困村都推进了，全县还有72个非贫困村，实际上他们也同样需要推进，只是没有资金……"

## 二

徐坪村正浸染在六盘山初夏的凉爽中，不远处，如洗的蓝天正亲吻着大山。整齐有序的新房子、宽阔平整的硬化路、精心规划的绿化带，处处散发着朝气。田璟副乡长和徐坪村支部书记田虎成守望在村口，如同两棵挺拔的杨树。

徐坪村是史店乡下面的一个行政村，它既是史店乡整村推进的典型，也是整个海原县整村推进的典型。田璟副乡长告诉我，史店乡是2014年开始整村推进的，除了徐坪村，还有田拐村，也是陆续进行。整村推进首先就是消除"三土"，一是消除土墙，二是消除土房，三是消除土路。于是，全村的土墙土房全变成了砖墙砖瓦房，主乡道支乡道，就连入户小道，以及院坪，全部进行硬化。每户配套养殖棚圈，安置太阳能热水器，不再是土圈圈，大小便随便，露天厕所了，户户改厕，像城里人一样，有卫生厕所了。每户还配套铡粉机，既可铡也可粉。

而增加贫困群众收入才是整村推进的核心。如何增加？无外乎发展产业。对于产业发展，海原得感谢国企华润集团。2013年，华润集团积极落实国家定点扶贫任务，并根据宁夏海原县的自然条件和产业发展基础，与当地政府共同制定《华润集团定点帮扶海原县发展五年规划》，以产业扶贫为核心，采用"企业+合作社+基地+农户"的帮扶模式，发展草畜一体化肉牛养殖项目，通过对基础母牛赊销的方式，对海原县贫困户提供3年期无息借款6000元，3年后公牛销售给华润抵顶借款，基础母牛继续繁育，以此解决农户资金困难问题。预计到2018年，华润集团将累计投入扶贫资金5亿元……田璟副乡长说，华润是2015年进入他们乡的。以前他们老百姓养的都是本地的青川牛，这个牛也好，但就是经济效益不行。于是华润从全国各地优质牛品种中挑选，挑选那些效益好又适合在海原生活的牛。找来找去，最后决定引进甘肃张掖的西门塔尔牛。首先张掖的自然条件跟海原差不多，西门塔尔牛能适应这儿的水土；其次西门塔尔牛肯口粗（肯吃），而且容易长膘，容易育肥，肉宰量大，划得来。目前，华润在全县投放了3000多头牛，其中在史店乡就投了260多头，而徐坪村有80多头……我看到了中国国企的责任与担当。

"转转吧！看看我们村的房屋建设和基础设施，看看村民家里的西门塔尔牛。"田虎成书记满脸自信地说，"我们前面有条河，叫蒿河，虽然只有20米宽，但那是我们徐家坪的母亲河，整村推进前，村民大部分住在河沟的窑洞里。我们都是喝着蒿河水长大的。现在我们都住到新村里来了。原来的路都是土路，高低不平，都是水洼，晴天出门一身灰，雨天出门两脚泥。现在好了，不要说下雨，就是下雪都不怕了。路修得这么宽，这么结实，还有绿化，还有健身器材，就连老年人吃饭的地方也有了，我们叫'老年人饭桌'，主要是针对孤寡老人、留守老人、空巢老人建立的。"

在村道上行走，让我更感兴趣的不是漂亮的房屋、笔直的道路，而是道路上来来回回的装满青草的三轮农用车，以及一些农户家里传出的"轰隆隆"的响声，那是铡粉机在铡青草。

"你们村整村推进政府投了多少钱？"我问。

"为了整村推进，政府花了血本了，也凝聚了县里各部门的心血。比如说厕所是县卫生局搞的，道路是县交通局搞的，绿化是县林业局搞的，院坪是县水务局搞的，危房是县住建局改造的，反正就是哪个部门是哪个专业就对口哪块，各部门自己筹钱。政府在我们村共花了2197.2万元，2015年县政府又给我们搞了两个小广场，给老百姓娱乐的，又投了200多万。效果还是很明显，我们村2014年年底共有225户984人，经过2014年和2015年两年的精准扶贫，以及各项政策的落实，现在只有66户建档立卡户了，这66户中还包括了无保残疾人家庭。也因为这几年建设多，我们村青壮年个个都是砖瓦工高手。"田书记说。

田书记还告诉我，他家也养了6头牛，2015年6月拉过来的，当时一头牛8000多，总共花了4万多块钱。他很感谢华润，每一头牛华润都预借了他6000块钱，并且是3年以后再还，实际上买来的每头牛他只付了2000多块钱。田书记说，家里养了这6头基础母牛，有了华润的帮助，确实压力不大了，也不愁销路，牛肉28元一公斤，由华润卖到香港去。但现在六头母牛都到了生育年龄了，也放开让它们生，却还只有一头牛生了牛娃，其他五头还不见动静，他有些着急。更让他着急的是，邻居家只养了四头母牛，但头头争气，都生了牛娃子了。田书记说，只要牛娃一生就有收益，光卖牛娃也能卖大几千，如果喂到一岁，就能卖1万多块钱。扣掉华润预借的6000块钱，一头基础母牛就给他带来五六千块钱收益，成本回来了，还挣了钱。关键是母牛还能生二胎三胎四胎，一直生下去，而除了第一胎，其他胎都不要成本了。如果喂得越多，就挣得越多。田书记本想再扩大牛圈，再增加几头牛，但他老婆不同意。他老婆说，这几头还没生娃，急着加什么牛。他也找过兽医，问兽医是不是母牛有啥毛病，不孕不育。兽医说，没啥毛病，一切正常，就是发育慢点。现在田书记和他老婆天天盼着母牛发情、生娃……

我们在上组碰到了开着三轮农用车运牛草回家的马大哥。马大哥叫马树林，今年52岁，是个典型、壮实的西北汉子。他一打开院门，中间是水泥小径，两边全是梨树，结满了梨子，还有苹果树。满院子的绿，让我看到了丰收的希望。

马大哥说，他家以前也住在前面的河沟上，当时挣了钱第一个想法，就是搬出窑洞。他是1997年搬到这地方来的，搬过来时这里不太好，尽是石头。当时盖了两间房，花了近3000块钱，只有前面墙是砖砌的，后面和侧面三面墙全是打的土块。当时收入也不行,家里虽然有九亩二分地,但都是旱地,主要种点小麦、土豆和红麻(油籽),只能勉强维持生活。为了建砖瓦房,2000年的时候,他领着他媳妇和女儿去了新疆,在那里的农田干活,去的时候他身上只有路费,2002年回到家他带回了38000块钱。马大哥说,在新疆那边农田里干活,非常苦,但苦都忍了,为了盖新房子,他必须忍。回到家,他就赶紧把房子重新盖了一下,全是砖瓦的。盖完房子后,他就没有去新疆了,在家附近打点临工,媳妇种地,攒点小钱。一年的收入两口子加起来也就2000多块钱,不比在外面打工,但至少在家里,吃得放心,住得温馨。他小学没毕业,他媳妇李成花没上过一天学,都没有文化,干不了其他的,只能种地和干点零工。2014年2月上级在村里搞整村推进,这让马大哥很惊奇,他怎么也没想到世界上还会有这么好的事。听到这个消息,他和他媳妇一晚都没睡着,当时就想象着以后家里的院子和村里是多么的漂亮整齐,都会跟镇上一样。后来政府对他家进行了改造,换了气派的大门,砌了60米围墙,房子上面还加了一台太阳能,建了一个牛棚,一个厕所,就连院坪硬化都用了两吨水泥。现在他家房子有140多个平方,院坪有一亩地,牛棚面积48个平方。

随后,马大哥带着我们来看他家的牛棚。牛棚里有三头牛,两头成年的,一头牛娃。成年牛中,一头黑白花的,一头黄白花的。看到它们埋头进餐,马大哥脸上堆满了笑容。他告诉我说,2015年华润刚来乡里,当时大多数群众不理解,认为是老百姓吃亏,吃了2000多块钱的亏,但他觉得没吃亏,不仅不觉得亏,还认为肯定会有经济效益。其一,他们不知道西门塔尔牛贵,只知道拿这种牛和原来的青川牛比较,所以就贵了。其二,人家华润公司一头牛预借6000块钱,不要利息,哪有这么好的事,人家不是来骗钱的,是真心实意来扶贫的。他是3月26日从华润领回两头牛的,都是七八个月的牛娃子,一头牛9000多块钱,华润预借6000,自己出3000多块钱一头,压力不大。

马大哥养的牛虽然不多,但名气却不小。马大哥说,大家都称他为"牛皇"。我不理解,怎么会被称为"牛皇"呢?一说到这大家都笑了。田璟副乡长笑着说:"老马被我们称为'牛皇',是因为里面那头漂亮的母牛是'皇后'。"

马大哥接着说，2016年6月20日，县政府配合华润公司进行了一次评比，看谁家牛长相好，个头好，肉体好，就跟人选美比赛一样，在华润集团曹洼基地进行评选的。当时徐坪村有15头牛参加评选，一辆大车拉过去的。当时马大哥就抱希望了，他觉得他家牛不错，应该可以拿个奖，但没想过拿特等奖。评选时，他家的牛各方面都比人家的胜出一筹。全县拉去380头牛，他家的牛中了状元——皇后奖，是县畜牧局领导和华润集团领导一起宣布的。他特别激动，这可是这次评选中的特别奖，也是最高奖，还奖了两万块钱。于是，他家的牛一下子成了海原的"明星"，后来到别的地方去参加一些活动，就跟明星出场一样，总能引起轰动。回到家后，乡干部和村支书都到他家来祝贺了，他们说，你马树林的牛中了个"皇后奖"，那你马树林得的奖就叫"牛皇奖"。后来，人家一看到马大哥就叫他"牛皇"，于是"牛皇"的名号在海原就叫起来了。

但此时，站在"皇后"面前的马大哥却高兴不起来了。马大哥说，他家的另一头母牛虽然没有"皇后"长得俊俏，但会生孩子，它生的牛娃子已经三个月了。这头牛娃子目前可卖4000元左右，一年后能卖15000元左右，但他现在不会卖，还舍不得卖。如果到明年卖掉，这头牛娃子就能带来六七千块钱的纯收入，两头就是一万四五。"皇后"虽然漂亮，但不中用，就是不生娃，已经人工授精四次了，一次都没成。昨天还人工授精了，不知道效果怎么样，专家说了，母牛发情有早有迟，可能"皇后"属于晚发情的，但也不排除患不孕不育症的可能。但不管怎么样，再不生娃，我就要卖了它，我可耽误不起。马大哥说，虽然现在养牛还没有收入，"皇后"不生娃的事让他恼火，但还是看到了希望，所以他还准备去华润拉两三头母牛回来……

徐坪村新村的前面约300米处，叫蒿河，说是河，充其量只能算得上一条小溪。清澈的溪水正浸润着干渴的黄土，它曾经孕育着一代又一代的徐坪村人的生命和希望。还看得到河沟上那一排排废弃的窑洞，这就是徐坪村整村推进前的家园。说是家园，其实就是一片黄土。曾经多少年，徐坪村人的祖祖辈辈都生活在这片黄土里，现在搬进了现代化的村庄，不能不说是一种历史的飞跃。

让我意外的是，我碰到了一位依然留守这里的老人。老人叫李德成，67岁，瘦高个头。他还带着一条黄狗守着他家的老院子，窑洞里还放着各种各样的物资。院墙是黄土打的，院子里三棵香水梨树上挂满了青果，菜地里的马铃薯和红薯正顽强而蓬勃地生长着。院墙前边，是一片小树林，全是白杨树，正在南风中"哗啦""哗啦"作响。

李大爷告诉我，他家原来生活困难，六个孩子，三个儿子三个女儿，女儿都已经出嫁，儿子都已经成家。原来家里有六眼窑洞，在窑洞前还有两间土平房，窑洞是李大爷父亲建的，他们在这洞里住了80多年。再后来，村里的人陆续搬出了河沟，但他家没搬。主要是家庭人口多，生活困难，盖不起新房。三个儿子都在外面打工，由于没有文化，也没有技术，只能干点杂事，挣不到什么钱，只能糊口。幸亏搞整村推进，有了国家的扶持，去年三个儿子才各自在新村盖了自己的房子，要不他们还得住在这片黄土里。儿子是去年10月1日搬家的。这是李大爷的意见，他当时对儿子们说，一定要在国庆节这天搬，向共和国成立66周年献礼，表达对祖国，对党和政府的感恩。李大爷说这番话满脸笑容，是的，他非常激动也非常兴奋。但我心情却非常复杂，我看到了生活的艰难，同时又感受到了人性的温暖。"这么迟搬离窑洞，这既有我们政策不到位的地方，也有人为的不公。"田璟副乡长叹了叹气说。但李大爷却连忙说："不怪别人怪自己，我自己有残疾。"15岁时李大爷喂牛铡草，在塞草时不小心把拇指、食指和中指给铡掉了，被鉴定为四级残疾。后来为了照顾生病的父母，除了种家里的几亩地，他几乎没有外出干过活。再后来，他为了把六个孩子拉扯大，又历尽艰辛。李大爷说，他的小儿子虽然搬进了新房子，但那边东西放不下，有的东西只能放这里。他还在这里种了些菜，也种了几棵果树，所以他白天带着黄狗在这里守着。但田璟副乡长告诉我，李大爷家虽然是徐坪村最后一家离开窑洞的，但并不是史店乡最后一家离开窑洞的，其他村，依然还有不少人住在窑洞里。

与李大爷交流时，他脸上始终带着笑容，即便讲起过去艰苦的日子，笑容也依然挂在脸上。然而当他说起儿子家的那几头西门塔尔牛时，却一脸愁容。他告诉我说，他大儿子家养了四头，二儿子家养了两头，小儿子家养了六头，他自己也养了两头，全家共养了 14 头，但一年过去了，还只有小儿子家的两头牛生了牛娃子，其他牛连个动静都没有。李大爷说，如果再这样下去他也不知道咋弄了。李大爷又问田璟副乡长："应该咋弄？"田璟副乡长说："别急，别急，再等等，再等等，会生牛娃子的，会生牛娃子的。"李大爷笑了，但却笑得有点勉强和苦涩……

# 生死订单

## 一

我在期盼中赶往甘肃定西。

2016 年 7 月 5 日，从早晨到傍晚的近八个小时中，长途汽车一直在黄土地上奔跑。一路上，满眼的黄土地和这片土地上的生机，给了我无限的生命感悟。那个生机勃勃的定西离我越来越近，那个越穷越垦、越垦越穷的定西正在离我越来越远。

定西穷，就穷在一个"旱"字。黄土深厚，但是缺水。有多缺水？庄稼难种活。春种一粒麦，秋收一棵草。饥饿，至少是三代定西人的共同记忆。逃荒要饭，树皮、草根，为了活命，简直什么都吃。1982 年年底，国家决定实施"三西"专项建设计划，每年拿出 2 亿元，旨在解决这一贫困地区百姓的吃饭问题。30 多年前确定的"三西"工作方针，是中国共产党的一大德政。没有这个方针，就没有今天甘肃与宁夏的大变样。至今，这个方针仍是中国扶贫的经典理念：有水走水路，无水走旱路，水旱不通另找出路。比如建引洮工程是要走水路。20 世纪 50 年代，引洮工程在狂热中上马，3 年后被迫停工。当时人们没能凿通山上的大运河坐船回家，毕竟空着肚子是干不成事的。新引洮工程在 2006 年再次开工。如今，渠首九甸峡水利枢纽工程已建成并投入使用，一期工程实现通水。修水窖也是在走水路。世界上没有哪一片地方，有如此多的水窖。1995 年至今的 20 年里，定西累计修建了 21 万眼水窖，150 万人、80 万头（只）家畜喝上了水。梯田是走旱路的代表。自 20 世纪 60 年代以来，定西累计兴修梯田 575 万亩，占全部坡耕地的 85%……

第二天早晨，我走进了定西扶贫办副主任燕永春的办公室。他是市扶贫办副主任，也是市委农工部副部长。燕主任说："为了加强扶贫力度，农工部与扶贫办合署办公，两块牌子，一套人马。"像定西这样农工部与扶贫办合署办公的，在全国也只有甘肃的几个市。虽然燕主任是个 70 后，但对于贫困，对于扶贫，他深有感触。同时，兰州师专汉语言文学专业毕业的他很善于总结与思考。他告诉我说："咱定西人是苦过来的，有过不少惨痛的教训。这里水资源短缺，遇到干旱之年，更是滴水如油。那时，每年隆冬初春少雨季节，家家户户的水窖里储存的雨水用完了，这时高低起伏的一条条土路上，就出现了一幕悲壮的景观——从早到晚，赶着牲口拉水的队伍接二连三，绵延不绝。牲口的喘息声，人的吆喝声，沙哑而低沉，仿佛悲痛欲绝的抽泣。他们这里有首民谣是这样唱的：两顿饭，减一半，一顿变成干炒面。一月洗上三次脸，洗了碗筷喂鸡犬。衣服穿成垢夹板，室内不洒水一点。女人小便洗手脸，一水多用度荒年。1982 年，在甘肃中部与宁夏西海固地区的那场大旱中，有 200 多万人和 300 万多头牲畜断水，不得不靠政府组织的汽车拉水度日。拉水的时间长达半年之久，仅国家补助的拉水费就高达数千万元之多。让人痛心的是，定西人民一边饱受着缺水的尴尬和苦涩，一边却毫无节制地砍树开荒。当年一个北京来的记者到定西的石峡湾乡三湾村采访，遇到一个中年农民带着全家趁着冬闲，在半山腰上开荒整地。记者问农民，您全家几口人，原先种了多少地？农民说，5 口人，16 亩旱地。记者问，这么多地还不够，还要再开地？农民说，这点地算什么？别人家 5 口人还 20 多亩地呢！记者问，粮食够吃吗？农民说，不够吃才再开点地。记者又问，这开一亩地，到时能打多少粮食？农民说，打不了多少粮食，年景好，百十来斤，年景不好，三四十斤，有时还绝收。用一亩地的植被，去换百八十斤粮食，这是何等惨重的代价！然而，为了多一点粮食，多一线生存机会，却不得不去开垦——这就是这里的生存困境。对自然的过分索取，当然会遭到自然的报复。一阵风刮过，那裸露的土地上便被卷起层层黄土；一阵雨下来，那裸露的黄土便随着雨水流淌而去。于是，在中华文明发展史上曾经灿烂辉煌的黄土高原，便经历了这样的劫难：砍乔木—割灌木—铲草皮—开荒耕地—水土严重流失。于是，定西越穷越垦，越垦越穷！岂止定西地区有，秦岭大巴山区、桂西北地区、滇东南地区等不少贫困山区，都有过这种惨痛的教训。"

随后，燕主任话锋一转说："话又说回来，那都是过去时了，定西人不傻，三十多年来，定西人与饥饿和贫困搏斗，靠智慧，也靠精神，总结出的要领也是三个'苦'字：领导苦抓、群众苦干、社会苦帮。定西人善于在差距中反思，在苦干中摸索。他们这里降雨少，种小麦又不成，就想着能不能多种土豆；冰雹多，地上庄稼常遭灾，就想着能否改种药材等地下生长的作物；光靠政府和自己苦干不行，能不能多借助市场之力。贫困地区靠什么闯市场？只能换种眼光、思路、角度。定西人在告别饥饿的艰难岁月中发现，光靠苦干、蛮干不行，还要跟上时代，顺应规律，能干加巧干才能发展得更快。顺则畅，畅则通。贫困问题，说到底是民生问题。定西人在'三顺'（顺应天时，遵循自然规律；顺应市场，遵循经济规律；顺应时代，遵循科学规律）之外再增加了一条：顺应民生，遵循社会规律。定西人的观念在变，思想在变，思路也在变。只有变，才有出路，才有希望。但不变的是他们对脱贫致富的不懈追求。"

虽然定西市是中国最贫困的地区之一，所辖一区六县全部是国家级贫困县。但令人欣喜的是，经过30多年的努力，今天的定西已经实现由"生存型扶贫"向"发展型扶贫"的飞跃。这些，在燕主任提供给我的资料中得到了有力的证实，并且令人欢欣鼓舞。

定西市：2015年全市19.16万贫困人口实现脱贫，贫困人口下降到44.35万人，贫困发生率由2013年的31.6%下降到16.7%；全市农村居民人均可支配收入达5823元，较上年增加642元，增长12.4%；农村贫困人口人均可支配收入经七县区统计局、调查队、扶贫办初步调查测算,达到了 3498 元,高于国家确定的 2855 元的脱贫收入指标。2016 年,全市计划减少贫困人口 18 万人以上,安定、陇西、临洮 3 县区实现脱贫摘帽。

其中渭源县是黄河最大支流渭河的发源地,位于甘肃省中部,定西市中西部,是"中国马铃薯良种之乡""中国党参之乡"和全国生态文明示范工程试点县、西部地区农民创业促进工程试点县。2013 年全县有贫困人口 2.35 万户 10.23 万人,有贫困村 109 个,贫困发生率 31.66%;2014 年减少贫困人口 6539 户 2.79 万人,返贫 228 户 1000 人,实现了 15 个贫困村整体退出,全县农民人均纯收入达到 4535 元,增长 12.3%,扶贫对象人均纯收入达到 2673 元,增长 22.4%,贫困面下降到 23.2%;2015 年减少贫困人口 3428 户 1.51 万人,返贫 8 户 39 人,实现 42 个贫困村整体退出,全县农民人均可支配收入达 5771 元,增长 13.2%,扶贫对象人均可支配收入达到 3110 元,增长 16.3%。

其中临洮县是全国最早进行"三西"建设和扶贫开发的县份之一,也是国家扶贫开发工作重点县和六盘山片区连片特困地区之一。先后被确定为国家交通运输部"六盘山片区交通扶贫攻坚示范试点县""国扶办光伏扶贫试验点"和"全国建档立卡和扶贫大数据建设试点县"。2013 年年底,全县有扶贫开发重点乡镇 7 个、贫困村 144 个、贫困人口 11.21 万人,贫困发生率为 22.66%。到了 2015 年,全县就有 15 个贫困村 3.84 万人实现稳定脱贫,贫困发生率下降到 10.83%。

其中岷县是国家级贫困县,也是六盘山片区 58 个重点贫困县之一,这里高寒阴湿、灾贫叠加,生态脆弱、气候多变。受自然环境、交通条件、发展基础等多重因素的制约,经济总量小,贫困人口多,贫困程度深。2014 年岷县争取财政扶贫资金 6214 万元,实施扶贫项目 27 项,年内有 28 个贫困村整体脱贫,减少贫困人口 3.49 万人,贫困面由 2013 年的 38.64% 下降到 28.07%。2015 年全县农村居民人均纯收入达到 5503 元,64 个贫困村,5.07 万人实现整体脱贫。岷县贫困发生率还高,他们还要啃硬骨头,蹚深水区,打攻坚战,但他们决心很大,全力确保 2017 年减少贫困人口 5 万人以上,实现全县整体脱贫摘帽。

其中漳县，长期以来，由于基础条件差、经济总量小，财政收入少、人民群众生活水平低，经济社会发展比较滞后。到 2016 年，全县有建档立卡贫困村 68 个、贫困户 11484 户 5.14 万人。漳县曾经被列入国家重点扶持贫困县，属于六盘山集中连片特困片区和全省 25 个特别困难县之一。但近年来，漳县集中攻坚西部、中北部、东南部三个贫困片带，培育壮大旅游、劳务、中药材、蚕豆、草畜、沙棘等特色优势产业以及核桃、苗木、油用牡丹、无公害蔬菜、电子商务、妇女手工编织等新型富民产业，奏响了一曲扶贫攻坚的嘹亮凯歌。贫困面逐年减少，由 2014 年年底的 27.27% 下降到 2016 年上半年的 17.5% 以下。2015 年全县 15 个贫困村，1.912 万贫困人口实现脱贫，农民收入大幅增加。全县可支配收入由 2014 年的 4921 元增加到 2016 年上半年的 5507 元。全县义务教育巩固率达 91.18%，开展"阳光工程"，"雨露计划"累计培训城乡劳动力 15.8 万人次，"两后生"（初、高中毕业未能继续升学的贫困家庭中的富余劳动力）4600 人挣回"票子"12 亿元。

其中通渭县境内沟壑纵横，水土流失严重，以干旱为主的自然灾害频繁，也是六盘山区集中连片特困地区，目前仍然是甘肃乃至全国最为贫困的县份之一，脱贫攻坚的任务十分艰巨。这几年里，通渭县把扶贫作为"一号工程"，经过几年的努力，贫困人口和贫困面都快速下降，可以说，近几年是通渭县减少贫困人口最多、农村面貌变化最大、贫困群众增收最快的时期。虽然 2015 年全县实现了 8 个村整体脱贫，全县减少贫困人口 8099 户 3.8 万人，贫困面下降到了 21.3%，但此时全县仍有贫困人口 8.51 万人，贫困面也分别高于全省、全市 7.4 和 4.6 个百分点。可见渭县贫困程度深，脱贫难度大。但他们计划 2016 年实现 47 个村整体脱贫；2017 年实现 30 个村整体脱贫，全县减少贫困人口 3.87 万人，实现全县整体脱贫摘帽。

……

一份份资料与报告告诉我，定西的巨大变化，定西人的决心。在定西走访时，我也看到这块千百年来被饥饿和贫困折磨的土地，如今真的变了。七月里，绿色点缀着黄土高原，玉米、土豆长势正盛；一座座新房错落有致，一条条村道畅通山乡，养殖业、种植业等特色产业发展如火如荼……我也有担忧，资料与报告告诉我，这里的贫困率还很高，贫困程度还很深，脱贫攻坚任务还非常之紧急，非常之艰难。但如何紧急，如何艰难，我想，只有深入到火热的扶贫一线，才能感受到生命的艰难律动。我的行走注定不会那么诗意与浪漫。

## 二

我来到了渭源县，黄河最大支流渭河就是从这里发源的。到达渭源县城的这天傍晚，我独自行走在穿越县城的渭河边，感受着历史与文明。渭河发源于渭源县鸟鼠山，东至陕西省渭南市潼关县汇入黄河，南有东西走向的秦岭横亘，北有六盘山屏障。张籍《登咸阳北寺楼》诗曰："渭水西来直，秦山南向深。"夕阳下，映入我眼帘的不过是一条几近干涸的河道，那静静流淌着的浑浊之水不时打着漩涡流向远方。与宽阔的河道相比，这一线细流显得如此脆弱。我想夏天都如此，就更不要说枯水期的冬季了。但渭河毕竟是黄河的最大支流，黄河是中华民族文明的摇篮，渭河可以说是文明摇篮中的摇篮。但这片古老而神奇的土地，曾经受砍伐等人为因素的影响，造成渭水断流缺水，生态破坏严重，让当地人既受到大自然的惩罚，更饱受贫困与饥饿的困扰。

现在情况咋样呢？

第二天上午，我们驱车从县城出发往南，大概一个半小时后，到达田家河乡的元古堆村。眼前的一切让我有些吃惊，这里空气清新，硬化的道路平展开阔，新建的瓦房在阳光下熠熠生辉，护村护田河堤畅通美观，老百姓脸上展露的是乐观自信的笑容……我更像来到了森林公园，满眼的森林，满眼的绿色。村主任郭连兵告诉我，他们村位于田家河乡南部林缘地带，海拔2440米，年平均降水量508毫米，无霜期130天，属高寒阴湿气候。这里是秦岭的末端，生态相当好，森林可以通到四川。全村13个村民小组447户1917人，耕地面积 5500 亩，人均 2.87 亩，林地 4800 亩，草地 3850 亩。

　　元古堆村的巨变，更大程度得益于精准扶贫。元古堆村三面环山，这里气候高寒阴湿，受自然环境和区位条件制约，长期以来，生活在山沟里的元古堆村民延续着靠天吃饭的生活方式。村民们吃的水是旱井里面的水，村子里的道路也是坑坑洼洼的泥泞道路，许多经历了半个世纪风雨的土坯房，墙上写满了岁月的沧桑，很多家里更是没有几件像样的家具。贫穷，就像一座大山，压得这儿的人们祖祖辈辈喘不过气来。到 2012 年年底，全村农民人均纯收入才 1465.8 元，有低保户 151 户 491 人，五保户 8 户 9 人，扶贫对象 221 户 1098 人，贫困面为 57.3%，是全县最贫困的乡村之一。郭连兵说："得感谢精准扶贫政策。2013 年 2 月 3 日，习总书记来到元古堆村视察、慰问，他在这里对乡亲们说：'咱们一块努力，把日子越过越红火，早日改变贫困面貌！'总书记的关怀，让元古堆村的扶贫攻坚进入全社会的关注视线。先后有 30 多个单位、企业将人才、资金、项目和公共服务等资源汇集渭源。2015 年，国务院扶贫办更是将渭源县列入直接联系县，派了一名县委常委、副县长和一名驻村工作队队长……仅仅三年的时间，这个贫困的小山村发生了翻天覆地的变化。2014 年底，全村农民人均纯收入达到 3405 元，其中贫困人口人均纯收入达到 2327 元；扶贫对象减少到 99 户 457 人，贫困面下降到 23.8%；2015 年年底，全村农民人均可支配收入将达到 4826 元，贫困户人均可支配收入可达到 4093 元，顺利实现整村脱贫。"

　　马岗老人便是元古堆村几十年建设与变迁的参与者与见证者。

　　老人穿着朴实，甚至有些脏乱，显然行动不便了，但人很热情，我们一进门他就招呼他儿子泡茶。老人长白的胡子，黝黑的脸庞，与这片土地的秀水青山，与这片土地上的蓝天白云形成了鲜明的对比。

　　马岗老人说："我哪年出生的不记得了，反正是属鸡的（大概 85 岁），我很小的时候我妈就告诉我了。我老家是临洮窑店的，八九岁的时候跟着父母讨饭来到这里的，当时这里还叫会川乡段家磨村，段家人多。当时还是旧社会，我家没有房子，也没有地可种，父母就给这里的有钱人家打零工。没活的时候，就过着乞讨的生活。我有一个妹妹,本来还有一个弟弟的,因为当时给有钱人放马,从马背上掉下来摔死了。1949 年 8 月,我从会川卖草回家的路上,看到好多人在地里割麦子,一打听原来是解放军来了,他们帮农民割麦子。我们当时非常惊奇,天底下哪有这么好的军队!回到家,父母就说,这支部队和以前的部队完全不一样,生活有盼头了。果然,土改后,政府就给我家分了土地和房子。于是,我们家就留在了这里。没有解放军,谁知道我们家要乞讨流浪到哪里呀?我没念过书,穷人家娃子,肚子都填不饱,哪有钱念书呀!新中国成立后政府办了夜校,我上了,会认几个字,也会写几个字。1958 年的引洮工程,我在那里干活,打洞子的时候,握钢钎,打大锤,不要命地干。因为劳动好,表现好,当了劳动模范,当了团委书记,还到兰州参加了省里开的劳动模范会议。我是穷人出身嘛,党的政策这么好,对穷苦人民这么好,这么爱护,我还是共青团员,当然要表现好,什么都要干在前面,什么时候都要对党负责。干引洮工程时,分成了一个一个中队。我们中队长叫王世华,是老党员,书记叫韦世雄,也是个老党员。他们都是公社领导兼的。他们看我历史清晰,根正苗红,表现好,劳动好,对党忠诚,就介绍我入党。我是 1958 年 10 月 1 日国庆节那天宣誓的。当时我举起右手,大声说:头可断,血可流,完不成任务,不回头……当时政审很严,出身是什么,都干过什么,啥都要说清楚,说不清楚不行,不能回避,我说得清清楚楚的。"

马老从 1965 年开始干村党支部书记,一直干到分田到户。马老说:"我是从农社开始干书记的。是谁叫我干的?群众选的。他们说我肯干,能吃苦,没私心,我干最合适,就让我干了。我当书记正好搞基本农田建设,修梯田,把陡坡地变成平地。我整天拿着喇叭,打着红旗,动员群众,拉架子车(人力车),背着背斗(背篓),担筐子,修梯田。我带头劳动,我必须带头劳动,让大家看看,大家看了后,就跟着我一起劳动。群众劳动时我不休息,群众休息时我也不休息,一天到晚我从没停止过劳动。我们这地方以前落后,不干不行,不干会更落后,我这个当书记的脸就没有地方挂了。"

村干部告诉我,虽然马老包括后来的村干部努力带着村民干,但在很长时间内却没有走出穷困。2013年前,马老住的还是几十年前的土坯房,由于太旧太破,一到雨天就漏水,冬天住着会冷,但家里穷,几十年了都修不起。他家本有四口人,但因太穷了,儿媳离家出走,只剩下他和儿子、孙子相依为命,靠低保和儿子打零工艰难维生。2013年上半年,政府拿出一笔钱进行危旧房改造建设,马老家的房子也进行了改造,修成了一个四合院。

但马老很快就沉浸在一种幸福之中。他兴奋地告诉我说:"那天是腊月二十三(2013年2月3日),农历小年,习主席到了我家,我高兴啊,从没想到过国家领导人还会来看望我们这些穷苦人家。习主席还给我们每户送了2袋面、2桶油、20斤猪肉、1床棉被、4副春联、3斤水果糖、3斤大板瓜子。习主席握着我的手第一句就问我,你是什么时候入党的?我说是1958年10月1日入党的。习主席压着手指算了一下,说,唉呀,你入党50多年了,快赶上我的岁数了。他还问了我入党前后的过程,我也讲了当村党支部书记十五六个年头里干的一些事。习主席看到我家里挂着毛主席像,他说,毛主席像挂的时间很长了吧,上面有尘土了。我回答说,挂了好几十年了,毛主席是社会主义国家的创始人,你是社会主义国家的接班人。习主席轻轻拍着我的肩膀笑着说,你讲得好,你讲得对。我还对习主席说,因为我是无产阶级出生,我出生太穷苦,所以我在大队当支部书记的十五六年里对受苦的穷人相当爱护。最后习主席对我说,你是一个老党员、老支书,你还是一个老革命啊。后来有老百姓揣测着说,我当过兵,可能在习主席父亲习仲勋身边工作过。这些都是胡扯,根本没有的事。是咱们的主席爱民如子,关心我们这些贫困人家,他是真心希望我们也过上幸福的好日子。"

马老毕竟80多岁高龄了,思维上还是有些散乱,有时甚至东一句西一句,答非所问,但我发现,他的情感是那么真挚质朴,他所经历的关键事情,他都记得清清楚楚,特别是提到一些数据和日期时,几乎是准确无误。

然而在村部,我见到的却是另一番景象。在这里,我见到了国务院扶贫办驻元古堆村工作队队长、村党支部第一书记张婉婷,见到了田家河乡驻元古堆村的扶贫干部贾元平、李树茂,见到了村党支部书记刘海东等人。他们个个都忙得焦头烂额——为村上发展产业的事,为争取订单的事。

贾元平向我介绍说,元古堆村真正要致富,还在于发展自主产业。原来村里什么产业也没有,这两年有了起色,目前村里主要有六大产业推进精准扶贫工作。比如种植业方面,建成马铃薯原种种植基地1500亩;建成当归等中药材种植基地1000亩,参与农户350多户;栽植云杉、樟子松苗木350亩,速生竹柳120亩,参与农户160户;300余户农户种植食用百合820亩。比如养殖业方面,建成梅花鹿养殖圈舍2栋,养梅花鹿230只;肉羊养殖小区4个140栋,规模养殖羊舍21栋,通过"企业+农户"模式,带动全村320户农户以羊只、圈舍等入股企业(合作社)分红增加收入,全村肉羊饲养量达到3600只;500立方米青贮氨化池2个;建成1万只以上南山放养虫草鸡规模养殖点2个,发展养殖户46户,饲养量达到3.8万只。不论是村民自己参与发展的产业,还是引进的甘肃爽口源生态科技股份有限公司、圣源公司、渭源百士特元古堆食品饮料产业基地等,都热火朝天地干起来了,也有了一定效益,但都存在一个问题,就是销路没有打开,订单还远远不够,这是目前他们最忧虑的。

贾元平的忧虑不无道理。《江西日报》记者陈斌华近些年来一直关注扶贫,也写出了一批有深度有思想的扶贫作品。他曾提出:

在扶贫攻坚中,重要的抓手之一就是产业扶贫。推进产业扶贫,各级政府可以说是不遗余力。有的地方发展扶贫产业,只顾产量,不顾销路,没有远景规划,结果造成贫困户"丰产不丰收",也损害了政府的公信力。扶贫产业发展得如何,关系到贫困户能否持续增收,也关系到能否完善贫困地区的"造血"功能。扶贫产业只有在市场上有竞争力,才能管得了长远,才能成为贫困群众增收的"摇钱树",才能帮助贫困地区彻底拔掉穷根。要让扶贫产业管长远,首先要戒除贪大求全的思想。有的地方在发展扶贫产业方面贪大求全,将发展了多少扶贫产业、每个产业占地多少亩,作为衡量产业扶贫工作最重要甚至是唯一的标准。在一些人看来,扶贫产业规模越大,自然扶贫效果越好。殊不知,由于市场容量是有限的,一个地区的若干个县乡如果都来发展某项产业,将来难免出现市场饱和、产品销售难的问题。可见，发展扶贫产业不能贪大求全，唯有瞄准市场需求，进行差异化、精细化的发展，才能从根本上提高产品的市场竞争力，帮助贫困户持续增收。

说到订单，刘海东书记显得更是焦急。他说："为了带动村里的老百姓脱贫致富，我带头办了一个塑料纺织袋厂，2014年开始筹建，2015年整整一年投资了200多万。办这个厂子的时候，县上、乡上领导都非常支持。现在厂子建起了，也解决了40多个贫困户的工作，可现在就是没订单。因为没有订单，所以一直没有正式开业。全部是贷款，有50万是政府带动农户入股的，其他的是以10户入股的贫困户名义贷的款，压力很大啊。我们这个厂子，一年如果有1200万条袋子的订单的话，一年的纯收入就可以达到120多万元，如果按45个贫困户在这里上班计算，每人每年收入可以达到3万。但没有订单，这都成了空想。看到厂子老是没开业，张婉婷书记非常着急，帮着我们到处联系业务，前段时间她帮我们联系了白银市景泰县的寿鹿山水泥厂，先订了100万条袋子，但还远远不够，我们也只需要20天就可以全部生产出来。现在对于我们来说，干产业再苦再累都不算什么，最大的困难是没有订单，如果再没有订单，不仅这个厂子会死掉，我们致富的梦想也会破灭，我们还将欠上债务，又变成贫困户。我希望政府能够给点订单，化肥厂、水泥厂都需要袋子。还有就是我们技术和经验不够，与那些大厂子不能比。去年我们参加一个水泥厂的竞标，但没竞上，江苏的一个厂子中标了。当时我们报价是七毛四一个袋子，比前年江苏那个厂子的中标价七毛八低了一点，但中标后公开价格我们才知道，江苏的这个厂子报价是六毛五分五。其实我们六毛五分五也能做，只是利润少点。人家有经验，也有实力。这正是我们目前所欠缺的。以后不论是办厂子，还是发展种植业和养殖业，首要问题就是要解决销路的问题，不再盲目搞了。"

我特别想采访一下张婉婷书记，她却非常谦虚。她说，这几年元古堆村的发展巨大，是飞越式的发展，但她来的时候不长，做的事很少，自己的事根本不值得一提。可乡上的驻村干部，进驻村里的企业，以及村干部和群众，他们的付出很多，要采访就要采访他们。张书记匆匆忙忙说了几句就走了。她说，她马上要赶到县里去开会，看能不能顺便给塑料纺织袋厂拉些订单。看着张书记匆匆消失在山野的身影，我感慨良多。刘海东书记说："张书记虽然是北京来的，还是个女同志，但没一点架子，什么苦都能吃，什么活都能干，真不容易。除了春节、五一、十一这几个大节回去几天，她天天待在村里，与村干部和村民商量扶贫的事，商量发展产业的事，即便偶尔到县城或者是上定西市或兰州市，也是为了村上脱贫和产业发展的事。"

作为基层扶贫工作者，刘海东、贾元平的叙说，让我们看到了当下红红火火的产业扶贫背后的隐情与辛酸。应该说，元古堆村产业发展过程中遇到的困境，是整个中国贫困地区的一个缩影。

我想，如果我们在扶贫中少一些冲动，少一些盲目，少一些跟风，少一些虚荣，多一些理性，多一些深入调研，多一些求真务实……也许，我们扶贫产业就会行走在一条正常而理性的轨道之上，"造血"式扶贫也会持续健康发展。

# 路有荆棘

## 一

9月的蓝天下，这个山村正在轰轰烈烈搞建设。

四周全是石头山，中间是这一带少有的平原。靠着山坡的房屋都搭上了脚手架，正在进行外立面改造。有的屋边还摆上了成堆的青砖和木材，那是在忙着重建，或是加层。电锤声、敲打声、叫喊声，响成一片；村道上来回运送物资的车辆，忙成一团。而那片平原里，小河蜿蜒穿过，正静静流淌。小河两边的果树和大棚里的葡萄，正散发出迷人的芳香。

这个山村叫高官村，是贵州省六盘水市盘县刘官街道下面的一个村庄。

我心中有个疑问，当然，这也是很多人的疑问。盘县自从2013年一跃成为全国百强县，到目前为止，他们已经连续四年跻身全国百强县，那为何他们还是国家扶贫开发的重点县呢？扶贫重点县与百强县难道能够同时并存？我问过盘县扶贫开发局干部杨宽。杨宽告诉我说，这并不矛盾，也不奇怪，经济上起来了并不意味着完全没有贫困了，就像北京、上海、广州这样的发达城市也会出现局部贫困一样。近年来，盘县着力在产业转型升级、全面改革开放、城乡统筹发展、生态文明建设、社会管理创新、大扶贫大数据上求突破，见实效，不断增强县域经济发展活力和竞争力。2015年，盘县的地区生产总值完成474.24亿元，同比增长13.6%，增速高于全国平均水平6.7个百分点；工业总产值完成244.12亿元，同比增长12.1%；县级公共财政预算收入完成47.51亿元；城镇、农村居民人均可支配收入同比增长10.2%和10.9%，分别高于全国平均水平3.6和3.4个百分点；森林覆盖率达50%，高于全国平均水平28个百分点。杨宽说，盘县的经济能上来并不奇怪，除了县委县政府的战略决策外，还有就是这里位置优势突出，交通便利。盘县地处贵阳和昆明、南宁和成都（重庆）的几何结点上，境内320国道、镇胜高速公路横贯东西，212省道和在建的水盘高速公路纵贯南北；贵昆铁路盘西支线、南昆铁路、水红铁路在红果交会，为盘县东进贵阳，西出昆明，北上川渝，南下两广提供了便捷的交通条件，是贵州西部乃至西南地区的重要陆路交通枢纽，被誉为"金三角下的一颗明珠"。

但盘县还是国家扶贫开发重点县。我们不能忘了盘县也是乌蒙山区集深山区、岩溶区、少数民族散杂区为一体的国家扶贫开发重点地区，作为一个百万级人口的大县，贫困落后仍旧是这个百强县的主要发展障碍。我到盘县来采访时，盘县被纳入国家贫困系统的人口有15.38万人，还有3个贫困乡（镇、街道）、221个贫困村。不过杨宽也告诉我说，按照他们县委县政府的部署，2016年所有贫困乡镇全部实现减贫摘帽，2017年实现国家扶贫开发重点县脱贫摘帽，2018年年末稳定实现农村贫困人口"两不愁、三保障"，所有贫困村全部出列。到2020年，实现农村居民人均可支配收入1.6万元以上。他们的最终目的是，不让一个乡村、一个民族掉队。

一个经济腾飞的县,产业发展肯定生机勃勃。其中高官村也是蠢蠢欲动,他们打算发展乡村旅游,村庄里到处闪烁着渴望与期待的眼神。

高官村乡村旅游开发是刘官街道"泉上四寨"整村推进项目之一。杨宽说,离高官村两公里的地方有个温泉,叫刘官胜境温泉。在刘官统筹城乡发展的蓝图里,温泉处在最核心的位置,目前是个4A级景区、旅游集散中心和休闲度假目的地。自2016年1月1日正式开业以来,运行情况良好,每逢节假日,更是人满为患。刘官街道围绕温泉这篇文章想办法,就不光是脱贫了,而且算得上是实现城乡统筹发展。他们依托温泉项目,以现代服务业和现代观光农业为重点,以产业为支撑,以产业发展和项目建设为载体,以城镇化为带动,通过做大做强产业,推动城乡经济一体化发展。当温泉旅游为刘官城镇引来游客和投资商时,周边村寨通过发展关联产业,不但延伸了产业链,还将进一步完善景区的配套服务功能,形成城乡之间的良性互动。

什么叫"泉上四寨"?"泉"——刘官胜境温泉;"上"——方位词,四寨的区位在温泉北部;"四寨"——四个主题特色旅游村寨,分别是大冲头、印家庄、高官和老坝田。而在这四个寨子中,高官寨和老坝田寨都是高官村的。杨宽告诉说,刘官街道"泉上四寨"整村推进项目包括进村公路修建、河道治理、房屋立面改造、湿地公园建设、垃圾收运等13个村级基础设施建设项目及高官鹇鹤园区、高官珍源农业园区、金刺源观光园等8个园区基础设施等多个项目。这样的大手笔,政府要的不仅是环境美化的"面子",更看重提升旅游、发展产业、惠农富民的"里子"。

但路有荆棘,轰轰烈烈的项目建设背后也有村干部和一些村民忧虑的眼神。1963年出生的村主任蒋国忠,个子不高,但特精干,一看就知道是个有想法的人。他家六兄弟姊妹,三个姐,两个哥,他是老幺。相对来说,高官村离城不算远,也不算近,不算富,也不算太穷,反正蒋国忠从小就有大米吃。他们村有水田,将近800亩,虽然不大,但在他们这个"地无三尺平"的大山深处,能够有这么一块地,算是个不小的奇迹了。特别是在上面还有个松官水库,保证了灌溉，所以高官村胜似江南。1980年，蒋国忠参军入伍，在辽宁和河北都待过。三年后，他退伍回乡，当起了民办教师，语文、数学、美术、体育都教过。教了四年书后，他离开家乡，乘着改革开放的春风做起了生意。在外面打拼了近十年后，他腰包鼓鼓地回到了高官村。不是他在外面混不下去了，而是他心中那个挥之不去的家乡情结。他总觉得家乡太穷了，村里的小学太破旧了，那是一片需要用心灵来滋润的土地。回到家，他就筹钱给村小建了栋教学楼。接着，他就在村里开了个沙石场，就在村部对面的山边，一直开到2014年。刚开始效益不好，主要是路没通，后来路通了，效益上来了，村里老百姓也受益了。但他又意识到开沙石场对村里生态有影响，于是，他决定不干了。很多人觉得可惜，干得好好的，钱也没少挣，怎么就不干了？他坚决不干了。"再干，就对不起子孙后代！"蒋国忠说。

2014年11月，没开沙石场的蒋国忠被推选为村主任。当时他看到那么多年村里没有多大变化，什么都停留在20世纪90年代那个水平，他非常着急。虽然个别村民搞了蔬菜大棚，但不成规模，也做不出什么名堂。就在此时，街道"泉上四寨"整村推进项目来了，他觉得这是千载难逢的机会，于是他决定大干一场。但要干得有钱呀，从哪里找钱呢？只得引进企业。他最先想到的是引进花卉方面的企业，这里地平，很好种植花卉。经熟人介绍，他来到了昆明市斗南花卉市场，与一位有意向的女老板谈了几次。谈得差不多了，甚至准备签协议了，但最后又否定了。否定与一位农业专家的分析有关。那位专家说，目前国内种植的好花卉主要销往日本，现在中日关系不太稳定，肯定会影响到销售。听到这些，蒋国忠不敢搞花卉了，后来昆明那个女老板也打过几次电话表达了自己的意愿，但他都婉言谢绝了。于是他们又转型搞农业，也就是我来这里采访时所看到的盘县刘官高官农业观光有限责任公司。按规划，农业观光项目分三期完成，每期投资都是5000万元。许多农户，特别是贫困户全部以土地入股变为股东，如果运营得好，就等着分红。

但事情没那么简单。后来流转土地时，农户又舍不得给土地了。刚规划时，上级主要领导非常支持，也拍板说，拿出最大力度来协调土地流转之事。但真正到流转时，拍板的领导调走了，新来的领导一时又拿不出好的方案，项目就搁置了，几乎没有进度。等了几个月，新来的领导说，你们村上自己协调，自己做工作。为了给农户做工作，蒋国忠一天到晚走家串户，嗓子都说哑了，后来实在没办法，他就带上本子和笔，用笔写的方式与他们沟通。没办法，他只得三番五次地上门，用感情来感染。费了九牛二虎之力才把农户的思想工作做通了，但有两个股东退股了。原因很简单：政府的支持不坚定，老百姓问题难解决。他们是知难而退。蒋国忠急得直拍大腿。

蒋国忠告诉我，他们这里离刘官胜景温泉很近，搞乡村旅游还是没问题的，但有两个问题令他担忧。他满脸忧虑地对我说："第一个问题就是领导与领导意见不一样。有些领导看到这个项目好，就拍板定下了，但没干多久就调走了，新来的领导又不认可上一任的理念与做法，要么又一套搞法，要么采取拖的方法，一直拖成'烂尾工程'。一开始，刘官高官农业观光有限责任公司的股东投资力度大，甚至在催着新来的领导，新来的领导一直也没否定，但就是没有动静，所以股东也不敢盲目投钱。第二个问题是村民喜欢盲目跟风。听说要发展乡村旅游了，并且政府还会投资进行外立面改造，所以家家都打算搞农家乐。进行外立面改造是好事，但关键许多村民都把房子加层了，加一层二层的都有。于是有人在网上说，高官现在不是在建房子，是在种房子。领导一看这不行，加层的房子外立面改造必须农户自己搞。外立面改造500块钱一个平方，一户人家最少有100多个平方，算下来就是5万多块钱，多的有两三百个平方，就是十来万。于是，农户们纷纷贷款，少的贷五六万，多的二三十万。有钱的没问题，但没钱的呢？他们几年甚至十几年都翻不了身，可能又因为改造房子变成了贫困户。又因为一些老百姓现在看不到乡村旅游的效果，思想压力非常大，甚至有点想不通，整天不是抱怨政府就是抱怨公司。"

向我讲述时，蒋国忠不停地抽烟，愁眉苦脸。

"现在上面又来了政策，要求村风景点成立新的合作社，要求全部老百姓都入股，但前提是必须把土地拿出来。而在这个合作社里，老百姓是土地入股，不存在资金投资，也不存在风险。大股东都是村里的党员、干部和致富能手，我们投的钱多，如果亏了，就我们几个亏，如果赚了，就全赚了，所以我们也不敢动。"蒋国忠猛抽了一口烟说道。

……

随后，我与蒋国忠来到村中平原里的小河边。蒋国忠告诉我，现在是枯水季节，必须马上进行河道改造，这几天正在与农户协商补偿的问题，协商好了，发了钱了，就可以挖河道了。

"蒋主任，农业观光公司不把钱发到手，就不能动我家的地呀！"一个背篓里背着孩子的老婆婆用怀疑的眼光对蒋国忠说。

"蒋主任，村里的乡村旅游到底能不能搞起来哟，投了十几万，要是搞不起来，这个钱谁替我们还呀！"一位在地里干活的老汉无不担忧地问蒋国忠。

"他们还是不太相信，生怕不给钱，真是没办法。"蒋国忠摇着头对我说，"现在都已建到这分上了，没有退路了，必须往前赶。我天天既要跟上级政府汇报协调，还要面对公司和老百姓，确实有些着急上火呀！"

虽然忧虑不少，但更多的还是希望。

"我们这里有温泉，开农家乐和旅馆，来玩的人肯定多。"村民蒋泽礼告诉我说，"今年我把家里的3亩地全部入股采摘园，1亩地每年就有600元保底分红，在园区、工地打工，每天还有60到100元不等的收入。过不了多久，房屋变漂亮了、路变宽了。有了这些条件，再依托温泉发展旅游，今后的日子，只会越来越好过。"

"记者同志，不说久了，半年之后，你要是再来我们高官，到时就是小青瓦、灰白墙、木窗框、'牛头'墙；通村柏油路、大广场、景观河道；小洋楼、宽走廊、美化的庭院……到时候我们村就是一座花园村庄。"蒋国忠的脸上终于露出了笑容。

此时我想到了来高官村前一天，在盘县职业技术学校采访时碰到的80后女子王瑜。她说，她是高官村四组的，因为村里要打造旅游景点，她家里准备开个农家乐，所以老公就把她送到县职校学厨师。厨师班是县里扶贫开发局办的，一分钱都不收，还免食宿费。她还说，现在村里的路正在修，家里房子的外墙正在装修,她必须认真学,好好学,学完回家就着手开农家乐的事……王瑜向我讲述时,脸上绽放着花儿般的笑容。

……

希望中的忧虑,应该说,这不是高官村一个乡村的问题,这是乌蒙山区的忧虑,这是中国扶贫的忧虑。近年来随着人民生活水平的提高,越来越多的城里人喜欢在节假日、周末到郊外农村去旅游度假,到郊外农村接触大自然、吃地道农家饭、参加各种休闲观光,这已成为当下一种新兴的休闲旅游方式。在过去,很多村民只能依靠种地、做手工或者外出打工谋生。近年来,不少农村根据自身特色,大力发展农家乐等休闲旅游业,或者引进其他各种旅游项目,吸引到大量游客前来观光。乡村旅游火了之后,也带动着周边的不少小型旅馆、土特产超市等跟着热闹起来。农家乐休闲旅游业已成为不少农户解决就业、增收致富的新亮点。一些贫困地区或者革命老区往往保存着较为良好的自然生态环境,具有优秀的文化传统,所以相对于其他产业而言,发展乡村旅游业具有一定的资源优势。"十三五"时期,中国计划通过发展旅游带动17%的贫困人口实现脱贫。所谓"旅游扶贫",就是将旅游和扶贫有机结合,不仅可以解决就业问题、提高农民收入,还能带动地方经济的发展。目前,越来越多的地方把"旅游扶贫"当作扶贫攻坚的突破口,也为精准扶贫找到了一条可行的路。可以说,这几年不少乡村尝到了旅游扶贫带来的红利,但是未来还有很多坎儿需要迈。比如,乡村旅游理念没跟上,乡村旅游很多产品的开发仍停留在传统旅游产品的设计与组合上,或者乡村旅游建设没有根据实际情况做好规划,一窝蜂而上,跟风的现象比较突出,且建设偏城市化,旅游产品没有自身特色,不少地方投入了资金却吸引不到游客,还破坏了自然环境,造成了资源的极大浪费。发展乡村旅游,要有地方特色,可以在建设本地特色文化体验区、现代农业观光休闲区等设想上多下功夫。另外,要加大交通等基础设施的投入力度。我们知道,很多贫困村集中在偏远山区,虽然那里山清水秀,但交通落后、基础设施极其不完善,发展旅游成本高、投入大,难得有企业愿意投资,这成为制约当地发展的瓶颈。"路通财通",唯有如此,乡村旅游才能走得更远。

## 二

两个月后,我在四川省巴中市恩阳区柳林镇罐子沟村见到了另一双忧虑的眼神。

刘智勇,仪陇人,与朱德元帅是一个村的,而且是邻居。这是个事业有成的中年汉子。1996年他开始在北京打拼,主要从事建筑行业,从一个人单枪匹马,干到拥有两万多员工、资产过亿,获得过"北京十大杰出青年""北京市十佳外来青年""首都贡献奖"等诸多荣誉。

"在北京干得那么好,怎么想着回老家?"我问。

"应该说是因为对故乡的情结,对农村土地的情结,毕竟我是农村出来的,是从四川这片土地走出去的。这些年,我看到家乡荒田荒地太多,心里非常难过,想为家乡做点什么,为家乡的扶贫做点什么,但具体怎么做却是一片茫然。我也在思考企业的转型,现在建筑行业不太好做了,主要是欠钱太多。正好2014年巴中政府在北京那边招商引资,我就回来了,来到了罐子沟村。刚来时,这个村子就一条羊肠小道,是条烂泥路,入不了村,更进不了户,交通闭塞。现在我们在的地方就是罐子沟底部,是当时最偏僻的地方。"刘智勇说。

这时,罐子沟村精干的女党支部书记李兰激动地说道:"2014年初,全村村民会议上,大伙讨论后提出'三步走'方案:打开'山门'是基础,上半年重点打通出村路,抓好基础设施建设;产业支撑是关键,下半年引进业主发展产业,走可持续发展之路;产村相融是重点,规划建设巴山新居聚居点。在引进的企业中,刘总流转的土地最多,投资最大,主要发展乡村旅游,修了水库,建了别墅,还给异地搬迁的农户建了新的聚居点。刘总来了,村里的基础设施就好起来了,产业也开始发展起来了。我们村现在有7个村民小组,386户1526人,村民纯收入从2009年的3000多元提高到如今的7655元,62户困难群众实现脱贫。"

但刘智勇向我讲述更多的是他的担忧。他认为,目前精准扶贫、产业扶贫,顶层设计的出发点都非常好,也非常准确,但在具体执行过程中就容易走样。他说,他现在流转了11000多亩土地(规划流转8万亩),目前涉及恩阳区的20多个村、50多个社,发展现代旅游观光农业。为了带动农村产业发展,为了贫困人口脱贫致富,各级政府都激励在外的精英回乡创业。现在他回来了,作为一个企业家,他不仅承担了社会责任,也为政府分了忧。而作为政府,理应在政策范围内给予他们最大的支持。但他觉得政府支持的力度不够大,至少没有他期望的那么大。政府的支持,说得更加具体点,实际上就是决策者的支持,就是领导的支持。可是现在的领导,特别是"一把手",往往在一个地方干上两三年就走了,新来的领导,或者说下一届政府,往往不能执行上一任的决议和思路,从而导致产业发展的间断和局限。作为入驻村里的企业,他们投入大,见效慢,而融资却很难,这对他们来说,不仅仅只是困境了,甚至是灾难。"中央画了很大一块饼,地方说得天花乱坠,但就是接不了地气",不少驻村企业家发出这样的感慨。这让那些带着一腔热血回报家乡的企业家忧虑,甚至心寒。还有一部分人,披着扶贫的外衣回家发展农业,实际上两只眼睛只盯着政府的补贴和优惠政策,他们并不是真正想把产业做大做实,帮贫困户脱贫更不是他们的初衷。

说起心里话,刘智勇开始有些激动了。他说:"农业如果不做成产业化、集团化、品牌化、规模化,从长远来看,那是没有出路的。特别是四川这样的地方,都是山区和丘陵地带,成本高,劳动力缺乏。现在农村要找到60岁,或者说65岁以下的人群很难。为什么?这部分人成了大中城市建设的主力军,他们不论挣钱多少,都不愿意回农村,有些人宁愿睡在城市的地下通道里,也不愿意回来住。真正老老实实待在农村的都是60岁,或者说65岁以上的老人了。现在农村人谁不想把孩子送到城里去?不管是借款还是贷款,都想着法子给孩子在城里买房。大家不是都说望子成龙吗?没有谁说把城里的孩子送到农村来,只有把孩子送到城市才叫成龙了。于是,农村越来越孤独,越来越荒凉。他给中央写过信,把这几年在四川农村看到的听到的想到的,都写了出来。中央领导看到没看到他不知道,但写了信后他觉得心里踏实多了。这种现状,这种观念，导致了农业发展受阻，也给农业发展带来了困境。留下来的这部分人不再是劳动力的黄金年龄，但还得雇佣他们，没办法啊，不找他们，就没人可找啦。还有一个问题，他们年纪大了，保险基本上买不了，但他们自我保护意识和法律意识却很强，如果他们在工作中磕了、摔了、病了，会不断来公司找事。如果不加强农村产业延伸，带动更多的年轻人回到农村，来传承，农村永远是空的，农业发展也是假的。"

那么，如何让农业产业持续长久发展呢？刘智勇说："要让农村产业发展规模化。要更长久，必须对农村土地有情怀，但光有情怀还不够，必须专注，用心血打造，这样才能真正带动村民脱贫致富，否则只是昙花一现。比如扶贫，不是光靠给贫困户一瓶油一袋米，那只是短暂的，要做到持久脱贫，必须以产业带动脱贫，让有责任有良知的人回归土地，形成产业集群，有序推进，这才是最好的脱贫方式。总之，不能让农村的土地闲置，更不能让年轻人不种地、不会种地，养成游手好闲的坏习惯。"刘智勇目前经营的农业产业有三个板块，第一是种植业和养殖业，第二是深加工农产品业，第三是养老和农业观光旅游。已经投入了三个亿，规划总投资16个亿。他想用第二、第三产业推动第一产业。有钱了，就能提高生活质量，也能解决更多农村人就业。挣不到钱，谈何农业发展，谈何带动脱贫？那一切都是假大空了。

"做产业与从政是两个不同的概念，从政要的是政绩，做产业要的是效益，没有效益怎么生存嘛！这是两个方向。能不能统一？如何统一？就像理论与实践要统一一样。统一了农业产业发展、贫困地区脱贫致富才是一句实实在在的话，才能持久。"刘智勇感慨着说，"我想努力打造新时期的农民。现在的80后和90后，我可以说90%以上不知道农业，不会农活，所以我要求公司的员工特别是年轻员工，每个月下地干活四天，每周不少于一天。我要培养他们对土地的情怀，不想让土地失去传承。我想把传统的农业转变成新型农业，把村里年轻的农民变成新型的职业农民。现在我们公司里的农民工，一年能挣五六万块钱，以后会更多，以后他们也要住洋房穿西装。我认为农民是一个很高尚的职业，'农民'不是一个让人鄙视而是令人敬仰的一个名词。可能有人会说我讲大话，说空话，不切实际，但我也想告诉他们，难道你们不想过这样的生活吗？我几个亿都投入了，难道还有假？再说，我投入这么多到村里，修了路，建了房，我能带走，能带回北京去？说我享受，我能享受得多少，一天也是三餐，睡觉也只一张床。再说人能活多大年纪，再长寿，也就百把岁吧。关键是要有梦想，我们的公司能不能做成百年老店不重要，重要的是要有做百年老店的梦想。所以我为农村脱贫致富写了一首打油诗（藏头诗）：农村需要有人干，民众创新时不待；光扶农业匹夫责，荣誉属于庄稼汉。每句第一个字拼起来就是'农民光荣'，这是我参加农村扶贫的一种心态。现在我老婆、女儿都过来了，北京的房子是空着的。我是人大代表又是党代表，我觉得这些荣誉给我的是千斤重担，而不是光环。"

虽然能感受到刘智勇的讲述中带着情绪，甚至有些偏激，但他告诉我的却是内心深处最真实的话语。

期望、安心、快乐，总是与忧虑共存。脱贫攻坚路上，总少不了那一双双忧虑的眼神。一路采访过来，我似乎看到，忧虑的眼神几乎存在于贫困乡村的每一个角落。

我认为，这种忧虑代表的不是一种消极心态，它只是当下精准扶贫路上遇到的一种常见心理，许多扶贫干部或者贫困群众都有，或曾经有过，或将来还会有。在忧虑的眼神中，我读到了对理性发展的一种期待与呼唤。

确实，精准扶贫需要秉持理性原则，扶贫干部应少些主观臆断，多些理性分析。比如，坚持运用"三只手"的理性。有人认为，脱贫攻坚是政府主导发起的，自然就有了指望政府来推动的惰性或滋长了"等靠要"的思想。实际上，脱贫攻坚，广大群众才是主体，必须让政府有形之手、市场无形之手、人民勤劳之手同时发力。比如，坚持有所为有所不为的理性。不能因为扶贫是当前重任，就一哄而上、迫不及待、轰轰烈烈地搞文山会海、重复调研，或疲于应付检查、忙于督导，举措研究了一大摞儿，真正落地的没多少；更不能搞脱离实际的扶贫攀比、扶贫竞赛。应遵从客观情况、顺应自然规律，不妄为乱为，不违道冒进，力求稳中有为。

我们还应该看到，在脱贫集中攻坚时期，依然有个别人截留或侵吞住房困难户危房改造的扶持资金、冒用贫困户签名套取扶贫专项资金、挪用扶贫资金还个人房贷……中央和地方政府扶贫资金投入不断增加，一些贪腐"黑手"伸向了贫困户的"救命钱""活命钱"。扶贫资金被侵吞，除内部管理机制不完善之外，更折射出相关扶贫资金管理制度的缺陷，即扶贫资金使用缺乏透明度，实行的是封闭式管理。脱贫攻坚责任重大，我们在看到成绩的同时，更要直面问题，只有这样才能更好地解锁贫困，打开幸福的小康之门。

# 电商扶贫的喜与忧

"……电商扶贫不得不提，不能不提，现在提，估计将来在很长时间内还得提，这是一种趋势，不可忽视也不可抵挡的趋势，可以说是一种'洪荒之力'。"甘肃省扶贫办宣传处刁小玲处长对我说，"近年来，随着互联网普及率不断提高，电子商务快速发展，越来越多的农民通过电子商务实现了脱贫致富，这是个不容忽视的事实。我们省委省政府也是顺势而为，加大支持力度，先后出台了一系列扶持措施，加快推进农村电商发展，并将其作为精准扶贫、精准脱贫的重要举措。比如省商务厅就制定了《甘肃省县乡村三级电子商务服务中心站点建设标准》，全力推进电商扶贫服务体系建设，打造农产品上行和消费品下行的网上新渠道，扩大特色农产品网上销售规模。去年，省商务厅还在全省58个片区县和17个插花型贫困县，每县确定一个乡（镇），每乡（镇）确定3个贫困村开展电商扶贫试点工作。省财政列支2700万元，对75个试点乡和225个试点村给予资金补助。今年年初，按照2016年'贫困地区县级电商服务中心全覆盖，乡（村）电商服务站点覆盖30%'的目标任务，省财政下拨4500万元专项资金，支持48个县234个乡（镇）1641个村建设三级服务体系建设。截至目前,我省已建成72个县级电商服务中心,1128个乡级电商服务站,4646个村级电商服务点,为农产品网上销售提供'最后一公里'服务。"

2016年7月,我在兰州见到了热情的刁小玲处长,她似乎对电商非常痴迷。我们漫步在黄河边,聊着关于电商扶贫的话题。关于电商脱贫的故事,她几乎是信手拈来:"成县索池乡大草湾村有位农村妇女叫王芳芳,她以前是在县城做服装生意的,2013年她放弃了原来的生意,在网上开办了成县云雾山土特产馆,运用微博、微信等新媒体帮助乡亲宣传和营销农特产品。最初,作为一名农村妇女,王芳芳对电脑并不熟悉,更谈不上使用微博、微信了,如何在淘宝上开网店,买卖东西,这一切对她都是陌生的。在2013年,成县的电子商务刚刚起步时,一次偶然的机会,别人给她注册了新浪微博,她凭着自己一点QQ聊天上网的经验,便开始了自己的新媒体与电商创业之路。第一笔交易是通过微博给广东的顾客发了10斤蜂蜜和20斤松仁,但当时她自己还没有网店,也不会使用支付宝,然而这位顾客对她非常信任,通过银行账号给她汇了钱。第二天,她就认真地挑选优质的松仁和蜂蜜发给了客户。客户收到货后,对她的农产品赞不绝口,通过这笔交易,她认识了电子商务的可行性,更增加了创业的信心。随后她开始向身边开网店的朋友学习如何在淘宝上开网店、如何利用微博和微信来做营销。然而,后来的发展遇到了很多困难和挫折,比如因对电脑知识不熟悉、网店图片做得不美观,产品无人问津;不懂得如何去做营销,农产品在物流运输中出现质量等一系列问题……但通过学习和摸索,这些问题她最终都克服了,而且通过与其他网络平台的合作提高了网店的知名度和销售额。据说现在她每月的销售金额有10万元以上。比如陇南市这几年探索出了贫困地区发展农产品电子商务的'陇南模式'。成县王磨镇浪沟门村村民杜林林,两年前还是建档立卡的贫困户,如今,他通过网络平台代购农具和销售土特产,不但自家甩掉了'穷帽子',还带动王磨镇70余户贫困户脱贫致富……"

当然,对于电商扶贫,刁小玲处长也有自己的担忧。她告诉我,贫困地区宽带网络覆盖率低、农村物流配送设施落后、农产品缺乏资质认证、农村电子商务专业人才紧缺、农村电商三级服务体系功能配套还不健全等等,仍是制约农村电商发展不可忽视的重要因素……

听着刁小玲处长的讲述，看着涛涛的黄河水，我感受的是一股奔腾不息的生命激流……

在贫困山区走访时，我发现，电商几乎无处不在。无疑，电商为贫困地区脱贫致富点亮了一盏灯、照亮了一条新路，让很多"养在深闺人未识"的优质农产品摆脱了封闭的环境、走向了广阔的世界。这一"星星之火"，以燎原之势迅速发展。正是鉴于电子商务给部分农村地区带来的巨大变化，国务院扶贫办于 2014 年将"电商扶贫"正式纳入扶贫的政策体系，并作为"精准扶贫十大工程"之一从 2015 年开始实施。事实证明，效果非常明显，正如刁处长所说，真是一股"洪荒之力"。电子商务的发展不仅可以给贫困村民提供创业致富的机会，也可以给大部分贫困村民提供大量的工作机会，甚至可以让身患残疾的贫困者有机会创业就业。实际上，关于贫穷落后的地区是否能发展电子商务，农村电商是否能使村民脱贫等问题，只需要稍微了解下近几年风生水起的"淘宝村"，尤其地处省级贫困县的江苏睢宁县沙集镇东风村、沭阳县堰下村，山东菏泽市大集镇丁楼村和张庄村的发展历程，就能得到答案。

比如山东菏泽市大集镇丁楼村，一个毫无资源优势、连个省道国道都没有的鲁西南落后村，为何能在短短几年时间释放出"互联网+"的"磁性"，让外出读书、务工的青壮年陆陆续续都回来了？一切的变化与丁楼村一个叫任庆生的能人有关。他身材中等、皮肤黝黑，一副老实巴交的农民模样，很难想象他是一家年销售量千万元级的淘宝店店主。

丁楼村是一个普通的鲁西南村庄，传统上靠种植小麦、玉米等作物谋生。20 世纪 90 年代，这里出现制作、贩卖影楼服饰的家庭作坊，当时 20 多岁的任庆生与其他村民一样，手拿肩扛着服饰到各地的影楼、演出单位等上门推销。当时我国正掀起一轮农村劳动力进城务工的潮流，丁楼村不少年轻力壮的村民放弃了不景气的影楼服饰销售进城打工，村里剩下的多数是妇女、老人和小孩。变化发生在 2009 年。任庆生在一个外地亲戚的帮助下接触到互联网，在淘宝上第一单就卖出去几十套服饰。开始，他还以为这是传销，一直很抵触，直到银行卡里多了 2000 块钱，思想才有所改变。随后，他便逐渐把精力转移到互联网上，开网店、下单、送货，家里人也相继和他一起做淘宝生意：女儿、女婿负责物流销售，妻子负责行政，父亲负责仓储，母亲为儿童装钉扣子、绣领子。任庆生的日子越来越好，村民们也纷纷效仿。以前，多的时候全村1100多口人超八成的壮劳力、大学生在外面，现在除了个别开发商、建筑老板，基本都回来了。目前村里306户，九成多在家开网店。2015年，丁楼村电商销售额保守估计在9000万元，净利润高达30%。

近20年来，中国农村社会正在面临巨大的危机和考验。青壮劳力外出务工带来的留守儿童、空巢老人问题日益凸显，农村日渐萧条，城乡二元撕裂似乎难以抑止。然而，现在的丁楼村便很好地解决了这些问题。或许正如美国斯坦福大学政治系博士刘立之所说，互联网或许正在拯救乡土社会。我想，至少，互联网改变大集镇的背后是鲁西南乡土社会风貌的改变，这些改变缘于淘宝村特色城镇化的摸索。但中国社科院研究生院数量经济与技术经济系林广毅则认为："众所周知，在贫困地区发展电子商务普遍存在着交通及通信等基础设施落后、产业基础薄弱、市场化程度低、物流配送成本过高、电商人才短缺、产品缺乏规范标准、冷链物流基础设施不完善等诸多不利因素。电商扶贫是一个新生事物，需要更多的探索创新，需要不断地试错和总结，更需要长期坚持。电商扶贫还是一项系统性工程，需要有统领全局的领导机构，也需要众多扶贫主体充分协调合作。"他建议"在政策层面，进一步制定完善电商扶贫的相关政策，重点加快中央各部门及各级地方政府制定落实更为细化的电商扶贫实施方案。在领导层面，设立中央到地方的各级专门机构，并赋予其充分协调调动各方力量的权力，同时安排各级专职负责人，负责落实各项具体措施。在实施层面，重点完善电力、通信、交通、用地、园区等硬件基础设施……"。确实，不光电商扶贫，整个电子商务，既是一股强大的推动经济社会发展的动力，也是急需规范和引导的新生事物。

农村电商简单来说主要是做两件事：一是让工业品走进农村市场，也就是通常所说的工业品下行；二是把农产品卖到城里去，也就是农产品上行。就在笔者创作这部作品时，我欣喜地看到，中央电视台《焦点访谈》栏目连续三天报道关注农村电商发展，报道肯定了农村电商带来的诸多正向改变，也提出了一些问题。对于相对落后的地区来说，地方政府更看重的是农产品上行，因为只有这样才能促进当地群众增收，促进地方经济发展。然而，《焦点访谈》栏目组记者先后走访了福建、江西、湖南、贵州很多的知名电商平台与各县市合作的县级运营中心，在仓储区，每天早上都可以见到繁忙的工作场景，可是绝大部分是大量的外地邮包在这里分发装车，被运往各乡镇、村庄。为了推广本地农特产品，每个县也都在运营中心设置了地方农特产品的O2O线下体验店，但这里却大都无人问津。

中西部地区大多都是农业县，工业欠发达，虽然农特产品物产丰富，可是不少优质农产品不仅卖不上好价钱，甚至连卖出去都很难。发展农村电商，各县市最大的愿望是助力农产品销售，实现农民增收致富。虽然村级服务站的合伙人们，能帮助村民买到更物美价廉的商品，方便群众，可是这必须能赚钱再花钱。只花钱不赚钱，最后还谈什么脱贫致富呢？对于相对偏远落后地区来说，本地电子商务发展态势是否良好，有一项指标最直观，那就是快递业务量、进出口邮件数量的比值。以黔东南州为例，2014年1到11月，快递业务量出口与进口比为1：5.78，也就是说，本地区每出去一个包裹会进来5.78个包裹。2015年，很多县市与大的电商平台开展了战略合作，设立了众多的村级服务站点，而就在这一年，每出去一个包裹会进来6.35个包裹，进口包裹增加，说明本地电商业务量相对在萎缩。2016年同期为1：5.54，也仍然没有明显好转。毫无疑问，要让农民具有持续的消费能力，从农村电商角度来说，就应该做到工业品下行与农产品上行的相对平衡。

可农村电商，说起来前景很美，做起来却很难。有了互联网，就好比深巷里的美酒多了一条吆喝的渠道，但首先酒还得是美酒。对农产品电商来说，不仅要面对质量标准、质量管理的困扰，还可能遭遇合法性的质疑。这一方面需要地方政府、各级部门多动脑筋，帮帮他们；另一方面，卖家们也不要急功近利，既要靠联合、靠抱团取得合法的生产许可，也要靠信誉、靠口碑积攒人气。质量好了，口碑有了，名气大了，就不愁打不开电商市场。国内很多欠发达地区，往往是山清水秀，有很多绿色无污染的好农特产品，这确实给农村的电商提供了卖点，可是山高路远，想把它们卖出去，却不是一件容易的事。这两年，农村电商迅速发展，很多地方政府也寄希望于农村电商，希望能够通过他们让地方农特产品经由网络畅销全国。但是，上了网，并不等于就能得到消费者认可，就能卖得好……为电商而电商，可能理想很丰满，现实很骨感。

江西省进贤县电商办主任于瑞欣，是农村电商的研究者和实践者。她则认为，农产品上行的困难，的确是目前农村电商发展的瓶颈，是下一步需要突破的核心问题。可现状是，一些区域已经尝试着将当地的农产品卖出去，包括《焦点访谈》报道中提到的贵州铜仁卖米酒的村小二。他们在上行路上的努力，固然可以说困难重重、问题多多，但他们在探索，并将最终走出一条成功之路。从报道提及的经过筛选的事实也可以看出，电商给农村带来的改变堪称巨大，从满足农村消费者需求、物流基础设施建设提速，一直到部分地区已在尝试的农产品销售上行，莫不如此。但农村电商带来的改变又不止于此。要改变中国农村尤其是中西部农村落后的面貌，这真是一个庞大的系统工程。因为农村电商的出现，才让这种改变的可能变得触手可及，它已经成为提升中国农村的新契机。不只是在商品的买进卖出上，这种改变还体现在以遍布全国的农村淘宝服务站为基础，所构建的生态服务、创业孵化和文化公益中心等诸多方面。

于瑞欣还认为，经济运行有它自身的规律，自上而下的指令性计划常常适得其反，自下而上形成的秩序才更有生命力，因其与经济规律相吻合的缘故。单纯从经济角度看，将各地农产品标准化，卖向全国各地，从而提升农民和当地的发展水平，这是一个终极的目标。但这个目标的实现，需要培养农民的电商意识，需要物流基础设施的建设，需要农村青年人才返乡创业，还需要农产品的标准化……

我想，虽然目前农村电商发展还困难重重，但不可否认的是，这是农村电商迭代进化，终将化蛹成蝶的必经之途！我甚至可以断言，这将是一场全方位、多角度的农村"进化革命"！

# 第四章 攒劲的小伙子

▲ 宁夏彭阳县孟塬乡小石沟村大学毕业回乡创业养蜂的陈泽恩

▼ 贵州盘县民政局驻乌蒙镇水塘村第一书记田用开办扶贫中式烹饪师技能培训班

> 在驻村扶贫过程中我意识到，那种细致入微、送钱送物的扶贫是很需要的，但我觉得从政府层面来说，更多地应该从"造血"方面考虑，就是让贫困户都有自己的看家本领，这就等于撒播下了脱贫致富的种子。
>
> ——贵州盘县民政局驻乌蒙镇水塘村第一书记田用

# 攒劲的小伙子

## 一

我发现，两年多来，我行走在深度贫困地区，走了很远的路，也确实听到了不少叹息声，看到了一些忧虑的眼神，但那些都只是中国人脱贫攻坚征程中的一个个小小音符。征程中，更令人欣喜的是，那攻坚克难的号角，那坚定前行的步伐，那坚毅的眼神，那激昂的斗志，那丰收的喜悦。

我的思绪又回到了六盘山下的西海固地区，想起了彭阳县孟塬乡小石沟村小石沟组，陈俭银与陈泽恩父子俩那坚毅的眼神。

陈俭银的家在山上，站在这里可以看到远远近近沟壑纵横的山峦。盛夏的小石沟，草木葱茏，花开正艳，成群的蜜蜂在地间飞舞。

"好多蜜蜂啊！"我不禁感叹道。

"咦，这算什么呀！我们整个孟塬乡都是，去年我们养蜂800多箱，今年全乡发展养蜂416户2860箱，预计年产蜜将突破3万公斤，实现产值达400万元以上，带动贫困户增加收入4000元以上。"孟塬乡乡长安希洲手一划，微笑着说。

我又看到，陈俭银家屋前的一棵树上挂了一块牌子，牌子上画了一只正在飞翔的小蜜蜂，飞翔的小蜜蜂下面写着"孟塬乡中蜂养殖合作社"，还有一句广告语"土蜜蜂，蜂蜜酒"，字的下面是蜂蜜的海洋，海洋上是一滴巨大的蜂蜜，最下面是联系电话。这个广告牌制作得很简单，却给了我无限的遐想与向往。显然，养蜂已成为孟塬乡的一大产业链。

"你们孟塬有养蜂的传统吗？怎么发展起来的？"我问安乡长。

安乡长说："今天孟塬的蜂蜜养殖业能够发展起来，主要有四个方面的原因。其一，这里有养蜂的传统，虽然以前没有形成规模，都是养的土蜜蜂，用的传统的方法，也是小打小闹，但养蜂的传统一直没丢过。其二，有好的植被，当然这得感谢退耕还林。孟塬乡周围数百公里塬区耕地平整、土壤肥沃，水质、海拔、气候、生态等方面具有种植中药材的天然条件，野生药材品种多达400种以上，自古就有零散种植中药材的传统，特别是现在退耕林产出的大量杏仁、山桃仁可药用。依据这些优势，孟塬乡以草滩村为重点发展中药材种植，总面积近1万亩。而这些本地特有的中药材花、荞麦花等又成为蜜蜂采蜜的好去处。为鼓励更多农民养蜂，孟塬乡还在山上、农民房前屋后大面积种植枣树、槐树和各种中药材，供蜜蜂采纯天然、有营养的花粉，从原生态养蜂业逐渐走向规模化、科学化。2016年，在新一年的退耕还林的任务中，全乡混栽刺槐、山桃3700亩。还制定了村规民约，约束村民使用化肥、禁用农药，为发展养蜂产业打造天然蜂场，让养蜂成为全乡产业扶贫的好路子。其三，得感谢国家的扶贫政策。什么叫精准扶贫？就应该是根据乡里的实际情况，对产业有个精准的定位，然后针对贫困户具体情况进行帮扶，让他们确实能够脱贫并且致富。贫困户有个共同点，那就是劳动力缺乏。而养蜂投资小，干活轻松，老少皆宜，蜂蜜市场需求量大。于是，乡党委政府就产业发展问题进行过多次研讨，本着'既不跟风，又切合实际'的原则，确定把养蜂当作孟塬打赢脱贫攻坚战的主导产业，还为贫困户每户免费发放6箱蜜蜂，并购置价值500元的养蜂工具。其四，得感谢陈俭银与陈泽恩父子这样的致富带头人，他们致富不忘乡邻，为乡邻提供蜂源和技术。

　　陈俭银很忙，与他聊天只能见缝插针。他看起来已经远远超过了他51岁的实际年龄，黝黑的脸庞，粗糙的双手……这是西海固对一个男人的锤炼。而被锤炼的男人有过太多的辛酸，但最终结晶的都是纯朴与顽强。

　　陈俭银说，他们这里有几条小沟，沟里有小河流，加上山有点奇特，就叫小石沟。他兄弟姊妹六个，四个弟兄，两个妹妹。以前他们这里十年九旱，加之没路，他们只能用毛驴从几公里以外的山沟里驮来水。当时住的是窑洞，就是屋边上的这些窑洞。2006年，政府组织进行危房改造时，认为他家的窑洞不能住了，随时有塌下来的危险，于是就新建了这三间砖房。政府出一部分钱，自己掏一部分，当时如果不是政府补助，他肯定建不起新房。当时主要是建房有补助，产业扶贫还没有，但种农作物有些补助。

　　娃儿不上学，即使上学也非常晚，这是贫困地区普遍存在的现象。陈俭银十岁上一年级，上学也是有一天没一天的，收成好的时候，就去上学，收成不好的时候，就帮家里干农活。上不上学，完全取决于"天"。那时收成靠天。小学毕业后，他放过羊，讨过饭，也挖过甘草。甘草不仅是固沙植物和珍贵药材，也是优质牧草。大部分时间，他就是跟着伙伴们到山坡上挖甘草。把彭阳的山坡挖了个遍后，他们又来到盐池等地的草原，埋锅烧饭、安营扎寨地挖起了甘草。于是，刚返青变绿不久的草场重又变黄，放眼四望，牧草不见了，绿色消失了，广袤的大地上只留下土坑和干燥的黄沙。而上百辆手扶拖拉机却一辆接一辆地把刚挖出土的甘草拉运出境，其中很多甘草很快落入甘草贩子之手。虽然后来陈俭银为自己挖甘草破坏环境而深深自责过，并且义务参加了植树造林的队伍，但一个不可否认的事实是，他和自己的兄弟就是靠着挖甘草，不仅供弟弟妹妹读了书，自己还娶上了老婆。

　　陈俭银说，他家里穷，想到自己六兄弟姊妹小时候过的那日子就怕了，就生了一个儿子，不敢生了。娃儿刚出生不久，为了生计，陈俭银决定走出彭阳，到外面打工去。去哪里打工呢？又能干啥呢？村里有个人在中宁林肥厂干活，装林肥袋子，一月能挣几百。于是，他和村里的另一个伙伴前往中宁。家里没钱,他左凑右凑,才凑了几块钱。他还带了一件家里最值钱的东西——手表,那是结婚时给老婆买的最贵重的过礼物品。出门时老婆说了,把表带上,干活、睡觉不知道时间可不行。于是,他把手表紧紧地戴在手腕上,干活时眼睛不时看一眼手表,生怕掉了。陈俭银说,当时有意思的是,都以为同伴会多带点钱,而结果是两人都没带多少钱。刚到固原,他们就都没钱了。不是他们抠门,而是家里实在拿不出钱。回去没钱,前往中宁也没钱,两个大男人没钱坐车,也没地方可以住,更没吃的,他们只得沿街乞讨。

那天他们来到一户老汉家要饭,这是个回族家庭。老汉戴着无檐小白帽,胡子花白,他问陈俭银:"咦,年纪轻轻的小伙子怎么要饭呢?"陈俭银就把自己的情况一五一十地向老汉说了。说完,陈俭银说:"大爷,能不能借十块钱给我们,只要坐上车,到了中宁,我们就可以直接到林肥厂了。"老汉一听,皱起眉头说:"人在外难免会遇到困难……"老汉话还没说完,他媳妇一把把他拉了过去,悄悄对他说:"你真是没长脑袋,骗子的话你也能信。"老汉一听,火了,冲着他媳妇说:"你这人呀!不要把人家想象得那么坏,这世界上哪么多骗子呀!"老汉媳妇骂道:"你真是不到黄河不死心,非得上次当你才死心……"老汉与他媳妇在一边吵时,陈俭银听得清清楚楚,他心里也非常难过。但为了生存,他什么都没说。随后,老汉掏出十块钱,对他们说:"小伙子,拿着吧,两个人到中宁的路费应该够了。"陈俭银说:"大爷,这钱我是向您借的,等我挣了钱就来还,我先把我的手表和身份证搁上。"老汉说:"我不要你还钱,也不要你的手表和身份证,谁出门还不遇到个困难什么的嘛。"走的时候,老汉又送给他们一袋子馍,陈俭银死活不要。老汉就说:"从固原到中宁要走上半天,没吃的咋能行,要不有钱到了那里,你们又没劲走路了。"收下老汉的十块钱和一袋子馍,陈俭银激动得不知道该说些什么了,但泪水早已湿润了他的脸庞。他在心里暗暗发誓,一定要好好挣钱,不仅要把老汉的钱还了,还要好好感谢他。"到了中宁林肥厂后,我们在那里装林肥袋子,多劳多得。很多人嫌活又苦又累又脏,干不下去,我体力好,不怕脏,于是我发狠干。领到工资的第一件事,我就想着给老汉还钱。我说这个事时,厂里很多人都说，你这人真是实在，人家与你无亲无故，既然把钱借给了你，也就没打算要你还。我觉得这不是实在不实在的问题，而是良心的问题。"陈俭银说。于是，他坐了三个多小时车，来到了固原。他不仅给老汉还了那十块钱，还买了些清真食品送给他。看到陈俭银，老汉也非常惊奇。老汉紧紧地握着陈俭银的手说："我当时只当那十块钱打了水漂，没想到你是个攒劲的小伙子。"

虽然陈俭银对厂里的工作比较满意，但可惜后来厂子的效益越来越差，而到这里来上班的人却挤破了头。最后，他只得离开这里。随后在建筑工地上挑过砖头，在煤矿上挖过煤，还在彭阳宾馆当过保安。但无论他如何发狠干，每年的收入也就三五千块钱。这些钱，顶多只能养家糊口。

没有找到致富途径的陈俭银最后还是把目光投向了老家小石沟，那里有他祖辈的梦想——养蜂。他们这里几乎家家户户都有土峰，即土洞里养的蜂。2010年左右，陈俭银回了老家，继续养起了土蜂。"因为这种蜂是咱中国土生土长的，从古代就开始养了，所以叫中华蜜蜂。古代是在树枝上、岩石上养，后来在墙上的土洞里养，现在是用蜂箱养。当时我觉得我们这地方视野很好，在山坡上，加上又是高寒山区，应该很适合中华蜂生存。于是，我开始养中华蜂。但那几年，由于没有技术，还是按照老祖宗传下来的经验，我每年都是养三五窝，平均每窝产蜜不到四斤，效益很差，几乎挣不到什么钱。"陈俭银说。

但从2013年开始，陈俭银的养蜂效益得到了彻底的改变。当然，这得感谢他自己培养出了一个优秀的儿子。

在与陈俭银交谈时，他的眼神始终是坚毅的，脸上也自始至终荡漾着笑容。但事后我才知道，这个刚强的西北汉子并没有把他内心深处的一些故事讲给我听，甚至只字未提。原来，他不是不想多生孩子。那时，他到中宁林肥厂上班还不到半年，家里传来噩耗，媳妇去世。于是他从同事那里借了几百块钱匆忙赶回家。媳妇的突然离世让他悲伤，但媳妇的死因更让他痛惜。媳妇发病时，家里人也叫了救护车，但路不通，车到半路时过不来，等家里人把媳妇抬到救护车那里时，已经断气了。从那时起他决心发狠工作，挣很多很多的钱，把路修好，把家乡建设好。只可惜，对于大山来说，他的决心显得那么的弱小而无助。原来，他还算得上是个残疾人。在一家私人煤矿挖煤，放炮时他被落煤击中多处，特别是右臂，两处骨折，从此不能负重。这也是他最后只得选择当保安的原因。再后来回家养土蜂，他又积极参加到退耕还林的大军中，虽然他右手不方便，但他努力坚持着，用栽树的方式，表达着对原来疯狂挖甘草的无限忏悔。几年下来，他刨坑整地、栽树浇水，共义务植树50多亩。经过30多年的生态建设，彭阳县的森林覆盖率从过去的3%，提高到了28%以上，高于全国平均水平7个百分点。这其中有陈俭银的一份功劳，当然这也给他的蜜蜂提供了良好的花蜜资源……

看着眼前这个黝黑朴实的农民，再眺望远处茫茫的苍穹，我内心肃然起敬。

## 二

陈俭银的儿子陈泽恩更忙，他连蜂帽都没戴，正赤手空拳进入蜂巢取蜜。

这是一个阳光、帅气的小伙子。一见到我，他就停下手中的活说："对不起，对不起，每年6至7月是养蜂最忙的时候，实在是忙不过来。现在天热，必须防烈日直射。还要为蜂箱开窗通风，每天上午还要取蜜……"面对这位90后小伙子，当我稍稍了解了他的身世与经历后，我便觉着他的全部努力不仅仅是"孝敬父母，回报乡梓"的孝心与家乡情，支撑他的还有苦难铸就的博大的爱与悲悯之心。陈泽恩不满一岁时母亲不幸去世，留下了还未脱离奶气的他。穷人家的孩子早当家，当很多六七岁的孩子正享受着父母的宠爱时，他已在帮父亲洗衣做饭，打理家务了。父亲在田间地头忙碌完回家时，他总能把饭菜给父亲做好。上初中时，周末回家自己做好一周的干粮，到学校后基本每顿饭都是干粮和白开水。但他学习成绩名列前茅，做事认真踏实，每次班长竞选从未落选。他是老师眼里的好学生，同学眼里的好班长。曾多次被评为"三好学生"和"自立自强先进个人"，还被评为全县"三好学生"。

命运之神仿佛总是不会眷顾弱小者。父亲在煤矿挖煤受伤时，陈泽恩正上高一，这对于一个孩子来说，无异于晴天霹雳。当时的他完全不知所措，但却在心中暗暗告诉自己：要坚强！看着还在昏迷中的父亲——世上最亲的人，他再也抑制不住内心的疼痛，流泪了。他清楚地知道，父亲是为了能让他像其他孩子一样更好地生活，才不得已去打工的。此时，他恨不得用自己的生命去换回父亲那双健康如初，能带给他爱与力量的胳膊。这一刻，他再一次默默地告诉自己，要坚强，要像父亲一样坚强，像个男子汉一样撑起这个家。在医院里他精心地照顾父亲，每天按时给父亲洗脸，洗脚，擦洗身子。给父亲买的都是有营养的饭菜，他自己却只是随便将就一下，因为他明白父亲动手术欠下了一笔外债。父亲吃饭不方便，他就一点一点地喂父亲吃。父亲出院后，直到能够生活自理，他才安心。为了给家庭减轻负担，让自己顺利完成学业，他做了一个痛苦的抉择——瞒着父亲办理了一年的休学手续，来到固原市，踏上了打工的历程。

未成年的他来到了一个陌生的城市，工作一点都不好找。他去过很多单位都被拒绝了。摸着已被掏空的口袋，他有些绝望，感觉整个世界都是灰色的，那一刻的无助和恐惧一直深深留在他的心底。可再想想父亲，他加快了步伐，穿梭在城市的每一个角落，寻找着一份期待已久的工作。最终，在一个建筑工地上找到了一份打混凝土的工作，这也是他人生的第一份工作，一干就是五个多月。每天从早晨7：0到傍晚7：30，除了吃饭时的休息时间，他每天工作十多个小时。工地上没有灶房做饭，工人都在街上的小餐馆吃饭，为了节省钱，他经常买一块钱三个的馒头，咬着大葱，就着白开水吃。北方的冬天寒风凛冽，刺骨的寒风冻伤了他的双脚，肿得连鞋都穿不进去。他的双手布满了横七竖八的裂口和坚硬的老茧，双手已不属于一个未成年的孩子。可他还是咬牙坚持。辛勤劳作让一个原本稚嫩的孩子脸上多了些憔悴和沧桑。五个多月后，他用自己打工挣来的钱开始做生意：摆过地摊，卖过时装，做过手机生意。虽然当时的他通过自己的不懈努力在同龄人中已小有成就，但他对学习的渴望从没有停息过，很多次在梦中他回到了学校。一年后，他用自己赚来的钱还了部分外债，并交了学费,回到了久违的学校。他非常珍惜这来之不易的求学机会,更加坚定地朝着自己的目标一步步迈进。正是命运的种种刁难,磨砺了他坚强的意志,学习中的困难在他面前都已显得无足轻重,他像一艘鼓足了风帆的小船向着自己的梦想驶去。

2011年是陈泽恩人生的一个转折点。经历了高考的洗礼,他踏进重庆三峡学院的大门,开始了新的生活。入学时家里拿不出钱交学费,他用寒暑假打工积攒下来的钱加上贷款交了学费。到校后,很多同学享受着梦寐以求的大学生活时,他却没有一丝懈怠的念头,白天匆忙的脚步重复着三点一线的生活,晚上躺在床上翻来覆去卧不安席,想着自己要在大学边学习边创业。几番周折,他发现做墙绘首期投入不需太多,这一行最重要的是创意和专业水准,加上自己学的是美术专业,省了大笔人工费,主要支出就是颜料了,很适合大学生创业。他通过不停地学习和努力成立了"光色墙绘工作室",主要承接壁画、古建筑彩绘、卡通画、装饰画、宣传画、涂鸦色彩等,开启了自己的创业生涯。有一次,他接了一单给开县一个小学画外墙的生意。当时的天特别热,为了不错过这单生意,他毫无顾虑地接了下来。可他万万没有想到重庆夏日的太阳有多么火辣,开工第二天,正好赶上高温期,为了兑现自己对顾客如期竣工的承诺,他咬紧牙顶着炎炎烈日坚持——衣服被汗水侵湿,汗珠在脸颊滚动。当他感觉脸上火辣辣的时,也没在意,心里想着就当蒸了免费的桑拿了。他不停地喝水,这天他喝了近十瓶矿泉水。到了晚上,他发现自己左脸上红红的一片,鼻梁上也有一条明显的红杠,原来他的脸被晒伤了。回到学校后他的脸几乎脱了一层皮。创业的道路上他不惧艰辛,用自己的实际行动坚守着一个又一个的承诺,不仅用自己赚到的钱供自己读书还补贴家用。他深入景观工程公司,不断学习新的技能,学会了做假山、水泥雕塑、仿木长廊、亭子等技术。他还将自己的"光色墙绘工作室"改名为"光色园艺工作室",并且把服务范围扩展到万州等周边县城和邻省,给同年级的部分同学提供了社会实践的机会。

但这并没有影响他的学业。作为美术系的学生,他曾担任班长、学生会主席等职务,一直保持脚踏实地、勤勤恳恳的生活作风以及模范带头作用,赢得了美院师生的一致好评。在校期间，陈泽恩每学期均获校级二等以上综合奖学金。2012年11月，获学院"学院杯绘画大赛"二等奖；2012年5月，获学院"色彩风景写生"二等奖；2012年9月，被评为学院"优秀团干"；2012年10月，获"国家励志奖学金"；2014年1月，被评为重庆市"创业之星"；2015年4月，获学院"优秀大学毕业生"……

他百折而不挠，虽处逆境却自强，面对苦难不低头，自食其力永不言弃。在学习的跑道上，他坚持不懈；在生活的舞台上，他乐观向上。他平凡得像一颗细小的尘土，却内含黄金。陈泽恩曾在日记中写过这样一段话："苦难和贫穷是我人生的两大财富，苦难使我懂得了坚强，贫穷是我奋斗的驱动力。"

"应该说我们这里有养蜂的传统，我爷爷养过蜂，我父亲回到家后也在养蜂，养的都是土峰，我从小对蜜蜂也有一种说不清的亲切感。但我们这里过去养蜂都在窑洞墙壁上凿一个土洞当蜂窝，取蜜的时候，要把蜂巢全部铲下来，这种做法无异于杀鸡取卵。祖辈养蜂，都是土方饲养，毁巢取蜜，对整个蜂群造成严重损伤。可能因为对养蜂感兴趣吧，我经常在学院图书馆看养蜂的书。有次，大概是2013年5月吧，我看到了一本介绍中华蜜蜂的书,心里有些小激动：这就是我老家养的土蜂！于是我从头至尾认真看了一遍，不仅详细了解了中华蜜蜂，还了解到蜂蜜的药用价值，如有容颜和延年益寿的功效。当时我就想到，现在经济飞速发展，人们的生活水平都提高了，更加注重养生了，这个行业应该大有可为。当天晚上，我在宿舍中跟同学无意中聊到了养中华蜜蜂的事情。我们宿舍有个同学叫张杰，他就跟我说，他父亲养的就是中华蜜蜂，每年要挣五六十万。当时我就很惊奇，为什么同学家养的是同样的蜜蜂一年能挣那么多，而我们老家养的蜂都取不了几斤蜂蜜呢？于是，那个周末我跟张杰到他老家都江堰看了看。一看，就知道了为什么我们老家养蜂取不了几斤蜜。不是我们老家不适合养蜂，而是不懂科学饲养。原始的饲养方法'关不了王，换不了王，打不了糖'，顺其自然，不便于管理。并且原始的饲养方法必须毁巢取蜜，而毁巢取蜜就相当于杀鸡取卵，会死伤大量的工蜂、幼蜂，破坏蜂巢，对整个蜂群造成很大的损伤。"陈泽恩边忙边聊，"于是我立即跟我父亲打电话，把我从同学家里了解到的情况告诉了他。我还动员父亲说，养蜂是项空中农业，利国利民，不贴草也不倒料，既不与种植业争水土，也不与养殖业争饲料，还能给当地的农作物授粉，可以提高农作物的产量，是一项投资少见效快的甜蜜事业。你年纪大了，加上本来身体就不好，做体力活跟不上了，干脆发展养蜂吧。当时我父亲还是有点犹豫，他说家里已经养了几窝，够吃就行了。我继续动员他，还给他打比方说，我们家每年如果养20箱中华蜂，如果有科学技术支持，每年可以挣六七万块钱，相当于我们一年种一百多亩玉米。如果以后规模扩大了，达到上百箱的话，年收入就是几十万。说着说着父亲有点心动了，我趁热打铁说，爸，你过来学学吧！他说，家里现在很忙啊，出不来呀！我说，把家里所有活都撇上，往重庆走，火车票我给你买好，赶紧往重庆走。父亲这才来到重庆。到了重庆后，我和张杰又领着父亲往都江堰走。父亲不会讲普通话，一开始也听不懂四川那边的话，生活饮食都不适应。但父亲和张杰父亲同岁，两人性格相近，经历也相似，很投缘。虽然刚开始他们谁也听不懂谁说话，你说你的，我说我的，但时间久了，他们也能听懂了，即使没完全听懂，也能领会是什么意思了。父亲在都江堰学了整整两个月。学完后，我又带着他去了四川的阿坝州、陕西的秦岭一带考察，包括我国的养蜂大省浙江都去了。既学了技术，也打开了眼界。特别是增强了父亲的信心，在路上他就跟我说，原来养蜂还能养出这么多名堂来。"

　　学习与考察回来，陈俭银就把蜜蜂从土窝子拔到箱子里，进行科学饲养。当时很多邻居都觉得不可思议，在土窝子里养与箱子里养难道有什么区别吗？只会增加费用。特别是2014年，彭阳许多乡镇都进行移民搬迁，陈俭银在儿子的鼓励下，决定把所有搬迁户家中的土蜂全部买回来，别人看来更是觉得可笑。"听说老家有些村民要移民搬迁后，我立即给父亲打电话，叫他把这些土蜂买回家。当时父亲也很犹豫，一是怕有风险，养不好，二是有经济压力。当时我就对他说，爸，你大胆地干吧，我把上大学这几年所有的积蓄拿出来养蜂。父亲一听，就急了，他说，那不行，好不容易挣的钱，用来买土蜂，万一失败了，那钱不就打了水漂？他还说，让你读书就是为了走出大山，考公务员，找正式工作，坐办公室，寻找更好的生活环境。你现在已经走出去了，就不要再回头了，家里这条路是条苦路。当时的亲戚朋友，个个反对，有说我是不是脑子出了问题的，还有直接打电话到重庆骂我的。他们说人家没上大学的都想着走出大山，往城里钻，你倒好，读了大学，反倒往山里跑。我心里很清楚，如果拿着上大学时挣的这些钱，完全可以把自己的公司做大做强，也可以在那里买房买车。说实话，自己也纠结过，矛盾过，痛苦过，但最终我还是选择养蜂。"回想起那段日子，陈泽恩依然感慨万千。

于是，陈俭银拿着儿子从重庆打回来的两万多块钱把所有搬迁户家的土蜂买了回来，进行活框饲养。他很快就发现，活框饲养只要管理得好，平均每群蜂可分蜂三到五群，产蜜40斤左右，比原始的饲养方法增产数倍。2014年，他们家养了80多箱中蜂，纯收入将近8万元。虽然陈俭银心里乐开了花，但当儿子真正要回来养蜂时，他还是不高兴。"2015年我大学毕业，带着女朋友和20多万块钱现金回家时，亲戚朋友与同学还是不能理解，他们甚至万般阻拦。我知道他们是为了我好，为了我有个更好的发展前途，但难道农村就是条死胡同吗，就没有发展吗？我不信！回来后，就碰上了精准扶贫的好政策，于是我加大了发展规模，2015年饲养了100箱，产蜜2000多斤，净收入15万多元。今年我进一步扩大了养殖规模，养了220箱，到目前为止，光蜂蜜就卖了5万多块钱。估计还能打两吨多蜂蜜，最低能卖80块钱一斤，至少可以卖30多万块钱。除了蜂蜜，我们还酿了酒，有800多斤，应该有十来万的收入。孟塬不是要打造养蜂名乡吗？不是要帮助贫困户脱贫吗？他们都要我们提供的蜂种，蜂种的钱由政府买单，我们免费提供技术。今年蜂群也卖了30多万。估计今年的收入有80多万。"说到这儿，陈泽恩脸上露出了灿烂的笑容。"销路没问题吧？"我想到了采访中普遍存在的问题。"没问题！我们的蜂蜜好，固原都有人来这里买。马上就是八月十五了，我们这里过中秋吃蜂蜜，到时远近的老百姓都会来买蜂蜜。另外，我和父亲进行了分工。他主要负责养蜂和酿酒的具体事情，我负责对外联络与销售，这方面我有经验，也有信心。"陈泽恩非常自信。

陈泽恩还告诉我，离开大城市，回到贫困山区，他从来没有后悔过，以后也不会后悔。山区太需要产业了，山区太需要有梦想的人来创业了。如果大家都只往大城市跑，山区会越来越落后，越来越穷，农村与城市的发展会越来越不平衡。他说，现在的事实证明，他的选择没有错。更重要的是，他改变了当地人对养殖产业那种落后、传统的旧观念。他给我算起了账：现在全村有50多户贫困户养蜂，全乡达到了400多户，如果一家农户养20群中华蜂，管理得好可分蜂60群，产蜜800斤左右，如果每斤以80元出售，就可收入6万到7万元，按照去年的玉米价，相当于农民种植100多亩玉米的收入。这就不光是脱贫了，还会致富……

"是不是打算在城里买房子？"我问陈泽恩。

他的回答让我有点出乎意料："没有，至少暂时没有。如果挣了点钱就立即想着往城市跑，当初我就没必要从重庆回老家了，在那里舞台更大，前途也更宽广。我跟父亲商量了，还是想把产业扩大，逐步形成养蜂产业链，这里面还需要很大的投资。我们不仅要养出高质量的蜂蜜，还要酿出高品位的蜂蜜酒，既形成品牌，也带动更多老百姓致富。现在我们成立了孟塬乡中蜂养殖合作社，主打土蜂蜜和蜂蜜酒。对老百姓，我们一是给他们提供蜂种，二是免费提供技术服务，不是上门讲解，就是办培训班。"

陈泽恩讲述时，他家屋后的老窑洞边，挖土机正在"轰隆""轰隆"地忙碌。

他的梦想已经付诸行动……

在陈泽恩贴着"喜"字的新房中，我看到了与他一同从重庆回老家发展且毫无怨言的同学兼妻子，以及刚刚出生两个月的儿子。我还看到了墙上挂的几幅字画，有书法，也有油画，那都是陈泽恩的作品。我不懂书画，不能判断其水平的高低，但我知道，那里面肯定依然藏着一个90后小伙的艺术梦想。

"老陈（陈俭银）是个好人，他儿子更是个攒劲的小伙子，半夜等蜂一回巢就将蜂发放给我们，还上门手把手教技术，我家第一次6箱共摇蜜30多斤，目前摇了3次，上百斤了。"村民刘治生说。

"老陈小陈人都不错，上门服务，投放蜜蜂、配设备、摇蜜，一步步教会了我。"因肢体残疾，妻子聋哑的脱贫兜底户李世荣说。

……

在小石沟村走访时，对陈俭银父子俩的赞美之词，就像满天飞舞的蜜蜂。

离开小石沟村回彭阳县城的路上，彭阳县扶贫办副主任赵金平指着路边上那些个高而看似瘦弱的白杨树感慨地说，纪老师，你别看这些树不大，但它们都有三十多岁了。我有些惊讶，忙问为什么。他说，我们彭阳这片土地贫瘠，加之雨水少，所以它们营养不良。它们不壮实，但很顽强，条件再艰苦，环境再恶劣，都能生存下来。

我想，这种顽强，就是陈俭银父子俩的顽强吧！就是西海固人的顽强吧！就是中国贫困山区人们的顽强吧！

# 播种技能的种子

## 一

在贫困山区，太需要陈俭银父子俩这样攒劲的人了，尤其需要陈泽恩这样回乡创业的大学生，由于观念和技术的力量，他们所创造的利润，是父辈的数百倍，甚至上千倍。令人欣慰的是，越来越多的打工仔和大学生回到了他们贫困的故乡，正在成长为陈俭银父子这样掌握脱贫与致富技能的人。特别是在西部，越来越多通过技能培训造就的"新手艺人"正在摆脱贫困，他们的技艺涵盖了种植、养殖、建筑乃至物流、电商等多个方面。

穿行在茫茫大山，我看到他们，犹如春天播下的种子，在初夏里茁壮地成长——

2016年7月底，我到新疆喀什时，这年喀什已经技能培训2005户3071人，转移就业 3576 户 5329 人。9 月，我赴云南采访时，云南仍有 93 个贫困县、574 万贫困人口，贫困人口位居全国第二。我从云南省人社厅了解到，尽管农村劳动力资源丰富，但经过系统培训过的技能劳动者比例依然较低，但他们意识到技能扶贫的重要性，也在积极努力。2011 年至 2015 年，政府投入了 5.08 亿元财政扶贫资金实施劳动力转移培训 72 万人，旨在劳动力转移培训就业脱贫的"雨露计划"专项资金投入 9366 万元，技能扶贫已经成为切断贫困代际传递的重要手段。不过，云南省就业局局长石丽康告诉我说，2014 年全省有农村劳动力 2335 万多人，但累计参加过培训的只有 168.17 万人，受训比例仅占 7.2%，这使人力资源变成人才资源受到阻滞。为此，云南省决定，从 2015 年起，利用 5 年左右的时间，围绕贫困地区经济社会发展和促进贫困人口就业、创业的需要，通过技能扶贫专项行动，培训适应当地产业发展需要的劳动者和适应云南省重点产业发展的技能人才。云南的目标是力争到 2020 年，对每个有劳动能力的适龄贫困人口开展 1 次以上技能培训，让每个有适龄劳动人口的贫困家庭至少有 1 名技能劳动者就业，帮助 100 万贫困人口脱贫……

我了解到，其他省份对此都有自己的举措：

重庆市针对贫困户的需求，分类开展就业扶贫培训，让每一户至少有一名劳动力掌握就业本领。

陕西省延安市精准扶贫技能培训班开班。通过培训，他们力争使每一个有受训愿望的贫困"两后生"和进城务工贫困劳动力至少获得一次技能培训机会，掌握一项初级以上专业技能，真正实现"培训一人、就业一人、致富一户、带动一片"的目标，使贫困群众能通过自身能力实现脱贫。

……

为寻找培训"种子"的孕育者，我来到了位于北京市东城区和平里东街 3 号的国家人社部。职业能力建设司张司长告诉我说，近年来，特别是精准扶贫上升为国家战略的时候，全国人社系统主动担当，积极组织推动技能扶贫，实现了技能培训深入到村组、用人单位招工到村头，做到了送培训到群众家中、送技能到群众手中。为拔掉穷根，国家人社部最先的举措是为技校生提供补助和奖学金。2015 年，人社部将中等职业学校国家助学金标准，由人均每年 1500 元提高到 2000 元。同时，从 2015 年秋季学期开始，将民族地区所有接受技工教育的学生纳入免学费政策范围。为了进一步激发技工院校学生勤学技能、奋发成才的热情，人社部还于 2014 年设立了"技能雏鹰"奖学金，奖学金共计 51 万元人民币，奖励 170 名品学兼优的高级技工学校、技师学院高级工班或预备技师班的在校学生，奖学金标准为每人 3000 元。在申请奖学金的学生应具备的条件中，有一条便是：家庭经济困难的学生优先考虑。张司长说，目前，全国有技工院校 2818 所，在校生 339 万人，毕业生就业率达 97.5%。技工学校的很多学生来自贫困地区。

技能扶贫无疑给贫困家庭的学子点亮了一座希望的灯塔。张司长告诉我，人社部规定，贫困家庭子女参加中、高等职业教育，给予家庭扶贫助学补助。学生在校期间，其家庭每年均可申请补助资金。各地根据贫困家庭新成长劳动力职业教育工作的实际需要，统筹安排中央、省财政专项扶贫资金和地方财政扶贫资金，可按每生每年 3000 元左右的标准，补助建档立卡贫困家庭。人社部还规定，符合条件的贫困学生无论在何地就读，其家庭均在户籍所在地申请扶贫助学补助，补助资金通过一卡通（一折通）直接补给贫困家庭。2015 年，人社部、教育部和国务院扶贫办还共同启动了"雨露计划"，引导和支持农村贫困家庭新成长劳动力接受职业教育，脱贫致富。目前，我国已将贫困家庭新成长劳动力职业教育纳入扶贫工作考核内容。各地通过政策扶持，使农村贫困家庭子女初、高中毕业后接受中、高等职业教育的比例逐步提高，确保每个孩子起码学会一项有用技能，贫困家庭新成长劳动力就业创业能力得到提升，家庭工资性收入占比显著提高，实现一人长期就业、全家稳定脱贫的目标。

人社部的第二个举措便是组织就业创业培训：一户一人、一人一技。张司长说，授人以鱼不如授人以渔。各地人社部门采取"技能+创业"的培训模式，因地制宜开展免费技能培训，在引导劳动者转变就业观念、提高技能的同时，提倡技能创业，帮助劳动者实现创业梦想。通过技能扶贫，帮助贫困群众实现精准脱贫，各地人社部门正积极行动。

2014年3月，国家人社部更是印发《农民工职业技能提升计划——"春潮行动"实施方案》（以下简称"方案"），启动"春潮行动"。《方案》明确：到2020年，力争使新进入人力资源市场的农村转移就业劳动者都有机会接受一次就业技能培训；力争使企业技能岗位的农村转移就业劳动者得到一次岗位技能提升培训或高技能人才培训；力争使具备一定创业条件或已创业的农村转移就业劳动者有机会接受创业培训。而"春潮行动"实施的重点对象则是农村新成长劳动力。每年面向农村新成长劳动力和拟转移就业劳动者开展政府补贴培训700万人次，培训合格率达到90%以上，就业率达到80%以上。每年面向在岗农民工开展政府补贴培训300万人次，培训合格率达到90%以上。每年面向有创业意愿的农村转移就业劳动者开展创业培训100万人次，培训合格率达到80%以上，创业成功率达到50%以上。

……

此时，我似乎听到了潺潺的流水声。或许，那就是源头之水。

## 二

有了"种子"，还必须有勤劳的播种者。

在贵州盘县职业技术学校遇见田用时，他正在聚贤楼四楼给盘县2016年（第二期）中式烹饪师技能培训班上给学员们讲课。他个头虽不高，但课讲得声情并茂，很有感染力，学员们也听得很认真……他不仅是勤劳的播种者，还是实干的好"标兵"。

田用是盘县民政局驻乌蒙镇水塘村第一书记，曾经参军的他身体里流淌的还是军人的血液，骨子里保持的还是军人的作风。田用1966年出生于盘县响水镇。他家里有九兄弟姊妹，七个哥哥，一个姐姐，他是家中老幺。家里穷啊，穷得没饭吃，没衣穿。想起那时候的穷日子，田用直摇头。在九兄弟姊妹中，他还算好，上完了小学，他的七个哥哥和一个姐姐，都算是文盲。田用小时很顽皮，总是捣蛋。一次，他看着生产队的大黄驴长得漂亮，就去骑，但驴子不服，愤怒了，把他从背上甩了下去。直到第二天醒来后他才知道，自己从驴背上摔下来了。还有一次与伙伴们一起放牛，他看板栗树上的板栗熟了，就爬到了树上，一不小心他又摔了下来。伙伴们赶紧叫来他父亲，把他从山上背回家。他一直昏迷不醒，家里人也没送他去医院，甚至没抱什么希望了。不过他真是命大，三天后，他醒过来了，身体并无大碍。14岁那年，父亲去世了，哥哥们都已成家，姐姐也已出嫁，小学毕业回家的他便与母亲相依为命。虽然那时年纪小，却爱看连环画，爱看各类图书，看过《三国演义》《水浒传》这样的名著。那时还没流行打工，因为交通闭塞，信息不通，他就买了一个小收音机，从收音机里了解外面的世界。最让他心潮澎湃的是关于战争的消息，他每天总是准时守在收音机旁听战争的动态。渐渐地，祖国的面貌在他的心中更加清晰，军人的形象在他心中更加高大，他对军营开始充满无限的向往。

1986年，田用如愿成为一名军人，他选择去西藏，去条件最艰苦的地方锻炼。田用到拉萨当了工程兵。新兵下连的第一天，田用被分到了炊事班。不是他军事素质不好，而是连长看这小伙子手勤、眼勤、嘴勤，还有就是什么都爱做、爱问，适合干炊事。由于爱钻研，他的烹饪水平提升很快，还是新兵蛋子的时候，他就当上了炊事班副班长，当兵第二年就当上了炊事班长。1987年的一次军事演习中，在极其艰苦的野外，他仅仅用了50分钟，就做出了三菜一汤。这一切都被团司令部的政治协理员看在眼里。协理员问他是哪个连队的。田用说，特务连的。协理员问他愿不愿意到司令部大灶去，田用说，一切听从首长安排。协理员说，打背包走人。于是他来到了司令部大灶，继续干炊事班长。后来他又被挖到西藏军区给首长做小灶。无论在基层连队，还是在军区机关，他炊事班长的身份一直没变。当兵14年，当了13年的炊事班长。虽然他炊事班长的身份没曾变过，但他厨师的级别一直在提升，他先后到西藏军区宾馆、四川德阳市饮食服务公司、德阳市大酒店、成都友谊饭店等单位学习进修，还参加过西藏军区、成都军区大比武，拿过好名次，受到过军区首长的赞扬，他也从当年入伍时的一个毛头小伙成长为一名特级厨师（当年西藏军区唯一一名特级厨师）。

田用是2000年转业回老家盘县的。那天，部队领导说，时间到了，该转业回去了。田用一听，觉得很突然，没曾想一干就是14年了。但他太爱部队了，他觉得还没干够，于是对部队首长说，还想干。首长也很不舍，像他这样的人才部队也鲜有，但毕竟是铁打的营盘流水的兵。听说田用要转业了，当时许多单位都抢着要，比如西藏自治区政府办公厅，比如拉萨市委办公厅，比如四川的德阳、锦阳的一些单位，都向他抛来了橄榄枝，当然还有更多有名的酒店老板想高薪聘请他做大厨，但他都一一谢绝了。别人都不理解，对他说，贵州那地方穷得裤子都没得穿，人家都想着法子往外跑，你还回去干嘛。田用却说，他是贵州人，也是贵州送出来让他当兵的，他不能嫌弃家乡。于是他回到了盘县，分配到县民政局，在办公室负责信访接待工作。这项工作从2001年一直干到2014年5月下派驻村扶贫。或许因为自己出身贫穷，饱尝了贫穷的艰难，他对上访的老百姓都非常同情，甚至视为亲人，吃饭的时候安排他们吃饭，见到特别穷的，他还会掏点钱给他们。来访的老百姓最信任的也就是他，遇到难以协调的矛盾和问题时，他们总会说，把田主任叫来，他们只信田主任。其实田用只是一个普通的办事员，但老百姓认他做领导，因为他身上充满了温暖的正能量。

2014年5月，当组织上安排他入驻贫困村扶贫时，田用没有丝毫犹豫。他对领导说，作为一个有着26年党龄的老党员，他随时听从组织的安排，也非常愿意到贫困村扶贫。于是他成了响水镇米勒村驻村工作队的一名普通队员。虽然他只是一名普通工作队员，但他觉得自己肩上担子重千斤，从来没把老百姓的事当作别人的事。全村1730多人，建卡立档贫困户达到了1200多人，绝大多数人家都是贫困户。米勒村贫困程度相当深，贫困面还相当大，这让他大为恼火。于是，他到处筹钱修缮村部办公室，打造农村活动场所；四处化缘，修村公路——找过镇里，也找过县里，他成了交通局、扶贫局等相关单位的常客；带领村民发展产业，种过麝香，也养过黑山羊；走访慰问复退老军人，看望留守老人和留守儿童,既给予心灵的安慰,也给予经济上的救助。

在田用的驻米勒村扶贫工作日志本上,我整理出了几组数据。从2014年5月驻村,到2015年3月离开,他看望复员老军人、癌症患者、五保户、特困群众共计48人次,捐款及送去慰问金6000余元；2014年5月21日走访四组复员老军人李均妹(88岁),22日走访6组复员老军人余文清(83岁)、复员老军人褚福寿(78岁),6月4日走访复员老军人樊华清(81岁),分别为他们送去慰问金100元；2014年5月29日去三组看望杨石稳和田满情两位癌症患者,分别送去慰问金各100元；6月25日到县人民医院看望村里的癌症患者李光乔,送去现金100元；7月14日夜访五保户病人田付昌,送去现金100元；8月1日看望植物人李云应(39岁),送去慰问金100元……

还有,他总是为米勒村贫困户办一些力所能及的事：2014年7月4日带着残疾人夫妻田六安到红果县残联和第二人民医院等单位办理残疾证；9月19日带领新民村、米勒村廖赶妹到红果县残联和第二人民医院等单位办理残疾证；11月25日到县残联请残联领导到二、三组为龙坤华妻子和袁美术两位不能出远门的残疾人上门办理残疾证；12月24日到民政局为残疾人林国贤、褚福寿、袁美术、田六安申请拐杖并亲自送到家中；6月9日到鲁楚小学调解李奎与学校的纠纷；9月9日到米勒村三组调解关志林与赵洪万两家的土地纠纷。

还有,在交通方面,他向政府和交通部门通过申报一事一议项目,解决了米勒村一组村通公路长青沟2.2公里,干庄至河边4.5公里,向交通局申请解决了老鹰岩至老寨3.5公里的水泥路硬化,同时自己率先带头捐款2200元,并充当公路志愿者出义务工。在农业方面,田用结合米勒村实际情况,申报黑山羊500只,生姜100亩。在村委会建设方面,他向文体广播局申请领到一套老年活动器材,向盘县民政局申请到10万元社区建设经费,用于村活动室建设维修……

此时,我搁笔抬头,窗外春光尽染,春日阳光送来了温暖。田用就像春光,带给贫困老百姓温暖和希望。而他只是国家"精准扶贫"行动中非常普通的一员,满怀扶贫大爱的扶贫干部们,他们温暖了全国脱贫老百姓的心。扶贫,精准扶贫，就是一种真正意义上的温暖行动啊！

田用的故事才刚刚开始。

2015年3月25日，他又被派到乌蒙镇水塘村扶贫。这次担子更重，他不仅是村里的第一书记，还兼了乌蒙镇的党委委员，同时也是乌蒙镇同步小康驻村工作队副队长。乌蒙镇位于盘县最北端，素有盘县"北大门"之称，但这里无任何可开发矿产资源，是典型的纯农业乡。这里是盘县最为贫困的乡镇之一，全镇23000多人，有8200多贫困人口，贫困程度之深令人惊讶。而水塘村又是乌蒙镇最偏远最贫困的一个村，离镇里有30多公里，全是山路。当时许多人都不愿意到水塘村来，田用就说，我去。于是，他打起背包，坐着面包车来到了水塘村。刚到村部，正好赶上村里开党员会。田用给村支部书记打招呼，支部书记爱理不理的，他以为工作队又是来走过场、搞形式的。一参加这个会，他心里都凉了半截。不是因为支书对他的冷漠，而是因为这个村比他想象的还要艰难，让他心酸。虽然水塘村不大，只有1000多人口，还是一个纯粹的少数民族村寨，少数民族的文化生活也非常丰富，但这里地处山脉断裂带上，一直没有修路，也留不住水，连洗脸的水都紧张。交通更是不便，进山还是土路。

几天后，田用到镇上开会，他首先就跟镇领导提出，要解决水塘村饮用水和路的问题。他把自己这几天在水塘村看到的、听到的、想到的，通通在会上提了出来。说着说着整个会场变得静悄悄的，说着说着他不禁流出了眼泪。最后镇上的书记和镇长都表态，半年之内解决水塘村的饮用水问题。但镇上还没有修路的钱，不能表态。田用理解镇领导，作为一个贫困镇，能够做到这步已经不易了。于是他跑到县交通局，找到局长，把水塘村的情况一五一十地向局长讲了，局长很受感动，拍板说，十个月之内解决。县交通局修的是进村主路，而村主路通各组的支路则要老百姓自己修了。于是田用又开始动员全村老百姓捐款，他带头捐，捐了1500块钱，村干部一人100块钱，村民根据自家情况量力而行。最后全村自筹6万多块钱，再各家各户出劳力，修了5条支路，共计2900多米。后来县交通局局长看到水塘村村民热火朝天地修路，也被感动了，他又发动全局干部职工来捐款，把水塘村修的这2900多米的毛路一并硬化了。

局长对田用说:"你们都把路修好了,我们交通局不来硬化,就对不起你,也对不起老百姓。"笔者跟随田用书记到达水塘村时,主路早已修好,支路正在硬化。当地村民高兴地告诉我说,"十一"前全部能修好,他们要向国庆节献礼。

还有房子问题。田用看到,水塘村的房子全是20世纪80年代扶贫时县烟草公司建的,是用砖头码起来的平房,没有任何装修。于是他一家一户走访,发现了最突出的贫困户21户。他们住的房子地面不平整,还是泥巴地,甚至连件像样的家具都没有。有一户人家,只有两口人,年迈的父亲和打光棍的儿子。房屋破旧,土床土灶,除了电灯泡,就找不到任何电器了。更让田用心寒的是,他家里甚至只有两只碗,连刷牙的牙刷都没有。还有一次走访一家贫困户,那家主人高兴地指着一台液晶电视机说,那是他六盘水的亲戚家里淘汰下来的。田用表面上虽然点头微笑,但他心里却始终高兴不起来,在他心里,那台液晶电视机是对这风雨飘摇的破旧房子莫大的讽刺。田用是个有心人,他把每户贫困户家里的具体情况都做了详细的记录。随后,他带着记录本找到自己所在的单位县民政局,协调了10万块钱的党建扶贫资金,为21户贫困户家里铺好了地板,还为每户买了一台电饭煲、一台电磁炉、一个洗菜盆、一只锅、一只锅铲、一套饭碗、十双筷子、五支牙刷。

田用觉得,作为一个扶贫者,更重要的还是与老百姓心贴心。村里有个叫毛费平的,家里穷得一塌糊涂。十年前,因为嫌家里穷,他老婆离开了家,至今杳无音讯。后来毛费平得了肺结核,因为平常不讲究卫生,也没钱到医院看病,身体一天不如一天。田用到毛费平家一看,除了两床棉被,什么值钱的东西都没有了。没多久,47岁的毛费平去世,除了留下一个16岁正在上初中的儿子,其他什么也没有。田用想尽办法,从县民政局办手续给他家补助了1万块钱,拿了1000块钱做毛费平的安葬费,其余9000块钱补助他上初中的儿子。以后,田用经常到学校看望毛费平的儿子。去得多了,很多学生都以为田用是他的父亲。而事实上,毛费平的儿子确实叫田用"干爹"。干爹的疼爱,像一束光照亮了贫穷少年黯淡的心情。还有一个妇女叫高水兰,她患有精神残疾,男人早年得肺结核死了。因为是近亲结婚,她五个孩子,四个哑巴,一个聋子。因为都有缺陷，与他人交流都是个问题，就更别说找老婆结婚了，也挣不到钱。田用觉得，对于他们不能不闻不问，必须尽量为他们争取扶贫待遇。于是，田用给高水兰家申请低保，又把县残联的理事长请过来，让他们现场给高水兰家办残疾证。高水兰的儿子们虽然不会讲话，但他们只要一见到田用就会竖起大拇指……田用告诉我，有次他跟他老婆讲到水塘村高德文家的贫困，她不相信，她说，现在都什么年代了，还有这样的人家？！但当她跟着田用来到水塘村，一到高德文家门口时，她的泪就出来了。她立即拿出200块钱，送给了高德文。后来老婆更加理解与支持田用的工作了，她对田用说，老公，你做的事虽然都是小事，但却是实实在在的善事好事。田用还告诉我，有次在乌蒙镇干部职工大会上做报告，他把自己这一年多来所见、所闻、所思和所做实事求是地说了出来，他自己哭了，整个会场也都是哭泣声。

"田书记，你在水塘村扶贫什么时候结束？"我问。

田书记微微一笑说："水塘村什么时候脱贫了就撤了。"

2016年4月，田用因为工作成绩突出，被评为全省优秀驻村干部，还被送到中央党校学习。到中央党校学习，先在北京学习十天，然后再到井冈山干部学院学习六天。在重走红军路时，都是学员自己做饭。这是炊事班长出身的特级厨师大展身手的时候了，他一个半小时做了六道菜，有清蒸鱼、红烧茄子等。全班70个人，个个称赞。当时六盘水市政法委副书记苏书记也在这个班，他吃了田用做的饭后非常惊讶，找到他问："你在部队是厨师啊？"田用说："是呀，我当了14年兵，当了13年炊事班长。"说到这，田用突然想起一件事，于是连忙跟苏书记说："领导，我想跟你汇报一个事。"苏书记说："老田，你说。"田用说："授人以鱼不如授人以渔。"苏书记问："什么意思？你说具体点。"田用说："我们政府给贫困户2000块钱，不如教他们一门技术，让他们从根上脱贫，所以我一直在琢磨，给贫困户办个厨师班。"苏书记说："这个点子好，是个大好事！"田用说："我自己是厨师出身，有这方面的经验与资源，可就是缺经费啊！帮贫困户办班脱贫，我们不能收他们钱啊，只能自己筹。"苏书记问："办一期班大概要好多钱？"田用说："一期班大概 60 个人，个把月的时间，我算过了，大概需要 20 万。"苏书记说："老田，你回去赶紧写个计划报上来。""在驻村扶贫过程中我意识到，那种细致入微、送钱送物的扶贫是很需要的，但我觉得从政府层面来说，更多地应该从'造血'方面考虑，就是让贫困户都有自己的看家本领，这就等于撒播下了脱贫致富的种子。"田用深有感慨地说。

从中央党校学习回来后，田用立即写了主要针对乌蒙镇精准扶贫户和移民搬迁户办厨师班的具体方案。苏书记一看方案，非常高兴地说："很好，钱，我想尽一切办法帮你协调，如果硬是协调不了，就争取作为我们政法委的扶贫项目，给你兜底，但你一定要办好。"回到盘县，田用又风风火火地把这个方案呈送给了县委组织部和县人社局。领导们一看方案，都大为赞叹，并说这正符合中央的政策，中央要求各地通过技能扶贫，帮助贫困群众实现精准脱贫。于是，县委组织部和县人社局也解决了部分经费。组织部长还找他谈话："你要做好长期讲课的准备，这次是针对乌蒙镇的，第二期第三期就要放眼全县了。"7月1日党的生日那天，由盘县人社局主办，盘县职业技术学校承办的厨师培训班进行开班仪式。盘县人社局、盘县职业技术学校等单位的领导，来自乌蒙镇各村的 61 名学员参加了开班仪式。8 月 1 日，这个厨师班结业，61 名学员分别取得了初级或中级中式烹饪师的技能鉴定，并取得相应技能资格证。

"第一期为什么要选择在党的生日那天开班，八一建军节那天结业呢？当时我在班上跟学员们讲，因为我们党成立的时候非常艰苦，八一南昌起义那仗也打得非常艰苦，我们是来享受党和国家扶贫政策的，是来打脱贫攻坚战的，所以要认真学。厨师班主要是我授课，但我还请来了我的老师，他是中国烹饪大师，是我在四川学习时的老师。他听我说这个班是帮精准扶贫户脱贫的，二话没说，就飞了过来，连续讲了三天的课，并且分文不要，甚至连路费都不让我们出。我是志愿者，给贫困户上课，更是我的责任和义务。有个记者采访我时问过我，为什么要想方设法筹钱给贫困户办厨师班，为什么自己天天给他们讲课还不要任何费用？在我准备办这个班时，县委组织部和县人社局的一些领导也问过我这个问题，他们可能认为我有什么目的。我的回答是：我学厨师的时候,是部队培养了我,是党和国家培养了我,这个时候是我回报社会的时候了,我什么目的也没有,只想让他们学到一技之长,脱贫致富。"田书记说,"现在是第二期,8月9日开学的,学员主要面向全县的精准扶贫户,县委组织部和县人社局出的钱。三个老师讲课,主讲还是我。还有许多旅游扶贫点要办厨师班,是他们主动找上门来的,比如英武镇的旅游点,石桥镇的旅游点,都要求给他们办班。这是好事,学厨师的多了,开农家乐的也就多了,也能带动很多人就业了,脱贫就有望了。"

这期厨师班80后学员孔令金告诉我说,他是普田乡雁子村三组的,孔子的后代。他说,这几年他一直在安徽、江苏一带打工,但只能养家糊口。2008年的时候,他爱人心脏出了问题,就向村里的邻居以及亲戚朋友凑了十来万,在贵州省人民医院做了心脏手术,不能干重活了;2014年他母亲身体也出现了问题,患上了糖尿病;2015年他自己也查出患有糖尿病;父亲身体也不好。他有两个小孩,大的13岁了,小的才两岁半。一下子,他家变穷了,他再也不可能到安徽、江苏一带打工了,只能在家附近做点零工。这两年不仅没有收入,而且还欠了债。由于打造雁子村雁子湖旅游景点,再加上他家里情况特殊,这次乡上就把他推荐过来学习。他一想,学厨师比较适合他,既能开农家乐,又能照顾老人、妻子和孩子,还能带动身边的人。最主要的是他从小就喜欢厨师这个行业,一直充满了兴趣。他准备在自己家老房子的基础上再盖一点,搞个农家乐,绿色的生态的环保的……

听着学员们的讲述,我似乎看到了金山银山。

2017年5月18日清晨,我正在写作这部作品时,田书记给我发来微信说:纪作家早上好!我们盘县精准扶贫厨师班已进入第七期了,培训了400多人,先后就业和创业的有200多人。

听到这个消息,我非常高兴,立即给他回复说:春种一粒籽,秋收一片天!您是春天的播种者,为您高兴,向您致敬!

而像盘县这样培训技能、培养人才的精准扶贫措施在全国几乎无处不在。比如在四川省通江县采访时,我就来到了通江中等卫生职业学校。校长甘在政告诉我，他们学校也参与到精准扶贫中来了，在医疗扶贫方面，他们主要做了三项工作。第一项工作就是免费定向培养农村医护人才。因为通江地处偏远，交通相对滞后，高级人才引不进，即使引进了，最终可能也会留不住。为了解决乡村两级卫生人才，解决有医生来看病的问题，他们从巴中全市的初高中毕业生中，实行从高分到低分排序，然后再给市教育局、市卫计委以及市招生办，让他们从高分到低分进行录取。录取公示后，进行培养，在定向的单位服务八年后，方能进行流动。这方面人才培养是从2015年秋季开始的，学期三年，每年招收150人，全部免费。他们培养的原则是，培养实用型人才，出校门就能上岗。甘校长还特意跟我说，他们学校虽然是通江中等卫生职业学校，但承担的是巴中市整个卫生系统的教育工作。第二项工作就是针对养老护理的培训。这个培训主要是针对贫困家庭的妇女，她们文化水平不高，但还是比较适合做养老护理。更为重要的是，现在养老护理行业前景很大，从业人员工资也不低。于是，通江县政府下了个决心，从台湾请来六个在国际上都有影响的养老护理专家当老师。这个班是2016年4月开始的，每期35天左右，约50人。学员在学校的吃住用，全部政府买单。甘校长说已经培训两批了，现正培训第三批，从学校培训出去的，都成了市场上的"抢手货"，有到医院去当护工的，有到敬老院去当护工的，工资最少的三四千，大部分有五六千，也有拿到七八千的。培养一个人，脱贫一个家。第三项工作就是对乡村医生的培训。现在医学发展很快，不断有新的知识和方法需要更新，这就要求乡村医生不断学习。这个培训不光贫困村，整个巴中市2000多个村的医生都要培训。通过培训，不仅要让他们提高知识和技能，更能获得从医的资质。村级卫生室的医生必须有资质，这是一个硬指标。培训的时候，抽调全市最好的医生来上课。这个钱市政府出，每年光培训费就要200多万……

我漫步在通江中等卫生职业学校，感觉这个学校很大。不光面积大，而且希望大，它寄托着通江和巴中农村卫生发展的希望。许许多多这样的职业培训学校，寄托着中国农村发展的希望。

# 南部：可推广模式

## 一

南部，在这里不是个方位词，而是一个县的名称。它地处秦巴山脉西南端干旱走廊、深丘地带，历史上就是川东北最为贫困的县之一。2016年年底我到达这里采访时，南部县8519户27569人如期脱贫、66个贫困村成功退出，贫困发生率降至2.52%，进入退出国家贫困县序列。南部，只是中国当代精准扶贫见到成效的一个缩影。其实，国家的精准扶贫战略实施以来，退出贫困，奔向小康的县、乡（镇）、村，可以说是成群结队、摩肩接踵。仅在四川，与南部一起退出国家级贫困县的还有广安区，一起退出省级贫困县的还有蓬安县、前锋区、华蓥市（县级市）。那为何我又对南部情有独钟呢？不是因为这里拥有悠久的历史、深厚的文化底蕴，也不是因为这里有让人引以为傲的秀美自然风光，而是因为他们推行了质朴实在、切合实际，又非常接地气的脱贫方法。他们总结推行的这个脱贫方法叫"四小工程"，即小庭院、小养殖、小买卖、小作坊——简单明了，通俗易懂。南部县扶贫移民局总工程师李承周告诉我说，"四小工程"是从最现实、最直接的地方下手解决贫困户"增收难"的问题，见效快，周期短，能让贫困户立刻看到成效，坚定脱贫信心，同时也提升了贫困户对政府的信任，有利于后续工作的开展。2016年，他们全县实施"四小工程"10339户，占贫困户总数的61%。其中，小庭院4713户、小养殖5500户、小作坊27户、小买卖99户。对于南部县来说，"四小工程"并非长效扶贫机制，亦不是全部，更不是终点，但我们不得不承认的是，南部县之所以能够快速走出贫困县序列，是得益于"四小工程"的。而事实上，这种接地气的脱贫方法已经存在或者说可以存在于任何一个贫困地区，具备推广的普适性。在扶贫的现阶段，此方法有着极其重要的现实价值和意义。

走进南部脱贫致富正火热的乡村，那里的扶贫场景让我看到"四小工程"的巨大力量。

这天上午，我们来到了大堰乡封坎庙村。雾特别大，能见度非常低。县机关事务管理局的司机老曾是老师傅了，在部队时就是司机，转业回乡后，又开了28年车。一路上，他开启了雾灯和双闪，小心翼翼地向前行驶。他说，今天的能见度顶多100米。我掉在了四川盆地的雾海中，什么也看不清，更看不清乡村在精准扶贫后的新容颜。但我听得见声音，感知得到温度与激情……

在这里我见到了大堰乡党委书记梁先辉。梁先辉也是个"老基层"了，从参加工作起就在乡镇上干，有20多年了，从乡上的农技员，干到农机站长，再从农机站长干到副镇长、镇长，直到现在的乡党委书记，光在大堰乡干党委书记都将近六年了。对于乡村，对于扶贫，他有着深刻的体会，也感慨良多。

梁先辉书记告诉我，大堰乡在南部县西南的位置，距离县城37公里，属于既偏僻又贫困的乡镇。本来这里就田少人多，加之1957年修巴尔滩水库，把大堰乡大部分田地淹没了。但他们的牺牲值得，因为附近30多个乡镇迎来了幸福之水。不过，他们的生活更加艰苦与贫穷。5年多前梁先辉来这里任党委书记时，大堰乡居然还不通水泥路，只有县扶贫和移民工作局在这里实施一个小项目，在乡上搞试点，修了100多米水泥路。现在他们乡10个村83个社（组），有6个贫困村。到2015年年底，这6个贫困村还有贫困户255户896人。最典型的还是封坎庙村和纯阳山村，这两个村的光棍也是最多的，每个村都有二三十人，建不了房，也娶不上老婆。但精准扶贫后，变化最大的也是这两个村。

如何精准扶贫的呢？

梁先辉书记又向我娓娓道来。他说："首先是精准识别。2014年的贫困标准是2736元，如果谁家的年人均收入低于这个标准，就叫贫困人口。但谁来鉴定农户家的人均收入呢？我们出台了'三议群众工作法'。首先是贫困村民自己写申请，讲清楚自己贫困的原因以及贫困的现状。其次就是村两委的人进行审察把关，看情况是不是属实，最终拿出贫困户名单。当然，村两委说了还不算，必须召开群众大会，由群众进行举手表决，群众说了算。所以第三个环节就是群众决议。还权于民，让群众做主，这样识别出来的贫困户才能站得住脚，经得起考验。村两委的人进行审察把关时，一个重要参考就是四川省扶贫和移民工作局制定的'十二不准'，家里有汽车的不准确定为贫困户，吃五保的不准，国家公职人员退休的不准，在城里买了房子的不准……不光精准识别采取'三议群众工作法'，村上的其他大事都按这个办法做。政府不拍板，只指导，群众自己觉得可以做应该做就做，形成村规民约。其次是项目实施。在调研、规划过后，再由群众决议。最先干什么，什么不能干，都由群众评议与决定。比如去年封坎庙村群众在讨论先实施什么项目时，群众就决议先修路。既然自己决定了，矛盾也基本上由自己解决。如修路时要占用田地，他们就决议，大一点的树木卖掉，小一点的移栽，要移的祖坟，全部集中到村里的一个山头……因为他们知道，这是脱贫之路，也是致富之路，更是希望之路。最后就是老百姓增收致富的问题。一个地方要发展，光有短效增收项目不行，光有长效的也不行，必须长短结合，既能保证当前，也能保证未来。于是，南部县在每个村都建了一个脱贫奔康产业园，里面既有短效增收项目，也有长效增收项目。南部还提出了'三个一'。第一，一户贫困户家里尽量培养出一名大中专学生，只要他们找到工作了，自然就脱贫了；第二，一户贫困户家里有个技术明白人，只要有人懂技术，会养殖，有一技之长，脱贫的机会就大增；第三，一个地方有一个致富能人，一个能人带动一片。比如封坎庙村的王兴俊，原来是贫困户，后来当棚主养鸡，一个月挣一万多块，一年下来就是一二十万。许多群众跟着他学养鸡，都脱贫了……"

梁先辉书记对我说："南部最值得摆（聊）的还是'四小工程'。一是小庭院，鼓励贫困户在房前屋后栽上果树；二是小养殖，鼓励贫困户养生猪，养鸡鸭；三是小买卖，鼓励贫困户在村里，在镇上，甚至到县城做点小买卖；四是小作坊，鼓励那些有传统手艺的开小作坊，比如酿酒、制作豆腐、灌香肠之类的。别看这"四小工程"不那么起眼，也土气，但很实际，老百姓也很喜欢。正是这"四小工程"，让封坎庙村和纯阳山村发生了快速的变化。比如封坎庙村，人穷的时候，民心也涣散，聚不起来，告状上访的人多，是乡里和县里有名的上访村。经济发展起来后,老百姓不告状了,还积极维护村里的荣誉。原来在外面发展的村民,看到村里好了起来,也都常回家看看了。"梁先辉说到一个故事:村里有个人叫敬天会,在广州当老板。去年年底他回家一看,变化这么大,感觉家乡太了不起了。于是,他私人出钱,请全村吃了一顿团年饭。吃饭的时候,他还做了发言,他说:"外面的世界虽然精彩,但还是家乡好,现在家乡变好了,一定要爱护好,发展好。"春节后,原来准备在广州度过一生的他不仅在家里建了别墅,看到村办公楼条件艰苦,他还捐了十来台空调和一些办公用品。

我们行走在封坎庙村,感受着"四小工程"带来的变化。

一社(组)年过六旬的代子才老人正在自家屋后的鸡圈里吆喝着。他家现在养着50来只鸡,搞的正是"四小工程"。他说他今年66岁,两个儿子,但他们出了学堂门就到成都打工了,现在儿子、儿媳妇、孙子,都在那边,他们买了房子和车子,都是按揭。大城市生活压力大,只能维持家里的生活。按理说,他和老伴不算太老,照顾好自己还是没问题的。但由于老伴20多岁就得了肺结核,身体一直不好,不能正常劳动,而看病要花钱,加之后来儿子结婚花了一笔钱,所以家里条件一直不好,还是住的老房子,盖不起新房。他和老伴的收入主要是靠传统的农业,种水稻、小麦和玉米,七七八八加起来,一年的收入才三四千块钱。2014年5月政策来了,说是要精准扶贫,他就抱着试试看的心态,给村里写了个申请。他在申请中写道:我是封坎庙村一社的代子才,因为我老伴刘秀君从20岁起就得了肺结核,双眼还患有白内障,长年看病,花钱不少。我家里困难,特意向村支委申请评为贫困户。最后群众把他家评上了,没有一个反对的,甚至还上网进行了公示。刚一评上,县扶贫移民局就白白(免费)送来了50只鸡,拉来300斤肥料,还送来了4头小猪。老两口勤勤恳恳干一年,到年底一算账,脱贫了。代子才说粮食收入3800块钱,50只鸡和四头猪收入5900块钱,总共加起来有9700块钱的收入。这年他老伴看病花了4700块钱,是看白内障花的,百分之百报销了。所以他这9700块钱是全年的纯收入。2015年8月村上开群众大会,他就在会上提出退出贫困户,他还说他家里收入可以了,家属眼睛也好了,已经脱贫了,让其他社员享受吧。代子才还说,他们村原来是全县最落后的一个村,现在路修好了,大部分都脱贫了,能有今天的变化真不简单。说老实话,这全都靠国家好政策。

在三社,我碰到了陈家福。瘦小的个头,花白的头发,满脸沧桑。或许,52岁的他经历过太多的人生苦难和磨炼。他说他以前成过家,还生了个儿子,但老婆看着他家里穷,就带着孩子跑了,再也没回来过。他说老婆刚走的时候他恨过自己,也恨过封坎庙村,这狗日的地方太穷了,穷得鸟都不落。于是他一气之下就离开了封坎庙村,长期在外面打工,几乎很少回家。他去过广州、深圳,也去过拉萨,在广州、深圳主要是在工厂上班,在拉萨是搞地质钻探。他父母都已经过世,还有一个弟弟,40多岁了,没成家,也一直在广东那边的工厂里上班,没回过家,也很少跟他联系。陈家福说他自己是2014年评上贫困户的。我觉得奇怪,便问他:"难道你一个人一年的纯收入才两三千块钱吗?"他说,他只上过小学一年级,只会认简单的字和算简单的加减,工资不高。今年上半年他还在拉萨那边搞地质钻探,一个月才2000多块钱,也不是天天有事做,加上那边消费高,一个月能剩几百块钱就不错了,哪还有钱建房子、娶老婆。所以2014年村上把他评为了贫困户。今年5月份他回到老家时,他被家乡的巨变吓了一大跳。"全是水泥路和柏油路,又宽又干净,路边尽是大棚,原来的土房和瓦房大都变成了楼房。怎么全是水泥路和柏油路了呢?开始我以为自己迷糊了,走错了路,直到看到村里的人,才确定我走的路没错,这就是封坎庙村。他们告诉我,现在农村跟以前可不一样了,政府不仅扶贫搞养殖业,就连建房和建大棚都有补助。我当时就决定,不再到拉萨打工了,就在家里搞点养殖。当时,我就给我弟弟打了个电话,说了家里的变化,叫他回来发展。他不相信,无论我怎么说都不相信。他说,他不回来,他不相信封坎庙村会有这么大的变化,说我是骗他回家。还说,到处是山,连条路都没有,有啥子出路嘛。我相信,只要我弟弟回来一次,他也不会再到广东去了。今年我先建了房子,建的平房,三间,总共花了8万多块钱,政府补了17000多,其余的都是这些年我自己打工挣的。现在房子修好了,我想搞养殖建大棚又没钱了。我准备去贷10万块钱的款，搞个温氏（太仓温氏家禽有限公司）养鸡场。我把想法和村支书说了一下，他说村里大力支持。我打算今年脱贫，如果今年硬不行，最迟不超过明年。我也没其他想法了，脱了贫，第一件事就是要娶个老婆，成个家，老来还得有个伴。"陈家福说。

村支书代光树是二社的，2014年1月当的村支书，当村支书前是村主任。他告诉我，他们村的变化主要是这两年，精准扶贫来了之后，群众思想解放了，"四小工程"发展起来了，产业搞上去了。2014年全村人均年收入还只有2000块钱，去年就达到了3000元以上，今年全村都摘贫困帽了……

顺着宽阔的村道，我们来到了纯阳山村村部。纯阳山村这里有个大石洞，传说早在1000多年前吕洞宾在这里修行，所以这个山叫老君山，又因为吕洞宾叫纯阳老祖，所以这个山又叫纯阳山。这就是纯阳山村的来历。在村部，我与驻村第一书记魏小洁、邓力立，村支书涂正林，村主任李传兴，村监委会主任王国中等人摆起龙门阵来。

涂正林书记个头不高，但说话不紧不慢，很有定力。他说："纯阳山村原来是个十年九旱的干山村，耕地面积只有406亩，种的是水稻、小麦、玉米和红薯，人多地少，远远不能维持我们的生活。到2014年的时候，我们村有301户997人，其中建档立卡的贫困户是97户280人，贫困发生率达到28%。由于在村里看不到希望，全村645名劳动力，有425人到全国各地打工。而留在家里的部分劳动力，主要搞些传统的养殖业，收入不多。通过精准扶贫，到2015年年底全村贫困户就只有27户92人了，今年原计划17户脱贫，但有7户提前退出，所以实际脱贫24户，全村的贫困发生率下降到了0.06%。"

"脱贫之所以如此立竿见影，第一就是'四小工程'，第二就是大力发展产业。"涂正林书记说，"'四小工程'操作性强，政府资助鸡、鸭、猪等，还提供些肥料与饲料，再进行技术指导，不要一年就能见到效果，几乎没有风险，船小好调头啊。第二就是大力发展产业。从2014年到现在，我们村种植'不知火'柑橘320亩，香桃112亩，估计明年就要挂果了。今年见到实效的是引进了四川森肽集团种植双孢菇，主要针对27户贫困户。首先是成立合作社，建立产业园。合作社主要由三个方面组成，一是村里的贫困户，二是森肽公司，三是经理人。我们合作社的注册资金100万，27户贫困户有张大恒、李正林、帅群芳、雍小林、毕兴成、张国成、王兴猛、王宝中、赵家良、姚素琼、毕兴益、张中路、李传云、王素琼、王素珍15户入园入股了，他们每户以银行贷款5万元入股，加起来他们占了合作社75%的股份；森肽公司直接出资13万元入股，占13%的股份；合作社经理人陈如刚、胥树维，各出资6万，占12%的股份。他们分工明确，经理人负责合作社日常事务管理，森肽公司提供种子，进行技术培训和销售，贫困户在园区内独立生产。"

南充市扶贫移民局的邓力立是个年轻的小伙子，是增派到纯阳山村的第一书记。他说："当时之所以引进四川森肽集团种植双孢菇，一是考虑到这家公司的实力，二是考虑到蘑菇是绿色种植，不会对生态产生影响。为了打消村干部和贫困户的顾虑，我带着他们到了森肽集团总部，还带着他们看了仪陇县险岩村双孢菇的种植。回来后，让贫困户自己考虑，如果愿意，就写申请，如果真正有病没有劳力的，就不入园只参加销售环节的分红，结果27户贫困户全都参加了，其中15户入园生产。"但过程并不是那么顺利。小邓说："最先让他们贷款5万元入股时，他们都觉得这是天文数字，大都不敢贷。当时我们就跟贫困户说，我们给你们担保，还给你们写了承诺书。但对于他们的入园，合作社也有明确要求，他们也写承诺书，一是要勤劳，二是要服从管理，三是要提供合格的劳动力。如果达到这些要求了，森肽公司保证每年达到10万块钱的收入，如果达不到，森肽公司补这个缺口，对此森肽公司也写了承诺书。通过我们扶贫干部的贷款担保和森肽公司的收益担保，贫困户的后顾之忧解决了。"

小邓又给我讲起两个故事来。他说："八社有个贫困户叫张中营，患有先天性心脏病。当时听说村里要种植双孢菇，还有这么好的政策，他心动了，就积极动员他在外面打工的老婆申请加入合作社进行种植。结果他老婆回来说，她膝盖一直疼，到医院一检查，是得了风湿病，做不了重体力活，只能参加销售环节的分红。看到千载难逢的机会就这样溜走了，张中营急得掉下了眼泪。

他对我们说，只怪我们家不争气，只怪我们家不争气。后来，张中营看到扶贫干部和村干部付出这么多，怕我们担忧，就写了一个承诺书。"从小邓手机所拍的这份承诺书的照片，我读到了一份中国贫困农民写的饱含真情实感的承诺书——

承诺书

在扶贫期间，我张中营一家人感受到温暖，主要感谢共产党和各位领导对我的帮助，帮我张中营修建了房子，有了住所（他家原来住在山上，因为进出不便，加之房子快倒塌，政府组织进行了异地搬迁），我很感动。还给我家建了小果园（"四小工程"中的"小庭院"），还给我家养了两只羊（"四小工程"中的"小养殖"）和各种的帮扶。另外，给了我一个500平方米的种植大棚。我张中营一家是实实在在感谢领导，我一家人很满意，很满意了。

关于种植双孢菇，我考虑很久了。为什么？我只有向各位领导说一下情况。因我张中营有心脏病，我老婆的腿有风湿病，无法进棚种菇，加之我老爸有90多岁了，我的女儿还小，所以在种植双孢菇上，我只有选择放手，不能让领导为我操心了。我张中营实实在在地活得很悲观。虽然我们不能种植双孢菇，但还能种植其他的。不管怎样，我要发奋努力去创造，也要奔小康。我张中营只能说声对不起，很抱歉，谢谢父母官！

张中营<br>2016年6月29日

小邓还说，当时贫困户贷款入园入股的时候都要签字，并且是夫妻双方签字。六社毕兴成老婆叫杨家君，她斗大的字不识一个，更不会写字。在外面她最怕人家问她字或者是要她写字，她更不敢出远门。毕兴成叫她去签字，她宁愿在地里干活也不去。最后没办法，毕兴成只得强行把她请到合作社的会议室，抓着她的手写，歪歪曲曲写下她的名字。

南部县人民政府办公室的魏小洁是驻村第一书记。他则告诉我，为了让纯阳山村尽快脱贫致富,各级政府增派了 4 名第一书记,力量强大,效果明显,今年入园入股的 15 户贫困户现在已经全部脱贫了……

中午时分,雾散了,太阳出来了,巍峨的大山,整洁的道路,漂亮的房子,挂着笑容的脸庞,清晰展现在我眼前——我眼前的一切如此明亮、耀眼!

太阳是出来得晚了点,却不失为一个好天气。

## 二

傍晚时分,我们前往楠木镇金垭村,途中经过碑院镇。在林坝村,一户破旧的土砖房顶袅袅升起的炊烟,还有狗叫、鸡鸣,以及屋前金灿灿的橘子树,这些勾起我们临时探访这户人家的兴趣。

破旧的土砖房里,一个农村妇女正在做饭。土砖房旁边,一栋一层红砖房刚刚完成主体构架,一个六旬左右的男子在忙碌着。男子个头不高,脸庞黝黑,一看就是个朴实的农民。他很热情,看到我们来,先是开烟,然后忙着给我们搬凳子,我们坐下后,又端出一大筐橘子。他说,这些橘子就是他家屋前树上结的,很好吃,甜着呢。男子说,他叫张定科,今年刚好 60,他们这里是林坝村四社。

于是,我们又与张定科摆起了龙门阵。

张定科说,他 1976 年入伍,当工程兵,挖山打隧道。当了 5 年兵,1981 年退伍的,因为关节炎。由于老家贫穷,交通不便,退伍回乡后,他再也没有走出大山,一直待在家里,靠种地为生。他有两个娃儿,大的是女儿,叫张彦,今年 27 岁了,四川农大毕业,现在成都上班;小的是儿子,叫张飞,今年 25 岁,绵阳专科学校毕业,现在上海上班。初中毕业的张定科,在他同辈人中还算有文化的人,他也一直有个观点:如果不上学就很难摆脱贫困,只有知识才能改变命运。所以他两个孩子上学期间，虽然家里很苦，但他也是咬牙坚持。为了给孩子凑学费，他和他老婆连个鸡蛋都舍不得吃，要拿到集市上去卖掉。可以说，在坚持让两个孩子上学的这十几年，他与他老婆的眼泪是淌了又淌，被子都不知道被眼泪打湿过多少次。张定科说，他女儿上初中时，由于家里实在太穷，有过不让她读书的念头。但女儿很懂事，知道爸爸身体不好，也知道家里没钱，为了节省钱，她每天中午连饭都不吃，总是饿着肚子回家。后来他知道了，看着女儿就眼泪直滚，女儿看着父亲流泪了，也失声大哭。从这时起，张定科就在心里暗自发誓，以后就是再苦再累再难，也要让娃娃们读书，再也不在娃娃们面前提不读书的事，要让他们读到自动不想读为止。女儿后来考上了四川农大，又需要一笔钱，家里穷，拿不出钱，女儿主动提出放弃，外出打工。但张定科不同意，他对女儿说："人一生，上大学的机会可能只有一次，但攒钱的机会随时都有。"于是他把家里的猪、鸡、鸭等能卖钱的东西都卖了，也把所有的亲戚都借了个遍，才凑齐女儿的学费。他所借的这些钱，直到 2016 年上半年才还完。为了让娃娃们读书，张定科还做出了一个决定，娃娃上学第一，家里建房第二。所以他们家一直住在破旧的土砖房里，直到去年脱贫了，娃娃们都已经参加工作了，他才想到建房子的事。

张定科家脱贫是一种必然，但必然中也有偶然。这与四川省委政策研究室曾主任有关。张定科说，那是 2015 年 7 月 18 日，那天正好星期六，他一辈子也忘不了。那天上午他正在离家不远的地里干活，看到两个男子到了他家。随后他老婆把他叫回了家。到家一看，是省里的两个干部，文质彬彬的。那个 50 岁左右，个头中等，不胖不瘦，平易近人的是曾主任，省委政策研究室的，专门联系林坝村扶贫。曾主任把张定科家里的情况问了个遍，包括过去、现在以及未来的打算，包括家里的老人和小孩的情况，搞了什么养殖，收入怎么样，打算如何发展，等等。最后曾主任对张定科说："虽然你身体不算太好，但还能劳动，只要能够劳动，就要自力更生，不能等靠要。等靠要，可能会让你一时脱贫，但等政策一过，又会返贫的。只有自力更生，有了自己的产业，才能从根上脱贫。你家有两个孩子，你培养得很好，这样做了，不仅能够很快摆脱贫困，实际上也是给下一代做出了榜样。"张定科是个非常老实质朴的农民，曾主任讲话时，他一直不敢坐。虽然曾主任一再叫他坐着聊天，但他还是不敢坐。最后张定科说，虽然他没什么本事，身体也不是太好，但搞点小庭院、小养殖、小买卖还是没问题。他请领导放心，一定争取尽快脱贫，绝不给政策研究室的各位领导丢脸。曾主任一听非常高兴，他说："这才是咱们四川人的性格嘛。"曾主任在张定科家聊了一个多小时，也把他家里里外外都看了个遍。走的时候，曾主任又悄悄塞给他一个红包。张定科硬是不要。曾主任有点生气地说："这个钱不是政府的，是我个人给的，我给你是有条件的，一定要在今年脱贫。"张定科心里激动起来了，当时泪都出来了。"我们家世代务农，曾主任是到过我们家最大的领导，能不激动吗。"张定科说。

曾主任走后，张定科与老婆打开红包一看，是十张百元大钞。两口子非常激动。其实此时张定科家里不仅没有任何积蓄，还因为娃娃上学欠了不少债，特别需要钱。但张定科对老婆说："拿了曾主任这1000块钱，不能乱花呀，那是人家领导指望我们脱贫的呀！现在县上不是提倡搞'四小工程'吗，用来搞小养殖吧。"老婆一听，高兴地说："我也是这样想的。"张定科家原来也养过鸡，只是规模小。事实上，所有农村人都曾有过养鸡的经历。说干就干，第二天两口子就在自家屋后搭了个简易鸡棚。第三天，张定科就花400多块钱买回了107只鸭子；第四天，他又花500多块钱买回50多只鸡。三个多月后，鸭子就见效益了；五个多月后，鸡也见效益了。2015年，张定科的鸡卖了15000多元（除去成本），鸭子卖了5000多元（除去成本），还有苞谷等其他的收入5000多元，总共加起来有二万五六的收入，除去劳动力成本，2015年的纯收入也有二万二左右，按他和他老婆两人算，人均年纯收入有11000元，远远超过当年人均2855元的脱贫标准。而仅仅在一年前，即2014年年底时，他家的人均年收入才 2000 块钱，还是典型的贫困户。2015 年年底村里开群众大会时，他就在会上提出，他家的人均年收入是 11000 元，申请脱贫。

张定科不仅脱了贫，还向着致富之路迈进。他说，2016 年他进一步扩大了规模，把自家的后山都围成了鸡圈，养的鸡达到了 3000 多只。积累了一些养殖经验了，他养的鸡死亡率只有百分之零点几了。现在不光本村的村民到他这里学养鸡，就连外村的都有。明年还要扩大，达到养七八千只鸡的规模。由于形成了自己的品牌，城里的大饭店都到他这里买鸡。于是他又成为村里的一名销售员，大饭店里要买鸡只找他，村民养的鸡往外销也只找他。张定科说，县上的"四小工程"不是还有"小庭院"和"小买卖"吗，这些他也干上了。他的鸡圈里全部栽上了"不知火"柑橘，并且是科学循环利用。因为有了本钱，他还做起了小买卖，做起了花椒生意。四小工程，他占了三样……张定科还告诉我，按说要建两层的楼房，但刚脱贫，经济上还不是那么宽裕，所以只建了一层。总共花了 11 万元左右，因为自己已经脱贫了，国家没有补助了。这 11 万块钱中，自己卖 600 多只鸡凑了 3 万多块，贷款 3 万多块，娃娃们还支援了一点。他说估计明年就能把贷款全部还完。新建房子的基脚做得牢固，是按两层的标准建的，等明后年有钱了，还是要加一层，建成楼房。

我们正聊着，南部县安监局下派驻林坝村的第一书记张浩过来了。他说："林坝村自然条件差，饮水困难，以前杂草丛生，道路泥泞，因病致贫、因学致贫的很多。想发展产业，一是缺资金，二是缺技术。于是，劳动力和年轻人都外出打工了，家里就剩下了'386061'（妇女、老人、儿童）。县上提出的'四小工程'非常适合林坝村。"说起张定科，他是赞赏有加，他说："老张现在已经是村里名副其实的致富带头人了，有些贫困户能够迅速脱贫，有他的功劳。"张浩告诉我，2014 年贫困户精准识别时，全村有贫困户 65 户 231 人，2014 年当年就脱贫了 24 户 92 人，2015 年脱贫 10 户 37 人，张定科就是这 10 户里的十分之一。今年计划脱贫 29 户 99 人，现在已经全部完成。还有 2 户 3 人，是残疾老人，但也会在2017年脱贫。对于前两年已经脱贫的，政府也会密切关注，在他们奔向致富的道路上，还会要扶马送上一程。要真正走出贫困，一是要有好的扶贫机制，二是要激发群众内生动力，把他们的内因充分发挥出来，这样才能留下一支永远带不走的驻村工作队。

……

此时，乡村的炊烟，正温柔地升起在这宁静而祥和的村庄上。

回望张定科家，夕阳下，那缕缕炊烟带着喜讯，正飘向远方。张定科站在他的新房子前，向我们招着手。我还听到他嘴里在小声念叨着：如果没有曾主任的帮助与鼓励，我就不会脱贫，曾主任的恩情，一辈子也忘不了……

是啊，知恩感恩不仅是一种美德，更是一种动力。

# 第五章 远去的云朵

▲ 西藏隆子县隆子河畔培育的沙棘林
▼ 新疆叶城县依提木孔乡托万库其村发展庭院经济

> 评上贫困户有啥子用嘛，评上了贫困户自己不努力还是脱不了贫，脱不了贫就致不了富，更还不了债，盖不了新房。自己肯定要搞项目，要想办法挣到钱，总不能坐在家里等着受穷吧……
>
> ——四川巴中市巴州区水宁寺镇龙台村五组村民李国成

# 远去的云朵

## 一

2017年2月上旬，全国各地"两会"基本结束后，一位始终在关怀、关注贫困人口的记者对各省份2017年的工作报告进行了一番梳理。一组组凝聚着辛勤与汗水的数据令人欣慰：2016年有24省份明确当年脱贫人口目标，西部的云南、贵州、四川、陕西、广西、甘肃，中部的河南、湖北、湖南以及山东、河北等11省份均提出确保2016年脱贫人口不少于100万的"百万计划"；而事实上，在2016年，湖北、广西、安徽等12省份分别实现减少贫困人口100万，山东实现151万贫困人口的脱贫，成为当年脱贫人数最多的省份，安徽原计划减少贫困人口80万以上，最终实现103万贫困人口脱贫。而在2017年的脱贫计划中，湖北、广西、云南、湖南、四川、河南、贵州等7省份仍有"百万计划"。其中，湖北继2016年实现147万建档立卡贫困人口稳定脱贫的目标后，2017年提出当年力争128万人脱贫的目标。

我认为，比这一组组数据更为欣慰的是，从中央到地方在脱贫攻坚路上时刻保持的理性、警惕性与反思性。据统计，2016年，全国查处侵害群众利益的不正之风和腐败问题82064件、处理100396人，其中扶贫领域16193件、20083人。比如湖北就提出了坚决防止"被脱贫""数字脱贫"；安徽官方则提出"扶真贫、真扶贫、真脱贫"；湖南更是全面推进扶贫过程中"雁过拔毛"式腐败问题专项整治工作，严查发生在群众身边的"微腐败"，2016年全省共立案调查"雁过拔毛"式腐败问题5675件，处理7951人，追缴资金3.69亿元，清退资金7025.06万元……

我还关注到地处祖国西北边陲，地大物博，幅员辽阔，有着166万余平方公里土地的新疆。2017年2月27日召开的新疆维吾尔自治区扶贫开发工作会上透露，2016年全区有5个贫困县摘帽、810个贫困村退出、60余万贫困人口脱贫，贫困地区农民人均可支配收入突破了8000元。2017年确保年内有59万贫困人口达到"两不愁、三保障"标准，实现稳定脱贫；800个贫困村贫困发生率降到3%以下，退出贫困行列；10个贫困县农民人均可支配收入增长幅度高于全区平均水平，基本公共服务主要领域指标接近全国平均水平，实现脱贫摘帽；南疆四地州"十三五"片区规划全面实施，区域性整体贫困进一步缓解。

既"战火"连天，更捷报频传！

我的思绪回到了天山之南，巍巍昆仑山下，那广袤的土地，那辽阔的天空，那灿烂的笑容……

喀什是古代丝绸之路上一颗璀璨的明珠，是丝绸之路上的重镇。由于特殊的地理位置，千百年来，喀什一直是天山以南著名的政治、经济、文化、交通中心，今天的喀什，变化之大、发展速度之快令人惊叹。当你走进喀什城，它的魅力和美丽让你迷恋。但喀什城的变化并不代表喀什地区已经全面大发展，这里有些地区由于交通不便，导致信息不畅，当地人对外面的信息知之甚少。地理位置毗邻"死亡之海"的塔克拉玛干沙漠，这里由于生态恶化，缺水严重，导致生产结构单一，以种植棉花、红枣等抗旱性作物为主，畜牧也仅仅停留在以家庭为单位的自产自销，内部消化；由于当地发展的落后和对教育的不重视，使得人们思想观念落后……一系列的连锁反应使得当地越来越贫困。2016

年7月底8月初我来到这里采访时从喀什地区扶贫办了解到，2014年喀什地区建档立卡确定贫困人口28.58万户105.59万人，占农村总人口的32.43%，占全疆贫困人口总数的40.6%，占南疆四地州贫困人口的48.3%。12县市中有国家级扶贫开发工作重点县8个，片区扶贫开发重点县市4个。扶贫开发重点村1222个，占全疆43%，占全地区行政村总数的52.09%，占南疆四地州贫困村总数的46.91%。其中，还有12.8万贫困人口分布在生存环境恶劣、基础设施落后、居住分散、发展水平更低的深山区、边境线。尽管如此，面对重重困难，喀什地区上下聚焦精准，锁定贫困，大力实施精准扶贫、精准脱贫方略，努力走出一条具有新疆特色、喀什特点的脱贫攻坚之路。政策效果非常明显，越来越多的人脱贫，2015年全地区脱贫16.21万人。扶贫办办公室小杨告诉我说，他们验收核查组刚刚核查过，喀什地区2016年上半年121个贫困村以较高水平退出，7.12万户28.57万人以较高水平脱贫……

然而，说到新疆扶贫，我们不能不提援疆。在精准扶贫实践中，东西部扶贫协作和对口支援承担了重要使命。这是一支重要的力量，这支力量将祖国东部和西部人民紧紧联系在一起，这支力量显示了我们中华人民共和国的大国气度和大国情怀。

若将历史的镜头回放，新中国刚刚成立，百废待兴之时，共和国领导人的目光就始终关注着祖国西部这片热土。当时虽未有"援疆"之说，但新中国历史上第一次浩大的举全国之力的援疆壮举便始于那个特殊的年代。1950年3月，驻疆解放军发扬南泥湾精神，在天山南北掀起了大生产运动。他们在人迹罕至的戈壁荒滩，在野兽横行的雪山深谷，开荒造田，兴修水利，植树铺路，盖房建场。当年，全军开荒6.41万公顷，播种5.57万公顷，创办军垦农场13个。1951年至1952年，驻疆解放军节衣缩食，筹集资金，创办了新疆第一批大中型现代工业。1952年年底，按照党中央的批示，部队创办的19个大中型工矿企业无私移交新疆省政府管理，为新疆现代工业和交通运输业的发展奠定了基础。随后，因为王震将军的一个提议，内地省市人民掀起了大规模支援新疆建设的大潮。到20世纪60年代中期，先后有湖南、四川等十几个省市的100多万青壮年告别家乡，投身新疆和新疆兵团社会主义建设。他们与新疆各民族人民同呼吸、共命运，融为一体，为开发边疆、建设新疆、加强民族团结、巩固祖国边防做出了贡献……1979年召开的全国边防工作会议上，中共中央第一次确定经济相对发达的省市对口支援相对落后的民族省区的具体安排，即北京支援内蒙古自治区，河北支援贵州，江苏支援广西壮族自治区、新疆维吾尔自治区，山东支援青海，上海支援云南、宁夏回族自治区，全国支援西藏自治区。这是中央对"对口支援"的首次明确表述……1996年，中央做出开展援疆工作的重大战略决策。1997年2月，由北京、天津、上海、山东、江苏、浙江、江西、河南8省市和中央及国家有关部委选派到新疆工作的首批200多名援疆干部陆续抵疆，大规模援疆的序幕拉开了……就在我来喀什采访的几天前，即7月21日，又一场全面打赢脱贫攻坚战的动员鼓劲大会在宁夏银川召开。这个大会，汇聚了北京、天津、辽宁、上海、江苏、浙江、福建、山东、广东和大连、苏州、杭州、宁波、厦门、青岛、广州、深圳、珠海等有帮扶任务的东部9个省市和9个城市的党委书记，内蒙古、广西、重庆、四川、贵州、云南、西藏、陕西、甘肃、青海、宁夏、新疆等接受帮扶的西部12个省区市的党委书记，京津冀协同发展对口帮扶的河北省委书记，中央和国家机关有关部门负责同志。习近平总书记在会上作重要讲话时强调，东西部扶贫协作和对口支援，是推动区域协调发展、协同发展、共同发展的大战略，是加强区域合作、优化产业布局、拓展对内对外开放新空间的大布局，是实现先富帮后富、最终实现共同富裕目标的大举措，必须认清形势、聚焦精准、深化帮扶、确保实效，切实提高工作水平，全面打赢脱贫攻坚战。

　　虽然"援疆"是一个早就存在的系统工程，实际上也是一种事实上的扶贫，但是这一轮的援疆更是扶贫攻坚战的对口精准扶贫。19个援疆省市都制定了精准扶贫援疆方案，助力新疆打赢脱贫攻坚战。

　　安居，即安稳生活；富民，即使民殷富。没有安居房，谈何脱贫，谈何幸福？没有富民，谈何全面小康？在喀什采访，我听到扶贫干部和援疆干部以及当地老百姓说得最多的便是"安居富民"工程。"安居富民"工程是新疆维吾尔自治区党委、人民政府坚持以人为本，着力解决广大农牧民生产生活最紧迫、最现实问题的一项重大民生工程。2010年5月的一天，许多新疆同胞从电视里看到一条好消息：中央全面启动新一轮援疆工作。中央新疆工作座谈会后，国家举全国之力支援新疆，首开中国历史上有计划、有组织、大规模"安居富民"的先河：将已建成抗震安居房，全部纳入到改造型安居富民房规划建设，并在全疆14个地州（市）、89个县市（区）启动安居富民工程……

安居富民工程建设现场，成了新疆精准扶贫名副其实的主战场。

在喀什这个主战场，我碰到了一个来自上海的博士，并有幸与他一同采访。他叫朱锦，是上海第八批援疆前方指挥部规划建设组组长，2013年8月来到喀什的。他告诉我，现在安居富民工程既是新疆精准扶贫的大事，也是他们援疆的头等大事。帮助贫困户建房子，不仅要建得好，更要让他们住得舒心。有些地方建安居房存在这样的问题，房子建好了，但老百姓入住率不是很高，或者说住进去了，但住得并不舒畅。为什么？人性化的考虑不到位，设施配套不到位。虽然有新房了，但他们还不如住在老房里方便，又何必搬过来呢！所以他们上海援疆指挥部提出一个理念：以提高入住率为突破口。安居富民建设，必须坚持民生为本，注重从群众的实际需求出发，充分尊重群众意愿，积极发挥群众的主体作用，以提高农牧民入住率为切入点，严把乡村规划、房型设计、施工准备、施工组织、金融支撑、质量监督、设施配套等关键环节，努力让尽可能多的农牧民共同享受到改革发展的成果。只有老百姓住得舒服了，这才真叫幸福。

在喀什地委安居办，我们见到了主任张国栋。虽然他老家是甘肃酒泉的，但1961年才一岁的他，便跟随父母来到了泽普县。儿时，他在泽普经历过贫困，也见证过中央援疆政策实施安居富民工程后的巨大变化。参加工作后，在很长时间内，张国栋都在泽普工作，并且都在基层，在三个乡镇干过，干过两年乡镇党委副书记，五年党委书记。后来提拔到莎车县当副县长，负责城市建设和交通质检等规划方面的工作。他告诉我们，虽然他2014年年底才从莎车县调到地区安居办，但他一直生长在这片土地，对这里的贫困深有感悟。过去喀什人多地少，基础条件很差，农民的房子都是泥巴墙。维族尔族人很能干，就是用手工把泥巴墙一点一点筑起来的。但用生土筑起来的房子，条件极差，也不可能抗震。就是前几年，农民的房子都还是以泥巴墙为主。要说农民的房子得到大的改变，还是这几年，国家陆续开始实施安居富民工程。在"十二五"期间，他们喀什地区建了 392847 套安居房，一般都在 80 平方米左右，改善了 30 多万贫困户的住房条件。"你看看我们喀什新建的乡村，多么美丽，新房新村，整个面貌大变样了。以前一般家里只有两间土坯房，一家人挤在一间屋子里，冬天解决不了采暖问题，就架那么一个炉子，也有的是火墙。这么快就住上了这么舒适的房子，没想过，也不敢想。老百姓的院落不仅很美，规划得也很好，很实用，有棚圈，人畜分离，有雨棚，有小果园。甚至有的还发展了庭院经济，把房前屋后原来稀疏零散的果树、高低不平的荒地，都进行了规划开发，建上了温室工棚，既解决了吃菜的问题，又增加了农民的收入。现在全地区都在按这个模式推进。'十三五'期间，我们准备建 436781 套安居房，全部解决贫困老百姓的安居房问题。但我要说的是，这得益于中央出台了这么好的政策，得益于援建单位的付出与努力，让农牧民住上了舒适美丽的房子。我们和援建单位一起，想尽一切办法，全心全意，让他们住上舒适的房，增加收入，脱贫致富。可以说，如果没有中央的好决策，如果没有援疆政策，我们喀什就没有今天，就没有这么好的医疗与教育，没有今天这么好的住房。我深深感受到了，党中央没有忘了我们边疆地区和少数民族，让贫困地区的老百姓有这样的好环境。我们要感谢我们的援疆省市，其实援疆省市也有贫困地区，能拿出这么大的资金和力度来支持我们，确实是一种奉献，很令人感动。每次到了老百姓家里，我都要问问他们有什么感受，有的老百姓会流着泪说，首先要感谢共产党，然后要感谢我们的援疆省市。当然，老百姓很朴实，深刻的话说不出，但这却是心里话。"张国栋道出了新疆农牧民的心声。

## 二

从喀什市区出发,经过了一个个山地河谷,一片片荒漠戈壁,我们看到,在高原、河谷与戈壁之间,一幅幅壮美的画卷映入眼帘,数不清的农居牧舍如星宿般,散落在片片绿洲之上,高原河谷之间。汽车在急驶3个小时后,便来到了莎车,来到了塔尕尔其乡塔尕尔其古勒巴格村(14村),这是个典型的维吾尔族村庄。在我们的眼前,莎车已经发生了可喜的变化。如诗如画的安居新村展现农牧民五彩的现代梦想:青砖红瓦小楼映在挂满果实的林间,路旁耸立的太阳能路灯银光闪烁,人们脸上绽放着幸福的笑容。

我被整齐、漂亮的房子,洁净的村道吸引住了。黄色、深红色与白色搭配,既具有现代风格,也充满民族风情。更引人注目的是房子和围墙上的画:一幅幅喜庆而独具特色的安居乐业的新农村图画。我发现,新农村图画似乎成了安居富民工程的一大亮丽风景。当一个地地道道的农民,洗净带着泥土的手,画出一幅幅生动的画时,那流淌悠久的文化血脉就显出了惊人的能量。新疆广大农牧民自发地通过创作歌曲、书写文化墙等多种多样的形式,歌颂赞美党和国家的惠民政策。

塔尕尔其乡常务副乡长李强向我介绍说,塔尕尔其乡位于县城东北,距县城14.5公里。面积116.5平方公里,人口2.8万,几乎全为维吾尔族。这是个典型的农业乡,主要种植小麦、棉花、玉米、油菜等。自从上海援建后,特别是安居富民工程实施后,他们塔尕尔其乡就发生了巨大的变化。援建指挥部的来了,扶贫工作组来了,带来了技术,带来了资金,带来了新的思想和观念,让他们的生活条件改变了,日子也越过越好了。"你们看呀,这硬化的宽阔马路,这漂亮整齐的房屋,都有援建单位的心血与汗水呀!"李强无不感激地说。

在一户普通农户家门前,我们停下了脚步。

"这户农家不一样!"李强向我介绍说。

我有点惊奇,问道:"为什么?"

"他们家是新房子,新气象,新生活,是民族融合的一个典范!"李强笑着说。

于是,我们跪坐在李伟忠家的地毯上,与他聊了起来,而他的媳妇阿依古丽·卡尔帝则热情地切着西瓜和哈密瓜。

原来这个普通农户家的男主人李伟忠是个汉族人,女主人阿依古丽·卡尔帝是个维吾尔族人。在维吾尔族村,这是典范,更是个传奇。

1963年出生的李伟忠个头矮小,由于长年劳累,他显得有些苍老,肤色因太阳的曝晒呈现古铜色。李伟忠说:"我老家是甘肃通渭的,属定西,是甘肃最穷的地方。我还没出生,父母就从甘肃来到了莎车。怎么来的?逃荒来的。好像是1961年吧,那时正是三年困难时期,为了活命,我父母就从甘肃通渭出发讨饭,一直向西,过青海,到达新疆。先到的北疆,然后经过伊犁、阿克苏等地,来到了南疆,来到了喀什,来到了莎车,并定居下来。我也不知道他们为什么能走那么远,可能是求生的本能吧!他们就住在现在的塔尕尔其乡30村,这是个纯粹的汉族村,现在有21户,200来人。以前住的房子,全是土坯房,全用泥土打的房子,墙的内外材料用的都是泥土。土坯房没有厨房,就在房子外面做饭;没有厕所,在房子前边挖个坑,围块布,就是旱厕。我兄弟三个,我,一个哥哥,一个弟弟,还有两个妹妹,除了一个妹妹嫁到四川去了,其他都住在了这里。我父母那一代,我这一代,我侄儿他们这一代,三代人都住的是土坯房。但现在不住土坯房了,今年也住上了我们这样的新房了。这得感谢党的好政策,感谢政府和援建单位搞的安居富民工程。如果没有安居富民工程,我们汉族村还会有不少人仍然住在土坯房里。大概是前年,我们听说要搞安居富民工程,上海的援建单位还专门到我们村看了看。当时我们特别高兴,可以说是奔走相告。建80平方米的房子,只需要5万块钱左右,国家补助2.85万,自己再投点工,钱就花得更少了。新建的房子,有宽敞的客厅、舒适的卧室,厨房、卫生间整洁干净,我觉得和城里人的生活没啥两样。"

很难想象,一个汉族男子与一个维吾尔族女子结婚一起生活。但李伟忠和阿依古丽·卡尔帝都经历过贫穷,都是苦水中泡大的,共同的人生经历与感受,共同的向往与追求，让他们冲破各种阻碍走到了一起。

李伟忠说："我们是在麦克提捡（摘）棉花时认识的。我媳妇阿依古丽，1972年出生，带着两个女娃子。由于家里情况都一般，挣不到什么钱，我们都只得每年参加捡棉花挣点钱。每年8月底，棉花开始陆续吐絮，我们就跟着拾花大军开始捡棉花。虽然现在社会发展了，有了机器，但我们新疆很多地方仍旧是以传统的人工采摘为主，人工采摘的棉花质量好，三丝少，籽棉上市价格不同，比机采棉价格高0.3—0.5元/公斤。捡一公斤棉花可得两块钱，我们一般捡上两个月，挣个七八千块钱。以前我们30村，也就是汉族村很少有去捡棉花的，但前年有不少人去了，我也参加了，就在麦克提。在那里，我认识了阿依古丽，她也在那里捡棉花。但那次我们只是认识了，没有深聊。去年9月，我又到麦克提去捡棉花了，没想到阿依古丽也去了，可能这就是缘分吧。不知为什么，这次见面，我们格外亲切，像是久别重逢，两个人特别聊得来。聊家事，聊村上的事，聊天南地北的事。我们从小学维语，与阿依古丽交流没问题。我们一边捡棉花，一边聊天，边聊边捡，不知不觉半天就过去了，不仅感觉不到累，反倒觉得时间不够用，过得太快了。捡棉花的时候聊得不够，我们吃馍馍的时候又聊，吃完馍馍，我们休息的时候也聊。捡棉花的时候，有什么困难，我们互相帮衬着。

"阿依古丽很漂亮，人也很善良。一天她笑着问我，老李，问你个家事，莫见怪呀！我说，阿依古丽，你什么都可以问，有什么可见怪的。她说，那我问你，你找老婆没有？我也没不好意思，就实话实说，没有啊！她有点惊讶，说，这么大了，怎么还没找老婆？我说，家里穷的嘛，三个兄弟睡一张床，饭都吃不上，哪娶得起老婆嘛。她点了点头。我也问了她一句，阿依古丽，你是不是想给我介绍媳妇呀？她摇了摇头。我也有点惊讶，就问她，那咋的啦？她脸色很难看，心情沉重地说道，我丈夫死掉了，前年死的。我问她，你丈夫怎么死的？她说，得病死的，因为他得病，都家徒四壁了。我看她当时心情不好，也就没有再说话，就各捡各的棉花。过了一会儿，阿依古丽主动和我说话了。她说，老李，那段苦日子总算是熬过去了，已经走出了那段阴影了，再苦，以后的日子还得过呀。我说，是啊，过去就过去了，往前看，前程似锦，不是要搞安居富民工程嘛，以后日子好过着呢。看着阿依古丽脸上有了笑容，心情好了起来，我就跟她开了句玩笑说，你丈夫没了，我没有老婆，我们正好成一家子呀！没想到就是我这么一句玩笑语，我们以后就真成了一家子了。可能是我们本来就聊得来，有共同的语言吧，阿依古丽听我这么一说，虽然没有立即回答，但脸上笑得非常开心。过了一会儿，她对我说，要成一家子，你可要信伊斯兰教，要住到我家，一起照顾我的娃娃，我才会跟你。阿依古丽刚一说完，我的眼眶就湿了，我们这里穷，找个媳妇太不容易了，她答应嫁给我，就是要我上刀山下火海我都会答应啊！于是我对她说，信，肯定信，捡完棉花回家，我就信。听我这么一说，阿依古丽笑了，笑得非常开心。从麦克提回来，我就信伊斯兰教了，现在还是领读。要不娶不了阿依古丽，娶个媳妇不容易啊。"

说到这里，李伟忠的声音有些抽泣，继而热泪就滚了下来。

顿了顿，李伟忠说："我们这里汉族人少，成了这里的'少数民族'，由于家里都穷，大都没有楼房，只有土坯房，娶不上媳妇的多。我原来也娶过一个媳妇，甘肃老家的，长得不错，人也挺好，但她来到我们这里一看，吓哭了。太穷了，比甘肃老家还穷，还有就是她不习惯这里的生活。她在这里待了几个月，天天哭，天天哭，哭着要回家，眼睛都哭肿了。她说，只要离开这里，到甘肃哪个角落里住着都行。但我的父母，我的兄弟姐妹，我的根在这里，我舍不得离开这里。后来我们让那女的走了，我是哭着把她送走的。我给她买好火车票，还给了她一些路费。我没有强留，强扭的瓜不甜。那女的走后，我就一直单身，没有碰到过一个合适的女的，碰到了，我也娶不起。这次阿依古丽给我这个机会，我很珍惜，我这辈子，都天命之年了，能找个媳妇真的不容易。

"我们是去年11月22日结婚的，两个"1"，两个"2"，好事成双嘛，我们就选了这个吉利的日子。婚礼是在阿依古丽的老房子里办的，邻居和亲戚朋友都来了，吃的是流水席。要结婚的那几天，我都没合过眼，不是忙，睡了，但睡不着。为什么睡不着？激动啊，高兴啊！我还花2800块钱给阿依古丽买了一块金子，十克的金子。我们维吾尔族人就是再穷，结婚的时候，男方都要给女方买金子。结婚后，我就住到了阿依古丽家。

"我是赶上了好时机呀！刚结婚，14村就开始搞安居富民工程，政府不仅帮着我们建房子，还帮助我们脱贫致富。要把所有的土坯房子都拆了，重新建新房子，家家户户都建。建房子有几种模式，可以自己找人建，也可承包给施工队，我们家是包给施工队建的。刚建完的时候，房子还没这么漂亮，后来我们重新装修了，有维吾尔族的风格，也有汉族的风格。阿依古丽非常体谅人，她说，你想装修成啥风格就啥风格，所以我们家的装修算是维汉结合的风格吧。我家房子建好，自己总共才掏了3400多块钱。为什么？一是国家补助了2.85万，二是自己投工，我们家建房也就花了4万多块钱，所以自己只掏了3400多块钱。我家房子占地7分，也有占地8分的，还有占地9分的，如果是牧民，还有一亩多地养羊，每家根据人口情况和经济实力都不一样。14村安居富民的房子真正动工建设，已经到了今年的二三月份了。开工之前，政府组织大家忙着买建筑材料，还请来建筑方面的专家，对我们进行技术培训，并给我们发了《安居富民工程技术培训实用手册》《安居富民工程图集》等之类的资料。开工建设后，我们这里可热闹啦！大家说着笑着忙着，热火朝天地进行安居富民工程建设。从开工起，大家一有空就会到新房子周围转转，看着新房一天天建起来，天天就像过古尔邦节一样。我们家是6月28日搬到新房子的。头天晚上，我和我媳妇在床上翻来覆去的，根本就睡不着。第二天凌晨，不到三点，我们就起来了，把家里的东西收拾好，毯子一卷，天刚亮，我就用电瓶车一拉，跑了几趟，算是搬家了。"

"收入从哪里来？"我们问李伟忠。

李伟忠说："一是种地，二是养羊。家里有12亩地，主要是种的玉米和菊花，一年的毛收入大概万把块钱；新房建好后，同时还建了羊圈，里面养了8头羊，养羊一年的毛收入大概是5000块钱；有时就在村里打点临工，一年能挣个七八千块钱。加起来，现在一年的收入大概就两万块钱。家里的主要支出，除了日常开销，主要就是供两个娃娃上学，学校也不收学费，所以花不了多少钱。今年我们不会出去捡棉花了，明年就更不会去捡棉花了，明年我和我媳妇想盖个大棚种菜，把收入往上提。"

这时，忙碌了好一阵的阿依古丽也微笑着跪坐到了李伟忠身边。她不会汉语，李伟忠就充当起翻译来。她说："我们以前的房子是土坯房，一下雨就漏水，不好住，现在国家的安居富民政策真好，政府给我家补助1.85万。特别是要感谢上海人，他们还给了我家一万块钱，不仅给了一万块钱，我们村里的路啊什么的，都是他们免费修的。没有他们，我们哪能住上这样好的房子呀！家里房子建好了，古尔邦节家里来亲戚了，房子盖得好，我们脸上也有光彩。现在每家每户房子盖好了，村里的路、电、水都修好了，甚至还有健身场所，年轻的姑娘也愿意嫁到我们村来做媳妇了。

随后，我们参观了李伟忠家的院子。这个占地7分的家庭小院，虽然不豪华，但却朴实、温馨，有小菜园，有小花园，有羊圈，还停了一辆农用车。这些，都是李伟忠家的希望，也是中国农村的希望。

抬头望去，蓝天悠悠，白云朵朵。

我想，李伟忠和他媳妇曾经的苦难与烦恼，或许正是那远去的云朵。

## 三

"我们要把安居富民工程与精准扶贫结合起来，不光要帮助老百姓把房子建起来，让他们安心住进去，住得舒心，还要防止因房致贫，大力发展庭院经济，让他们富起来。"这是我在喀什采访时援建单位说得最多的一句话。

朱锦向我介绍说，正是基于这一思想出发，他们在帮着各县进行规划时就开始了致富的考虑，把小庭院做成大文章，围绕农户家房前屋后闲置地巧做增收文章，大兴以养殖和种植蔬菜为主的庭院经济，既增加家庭收入，又美化人居环境，实现农业资源合理利用，全面优化经济结构，大力发展优质、高产、高效、生态、安全农业。

于是在莎车、泽普、叶城、巴楚等地，庭院经济建设成了新亮点，像雨后春笋一样冒了出来，并且"长势"强劲。特别是叶城庭院经济建设，更是全面开发，建设场面轰轰烈烈。

从莎车出来，我们又来到了被称之为"天路零公里，昆仑第一城"的叶城。这里素有"生命禁区"和"铺在天上的国道"之称，所以被人们称为"天路"。为什么被人们称为"昆仑第一城"呢？这与它深厚的历史文化底蕴与近年来的飞速发展有关。叶城，古称"西夜国""子合国"，距今已有2100多年的历史。它地处新疆西南，东邻塔克拉玛干沙漠西南缘，南抵喀喇昆仑山，位于新疆、西藏两自治区与喀什、和田、阿里三地交汇处，自西汉起就是古丝绸之路的南道重镇。特殊的地理坐标、源远流长的历史在这片神山厚土叠加，垒筑成悠远、沧桑、斑驳的印记。这里文化古迹星罗棋布，高山冰川巍峨险峻，森林草原郁郁葱葱，人文风情个性鲜明。穿越叶城，雪山、湖泊、沙漠、戈壁等自然地貌尽入眼中，美不胜收。万顷沃野，蕴藏着石油、天然气、大理石、煤炭、铁、金、铜等丰富矿产资源。现藏于北京故宫的大型玉雕"大禹治水"、奥运徽宝玉料就产自叶城密尔岱山。这里资源富集，区位优势突出，所以近年来的发展非常快，如今的叶城已成为昆仑山下一颗耀眼的明珠，享有"中国核桃之乡""石榴之乡""玉石之乡""歌舞之乡"的美誉。

在这个不一般的地方搞庭院经济建设自然有着特殊的意义。我们来到了一个修建得很漂亮的村庄，这里房子整齐划一，马路宽阔，绿化工整，还有活动广场，广场上配备了健身器材。每家每户的房前屋后，都有葡萄架，家家户户连接起来，便成了漂亮的葡萄长廊，蔚为壮观。房屋前面或是后边不远处，便是各家的大棚，大棚与大棚相连，连成了蔬菜的海洋。屋外漂亮，屋内的小院同样不赖。有鸡圈、羊圈、牛圈，还有花园、菜园，各种各样的花，各种各样的菜。屋内，五彩缤纷的地砖和木刻雕花的房梁、绚丽多彩的花纹把家里装饰得格外美丽。这里屋里屋外都是花园，庭院外是大花园，庭院内是小花园。

这便是依提木孔乡托万库其村（26村）。

"政府实施美丽乡村建设，把水泥路铺到了家门口，彩砖铺满了自家庭院，村里修建了垃圾池,家家房前屋后栽树种花,全村干净整洁得像城市一样!"一个村民满脸笑容地对我们说,"以前我们住在老房子里,房子的门前一直闲置着,野草丛生,院子里面也杂乱无章。去年开始实施安居富民工程改造后,我们搬进了新房。今年年初,乡政府带领我们开展美丽乡村建设,引导我们家家户户在门前和庭院建设小菜园,还聘请专业工作人员到各家各户丈量尺寸,根据每家每户设计了庭院菜地,规划了庭院养殖区,鼓励我们发展庭院养殖。对口扶贫的干部还帮助我们修建了羊圈和鸡舍,为我家送来了扶贫羊和致富鸡。现在门前和庭院里种的蔬菜自己吃不完,巴扎天(农牧民进行货物交易的日子)还可以拿去卖,这个夏天卖院子里的蔬菜收入就有1000多元,这在以前我想都没想过。"

我们走进一户美丽的庭院,刚进门,主人就送上了红彤彤的西红柿。男主人叫吐麦提·尼亚孜麦提,他热情地打着招呼说,刚从大棚里摘的,好吃着呢。我一咬,特甜,甜到了心窝里。

说起安居房和庭院经济,今年47岁的吐麦提·尼亚孜麦提很有感慨,他说:"以前我家的老房,除了有两间抗震房是砖的外,其他都是土房子,房前屋后也没有围墙,都是荒地,乱七八糟的。当时我家三个孩子都还在上学,正是需要用钱的时候,家里虽然有14亩耕地,都种了小麦和玉米,还有一些核桃,但一年到头累死累活,也就万把块钱的收入,人均还不到2000块钱,按现在的脱贫标准,我们当时属于贫困户。当时不要说存钱,能把孩子养活都不错了。2013年建安居房,虽然我家没钱,但自己特别想建,毕竟想住进新房。我家建了80平方米的房子,总共花了近6万块钱,中央、自治区和上海补了2.85万,自己掏了3万块钱,我自己没钱,都是安居富民工程国家提供的无息贷款。"

2015年11月,当政府和上海市对口支援新疆工作前方指挥部(以下简称"上海援疆前指")主导农民发展庭院经济时,吐麦提·尼亚孜麦提却犹豫了。吐麦提·尼亚孜麦提说:"刚开始我确实担忧,为什么呢?一是没钱,建安居房时还贷了款,还没还清,现在又要用钱,上哪儿去弄钱。二是观念没跟上,以前我们种十几亩地,都挣不了多少钱,现在在房前屋后的荒地开发出来,也就一亩多地，能挣多少钱？不敢想象。但后来，我还是慢慢地接受了，我想政府主导我们发展庭院经济，特别是上海援疆前指积极主张，他们总是为了我们好，更何况还有补贴，即使不挣钱，至少环境也改变了。我家发展庭院经济共花了3万多块钱，国家补助1.6万，自己投了1.5万，建了两个大棚，房前屋后还搭了葡萄架，建了围墙，围墙内的院子里还建了花园、菜园、羊圈，甚至连暖气都解决了。上海不仅给了我们补助，大庭院的硬化、亮化全是上海给的。"

我问吐麦提·尼亚孜麦提："庭院经济今年见效没有？"他告诉我说："见效了，见效了，真没想到现在不用去远的地方，在家门口就可以挣到钱了。"说着，吐麦提·尼亚孜麦提又给我罗列起他的收入来。他说："我们家现在的收入由三部分组成。第一，还是那14亩耕地，我现在有8亩栽了核桃，一年收入至少8000元，还有6亩小麦，除了留一部分自己吃，剩下的能够卖2000多元。第二个收入是今年增加的收入，我家的孩子大了，大儿子和二儿子已经高中和职高毕业，外出打工了，不是长期打工，是临时性的，农忙时要回来帮着收庄稼，估计他们今年至少可以收入万把块钱。第三个收入就是养羊，今年我家养了5头羊，年底可以出栏，能有一两千块钱的收入。第四是房前屋后的大棚和葡萄收入，由于今年是第一年，技术上有点欠缺，今年一个棚收入才2000多元，我们家两个棚，也有5000多元的收入。由于葡萄刚栽不久，效益不明显，到2018年就可以见效了，葡萄的收入至少在3000元以上。庭院经济，至少让我家每年多了1万元的收入。真的没想到，现在环境好了，收入增加了，真的很满意，真的很感激。"

随后，我们来到吐麦提·尼亚孜麦提家的后院。我看到，沿着院子的后墙是一条铺了砖的道路，道路连接着每家每户，路边都搭起了长长的木架，木架下栽种的葡萄已开始爬藤，透过木架每家每户的后院是一排排钢制棚架，棚架下的地里都结满了鲜嫩的辣椒和西红柿。

吐麦提·尼亚孜麦提指着大棚说："以前这些地方是我们家家户户堆放杂物的地方，现在经过改造后每家每户都腾出了1亩多的富余土地。为了更好地利用这块地，乡里又为我们免费提供了蔬菜苗，引导我们种植蔬菜。为了解决蔬菜销售问题,又成立了蔬菜销售合作社,今年家家户户都在腾出来的地里赚了不少钱。真没想到以前杂乱无章的后院成了我们增收致富的聚宝盆,今年我们村像我这样的贫困户都甩掉了贫困户的帽子!"

从吐麦提·尼亚孜麦提家走出,我们又漫步在美丽的大庭院之中。托万库其村党支部书记买买提·吐尔逊指着一户相当简陋的农户对我们说:"这户人家的主人叫努斯来提·伊达伊提,是个老太太,70来岁了。她老头前几年去世了,两个女儿早就出嫁了。前几年我们村建安居房时,她就不同意建,说自己一把年纪了,也住不了几天了,再说也没钱,就不建了。当时我就跟她说,没钱没关系,国家会帮助你,村里也会给你想办法。她说,除了老房子上的木头可以用,我一分钱都没有,村里要给我建房子,我过意不去啊。我就跟她解释说,不是村里建的,是国家建的,特别是援建单位还会补助1万元呢!后来房子建好了,努斯来提·伊达伊提落泪了,她说,自己没花一分钱,居然把房子建好了,还建得这么漂亮,天底下哪有这等好事呀!今年搞庭院经济时,老人没有反对了,主动要求给她院子搭葡萄架。"

在村里行走时,我们碰到一个正在大棚里忙碌的老年妇女。她告诉我,她家的老房子是20世纪80年代初建的,是不到50平方米的土坯房,全家三代六口人全挤在一起住,生活很不方便。加之年久失修,土坯房采光差、抗震性也差,住得提心吊胆,于是新建房子成了她家的迫切愿望。但由于家里没有什么经济收入,想建却建不起,建房,便成了梦想。没想到这个梦想在2013年成了现实,自治区的安居富民工程来了。自己建房子,国家补钱,就连上海援疆前指都援助给他们1万元,还给他们修路搞绿化。老年妇女告诉我们说,现在好了,盖了个80平方米的安居房。结结实实的,能抗震;漂漂亮亮的,看了就舒服;宽宽敞敞的,住着就舒心。最关键的是,盖安居房他们自己花钱很少,才花了2万元,其余的都是政府补贴、上海援助和贷款解决。更让她激动的是上海人的好。她说,上海人怕他们没钱用,还帮着他们发展庭院经济,出钱又出力。今年刚搞,效果还不明显,到明年估计效益就会好起来,就能实现脱贫致富了。

托万库其村党支部书记买买提·吐尔逊还告诉我说，他们全村有212户人家，已经有142户建了安居房，看到已经建好的房子不仅漂亮，有的还发展了庭院经济，那些没有建的很羡慕。没有建的不是不建了，而是要按照安居富民工程的计划和指标来建，2020年之前会全部建完。

依提木孔乡党委副书记斯伊提·吾麦尔则告诉我说："我们不光要建安居房，解决农牧民住房问题，更要让他们致富，不要因为建房而致贫了。要脱贫，一般来说有房子是个很重要的指标，但建了安居房，并不意味着就脱了贫，因为大多农牧户家因为建安居房还借了钱贷了款。所以发展庭院经济是脱贫和致富的又一个抓手。26村实施的是整村推进庭院经济，可以说，发展庭院经济，凝聚着扶贫、援建和安居部门干部的心血，从规划一直到现在，他们经常过来，他们过来不是看看，而是出资，出谋划策，解决实际问题的。不到半年，26村就建成标准的新农村了。预计到明年底，26村就能全部脱贫了。"

叶城县安居办主任科员阿不来提·达不提说："我们叶城各级驻村工作组创新扶贫方式，集中扶贫资源，采取传、帮、带方式，引领村民自觉、自发地将小庭院做成大文章，拉动脱贫致富的'新引擎'，激活农村经济，为贫困户积分增利。首先是改变村民观念。我们通过入户走访、专题宣讲、座谈讨论、示范推进、典型引路、宣传橱窗、悬挂横幅等形式，广泛宣传发展庭院经济的目的和意义，营造了良好的舆论氛围，改变了村民的观念……目前，全县各乡镇（场区）庭院经济建设全面开花，建设场面轰轰烈烈，自依提木孔乡26村、巴仁乡5村现场会以来，全县目前已完成118个贫困重点村和2.67万户贫困户庭院经济建设和基础设施配套完善工程，同时，也对全县163个村按照'安居富民房＋棚圈＋拱棚＋苗圃'庭院经济发展模式进行巩固提高。今年每户仅拱棚收入就在3000元以上，为脱贫攻坚和美丽乡村建设奠定了坚实基础。但这一切，都离不开援疆干部的投入。为了确保各项工程质量，让贫困户住得舒心，达到助力脱贫的效果，上海前指的人每天坚持到施工现场对安居富民房建设进行督查，要求施工方严格按照住房设计图纸施工，确保每幢安居富民房质量和功能达标。对施工中出现与图纸设计有偏差的，施工中发现的质量、安全等问题及时与县、镇安居富民办联系，要求施工方立即整改，确保施工质量，达到安居富民工程的要求……"

家家都有安居房，门前有果树，院里有菜园，房后是棚圈，养鸡、养鸭又养羊，脱贫增收有保障。这是喀什地区各县市农民在发展庭院经济中总结出来的经验，也是喀什地区在实施安居富民工程中，结合美丽乡村建设发展庭院经济的一个创新性探索。喀什地区农办的报告显示，2016年全地区可整理出庭院100万亩，目前已完成70万亩，力争到2017年实现110万亩的目标，庭院经济将成为喀什地区精准脱贫的助力产业。如今，庭院经济在喀什大地兴起，各县市出现了一大批庭院设施农业、特色家禽养殖、特色林果业、特色手工专业村，庭院经济已初具规模。发展庭院经济与美丽乡村建设相结合，成了喀什地区脱贫攻坚的一条重要途径。

"富民安居工程不仅仅是简单地为特贫户盖房子，它还极大地促进了农村基础设施建设，在潜移默化中影响着贫困户的生活方式、行为方式、思维方式，实现了很多村民的有家有业梦。我们为村民特别是贫困户安排落实庭院经济项目，安居房与搭建葡萄架和修建羊圈统筹规划，统一实施，力争做到院前有林、院后有架、架后有棚，院中有菜地、果树、棚圈，目的就是想让他们在享受安居的同时大力发展庭院经济，加快特贫户脱贫步伐。"朱锦深有感慨地说。

看着农牧民房前屋后的大棚与葡萄架，我突然想到了毛细血管，叶城大地，喀什大地，南疆大地，新疆大地，不正是因为这些千丝万缕、盘根错节地连接在一起的毛细血管，营养才更加丰富吗？

毫无疑问，这些毛细血管里，也流淌着援建者的血液。

## 四

此时，我想到了西藏的云朵。

飘过西藏上空的云朵更美更低，那是西藏人灵魂的知己。从拉萨出发，经过山南市人民政府所在地泽当，再翻越海拔 5000 多米的亚堆扎拉山和雪布达拉山，我来到了西藏南部，山南市中偏北，喜马拉雅山东段北麓的隆子县。隆子全县境域面积 10566 平方公里，共有 13299 户 35682 人，居住着藏族、汉族、珞巴族等十几个民族。一路看着这个大山纵横、雪峰耸立、人烟稀少，海拔高达 4000 米的边境县，我的第一反应是，这里依然艰难与贫困。可是，事实呢？

隆子县宣传部副部长廖显才斩钉截铁地告诉我，隆子虽然还有约 7000 人没有脱贫，但隆子既不是国家级贫困县，也不是自治区贫困县，在很久之前就不是了。隆子是一个农牧业大县，是一个资源富县。我无法理解。廖部长说："你跟我到隆子河畔走走就会理解。"

我跟随廖部长来到了隆子河畔，眼前的绿色让我惊呆了。一株株沙棘树，正沐浴着高原的阳光，傲然挺立，满目的绿色感染着我。这片面积 4.3 多万亩、绵延 40 多公里的沙棘林，犹如一条绿色哈达缠绕着隆子河谷。廖部长指着沙棘林告诉我说："这既是我们隆子人的精神财富，也是我们的物质财富。"在隆子河畔行走，我还看到了绿色的湿地，成群的鸟儿，成片的青稞，更有一群群在河畔湿地悠然进食的牛羊，还有点缀在河畔的农牧民族手工艺品加工合作社。廖部长说，如果没有沙棘林，这里就不会有绿色，就不会有木材和柴火，就不会有草地，就不会有成群的牛羊，也不会有以沙棘为原材料的工艺品加工厂；如果没有沙棘林，这里就会更加缺氧，这里可能依然贫困。

这一切，隆子人开始也没想到，也不敢相信。环境巨变的背后，是隆子县推进生态立县战略、实施生态建设所取得的初步成效，也是隆子人战天斗地、建设绿色家园的有力见证。77 岁的隆子老县委书记多吉告诉我，20 世纪 60 年代，隆子河谷流传着一句俗话，"聂巴阿贴组"，意思是"只要你说话，身上的沙土就会往下掉"。隆子虽然是林业大县，但全县林地分布极不均衡，林区基本上集中在 6 个边境乡。而人口密度最大的隆子河谷，一年中有近 8 个月的风沙天气，晴天黄沙蔽日，雨天泥沙横流，不仅给群众出行带来了极大的不便，更是严重制约了隆子县的经济社会发展。1966 年，时任隆子县新巴乡乡长的朗宗决定发扬"老西藏精神"，改变风沙天气。朗宗是个女同志，1928 年出生在一个贫困的牧民家中,是贡嘎县人,从小饱受旧社会农奴主的摧残。有一年因一场不测的大雪灾,她无法向地主缴纳苛捐杂税,不得不逃荒来到隆子。她带领全乡几千名干部群众开始了沙棘树苗种植民心试点工程,从一株沙棘、一亩林地起步,结束了隆子河谷没有树的历史。当时,不仅经济条件差,缺乏必要的生产资料,连一辆手推车都没有,朗宗面临着前所未有的困难。首先,挖坑就是一个难题。这些坝子由山洪冲刷而下的沙砾淤积而成,砂多土少,一锹挖下去,直冒火花。铁锹挖松后,他们还得用双手将土石一点点地往外掏。一天干到黑,一个劳动力也只能挖三个坑。其次是供水必须跟上。干旱是树苗的死敌。隆子县本来降雨量就非常少,加之沙砾冲击形成的坝子属"漏斗"地质,涵养水分能力非常低。别说上年10月到次年5月的干旱季节要天天浇水,就是在6月到9月的雨季,一个星期也要浇上几次水。但朗宗靠着一往无前的精神和坚强的毅力,在艰苦的环境下没有退缩,鼓足了干劲,带领广大群众,克服困难,与天斗与地斗,仅仅两年内,就让大面积沙棘在隆子河谷广袤的土地上展现了顽强的生命力。渐渐的,黄沙弥漫的隆子河谷逐步变成了一条沙棘林带,一个高寒县城的脆弱生态逐步实现了向良性生态的转变。河谷虽然绿了,但朗宗并没有满足。她在新巴公社任革委会主任期间,带领乡亲们先后修建了长达2万米的土渠和7座水池,确保了造林的用水。为了保证树木不被牲畜破坏,朗宗制定了几条行之有效的措施,他们积极向上级争取铁丝等物资,动用当地的能工巧匠用铁丝制作围栏,并规定公社社员的牲畜不准放到沙棘林区,违者损坏一株,补栽十株。每个生产队还安排了管护人员,天天守护着自己管理范围内的林区。

1998年,郎宗因患支气管炎等多种疾病医治无效离开了人世。朗宗虽然离开了,但她给隆子人民留下了一条坚固的绿色长城和一个长期挂念的名字。一直以来,这条沙棘林带成为隆子人民追寻绿色之梦的源头,而朗宗,也成为隆子人民战天斗地的精神象征。这位了不起的女性虽然已经离开了隆子人民,但她的精神却始终激励着世世代代的隆子人民。为实现隆子人民绿色的梦,接续朗宗的事业,隆子县自1995年以来,组织林业部门科学造林,成立了造林领导小组,从荒山荒坡绿化、隆子河谷绿化等方面入手,开始了长达10年的"造林绿化、美化隆子"之战。2004年,湖南省常德市援藏干部、新上任的隆子县县委书记谭弘发针对隆子生态脆弱、基础薄弱、后劲微弱的"三弱"县情,提出了把"生态立县"作为县域经济发展首选战略的构想……隆子县林业局负责退耕还林的女干部南木琼给我提供了一组数据:截至目前,全县沙棘林面积达43056.75亩,人工种植面积达到42251.985亩,具体分布在隆子镇、热荣乡和日当镇、列麦乡一带。其中1966年至2012年全县种植沙棘36674.115亩,2013年2604.8亩,2014年2424.2亩,2015年200亩,2016年348.87亩。南木琼还告诉我说,沙棘林为隆子县城防风固沙,防止水土流失发挥了巨大作用,在改善周边生态环境的同时,能有效增加当地农牧民的收入,加快他们脱贫致富的步伐。

在隆子镇忙措村4组,我见到了47岁的索朗白玛。她是村妇女主任。她告诉我,他们这里现在有这么好,自己家里能盖起二层楼房,最要感谢的就是朗宗书记。以前他们这里的牛特别小,产量不多,朗宗书记在四川参观学习,看到那里的黄牛个大、体长、肢粗,就引进了一头公牛种子,是她进行的黄牛改良。能够进行黄牛改良,主要还是因为朗宗书记带头栽沙棘,这样隆子河谷才长草了,不然改良了也没用,没有草吃。索朗白玛说:"虽然沙棘林是村集体的,但因为环境的改变,老百姓得到了很大的实惠。"她给我算了算她家一年的收入:养了4头改良的黄牛,一年收入6万多;种了25亩黑青稞,一年收入3万多。这都是纯利润,一年纯收入是10万左右。她有两个孩子,女儿已经参加工作,能够自食其力了,儿子今年考上了大学,也看到了希望。色吉雪村从事民族手工艺的洛桑丹增告诉我说,他现在一年的收入大概是10万块钱,并且供不应求,都是拉萨和山南那边提前预订。民族手工艺的主要原材料就是沙棘树,这些他都只需就地取材。洛桑丹增说,如果没有沙棘林,就不会有民族手工艺的发展,如果不靠这门手艺,他都不知道靠什么赚钱养活家人……

相对于周围的大山来说,生长在隆子河谷的沙棘显得有些低矮。是啊,沙棘树不高大不挺拔,也不俊秀青翠,其貌不扬的它,却彰显着顽强与坚韧。更让我震撼的是,它不嫌土地贫瘠,沟渠河边、悬崖陡壁,都有它的身影;它不怕恶劣天气,冰天雪地,它抵挡着严寒的侵袭,炎热酷暑,它抵挡着热浪的炙烤。它不仅征服了高原,同样征服了严寒、酷暑与风沙,它才是西藏高原上真正的生命之源。

它,它们,这成片的沙棘林,不正是顽强不屈的隆子人、西藏人吗?

# 走出去的收获

## 一

实话说,当我走进位于大山峡谷中的安家咀村产业园区时,除了能看到远处的峰峦叠嶂,就是满世界的大棚和厂房,确实没看到近在眼前的高速公路,更没听到呼啸而过的车流声。

安家咀村属云田镇,位于甘肃省陇西县北部。2016年7月,当我到达安家咀时,与沟壑纵横的黄土高原不一样的是,这里有着别样的色彩。宽阔整洁的道路两旁绿树掩映,颇具规模的蔬菜大棚生机勃勃,整齐划一的现代化厂房宽敞明亮,别具风格的民宅错落有致……我很惊讶,其实在这片土地上,干涸并未完全成为记忆。定西苦甲天下,最根本的问题还是缺水。定西市地处黄土高原丘陵沟壑地带,是甘肃最为干旱的地区之一。而地处陇西县北部的云田镇,是定西市最为干旱的乡镇之一,而该镇的安家咀村缺水尤甚。2015年8月以前当地吃水除了前往后沟挑的苦咸水外,主要靠在三公里外的上道村拉水。即便进入21世纪,依然如此。2015年下半年,当地的有效降水几乎为零,后沟水源也几近枯竭,拉水成了当地吃水的唯一方式。路倒不远,但因为山路陡峭,坡大弯急,3公里的拉水路,一般要走80分钟。一车水加运费算下来需要60元,一户村民每个月要拉三趟，但因村里的劳动力大多外出务工，拉水也成了当地的一个大问题。多亏了引洮供水工程。2015年8月6日，当地经历了三辈人等待的工程——引洮供水一期工程胜利完工。安家咀村等受益区的老百姓终于喝上了甘甜的洮河水，结束了被水困扰的日子。

而陇西这片干涸之地的厚重超出了我的想象。陇西县因在陇山以西而得名，自古为"四塞之国"，兵家必争之地。远在史前时期，先民们就在这块土地上繁衍生息，留下了仰韶、齐家等文化遗址。秦昭王三十五年（公元前272年）始设陇西郡，汉初设襄武县，始有建置。隋改陇西县，县名沿用至今。从此，陇西便成为历代郡、州、府所在西陲要镇。想必，那时的陇西肯定不止一种单调枯萎的土黄色，它肯定充满着各种色彩。如此深厚的历史文化渊源不可能灰飞烟灭，它肯定渗入了陇西人的血脉之中。否则，这片土地上的人们不可能如此顽强地生息繁衍。

我想，这片顽强的土地肯定也赋予了王金龙顽强的意志。

王金龙今年52岁，是安家咀村党总支书，当然也是这个村的致富带头人。但苦难铭记于心啊！苦难是一种痛苦的记忆，更是人生的一笔财富。在王金龙的记忆中，有太多太多关于贫穷的画面，有太多太多关于与贫穷做斗争的场景。

王金龙在安家咀土生土长，四姊妹，一个弟弟两个妹妹，他是老大。家里穷，没穿的，缺吃的。上四年级时，一次他看到那天有体育课，就偷偷穿了妈妈的篮球鞋。那双篮球鞋是一个女知青送给妈妈的，烂了好几个洞，妈妈就用绒布补住，上街走亲戚时穿。体育课上，王金龙和同学在满是石子的操场上打球。同学们看着他有鞋穿，还是篮球鞋，都非常羡慕。但正打着球，有同学叫他："王金龙，王金龙，你妈叫你呢。"他跑向学校门口，远远的妈妈就在骂他："就知道是你这个小王八羔子穿了我的鞋，快脱给我，我现在要上街去！"光着脚走过来的妈妈穿着鞋上街去了，穿着鞋跑过去的王金龙卷起裤腿，光着脚回去打球去了。这里更缺吃的，一年到头能吃上一顿白面馍馍就很奢侈了。他们那里有个荣田火车站，虽然是个小站，但人家工人子弟上学吃的是"八零粉"（百分之八十的面粉），这让王金龙他们直掉哈喇子（掉口水）。于是，他说尽好话，拿自己的黑馍馍跟人家工人子弟换白面馍馍，用四个换一个，半个也行。但人家还是不想换，说你妈妈做的馍馍不好吃。于是，王金龙就吵着让妈妈弄点比较香的杂粮面馍馍。他拿了一块足足有两斤重的杂粮面馍馍，换了人家半个白面馒头。他闻了闻，妈呀，真香呀。他掐了一点点，尝了尝，又香又甜。他害怕两口就咬掉了，于是就掰着一点一点地吃，慢慢地品味。还有，他看到老师们吃白面条，那真叫一个香啊，让他直掉哈喇子。他想，要是什么时候他也能吃上白面条该是多么美好啊！当然，那个年代还有忙不完的农活。每天放学回家，王金龙就帮着妈妈割猪草，妈妈是生产队的饲养员……这是那个时代的真实写照。

其实王金龙家里的生活可以过得稍好一点的，因为他父亲王振荣是大队的支部书记。但他父亲王振荣非常正派，也非常固执与古板。他当时就跟王金龙他们说："我是一个老党员，我是村里的支部书记，要想占公家的便宜，门都没有。"王金龙虽然小，但他也想着以后能当个老师或者工人，吃上白面条和白面馒头。怎样才能当上老师或者工人呢，就是要读书啊！初中考高中，第一年没考上，他又主动补习了一年，第二年考得挺好的。父亲王振荣说："好好念，将来考上个大学，或者上个中专，你就有饭吃了，有衣穿了。读书才是唯一的出路，想其他的都想歪了。"那时，家里条件好些的学生能买一个七八块钱的煤油炉子，有六个眼的，也有八个眼的。王金龙非常羡慕，天天吵着要他父亲买。王振荣在身上找，全是一角一角的零钱，找了个遍，才找了七角钱。王振荣说："等攒够了再买。"王金龙说："不行。"其实他知道父亲认识的人多，有办法。最后王振荣只得找到一个在供销社当会计的知青的父亲，从他家里借了一个。人家买了新的，说："这个旧的就送给你们家吧，你们家不是还有闺女吗，都用得上呢。""上高中时，学校没有食堂，我就用这个煤油炉子做饭。非常简单，没有油，没有调料，更谈不上肉和白面，就用那个杂粮，用手抓两把，再往碗里一放、一拌，拌成糊糊，再夹到小锅里煮。我们叫它懒疙瘩，是懒人做的，现在我们这里还吃，还成了特产了呢。"王金龙说道。

王振荣的固执与古板是有故事的。他没进过学堂门，只是新中国成立后在夜校学了几天，能认识几个字。俗话说，"识字不识字，先识半边字"，认识的，加上识半边的，再加上猜想的，他基本上能把报纸念下来。这也是被逼出来的，他作为一名共产党员，先是当的生产队会计，后来又当了村支部书记，他必须给农民念报纸学习。有次他问驻生产队办点的县委组织部部长，报纸上说"贪官污史"是什么意思。组织部长说："你这个书记真有意思。"此时王金龙已经上高中，算是村里的知识分子了，他连忙说："大，那是'贪官污吏'。"王振荣说："你少管闲事，我说是'贪官污史'就是"贪官污史"，我也识字，是城里来的知青教我的。"他这一说，让组织部长哭笑不得。

但固执与古板的王振荣毫无私情，心中总是坦坦荡荡。王金龙说，上高中那会他就是一米七八的个头了，但才90来斤，班主任给他起了个名字，叫麻杆。就是特别瘦，一点肉也没有，皮包骨的意思。为什么这么瘦？饿的。安家咀一片川地，有1000亩左右，在他们这一带产粮算是多的。他父亲是个交粮先进，每年都超额完成了交粮的任务，村里百分之九十五的粮食都交了公粮。那时王金龙特别不理解，为什么自己产的粮都交国家了，自己却还饿着肚子。有时他找父亲理论。王振荣说："如果我们不支持城市，国家如何发展工业，如何发展经济？"王金龙还是不能理解，他对父亲说："可是我们连自己都吃不饱啊！"其实王金龙说出了那个年代的困惑，更说出了那个年代的矛盾。那是整个国家和民族的困惑与矛盾。王振荣理论不过儿子，最后只得生气地说："关你个屁事，问这问那的。"

一次，腊月二十八生产队分粮。那时每到年底要按每家每户所挣工分的多少分粮。王金龙妈妈对他说："广播里喊着哩，生产队在分粮食，你去吧，记得拿个大点的口袋。"王金龙拿了一个能装130斤麦子的毛口袋，兴奋地跑去分粮。可当会计一念时，他傻眼了，王书记家27斤。原来由于大队和生产队的干部经常要开会，干农活的时间少，拿的是全村平均水平。就拿着那么一点点麦子回家，王金龙不高兴，他妈妈也不高兴。晚上他父亲一回到家，他妈妈就数落起来，说当个大队支书忙了一年才分了27斤麦子，你看看人家，都是两个口袋三个口袋的往家里扛。王金龙父亲脾气一下就上来了，骂道："你个娘们知道个屁,在咱安家咀,分得最少的一个就应该是咱家,因为咱是党员,是书记。"王金龙只记得父亲和母亲互相骂个不停,骂到很晚。最终,爱唠叨的母亲只得向固执的父亲举手告饶。第二天正好是星期天,王金龙不上学,妈妈叫他把这27斤麦子背到隔壁公社通安驿人民公社的牛站大队面粉厂磨了。磨完回来,妈妈就问他:"吃个啥?"王金龙说:"妈妈,就吃疙瘩儿。"其实就是又粗又长的面条。当时没有副食,没有菜,更没有油。妈妈就跑到地里,扯了几把金盖儿(一种炸油的农产品),拿到家,放到案板上,用擀面棒压了个遍,油就出来了。这就是油,菜油。然后炝浆水。"那顿面条,特别香,唉,香死了,那顿我吃了四大碗,撑得路都走不动了。从来没吃过那么多,从那以后来再也没吃过那么香的面条了。"王金龙美美地回忆着。

1981年6月,王金龙高中毕业。他没考上大学,本来他有可能考上的。那时是在县城考试,当时他们村一个人在县电影院放电影,中午他就跑到那里看了一场电影,是《望乡》。因为没有手表,当他看完电影来到考场时,已经开考半个小时了,监考老师不让他进考场,他只得灰溜溜地回到家。后来分数下来了,他们庄子上的一个同学考上了陇西师范。这个人从县上回来告诉王金龙父亲说:"这个家伙怎么数学打了个零分,就算考个七八分都考上了。"那时见零不取。但他一直把这个秘密藏在了心里。父亲叫他复读,要他好好抓数学,第二年肯定能考个陇西师范。王金龙自己也有这个想法。但下半年征兵开始了,当时年轻气盛的他选择了当兵。是他自己想去的,理由很简单,就是为了吃饱。

王金龙在部队干了三年。退伍回乡后,他当过煤矿工人,当过钢铁厂工人,还当过乡上的放映员。再后来,乡上的领导看他人不错,又能干,就不让他放电影了,干脆让他当起了驻村干部,还干过乡上的司法助理员、文化专干、计生专干。到1999年,乡党委政府把他派到了村情比较复杂、工作难度特别大的石家门村挂职村党支部书记。从此,他开始了自己的村支书生涯。2004年9月,他又被调到张家岔村挂职村党支部书记。2005年年初,县上机构改革,要清退临时人员,王金龙也在此列。但他很乐观,主动向领导请求辞职。

让王金龙没想到的是，在基层工作多年，他的工作能力有口皆碑，云田镇党委认为他政治素质高、发展思路清、致富愿望强，又是军人出身，还是共产党员，于是在2005年5月28日任命他到安家咀村担任党支部书记。以前当村支书都是挂职，现在是实职，还是在自己生于斯长于斯的村子，他开始想着如何让村民走出贫穷，过上好日子。可安家咀本来就地处落后的西部，如果没有超常的思维和行动，是很难改变现实的。也是从那时开始，老父亲身上的那股执着劲开始在他身上显现出来。

2010年村"两委"班子换届后，如何提高老百姓经济收入的问题又提上了议事日程。让他触动最大的还是2011年县委组织部组织一批有想法的村支书到山东潍坊市寿光市去考察，他也是其中之一。这里到处都是蔬菜大棚，规模宏大，品种繁多，绿色无公害，营养丰富，打造出了寿光的"品牌蔬菜"。这里还是国务院命名的"中国蔬菜之乡"，拥有全国最大的蔬菜生产和批发市场。王金龙在惊叹的同时，也在思索，咱安家咀就是一块夹在大山之中的大平地呀，也能搞大棚蔬菜啊，再说这在云田还是块空白呢。回到家，他先找了村干部和一些要好的朋友说起这事，但他们都不信，说种菜能挣上钱吗？地弄坏了咋办？

"要说服他们，光说得富丽堂皇还不行，主要是要让他们眼见为实。"王金龙说。

于是，王金龙多次带领"两委"班子成员、党员代表、致富能人赴周边市县学习考察。去过白银的靖远，还去过张掖的武威。村上的党员干部一行七八人，没钱包车，就坐火车硬座；没钱住宾馆，就找私人旅社，五块钱一晚的；更不敢进大饭店，餐餐在路边餐厅吃个牛肉面，两三块钱一碗的。这次考察对大家的触动很大，让大家接受了王金龙提出的发展现代农业的路子。虽然村上也有风言风语，说王书记带着村上的党员干部出去旅游了，但王金龙也只是一笑了之。他说，花点钱改变大家的思维，值，更何况并没有花什么钱，咱也花不起这个钱。最后，针对全村地势平整、土地肥沃、交通便利的村情实际，抢抓陇西县渭北现代农业示范区建设的大好机遇，并经过反复思考和多方论证，王金龙提出了充分发挥劳动力和区域资源优势，大力发展现代设施农业、种植绿色无公害蔬菜、带领群众培育富民产业的发展路子。随后，王金龙又把这个计划跟县上、镇上包村的领导进行了汇报，领导们非常支持。虽然王金龙多次组织党员、群众召开党员大会、群众代表会议，向广大农户宣传村"两委"决定发展蔬菜产业的提议，但由于当时群众思想比较保守、发展意识和信心不强，迟迟打不开工作局面。

王金龙决定带头贷款建棚，并建立"支部＋党员致富能手＋农户"的结对联动模式，扶持村内10户农户带头建棚。他告诉我说，这10户农户参加了，有的是党员，有的是村干部，有的不是党员也不是干部，但思想开放。一个是张发平，当时他只是个农户，但是个有思想的农户，想发展农业，现在他已经是党员了；还有一个张发林，也是有思想的农户；还有一个马占海，是党员；还有一个闫志仪，是党员也是社长；还有一个毛干民，是党员，也是村上的文书；还有一个毛想平，是党员；还有一个张玉琴，是个有思想的女社员；还有一个闫双元……他们都支持我创业，也愿意跟着我创业。说干就干，犹豫不得，在镇党委和政府的支持下，他们一下流转了130亩土地，打算修建78座日光节能温室，也就是常说的大棚。当时修建一个标准温室大棚需要7.5万元，78座就需要585万元。他们决定首先自己凑，不够的再贷款。王金龙他们每人凑了10万元，总共110万元。2012年3月，他们开始打土墙。钱还远远不够呀！完了以后，镇党委和政府就帮王金龙联系县农业局，在扶贫政策的支持下，在领导的担保下，他通过妇女小额贷款，贷了300万。还不够。又通过针对从事种植、养殖、农副产品加工、流通等农林牧渔生产经营活动的农户，以及能够帮扶、辐射、带动农户的种养大户、运输大户、多种经营大户、农民专业合作组织和农业产业化企业的双联惠农贷款，贷了100万元。他们成立了陇西县金龙种植农民专业合作社，又以合作社的名义贷款170万元，一共600多万。到2012年8月大棚全部建起来了。大棚建起来后，县上又对每个大棚补助了1万元，因为实际上最后只建成了75个大棚，所以只补助了75万元。到国庆节的时候就育苗成功了，到年底第一批西红柿、蕃瓜（西葫芦）等农产品就上市了，一直卖到 2013 年 4 月中下旬。到五一前他们的第一批产品卖完后，他们的毛收入达到了 109 万元。

王金龙说，政府和领导真为老百姓着想，出谋划策，解决矛盾，还想法子筹钱。2012 年县农业局和镇上的领导到他们这里来检查时，看到大棚之间有空地，就对他说，那块空地，要充分利用起来，他们尽量扶持。于是县农业局赞助了一批钢架，修建了 102 座塑料大棚。陇西是财政困难大县，经费那么紧张，还拿出这么多钱来资助扶持，确实让王金龙他们感动。新建的大棚里种的全是辣椒，当年 102 个大棚就卖了 55 万元。一个大棚一亩，一亩收入就是 5000 元，比种庄稼的收入高出上十倍。这还是正常的种，如果有新产品，比如被认证为国家绿色品，那样价格可以卖得更好，一亩的收入肯定不止 5000 元了。

"这些都是真真切切的收入，当然不能算利润，当时还在投资阶段没有利润可言的。"王金龙说。

王金龙觉得，农民致富不能仅靠土地。安家咀村人均耕地 3.5 亩，要实现持续增收，必须走多元化发展的路子，农工商结合拓宽增收渠道。于是，他们开始了招商引资。2013 年，王金龙带领村"两委"班子通过考察洽谈，成功引进已经在全县有一定名气的马铃薯原原种培育、种植、销售企业——裕新农牧科技开发有限公司，通过推行"支部+公司+基地+农户"的发展模式，先后修建防虫网室 50 座、日光节能温室 40 座，建立原原种生产示范基地 1000 亩，就地吸纳转移劳动力 1700 多人次，提供稳定就业岗位 120 个，带动了贫困户增收。王金龙说，2015 年底，马铃薯原原种生产达到了 4000 万粒，年产值达到了 2000 万元以上。

2015 年，县上又组织村干部和企业家到福建沿海一带考察，王金龙也参加了。在那里，他接触到了十几家食用菌生产企业，对他的触动又非常大。他想，这个东西我们那边也能种啊。看到一个陇西籍的兰州企业家也心动了，他就一个劲地动员他搞。还在福建他们就与当地的一个老板谈好了意向，拟在安家咀建一个食用菌生产基地。回到家后，王金龙又极力促成，让福建老板与兰州老板强强联手，成立了甘肃祥瑞现代农业科技有限公司。王金龙说，食用菌生产基地预计总投资 3.5 亿元，目前已投资 1.5 亿元了，还在建设，发展食用菌生产和精深加工。已经建成食用菌菌棒生产车间 3500 平方米，食用菌培养车间 50 座。这个车间可年产食用菌菌棒 1000 万棒，可供陇西全县各乡镇 1000 个食用菌大棚的生产需求，可把全县的食用菌产业带动起来，更能把全县的贫困乡镇带动起来。看到安家咀的食用菌生产基地建了起来，其他乡镇纷纷行动起来，现在全县 17 个乡镇至少每个乡镇有一个食用菌生产基地了，有的还有两三个。预计菌棒收入一年可达到 5000 万，加上其他乡镇生产的菌子销往外地，总共的年收入可达一个亿。目前全村有 300 多人在食用菌生产基地打工，其中有 127 人来自贫困户，他们现在的年收入都在 3 万元以上。这在沿海发达地区不算什么，但在西部贫困地区来说，就相当不错了。现在菌棒开始卖了，各乡镇的菌也要出菇了。是香菇，无土栽培，在架子上生产。王金龙认为除了帮助贫困户脱贫外，还有就是把纯正的农民变成了产业工人，他们可以按时上下班，还可以干家里的活儿，也解决了留守等社会问题。就连上访的都没有了，他们都忙着挣钱去了。

安家咀村辖安家咀、万崖渠、阴坡、张家沟、蒲家门 5 个村民小组，共 551 户 2281 人。2013 年底建档立卡贫困人口 180 户 776 人，贫困人口人均纯收入 2189 元，贫困率为 34%，到 2014 年底贫困发生率降为 24.1%，到 2015 年底贫困发生率降为 7.8%，到 2016 年底，除了政策保底的，其他的都要脱贫。更具有现实意义与历史意义的是，当安家咀村现代农业园区风生水起之时，县委县政府顺势而为，以他们这里为中心园区，全面拓展全县北部川区，包括四个乡镇大约 20 个村，为陇西县农业示范园区。2015 年，陇西县农业示范园区被甘肃省科技厅评为省级示范园区。目前，他们正在申报国家级园区。王金龙说，到 2015 年底，他们村里人均收入已经在 1 万元以上了，可以直逼小康了。在园区有产业的有 115 户，在城里买了商品房的有 50 多户，家里开上了小车的有 60 多户。车子都好着呢，有三四万的，也有十几万的，还有上百万的。王金龙还说，他这个人性格急躁，是急性子。但他现在的性格与前些年已经是天壤之别了，那时看着村里穷，看着没产业，他很着急，恨不得一口吃成个胖子。现在他觉得,作为男子汉,应该稳,只有稳才能办成事,办好事,也要靠真心、诚心为群众办事,不能遇到困难就着急。现在云田镇13个村,二层三层的小洋楼全在安家咀村。他的想法,再过五六年,全村起码一半人要住上别墅。

这些都是王金龙父辈们想都不敢想的事。他虽然没有大富,但比以前有了大大的进步,让他欣慰的是,不仅自己脱贫致富了,所有的村民也都在富起来。这才算得上是一个村庄的希望……

漫步在安家咀时,我碰到了闫志仪。55岁的他有三个孩子,两个残疾,家里一直贫困。他说,开始王书记叫他干,他还不愿意呢。后来上白银考察一趟后,就改变了,觉得搞农业有前途,就跟着王书记搞农业了,现在有了摩托车,有了农用车,房子也修好了。他家里有四口人,他和他媳妇,儿子和儿媳妇(均为残疾人),他入股的合作社收入,加上他和儿子打工的收入,家里一年总收入超过10万元,年人均收入2.5万元以上。村级事务党支部副书记赵德荣,今年54岁,2011年王金龙动员他一起发展农业时,他另有想法,没有入股。但现在他却靠着在园区打工脱贫了,一年工资3万多元,加上当村干部一年1万元的收入,他与他老婆年人均收入2万元左右。女农户董金梅,家里三个孩子都在上学,正是负担重的时候,园区建起来了,她和老公都在园区打工,她一年收入2万多元,她老公一年收入3万多元,五口人年人均收入就是1万多元。她告诉我,她和老公没有什么文化,以前就在家干点农活,有点小收入,也只能糊口。现在收入翻番了,也不愁孩子不能上学了……

在安家咀走访时,我始终感受到一种力量的存在,那就是党组织的战斗堡垒作用和党员的模范带头作用。首先是党员带头发展农业,接下来,为便于开展组织生活,开始加强对务工人员尤其是党员的教育和管理。为了在园区的建设和发展过程中,更好地发挥共产党员的模范带头作用,王金龙向云田镇党委申请,成立了安家咀村党总支,下设村级事务党支部、金龙合作社党支部、裕新农业开发合作社党支部、祥瑞食用菌生产合作社党支部4个支部。他们按照打造全县绿色循环高效农业示范区和建设全县北川设施农业蔬菜生产基地的目标定位,提出了"能人党员示范带动贫困户,贫困党员不拖后腿先脱贫"的口号,积极探索党组织保障推进精准扶贫的帮带模式,组织 3 个合作社 30 名骨干党员与 121 户贫困户结成帮扶对子,帮带群众增收致富。如金龙蔬菜种植合作社党支部推行"党员能人组团带动型"模式,即由党总支书记通过个人率先出资、动员党员能人出资、争取项目资金及整合双联贷款等方式,筹资建设日光节能温室,每名党员帮带 3 户贫困户进行生产经营,每户贫困户每年从中收益 2.1 万元、每名党员收益 2.8 万元。又如裕新马铃薯种薯扩繁合作社党支部推行"党员责任区帮带型"模式,即合作社支部将 10 名党员划分到 10 个责任区,每名党员联系帮助 4 户贫困户种植 2 座大棚,协会支部和党员负责为农户免费提供良种、进行产前及产中技术指导和产后销售,每户贫困户每年从中收益 3 万元、每名党员收益 4 万元。再如祥瑞食用菌合作社党支部推行"党员先行承包带动型"模式,即由每个党员先行承包 3 座食用菌生产大棚带动 6 户贫困户参与生产经营,按照统一提供菌棒、统一生产管理、统一保价收购的方式,每户贫困户每年从中收益 4 万元、每名党员收益 4.5 万元。

王金龙非常谦虚,他说这些算不了什么成绩,但党和政府给他的荣誉太多,他受之有愧。每一年镇党委都把他评为优秀共产党员和优秀村支部书记;2013 年他被陇西县委评为"优秀党务工作者";2015 年 11 月,甘肃省加强农村基层党建推进精准扶贫工作现场会在陇西县召开,安家咀村推行的"党员能人组团带动型""党员责任区帮带型"和"党员先行承包带动型"三种基层党建推进精准脱贫的模式得到省级主要领导的充分肯定;2016 年 3 月,他被定西市委市政府评为全市十大优秀扶贫村党支部书记,6 月 30 日被中共陇西县委和定西市委授予优秀共产党员称号,7 月 1 日被中共甘肃省委授予优秀共产党员称号。

王金龙把我带到了位于裕新农牧公司马铃薯种薯贮藏库的楼上,我的视野顿时开阔起来,满眼的大棚和厂房,安家咀的轮廓也呈现出来。看着眼前集群化的现代农业园区,再想想王金龙这几年坚实的步伐,我真切感受到各级政府对于百姓脱贫与致富的关切与帮助。

"看到高速公路了吗?"王金龙突然问我。

"高速公路！在哪儿？"我问。

"仔细看看，就在对面的山脚下，是连霍高速。"王金龙说。

我一看，果然是高速公路，车辆正疾驰而过。

"我们这里交通发达着呢！看，右边还有一条铁路线，是陇海铁路。"王金龙说。

看着穿梭而过的高速公路和铁路，我想这无疑是两条穿越岁月的轨道，穿越了岁月，也穿越了安家咀人的灵魂与心灵。我联想到了江苏华西村吴仁宝老先生的事迹，还联想到了四川宝山村贾正方老先生的事迹……安家咀的轨道不正朝着他们的方向前进吗？

## 二

与安家咀村一样正朝着致富道路奋力前行的村庄太多太多，可以说是前仆后继、浩浩荡荡。

我想到了贵州娘娘山下的舍烹村，想到了以舍烹村为中心的八个联村的党委书记、娘娘山高原湿地生态农业旅游开发有限公司董事长、苗族汉子陶正学。此陶正学，正是贵州罗甸县麻怀村党支部书记邓迎香所说的陶正学。记得她当时跟我说，过段时间她准备带着村里的种植专业合作社的几个主要负责人到那里去看看，看看舍烹村是如何办合作社的，取点经回来。来到这里是秋天的一个下午，从水盘高速公路营盘出口，经水城县龙场、盘县普古到达舍烹。车入水坝，进入播秋，娘娘山景区的路网如织，放射状的沥青油路好几条。娘娘山高原湿地公园、民族特色村寨、民族风情广场、星级酒店、会议中心、温泉小镇、六车河峡谷景区、天生桥景区等相继映入我的眼帘。

这让我很是惊讶。娘娘山一带，是典型的老少边穷地区，也是贵州省精准扶贫攻坚的主战场之一。其范围包括盘县的普古、淤泥、保基与水城县的龙场、顺场、花戛6个乡镇，有近20万人口，其中苗族、彝族、布依族等少数民族人口约16万人，贫困人口在10万人以上，贫困发生率还相当之高。

历史与现实鲜明的对比，说明了什么？或许这正是我要找寻的。

来的路上，我就听说陶正学是身家5亿的企业家，在六盘水颇有名气。然而当我在他舍烹村的家里见到他时，却很难将他与一个众人眼中的亿万富翁联系起来。个子不高，古铜色皮肤，很墩实，很和善。一见面他就迎过来，热情地握起我的手。这是一个宁静而幽雅的四合院，主楼是别墅式样。但在舍烹村这并不算独特，我看了看周围，几乎家家都是这样的房子。我说他是大企业家，他说他是农民。我说他这是回报乡梓，他说他是舍烹的娃儿，娃儿给娘做什么都是应该的，都是不计报酬的。这与我见到的很多企业家不一样。或许这正是舍烹村与周边村能迅速脱贫致富的原因吧！我们坐在陶正学家院子里的石桌边摆（聊）了起来。

同样先从苦难说起吧！

1980年，15岁的陶正学和好朋友陶明章在舍烹村一间木房里，偷偷学喝酒。房壁的木头开了口子，阳光直接穿进了屋，凌乱的电线扎成无序的线团掉在屋角，成了被忽视的"危险"。舍烹村是盘县最边远的村落，因为穷，发展滞后，村里陈旧得露出铝丝的电线迟迟没有更换。酒中见真情。陶正学摇晃着手中的酒碗冲着屋角大喊："等我有钱，一定要把村里的电线全换成新的。"陶明章"扑哧"笑出了声说："说什么酒话，等你有了钱再说。"1981年陶正学高中毕业，当起了卡车司机。在那个年代，司机是个很吃香的工作。但浓浓桑梓情，为报三春晖。每到周末，他都会把车开去50公里外的淤泥乡，免费送村里孩子上学。那时都是很窄的公路，还是土路，且都是盘山路，非常危险，陶正学现在想来都害怕，但那时的他却乐在其中，从未觉得危险与辛苦。1985年，他通过分期付款的方式，买到一辆载重4吨的解放牌东风卡车，做起了运煤的买卖。1987年，他开始接触小矿石，1990年，赚到人生中第一个100万。

但创业的道路并不平坦，1993年到1995年间，陶正学从事矿石开采受重挫，投资失败，资金崩盘，欠下100多万元外债。打落牙齿往肚子里吞，再穷也要当硬汉,每年他都必定回村过年,每年他都会买回许多爆竹礼花。烟火划破长空,散发开来,红红绿绿倒映在乡亲们脸上,陶正学的心中,盼望乡亲们的日子像烟花一样绚丽多彩。商海打拼,历经风雨见彩虹。2001年后,依靠煤炭行业淘金,陶正学的个人资产达到5亿元,事业从煤炭扩展到房地产。发了财的陶正学初心依然。每次回村,碰到谁家有困难,陶正学都会掏钱救急。逢年过节,他都要亲自带上礼品和慰问金,去慰问村里的贫困村民和60岁以上的老人。

无私的付出,换来了无价的回报。2005年腊月二十八,陶正学的母亲去世,他从定居的水城县连夜出发,送母亲回故里。黑夜里,山区下起了冻雨,坎坷崎岖的山路足有100公里,越野车被颠簸得"吭哧""吭哧",大雨夹着冰在汽车灯光下横冲直撞。刚驶入盘县普古乡地界,车子坏了,手足无措时,前方传来消息:舍烹村有100多个村民,自发集结,赶来接老人回家。寒冷的黑夜,100多个村民打着手电筒,照亮了整片夜空。陶正学湿了眼眶,他夜夜牵挂的乡亲也牵挂着他。

从百万富翁,到百万"负翁",再到亿万富翁,不管处于什么位置,陶正学心里始终不忘舍烹村。舍烹村"头顶娘娘山,脚踏六车河",从娘娘山远眺,层层铺排的窝头锥峰弥漫开来,组成气势不凡的万峰林。峰丛、石林、峡谷、溪流、飞瀑、湿地……组成美轮美奂的奇特风景。然而,因为远在深闺,交通不便,舍烹村的发展始终慢几拍,弯弯曲曲的盘山公路拉长了村子与外界的距离。陶正学暗下决心,一定要带领乡亲们走出贫困。2000年至2011年,陶正学先后资助淤泥小学和舍烹小学32万元建设校园,资助贫困在校大学生11名。为支持家乡新农村建设,他出资1160多万元,改扩建了舍烹村的村委活动室和村民住房及水、电、路等基础设施。村里的环境越来越好,可是乡亲们还缺乏在家门口发财致富的门路,这成了陶正学的一块心病。2010年初,陶明章有意在河边建塘养鸭,陶正学觉得这是把家乡的资源转化成财富,便大力支持。他找来几个合伙人,建起了水塘,并在塘边筑了一道大坝。6月,连降了几天大雨,由于坝堤不够牢固,一天中午,随着"哗啦"一声巨响,洪水冲垮了大坝。看着狼藉一片的河床,陶正学的思想也被洪水一起冲开:"输血式"扶贫只带来眼前效益，要让乡村有更长远的发展，必须变"输血式"为"造血式"。用陶正学的话说就是，将近20年里，他们一直在为脱贫做着努力，但解决不了根本问题，还是没有找到老百姓在家门口致富的路子。

2012年初他有了转型的想法，决定在家乡围绕旅游和农业发展走"绿色产业"发展之道。"以前都是星星之火，这才是燎原之火，真正的大扶贫。我要把几十年的积累都砸下来，改造家乡。"陶正学说。然而，谁会理解呢？谁也不理解。"在外面混个名堂出来不容易，又跑回去干啥？""舍烹村还那么偏僻，还那么穷，你在那里搞旅游，谁会去？""白花花的票子会跟丢到水里一样。"……但陶正学却说，正因为家乡穷他才回去的，不穷他回去还有啥意义呢？

2012年5月6日，49岁的陶正学与陶永川、郭跃等7人共同发起，以资源、资金入股的方式，成立盘县普古银湖种植养殖农民专业合作社，计划以娘娘山附近生态群为依托，打造农业产业园区。这算是合作社第一次会议。会议是晚上8点，在陶正学家召开的。当时的"第一次会议纪要"显示，这7个人聚在一起准备成立的合作社，以"5万元一股，共50万元的股金"开展工作。7位原始股东共同承担项目贷款的银行利息、风险。虽然50万元对于以"生态产业化，产业生态化"扶贫攻坚为己任的合作社来说，有点像当晚天上下的毛毛雨，杯水车薪，但毕竟这是第一次会议，是陶正学和舍烹村迈出的第一步。

还不到半个月，即5月20日，银湖合作社召开了第二次会议。这是一次重要的会议，因为它是一个决定边远贫困少数民族地区上万群众小康前程的关键性会议。这次会议不再是上次的7人，还增加了陶正学的弟弟陶正凯等人，共13人。之所以说这次会议具有关键性作用，是因为陶正学他们决定以大工业的视野对合作社发展蓝图重新进行了描绘。发展战略目标：实现娘娘山区尽快脱贫，做强农业产业；做实名、特、优农产品加工业；走"高端国际化"路子做生态旅游业，开发水爬坡、出水洞、天生桥、乌蒙山国家地质公园六车河景区的旅游资源；服务业要有国际视野，吃住行、游娱购、快旅慢游、大健康、民俗体验等都要考虑进去。"银湖"战略定位高，合作社的股金也水涨船高，从 50 万元的"杯水车薪"扩大 40 倍,增至 2000 万元。总股份为 100 股,每股金额为 20 万元。

陶正学这是要让更多的农民变股东,想法是好,但困难重重。在认股的第一次会议上,当陶正学要求大家认股时,会场鸦雀无声,没一个吭声的。最后还是陶正学打破僵局。他说:"你们拿 10 万,我借你们每人 10 万咋样?"会议的沉闷被打破,人们七嘴八舌议论。但即便这样,村里的大部分人还是拿不出 10 万元。陶正学又说:"分一年半交清 10 万股金,年底只需先交 3 万。"他还表态,他借出的 10 万元,盈利分红算股东的,亏了本算他个人的。这不是"天上掉馅饼"吗?按理,100 股最多不会超过 100 位股东,因为放开入股,村民股东中就有了十几个人一股的现象,实际股东人数达到了 450 多人。笔者到这里采访时,娘娘山园区股东遍及普古全乡,超过两万人,滚雪球一般的农民股东,对山区的发展充满期待。

更让人不可思议的是,在筹集股金的过程中,陶正学自己只占 27% 的股份。按理说,他 27% 的股份只需出资 540 万元,而村民们应该出资 1460 万元。陶正学却只让村民们出资 730 万(相当一分部还是欠条或分期付款),其余都由他自己出。我问陶正学此举的原因,他淡然一笑,什么也没说。

……

发展产业,需要土地成规模,土地流转成了遇到的第一道难题。村里部分群众态度强硬不愿意拿出土地,认为种粮才稳靠。思想不通,先带出去开眼界。6 月 17 日清晨,陶正学自费带领 64 个村民组成的考察团,乘坐两辆大巴奔赴昆明、大理、丽江……半个月的外出考察,乡亲们开了眼界,体会到什么叫作幸福生活,土地流转的观念有了明显转变。

土地流转了,万亩果园种植又遇到了"三难"。

一是选地难。舍烹村原来是小乡,从舍烹公社、舍烹乡时代起,一条拥挤、长不过 1000 米的街上,住房林立,街道的有效宽度不过 6 米,有的地方会车都成问题。小街之外是山坡、河谷。出水洞河谷狭窄,两边成梯形坡度向上,是布依族、苗族群众世居耕作的稻田、旱地,这里要想建万亩以上的果园,不现实。要知道，银湖合作社的种植面积规划是 10 万亩。无论在哪里选地，都将超出舍烹的范围，这就催生出后来的"联村机制"，跨乡镇、跨县机制，也催生出"资源变资产，资金变股金，农民变股东""三变"改革之一的"资源变资产"。20 世纪 80 年代初的家庭联产承包制曾极大地调动了农民的生产积极性，但眼前的问题是——小打小闹何谈规模？舍烹村的群众同意了，其他村又是何想法。再说，土地、林地、草地、水域等资源都是分散的，别说 1 万亩，就是 100 亩、10 亩，也要挨家挨户动员，农民自愿才能流转。合作社的难题引起了各级政府的高度重视，他们决定全力以赴支持合作社的创新发展。

娘娘山的难题，抑或是西部扶贫攻坚中的难题，因一个打破常规、中国农村鲜有的"联村机制"显现生机；更因为一个党的基层组织创新的"联村党委"机制勃然发展——银湖合作社、娘娘山生态旅游景区最急迫的资源整合，变成普古乡以及 8 个村联村党委、村党支部、8 个村村委会 100 多名党员干部的急事大事。陶正学担当重任，出任联村党委书记。很快，万亩果园乃至 10 万亩农业种植园区用地选地、流转土地，旅游园区建设项目用地难题破解。于是，舍烹村与周边紧邻的新寨、嘎木、偏岩、厂上、天桥、播秋、水坝共 8 个村，联村抱团发展；水城县花戛、顺场、龙场三个乡镇部分村与银湖合作社的联合发展迷雾渐开，曙光初现。"联村党委"的建立，由原来"各吹各的号"，变为拧成一股绳，下成一盘棋，实现了互惠互利。

二是选种难。银湖合作社建设资金不是问题，种植业的突破口在哪里却是一个大问题。丽江种雪桃，蒙自栽石榴，昆明产蓝莓，娘娘山不可能将这些果品直接搬过来。栽什么样的果树，要切合本地实际。合作社大会小会地开，省市县的专家不断地请过来。先是实验性质的，先探路种 20 亩、50 亩，像冬桃和草莓，计划面积种得最大的是号称"维 C 王"的刺梨，种 200 亩。各种各样的果品全部要种，总种植面积不到 900 亩，与 10 万亩的园区规划比，似星星点灯，杯水车薪。此外，种植技术含量高，且种苗成本高的苗木要到千里之外的浙江、福建、江苏引进。这确实不太现实，人力、物力、技术都跟不上。怎么办？2012 年 8 月 26 日合作社再次研究，改为先种 7 个品种：蓝莓、刺梨、杨梅、草莓、雪桃、石榴、脐橙。面积增加到 1600 亩，其中种得最多的还是刺梨——500 亩。再后来，娘娘山种植面积最大的还是刺梨，超过 1 万亩，并增添了品质独特的无籽刺梨。2015 年，合作社的刺梨进入采收季节，产量超过 2700 吨，口感非常好，也很受欢迎。当然，这是陶正学他们一步步探索出来的。

三是实施难。很多事说起来容易做起来难。尽管他们请来了省农科院的一流专家，但力量依然不够。规模化发展，第一年最苦。当时每天几百人上千人施工，山坡上全面铺开栽树，最让他们担心的是种植下去的树木是否达标。于是，他们天天晚上要检查，带人去浇水。在银湖合作社万亩果园实施过程中，最令人头疼的还是大家的信心。最开始，老百姓看不清前途在哪里，心里没有底，大家弯起腰子干，却不知道收获的果实怎样。那阵子，有徘徊的，有拖拉疲沓的，甚至还有的反过来为难合作社……直到后来，他们看到山上金灿灿的果实了，看到娘娘山美丽的景区了，心里悬着的石头才终于落下来了。或许，这就是企业家与农民思维的不同吧！

陶正学果然是个坚毅而乐观的汉子，讲起难处，他的脸上依然看不到任何愁云。他告诉我，通过三年的努力，他们已经种植了 2.18 万亩，涵盖了两个县的部分乡镇，今年就开始有收益了，娘娘山高原湿地公园、民族特色村寨、民族风情广场、星级酒店、会议中心、温泉小镇、六车河峡谷景区、天生桥景区等相继建好了。当然，关键问题还是要挣钱，企业要有效益，老百姓要增收，这样贫困户才能脱贫致富。2011 年舍烹村的年人均收入不到 700 元，周围其他村也差不多。经过几年努力，到 2015 年年底，八个联村年人均收入达到了 7260 元，核心村舍烹村更是达到了 11260 元。现在除了因病因残等政策兜底的个别贫困户，其他早已脱贫了。

而对于中国贫困地区，乃至整个中国农村，更具推广意义和历史价值的还是他们的创新——"资源变资产，资金变股金，农民变股东"的"三变"创新成果。这不仅增强了农村集体经济的实力，拓宽了农民增收致富的渠道，让贫困户脱贫致富，对于农村、农业、农民还会产生深刻的影响，将会使农村发生巨大的变化，大大提高农民素质，把农民培养成现代农民，促进实现农业现代化，推动城镇化。我注意到，2017年中央一号文件《中共中央、国务院关于深入推进农业供给侧结构性改革，加快培育农业农村发展新动能的若干意见》中，六盘水市"三变"改革被纳入其中。"从实际出发探索发展集体经济有效途径，鼓励地方开展资源变资产、资金变股金、农民变股东等改革，增强集体经济发展活力和实力"，对六盘水市"三变"改革所取得的成效给予了肯定。

这也是陶正学和他的舍烹村走进本书的一个重要原因。

六盘水市扶贫开发局提供的资料也告诉我：六盘水市65个乡镇、31个社区（街道）、881个行政村、29个省级农业园区实现了"三变"全覆盖；共有51.48万亩集体土地、28.92万亩"四荒地"、68.3万平方米水域、5.86万平方米房屋入股；整合财政资金6.61亿元，撬动村级集体资金1.25亿元，农民分散资金4.28亿元、社会资金45.71亿元入股；39.05万户农民变为股东，入股受益农民达129.03万人（其中贫困户11.31万户33.44万人）；新增村集体经济收入8856.3万元，2015年已全部消除"空壳村"；全市共减少贫困人口55.87万人……

我想到了塘约，贵州省安顺市的一个穷山村。2014年夏季的一场大洪水，让这个省级二类贫困村更加贫困，由此他们成立了"村社一体"的合作社。全体村民自愿把承包地确权流转到新成立的合作社里，进而做到"七权同确"（土地承包经营权、宅基地使用权、林权、集体土地所有权、集体建设用地使用权、集体财产权、小水利工程产权同步确认），由此极大地巩固了集体所有制。全村重新组织起来，抱团发展，走集体化道路，变化和成效都令人惊叹。在两年里不仅重建家园，而且农民人均纯收入由不到4000元蹿升至10030元，村集体收入从不足4万元猛增到200万元，塘约变成了一个焕发新生机的小康村。塘约村之所以能够华丽转身，肯定是经历了一番浴火重生的。当然，重要的是穷则思变的塘约人，明白"基层党建也是生产力"，走群众路线，并以党建为抓手，干群齐心协力一举拔掉了"穷根"。"塘约道路"也启示我们，一个村庄里的中国力量不容忽视，中国农村的希望在各类"塘约"们，在万村千乡。

# 桂花园里幸福的笑

## 一

在重庆市黔江区的金溪镇望岭村,有个地方叫桂花园。

"是个桂花树种植基地吧?"路上,我问同行的黔江区扶贫办副主任徐章和。

"不是,是个安置点,黔江区高山生态扶贫搬迁集中安置示范点。"徐章和说。

来到桂花园,我确实没看到一棵桂花树,但我看到一排两层楼房紧紧相连,每家门口都贴着喜庆的对联,灰黑色的瓷砖锃亮。在房子门口不远处有一条小溪,对面是一座大山,绿树环绕,环境优美。公路就在屋旁,交通方便。

虽然桂花园里的房子长得一个模样,但我还是发现了不一样的地方。在一户人家门前,我看到一个女人,正坐在矮板凳上,在一个废旧的铁脸盆里烧火取暖。她头戴绛紫色毛线帽,穿着黄色的羽绒服和一条宽大的牛仔裤。乍一看,没啥问题,但看向她的眼神时,我发现她目光呆滞。她盯着脸盆里燃烧的火焰独自发笑,笑得自由自在、无拘无束。我跟她打招呼,她毫无表情地瞄了我一眼,然后扭过头,又自顾自地笑了。

她家大门右边门墙上挂着一个黑底、烫金字的牌子,上面写着:黔江区高山生态扶贫搬迁工程;户主姓名:田景纯;竣工时间:2013年12月;责任单位:区统计局、区扶贫办。我正看着,一个个头不高,穿着还算干净的老人走了出来。我问他:"您是不是叫田景纯?"他笑着:"田景纯就是我。"我发现田景纯的笑特别灿烂。他告诉我,前面烤火的那个女人是他婆娘,她病太多了,要不是他,她早就死了。我注意到,田景纯右手残疾。

田景纯说:"我今年65岁,是从清水村三组搬来的,原来住在山上,是木房子，没有路，也没有电，很少下山。我有弟兄四个，我是老四，最小的。我出生时右手就是残疾的，干不了重活。由于家里穷，我没上过学，大字不识。由于家里穷，我一直找不到婆娘，谁家姑娘愿意嫁到山上来，谁家姑娘又愿意嫁给一个残疾人？那时找不到对象，只有从身有残疾和弱智的女人里找。我也没什么要求，只要是个女人就行。亲戚和邻居看我这么大年纪了还没成家，只要听说哪里有合适的女人，就帮着提亲。也提过几次亲，有个女的，腿有残疾，人长得漂亮，但跟我没过几天就跑了。她嫌弃我不正常，我还嫌弃她呢，狗日的长得漂亮有什么了不起的。后来我又找了一个，也长得俊俏，也年轻，但这婆娘精神不正常，整天不是在家里打打闹闹，就是往外跑。跑到山上抓鸡抓鸭，抓了就吃，毛都不拔，就吃生的，吃得满脸是血。我也不嫌弃，毕竟她是个女人，我家里穷，又是个残疾人，找个女人不容易。可她到处跑，最开始只是到附近山上跑，后来晚上都不回来了，再后来也不知道跑到哪里了。我们找了好久都没找到，有人说那婆娘只怕掉到悬崖下摔死了，有人说那婆娘只怕掉到池塘里淹死了，还有人说他们看见这婆娘被一个老头带走了，反正到现在再也没有见过那婆娘。"

田景纯又说："我 50 多岁才结的婚，我婆娘叫吕素华，现在 40 多岁了，是个弱智。我婆娘那时 30 多岁了，由于弱智，一直没有出嫁，她人本分，虽然不会做事，但不乱跑，整天只待在家里，老老实实的。是我请邻居去提的亲，没想到老丈人同意了，他说只要有人要，能够照顾他娃娃就行。当时我婆娘看到我就笑，笑个不停。开始我以为她那是表示对我满意，后来我才知道，她从小就是这样笑的，不光见到人，见到啥子都笑，哪怕是见到一只蚂蚁她也笑。我想马上就结婚，但老丈人不同意。我老丈人叫吕永发，也是个残疾人。他对我说，虽然他家里也穷，虽然娃娃弱智，但也是嫁女，既然是嫁女，就要把陪嫁礼品准备好。他们被盖、柜子等等陪嫁品都准备了，但准备了两年多，把我急死了。但我婆娘不急，她不知道急，还天天在家里笑。前两年搬到这个新家里，我什么都没要了，就要了这个柜子，柜子、柜子，早生贵子哟！结婚时，我家里是木房子，十几个平方，现在已经倒塌了。结婚时我也没钱，都是父母和亲戚朋友凑的。结婚后,我也做不了什么,养猪都没法养,只能打点临工。我婆娘什么也不会干,什么也干不了,她谁也不认识,包括我父母,她只认识我。我把饭做好后,她自己吃没问题,我把衣服准备好,她自己穿也没问题。我每天得在家照顾她,她不怎么说话,只会笑,说话最长的也就说两句,还听不太清楚,叽里咕噜的,不知道说的啥子……"

田景纯还说:"前几年,有人跟我说过,说是要搬迁。我当时跟他们说,在山上住得好好的搬什么迁嘛。人家说,山上没路没电,不方便。我说,要电做什么。人家说,有电就可以看电视呀。我说,那东西我看不懂,我婆娘更看不懂,要它干啥子嘛。想不起来过了多久,人家又找到我说,说是要搬家了。我说搬什么家。人家说,政府帮你建好了房子。我说,我没钱,这个房子我不要。人家说,是政府免费帮你建的,一分钱都不要。我又问,要是以后政府又问我们要回去我们住哪?人家说,政府不会要了,这房子就是你的。我又问,搬到哪里住?人家说,望岭村的桂花园。那里我去过,我姑妈住那里,那里连条路都没有。于是我说,桂花园也是个鸟不拉屎的地方,我不去。人家问我,你什么时候去的桂花园?我说,十多年前去的,到我姑妈家。人家说,那已经是过去了,现在大不一样了。我又问,搬那里去了,这里的房子咋办?人家说,不要了,废了。废了就废了吧!那天是政府的人帮我们搬的家,坐车来的,是什么车,我不知道。离开那里的时候,我流泪了,舍不得呀,从小长到这么大,一直在那里生活,是条狗都会流泪呀,更何况我还是人。我婆娘没流泪,她还是笑,笑得很开心,看到政府的人笑,坐在车上一晃一晃的她也笑,看到新房子她还是笑。这里房子好着呢,还是两层的,我们住在二楼,房间里不仅有床,还有电灯,有电视。但我们不看电视,看不懂,我都看不懂,你说我婆娘又能看懂什么,她不看电视是笑,看电视也是笑。我婆娘一般不出去,她就在家里待着,偶尔也在附近走走,也能自己回家。在桂花园,她谁也不认识,只认识我。但谁都认识她,只要看到她往远处走,人家就会带她回家,邻居们好得很。"

田景纯刚讲述时,思维还比较清晰,跟正常人无两样,但越往后说,好像就有些思维混乱了。就在我越听越糊涂时,金溪镇的扶贫干部邓占东主任来了。

他连忙向我解释说，田景纯的大脑也有点问题，但比他老婆好多了，能说能听，还能生活自理，但很多事说不清。邓主任告诉我，田景纯的女儿都20多岁了，已经结婚生子了，现在在县城打工。他儿子也18岁了，一直跟着外公、外婆过。因为田景纯和他老婆都不清白，所以孩子一生下来，就被他岳母抱走养起来了，很少见面，也没有感情。去年他女儿和儿子买了些东西来桂花园看过他们，也叫他们爸爸、妈妈。

在桂花园，我还碰到了陈清华。40岁的他，腿部残疾，丧失了重体力劳动的能力。他老婆叫邹星琼，比他小10岁，也是个残疾人，只能做一些简单的家务劳动以及照看孩子。两个孩子，女儿10岁了，在金溪镇中心学校读五年级，儿子6岁了，与姐姐读同一所学校，读一年级。陈清华父母早逝，有一个63岁的伯伯与他一起生活，但伯伯是聋哑人，加之体弱多病，已丧失劳动能力。

陈清华告诉我，他是平溪村菜山沟（五组）搬过来的，搬迁前只有木屋三间，非常破旧，还是他爷爷当年建的，一家人根本就住不下，非常挤。他家里原有田、土、林面积近20亩，由于生产环境十分恶劣，所需劳动强度较大，迫于身体原因不能耕作，大部分田地已经荒芜。后来，在镇党委政府退耕还林政策宣传影响下，他将家中8亩多田地进行了退耕还林，现在每年依然能够从政府拿到一定的退耕还林补助金。他家的房子有96平方米，他不仅没出任何费用，政府还为他家购置了床、棉被、桌、椅、炊具等各式家具和生活日用品，拎包入住式的扶贫政策替他实现了此前想都不敢想的住房梦。陈清华说，如果政府不给他家进行兜底搬迁，他一生都没能力建房，现在一分钱都没花，就住上了洋房，没想到党的政策会有这么好，做梦都没想过。有一天他做梦梦见了他妈妈，他把这个事跟他妈妈说了，他妈妈不相信，于是他又带着妈妈参观了新房子。他妈妈说，我这不是做梦吧！说到这儿，陈清华流泪了。他说，如果父母活到现在多好啊，也能住上新房子。陈清华说他最要感谢驻村领导姚永胜副镇长，他为了他家的事跑前跑后，好像是自家建房子一样。这么辛苦，这么操心，不仅没吃过他家一顿饭，就连一口水都没喝过。

陈清华人残志不残。他说他会理发，还会做木工。他在集镇开了个小理发店，赶场的日子，他就在那里理点发，其他时候他就在家做点木工活。挣的钱不多，但享受了政府的低保政策，每年有点补助。虽然家里没什么钱，但供两个小孩子上学还不成问题。让他欣慰的是，两个孩子都特别懂事，成绩都不错，特别是女儿的成绩总是班上前几名。他想让女儿将来上师范，当个老师。他说，父母当年给他起名"清华"，就是希望他多读书，将来能考上清华、北大，走出大山，当个文化人。可他没有实现父母的愿望，小时候就是读书太少，没文化，他要让自己的女儿到山区来教书，让更多的人有文化。

与陈清华挥手道别时，他抽着烟，斜着身子站在那里，但站得特稳，山一样坚毅。

在桂花园，我也见到了回家取东西的年轻小伙子田茂华，他家也是兜底搬迁户，原来住山坳村乌龟堡（四组）。25岁的田茂华患有偏瘫，左半身肢体肌肉萎缩，并影响大脑，有时会出现反应迟缓等症状。他有一个19岁的妹妹，叫田艳花，现在黔江城的餐馆里打工。上天对田茂华和妹妹非常不公。由于长期病重，他们的父亲在妹妹尚在母亲腹中时，便已病逝，然而更不幸的是在妹妹出生后不久，母亲又被病魔夺去生命。兄妹两个孤儿只得由早已改嫁岔河村的奶奶抚养。

虽然上天对他们不公，但兄妹俩从不向命运低头。他是个相当勤劳、朴实，且非常坚强的小伙子。由于家中没有劳动力，且长期寄养，初中尚未毕业的田茂华辍学谋生，还供妹妹上学。兄妹俩也始终感受着社会这个大家庭的温暖。在田茂华父母死后，山坳村村干部给田茂华兄妹申请了民政部门的孤儿待遇，解决一部分生活费用。在田茂华辍学后，山坳村村干部建议对田茂华家老宅进行宅基地土地复垦，然后在镇政府的帮助下，利用土地复垦所得的4万多元在金溪镇中心学校附近开了一个"2元店"。2013年黔江区实施兜底搬迁政策后，村里还没上报，许多村民就主动找到村部和镇上，说无论如何要让田茂华和他妹妹评上，这两兄妹不容易。

田茂华说，他和他妹妹的房子共有96平方米，钱是由区扶贫办和金溪镇政府等帮扶单位解决的，他自己不但没有出一分钱，镇政府还出资近万元为他们解决一整套的家具和日常用品。我问田茂华现在的收入情况。他说，在山坳村老家，他还有4亩耕地，已流转给邻居耕作，每年有3000多块钱收入；现在自己在镇上经营的"2元店"，每年的收入大约有万把块钱；妹妹在黔江的小餐馆打工，每个月的工资能拿到一千五六。只要不懒，只要勤快，就饿不死。他说，兜底扶贫搬迁后房子有了，就有希望了。他希望自己能找个能够理解他和接纳他的女孩结婚，生两个娃娃，也希望妹妹能找个理想的男朋友，早点结婚生子……

说到这，田茂华腼腆地笑了……

这是桂花园里幸福的笑，是贫困山区充满希望的笑。

其实在田景纯夫妇、陈清华、田茂华他们的身后，还有着庞大的残疾人队伍。据统计，目前我国有8500万残疾人，其中很多依然处于贫困之中。由于居住分散、身体障碍、劳动能力受限、受教育程度偏低、机会不均等原因，农村残疾人脱贫攻坚面临着数量多、贫困程度深、脱贫难度大的严峻形势，成为国家脱贫攻坚战的难点，是实现残疾人全面小康的短板。特殊困难群体，需要格外关心、格外关注。一直以来，党中央、国务院高度关注贫困残疾人的民生改善和精准脱贫工作。习近平总书记指出，残疾人是一个特殊困难的群体，需要格外关心、格外关注。让广大残疾人安居乐业、衣食无忧，过上幸福美好的生活，是我们党全心全意为人民服务宗旨的重要体现，是我国社会主义制度的必然要求。习总书记强调，2020年全面建成小康社会，残疾人一个也不能少。李克强总理要求，决不让残疾人"掉队"。要拿出更实、更有针对性、更具人文关怀的措施，推进解决各类残疾人群在身体康复、教育就业、权益保障等方面存在的苦难，让他们感受到全社会的温暖。2016年12月22日，由中国残联、国务院扶贫办等26个部门和单位共同制定的《贫困残疾人脱贫攻坚行动计划

（2016—2020年）》，以中央确定的全国贫困人口脱贫目标为核心，在此基础上，着力解决贫困残疾人有别于健全人的特殊困难和需求，即基本康复服务和家庭生活无障碍问题。从某种意义上讲，贫困残疾人的基本康复服务和家庭无障碍的实现正是不让贫困残疾人掉队的一个重要特征。

## 二

邓占东主任告诉我说，望岭村桂花园安置点规划安置80户280人，目前已安置57户198人，其中统规代建22户81人，在这22户中就包含了12户兜底户共27人，也就是常说的特困户，田景纯、陈清华、田茂华等人都是属于特困户。但桂花园安置点只是金溪镇6个安置点中的一个。金溪镇原来是国家级贫困乡镇，也是重庆最贫困的乡镇之一，没有任何经济来源，所以兜底搬迁户也是全黔江区最多的。从2013年3月开始，按照黔江区的计划安排，镇里开始入户调查，准备对特困户实施兜底搬迁。入户调查是区镇村三级联合调查，选出满足兜底搬迁条件的特困户。通过程序，当时选出了15户兜底搬迁户。这15户必须具备两个条件，首先是深度贫困，居住偏远，如大山高山地区，家里有危房，而且家里贫困，想搬迁又无能为力。其次是家里有重大疾病。邓占东说，其实绝大部分山民还是很顽强的，能自己建房的，都已经自己建了。当时在镇党委会议室开了个会，征求他们的意见，是自己建，还是政府统一建。有三户提出自己就近建，还有两户建到了另外一个居民点，其他人都同意建到望岭村桂花园，后来又确定了两户，所以桂花园共有12户兜底搬迁户。这12户基本都是因为残疾致贫，他们是陆续入住桂花园的，有10户是2013年年底入住的，有1户是2014年年底入住的，还有1户是2015年年底入住的。2016年金溪镇又确定了13户兜底搬迁户，现在正在建。2016年前他们对于移民搬迁点实施的是"138"政策，即一般农户补助1万，建卡贫困户补助3万，深度贫困户补助8万（按照国家扶贫政策也只能补助3万，区里组织的社会力量增补5万）。为了强力推进，区里都下了红头文件，每个区领导要帮助一户，区里每个部门要帮助一户，能力强的大部门要帮助两户。必须落实，不落实年底考核的时候不过关。四年时间里（包括2016年的13户），全镇所有深度贫困户都解决了住房问题。邓占东还说，他从毕业分配开始就在乡镇工作，已经20个年头了，从事扶贫工作也有近10年了。他觉得帮助特困户兜底搬迁是件具有深远意义的事，是一件功德无量的事，是一件温暖他人，也让自己温暖的事。他的老父亲曾经是民办教师，每次回到家，老父亲总会嘱咐他，要好好干，多替百姓着想，人家穷，不容易。

对于兜底搬迁，徐章和主任也是感慨良多。他说，黔江地处武陵山区，山峦起伏，沟壑纵横，交通不便、生存环境恶劣，这成为摆脱贫困的最大桎梏。要脱贫，首先必须让贫困人口搬出恶劣的生存环境。2013年，黔江启动高山扶贫搬迁，以"政府补贴＋群众自筹"的搬迁资金筹措方式，帮助贫困人口实施搬迁安置。按照市级标准，实施扶贫搬迁的贫困户每户可获得3万元左右的政府补贴。而在当地农村建一座普通住房，一般耗资在8万元左右。这意味着剩下的5万元左右资金缺口只能靠"自筹"来解决。原来政策是统一的，没有针对性，比如每户3万元，不管你建得起建不起，都是3万元。这样的话，有能力的搬得动，而深度贫困的还是搬不动。他们一分钱都没有，能够维持生活就不错了，哪建得起房子嘛？这样无论你怎么扶贫，还是没有把最需要的帮助送给贫困家庭。于是，黔江以"兜底搬迁"的思路探索破解这一难题。黔江通过召开群众会、张榜公示等方式选出深度贫困户，每户在享受3万元补贴基础上，再通过对口帮扶部门补助、整合涉农部门资金等多种渠道，补上搬迁资金缺口。这在全国是个创举。在落实深度贫困户对象之后，黔江将兜底搬迁帮扶任务分解到全区98个部门单位，并与贫困户结成帮扶对子。帮扶部门对自己所帮扶兜底搬迁户的搬迁选址、搬迁方式、建设规模、资金筹集等全权负责，在规划区域内建房。同时，对质量标准、建设工期等加强督促检查，确保按质、按时让兜底搬迁户住上新房。在政府扶持下，深度贫困户能代建或自建一栋占地60—90平方米的砖混结构房屋，水电安装到位，配置厨房卧室用具。这与常规扶贫搬迁政策相比，兜底搬迁扶持力度更大，希望享受政策的人自然更多。因此，兜底搬迁政策要做到不走样，保证公平，关键就在于对深度贫困户对象进行准确甄别。为了确保搬迁对象"选得准"，黔江区明确规定纳入有限搬迁对象原则具备以下条件：符合高山生态扶贫搬迁基本条件、自愿搬迁且意愿强烈，家庭贫困程度特别深、家庭成员有重大疾病或残疾，搬迁费用确实难以自筹；只有唯一住房或属于无房户、住房残破或为危房的，自身无力改善的……同时，黔江采取村和社区初评、乡镇街道初审、区扶贫办核实终审的办法来甄别对象。为从源头杜绝政策乱开口子，政策规定，如若发现报送对象被查出与实际情况不符，乡镇、街道一把手将成为误报所导致的结果的第一责任人。扶贫部门还对所有报审对象实施严格的"一对一"入户审查，严防不符合条件人员被纳入帮扶范畴。通过创新开展"一对一"兜底扶贫搬迁，增强扶贫有效性和精准性，扶贫兜底搬迁实施两年多以来，黔江不少以前无力改变生存状态的深度贫困户因享受到扶贫政策支持，过上了新生活，走上了致富路。用老百姓的话说，这才叫真正的扶贫，扶到了最贫困最底层的人身上，也扶到了他们心坎上。这才叫精准扶贫！徐章和说，黔江区确定对"愿意搬又无力搬"的639户深度贫困户实施兜底搬迁，到2015年年底，他们已经完成搬迁434户1484人……

　　作为基层扶贫工作者，邓占东、徐章和他们的讲述让我看到了当下基层扶贫工作的艰难。由此我想到了全国扶贫宣传教育中心黄承伟主任所说的，容易脱贫的地区和人口已经基本脱贫了，剩下的贫困人口大多贫困程度较深，自身发展能力较弱，越往后脱贫攻坚成本越高、难度越大，采用常规思路和办法，按部就班推进，难以完成任务。应该说，黔江区的兜底扶贫搬迁就是超常规思路和办法。

# 一场疾病与一种奋斗

国务院扶贫办提供的一组数据让我感到震惊：2013 年全国 8962 万贫困人口中，因病致贫的占到 42.2%。为了解决因病致贫，虽然这些年国家先后出台了大病救助、大病保险等保障政策（国家卫计委的一个专家做过测算，影响一个家庭因病致贫和因病返贫的重大疾病的数量，大概有 40 至 50 种），然而，随着脱贫攻坚的不断深入，因病致贫、因病返贫的比例不降反升，到 2015 年提高到 44.1%。在因病致贫、因病返贫的家庭中，患大病、重病的约有 330 万人，患长期慢性病的约有 400 万人，其中 15—59 岁劳动年龄段的患者占 41%。以儿童白血病为例，其治疗周期长，治疗的费用高，对贫困家庭是一个天文数字。另外，青壮年是家里的顶梁柱，他们因病丧失劳动能力，可能给家庭的经济带来灾难性的影响。虽然因病致贫、因病返贫上升的比例，远小于贫困发生率的下降幅度，但它却在顽固地告诉我们，疾病已经成为贫困增量产生的主要原因之一，这个问题会越来越大、矛盾会越来越突出。怎样更好地打好防止因病致贫、因病返贫这场攻坚战，在整个扶贫攻坚中起着至关重要的作用。

在三峡库区宜昌市秭归县归州镇香溪村有一个家庭，一家中有三个精神病人（丈夫、夫兄、儿子），家中的女主人乔大姐以一己之力，照顾他们数十年。乔大姐告诉我说，这些年她四处求医问药，可都无济于事，尽管每年都有一万余元的柑橘收入，但是昂贵的医药费和一家人的生活开支，让她背负了数万元外债。家庭的重压，让本来身体就不太好的乔大姐常常喘不过气来，甚至经常累得晕倒在地。这些年，也有人劝乔大姐狠下心来离开这个家算了，可她总是不肯这样做。她对我说："我只要有一口气在，我就要撑起这个家，尽力把他们照顾好。"

家住四川省巴中市巴州区水宁寺镇龙台村五组的李国成，便是这上千万因病致贫、因病返贫的贫困家庭中的一员，但他同样不甘向命运低头。

来到李国成家，是 2016 年 11 月 17 日上午 9 点 30 分。虽然此时的巴中大地仍笼罩在雨雾中，但这家人脸上的笑容告诉我，他们是命运的主宰者，生活中的强者。

李国成刚从猪圈忙完活，他今年刚好 60 岁，个头不高，国字脸。他给我的第一印象是：乐观、豁达、顽强、稳重。他老婆何少英，身材高瘦，走路缓慢，一看就知道身患疾病，但她依然热情地泡着茶水。

李国成说，他当兵出身，当了五年兵，海军，在珠海。新兵下连时，连长看他做事踏实，为人诚恳，就把他分到了炊事班。刚到炊事班时，班长看他有烹饪功底，就有意识地培训他，首先要他练刀功，让他每天切 20 斤土豆丝，标准是切成牙签一般粗细。开始他不理解，心里也烦着呢，有抵触情绪，后来才知道，这是练习刀功的最好方法，这也是一个厨师的基本功。几个月后，他成了全连刀功最好的炊事员。记得团里还搞过一次炊事员大比赛，有一项是切土豆丝比赛，他拿了个冠军。第二年他当了炊事班的副班长，第三年就当上了班长。他是 1977 年入的党，1980 年退伍的。退伍回老家后，没有再搞老本行了，在乡上的计生办搞了几年，后来当过几年社长和村干部，再后来就在家务农。他们那里偏僻，交通不便，四轮车没法来，百姓的猪和粮食都卖不出去。以前他家养一头肥猪，因为公路不通，外面卖七八块钱一斤，他们这里只能卖三四块钱一斤。猪和粮食都卖不出去，更不要说搞什么产业了。当时他们这里的收入主要是靠在外面打工。

"二零零几年的时候，我记得我们村有 1200 多人，大概有三分之一的人到外面打工去了，就剩下老人和娃娃了。我们是 2001 年去广东汕头的，我、我老婆与我儿子，三个人一起去的。在汕头，我干起了我的老本行，当厨师，虽然多年没有掌勺了，但拿到手里还是有感觉。我老婆就在我当厨师的那个饭店当服务员。儿子呢，初中毕业，文化不高，就在厂里干着。那时工资普遍不高，儿子在厂里一月只能拿 500 多块钱，老婆当服务员一月只能拿 400 多，我是厨师，能拿 900 多，在当时算高工资了。刚到汕头时，我和我老婆住在饭店宿舍，儿子住工厂宿舍，开销并不大，一年能存下一万五六千块钱。后来，工资涨了，我家收入也越来越多，到 2012 年的时候，我一个月能拿七八千了，老婆能拿 2000 多了，儿子也能拿三四千了。打了十年工，按理说，也能攒下不少钱，也确实攒了一点钱，有 30 来万吧。但开销也大了，儿子结婚了，还有了小孙子，儿子结婚与小孙子摆满月酒，都在汕头那边办的，还租了房子住，两室一厅的，花销挺大。儿子结婚，生小孙子，大概花了家里十来万吧，还剩下将近 20 万。"

工作顺利、家庭美满的李国成有过很多美好的想法与憧憬。李国成说："当时儿子、儿媳妇偏向在汕头买房，当时那里的房价五六千，买个八九十平方米的小三居，大概需要 50 万，他们说先付个首付，然后再按揭。但我老婆不同意，她不想在外面漂一辈子，她偏向回巴中市买，一是回到了老家，生活习惯，亲人都在身边，二是老家房子便宜，不会亏什么债。我也偏向回巴中买，毕竟老在外面漂着没有归宿感。但最后还是儿子与儿媳妇的想法占了上风。他们到汕头的很多楼盘看过房子，还把我和我老婆也叫过去看了，那些楼盘真漂亮，户型也好。想着不久要住上城里的新房，变成城里人了，我和我老婆都兴奋得睡不着了。村里的人听说我家要在外面买房了，羡慕得不得了，传言说我们家在外面打工发财了，有出息了。"

就在李国成一家准备买房定居在汕头的时候，麻烦来了。李国成接着说："我记得很清，是 2012 年 5 月 3 日。那天，儿子、儿媳妇都放假了，上幼儿园的小孙子也放假了，因为我和我老婆都在饭店打工，五一长假是饭店最忙的时候，我们就约好 5 月 3 号晚上聚个餐。我和我老婆大概忙到晚上 7 点多就提前回家了，然后在租的房子附近找了一家川菜馆吃饭。我平常喝点白酒，儿子也能喝点，那天高兴，老婆也喝了一小杯——她平常滴酒不沾的，那天确实是高兴。当时老婆没有事，回家的路上还有说有笑，还逗小孙子玩呢。回到家没多久，老婆突然瘫倒在地。我吓了一跳，不知道是什么病，以前也从来没有发生过这种情况。我大声地叫她，她就是不应，像死了样。儿子立即拨打了'120'。大概 20 多分钟，急救车就来了，是汕头市人民医院的。到医院一看，是脑动脉瘤导致的脑出血，挺严重，必须马上做手术。我签了字，并立即交了 8 万块钱押金。医生说这么严重的病，难道你们不知道吗。我说，不知道，我们天天上班，天天忙，哪有时间体检啊，再说我们又不是国家单位的，没有人组织我们体检。医生一听，摇了摇头说，你们呀，真是要钱不要命了。经过抢救，老婆捡回了一条命，花了十来万。命是捡回来了，但医生说，还要做一次手术，脑动脉瘤手术。7月又动了一次手术，又花了十多万。两次手术共花了30多万，报销了一部分，在巴中报的，大概是两万多块钱。两次手术不仅把家里的20万块钱花光了，还找亲戚朋友借了十来万，所以我家一下子变成了贫困户，从我们组条件好的，变成了最困难的了。做完脑动脉瘤手术，在医院住了两个月的院，我就带着老婆回到了老家。在汕头没法住了，因为我要照顾老婆，无法再当厨师了。没钱了，也不能挣钱了，更没钱开销了，我们当然只能回老家，回到老家，至少吃住用不要再花钱。家里的土房子已经十年没住人了，非常破败，到处是蜘蛛网。顾不得那么多了，我打扫了一番，就住进去了。原来以为会离开这里，住到城里，不再回这里住了，没想到，最后还是老家靠得住。虽然没能在城里买房，但我并不觉得遗憾，毕竟老婆捡回了一条命，虽然她行动不便了，但至少还能够勉强自理，活着就好。但儿子和儿媳妇还在汕头打工，要生存，也要还债。"

李国成没有被命运击倒。李国成说："我当时就意识到，我出不去了，不可能再到汕头去当厨师了，只能待在家里了。可是待在家里怎么办？必须找项目。一是我欠了这么多债，靠娃娃在外面打工还清，要到猴年马月嘛。再说打工也很辛苦，能养家糊口就不错了，还要他们还债，他们压力也会很大，我自己要想办法，不能给孩子太多负担。二是老婆虽然病稳定了，但长期要吃药，天天吃，要一直吃到老死，没钱哪能行。评上贫困户有啥子用嘛，评上了贫困户自己不努力还是脱不了贫，脱不了贫就致不了富，更还不了债，盖不了新房。自己肯定要搞项目，要想办法挣到钱，总不能坐在家里等着受穷吧，总不能因为一次疾病就穷一辈子吧，穷了一代又一代吧。通过观察，我发现农村还是有发展空间的。搞其他产业不现实，当时我们这里没有路，只有一条机耕道，车进不来，设备、材料和产品都无法运送。我就搞养殖，最开始养牛，买来十来条牛娃，马上又买了 1200 多只鸡娃。没钱，都是亲戚朋友借的。但当时牛和鸡的市场都不好，差不多的时候就卖掉了，没挣也没亏。"

养牛、养鸡不成，李国成又想到养猪。李国成说："当时我把养猪的想法跟村主任焦国刚说了一下，他现在是书记了。他帮我分析了一下，说现在生猪市场价格也起来了，能卖到八块多一斤了，是养猪的好时机，就是没有路，小猪难进来，养大了又难以出去。我就说，这些问题都可以克服，只要有市场，我就干，没退路了。焦书记当时跟我说，如果你安心养猪，就去找信用社扶贫小额贷款。这都是针对精准扶贫出台的优惠政策，我刚好碰上了。我也搞了一个，贷了五万块钱。我家树多，我砍了一批树，自己建了一个简易的猪棚，又把原来的牛棚改成猪棚。这些都没花多少钱，就地取材，加上工钱一万多块钱就搞定了。我家的猪棚大概是 2014 年 9 月弄好的，弄好后我就去买了 50 头小猪，11 块钱一斤，是用百元的新票子买的。第一批小猪是分三车运过来的，因为到我家没有路，50 头小猪是一头一头背下来的，一直背到晚上 1 点多才背完。搞养殖，不光要开动脑筋，还要动手。这 50 头猪养了四个月就出栏了，纯挣两万多块钱。养猪主要靠技术，以前家里养过猪，养一头两头的，但像这样成规模地养还是第一次，这更需要技术，还要有能给猪看病的本事。我一是请教老兽医，他告诉我什么病是什么症状，用什么药管用，我就认认真真记在本子上。除了请教老兽医，我还买兽医方面的书，也看电视上的，还参加镇上组织的培训。多问多看多学，再加上经验的积累，问题就不大了。我现在给猪打针都很熟练了，一头猪打一针，一头猪打一针，快着呢。"

说到这，李国成脸上的笑容更灿烂了。他说："尝到甜头后，我的决心和信心更大了。当时我就给儿子打电话，说在我们这里养牛和养鸡现在不现实，养猪还可以，我算账给他听，说回家搞养殖不错。儿子开始不理解，也不想回来，他说回家养猪能养出什么名堂嘛。我给他算账说，我们养 50 头猪，四个月能挣两万多，如果扩大规模，如果一年出三栏猪呢，那钱不就多起来了嘛。我打了几次电话，儿子看我决心大，就回来看了一下。这小子还蛮有野心，他看了后说，不行，规模太小，猪棚也不行，要搞就搞大一点，搞好一点。我同意了。

2015年3月儿子回来了,现在不是有微信吗,儿子经常把养猪的照片发给儿媳妇看,9月儿媳妇也回来了,小孙子也回来了。接着我们又进了第二批小猪,与此同时又开始新建猪棚。这年7月,第二批猪又出栏了,纯收入4万多元。大概是八九月的时候,我就跟焦书记说,村里今年不是有一批脱贫的吗,你就把我的名字写上吧,我要脱贫。焦书记还挺关心我,说,不要勉强,如果有压力,可以缓一缓。我说,必须写上我的名字,第一,我是一名共产党员,必须带头脱贫致富,要提前脱贫致富,第二,今年我们家的收入也有六七万了,加上娃娃打工挣的钱,人均起来也是两万多,不少了,足够脱贫条件了。"

李国成说:"我就跟儿子商量,猪一年半载是不会掉价的,于是决定扩大规模。另外,虽然当时我们这里还只有一条土路,但我知道硬化是迟早的事,只要道路硬化了,就好发展养殖了,所以就扩大了规模。2015年秋天,我们正准备扩建猪棚时,巴州区的领导来到了我们村,听说我在搞养殖,就来到了我家。当时领导问我,老李你对养猪有没有信心。我说肯定有,如果有什么不懂的可以学嘛。领导说,那好,我们也帮你一把,你把简易棚拆掉,修成标准的,要搞就搞一个养殖基地,以后不光你自己养,还要带动周围贫困户一起养。于是我家修了两个标准猪棚,左边那个是我自己修的,又贷了五万块钱,右边那个是政府补贴修的。刚好把养殖基地搞好,上面的好政策又来了,全村的道路都硬化了。硬化后,公路一直通到猪棚。不仅到猪棚通了路,我家屋前的路也硬化了。一个棚可以养猪500多头。2016年五一时我买了800多头小猪,4个多月后全部卖了出去,毛收入130多万,纯利润大概30万,十一国庆时又进了一批小猪,已经卖了200多头,还有600多头,年底都要出栏,毛收入又有百把万。但这些收入还只能用来买猪苗。我们还要扩大再生产,钱不够,只有贷款。儿子属于返乡青年创业,有产业扶贫贷款的政策,今年我们又贷了50万。我的计划是今年还亲戚朋友的钱,明年还国家的贷款,后年卡上就有存款了,见利润了。用三年时间,不仅要还完全部借债,包括政府贴息的小额贷款,还要致富。"李国成十分坚定。

当我向李国成投去赞赏的目光时,他却说:"这应该感谢国家扶贫政策好。

如果没有这个政策，我决心再大，也发展不了这么快，速度与规模都上不去。另外，我们养猪户都在政府的协调下与温氏集团签订了合同，拿小猪不要钱，饲料他们送上门，但肥猪必须卖给他们，他们把小猪和饲料的钱扣掉，剩下的就全是我们自己的了，一般一头猪能挣300块钱左右。这样一来，我经济压力小了，思想负担小了，也有保障了。现在养殖基地规模大了，猪也多了起来，确实忙不过来。我和儿子主要管猪场里的事，儿媳妇叫李兰香，她除了要带娃娃，还要负责后勤这一块，包括财务。我们还请了一个工人，一个月发2000块钱，包吃包住。如果临时有其他事，就叫村里的其他剩余劳力。"

更重要的是，李国成集体荣誉感和团队意识强。他说："目前龙台村成规模的养殖基地就我们一家，不比其他村，都有许多基地了，主要是我们这里偏僻、贫困，找不到项目，没有资金，没有技术，也没有信息，什么都没有，就干不成。这样单打独斗不行，搞种植也好，搞养殖也好，要成规模，成气候。我打算在养殖这块带动一些贫困户，我的这批猪回来的时候，有五户贫困户问猪苗的价格，我对他们说，肯定比外面的便宜，人家给我家的进价是多少，我就多少给你们，不多收一分钱。我还跟他们说，等猪苗在我家的基地待那么个把星期后你们再来拿。为什么？因为猪苗都是从重庆那边拉过来的，经过了长途旅行，既疲劳，也可能水土不服。第一我们要防止它们感冒，第二要预防吃药，让它们适应了这里的气候与水土，把身体调整好了，再给你们。猪正不正常主要是看粪便，如果粪便正常了，就证明猪苗的身体是正常的。他们把猪苗拿走后，我又免费给他们的猪看病，还提供饲料，结果那些猪都长得很快，才40多天就100多斤了。现在又有十来户贫困户来订猪苗了。只要他们愿意，我都免费提供帮助。现在在外面打工的青年回来的越来越多了，今年我们村就回来了七八个，有养猪的，有种菌的，也有摆大药房的，还有养娃娃鱼的。前几天焦书记还跟我说，除了兜底的，今年我们村的贫困户全部脱贫了……"

李国成一边说，一边带我参观。最后他还反复跟我强调说："狗日的，搞这个养殖基地困难还不少，但压力再大，难度再大，还得搞，必须搞。国家政策这么好，家里还欠这么多债，我不仅要搞，还要搞好，要挣钱，脱不了贫也就致不了富。狗日的，我就不信脱不了贫致不了富。"

说到这，李国成昂起了头，望向远方。在李国成心中，有一个长远的致富梦想。

李国成自力更生的脱贫精神让我感动。我想到了在采访中看到的和听到的另一类人。他们不以贫为耻，反以贫为荣。一次我到一个贫困村采访时，村里正搞扶贫工作数据清洗民主评议，由各组组长组织群众参加会议。在现场，我听到的满是争吵、争论：我家比他家还穷呢！对于这些以当选"贫困户"为荣，想依靠扶贫政策，不劳而获得到钱物补助的人，我感到很无语。个别贫困群众争当贫困户的现象也在告诫我们，对贫困户的物质扶持不是解决贫困的关键，扶贫先扶志，否则永远扶不起来，精神贫困比物质贫困更可怕。一味地物质扶贫，可能无形中培育了不思进取、坐享其成的庸人，导致的可能是丧失斗志的循环贫困。物质贫困不代表精神也随之贫困，如果甘愿被贫困压倒，甘于贫困，那么穷的不是一代人，而会造成子子孙孙都贫困。想办法努力奋斗才能彻底改变贫困现实，争当贫困户不是啥光彩事，只能永远处在贫困层，会毁了一生脱贫的斗志，更会毁了一家人甚至子子孙孙的未来。

# 第六章 天与海之间

▲ 四川巴中市兔兔爱心助学团队资助的贫困学生李林俊　图片提供：张彦杰
▼ 贫困学生在兔兔爱心妈妈张彦杰家里过中秋节　图片提供：张彦杰

> 扶贫这 30 多年，最主要的是贫困户思想观念的转变，这比什么都重要。过去信息闭塞，交通不便，电视信号也收不到，导致了思想观念相当落后，这是制约老百姓脱贫致富的一个内在因素。
>
> ——宁夏海原县扶贫办"双到"扶贫股股长张维权

# 天与海之间

## 一

遇见张维权，天与海，在我的内心世界便有了更加辽阔的含义。

很偶然，2016 年 6 月 27 日下午，我在宁夏海原县李旺镇新源村采访时遇到了一位老汉，他说他叫罗彦福，今年 67 岁，前几年从罗川乡搬迁过来的。听说我是来采访脱贫故事的，这个老汉的回答让我有些惊讶："咦，我发现你们记者（扶贫办的人老是喜欢把我介绍为记者，这样似乎更容易被老百姓理解）总是只采访我们老百姓脱贫，怎么不去采访采访那些扶贫干部呢？唉，他们才辛苦着呢！我们脱贫了，他们整天没日没夜的，累得个要死，图啥呀。"

不知怎的，老汉的话一下子让我觉得愧疚无比。在贫困山区走访的日子里，我几乎天天与扶贫干部在一起，与他们一起走村串户，然而我的视线却不在他们身上。这不仅仅是我的疏忽，在偌大的中国，我想谁也无法统计到底有多少扶贫干部。到底是只有各级扶贫办的干部，下派驻村扶贫的干部才叫扶贫干部，还是整个贫困地区的干部都叫扶贫干部？还是……我想，这可能谁也无法定义，毕竟扶贫、脱贫不只是贫困户自己的事，不只是某个部门某个人的事，它也是整个社会、整个国家的事，是我们每个党员干部都应该参与、都该干的事。而事实上，全社会各阶层、各方面都在共同参与、共同监督着扶贫的事。

浩浩荡荡！我还是只能用这个词语来形容。

"你应该去县上的扶贫办找找张维权张股长，他这个人好着哩！"老汉说。

于是我找到了张维权。找他很容易，他就在海原县扶贫办工作，是"双到"（扶贫到户，责任到人）扶贫股的股长。个头不高，头发稀少，声音低沉，但给人以沉稳、宽容、善良的感觉。虽然个头不高，但他那宽厚的肩膀告诉我，现实生活中，他是一个敢于担当，勤劳厚道的西北汉子。

"虽然我1997年从部队转业回海原就在扶贫办干着了，干了20年了，但都是些本职工作，并无特殊之处，还是不说吧，可采访的人多着哩。"张维权有点犹豫。

"没事的，不光是扶贫的，只要与你有关的故事都可以说说，过去的，现在的，包括未来的打算，都可以说说。"我说。

"那不好吧，那不好吧！"张维权连说了两遍。

"我不一定写，也就聊聊。"我宽慰他说。

"那好吧！"张维权说。

于是，我们就坐在"双到"扶贫股那简陋的办公室聊了起来，我和张维权的话题就没离开贫困，没离开天水与海原。

毫无例外，张维权也是苦水里泡大的孩子。1961年他出生于海原县甘盐池管委会。新中国成立前，这个地方属甘肃省靖远县管辖，加上这里过去有盐湖，一个小湖，生产牧业用盐，所以叫甘盐池。但关于水关于盐，在这个地方早就成了远逝的记忆。甘盐池地处黄土高坡，沟壑纵横，自然条件差，贫困程度深，尤其缺水。张维权有五个兄弟姐妹，一个哥哥一个弟弟，两个妹妹。家里穷，住的是窑洞。当然，不光他家，甘盐池家家住窑洞，虽然简陋，却冬暖夏凉。这里既给张维权留下过苦涩的回忆，也留下过温馨的童年记忆。没面，也没有白米饭，那时的他们一天吃一顿饭，就吃中午饭。早上不吃，晚上就吃苦菜，把苦菜制成酸菜，放点盐，就是晚餐。还吃过刺盆籽（一种草），磨碎，做成草面，绿颜色。

但苦难让张维权养成了勤劳的习惯，同时磨炼了他坚强的意志。为了走出贫困，他首先是发奋读书，在那个年代，西海固地区的孩子能上学就已经是上天的眷顾了，但张维权却一直上到了高中毕业，并最终以八分之差，掉在了高考"独木桥"下。小时候，张维权没有钱交学费，也没有课本，但旁听的他总是成绩优异。高考这条路没走通，他又走另一条路：当兵。他在兰州军区当兵，部队驻地在天水。他当过炊事员、炊事班副班长、炊事班班长，以及连队的司务长。1985年由于工作突出，他被转为志愿兵，也就是在这一年，他的部队到前线轮战，他在前线待了两年。一次运送干粮和弹药的过程中，炮弹落在他身边，弹片把他右肱健炸断了，住了三个月的院，他也因此荣立二等功。

男大当婚。1987年张维权随部队从前线回到天水驻地时，已经是26岁的大龄青年了。然而由于家里贫穷，父母在老家给他提亲时，女方只到他家看了看，还没见到张维权，就扭头走了。从前线回到驻地的张维权继续当连队司务长，由于工作关系，他认识了一个叫邓应贤的女子，是当地供销社的职工。

说到这，张维权这个西北汉子红红的脸上露出了腼腆的笑容。停顿了一会，他继续说了起来。张维权说，他们是从1988年开始谈恋爱的，那是他第一次谈恋爱。为什么？一是由于部队规定25岁之前不允许结婚，二是他从前线回来后没有女孩能看中他的家庭条件，三是他从前线回来后一直忙于搞营房建设，没有时间，也没有条件谈恋爱。他老婆是土生土长的天水人，长得漂亮，有三个年幼的弟弟，但她是离异的，当时还带着一个四岁的儿子。张维权看邓应贤温柔善良，邓应贤看张维权朴实厚道，两人就交往起来了。交往时，张维权很坦诚地把自己的情况和家里的情况说了。他对邓应贤说："我老家是宁夏海原县甘盐池的，那里很苦，吃不饱，穿不暖，还没有水喝，连梳头的梳子都没有，我们那里的女人就用树枝梳头。与你们天水相比，可是一个天上一个地下。我家里条件很差，生活非常艰苦，五兄妹，上头一个哥哥，下面还有一个弟弟和两个妹妹。哥哥已经成家，但弟弟妹妹都还没有成家。虽然我已经转了志愿兵，拿工资了,但工资很低,还要贴补家用。我家里就是这么个情况,如果你同意就谈,不同意我们还做好朋友。"邓应贤说:"谁不知道西海固苦啊,你们那里苦并不是你们那里的人笨啊,是自然条件恶劣呀。我看中的是你这个人,不是看中你这个家庭。再说,我拖了个儿子你都不在乎,我又有何理由在乎你老家的贫困呢。"

结婚毕竟是人生大事。关系定下后,1989年春节探亲回家时,张维权把这个事跟父母说了。生活在贫困之中的朴实父母,思想依然传统。父亲说:"那不行,我们老张家再穷,再缺女人,也不能找一个离过婚的,还带着个娃娃的女人。"张维权说:"大,她人可以,对我好着哩,再说她一个女人带着个娃,生活确实不容易。咱们家这么穷,找个条件好的,人家又看不上咱。咱们是农村的孩子,咱们家里太穷,村礼(彩礼)拿出来都很困难,这个就不花村礼了。"那时海原农村找个媳妇一般要800块钱的村礼,而当时张维权的月工资才一百多,这确实是个不小的数目。父亲依然固执,他说:"咱就打一辈子光棍,也不找离过婚的。"张维权是个孝子,这个上过战场的汉子急得直哭,他甚至跪在父亲面前求情。他说:"大呀,离过婚的又怎么样呢,她犯了错误吗?再说她还可以为咱张家生娃啊!"但父亲还是铁石心肠。最后张维权只得向父亲磕了三个响头,并说:"大呀,儿子不孝了。"父亲狠狠地说:"你要是娶了那个女人,你就不要再回这个家了,我就当没养你这个王八羔子。"张维权对我说,从海原回天水时,虽然已经是初春,但依然寒冷。他坐在长途车的窗户边,任由寒风和雨水吹打着自己,泪水干了又流,流了又干。当时他的心情波澜起伏,就像这沟壑纵横的黄土高原。而事实上,邓应贤的父母也极力反对。原因只有一个,西海固太穷,是穷得兔子都不拉屎的地方。

但逆境中的爱情似乎更加稳固。回到天水,张维权就和邓应贤张罗起建房子的事来。在岳父的帮助下,他在天水的郊区,离部队不远的地方找了一块建房的地。接着他们又四处筹钱——张维权从领导那里借了5000元,岳父帮衬了5000元,两口子又凑了六七千块钱。几个月后,三间瓦房建好了,这也是他们结婚的新房。1990年10月,张维权和邓应贤结婚了。婚礼在部队办的,很简单，几个战友坐在一起，炊事班加了几个菜，也就是聚个餐。邓应贤的父母和三个弟弟都来了，但张维权家里没去一个人，一是路途远，二是交通不便，还有就是他父母还是不同意。虽然父母依然没有同意，但张维权同样激动万分。毕竟他结婚了。这年他虚岁三十。三十而立，他成家立业了，他要担负起一个家庭的重担。

然而，他们的婚姻还是没有得到父母的谅解，或者说认同。1991年春节，张维权带着新婚妻子邓应贤从天水回到海原。所谓的家，就是三眼破旧的窑洞，几乎没有一件像样的家具。一眼窑洞是厨房，一眼窑洞是父母住的，还有一眼窑洞里放着一个大通铺。晚上睡觉时，张维权跟兄弟们睡一个炕，邓应贤跟两个妹妹挤一个炕。这些还不算什么，主要是张维权父母始终板着个脸，对邓应贤非常冷漠。但邓应贤一直忍着，不论公公婆婆说什么风凉话，她都强打着笑脸。从海源回天水的路上，邓应贤就忍不住哭了起来。回到天水，她就跟张维权说："我们还是分手吧，你父母不同意，你们家又那么穷，以后这日子咋过呀。"张维权说："我又不回老家，又不跟父母过日子，反正就在天水过了，担什么心呀。"当时他还没想过将来转业的问题。邓应贤说："我知道你们那里穷，但没想到会这样穷，你一个人挣工资，工资还这么低，怎么能养活两家人呀……"最后善良的张维权对邓应贤说："不行咱俩就散吧，我尊重你的想法，要不你也幸福不了。"随后，他又把这个情况跟部队领导说了，部队领导非常关心，立即找到邓应贤单位，跟她进行了推心置腹的谈心。经过做工作，她同意不分了。于是，他们就这样过下来了。很快，邓应贤怀孕了，年底儿子出生。

1996年年底张维权转业。由于张维权老家在海原，按照政策，他由老家安排工作，但他的小家庭在天水，他的老婆，他的儿子，还有他亲爱的战友们都在天水啊。他又何曾不想被安排在天水工作呢，但那时甘肃还没有异地安排政策，而朴实厚道的张维权又不善于搞人际关系，最后他只得任由命运的摆布，跟着自己的档案回到了海原。张维权也想过不要工作，但最终他还是放不下，毕竟单位是他的安身立命之所，毕竟当年他出来当兵，除了保家卫国，也是为了找条出路。虽然不是告别,但张维权离开老婆孩子回老家时,他还是掉泪了,他老婆邓应贤也掉泪了。这是辛酸的泪水,也是人生无奈的泪水。从此以后,天水与海原,便成了张维权和邓应贤两头的牵挂;从此以后,天水与海原之间便被张维权架起了一座坚固的彩虹桥。

1997年,张维权被分配在了海原县扶贫办。当时扶贫办罗主任找他谈话说:"小张,扶贫办是个清水衙门,没有权力,但事情多,并且都是和贫困百姓打交道,事情繁杂。"张维权说:"主任,我也出身贫穷,对贫困有着深刻的体会和理解,到扶贫办工作,算是专业对口吧。"刚一上班,他就被派到乡下帮扶。一到节假日,他就坐长途大巴车回天水。海原距离天水虽然只有300公里,但却要坐整整一天的车。但他从未觉得累,因为两头都有动力啊,一头是心爱的家人,一头是心爱的事业。一到节假日,他就两边跑,一般都只能在家待一个晚上。

然而,命运并没有青睐这个厚道而又有情义的西北汉子。1997年10月的一天,张维权正在乡下搞帮扶,突然接到同事打来的电话,说你老婆打来电话,她说胃疼得不行。晚上回到扶贫办,他马上打电话回家,他老婆告诉他说,她在门诊打了点滴,开了几副药,但还是不行,还是疼得不行。张维权说:"你别急,我马上就跟主任请假,争取明天回来。"当晚他就跟主任请了个假,第二天一早,他就坐上了回天水的长途车。回到家,他拉着邓应贤直奔兰州。在兰大二院一查,结果是胃癌。拿到结果后,张维权懵了。但面对邓应贤时,他立即打起精神来。邓应贤问他什么情况,张维权笑着说:"没啥大问题,就是胃溃疡糜烂,比较常见的病,开个药就行了。"上厕所的时候,张维权才偷偷在墙角哭了起来。然而十多天后他带着老婆再去兰州时,她知道了自己的病情,因为要做化疗。老婆对生活和未来非常失望,她对张维权说:"老公,不要看了,这个病看了也没用,不要浪费这个钱了,家里本来就没钱,别病没看好钱也花了,再说孩子们还要上学。"张维权一听,眼圈立即红了,他说:"老婆,花多少钱都要看,不管借多少钱,都要把你的病看好,砸锅卖铁也得看好。"说完,两口子抱头大哭起来。当时张维权一个月工资才300多元,要养两个孩子，还要供点给老家的父母。他只得借钱，跟同事和战友借，还有向小舅子借。凑齐钱后，他们又立即赶往兰州做手术。老婆有点害怕，张维权说："怕什么，麻药一打，什么都不知道了，等你醒来时，手术就做完了。"老婆的手术相当成功，胃切除了三分之二，没有出现任何异常，一切指标正常。那时张维权岳母还在世，老婆在兰大二院住院的那两个月，主要是由她老人家照顾，而家中的孩子则由岳父照顾。一到周末，只要单位没有特殊任务，张维权就往兰州跑，带上补品。300公里的路，早上8点多出发，中午12点就到了。

张维权告诉我，后来他老婆工作的供销社倒闭了，就自己开了个小卖部，不过现在没开了。现在每半年化疗一次，身体状况不错，做手术时体重是87斤，现在有110斤了。她不仅能生活自理，还能照顾80多岁的老岳父。20年来，他就这样在天水与海原之间来回跑着，节假日都跑，风雨无阻。在扶贫办上了20年班了，但他没有在海原或天水买下任何房产，便宜时只需几千块钱便能买套房子，但他无能为力，老婆看病用钱，孩子读书用钱，家里的老人用钱，他入不敷出。很多人问过他这个问题，但他只是淡淡地一笑。他知道，男儿有泪不轻弹。1990年建的那三间瓦房已经非常破旧了，他也一直想重新翻盖，但没钱。他说好在两个儿子很听话，都在部队上干着，都是党员了。大儿子在浙江当兵，已经结婚了，儿媳妇是江西的，房子也买在浙江了。他们也不宽裕，买房时他和大儿子一起付了个首付，他没钱，是把自己的住房公积金垫上去凑的，8万多元。小儿子就在宁夏当兵，还没找对象，如果以后他复员，就回天水，到他妈妈那里，有个照应。张维权说："两地分居有很多牵挂，也有很多不便，但对于一个扶贫的人来说却有好处，扶贫下乡多，再早出发再晚回来都不怕，加班也可以无限制地加，没啥顾虑，随叫随到。"考虑到他的特殊情况，单位领导非常照顾他，把扶贫办一楼的一间房子专门腾给他住，省下了房租钱。

这是一个多么顽强的、无私的汉子！他的肩膀、他的品格，如同黄土高原般厚重！

## 二

就是这么一个命运坎坷的汉子，却是充满了正能量。说到海原的变化，张维权满脸笑容。他高兴地说，这些年他们老家有了突破性发展。20世纪80年代的扶贫主要是解决温饱，90年代的"八七扶贫"主要是改善生产生活条件，如修农田、修公路，建学校啦，基础设施得到了明显改善。特别是每家每户建了大水窖，解决了用水的问题。经济上也提倡养殖增收。进入21世纪，中国农村扶贫已经历了两个十年。第一个十年，还是以基础设施建设为主。要致富，先修路，解决了全县106个行政村的道路问题，由过去的沙路和土路，改变为硬化路；户户通了广播电视，打开了了解外面世界的窗户，中央的扶贫政策、中央经济发展的政策都看到了；解决了农村饮水问题，由过去的大水窖变成了自来水；还有就是手机信号问题，基本上覆盖了60%的行政村；另外就是继续抓基本农田建设。现在是精准扶贫，首先是把贫困人口精准识别，然后针对贫困人口按照各村各区域进行产业发展布局，来实施精准扶贫项目。也就是现在说的"因户施策，因村施策"扶贫方式。海原重点抓了草蓄、中药材、马铃薯、石砂西瓜四大产业……

张维权说："扶贫这30多年，最主要的是贫困户思想观念的转变，这比什么都重要。过去信息闭塞，交通不便，电视也收不到，导致了思想观念相当落后，这是制约老百姓脱贫致富的一个内在因素。比如当时我们宣传计划生育政策，老百姓就不接受，你越不要他们生，他们越要生，他们说既然自己能生，就能养活他。可生了又怎样呢？十二三岁的娃娃都不上学了，全都在山上放羊。"张维权叹口气，说起他亲历的一件事来。有一次他问一个正在放羊的小男孩："你咋不念书了呢？"小男孩说："不念书了，光放羊。"张维权问："你放羊干啥呢？"小男孩说："放羊卖钱呢。"张维权又问："卖钱干啥呢？"小男孩说："卖钱娶媳妇呢。"张维权接着问："娶了媳妇干啥呢？"小男孩说："娶了媳妇生小孩。"张维权再问："小孩长大干啥呢？"小男孩说："小孩长大继续放羊"……听到这,张维权深思了,摇头了。恶性循环啊!

但从"八七扶贫"攻坚以来,村村通广播电视,能看到国家政策了,老百姓的观念也渐渐转变了。张维权说:"生育方面体现得更为明显。这时老百姓不再认为小孩子是生得越多越好了,他们知道生的小孩越多生活的负担就越重。而且,他们开始重视小孩子的文化教育了。"张维权当时派驻扶贫的罗川乡有个叫罗永海的,他有六个小孩,前面四个基本没上学。后来他的观念开始转变,意识到知识对于脱贫的重要性了,于是把最小的两个小孩送到了学校。这两个孩子,一个上了宁夏大学,一个上了中专。后来考上宁夏大学的这个孩子,因为在外面见了世面,给父亲做工作,要他搞养殖,发展经济,并给了经济上的援助。没两年,罗永海家不仅脱了贫,还成了村里的致富带头人。

但张维权总觉得自己的扶贫工作还没做好,没有做到位,有太多的遗憾。张维权说,作为一名扶贫工作人员,他最遗憾的是贫困户最需要他的时候,他无能为力。1999年的时候,他还在罗川乡帮扶,老汉罗彦福养獭兔的积极性很高。于是张维权想尽各种办法对他进行帮扶,从补贴到贷款,把自己能发动的资源都发动了。在张维权的帮扶下,罗老汉养的500多只獭兔眼看着就要出栏了。一天深夜,罗老汉突然找到住在罗川乡政府的张维权,焦急地说:"张主任,张主任,不好了,咱家獭兔不知咋的啦,都不吃食了,有的快不行了。"张维权也不知如何是好,只好说:"走,到家里看看去。"当他们到罗老汉家时,已经死了十来只獭兔了,其他的都快不行了。罗老汉说:"张主任,你是县上来扶贫的,你认识的人多,你快点想想办法啊。"当晚张维权就把县卫生防疫站的人请来了,但由于一时查不出病因,也没辙。到第二天早上,罗老汉家的500多只獭兔全部死了。罗老汉抱着张维权,两人大哭起来。罗老汉说:"张主任,这可咋办呀,这些钱都是咱找亲戚朋友借的呀,咱家穷,住的还是窑洞,何时才能还清这些债务呀。"张维权说:"老罗啊,你莫伤心,千万不要放弃,咱重新来,下次一定会养好。"罗老汉说:"张主任啊,咱哪还有钱买呀。"张维权说:"我来想办法。"几天后,张维权给罗老汉家送来了两只珍贵的小尾寒羊,从山东引进过来的,当时一只羊苗要800元。罗老汉和羊都很争气,一年后这两只羊变成了8只,三年就变成了40多只。罗老汉不仅还清了债务,而且家庭条件也改善了,搬出了窑洞。再后来,罗老汉又移民搬走了,住到了李旺镇新源村,那里条件更好。但不管住哪里,张维权总要到他们这些贫困户家里走走,看看。他们不仅是帮扶与被帮扶的关系,更是结下了"亲戚"。大概这就是我到李旺镇新源村采访时罗老汉一个劲地叫我采访张维权的理由吧!

……

说起张维权,他的同事,也就是海原县扶贫办办公室主任杨忠亮对他是佩服有加。杨忠亮主任说:"张股长是我们扶贫办的'少数民族',他是汉族,我们基本上都是回族。但他的工作却是干得最好的,他只干工作,好处从不想,谁叫干啥就干啥。你不知道吧,他有个网名叫苦瓜。他要照顾有病的老婆,养岳父,还要接济老家的父母,供养侄子侄女。他就是一头老黄牛,兢兢业业地工作,干活从不吱声。我们海原是三类贫困,经济收入全区倒数第一,所以我们的扶贫工作非常艰巨。2015年9月30日开始精准扶贫建档立卡'回头看',老张他们没日没夜地忙呀。有次近20天,他们都是忙得晚上三四点,走路都变得摇摇晃晃的了。老张所在的股里有个核心技术人员,他叫马海洋,耳朵不好使,要借助助听器。一次马海洋的助听器坏了,别人问啥他都听不到。他买好了周六下午的票,准备到固原去修一下。可当他正准备上车时,接到老张的电话,说几个乡镇又把资料交过来了,必须马上处理,人家来趟不容易。马海洋马上跑了回来。直到现在,他们还是这样的节奏。马海洋是回族的,那次别人都在封斋,但他实在抽不出时间,就没去,不去封斋'罪行'是很大的。他得有个交代啊!后来马海洋跟我说,他没去封斋,是因为加班加点,没办法去封斋,是为了更多的贫困人口脱贫。他没去履行义务,是为了做另一种善事,所以真主是会原谅他的,不会惩罚他的。"

说到这,杨忠亮叹了口气说:"在我心目中,老张是一个品德高尚、工作敬业的人,是一个最应该提拔的人,但却一直没有被提拔。"我问:"那是为什么?"杨忠亮说:"他是志愿兵转业来的,属工人编制,在现在的体制下,别指望提拔,也别想着调走……"听了杨忠亮的解释,我想到了"禁锢"二字。

但像张维权一样,这群被编制禁锢的人,却始终奋斗在工作一线,无怨无悔。

采访完张维权,我执意要到他的宿舍看一看。他的宿舍在一楼,也就是扶贫办一间原本废旧的房子。房子被隔成了两小间,张维权住在外面这间,非常简陋,一张破旧的床,破旧的床上是叠成豆腐块的被子,典型的军人作风。还有一张破旧的书桌,书桌上整齐地叠放着两摞书。张维权告诉我,里面那间是他的两个侄女在住,她们在附近的饭店里打工,一个月工资1000多元。张维权还说,这得感谢领导们的关照。张维权现在的工资也达到4000元了,他说,可以啦,很满足了。

"退休后,我回天水住!"张维权说。

天与海之间,是一种情感,是一种责任,是一种担当。张维权燃烧自己的生命来成就自己的家庭与自己的事业,为了家庭他可以不顾艰辛来回奔波、体贴家人任劳任怨,为了事业他可以不顾日夜为民办事、想方设法解决问题,如此憨厚、实在的干部值得所有公职人员学习,如此有情的老公值得所有女性敬仰。

# 晴隆的忧伤

## 一

2016年9月2日晚,在盘县采访途中的我又给贵州晴隆县扶贫办办公室陈兵主任发信息问:不知到兴义采访姜仕坤书记妻子之事衔接妥否?陈兵主任回信息说:纪作家,可能还是不行,姜书记夫人身体状况极其不好,非常糟糕,不便采访,望你谅解。我知道,兴义市是黔西南布依族苗族自治州的首府,姜仕坤生前把家安在了那里,他妻子王作艳是个幼师,女儿田姗灵(按照老家的习俗,女儿田姗灵随祖辈姓田)还是深圳大学一名大三的学生。原本我以为采访姜书记最亲近的人，会了解到一个更真切与真实的姜仕坤，但当我知道王作艳病情之严重后，我便为自己当初的决定而深深自责。可是我仍不愿放弃，姜书记可是奋战在一线又倒在了一线的扶贫干部，我没有理由不走近他。于是在9月3日晚当我从盘县坐长途汽车前往贵阳途中时，又临时改变主意，决定去晴隆看看，那可是姜书记工作了六年的热土。到达晴隆县城时已经是晚上十点半了，喧闹了一天的城市仿佛一个工作了一天已然疲惫不堪的工人缓缓睡去，但我却没有急于找宾馆住下，而是先找到了位于健康路的县政府大院。我背着行李，拎着笔记本电脑，在那里徘徊，在那里用心感受，哪怕只是感受姜书记曾经呼吸过的空气。

晴隆县地处我国南方典型的岩溶山区，境内山高坡陡，沟壑纵横，土地破碎，岩溶地貌发育强烈，75%的耕地呈条状悬挂在陡坡上。到2000年年末，全县农民人均占有粮食仅335斤，农民生产、生活条件还极其恶劣。虽然在扶贫的帮助下，基础设施有了较大改善，但由于受传统农业的束缚，农村产业结构单一，农民除了种粮还是种粮，始终无法摆脱"越穷越垦——越垦越穷"的怪圈。多少年来，当地群众为了求生存，一味开荒种粮，人为破坏生态平衡，人增地减，人地矛盾日趋突出，水土流失加剧，旱涝灾害喜怒无常。人与自然对着干的结果就是"种一坡，收一箩"，终年辛劳，不得温饱，贫困问题愈演愈烈。这种情况直到2001年才开始有所改变。这年，贵州省扶贫办向国务院扶贫办申报晴隆种草养羊科技扶贫试点，并被批准为试点县。于是，晴隆县把治理石漠化与退耕还林、种草养羊、开发扶贫有机地结合起来，以科技为支撑、项目为载体、产业化为方向、公司建基地、基地带农户的做法，以实现生态、经济双赢为目的，充分利用雨热同步、温凉湿润的云贵高原热带季风气候资源，以及上百万亩草地，适宜多种优质牧草生长，具有发展多元化畜牧业的自然优势，组织发动群众，在坡度25度以上坡耕地和石漠化严重的乡村，退耕还林、林下种草，草羊结合，使草地畜牧业逐步形成开发扶贫的一大产业。经过10多年的发展，晴隆既实现了农民增收、产业发展的扶贫目标，同时也在滚雪球般地积累扶贫资金来源，壮大扶贫实力。到2010年，晴隆种植人工牧草29万亩，羊存栏达

23.5万只；项目区农民人均现金收入从630元增加到3300元，每年治理水土流失面积约20平方公里。"晴隆模式"成为国家农业部推荐的5种石漠化地区种草养畜模式之一，并在贵州省的43个县得到全面推广。

然而，因为"晴隆模式"成为全国典型的晴隆依然没有走出贫困。晴隆贫困面广、贫困人口多，贫困程度深，多项指标位列全国592个贫困县倒数第一。是全国贫穷程度最深的地方之一，也是贵州脱贫攻坚的主战场。2010年姜仕坤刚到晴隆任代理县长时，1.7平方公里的县城，人口不足3万，狭窄的街道是泥巴路，水电供应没有保障，通乡公路既破损又危险，70%的村不通公路，许多老百姓靠种粮难以维持温饱，年轻人都不得不外出打工。但他并没有被眼前的现实吓倒。

第二天早晨，我见到了陈兵主任。一见面，他就抑制不住自己的情绪，说起他们的姜书记来。

姜仕坤老家是册亨的，生于苗家、长于农家，家里穷，小时候放过牛。参加工作后，最开始在册亨的乡镇干，干到镇长，后来直接从镇长提拔到安龙县当副县长，再后来到黔西南州建设局当党组书记。他是2010年年初到晴隆县担任县委副书记、县政府代理县长的（2014年8月任县委书记），一上任，他就为扶贫的事到处奔波，他想用自己的行动尽快改变晴隆的面貌。有人曾为姜仕坤做过计算，他的车平均每天跑200公里，为了下乡调研，或外出开会，或跑资金跑项目……一年至少要跑7万多公里。7万多公里有多长？都快要绕地球两圈了。这还只是他一年走过的路。那么6年呢，又有多少？姜仕坤用他的脚步和情怀走出了一种辽阔。

陈兵说："工作之余，姜书记总会挤出时间看书学习，他知道要致富得先富头脑。姜仕坤的宿舍里，一张小方桌上摆满了治疗痛风的药品和各种书籍：《羊生产学》《重启史迪威公路的多视角分析》《大转型》……办公室的书柜里也满是各种书籍。姜书记不仅自己很爱看书，还经常给别人推荐好书。就这样，通过努力钻研学习，姜书记不断开阔视野、拓展思路。从没搞过旅游的他，愣是把旅游业打造成了晴隆的亮丽名片，被晴隆人认为是'开天辟地的创举'。"

离县城只有一公里左右的二十四道拐，是国务院公布的全国重点文物保护单位，名扬中外。这条书写过"抗战生命线"辉煌的"历史弯道"，是唤起太平洋两岸二战记忆和中华民族抗战记忆的"活化石"，也是姜书记带领晴隆人民实现脱贫梦想的起点。陈兵说："多年以来，如何带领群众在这穷山沟里脱贫致富，一直让晴隆的干部一筹莫展。整合历史文化和当地自然资源发展山地旅游业，点亮二十四道拐这张名片！这是姜书记带领晴隆发展旅游脱贫的胸中蓝图。为了将蓝图化为现实，姜书记带领干部收集关于二十四道拐的文献，编撰出版物；招商引资建设安南古城影视基地，筹拍电视剧《二十四道拐》……2015 年，世界反法西斯战争和抗战胜利 70 周年之际，电视剧《二十四道拐》的热播一下子'引爆'了过去游客几乎为零的晴隆旅游业！这一年的国庆黄金周，10 万自驾游游客涌进晴隆，让晴隆的干部群众'看傻了眼'，也让姜仕坤内心激动不已。可以说，晴隆旅游业的发展是在一张白纸上画图，姜书记付出了巨大心血，他常站在山顶，静静地望着二十四道拐。"

晴隆人用十年实践证明了种草养羊的科学性与正确性，而姜仕坤的到来则让晴隆模式实现了转型升级，他也以严肃的态度使自己从门外汉变成了养羊专家，变成了群众口中的羊县长、羊书记。2011 年夏季的一天，姜书记把养羊专家张大权请到光照镇范书远家，焦急地说："我看了几家羊都是有烂脚病，这是什么原因？"张大权解释说："晴隆多雨，环境潮湿，羊脚又被浸泡，就容易患腐疾。"姜书记说："布依族在水边建吊脚楼，人住在楼上，环境就干燥多了。我们养羊能不能效仿呢？"张大权想了一下，立刻说："我们先试一下。"可喜的是，羊住上吊脚楼仅一周，病就好了。这项创新实验为预防羊腐疾病闯出了一条新路，有利地推动了养羊产业的规模化发展。不久后，姜书记又一次找到张大权说："你是'晴隆模式'的缔造者之一，我有一事请教，如果把县草地中心与农民产权共享、利润分成的合作模式，改为政府帮助农民贷款买羊、资助建羊圈和种草，使他们为自己养羊，享有全部产权，以此来提升'晴隆模式'的成效，你看如何？"张大权兴奋地说："太好了，建草地中心就是为老百姓养羊服务的。"如今群众尝到养羊的甜头，又有全部产权的话，养羊户的责任心和积极性会更强，养羊致富也就指日可待了。接着，姜书记请来国内外知名专家，联合攻关，打造拥有自主知识产权的晴隆羊品牌，如今晴隆羊已选育到第六代，晴隆羊的品牌效应正助推着养羊产业发展的步伐。养羊的规模越来越大，姜书记一帮人为了拉长产业链，建成了120万只肉羊的加工厂，一系列羊肉产品正通过电商平台，源源不断地远销北京、上海和广州等经济发达地区。几年来，姜书记带领大家打造"晴隆模式"升级版，大力发展羊、茶、果、蔬、烟、薏六大产业，使百姓的收益大幅增长。

追寻姜仕坤生前最后几天的足迹，身体已经发出预警的姜仕坤仍像往常一样拼命：

2016年4月6日上午，在兴义参加全州易地扶贫搬迁专题会；下午在晴隆召集人员研究易地扶贫搬迁。

4月7日，参加全省第一次项目观摩会，随后连夜赶回晴隆，部署晴隆观摩点筹备工作。

4月8日，在晴隆观摩点向省观摩组汇报工作；下午2点，随团在贞丰观摩；晚上9点，在贞丰连夜研究部署晴隆县易地扶贫搬迁相关事宜。

4月9日，赴贵阳参加2016年全省第一次项目观摩会总结会；当晚，在贵阳听取王志纲工作室关于晴隆县全域旅游发展规划的策划。

4月10日上午，在兴义参加全州易地扶贫搬迁动员大会。

4月10日下午，出差广州，40余小时后，突然倒下……

在这个曾因贫困"出名"的偏远小县，他耗尽了自己最后一份心力，换来晴隆的大变样。全县地区生产总值从2010年的20.89亿元增加到2015年的55.13亿元；财政总收入从3.4亿元增加到7.63亿元；2012年初至2015年年底，全县贫困人口从12.19万人减到7.91万人，贫困发生率下降了27.1个百分点。

他用自己的血和汗、辛勤与智慧，打造了一种贫困地区的经济发展新模式，他留给晴隆的不仅仅是经济的腾飞，更有个人风范的永世长存。

# 二

  大田乡还沉浸在秋日清晨的恬静里。陈兵说："大田可能是姜书记生前来得最多的乡镇，大田与书记的感情很深很纯。因为大田是晴隆最贫困的乡，而姜书记最惦记的就是贫困群众。"

  顺着蜿蜒曲折的盘山路行进，两个多小时后，我们来到了董箐村陶金翠家。她告诉我说那是2015年5月的一天，突然她家来了几个客人，村干部说是县上的领导，直到后来她才搞清，那个个头高高的，有点秃顶的男子竟然是县里的姜书记。当时姜书记直接走进了她家的猪圈，她正在喂猪，猪圈里的母猪肚子很大了，马上就要下崽了。她一边看着母猪吃食，一边来回抚摸着母猪的脊背。姜书记感到很奇怪，就问陶金翠是怎么回事。陶金翠说："这头猪不是我家的，是替人家喂的，因为是人家的，所以更要喂好。"姜书记被弄糊涂了，他难以理解怎么还替人家喂猪。陶金翠说："我丈夫叫王东，患有间歇性癫痫病，三个孩子中两个上学，一个有智力障碍，全家重负落在我一人身上。由于自己没有文化，也没有技能，只能以种苞谷、喂猪养家，但没钱，只能'讨母猪喂'，就是帮别人喂母猪，母猪下的猪崽儿可以分一半。"姜书记听了非常吃惊，他当即掏出1800块钱给村干部，委托他们买一头母猪送给陶金翠，还特别交代，买怀孕母猪。于是，陶金翠终于喂上了自己的猪。

  "到现在，姜书记送的这头母猪已经下了两窝共20来只小猪崽儿了，卖了6000多元，第三窝猪崽儿也很快就要出生了。"说到这陶金翠眼角有了泪花，"我记得非常清楚，从去年5月以来，姜书记一共到我家来过3次。第一次来掏了1800块钱给我买母猪，第二次来是来协调资金为我家购买耕牛，第三次送来了30只土鸡。"

  大田村的肖长青是姜书记生前结对帮扶的贫困户。肖长青低沉着声音告诉我说："以前，由于生活异常贫困，老婆忍受不了贫穷，丢下两个娃娃离家出走。大概是2015年7月吧，姜书记到村里来走访贫困户到了我家，他看到我家啥都没有,脸色非常难看,也很沉重。当时他问我,老肖,你有什么手艺吗?我回答说,我会电焊,以前在贵阳的工地上干过几年,只是没钱买设备。姜书记说,只要你勤快,愿意做,钱我可以帮你协调,你列出需要的设备清单,回县城就给你买来,再帮你到路边租间门面。姜书记随后就协调资金为我购置电焊设备,并在大田街上租下门面,帮我开起了电焊铺。现在这个小电焊铺每月有三四千元的收入,老婆回来了,娃娃又有妈妈了。只可惜姜书记走了……"

兰蛇坡村位于海拔1800米的高山上,是晴隆最穷的村之一,全村800人全是苗族,贫困发生率超过80%。去往兰蛇坡村的山路是一条"惊险山路":左侧是石壁,右侧是悬崖,路上还布满碎石、沟壑。兰蛇坡村支书告诉我说:"就是沿着这条路,姜书记四上兰蛇坡,每次去都要走进老百姓的地里、猪圈和牛圈,去发现问题,解决问题。"

还有紫马乡、安谷乡、长流乡、马场乡、三宝彝族乡,莲城镇、沙子镇、碧痕镇、大厂镇、鸡场镇、花贡镇、中营镇、光照镇……陈兵说:"晴隆7个镇,6个乡,1个民族乡,哪里没有他的足迹,哪里没有凝聚他的心血?姜书记关心过的贫困户十天半个月也走不完,贫困户要讲的故事,十天半月也讲不完。"陈兵说这话时,我看着浩瀚而碧蓝的天空,感受到一种前所未有的广阔。

回晴隆县城的路上,陈兵继续讲述姜书记的故事。他说:"姜书记在兄弟四人中排行老二,是'家里最有出息的人'。在有些人看来,都当上县委书记了,该是多么的风光,但姜书记的父母还在老家册亨县务农,每次一回到父母家,他不是挽起裤脚下地干活,就是陪着老母亲择菜、喂猪。姜书记觉得父母太辛苦了,想把他们接到城里住,但提了几次老人们都不愿意,借口说忙了一辈子闲不下来,其实是不想给他添麻烦。姜书记和他老婆王作艳是1994年结婚的,但由于工作关系,从1997年开始就基本上过着两地分居、两地奔波的生活。姜书记没有带她单独旅行过一次。女儿中考、高考时,姜书记都不在女儿身边。姜书记到晴隆工作后,偶尔回家一次,坐在沙发上都能睡着。王作艳心疼丈夫,有时周末来晴隆看看姜书记,但他不是在乡下就是在开会。姜书记去世后,他女儿回来整理他的遗物,晚上10点50分姜书记的手机突然响了,是闹钟。原来自从初中开始后,他女儿就在校寄宿,父女俩差不多一个月才能见上一面。晚上10点50分是女儿中学时代下晚自习回到寝室的时间,姜书记每晚这个时候都会给女儿打个电话,初中、高中六年从未间断。想起父亲对自己的惦记,姜书记的女儿当时是泪如雨下啊。

失去姜书记晴隆忧伤啊!可,贫穷不相信泪水,忧伤走不出贫困。晴隆当继续奋进,沿着姜书记的足迹继续开拓新局面。

回到晴隆县城已经是晚上六点半了,但因为第二天约好了一个采访,我必须连夜赶往贵阳,第二天一早转车。当我走到晴隆汽车站时,到贵阳的长途客车早就停运了。就在我失望地准备离开汽车站时,一个带着小孩的女子问道:"坐车吗?"我立即问:"去不去贵阳?"她说:"就是去贵阳的。"我说:"行。"这是一辆七座的小商务车,停在车站附近的一个小胡同里,是一辆"黑车"。约七点半的样子,坐满客(共挤着坐了17人)的商务车沿着高速路向贵阳出发。商务车到达贵阳金阳客车站时,已经是晚上十点多了。贵阳金阳客车站就在贵阳绕城高速路旁边,商务车没有下高速,我便在路边下了车。正当我准备翻过高速路围栏,走下高速路时,我发现手里少了一样东西——笔记本电脑,顿时吓得心都要跳出来了。我连忙回头,但商务车早已消失在远方。我站在路边,焦急万分地理了理思绪:在将近三个小时的车程中,行李包一直在身边,而笔记本电脑更没有离开我的手,应该就是在下车那一瞬忘记拿了。可无论走到哪儿,笔记本电脑一直是我的重点保护对象啊,尽管每采访完一个人,我都会把采访资料备份在U盘,但现在关键是,不论是笔记本电脑,还是U盘和录音笔,都放在了电脑包里。可我没有司机的电话呀!我瘫坐在路边,进行着各种各样的猜想,或许我那个包被其他乘客拿走了,或许被司机拿走了。但我又想,或许情况没有想象的那么坏,有可能还在车上的某个角落没被人发现,也有可能司机正打算想办法还给我呢。我突然想到,电脑包里放了我一叠子名片,那上面有我的电话。我想,可能我所有的想象都是空想,毕竟我的包是丢失在一辆陌生的车上,而车子早已经走远⋯⋯

也不知过了多久,我的手机响了。是黔西南州的号码,我既惊喜又担忧。是个女的打来的电话,对,就是拉我上车的那个女子。她问我叫什么名字。我说，我叫纪红建。她问我是不是有个包忘带了。我说是的是的，那个包就是我的。她问我在哪。我说我还在刚才下车的那个地方。她说，你赶紧下高速，高速路上危险，你到金阳客车站边上等着，他们大概半个小时能到。我抹去脸庞上的泪花，仰望着贵阳的夜空，干净又明亮。半个多小时后，那位女子从商务车上走了下来，手里提着我那个笔记本电脑。女子说："你打开看看，里面少了什么没有。"我没有打开，感激万分地说："不会少的，不会少的。"我拿出两百块钱，对那女子说："这点算是油钱吧。"那女子淡然一笑说："要什么钱，只要你没少东西就好。"我问她叫什么名字。她还是淡然一笑说："我是晴隆的。"

望着消失在夜色中的商务车，晴隆那片充满温情的土地又浮现在我眼前，泪水湿润了我的双眼……

行走在脱贫攻坚的第一线，我时常会被姜仕坤这样的人物故事感动得流泪。在湘西采访时我听说了吴东驰的故事，他原来是湘西州扶贫办副主任，祖籍湖南邵阳的他一直扎根在湘西，战斗在湘西，并将毕生精力默默奉献挥洒在湘西。湘西州扶贫办还有一个名叫石刚的副主任，也是长期奋战在扶贫一线，最后也是因为劳累，在他天命之年时倒在了扶贫一线。在湖南常德的石门县我听说了王新法的故事。他并非湖南人，而是河北省石家庄市灵寿县人。1969年参军，两年后入党，在祖国的西北戈壁当过工程兵、侦察兵。1982年转业到石家庄市公安局，成了一名"反扒英雄"。他为人刚正，不圆滑，因在工作中无意间得罪了人，这让他的人生变得坎坷。因为一起盗窃案，王新法被嫌疑人诬告受贿，最终以"敲诈罪"被判处1年零6个月刑期。入狱期间，王新法被开除公职、党籍。人生总有机缘巧合，王新法的机缘便是2013年7月千里迢迢来到了湖南常德石门县南北镇薛家村义务扶贫。刚一来，他便走村串户摸底考察——全村309户980人，五保低保困难户87家，因贫困而离异家庭22户，30岁以上未结婚男女41人，三分之一村民在外打工，村子留守老人、小孩占了一大半，村子没有支撑的致富产业——要想让这个省定贫困村脱贫，谈何容易？但更多的是老百姓怀疑的眼光。王新法不动声色，用实际行动回答村支书的疑惑。他自掏腰包，为两位搬下大山居住的低保老人田美年、付珠衣拉通生活用电；购置 100 盏节能灯泡、30 多台烤炉，免费分发给困难家庭；承诺有生之年就待在薛家村了，哪怕死后都可以葬在村上，一时村民为之动容。2013 年 12 月，薛家村村民代表大会举手表决授予王新法"名誉村长"称号。

踏勘薛家村六塔山的时候，王新法听说了一段悲壮的历史：68 名红军在这里被敌人偷袭，舍身跳崖，壮烈牺牲。后来，遗体被薛家村村民偷偷就地掩埋。军人出身的王新法听了，久久沉默不语。他做的第一个大动作就是"请烈士回家"。第二年刚过完年，王新法回到薛家村，带来了自己受冤 24 年平反后补发的全部工资 64 万元，号召村民们把牺牲在家乡的先烈遗骨找回来，安葬到六塔山上……4 年时间里，王新法和他的团队带领村民拓宽村道 10 多公里，架设桥梁 6 座，劈山炸石修建山道 5 公里，还把村通组道路修到了 30 多户村民的家门口，尤其是带领乡亲们开发的生态茶园，使全村的人平收入突破了 6000 元；4 年时间里，67 户贫困户摘掉了贫困帽，最后只剩 4 户马上就要脱贫。然而，上天并没有善待好人。2017 年 2 月 23 日下午，王新法在他的木板屋里与军人帮扶团队商议，准备在该村安家片修建一座桥梁。不料，他突发心肌梗死，不幸离世。消息传开，全村痛哭。村里将王新法安葬在六塔山上的山河圆，这是他生前为红军烈士亲自建的安息地。当时，从石门县城到南北镇薛家村，全程 129 公里，沿途需经过楚江街道、新关镇、壶瓶山镇、东山峰管理区等地，上万名群众站在路边自发送别王村长。在四川省南部县采访时我听说了南部县扶贫和移民工作局副局长吴祥泉的故事。吴祥泉上挂南充市扶贫和移民工作局后，工作任务特别繁重，经常加班加点，特别是在撰写《每日快报》时，习惯性靠方便面充饥。因长期加班熬夜、睡眠不足、饥饱不匀、压力过大，他的免疫力急剧下降，积劳成疾，时常感到身体不舒服，但为了完成全市脱贫工作任务，他无暇顾及自己的身体，想的是等这段时间忙完了，再去检查和治疗，仍一心扑在工作上。2016 年 9 月 9 日，他在办公室加班突感身体失重，站立不稳，被同事紧急送往市中心医院治疗。9 月 10 日 16 点 15 分，因抢救无效，离开人世，享年 41 岁……

  这是中国贫困乡村陨落的一颗颗星星。

  这是中国人在脱贫路上的一曲曲壮歌。

# 孤童守护者

## 一

2016年11月15日下午,我在四川省巴中市恩阳区柳林中学一栋很普通的教学楼的二楼,一间挂了"爱心屋""爱心妈妈""留守儿童之家"三块牌子的房间里,见到了巴中市兔兔爱心助学团队的创建人——张彦杰和她的老公李友生。张彦杰,个头不高,圆脸,戴着眼镜。还没说话,她就咳嗽起来,不停地咳,咳得撕心裂肺的,咳得我无比担忧,咳得我自责而内疚。她可是一名癌症患者啊,能不令人担忧吗?稍一停下,张彦杰就连忙说,这几天严重感冒,真是对不起。她老公李友生就是柳林中学的一名语文老师,也是圆脸,戴着眼镜。但李老师个头矮小,看上去比他老婆还要矮。李老师笑着说,有人说自己个头不高是三等残废,他一米五二的个头连四等残废都算不上。

谁又敢说人身体的高度与心灵的高度成正比呢?张彦杰和李老师就用矮小、弱小的身躯,最大限度地积蓄着能量,传递着温暖。他们心灵的高度、人格的高度、灵魂的高度,我们当仰视。

张彦杰并不是巴中人,她的老家在离巴中有1000公里的凉山彝族自治州德昌县。出生在大山深处的她,有四姊妹,她排行老幺。由于出身贫穷,而又想摆脱大山的束缚,她和他的哥哥姐姐们如同夹缝中生长的小草,是那么的弱小与无助,又是那么的顽强与坚毅。张彦杰说:"我们四姊妹成绩都很好,都很懂事,但家里穷,父母供不起啊。大姐成绩特好,从小学到初中总是一二名,但家里孩子多,父母又挣不到钱,她的学费和生活费基本上靠亲戚朋友赞助。大姐参加工作早,我们家吃苦最多的也是大姐。我上小学五年级时,大姐就已从中专毕业了,毕业后分到乡政府工作。我本来是小学五年制改六年制的第一批学生,但由于当年我们乡的初中招不满,就把五年级成绩好的也招去考,结果我考上了。大姐把我接到她上班的地方,离我上学的那所中学很近,一起吃住。从这时开始我就跟着大姐,她上哪儿我就跟到哪儿,衣食住行都是她供的。她的工资不光要供我,还要供哥哥和二姐上高中。不仅如此,大姐还把单位发的大米之类的拿回家给我们吃。1992年高考落榜的我当上了代课老师。学校在大山里面,8个彝族孩子,老师就是我和另一个女孩子,30块钱一个月。别看学校孩子少,但因为在山区,他们到学校花的时间可不少。星期一上课,有的孩子星期天早晨就要从家里出发,需要在中途歇一晚,星期一的早上才能到。晚上赶路的时候,家庭条件'特别好'的才有手电筒,一般的就只能打火把了。山里有松树,松树有松油,他们就把松树枝绑成火把。学校里,我们也用松油做照明,把松树砍成小的细条条,点燃了插在墙边上,就可以照明了。到学校上课,我们老师比孩子们还要走得久一些,我们要走一天一夜。大山里面,阴森森的,经常有野猪等野兽出没,很危险,我们和几个乡政府的小伙子结伴而行。山路不好走,老是上山下山,我们还要背着大米,背着自己的衣物等生活用品,所以我们是爬着前行,有时刚爬到山顶,又从上面滑了下来。现在国家政策好了,散住在高山上的贫困户都被接下来了,安置到了平缓的地方,集中住在了新农村。给我印象最深的是,彝族孩子冬天都不穿鞋的,不是习惯,而是家里穷,没有鞋可穿,夏天就更不要说了。我们穿着鞋子踩在小石块上都脚板疼,他们光着脚丫子跑来跑去,好像没感觉一样。因为他们长年累月这样,脚板有死茧了。但他们的手都冻裂了。冬天最冷的时候,孩子们顶多披件'查尔瓦'(彝族服饰,羊毛织的披毡),每个孩子都会从家里带来一个火盆,用铁丝串起来,提在手里,从山上捡些柴烧,烧成木炭烤火。孩子们的家都在山上,不能种大米的,所以他们带到学校的食物都是土豆、玉米和红薯。不切开,用泉水洗干净,煮熟了就行,要么扔到火膛里,烧熟了吃,没有菜的。我在那里工作两年后,那个学校就拆了,孩子们被安置到了乡上的学校,也就是现在的中心学校。1994年我进了离家不远的一家造纸厂,三年后这个厂子解体,我就成了自由职业者。后来,我又结婚生子。再后来,我自学汉语言文学,还到绵阳师院进修。虽然这中间人生经历了很多周折,但我还是最怀念那两年跟孩子在一起的日子。"

李老师老家就是巴中市恩阳区的。他说:"我家是青木镇的,也是农村,在山沟沟里。我有一个姐姐一个哥哥,我是最小的。小时候穷,哥哥穿的衣服都是用白布染的,他不能穿了,就让我穿。我们那里的娃娃上小学一年级了还穿的开裆裤,男娃和女娃一样。父母都是老实本分的农民,不识字,但尽量供我们读书。姐姐上到了三年级,哥哥中专毕业被分到了区粮食局工作。当时我的梦想是当一名老师,高考填志愿时我报的是师范,落榜后,我只能回乡务农。但一年后,村小学缺老师,村干部看我高中毕业,就把我叫去当代课老师。后来想到高中文化还是不行,就到锦阳师院去进修。在那里我认识了张彦杰张老师。"

张彦杰说:"我们是在锦阳师院擦出爱情火花的。我们俩都是代课老师出身,有共同的经历和语言。当时我已经离婚8年了,一直一个人带着女儿过。李老师比我大8岁,但他晚婚晚育,当时他儿子才7个多月,但孩子的妈妈已经离开了他们。说实话,虽然李老师相貌平平,个子不高,又瘦,就是现在都100斤不到,但我看中了他的为人。我们都已经经历过一次婚姻了,最看重的还是人品。我是2004年来到巴中的,但当我来到巴中时,还是有点失望,网上说凉山是贫困地区,但我觉得我们老家不管经济什么的,都比这里好多了。刚来这里确实很纠结,但李老师人真的不错,于是我就决定跟他好好一起生活。于是我们登记结婚了,没有摆酒,就是带着孩子到饭店里聚了一下。我觉得婚姻不在于形式,而在于内心,只要两口子真心相爱、同心协力,这样的婚姻就会长长久久的。"

2004年他们从锦阳师院进修回巴中并结婚后,都当起了代课老师,张老师在一所私立的少林武术学校任文化课老师,李老师在巴中区人文小学当代课老师,也是私立小学。两所学校相隔不远,他们就把房子租在了两所学校之间。因为他们班上都有来自贫困家庭的留守儿童,于是贫困留守儿童开始走入他们的生活,甚至他们的生命。

张彦杰缓慢地向我讲述起来,讲述时李老师在一旁微笑着,还不时地给张彦杰的杯子里添加开水。张彦杰说:"我们两口子最喜欢的还是当老师,于是我们从锦阳师院回来后,都当起了代课老师。对于我来说,经历了人生这么多周折,我最怀念的还是与山里孩子在一起的岁月,能够带给他们知识,还能带去快乐。我小时候有过渴望读书的亲身经历,所以看到孩子们那种渴望的眼神时,我非常能够体会他们内心的想法。或许他们比我更艰难,至少我那时还有大姐供养着,但山里的这些孩子基本上六亲无靠,并且他们的父母大都外出打工了,只能靠他们自己,生活真的非常无助。特别是到了巴中当代课老师,我跟爱人在代课过程中发现,班里有很多贫困家庭的孩子。大巴山里的很多孩子,也不比凉山那边好到哪里去。后来我知道了,巴中不仅贫困程度深,还是个劳务输出的大地区,上百万的青壮年中至少有三分之二的外出打工了,所以留守儿童特别多。"

张彦杰说:"那时李老师班上有个留守儿童,叫王令荣,是南江县大河乡的,他爸爸妈妈长年在外面打工,很少回老家。当时他爸爸妈妈对我们说,就把孩子托付给我们,给一些基本的生活费。我们说可以。他们把孩子交给我们后,就再也没出现过了,到过年的时候都没回来。那时候我们都没有手机,也跟他爸爸妈妈联系不上,打电话都是用公用电话打。直到一年多后,王令荣爸爸妈妈才回来,看到孩子挺好,成绩也不错,非常高兴,也非常感激。后来其他孩子家长看到孩子跟我们生活很好,也就把他们的孩子领了过来,请求我们收下他们的孩子。于是一发不可收拾,我们一下就收了16个孩子。我们除了要上课,周末还要给他们洗衣服做饭。十几个孩子,到了周末挺吵人的,还要辅导他们做作业,还要带他们到图书馆看书,还要带他们到溜冰场滑冰。本来我和李老师就各自带了个孩子,现在又多了这么多孩子,只得把房子全打成地铺了。我们买不起床,即使有床也摆不下,租的房子太小。再后来,孩子越来越多,而我们的力量太小。这样下去,肯定不能适应需要了。但再累,我们的老师梦一直没有破灭。在这期间,李老师一直在参加教师的招考,有时是文化成绩差了点,有时是面试没过关。2006年他考上了,并被分到柳林中学当语文老师。李老师接到这个消息的时候,第一个打电话给我,他说,张老师,我考上了,我考上了。他本来要到二楼教室上课的,却兴奋地跑到了楼顶了。当时我们都欣喜若狂,毕竟这是我们最热爱的事业,考上正式的编制,这个梦想就不会再飘忽不定了。"

张彦杰和她老公创建巴中市兔兔爱心助学团队,与汶川大地震有关。张彦杰说:"2008年汶川大地震后,我在网上搜索到一个名叫'5·12爱心助养群'的慈善群体,是山东那边的,当时还不是很正式,只是三三两两地献点爱心。后来,我们约起到了锦竹,那里有很多失去父母的孩子,我们在那里挑选了七个比较困难的孩子,订了三年'一对一'的帮助,除了经济上的帮助,还有精神上的支撑和鼓励。当时我是跟一名网友过去的,她是成都一所小学的老师,名字我都忘了。应该说,这个慈善群体触发了我和我老公办助学团队的初心。当然,虽然当时我们不在震中,但实际上也经历了这场地震。地震那天,我和李老师都在家,李老师第一反应就是弄好班上的孩子,他立即跑到学校,跟老师们一起,把睡得正香的孩子弄醒叫到操场上。而我马上把托管在家里的孩子全部、一个都不少地领到了公路上,叫他们不要随便走动。孩子的父母都不在家,他们紧紧围在一起,抓着我的手。此刻,我的心灵也是受到强烈的震撼,孩子是多么需要爱呀!那段时间,学校都停课了。我和李老师很着急,就找了个大黑板挂在租住房的客厅,给孩子免费上课、免费提供吃住,抚慰惊魂未定的留守孩子们。遗憾的是,有个孩子就是在那个时候去了在外地打工的父母那里,与我们失去了联系,以至于她不知道这边的情况而辍了学,这是我们一直以来觉得愧对的一个孩子。"

2009年11月14日,巴中市兔兔爱心助学团队正式成立了(2016年5月在巴中市民政局注册)。QQ群号:95830774;创建人:李友生、张彦杰。没有启动资金,张彦杰就每个月"克扣"丈夫仅有的2000多元工资用于活动开支,她还辞去了代课老师的工作,当起了这个团队的专职管理人员。而李老师,他也不再是一个单纯的教书育人的普通教师了,他和妻子顶着各种压力,一起踏上了艰辛的助学公益之路。

张彦杰说:"因为我是属兔的,所以就叫兔兔爱心助学团队。刚开始,团队成员只有我们两口子，由于当时我们力量有限，主要帮助的是事实孤儿。就是孩子的爸爸死了，妈妈跑了，孩子只能跟年老的爷爷奶奶一起生活，而且不享受国家孤儿政策，这样的孩子是最困难的，我们叫他们为事实孤儿。确定好助学对象后，我就做好求助资料的电子文档，放在网上，获取外界慈善机构的支持。但刚开始非常艰难，长达半年的时间里，没有得到任何回音。即使有人回音，也是表示质疑。有人很直接地问我，一年资助一个学生2000块钱，如果我把钱打给你，你从中要提多少？他们说这个话的时候，我真是哭笑不得。虽然我极力解释说，这完全是公益的，我们一分钱都不收，平常我们做家访产生的费用，都是我们自费的，你们捐的钱，会一分都不少地给小孩。无论我怎么解释，大多数人还是不相信，他们认为天下没有免费的午餐。当时我就和李老师商量，这样不行，得改变策略，外面的人因为不了解我们，是不会轻易信任我们的。我们决定还是从身边发动起，于是就向朋友、同事一个一个地解释，说我们这个团队是以自主自愿、奉献、不求回报为原则的，以团结、友爱、热情、助人乐己为宗旨的，费了很多口舌。后来，我们又叫他们亲自到贫困事实孤儿家看看，他们看了，也有所触动了。这时就有人提出要帮助一个孩子，每月给他生活费，一直资助到他高中毕业。最终，李老师许多经济条件比较好的亲戚朋友都加入到了这个团队。再后来，一个传一个，同学传他们的朋友，朋友传他们的亲戚，更多的爱心人士和志愿者加入到了这个团队。"

然而，张彦杰的人生注定充满波折。就在她一心一意打理着他们的兔兔爱心助学团队时，她生出了一种不祥的预感。张彦杰说："2010年5月，我很不舒服，感觉到身体可能有大问题，准备到医院检查的，但一想李老师正带初三，孩子们马上就要中考了，怕检查到预料中的问题，李老师乱了方寸，会影响到孩子们的中考，我就一直说自己只是患了重感冒，胸部轻微闷痛而已。由于兔兔爱心助学团队资助的孩子较多，那段时间，我不仅没有休息，相反还特别的忙。由于家长们外出打工了，为了保障孩子们的中考，我不仅要加强对他们的辅导，甚至连后来孩子们上高中报名的事我们都得负责。把孩子们的事都忙完了，我才说不舒服，要去检查的。检查后，结果是我预料当中的。当时医生打彩超时，他们在窃窃私语，我就说，你们不要回避我，我知道你们说的'Ca'是什么意思，从化学上说是钙，但从医学上说就是癌。医生就说，你怎么就不理解为钙呢。我说，从医生的角度来说就是癌。医生说，既然你知道了，我们就不回避了，你要有心理准备。我说，没事，我有心理准备了。虽然当时与医生交流时我显得很淡定，但当我走出彩超室时，就感觉头发昏了。面对这个现实，我心里还是难以接受。"

这时，李老师插话说："2010年中考结束，我们代替家长将孩子们上高中的事宜一切安排妥当后，才突然想起张老师这段时间的身体状况似乎都不太好，猛然间一种不祥之兆笼罩着我。我班里80%都是留守儿童，我必须把他们安排好。7月8日晚，我对张老师说，明天陪你去市里检查一下，看看是怎么回事。张老师当时眼泪汪汪地说，没事儿，看到你带的班级取得这么好的成绩，我很开心，也放心了。7月9日，张老师在巴中市人民医院检查出患有癌症。瞬间，我感到天旋地转，心被撕扯着，痛得无法呼吸。办理好张老师的住院事宜，我跑到住院部楼下避开人群任由眼泪满脸横流。回到病房，看着她很平静地躺在床上打着点滴，我在她床边坐下，对她说，兔兔（张老师昵称），医生说你是胸膜炎，要住院，可能还要做手术。张老师对我说，你出去了足足两个小时，我也知道你去了哪儿，说吧，没事儿的。然后用一双期待的眼神看着我。我的心里一慌，但又马上淡定下来，心想不会的，刚检查出来，她不会知道的。见我不语，张老师说，别难过，在打彩超时医生就告诉我了，是乳腺癌，我会坚强的，老公你一定要挺住。我再也忍不住了，抱住病床上的张老师就痛哭起来。"

此时，校园里读书声四起，张老师和李老师的脸上也露出了笑容，但眼里却闪着泪花。

张彦杰依然笑着告诉我说："当时我准备回家不做治疗了，不是害怕，而是没有信心。当时家里只有六七千块钱的积蓄，并且是用来做两个孩子九月份开学的学费和生活费的。我们还没有房子，是住在老公学校的周转房。回到家，我还是不死心，还是不敢相信，就在一个网络爱心群里问一个医生。那个医生是江苏盐城的,网名叫蓝太阳,我把那个检查出来的单子拍照给他看,他看了足足半个小时不回答。最后还是我主动把结果说了出来。蓝太阳说,既然你知道了,就好好配合治疗吧。虽然治疗时会痛苦,但只要有信心,精神状态好,战胜病魔是完全有可能的。随后,蓝太阳就在群里发起捐款的倡议,当天就捐了六千多块。蓝太阳在给我打款时,我知道了他的本名,叫田长清。随后,李老师所在的柳林中学团委也发起了捐款倡议。众人的爱心,让我树立了信心。7月23日我走进了手术室,虽然所有治疗用了23万多块钱,但手术做得很成功。这么多爱心人士给了我第二次生命,让我对生活又有了新的认识。我知道,他们关心我,让我又新生了,并且他们不要我的回报,我就更应该把这份爱心事业做下去,去帮助更多的孩子,也是对爱心人士和社会的一种回报。"

张彦杰知道,要把这个爱心团队长久地发展下去,并让更多的爱心人士加入进来,必须上规模,管理上更规范。那段时间她正在化疗,化疗回到家,她就草拟兔兔爱心助学团队的各种规章制度和方案。那时天气还非常热,并且她家住在顶楼,更是炎热,当然更主要的还是她抵抗力和免疫力都很弱,化疗后的剧烈呕吐使她什么也吃不下,甚至连走路的力气都没有。她经常昏倒在电脑旁,李老师很心疼也很无奈。兔兔爱心助学团队资助对象的分类、主要助学项目及其标准,以及如何给孩子做心理辅导、资助人知情书、受助学生家长知情书等,都是那时候制定的。

2010年9月新学期开始了,李老师又接了初一的新生,还教语文,依然是班主任。然而令李老师和张老师今天依然内疚的是,由于李老师要经常陪张老师到成都的省肿瘤医院进行化疗,耽误了班上的不少事。张彦杰告诉我:"大概是我在省肿瘤医院做第四次化疗住院时,李老师跟我讲,他班上有个女孩叫张蓉,她上课从不发言,下课了也不和同学说话,对她这种情况,他批评过几次了,并且批评她时,她总会默默地流泪。这次学校统计贫困留守学生时,他才知道张蓉是事实孤儿。他当时问张蓉家里的情况,张蓉什么也不说,只是流眼泪。于是李老师打电话给张蓉的爷爷,她爷爷说,娃娃爸爸死了,在娃娃很小的时候,在沈阳打工拆房子时被倒塌的墙体砸死的,妈妈改嫁后再也没回过。

张蓉还有一个弟弟，正读三年级。李老师非常内疚地跟我说，兔兔，我愧对你更愧对班里的孩子啊，开学已经足足三个月，我居然还不知道这孩子的家境，有次我还批评她不爱说话，作为班主任，我愧对她啊！说到这儿，李老师哽咽了。我也忍不住流泪了，我对李老师说，都是因为我。于是我和李老师决定对张蓉进行一次家访。每次化疗也就三五天，三天化疗，还要保养两天。因为化疗后白细胞会降得很低，不马上补充营养就会有生命危险。听了张蓉的事，我有些着急了，那次一化疗完我就要求出院了。回到巴中，我把孩子叫到身边，对她进行了解并做了详细记录。我的第五个化疗结束出院后，已经是2011年5月了。5月7日，我和李老师踏上了家访张蓉的山路。为了给孩子做资料，这次家访前我们特意给相机买了一个储存卡，花了800多块钱。当时李老师有点舍不得，我说，就给我少买一种药吧。从学校到张蓉家不通公路，都是山路，还是小路，路上的杂草和荆棘，把路都淹没了。如果是健康人一个半小时就能到达，但那次我们两人走了整整四个小时才到张蓉家。我刚化疗完，身体极度虚弱，走几步就歇歇，加上那时天气热起来了，又戴着假发，走得很慢。李老师总问我行不行，不行就返回，我总是咬着牙说，行，能行。我们是早上8点出发的，走到张蓉家时，已经是中午12点多了。张蓉的爷爷奶奶都七十多岁了，奶奶有病，躺在床上。她家里挺乱的，的确算得上家徒四壁，除了一台14英寸的老式黑白电视机没有任何其他电器。我觉得我小时过得很辛酸，但张蓉家现在比我小时候也好不到哪儿去。当时李老师就流泪了，他说，当时要是他知道情况，就不会批评张蓉不发言，不与同学一起玩，性格孤僻之类的，是他自己忽略了对孩子的关心。返回的时候又是爬山，一直走到天黑才到家，路上我还晕倒过一次。回到家，我就把在张蓉家拍的一些资料放到兔兔爱心助学团队的群里求助。很快，就有一个网友联系了我，答应一年捐两千，作为孩子的生活费，并很快就把爱心款打过来了。我跟孩子说，虽然你没有爸爸妈妈，其实我与李老师就跟你爸爸妈妈一样，只要你愿意，你可以当我们的孩子。当时孩子什么也没有说，但却紧紧地抱着我流眼泪。受到帮助后的张蓉也是信心大增，性格慢慢阳光可爱起来了，学习方面也很努力。张蓉现在已经是成都学院大一的学生了。

我经常与李老师感叹说，这个孩子，如果当初不耐心帮助她，可能她初中毕业就进入了打工者行列。"

张彦杰是一个聪明、能干、有毅力的四川女子。类似于张蓉这样的孤童资助成功后，她马上把这样的成功"结队"的案例放在群里和博客里进行展示，他们还适时在群里和博客上发布公开信和倡议书。2011年11月1日，他们发布的《为贫困山区孩子圆梦倡议》这样写道：

乐善好施、扶贫帮困是中华民族的传统美德；助人为乐、患难扶持是社会倡导的时代新风。当我们满怀激情，憧憬着未来的美好生活时，当我们心存感动，与孩子一起分享成长的喜悦时，您可曾想到，在大巴山深处，还有许多这样的孩子，他们品学兼优，但家境贫寒，要么是失去双亲的孩子，要么家庭成员丧失劳动力，要么因父母重病背负巨债，造成孩子生活无基本保障，求学之路举步维艰。也许就在我们的身边，在边远的农村，还有许多贫困家庭的孩子以及没有被人们发现的孤儿，他们因无力支付各种学习费用、在校生活费等而面临辍学的危险；能够上学的孩子，他们也没有课外读物，没有文具和学习用品，甚至不知道自己还能够上多久的学。每个孩子都和我们一样，心中充满着对人生的美好憧憬，但却因家境的贫寒与苦难、现实的残酷使他们失去了实现理想的机会，在这些孩子因失学而心灵荒芜时，这片土地也将失去一个美好的未来。

为给贫寒孩子一个温暖的世界、点燃他们心中的希望，照亮他们的求学之路，李友生夫妇特向全社会发起倡议，让我们以实际行动，"一份捐款、一份认捐、一份关爱"，请您伸出援助之手，帮助大巴山贫困山区、边远农村贫寒学龄儿童、高中贫寒学子树立自信心，使其阳光、健康地成长，顺利完成他们的学业。您捐资助学的善举将被他人铭记，您兴学育人的美德将被社会永远尊重！您每救助一位学生，挽救一个家庭，您的一份善举，将给这个家庭带来一份希望，给社会增加一份和谐。我相信，无数颗爱心会汇成爱的海洋，让巴中充满爱！相信星星之火，可以燎原，不久的将来，我们的爱将收获满天下的"桃李",那时……丰收的喜悦,我们共同分享。

于是主动加入到兔兔爱心助学团队群里的人越来越多,很多爱心人士主动请求结队资助贫困学生。张彦杰说,虽然她因为生病而失去了经济能力,但因为她和李老师坚守这份爱心,并将之传递给更多的人,更多的孩子得到了资助。

于是贫困孩子成了张老师和李老师最大的牵挂。李老师向我说起两个学生。他说:"今年8月27日上午我接到了一个男孩的电话,他说他叫梁二,是他的班主任叫他给我打电话的。这个孩子的情况我知道,他的班主任已经给我说了他的情况,他爷爷和爸爸都是前些年得癌症去世的,由于治病,这个家庭欠下了几十万元的债务。他爸爸去世的时候,还没来得及给梁二起名字。后来给梁二上户口时,不知道该叫什么,村干部就说,他是老二,就叫梁二行了呗。他妈妈在海南打工,为了多挣点钱还债,她白天上班晚上也上班,一个人上两个班,但一天只吃两顿饭。由于长期劳累,加上营养不良,他妈妈得了严重的关节炎。再后来,由于没钱治疗,就完全瘫痪了。梁二还有一个哥哥,成绩很好,当年也是考上了大学,但由于家里困难,他主动放弃,外出打工了。今年7月,梁二的妈妈感觉自己给家里带来了负担,就在家里自尽了。接到梁二给我打电话的当天下午,我和我们团队里的楠哥(实名汤化述)就开车到了茶坝镇梁二的家里。楠哥是江苏人,在巴中这边做生意好多年了。我们看到的梁二很阳光,满脸笑容,没有贫困孩子惯有的表情,他的穿着虽然非常破旧,但很干净。他奶奶为了让我们有个地方坐,就在破烂的床上铺了个毯子。家里没桌子,他奶奶说,两个破凳子拼起来,既可以当饭桌,也可以当梁二的书桌。她还说,她的大孙子都28岁了,还没有女朋友。他奶奶70多岁了,说起这些时眼泪汪汪的。有一个小细节说明梁二很坚强,他领着我们到他家时,经过一个坟地。梁二对我们说,这是他妈妈的坟。当时他妈妈去世才一个月。但当我们谈到读书、谈到他对求学的渴望时,他脆弱的一面就暴露出来了。他流着泪对我们说:'李老师,我要读书!'就这么一句很朴实、声音也不大的话,一下子击中了我的心,热泪立即就从我的眼里滚下。"

李老师说，让他们两口子欣慰的是，孩子们都很争气，也很懂得感恩。李老师拿出一篇名为《我的少年经历》的作文给我看，他说这是初二学生张东平写的，张东平也是个孤儿，也是兔兔爱心助学团队资助的学生。张东平在他的《我的少年经历》中写道：

十三年前，我带着向往来到这个世界。可是，当家人正在庆幸一个新的生命诞生的时候，一个噩耗传来——孩子他爸没了。每当奶奶给我讲这段沉痛经历的时候，我就不由得联想：一个勇敢的年轻人在沈阳打工，帮老板开车运货出了意外。据说，他的遗容是充满愤恨和无奈的，他愤恨为什么老板逃逸，在他风华正茂的年纪要永别世界而丢下两个嗷嗷待哺的幼子，无奈于白发人送黑发人的不孝。每当被人提到爸爸这类名词，我的鼻尖就会泛起阵阵酸楚。我是多么想见一眼我的父亲啊！可是，我刚满月还没见到他，他就离开了我和三岁的哥哥。

然而，命运之神并没有就此罢手。接下来，母亲也离开了我们，毕竟她当时还年轻，她有权利选择追求自己的美好生活。妈妈，我们不怪您，只要您好，我们为您祝福。

只是，自那以后，家里的光景越来越惨淡。至今还记得：几年没有一件新衣服，没有吃过一次水果，每到冬日都被冻得瑟瑟发抖，下雨没有一把雨伞……然而这一切，我都能坚强地挺过来，最怕的是每周要上学前，奶奶又得为我们的在校生活费急得满村子挨家挨户上门借钱。一年下来，奶奶辛苦养的过年猪只能卖了拿去还账。大年三十，家家户户欢天喜地煮肉吃、放鞭炮，我们家只能开水煮白菜。但是，少年的心是坚强的，小时候，力气小就帮着爷爷奶奶拿点轻的东西，爷爷奶奶生病帮着倒杯水，再大一点，就帮家里干些家务，尽量让爷爷奶奶肩上的担子轻一些，力气足了，就开始帮家里干农活。自上五年级开始，每年暑假我都与哥哥顶烈日、冒大雨收完地里所有的玉米和几亩地的稻谷。下雨路滑，超载的双腿战战兢兢，一跤摔下去，满背篓沉沉的玉米滚得满山坡，爬起来，膝盖冒着血珠，浑身稀泥，一咬牙重拾一年的希望，背起来继续前行！春耕、栽红薯等农活，都让爷爷奶奶安排在周末，我也下地干活、做饭、喂猪，白天累得全身酸痛疲惫不堪，夜晚又拿出书本，在昏暗的灯光下开始做作业……如今，奶奶也常说，她年龄越来越大，身体越来越差，但干农活反倒比以前轻松多了。

因为家庭的不幸，我从小便懂得承担家庭的责任，我十分节俭，以至于每一粒粮食我都会珍惜。如今，爷爷奶奶已年迈体衰，我要承担起一份责任。因为不幸，因为家庭拮据，我更渴望能有出头之日。我如饥似渴地学习，乃至于老师的每一堂课、布置的每一道题、教育的每一句话，我都认真对待。获得荣誉时，我不会轻浮骄傲；落后于人时，我会认真反省，努力反超；看着别人玩耍时，我就警醒自己，我的肩上还有使命。我做到了笨鸟先飞，成绩始终保持在全年级的前茅。

经历了苦难的童年，让我明白了不幸的可怕；感受过不幸，我会更加明白这中间的滋味。所以，每当遇到需要帮助的人、遇到献爱心等活动，我都会毫不吝啬地将我的所有积蓄捐献出去，献出我的绵薄之力。我没有得到过父爱与母爱，但我的生命里出现了胜似父母的叔叔阿姨，所以我要像他们那样去帮助更多需要帮助的人，我要用自己的双手，去温暖那些孤独而又冰冷的心灵，让他们不至于像我小时候那样凄苦与惶恐。

自强不息，张开双臂迎接未来，前面的路，哪怕风狂雨急。装上梦想的翅膀，我要为此奋斗不止。

**很难想象，这篇作文出自一个年仅 13 岁的孩子之手。或许，这就是苦难生活的馈赠吧！**

## 二

  但是也有人认为，张老师和李老师既不是政府官员也不是企业家，没有理由为贫困儿童投入如此之多，认为他们肯定是有所图：在这个社会，傻子才会干那些无利可图的事呢。但我想问的是，难道扶贫工作仅仅只是政府和企业家的事吗？以管窥天，其实折射的是窥天者的渺小。我认为，张老师和李老师的行为，是责任与良知的自觉表达，这个社会太需要这样的表达。

  柳林中学的校长叫李大华，是一个中年汉子。他告诉我说："李老师是我们学校的办公室主任，他和张老师刚开始做这个助学的时候，工作还不是很公开，有点不好意思，是悄无声息进行的。当时他们就在家里开展活动，李老师那个宿舍比较狭窄，还有两个孩子，非常拥挤。刚开始人家也不理解，总以为这个社会哪有这样的好事，人家不可能义务劳动，不可能不挣钱。其实扶贫是整个社会的事。后来他们的工作逐渐被人们所了解、理解，越来越被他人所尊重，更多的人加入到他们的团队。我也跟李老师说过，我也加入你们的团队吧。李老师听了非常高兴，连忙说，欢迎欢迎。大概是前年吧，巴中市和恩阳区妇联和关工委的领导到了他们家，看到他们家情况特殊，实在困难，就建议给兔兔爱心助学团队弄间办公室。我们学校经费特别困难，领导就说，你们学校出房子，他们负责筹钱。于是就想办法腾出这么一间教室，一是作为办公场所，二是进行一些陈列与展示。他们的事迹令我很感动，述说起来实在太多，我都不知道该怎么说。李老师和张老师他们这个团队不仅资助贫困学生，还对我们学校也进行一些资助，比如他们找来爱心人士给我们学校免费装了路灯。我们学校也困难，确实需要这样的资助，但我们看到他们生活困难，并且张老师要复查，正是缺钱的时候，于是学校就想帮他们解决 2000 块钱，算是给他们夫妇俩的一点报酬吧。但他们坚决拒绝了。当时李老师跟我说，他们的目的是资助学校和学生，如果个人得了私利，就违背了资助的初衷。再说，学校对我们帮助这么大，装个路灯算是对学校的一种回报吧。李老师这么一说，我无话可说了。领导不仅关心兔兔爱心助学团队，也非常关心李老师和张老师。市关工委执行主任是市委的退休老书记，他到这里看了后，也非常感动，他跟我说了，他打算跟区委书记反映一下，解决一下张老师的后顾之忧，他也叫我跟区里的教育局局长反映一下。如果两方面合力，我估计解决个编制不成问题。当时我也想好了，编制就落在我们学校，我们也不给张老师排课，就让她专心做慈善。但当我与张老师和李老师正式谈这个事时，他们却拒绝了，这让我感到很意外，这可是人家求之不得的事呀。张老师跟我说，他们这个团队都是自发的，是爱心人士凝聚在一起的，如果她解决了编制，人家就会认为她爱心助学是有目的的，是为了谋取个人好处。"

这时，张老师笑着说："刚才李校长说解决工作的问题，你说我想要吗？我很想要，也很需要，不仅是我自己，我们这个家庭也太需要了，我做梦都在想，更何况当老师是我一辈子的梦想。但兔兔爱心助学团队，凝聚了太多爱心人士的心血，也托起了许多孩子的希望。如果我要了这个工作，人家就会说我动机不纯，这个团队有一些社会影响了，取得了一定的成绩，我就变味了，做得不纯粹了，其他爱心人士就会失望，这个团队就会要解散了。更重要的是，这个团队还承载着500多个孩子的希望。如果这个团队没有了，我肯定没有这么累，但那500多个正在受助的孩子呢？"

张彦杰说："所以我不仅不能要这个工作，而且还要把兔兔爱心助学团队的工作做得更细更规范。除了严格按照制度资助贫困学生外，回访也是我们这个团队重要的一环。不是说把钱打给孩子就不闻不问了，而是要跟踪，要挨个给孩子打电话，问他们的学习和生活情况，每月回访一次。我们现在资助了近500个孩子，全巴中三县两区都有，所以这块的工作量相当大，有时脑袋都嗡嗡直响。我首先问他们的爱心款到账了没有，然后问他们还需要什么生活和学习用品，生活和学习中还有哪些困难。如果还有困难，我就要进行登记，然后在群里组织志愿者进行资助。从聊天中，我还要了解他们的心理状况。孩子气馁时要给他们打气加油，孩子有骄傲情绪时要对他们进行告诫。如果孩子出现状况了，我们会立即赶过去做思想工作。去年冬天的一个晚上，已经是晚上

11点了，我突然接到一个孩子的电话，她对我说，张妈妈，我活着没意义，我不想活了……我和李老师立马从床上下来，穿上衣服，骑上电瓶车就往孩子的学校赶。我家离那个学校有17公里。到了学校大门口，我就给孩子打电话说，你出来吧，我和李老师已经到了学校门口。当时我们的想法是把孩子带回家，问问情况，再好好安慰，稳定她的情绪，不让她做蠢事。但学校大门锁了，出不来了，于是她在里面，我们在外面，我们隔着铁门聊天，我和李老师轮着聊。她有四姊妹，亲生妈妈去世早，爸爸后来又找了个后妈，但后来后妈也死了，爸爸能力有限，就把她送给别人家了。因为她是个女孩，并不宽裕的养父母不希望她再读了。但她已经读高二了，马上就要进高三了，她成绩不错，她特别想读书，可养父母不想让她读。于是，她觉得人生没有了希望，就想到了自杀。我和李老师跟她谈家里的事，谈人生，谈理想，把她不愉快的事都聊了。等孩子心理得到疏通后，天也快亮了，而我们的手脚都发凉了。回到学校，已经是早上7点多了，李老师又走进了课堂，而我倒头就睡。"

张彦杰给我提供了一份兔兔爱心助学团队成立六年多来的工作情况——

衣物捐献：与深圳壹基金建立多年良好合作关系，加入到"壹基金川北联合救灾网"并签订长期合作的合同，为巴中市贫困村小的孤儿组织壹基金温暖包400多份，价值15万多元，同时肩负巴中地区的壹基金救灾项目；为边远农村学校的贫困学生、留守儿童募集捐献全新爱心衣物一万件，价值约100万元；组织清洗15000多件八成新衣服送到山区、农村贫困孩子手里，每件衣服约耗资6元，共9万多元。

留守儿童项目：组织夏令营活动受助学校8所，每所学校耗资1.5万，共耗资12万元。

学习用品、体育器材：受助学校6所，价值10万元。

绘本援建爱心书屋：受助学校两所，价值12万元。

农村儿童睡前故事广播工程：受助学校15所，耗资15万元。

组织家访考察活动：每年大型考察两次耗资约1.5万元，小型考察年均6次，每次5—10人，每人次耗资50元，每年小型考察耗资3000元，6年考察耗资约11万元（志愿者自费）。

组织出车车次：送款送物、考察等活动，每月最低3次，每次最少2车，每年约60车次，6年最低360车次，平均每车次耗资约200元，6年油费、过路费耗资近7多万元，全由出车志愿者自费。

里程：6年出车360多车次，平均每车次行程200公里，6年来行程约8万多公里（不计徒步）。

活动人次：每年组织参加活动志愿者700多人次，6年来4200多人次。

受助特困生：据2015年统计，常年一对一资助531名特困生，有56个顺利进入全国各地的重点大学就读。目前还有475名贫困学生正在受助中，其中孤儿82名。

组织爱心款：6年来组织善款300多万元到贫困学生手中。

受助留守儿童：8000多名留守儿童受到不同方式的帮助。

我们的足迹：家访考察核实贫困生1000多个家庭，走访恩阳区、巴州区、平昌县、南江县、通江等三县两区100多个乡镇，300多个村落。

培养志愿者：孵化志愿者500多名，骨干志愿者100多名。

……

2016年是"兔兔助学"6年多来收获最丰的一年，团队长期一对一资助的巴中市三县两区贫困生一共有71人参加高考，57人上了本科线，37人考上一本，20人考上二本，14人考上专科。其中马天平以662分的成绩成为恩阳区的理科状元，于7月11日被北京大学录取；雷李军是恩阳区的文科状元，被华东师范大学政治学专业录取；赵亚娟被外交学院金融学专业录取；杨忠林被南京大学化学系录取；张旭被西北工业大学飞行器动力工程系录取……

我把兔兔爱心助学团队的工作成绩晒出来，不是为了显摆，而是想告诉更多的人，张老师和李老师那弱小的身躯里，蕴藏着强大的生命力，承担起山一样重的社会责任，他们以忘我的无私奉献精神拯救了众多幼小的灵魂，为国家培养了优秀的人才。芸芸众生中，多少人只是纯粹为了自己的幸福生活而发奋努力，而兔兔爱心助学团队成员心怀大爱，他们的爱温暖了贫困学子冰冷的心，同时点亮了贫困学子的前程。扶贫队伍中，他们也是可爱的人。

## 三

晚上回到宾馆，我就和张老师互加了微信。

张老师说：纪老师好！辛苦您了！

我说：张老师好！我被你们两口子的事迹感动了，我也想资助一个学生。

张老师说：非常感谢纪老师！您希望帮助哪个阶段的孩子呢？"九义"的还是高中阶段的？我现在正在整理高中阶段的贫困学生资料。高三的孩子很需要帮助。

我说：张老师，那我就资助一个高三孩子吧。我现在就把2000块钱用微信转账的方式发给您，您帮我收一下，再转给孩子吧！

张老师说：从2016年11月到2017年5月，一共7个月，2000块钱，孩子正好够。我把孩子的资料发给你看看，你看了资料后再决定是否进行爱心捐款好吗？

我说：张老师，我充分相信你，你办就可以了，不用看了。

说完，我就给张老师转账2000元，但她一直没有接收。

好一会，张老师说：谢谢纪老师对我的支持与信任，但我还是要按照团队的制度走程序。按照规则，是由资助人直接把钱打到孩子的卡里，我们只是负责组织协调。如果你现在采访忙，我可以帮你转给孩子。但必须按照团队的制度走程序，这是对爱心人士的尊重，也是对被资助孩子的尊重。你稍等一下，我还差一点点就可以把这个孩子的资料做完啦。

我说：那就按你们的程序走吧！

几分钟后，张老师发来了祝有明的资料。

张老师说：祝有明家庭是建档立卡的贫困户，家里非常困难，如果不资助，他就无法上学。

我说：为张老师和李老师细致入微的工作点赞。

张老师说：祝有明家庭是我们亲自家访，再到学校进行核实才给建档的。

我给张老师发了一个大大的赞。

张老师说：资助人信任我们，我们更要做好每一个细节，把有限的资源用在最需要的孩子身上，那样才不辜负爱心人士对我们的信任。

接着张老师又发来了巴中兔兔爱心助学告资助人知情书，巴中兔兔爱心助学告学生、家长的知情书。

这些知情书非常具体与人性化。

我说：好细致的工作啊！

张老师说：这都是我在化疗期间拟订的规章制度，但还有许多不当的地方，我们会一步一步改进完善的。

我说：已经很好很完善啦！

张老师说：目前你的爱心款2000元落实方式有两种。第一，由你亲自打到我们协助孩子办的专用银行卡里面；第二，由我代你打到孩子的专用银行卡里面。需要联系孩子，请打班主任老师的电话。

我说：近些天我都在山区采访，不方便办理，只能烦您代劳了。

张老师说：没问题。感谢纪老师对我们夫妻俩的信任，也代高三贫困孩子祝有明感谢您的无私大爱。

我说：应该向你们学习才是。

这时，张老师才收下微信转账。

张老师说：明天我就去把您的爱心款打给孩子，打款后给你发回执单，请你确认。

我说：其实不用了。

张老师说：这样虽然烦琐，也辛苦，但问心无愧，也很开心。

我又给张老师发了个大大的赞。

张老师说：没想到刚给这孩子把资料做好就遇上了您，这么快就给孩子成功结对，好开心！每次成功结对一个孩子，我们夫妻俩都要高兴好几天呢。

我说：很温暖、正能量的两口子。

……

张老师还把我拉进了兔兔助学大学生群。看到里面温馨而充满感恩的话语，我还真有些小激动。

第二天，采访途中的我收到张老师用微信发来的打款回执单。她还说：我也叮嘱祝有明该怎么做，孩子很懂事，这下我们夫妻俩也就放心了。

大概三四天后，我就接到了祝有明的来电，他自我介绍了一番，并感谢我的资助，他还说，虽然近来学习忙，但每个月都会给叔叔打电话的。果然，从那时开始到现在，我每个月都接到了祝有明的电话。

前两天，祝有明来电话告诉我，张老师要去四川省肿瘤医院做检查，他很为张老师担忧，生怕检查出什么问题来。

我马上给张老师发了微信。

张老师回复说：这几天我把孩子们的资料全部弄完，下周一我该去省肿瘤医院了。

我不好说些什么，只好发去一个紧握拳头的微信符号。其实我想对张老师说，加油，张老师！愿好人一生平安！好人一定会一生平安的。我相信。

# 忘我的激情

在贫困山区采访时，我听到最多的关键词便是精准扶贫、精准脱贫，虽然各级政府，以及广大扶贫干部和贫困群众，都在围绕"精准"二字做文章，但我所采访的人，很少把这两个字说清说透了。要么太忙，无时间解释；要么工作在大机关，不太熟悉政策的落地执行情况……

但任忠雄很有这个自信。那天我在甘肃省陇西县采访时，遇见了他，刚聊了几句，就有了感觉。他比我小一岁，同龄人，有共同语言。由于白天他忙，我也要到村里采访，我们便约好晚上一起吃晚餐。

晚上 6 点 30 分，我们相聚在了离我所住宾馆很近的"小马牛肉面馆"。任忠雄个子不高，但长得结实。他是陇西县扶贫办精准办的主任，对业务非常熟悉，特别是对陇西的精准扶贫模式，更是了如指掌，他们县里大部分精准扶贫、精准脱贫的具体实施措施都是他起草的。更重要的是，他富有热情、激情和思想，还喜欢开动脑筋想问题，喜欢琢磨事情。有时候为了思考一个既落实了上级政策，又符合基层实际情况的措施，他会在办公室挑灯夜战，彻夜不眠。当然，他不是空想，他有着丰富的基层工作经验，自 2001 年大学毕业后，他就在乡镇工作，当过乡政府文书、党政办秘书、驻村的计生专干等，一直联系贫困户，一直与贫困户打交道。2013 年，县委农工部领导看他在基层工作时间长，就调上来让他专门搞业务。不久后，县委农工部与县扶贫办合并，他便当了精准办主任。

任忠雄说："概括地说，精准扶贫就是四种情况，即：扶持谁？谁来扶？怎么扶？如何退？这个模式全国都是这样的，但具体到每个省每个市每个县每个镇每个村，就不能机械照搬了，要接地气。"

扶持谁？

任忠雄说："当然是贫困户。为了精准识别，我们提出了'一核二看三比四评五公示'这样一个流程。按这个流程办事之前当然是宣传，要让群众知情。接下来才能按流程走。首先是核，也就是算，算贫困户家的收入，但仅仅只是算，还算不太准确。有些人家房子建得不错，但算出来的收入就是比那些房子破破烂烂的人家低。为什么？既有标准的把握问题，当然也存在收入隐瞒不报的问题，而有些房屋破破烂烂的人家，则实实在在，该报的都报了。所以第二就是要看，第三就是要比，都是偏远山区，都贫困，有时候区别真的不是很大，但通过一看一比，还是能看出相对贫困的人家来。比出来之后，省上就要求我们进行大数据录入，并且确保信息准确。录入流程是什么？就是'12345'。什么意思？一培训，二采集，三审核，四录入，五应用。第一步就是培训，对全县各级的扶贫人员参加培训，学习《陇西县精准识别工作信息录入方案》，并就如何登录系统、录入内容、相关要求等问题进行培训。培训完了后，就开始采集信息。涉及住房、收入、饮水、贷款等11个方面，这样下来，光一户就要填11张表。这些工作基本上都是乡镇和村一级完成的，拿到这些资料后，我们县里还要进行审核。审核不是坐在办公室审，而是要走到现场审，通过看、问等手段来审核。有时我们到一个村都要跑三五趟，甚至七八趟，才能审核完。在这个过程中，最主要的是要准确界定他们致贫原因，只有这样，帮扶的时候，才能有的放矢。原因都没弄清楚，帮扶就会出现偏差，就像打靶打不准一样，在资金物资上造成浪费，应有的效果就发挥不出来。打个简单的比喻，假如我头疼，你医的是脚，可能对头也有一定的效果，但肯定不是治头疼的专用药。致贫原因千差万别，贫困户的信息也是千变万化，有的生了孩子，有的老人去世，有的结婚了，有的出嫁了，出的出，进的进，这些信息都要随时掌握，进行补充完善。当时我们全县有2.6万户贫困户，都要进行登记和审核，你可以想象工作量有多大。所以我们扶贫干部要满乡的跑满村的跑，要付出千辛万苦。在这个过程中，基层干部也有千言万语，但再苦也要挺着。正像习总书记说的，这是咱国家的'一号工程'，到2020年全面建成小康社会，这是对世界的承诺。什么是承诺？谁来承诺？承诺就是行动，中央和省市要行动，基层干部也要行动。对世界的承诺，不光是习总书记的承诺，也是我们的承诺。这样才能保证把准确的信息录入系统中。最后便是应用，也就是有哪些用途。首先是省市县乡村五级数据资料实现共享。纸质的可以改，但大数据既备份了，也锁定了不能改，是经过反复审核的，既可靠也可信，为决策提供了可靠的依据。其次是可对收入情况进行全面监测。群众收入由哪些部分构成，是经营性的，还是工资性的，是财产性收入，还是转移性收入。完了后，县里再进行评估，主要是由统计局进行评估。你的数据是不是准确，监测是不是合理，经济收入增长太多太快，是否符合增长规律。通过反复的摸底核对，最后还要还权于公。首先是村民小组对建档立卡贫困户进行初评，评完再召开全村村民代表大会，进行决议，同意不同意，决议后形成第一榜的公示名单。公示过程中接受群众监督，有什么问题提出来，有不合适的再修正，再进行摸底核实。此时被识别出来的贫困户就是精准的，也经得起考验，更为下步全面精准施策提供了依据，靶向是精准的。这就把扶持谁的问题解决了。"任忠雄娓娓道来。

谁来扶？

任忠雄说："其他地方我不好说，但我们县上至少凝聚了六个方面的力量。一是领导的力量。我们县领导都要联系乡镇，并且每个乡镇有两名以上的县领导牵头组织帮扶，然后每个领导还要具体联系村和联系户，都有自己的联系村和联系户。他们除了要定期组织乡镇的座谈会、协调会、推进会之类的会议，还要定期走村串户。思想统一，目标同向，合力攻坚。当然，领导不是想怎么做就怎么做，同样有要求，县上出台了考核领导帮扶的办法，领导还要签定责任书。今年考虑要换届，没有签。二是联村的单位给力。我们村从2012年开始，就开始了'联村联户、为民富民'这样一个行动，就是单位联系困难村，干部联系贫困户。有了这种机制后，县上要求各级单位，要落实责任，与村子不脱钩，贫困户不脱贫干部就不能甩手。最后形成一村一业一单位，一户一策一干部，保证覆盖所有贫困户。三是乡镇党委的统筹发力。脱贫攻坚是国家大事，这没错，但我们要很清楚，贫困户在乡村，脱贫主体在乡镇党委。这点，我们县委早就意识到了，也特别重视，比如在17个乡镇都成立了扶贫工作站，每个工作站选派了一名副科级的站长，从组织上进行了保障。然后每个工作站，按照乡镇人口的多少，特别是贫困人口的多少，安排了10到15个工作人员。都是选派的，从乡镇综合站及乡属各单位抽调出来的。为了加强管理，有利于上下协调，加强工作效率，我们把这10到15个人分成5个工作小组。一是双联帮扶组；二是计划项目组，专门搞专项扶贫项目计划的制订等；三是统计信息组，主要负责扶贫数据的来源、大数据审核、数据报表的统计等；四是培训教育组，对贫困人口的劳动力进行培训和教育；五是互助资金组，负责贫困户银行贷款的担保等工作。为了服务群众始终在线，我们又把这五个工作小组实行 AB 岗制，A 不在时 B 在，B 不在时 A 在。除此之外，乡镇党委还建立了一个统一协调的工作机制。因为对于一个乡镇来说，要面对省市县，甚至国家部委的各级领导在这里的帮扶，如果协调不好，就会各唱各的戏，各下各的菜，不利于形成合力，所以乡镇党委统筹发力，协同作战。四是社会能人出力。我觉得社会能人出自各方面，有搞养殖的，也有搞种植的，有搞房地产的，也有搞金融的。但不管搞什么的吧，企业也有大有小，你能帮多少就帮多少，根据自己的能力尽力而为吧。有的企业家想回报家乡，就给他提供好的环境。企业通过不同形式的帮扶，让贫困户学到了养殖和种植技术，也学到了一些发展的思路，更让他们感受到，虽然我是贫困户，但社会没有抛弃我，自己也得加把劲把日子过好。这种帮扶，虽然不能明显起到造血功能，但输血的作用也是非常明显的。最主要的是可以传递一份爱心，大家都在帮我，社会在帮我，形成一个人人都在关注贫困关心贫困的良好社会氛围。五是驻村帮扶工作队员用力。自从 2015 年 7 月国扶办发出通知后，各级扶贫部门也提出要求，每个村都要有产业村帮扶工作队。工作队人员的组成，是从帮扶单位中选，以及大学生村官，乡镇驻村干部，双联干部等，这几方面构成。每个村的产业村帮扶工作队三到五人，每个队员每月在村上驻村时间不得少于 20 天，只要是正常上班时间都要住在村上，每年累计要达到 220 天。除去开会、培训、出差、休假，最少要 160 天实实在在待在村里。我觉得他们至少发挥了四个方面的作用。一是衔接争取的作用，比如驻村工作队长一般是各级省市县部门来的，不仅眼界宽思路新，还有广阔的资源。二是配合服务的作用，有些村来了大项目，他们就会配合服务。三是监督管理的作用。监督什么？相信你也看到了，现在整个贫困村都有村级活动场所，驻村工作队有管理和监督的职能。例如有个修路的项目，修成了断头路，修成了豆腐渣工程，你是工作队长，还是第一书记，难道你没责任？老百姓肯定也会对你有看法。但如果你把路修通了，还硬化了，以前村里的农户运一车洋芋到外面卖，路难走，一车运费要 50 块钱，现在只要 20 块了，生产成本降低了，意味着农民收入的增加。四是榜样的力量。我觉得典型的人和典型的事能引起我们思考，也能带动和教育一部分人。拉一个致富典型到村里面谈致富的经验,效果比我们扶贫干部好。所以我们提倡让身边的事说服身边的人。现在农村贫困人口坐上了快车,奔向小康,人的需求,特别是精神文化方面,就会更加多元化。所以我们不仅要把脱贫致富的典型发掘培育,也要把邻里和睦的典型、尊老爱幼的典型等等,都进行发掘培育。"

怎么扶?

任忠雄说:"国家、省市都出台了含金量很高的政策。2015年11月27日至28日,中央扶贫开发工作会在北京召开。在这个会上,习总书记重点回答了'扶持谁''谁来扶''怎么扶'三个关键性问题,并开出'既要防止拖延病,又要防止急躁症'等多个药方。特别是他还提出了'五个一批'工程,即发展生产脱贫一批,易地搬迁脱贫一批,生态补偿脱贫一批,发展教育脱贫一批,社会保障兜底一批。我们省里也出台了'1+17'精准扶贫方案,在全国探索出一条具有甘肃理念、甘肃模式、甘肃机制、甘肃状态的精准扶贫、精准脱贫的新路子,涉及教育、医疗、卫生、安全饮水、住房保障等方面。当然定西市也出台了相应的政策。全面落实好这些政策,怎么扶的问题就有眉目了。我们也把全县的人口分了五大类,例如发展生产脱贫一批,我们就结合精准扶贫专项贷款政策,大概每户贫困户可贷款5万元,政府贴息三年,这样一个政策催生出了很多产业。我们也提出了'5412''5432''5522''5532'等生产发展模式,比如'5412'就是贷款5万块,一个劳动力种植一亩药材、一亩洋芋、一亩玉米,户均收入2万块……很多数据,我看得头疼,但落实起来,就很具体了,不是虚的,从纸质上看是数据,但在现实中就是幸福的生活。"

如何退?

任忠雄说:"扶贫的目的就是让贫困户脱离贫困。我们现在脱贫不脱政策,因为我们自然条件本来就艰苦,贫困户虽然达到了脱贫的指标,但不是太稳定。比如张三去年脱贫了,但今年对他的扶贫政策还不会变。为什么?就是要让张三稳稳当当走在小康路上。当然在贫困户退出贫困时,有些干部责任不落实,谁想退就让他退,但别人退了自己亲戚不退。于是我们县里出台了'4342'脱贫验收的责任体系,谁验收谁签字谁负责,就是为了防止数字脱贫、虚假脱贫。

第一个'4'就是村级的四方责任,村支书、村主任、驻村工作队长,还有就是贫困户。脱贫达到标准了,这四方都要签字。第二个'3'就是乡镇的三方责任,乡镇党委书记、乡镇长、扶贫站长签字。第三个'4'是县级的四方责任,县委书记、县长、统计局长和扶贫办主任签字。第四个'2'是市级的二方责任,市委书记和市长签字。责任体系全面落实了,验收人员的责任心尽到了,工作的过程也是合理的,程序也是合乎规定的,但为了落到实处,我们县还提出了'八核八推算'。第一个'核'是要看家里条件怎么样,如果生活条件不好,精神面貌不好,就可以推算脱贫质量不高,是低层次的脱贫;第二个'核'是要看村里的基础设施怎么样,如果公路没有硬化,电力、自来水没有全覆盖,就可以推算基础设施不好;第三个'核'是看村文化室卫生室怎么样,可以推算出村级公共服务能力;第四个'核'是看村里农业合作社的情况,推算出带动致富的能力,如果连合作社都没有,怎么能够带动贫困户脱贫致富呢;第五个'核'是看学生入学情况,推算教育的覆盖范围;第六个'核'是看参保参合情况,推算社会的保障能力;第七个'核'是看技能培训情况,推算贫困户发展的能力;第八个'核'是看操作程序,推算认定验收的结果。也就是说,退出贫困户,要召开村民代表大会举手表决,群众说了算,没有开会,也没有公示,我们就会怀疑你这个结果不准确。"

即便从指标上脱贫了,但他们也不会甩手不管了。任忠雄说:"我们把脱贫的人口又分两大类,一类是稳定脱贫的,二类是刚脱贫还需要巩固提升的。怎么认定呢?我们设计了指标,对所有脱贫人口进行量化打分。比如政策性补贴的收入越高,占的比例越大,得分就会越低;相反,得分越高。当然还要看家里增收渠道、住房状况、家庭成员受教育情况、家庭成员健康状况。如果脱贫了,但家里有病人,可能存在返贫的情况。所以我们对这两类人实施的措施不一样,会更加科学与合理,也进一步提升了扶贫成效。"

关于扶贫、脱贫任忠雄似乎有说不完的话,他说:"贫困户从'进去'到'出来',我们所做的工作就这么多。我是这样理解的,精准扶贫,不仅仅是工作的要求,情感的投入,更是一套科学管理的体系。我们扶贫的目标不是脱贫，而是小康。小康是什么？是民生改善。民生改善在农村具体表现是什么？我觉得一是要有稳定的收入，二是要有稳定的增收渠道，三是要有生产生活条件的改善。客观地讲，现在不少贫困户脱贫收入靠的是政策，国家扶贫的优惠政策，他们还不太敢花钱。为什么？挣钱不容易。要有稳定的收入，必须要有产业，特别是要考虑发展特色产业，要争取把项目与特色产业结合起来，不要只图政绩，或是眼前利益，拿到什么都是宝。再一个，要把帮扶措施与民生改善结合起来。这几年国家对环境的高度重视，我在想，能不能把农村发展与环境保护一并考虑。贫困地区的发展愿望非常迫切，这种迫切的心情很正常，但不是项目越多越好，也不是越大越好，如果有污染，把当地的饮水破坏了，把当地的植被破坏了，就得不偿失，不仅发展不起来，还要花钱弥补短板，甚至带来灾难。所以贫困户的产业要从科学发展的角度考虑，而不是简单地搬块砖添个瓦。"

任忠雄甚至有更远的忧虑。他说："我们现在的精准扶贫到村到户到人，那么非贫困户呢，他们有的也并不富裕，但他们没有享受教育、医疗等国家的优惠政策，我们在扶贫的同时，事实上在社会资源配置上出现了不公平的现象。现在是精准扶贫，出台了一系列的政策，三年结束了之后这些政策没有了，贫困户也没有了，有没有与阶段性政策匹配的长远发展政策呢？三年之后应该有哪些政策呢？我们是不是应该考虑？我们该怎么考虑？"

陇西大地下起了雨。雨不大，但它敲击着面馆的玻璃窗，敲击着我的心灵。

已经是晚上十一点半了，面馆的小哥早就趴在桌子边睡着了。我对忠雄说："这么晚了，又下雨了，你就别走了，就住宾馆吧，我住的是标双。"但忠雄执意要走，他说："我必须走，还要到办公室整个材料，第二天要用。"走出面馆台阶时，他突然一个趔趄，把我吓了一跳。我说："没事吧。"他说："没事。"我又问他车停哪儿了。他说："我没开车，我也开不了车。"我问："为什么？"他说："不知道你注意没有，实际上我右眼什么也看不见，早就报废了。"我一惊，原来忠雄一直在用一只眼睛行走，难怪刚才他一个趔趄险些摔倒。

我很担忧，但忠雄很淡定。他说，县委大院离这儿不远，走过去也就十来分钟。说着，忠雄就义无反顾地走进夜色雨雾中。忠雄步伐不快，但稳健。是的，他不是在用脚走路，而是用心。

# 第一书记素描

## 一

在不少人心目中，驻村第一书记曾经是个苍白的存在。来到村里当第一书记的，大都是机关来的，有"背景"，只是"镀镀金"，作作秀，混个经历，不会当真吃苦头拉开架子真抓实干，而基层的干部群众自然也不抱大的期望，更谈不上配合、支持、理解。

但我在贫困乡村走访时，见到的却是另一番景象。不论他们是来自省市县乡的党政机关、企事业单，还是来自国家部委，也不论他们是科级、处级、厅级，甚至是部级，他们都沉下心、扑下身、扎下根。他们推动各项扶贫措施落实落地，打通精准扶贫"最后一公里"，如同星星之火一般燃起了贫困群众的脱贫之梦；他们心无旁骛、埋头苦干，似乡间小草，与大自然融为一体。

唐敏，四川省巴中市巴州区金子村驻村第一书记。但他的本来身份是一位人民教师，巴州六中总务主任。少年经历贫穷，跳出"农门"后，一直从事教育工作。性格热情的他，一直在教育领域里探索和创新。但无论如何，他也没想过自己会走进脱贫攻坚最前线。2014年8月，当学校推荐、区委组织部考察，叫他参加扶贫，当驻村第一书记时，他开始有点不理解。不是他怕苦怕累，而是他不理解，怎么会叫一个老师去当第一书记，能干得了吗？但校长说，你来自农村，又长时间在乡镇中学工作，还当过乡镇中学校长，有经验，你是最佳人选。唐敏告诉我说，他是党员，更是农民的儿子，他必须坚决服从组织安排。

于是，他来到了金子村。

刚到金子村，眼前的一切，让唐敏有些吃惊。村里的道路破烂不堪，村民收入也不高，垃圾堆得到处都是。特别让他揪心的是，许多老百姓还住在半山腰，道路不通，运送物资，都要靠背。不用组织上安排，也无需老百姓反映，他就有了一种责任感和紧迫感。到金子村两年多来，唐敏把两本厚厚的扶贫工作日志本写得满满当当的。虽然字迹有些潦草，但却真切地记录了他的情感和心思。他在2014年9月10日的日志中写道：

今天是教师节，学校办公室昨天打电话，要求我校参加学校教师节庆祝大会，可我在村上的工作已安排好了，村长谯攀主任已和老村长谯金群联系好了，今天专程去拜访。一大早，我给学校请了假，便向老村长家走去。半个多小时的山路后，便来到了老村长家。老村长把我们迎进了屋，这时我才仔细看了看老村长，80多岁的农村老头，精神矍铄，一听说要讲讲金子村的历史，便如数家珍，一一道来，特别是说到1998年5月20日那场洪水，老村长老泪纵流。原来金子村过去大部分村民居住在沿河两岸，过着相对安乐的生活，正是因为这一场洪水，改变了金子村的命运，小河两岸的村民住房、农田等全被大水冲毁了，村民只好搬到地势较高的山上。而山上的居住条件非常差，缺水，而且交通不畅。听了老村长的讲述，再看看老村长四周的环境，我内心非常着急，怎么办？怎么办才能让金子村的老百姓尽快走出贫困？修路，只有先修路，才能让老百姓不再肩挑背扛了！

唐敏在2015年1月16日的日志中写道：

今天，对于金子村2社的村民来说是一件大喜事，因为经过近半年的奔波，通往2社的公路终于开工了。几十个村民都来到开工地，有的还特意买来了鞭炮，说是有好事也让大家知道。说实在的，为了这条路我真是费了许多心，先是找政策、写报告，再是跑了多少趟交通局，并且与交通局的很多同志都成了熟人，也不知道去了几次发改局，为了修路立项……终于争取了25万元修路资金，这将打开金子村最难的一个社的山门。

本来，我还打算详细叙述一下唐敏为金子村跑资金修路等基础设施的故事，但唐敏一再强调他们所做的事不轰轰烈烈，更不惊天动地，而是那么平凡与琐碎，不值得一提。

农民出身，又是当老师的，唐敏当然知道智力扶贫的重要性。说到教育，当然首提学校。金子村的学校破旧，还是20世纪六七十年代的老房子，风雨飘摇。唐敏第一次看到金子村小学时，泪都流了出来。都什么年代了，还有这样的小学。他想改造一下村小。他知道，村里拿不出这个钱。于是他跑回巴州六中，向校长表达了自己想改造金子村小学的愿望。校长问他大概需要多少钱。唐敏说，六七万块钱。校长有点为难地说，学校也不是很宽裕，再说六七万块钱也不是个小数目。唐敏却较起真来，他对校长说："当时是你叫我去的，你当时也说了，我的事就是学校的事，我是代表学校去驻村的，金子村的事就是学校的事，有困难找学校，现在我有困难了，你可不能当甩手掌柜。校长你最好跟我到金子村看看，看了后，我不说，你也会自愿做的。"果然，校长跟着唐敏到金子村走了一趟后，回来就发动全校的党员干部捐款，最后筹集了6万多块钱，改造了金子村小学。改造后的金子村小学，除了供小学生上课外，还是金子村贫困户技能培训基地。

对于金子村的教育，唐敏还没有就此止步。他觉得，不仅要让金子村所有娃娃都能上小学、初中，还要都能上高中、大学，一个都不落下。只要听说谁家有娃娃，他就立即上门做思想工作。唐敏说："我是六中的老师，别的本事没有，但争取让孩子到自己的学校读书，还是有可能的。"于是他又跑回学校，跟校领导提议，凡属金子村贫困户家的娃娃到六中读书，所有费用全免，而且还给一定的生活补助。虽然学校有些领导和同事说他多事，要少给学校添麻烦，但他还是不怕被人戳脊梁骨，虽然他自己都觉得有点过了。最终，在他的据理力争下，学校无条件接收了这个建议。唐敏说："金子村二社有个女娃娃叫李佳，她有个弟弟，叫李龙。他们的父母离异，母亲走了，父亲也到外地打工去了，由爷爷监护。当时李佳在巴州二中上高中，李龙上初中，姐弟俩都很好学，成绩也不错。但由于受父母离婚的影响，李佳的成绩直线下降了。由于家里困难，加之成绩下降，李佳爷爷不让她上学了。于是，好学的李佳整天躲在家里以泪洗面。听说了孩子的事情，我立即赶了过去，作为一名长期与孩子打交道的老师，我知道，对于一个孩子来说，此时此刻，心灵的交流与沟通是多么的重要。妈妈离婚出走，对她打击非常大，爷爷叫她辍学，让她悲痛欲绝。我与她谈心，为她树立起学习信心。随后，又把她接到六中，不仅费用全免，还给补助，并经常进行心理辅导。后来李佳成绩直线上升，最后考取了一本，走进了四川师范大学。"考上大学的李佳没有因为缺学费而一筹莫展，而是高高兴兴地走进了大学校门，因为唐敏早就帮她申请了4000块钱的教育扶贫资金，还争取了8000块钱的政府无息贷款。而现在李龙也在六中读书，成绩拔尖，在重点班。

然而，最为现实，也是当务之急的，就是要让村里的老百姓增收。金子村金子村，名字好听，但这里一不出金子，二没有什么产业，三没有任何资源，金子村一时成了人家的笑话。有时到镇上或县里开会，有人取笑唐敏说，你们金子村怕个啥子嘛，不是出金子么。说得唐敏哭笑不得。唐敏和其他村干部心里不服啊，他们紧握拳头，悄悄大干起来。在金子村采访的那天中午，我们是在四社的赵军家吃的午饭。金子村很偏僻，在山沟沟里，而赵军家则在山沟沟的尽头。因为去采访的头天刚刚下过大雨，到赵军家的山路还是一片泥泞。然而，一个多小时的跋涉后，山沟沟的尽头呈现出一片世外桃源。帅气而阳光的90后小伙赵军在家人的帮助下，在政府的扶持下，在这里开了一个养殖场。山脚下是整齐的鸡苗孵化场，山坡上是分类分区域的鸡舍。唐敏告诉我，虽然赵军家的养殖基地已经投资了150多万，现在也办得有模有样，并且效益还可以，但一路走过来，也是一波三折，不容易。在唐敏的扶贫日志中，我看到了他们的心路历程。唐敏在2014年12月25日的日志中写道：

前几天听村民讲：四社赵军回家了，明年不外出务工，准备在巴城附近办个养殖场。一听到这个消息,我和村"两委"召开了一个碰头会,全力做赵军家的工作,让他在金子村发展产业。今天我和村支书屈荣一起去赵军家了解情况。说明来意,赵军的父亲赵大会很不高兴说:"唐书记,我知道你们的想法,让我们家就在金子村发展,可金子村离城远,道路不通,怎么发展?我们在巴城附近的大佛寺都考察好了,准备签合同了。"赵军的妈妈还这样说:"唐书记,你就别费心了,我们家已经决定了在巴城附近发展。"话不投机,我和屈荣便离开了赵家,一路上心里很不好受,屈书记看到我沮丧的脸,便说:"唐书记,别灰心。赵军还没表态呢?明天我们单独找找赵军谈谈?"对,找赵军,说不定年轻人想法不同,还可以商量呢?

**在第二天的日志中,唐敏写道:**

一大早就电话约了赵军,让他到村部来。快10点了,赵军还是来了,我把他迎进了办公室,先给他看了一些扶贫方面的文件,让他了解扶贫方面的政策,接着才和他谈。我先了解了赵军以及他们家过去在山西太原务工的一些情况,像拉家常一样,也了解他的情况。原来赵军今年才24岁,初中毕业就和父亲一起外出务工,在太原一家大型养殖场务工,几年的漂泊生活,挣了一些钱,准备回家办一个养殖场。于是我把国家对贫困村的一些优惠政策,区、镇对贫困村产业发展的扶持优势,以及金子村本身的优势,山清水秀,空气好,适合发展绿色产业,摆给他看,让他好好地想想,并承诺,如果在金子村发展产业,一切优先!赵军听了我的讲述和承诺后,似乎有点松动!离开我办公室时,他说:"回家后和父母商量一下,再回话。"看来,有点希望!

**2015年1月12日,唐敏在他的日志中高兴地记录着:**

终于等到了赵军的电话:"唐书记,告诉你一个好消息,我们家准备就在本村发展了。"真是一个好消息,我当时高兴得不知说什么好,只是说:"谢谢！"赵军说："唐书记，你谢我什么呢？以后还不知给你添好多麻烦呢！"于是他把发展产业的规划跟我谈了。由于赵军一家过去在养鸡场务工，多年的工作，他已经学到大规模养鸡技术，准备就在他家附近办一个家鸡场，先出栏两万只土鸡的规模，需要承包山村土地两百亩，流转土地50—100亩，再利用鸡粪来发展种植业，大概需要投入资金150万元，可以解决30—40个本地村民就近务工。苦心人，天不负，终于回引了一家养殖大户。这些天的苦，没白费，金子村的村民终于有了一个领头人了。希望在他的带领下，金子村的产业能够发展起来。

唐敏告诉我，虽然现在金子村产业还在努力发展中，但已经慢慢看到希望了。2014年全村人均收入3900元，2015年是4500元，2016年可达到五千一二的样子。虽然与有些贫困村相比，提升幅度不是那么大，但相当稳定，并且脱贫返贫的没有。唐敏还说，连他老婆都以为当时到村里当第一书记，可能就是走走过程，搞搞形式，没想到一头扎进去，就没见他回过头。8月26日是女儿到哈尔滨上大学的日子，第一次去北方一个完全陌生的城市，他老婆和女儿都有担忧。但唐敏也很无奈，现在扶贫这么紧张，要他送到哈尔滨不太现实，只能辛苦老婆了。他老婆很是气愤："你不是说在那里当书记会比较自由，可去可不去吗？女儿的大事都不管了吗？"唐敏连忙解释说："不是不管，是实在抽不开身。这样吧，8月26日我回来送你们到车站。"然而8月25日深夜，看到唐敏还没回家，他老婆又打电话来质问："你怎么还没回来嘛，明天早上七点半的车呀。"这时，忙得晕头转向的唐敏才记起女儿的事来。可明天村里有个精准扶贫的会啊。于是他跟老婆解释说："明天有个精准扶贫的会。"老婆生气地说："你什么意思？"他只能带着歉意说："可能抽不开身哟。"老婆顿时提高声音道："这个世界离开你，地球就不转了吗？！"他说："你说的啥子嘛，不是那个意思，我是第一书记，我走了，像个啥子话嘛。"他老婆听了他的这句话后，把电话啪地挂掉了，第二天他也没有回去送她们母女俩，不是赌气，而是确实没时间。那天晚上，他呆坐在村部的宿舍里到凌晨。第二天一早他就给她们母女俩发了个信息,向她们道歉,说对不起。女儿回了信息,说她特理解和支持老爸的扶贫工作。但老婆没回。不过老婆从哈尔滨回来后,态度发生了180度的大转变,她主动向老公道歉,说不应该生气。唐敏告诉我说,不知怎的,当老婆跟他道歉时,他的泪一下就涌了出来。

## 二

在四川的南部县,我遇到了老张。

老张叫张泽和,五十九了,是楠木镇金垭村的驻村第一书记。当我来到地处大山深处这个安静的村部时,一个略显老态的人正在打扫院子。南部县扶贫移民局总工程师李承周向我介绍说:"这就是老张,金垭的第一书记。"老张停下手中的活,微笑着与我握手,并说:"欢迎到我们这山沟沟里指导工作!"我不敢说他是目前奔波在贫困村年龄最大的第一书记,但肯定是我采访中见过的年龄最大的一个。在初冬季节温和的阳光下,我们摆起了龙门阵。

老张老家在南部县石泉乡,14岁母亲去世,16岁父亲去世。父母早逝,家里贫穷,他老早就体味到了人生苦楚,这也成了他发奋读书的强大动力。1977年恢复高考,他就考上了四川省畜牧兽医学校。毕业后分到南部县畜牧局,后来又当过副乡长,再后来调到县老干局,先是当人秘股股长,后来任副局长兼党支部书记,2009年卸任副局长,但党支部书记还一直担任着。退居二线,临近退休的老张还真没想过驻村帮扶。老张说:"驻村扶贫这个任务分到局里时,大概是2014年7月。具体地说,就是局里要派一位同志当驻村第一书记。但局里要为200多个老干部服务,人少事多,很难派出人手。最后还是选派了局办公室主任当驻村第一书记,但现实问题是,办公室主任不仅兼着干休所长,还担任着局里的财务会计,身兼三职,他实在抽不开身,不可能实实在在待在村里扶贫。局领导考虑,局里的工作要做,扶贫工作也不能耽误,就考虑找个同志协助办公室主任。可是派谁去呢？有的要么太年轻，几乎没有工作经验，怕不能胜任；有的年富力强，但是单位的骨干，加之上有老下有小，很难脱身。局领导左右为难。这时，我就毛遂自荐。我找到局长说，我下去协助主任的工作吧。我知道，按文件规定，驻村第一书记都要求年龄在45岁以下、德才兼备的年轻干部。比照条件，我肯定不符合，但我可以协助主任的工作呀。局长也算是个老同志了，就说，那不合适吧。我就跟他说，局里派个驻村第一书记，不是主任个人的事，这是局里的大事。既然是局里的事，我又有什么不能做的，有什么可顾虑的呢。听我这么一说，局长很感动。"

老张是以助理身份来到金垭村的，他的身份"打折"了，但他的工作态度和责任却是完全按第一书记标准来完成的。老张说："下来后，就是怎么开展工作的问题了。首先要从思想上认识扶贫工作吧，不断学习领会扶贫攻坚政策的精神。政策摸清了，就得摸清村里的家底吧。金垭村1036人，以马姓为主，占了全村的95%。2014年8月天正热的时候，我用四天时间，把每个社每一户全部走完了。首先要知道每一户的基本情况吧，户主叫什么，在哪个社的哪个位置，房屋怎么样，有几个孩子，一年能拿到好多票子。其次要弄清楚贫困户是因为啥原因贫困。我统计了一下，金垭村55%因病致贫，15%因残致贫，20%因缺乏技术致贫，5%因孙子上学致贫，5%因天灾人祸致贫。再次就是要想办法让贫困户脱贫致富，改善村里的基础设施。第一就是要宣传教育。金垭村比较团结和谐，民风淳朴，只要一讲道理，很容易统一思想，感恩心也浓烈。我们采取了"三讲"，一是全村广播讲，二是开会集中讲，三是入户当面讲。讲党的扶贫政策，讲现在和过去的变化，讲如何改变村里贫困落后的面貌，向他们灌输脱贫致富的理念。第二就是抓，抓班子建设。要完成脱贫任务，事在人为，没有强有力的班子，那是不行的。抓基础设施和公益设施建设。现在金垭村村道路社道路全都通了，都硬化了，总共有15公里长；解决了水的问题，修了水渠，既可排也可灌，户户挖了蓄水池，有了安全饮水；解决了用电的问题，电网升级，变压器增大，全村家家户户都能安全用电了；家家户户通了广播电视，能及时看到各级的政策了，能听到党中央的声音了；修建了文化室和文化广场，以及村级卫生室。老张说，最终落脚点还是抓产业，贫困户要脱贫致富，如果没有产业，那就成了空谈。两条腿走路，一条是党和政府的扶贫惠民政策，另一条是老百姓不等不靠自力更生的精神。"

老张来到金垭村一年后，情况有变。实际上老张所在的老干局遇到的问题，在其他地方也或多或少地存在。我知道，各级政府要求把脱产驻村作为选派第一书记的刚性要求，确保选得优、住得下、干得好。四川省委组织部就做好向贫困村选派第一书记工作发出通知，并明确要求，贫困村不脱贫，第一书记不撤离。另外，全国各地各级的组织部、督查组、纪委等部门，都有对第一书记或督查或暗访的行动，第一书记名单由督查组随机确定，不做事先通知。问题不严重的，责令改正，问题严重的，撤职招回，甚至党纪处分。2015年9月，南部县对下派的第一书记进行整顿清理，对那些没有到岗任职的全部招回来，重新选派。这次组织上下派的第一书记没有严格的年龄限制了，只要有这个能力和热情的都可以。老张虽然年纪又大了一岁，却更加符合第一书记条件了。这次组织上把老张由"助理"扶正为"书记"时，老张虽然默认，但也提了个条件，他说要与家属商量一下。

老张说："我回到家跟家属一说，家属就一脸不高兴，她说，老张，你年龄也不小了，马上就要退休了，身体又不好，万一出意外怎么办？我家属说的没错，我患有脑血管硬化，供血不足，经常头疼，睡眠不好。我的血管堵了50%，不能劳累，不能生气，还要吃得清淡。每次开会或在办公室，因为头疼的毛病，我就经常用矿泉水瓶敲头。我包里除了文件和记录本，就全是药了，有血塞通软胶囊、脑络通胶囊、氟桂利嗪胶囊及散列痛等。其实我家属自己身体也不好，还要接送外孙上幼儿园，有点吃不消。但我家属只是建议，她说，你最好是不去了。我也反复思考了两个晚上，最后跟家属说，虽然组织上不会强行让我去，但我觉得还是应该去。为什么？我给家属说了三点理由。其一，我在金垭村干了一年，对扶贫政策比较了解了，村情也吃透了，还与村里群众建立了感情，也与村支"两委"班子配合密切，关系融洽了。如果派其他年富力强的同事去当然更好，但关键是局里和他们家里都有实际情况。再说，如果派其他同志去,还需要一个熟悉的过程,就会延误我们的工作进程,目标实现就会有点难。其二,我是一名共产党员,也曾享受过国家的助学金。我14岁母亲去世,16岁父亲去世,家里有四姊妹,前面两个姐姐,后面一个弟弟,小我八岁。当时如果不是党和政府解决助学金,还给我家捐了衣服,我肯定读不了书,也参加不了高考,上不了大学。包括我弟弟也一样。参加工作以后,组织上又培养我入党,提拔我担任领导干部。虽然我早就从领导干部岗位退居二线了,也马上就到了退休的年龄,但组织需要我的时候,我不能退缩,我是一名党员,我必须知道感恩。其三,我在老干局工作多年,接触的都是离退休老干部,这里面有很多是老红军老八路,他们都是我们的服务对象。他们经常讲起当年革命的事迹,让我意识到,今天的幸福生活来之不易。所以后来我从副局长岗位退居二线,依然主动在一线工作,算是发挥余热吧。但比起老革命来,真的是微不足道。这些理由一摆,我家属说,老张,那你去吧,我没啥子说的了。于是去年9月正式下文,我担任金垭村第一书记。"

虽然组织上正式给了老张一个第一书记的名分,但他的工作和以前没有丝毫变化。以前,他不是组织程序上的第一书记,但他干的都是第一书记的活,也是百姓心中的第一书记。老张告诉我,因为到村里当了第一书记,他的人生价值更加丰富与精彩,虽然他可能过几个月就要退休了,但一定会站好最后一班岗,一直干到这里脱贫摘帽。2016年村里的人均年收入可以达到4800元,并且有10户33人脱贫,贫困率降到了2.1%,今年摘掉贫困村的帽子问题也不大了。

但老张也语重心长地说:"摘掉贫困帽子,没有问题,但即便脱贫了,工作还远远没有结束,这点,作为扶贫干部,一定要意识到。大多数贫困户脱贫愿望强烈,觉得顶着'贫困户'帽子不光荣,但也有个别贫困户,双手紧紧抓着头上的'贫困户'帽子不松手。还有产业要继续保持下去,不能放松,更不能一阵风,关键是后续工作,要形成长效机制,让老百姓受益,否则就是昙花一现,一些贫困户弄不好又会返贫。现在投入这么多,路修好修宽了,水塘也有了,还有村上的广播电视宽带网,等等,全都有了,后续的管理也非常重要……"

不光张泽和,在贫困山区采访时,我还听到不少第一书记表达着自己的担忧。

有个第一书记告诉我,他们在村里搞扶贫,不是迎接检查,就是填表,迎接各级的检查,填各种各样的表,没完没了,费神又费力,很大程度上影响了扶贫工作。我问他都填些什么表?要填多少个表?他说,各类登记表、调查表、信息采集表、帮扶卡、扶贫手册、整改台账等等,大概每个贫困户的档案袋里要装十多份相关表格和材料,另有贴心服务袋也要装相关十来项表格,这算下来就是二十多项,而且对表格、材料的要求,一会儿县里标准,一会儿市里标准,一会儿又是省里模板,三番五次改变,要求重新算账、重新填写、重新上报,折腾来折腾去。

还有个第一书记告诉我说,目前,脱贫攻坚作为第一民生工程,正在各地开展得如火如荼,要确保2020年以前贫困县全部摘帽,任务艰巨而繁重,作为驻村帮扶队员、第一书记和基层工作人员必须重心下沉,把主要精力放在"精准识别"上,找出真正的贫困户;放在搭建实实在在的帮扶项目和措施上,找到符合当地实际情况的脱贫路子,让贫困人员稳定脱贫。在此基础上,尽快补上农村基础建设的短板,在"基本公共服务均等化"上下更大的功夫,提升整个农村社会的建设水平。贫困群众脱贫致富,是"实干"出来的,不是"填写"出来的。

……

无论如何,正如唐敏书记所说,第一书记所做的事不轰轰烈烈,更不惊天动地,而是那么平凡和琐碎。但随着采访的深入,那些奔波在乡间的第一书记,在我心目中,渐渐站成了一片扎根乡村的森林,庄严而又栩栩如生的群雕,气势恢宏,荡气回肠。

# 第七章 希望中的忧思

▲ 甘肃会宁县梯田建设项目　图片提供：会宁县扶贫办
▼ 甘肃会宁县太平店镇大山川村新农村　图片提供：会宁县扶贫办

> 我们学校的孩子是幸运的,要是所有贫困山区的孩子都能喝到牛奶该有多好啊!长得像城里孩子一样高高的壮壮的,一样白白的胖胖的……
>
> ——湖南吉首市河溪中学副校长高纪莲

# 一杯牛奶的遐想

## 一

牛奶的营养价值高,含有丰富的钙元素。儿子已经十岁,为了让他长得更加健壮,妻子坚持每天至少让他喝一杯牛奶。不,准确地说,应该是妻子在怀孕,甚至在打算要孩子时就已经坚持每天一杯甚至两杯牛奶了,雷打不动。

就这样一杯牛奶,对于生活在城里,或者说在经济发达地区的人们看来,是那么的普通,那么的不值得一提。然而,我在一些贫困山区时看到,就这样一杯牛奶,便成了盼望,成了渴望,成为奢求。当我把贫困山区孩子喝不上牛奶,想喝牛奶的故事告诉妻子和儿子时,妻子惊呆了,儿子直摇头,那怎么可能?

从一个贫困山区走向另一个贫困山区,再从贫困山区回到城市,我始终没有走出对一杯牛奶的思考,这也成了我采访和创作中一个挥之不去的心结。是的,一杯牛奶不能决定什么,但它折射出贫困,它关系到一个孩子,甚至关系到一个国家一个民族的发展与未来。

笔者在湘西采访时,谈到学生的营养餐时,湘西州教体局的一位科长递给我一张 2016 年 8 月 28 日的《中国教育报》。从中我看到，美国在 20 世纪 30 年代就开展了"三杯奶运动"，1946 年又颁布了《国家学生午餐法》，旨在让学生少吃"垃圾食品"，改吃营养均衡的"营养午餐"，目标是减少青少年儿童营养不良的现象，增强青少年的身体素质，确保国家未来的发展。为了在全国掀起饮奶运动，让国民自觉参与运动，养成每日三杯奶的习惯，美国政府、各奶业协会、乳品企业通力合作，通过各自的营销手段成功地使美国人加入了国家的牛奶运动，并在活动中逐渐养成每日三杯奶的饮用习惯。其中"学生饮用奶"运动的推广尤为重要，为此美国政府颁布了《国家学生午餐计划法案》和《儿童营养法》等法令。法令中规定学生每份餐中必须包含 240 毫升液态奶。国家学生午餐计划始于 1935 年，至 2006 年午餐供应达 2700 万份，覆盖全国 9.6 万所学校。学生早餐计划始于 1966 年，每日达 740 万份，覆盖 7.2 万所学校。夏季供餐计划共有 200 万名学生参加，覆盖 3.1 万个基地。国家要求上述三项计划每餐中必须供应牛奶。在亚洲，日本是最早提倡学生饮用奶的国家。二战过后，日本政府提出"一杯牛奶可以强壮一个民族"的口号，在政府推动下，每个中小学生在课间都能喝上一杯牛奶……20 世纪六七十年代，比利时、荷兰、德国、法国、葡萄牙等有饮用牛奶传统的西方国家正式实施"学生饮用奶"计划，饮用牛奶变得更加普及。据联合国粮农组织最新统计，目前世界上推行"学生饮用奶"计划的国家已达 62 个，其中发达国家与发展中国家大体各占了一半。

那么"学生饮用奶"在中国呢？

2000 年，经国务院领导批准，农业部、原国家发展计划委员会、教育部、财政部、原卫生部、原国家质量技术监督局、原国家轻工业局联合启动实施国家"学生饮用奶计划"。这是一项在全国中小学校实施的学生营养改善专项计划，该项国家营养干预计划旨在通过在课间向在校中小学生提供一份优质牛奶，以提高他们的身体素质并培养他们合理的膳食习惯，促进中小学生发育成长、提高中小学生的健康水平。2013 年，农业部等国务院七部门作出调整"学生饮用奶计划"推广工作方式的决定，将国家"学生饮用奶计划"推广工作整体移交中国奶业协会，发挥社会力量和利用市场机制，继续推进学生饮用奶计划的实施；将学生饮用奶纳入政府相关职能部门的乳制品生产和质量的统一监督管理，以确保学生饮用奶产品质量安全……

"学生饮用奶计划"发展从无到有、从小到大，实施范围从城市到乡村、从发达地区到贫困地区，对改善、提高中小学生的健康水平发挥了重要作用，受益人数从2000年初的50万人，发展到2016年底的2200万人。这无疑是个巨大的成绩。然而，目前全国中小学生人数约2亿。也就是说，约90%的中小学生并没有享受"学生饮用奶计划"带来的实惠。

全国妇联在2011年做过一项研究，中国贫困地区5岁以下儿童中尚有20%存在生长迟缓；6到12月龄农村儿童贫血患病率高达28.2%，13到24月龄儿童贫血患病率也高达20.5%。2013年，国际知名公益组织乐施会支持中国农业大学在中国62个贫困县108个乡镇调查发现，多达43.9%的0至3岁儿童家长或监护人不了解或者不清楚儿童饮食和营养搭配知识，53%的4岁以上儿童家长不考虑儿童饮食的营养搭配……2016年5月，在北京举行的"国际儿童营养与反贫困论坛"上，中国营养学会理事长杨月欣忧心忡忡地说道："我国儿童青少年营养不良人数，以千万级数量呈现；儿童营养状况存在明显的城乡差异和地区差异，特别是贫困地区的农村儿童营养问题更为突出，生长迟缓、贫血、营养缺乏非常普遍；改善他们的营养和膳食，阻断因此而造成的代际贫困循环迫在眉睫。"

我想，这可能就是我在贫困山区采访时对这杯牛奶感触深刻的原因吧！这也许是许多爱心人士和爱心组织锲而不舍地呼吁、研究和关心贫困山区儿童的一个重要原因吧！

比如希望工程。这是团中央、中国青少年发展基金会于1989年发起的以救助贫困地区失学少年儿童为目的的一项公益事业。其宗旨是建设希望小学，资助贫困地区失学儿童重返校园，改善农村办学条件，是我国社会参与最广泛、最富影响的民间公益事业。截至2016年，全国希望工程累计接受捐款129.5亿元，资助学生553.6万名，援建希望小学19388所，援建希望工程图书室25972套、希望厨房5023个、快乐体育7795套、快乐音乐1323套、快乐电影 620 套、电脑教室 1215 套。毫无疑问，希望工程凝聚了厚重的爱心与关怀，点燃了许多梦想和希望，实现了无数理想与追求。

又比如"春蕾计划"。1989 年，在全国妇联领导下，中国儿童少年基金会发起并组织实施了"春蕾计划"儿童公益项目，汇聚社会爱心，资助贫困地区失辍学女童继续学业，改善贫困地区办学条件，辅助国家发展儿童少年教育福利事业。通过实施"春蕾计划"助学行动、成才行动、就业行动、护蕾行动等，受益对象由接受九年义务教育的女童到女高中生、女大学生，由农村贫困家庭儿童到留守流动儿童，由对大龄女童进行实用技术培训到春蕾教师培训，由资助女童学业到关爱女童安全，形成了关爱儿童特别是女童教育、安全、健康资助体系。截至目前，"春蕾计划"已资助女童 345 万人次，捐建春蕾学校 1489 所，对 52.3 万人次女童进行实用技术培训，编写发放护蕾手册 150 万套。已经有一大批春蕾生成长成才，成为女军官、女教师、女医生、女科技工作者等，在工作岗位上表现出色。

在公益助学过程中，有许多温馨的画面令人动容——

当年河北藁城一名名叫田斌的离休老干部，得知希望工程的消息后激动不已，立即和老伴商量，从"文革"后平反补发的工资中拿出 600 元，资助了 3 名贫困地区的孩子重返校园。这是他们的血泪钱，凝聚着他们的屈辱和辛酸，但为了孩子，他们舍得。

张文裕是国内享有盛誉的高能物理学家。1992 年 11 月，张文裕夫人和儿子根据老人遗愿，将其节俭一生留下的积蓄 10 万元人民币捐献给了希望工程，同时将另外 3 万元捐献给家乡的教育事业，余下的存款全部交了党费。

北京化工学院的一位老教师找到希望工程，交给工作人员一个信封便走了。大家打开信封一看，里面竟是一条金光闪闪的项链。老人在留下的纸条上写道：这是我父亲留下来唯一的遗物，现在赠给你们，以解失学少年的燃眉之急。捧着这条沉甸甸的金项链，大家觉得像是捧着一颗金子般的心。

1992 年 11 月 18 日，时任中国青少年发展基金会秘书长的徐永光一行应邀来到著名作家冰心的家里。他们刚在沙发上坐下，冰心就吩咐阿姨将打点整齐的 1 万元现金放在徐永光面前。这是冰心老人继第一次捐献 3000 元之后，又一次向希望工程捐款。当时徐永光告诉老人："您捐的钱可以使 65 个失学儿童重返校园。"冰心老人一听，高兴得连连点头。她说："这是我的稿费。我们国家给的教育经费太少，所以我要把钱捐给你们。教育搞不好，人没有文化，国家就会越来越穷。"

1998 年 2 月，时任中国作协主席团委员、湖南省文联主席的著名作家谭谈赴京参加中国文联全委会，当他向首都文艺界表露要在湖南的贫困山区筹建"作家爱心书屋"的心愿后，立即赢得大家的赞同和拥护。时任中国作协党组成员的陈昌本、王巨才、陈建功、高洪波、吉狄马加等，不仅自己签名捐书，还发动机关全体干部捐书，短短几天就捐了 1000 多本，装箱发到长沙。更让人感动的是，当时已经是 93 岁高龄的著名老诗人臧克家在病中破例把谭谈约到家中，认真听取筹建作家爱心书屋的设想后，连声说："善举，善举！"随后，他用颤抖的手亲笔签名，捐了《臧克家诗选》《在毛泽东那里做客》《放歌新岁月》等好几本他的重要作品，并欣然为"作家爱心书屋"题签。文坛泰斗巴金老人当时已近百岁，当他得知消息后，也热情为"作家爱心书屋"题名，还亲笔签名捐赠了《家》《春》《秋》三部曲，以及《巴金随想录》一套（8 册）和《收获丛书》一套（6 册）……

然而，这样还不够，还没结束。即便时至今日，祖国的许多"花朵"依然备受贫困的困扰，过早凋谢，叫人心酸。

比如在云南西南边陲地区，早婚现象仍然很普遍。之前从媒体上看到这些消息时，我还半信半疑，然而，当我来到世居着苗族、瑶族、傣族、哈尼族等 9 个民族的金平县，行走在一个个村寨中，看到数个背着孩子的少女时，我的心里只有沉重与悲悯。采访中我了解到，有些女孩儿嫁人时甚至才 12 岁。由于不到法定年龄，他们不能领结婚证，婚姻没有法律效力。少男少女们用青涩的"爱情"经营起家庭，更像"过家家"，却又现实地孕育着下一代生命。小节 2001 年出生，但 15 岁的她，已经是一个一岁半孩子的妈妈了。她告诉我，她和老公是 2014 年新年认识的，认识 3 天之后就被老公家留下结婚了。当时她还在念小学五年级，还是个孩子，是一朵含苞欲放的花朵。结婚后，她就辍学了。小节告诉我说，刚结婚时，她并不希望这么早要小孩，但不知道该怎么采取避孕措施。她来例假时会腹痛，周围人说这样以后会怀不上孩子，于是她就开始吃药"治疗"，结果没过多久就怀孕了。小节觉得婚后的生活无聊了许多，每天只能在家里带娃娃、绣花、做饭、干农活。她婚前还会偶尔和朋友出去玩，但婚后怕老公吃醋，这些活动都成了念想，最大的娱乐就是丈夫出去打麻将时待在一旁绣花……

在湖南、甘肃、宁夏等地的贫困山区，早婚现象同样十分严重。在湘西凤凰县的腊尔山地区采访时，我遇到了夯卡村村主任麻金革。1971年出生的他，只比我大七岁，但他早就当上爷爷了。他告诉我说，他有三个孩子，老大是女儿，老二和老三都是儿子。他的三个孩子都成家了，小儿子和小儿媳妇要今年才能办结婚证，但他们已经生了两个娃娃，小娃娃都已经上幼儿园了。我在心里算了一下，法定结婚年龄21岁，小娃娃上幼儿园了，至少是三岁了，加上他们前面还生了一个娃娃，麻金革小儿子结婚时大概也就十五六岁。在夯卡村五组，我遇到了与我同龄的龙金高。虽然他个矮、瘦小，一看便知小时候营养不良，虽然他家依然贫穷，但他精神状态很好，正在高兴地建着房子。他家新建的房子只有一层，四间。我问他为什么这么高兴。他说，他本来没钱建房，但儿子要娶老婆了，所以找亲戚朋友借了五万多块钱建了这房子。我问他儿子多大了。他说，都17了。我有点惊奇地说，17岁就结婚啊。他说，再不结婚就晚了，人家女娃娃都十四五岁就结婚了，再不结婚就找不到老婆了。

而在湖南邵阳县黄荆乡，我则看到了孩子们脸上的另一种泪与愁。黄荆乡所在的邵阳县，是国家级贫困县，湖南省19个贫困县之一，被人称之为"无妈乡"。因为穷，找老婆成了当地贫困户的一大难题。很多贫困户为了给儿子讨老婆，完成传宗接代的使命，便采用了最为直接的方法：把钱给"媒人"，"媒人"带来外省的媳妇。这些走了的女人往往都来自外省，家里也都很穷，她们出来就是为了能改变自己的生活。原本就没有感情基础，她们一看男方家也这样，自然就不愿意在这里熬下去了。我了解到，在黄荆乡失去母亲的孩子共有 123 人，其中母亲离家出走的孩子所占比重最大，共 53 人。余者，父母离异的有 51 人；母亲死亡的 10 人；父亡母嫁的 7 人；父母双亡的 2 人。也正是因为有这样多的失去母亲的孩子，黄荆乡才有了"无妈乡"的别称。虽然当地政府也加大了对黄荆乡的教育"扶贫"，但是，硬件的完善在短期内不可能消除失去母爱对孩子的影响，也不可能消除传统观念在孩子身上的烙印。青山完小的阮校长告诉我说，即便是孩子没有辍学，很多人的成绩也并不理想。一些失母的孩子性格孤僻，由于家庭教育的缺失，上学也没有明确的目的，有的孩子六年级还不会背乘法口诀，他们的智力没问题，是学习态度的问题。

……

都是因为贫穷啊！可是贫穷的由来，不只是因为自然环境恶劣，人文环境落后以及人为因素更值得深思。父母的短见造成了家庭和孩子的贫困，孩子长大成为父母，观念不革新，便是沿着父辈的贫困继续往前，长此以往，则是祖祖辈辈的贫困。

每一个孩子都有接受教育的权利，都有选择过更好的生活的权利。当生活被绑定在生儿育女上，当生而不养的自私行为屡屡发生，孩子们的未来会有什么希望？我想，再穷，也不能穷了孩子，不能穷了孩子的身体和心灵。这是人类共同的心声！

## 二

中国一直在行动！

我注意到，2015 年 4 月，中央深改小组召开第 11 次会议，审议通过了《乡村教师支持计划（2015—2020）》，并强调要"让每个乡村孩子都能接受公平、有质量的教育，阻止贫困现象代际传递"。而此后，国务院常务会议也陆续通过一揽子教育法律修正案草案，并部署落实教育领域改革措施……

诺贝尔经济学奖得主海克曼认为，投资儿童能力发展是一种"预分配"，比起"再分配",更能兼顾效率与公平。中国发展研究基金会秘书长卢迈认为:"靠传统的转移支付方式可以提高穷人收入,改善贫困家庭生活,却不能使他们彻底摆脱贫困。发展儿童往往是打破贫困代际传递的突破口。"

两位专家的观点,无不传递出这样一个信息,那就是要让贫困户群众真正彻底地摆脱贫困,就必须从儿童的教育入手。只有让贫困地区的儿童从小就受到良好的教育,让他们拥有改变命运的知识与技能,才能防止贫困的延续。

在湘西吉首,我看到一位白发苍苍的老人,怀着对故土的深情厚谊和浓浓乡情,为这片贫困土地上的孩子们送来了牛奶。

这位老人正是国务院前总理朱镕基。

朱镕基在任总理时十分重视教育,卸任后依然心系教育事业的发展,尤其牵挂贫困地区少年儿童的学习和生活。他把自己全部著书版税捐赠出来,设立实事助学基金会,秉承"扶贫济困、助学育人"的宗旨。2013年8月,实事助学基金会理事会确定将首批捐赠项目选定在湘西;9月4日,实事助学基金会项目启动暨首批项目签字仪式在吉首举行。吉首市教体局工作人员给我的一份材料说,从2013年秋季到2016年春季,实事助学基金会先后在吉首市丹青中学、丹青小学、河溪中学、排绸小学、排吼学校等5所学校(排绸小学、排吼学校2016年春开始实施)开展"每人每天一杯学生奶、一个鸡蛋、一份饼干"的学生营养餐、配备食堂设备、配齐图书馆设备等项目,总计投入218.54万元,其中营养餐168.82万元,食堂设备33.6万元,图书设备等16.12万元。

2016年11月22日上午,当我来到吉首市教体局机关时,这里一片忙碌。不忍打扰的我只得前往具体实施的乡村学校。

丹青镇位于吉首市东北部,东接排绸乡,南邻泸溪县潭溪镇,西靠排吼乡、白岩乡,北与古丈县坪坝乡接壤。这是一个以苗族为主的少数民族聚居镇,苗族人口占98%。全镇17个建制村、1个社区中,有13个贫困村、1275户,4297人建档立卡贫困人口,贫困程度之深可想而知。虽然吉首市区到这里只有63公里,但由于山路难行,越野车在山野中艰难爬行三个多小时才到达丹青镇中心小学。

丹青镇中心小学在丹青镇街的河对面的山坡上，由于 7 月洪水冲垮了桥，施工人员正在紧张地修桥。走进校园时，学前班和一年级正好下课。由于天冷，孩子们正在热火朝天地"挤油渣"（冬日里，孩子们为了取暖而在课间进行的拥挤在一起的游戏）。

校长张清扬，是本镇人，会苗话。1996 年从吉首民族师范学校（现吉首大学师范学院）毕业后，分到了河西镇教书。河西镇靠吉首市城区较近，是许多老师想要调入的地方。当时张清扬也是这么想的，为此他还利用两年半时间拿到了湖南师范大学历史系的本科文凭。然而 2001 年，他的这个想法彻底改变了。一天，他碰到了他母校丹青镇中心小学的老校长陈万兴。老校长对他说："现在学校急需年轻教师啊，都是民办教师，跟不上时代，教学质量怎么跟得上呀。你想不想回来呢？"张清扬说："陈老师，我考虑考虑吧。"当时张清扬非常纠结，山里娃，谁不想离大山远点，离城市近点呢。可丹青镇中心小学是自己家乡的学校，还是自己的母校，自己经历过贫穷，也深刻体味过贫困山区教育的缺失。经过几天考虑后，他决定回来。于是他写了个申请，送到吉首市教育局人事股，主动要求调回丹青镇中心小学教书。张清扬一个堂姐夫在教育局工作，与人事股股长办公室门对门。人事股长把这事跟张清扬堂姐夫说了，堂姐夫非常生气，他说："人家都想方设法往外面调，他倒好还往山里跑。"堂姐夫把这个申请撕了，他当年没回成。但张清扬没有死心。2003 年吉首市教育局实施职称改革，教师都可以参加竞聘，并可以自行选择区域和学校。在河西镇教书的张清扬没有参加河西镇的竞聘，而是参加了丹青镇中心小学的竞聘，并竞聘成功。回到母校，他先是当数学教研组长，后来又当过教导主任，2014 年 8 月当的校长。

张清扬对我说："丹青镇中心小学创建于 20 世纪 80 年代，是一所农村寄宿制完全小学。学校目前有教师 23 人，学生 204 人。2013 年春天，实事助学基金会理事长朱蕤来吉首考察时，首先去的矮寨镇矮寨小学，但朱理事长看了看，觉得那个学校条件好，不需要投资了，就提出要到最边远最贫穷的学校。于是就到了我们丹青镇。那天下午两点多，我们临时接到通知，说朱理事长要来考察，看了看我们镇里的情况后，她又来到了我们学校。当时她说的一句话我印象深刻：这样的学校我们不扶助，良心会过不去。于是，丹青镇中心小学的每个学生都喝上了牛奶。当时我们向所有学生宣布这个好消息时，许多家长不信，觉得学校是骗人的。我从小在这里长大，以前冬天从家里带几罐子菜来，都是凉的，现在有热的牛奶，还有鸡蛋和饼干，很幸福。第一次拿到牛奶时，由于好多学生没见过牛奶，更没喝过牛奶，所以闹了很多笑话。牛奶是纸包装的，蒙牛的。有个学生拿到牛奶后，他以为像吃水果一样，就连同包装一起啃起来，结果啃得满脸满身的牛奶；还有个学生一喝觉得这味太怪了，连忙向老师报告说，牛奶里有'毒'，不能喝。以前我们学校学生流动性很大，许多本地学生跑到隔壁乡镇学校去了，由于我们学校每天可以喝上牛奶了，人家很羡慕，不仅本地的学生跑了回来，隔壁乡镇的学生也舍近求远，转学来到我们学校。原因很简单：有牛奶喝。我明显地感觉得到，学生有了营养餐后，身体素质好了，长势也比较好。现在我们家长最关心的是，这个助学基金会支持多久。我们曾问过朱理事长，她说，只要效果好，就一定会坚持下去。家长听了这个信后，都非常高兴。"

丹青镇中心小学六年级的杨再伟告诉我，他爸爸是丹青的，妈妈是泸溪的，以前他一直在泸溪的外婆家读书。刚开始听说这里有牛奶喝时，他爸爸妈妈不太相信，以为是假的。后来，所有的家长都说是真的时，他爸爸妈妈才相信，并在去年把他转了回来。杨再伟说，牛奶非常好喝。他不知道为什么学校要安排喝这个牛奶，但他知道牛奶是一个姓朱的老爷爷送的。我问杨再伟，你知道这个姓朱的老爷爷是干什么的吗？他摇了摇头后说，不知道，但老师告诉他们，朱爷爷老家是湖南的，在北京工作，已经退休了，老师叫他们不要忘记朱爷爷。

杨再伟的同班同学张明建，在同龄人中个头算高的，穿着蓝衣服，戴着红领巾。他告诉我，他家是丹青镇的，但与古丈坪坝乡交界，从他家里到丹青镇中心小学要走两个半小时，还要走得快，而从他家到坪坝乡上学只要走半个小时，走快点，只需十来分钟。所以他一直在坪坝乡上学。2013年丹青镇中心小学有了营养餐后，为了每天能喝上牛奶，他转到了丹青镇中心小学。张明建还告诉我说，以前他从来没有喝过牛奶，也没有见过，他们村上的小商店没有牛奶。牛奶很好喝，而且还有营养，所以每次他都喝得很干净。为了不浪费一点一滴，他喝完后总会往牛奶盒里灌满水，然后再喝。

……

离丹青镇中心小学几百米处的一个山坡上，便是丹青中学。这所学校创建于1952年，1958年始设初中部，20世纪60年代初设立高中部，成为当时吉首县第二所完全中学，仅次于吉首市一中。这所学校在60多年的建校历程中，虽然历经风雨，即便在今天依然因为贫穷而步履艰难，但它却为国家和当地培养了一大批优秀党政领导干部和各行业技术人员。

45岁的校长张志斌，是个数学老师。个子不高，温文尔雅。他1992年参加工作就分在丹青中学，一直干到现在。他告诉我说，以前初一学生特别多，但从初二就开始流失，到初三时流失特别严重，三分之二的都流失掉了，正常毕业的只有三分之一。主要原因有三个，一是贫穷，二是厌学，三是交通不便，路途遥远。厌学主要是在校园里生活和学习比较单一乏味，家长的教育观念落后，认为读书就是为了参加工作，成为国家正式工作人员，如果参加不了工作，读与不读都无所谓。读书无用论思想严重。不仅学生流失严重，老师也不愿意在这里待。2005年学校进来一个姓李的体育老师，他是中午到达这里的，看到这里山高路远，环境艰苦，当天下午他就包车走了，辞职不干了。前些年镇上农技站分来一个年轻姑娘，姑娘是城里人，整天面对着大山、贫穷与孤单的她抑郁了，最后喝农药自尽了。

张志斌校长说，2013年他们学校实施实事助学时，为了落实好这项工作，他们就成立了以校长为组长，领导班子为成员的领导小组，并安排了专人负责，专程管理。管理员主要负责一些物品的接收，发放保管，还有学生的签名册。于是，每个学生每天喝一杯牛奶，吃一个鸡蛋和一份饼干，就得到了有效的运行和保证。项目实施以来，学校的基础设施建设，像运动场、绿化带、校门、综合楼、食堂，餐厅里的配备等，都得到了改善。在教学成绩上也有了明显的进步，这主要体现在学生的辍学率逐年下降上，特别是2016年秋季，学生的入学率达到了百分之百。还有一个显著特点就是附近乡镇的学生陆续转到他们学校读书了,他们这里有营养餐,还是免费的,都是奔这个来的。他们学校现在有学生 139 人,教师 20 人,学生比上学期多了 20 多个。老师爱岗敬业,学生成绩上升,学生的身高也在整体上升。

副校长陈莲生则说,这个项目实施以来,首先是校容校貌发生了很大变化。毕业多年后的校友来到母校后,很惊叹,他们不敢相信,母校跟以前完全不一样了。上个学期,哪一届的她忘了,但他们都是五六十岁了,他们周末在母校聚会,怀念在丹青艰苦而又幸福的日子。第二个就是学生安心了,有了营养餐,体格上有了保障。不仅如此,营养餐的实施还带来了很大的辐射效应,各级各地捐款的多了起来,甚至有的直接与贫困学生家庭联系,学生感受到了温暖,精神面貌也好了起来。特别是对优秀教师也进行了奖励,她在 2013 年就被评为农村优秀教师,州教育局还给她颁发了"实事助学基金会湘西杰出教师"证书,并奖励了 2000 块钱。陈莲生老师说:"我想远在北京的朱总理都能想着我们,我在山区再苦再累也要坚持下去。"陈莲生副校长还跟我说起一个学生的故事。她说:"这个学生叫张忠情,是个男孩子,狗咬村的。一个周末我偶然发现他带了好几盒牛奶回家。我当时就问他,你平常没喝吗?他说没喝,都攒起来,周末带回家给妈妈喝了。我问为什么。他说妈妈身体不好,瘫痪在床,没东西吃,所以他就偷偷存了起来。我对他说,你还是自己喝吧,怕过期,再说你自己也需要营养。我这么一说,张忠情流泪了。他说他特别想喝,虽然每天看到同学喝牛奶他都装作无所谓,但心里特别渴望。"

虽然张志斌校长和陈莲生副校长都说他们学校的硬件条件得到了改善,甚至是翻天覆地的变化。但是我看到的他们的教师宿舍却仍非常简朴,都是两居室,只有 10 套房,20 名教师一家一套都实现不了,只能两家人住一套。

张翠老师是一名 80 后,当过健美操教练,是一名体育老师,也是初二 121 班的班主任。她老家是湖南益阳的,老家的经济条件比湘西好多了,但当年从吉首大学毕业后,因为爱情,她留在了湘西。虽然张翠老师说湘西这地方山好水好人好,特别是这里的孩子可爱,但一交流,我便看出了她对故乡的思念。张翠老师说:"营养餐对学生的影响很大,一般学生家里鸡蛋还是有,但牛奶和饼干很少吃,特别是牛奶。因为牛奶都是有保质期的,学校规定是不准带回去的,我也经常跟他们讲,当天的牛奶要当天喝完。我还告诉他们,要感谢北京的朱爷爷,要记得北京的朱爷爷。牛奶对小孩的成长很重要,钙和蛋白质都有。我们班的学生长得很快,很多能赶上城里孩子了,有一个男生今年都长到一米七了。一次我病了,在宿舍的床上躺了两三天。那天下午,班长和几个学生敲开了我宿舍的门,说是来看我。他们把两大袋牛奶放到了我跟前,并说,老师,学生知道您病了,想让您快点好起来,但实在没钱买什么营养品,所以全班今天都没喝牛奶,全攒起来送给您补身体。学生还没说完,我就忍不住哭出了声。我不可能要孩子们的牛奶,但我真的感动了,被孩子们的纯朴、真挚感动了。当年我顶着各种阻力留在湘西,又在湘西的乡村里风里来雨里去,从来没有屈服过,也从来没流过泪,然而面对着孩子,我哭了……"

河溪中学位于吉首市东南部的河溪镇花果山,也是实事助学基金会援助的学校。当我到达这里时,已近傍晚,并下起了小雨。然而雨中的河溪却有着另一番风味,峒河翡翠流云,绿树成荫,一河两岸,特别民居依山而建、临河而立。

陈友宏校长告诉我,河溪中学建于1985年,现在学校有计算机80台,图书28100册,教学仪器设备总价值60余万元。现在有6个教学班,教职工28人,其中中学副高级教师4人,教师学历合格率达100%。在校学生132人,其中男生106人,女生107人,住校学生132人。陈友宏校长说,营养餐是由吉首市教体局集中管理,一般来讲,十天配送一次,鸡蛋、牛奶和饼干三样东西。他们上午上完第二节课就发,由每个班派两个学生到储存室来领,并签名,没到的就不签。刚搞营养餐时,学生们都觉得很新鲜,但吃久了,也会有厌倦情绪。这时学校就进行教育,并进行严格的要求,所以浪费的很少。因为有了营养餐,学校的小卖部就抱怨了,说生意一落千丈。如果说有什么要改进的话,就是最好一个月换一个品种,三样东西都要换,尽量让学生们保持新鲜感。他以前在太平希望学校教书,那里学生身高和体重就比河溪中学差一点,但河溪中学又比城里差一点。太平希望小学没有营养餐,在那里很少看到胖子,但在河溪中学偶尔还能见到。更让陈友宏校长欣慰的是,现在学生流失明显减少了,辍学率降到了0.88%,早已超过了市教体局规定的数字。还有就是每天中午到图书馆看书的多了,图书馆也是实事助学基金会办的。

副校长高纪莲与丹青中学的副校长陈莲生是同时被评为农村优秀教师的,州教育局同时给她们颁发了"实事助学基金会湘西杰出教师"的证书。高纪莲副校长告诉我,城里孩子喝牛奶很普遍,但农村就不一样,像他们湘西这样的贫困山区就更不一样了,很多家里是贫困户,孩子是留守儿童。河溪中学这个学期留守孩子只有67个了,以前较多,最多的时候100多个,差不多占了学生总数的50%。老人顶多管那两顿饭,要他们给孩子买牛奶喝,肯定不会,舍不得,也没这个闲钱。高纪莲副校长说:"附近有所小学的一个老师碰到我们学校初一的一个学生。老师说你怎么胖了。学生说,我们这里有营养餐了。这个老师回到学校跟六年级的孩子们说,你们发狠读书,上初中争取都到河溪中学去,那里每天有牛奶喝,还有鸡蛋和饼干吃。结果当年这个班28个学生全都到了我们河溪中学。由于营养餐不是每所学校都有,所以其他学校的孩子非常羡慕,经常有孩子趴在我们学校的栏杆上,看着我们的学生吃……我也是这个项目的受益者,评上了优秀教师,领过奖,我很自豪。我们学校的孩子是幸运的,要是所有贫困山区的孩子都能喝到牛奶该有多好啊!长得像城里孩子一样高高的壮壮的,一样白白的胖胖的……"

说到这儿,高纪莲副校长望着远处的大山,眼里噙满了泪水。

"我们教学楼前面树上的许愿牌都是学生自己写的,都是内心真实的表达,我觉得蛮有文采的,纪老师你可要去看看。"高纪莲副校长擦去泪花说道。

我们走向许愿牌,走向孩子们内心那片纯洁的天空。

115班的杨雨柔同学在许愿牌上写道:愿我是夜间的一颗星星,照亮多少迷失的梦。

115班的张芹同学在许愿牌上写道:假如我有一颗许愿树,我愿它随风而长,接受清晨露水的滋润,在春风中茁壮,带着我满满的心愿,一路奔勇向前。

117班的高纪良同学在许愿牌上写道:希望树苗越长越大,快乐成荫,绿色点染世界，人类快活生存。

119班的杨玲同学在许愿牌上写道：我希望考上重点高中，报答父母的养育；我希望一家人和和美美、健健康康，弟弟好好读书，姐姐考上大学，爷爷奶奶幸福平安，爸爸妈妈勤劳快乐。

119班的李敏同学在许愿牌上写道：我愿世间永远没有贫穷，永远没有饥饿，孩子不离开父母，父母不离开故乡，我们永远都是故乡的守护者……

一个个孩子，就像一棵棵树，正在雨水的滋润下茁壮成长。

吉首市教体局学生资助管理中心主任莫小琳告诉我，营养餐项目的实施，减轻了学生家庭的经济负担，学生体质健康状况明显提高。5所项目学校国家学生体质健康标准合格率由2013年的74%提高到2015年的85%，其中河溪中学合格率提高到89%，人均身高年增长3厘米。这个项目更是激发了师生爱校热情和学生学习信心。2016年初中毕业学业考试，丹青中学由原来的农村组第七名上升到第三名；河溪中学英语、化学合格率均位列农村组第一。2016年小学六年级质量抽测，排绸小学科科合格率居农村组第二，英语科目居全市第一。2016年中考，丹青中学符恩芝以1047.3分的综合成绩位列全市农村中学第一名，丹青中学两年内有4名学生考取湖南省定向师范生培养计划。教育是民族振兴的基石，扶贫先扶智，脱贫先脱愚。现在吉首市正开展精准扶贫工程，"发展教育脱贫一批"成为重要抓手，加大了对包括5所项目学校学生在内的6580名贫困生的资助，全市预计两年教育投入12亿元以上，确保2017年使吉首教育走在湘西乃至武陵山片区先进行列。

我还从四川省扶贫和移民工作局了解到：四川凉山彝族自治州10个县市里，每个村都开通了幼教点，共有超过11万名孩子在2990个幼教点里学习。幼教和义务教育免费，让凉山州超过73万名孩子享受到免费的教科书、作业本，还有可口的营养餐。为了斩断穷根，他们决心从娃娃抓起。

此时，我脑海中浮现出在重庆一个山村看到的一幕。

那天正好周六，巴渝大地浓雾，直到下午还未完全散去。

这雾，恰似大龙的哀愁。他和弟弟跪在母亲的坟前，不停地给母亲烧着钱纸。已经没有泪水了，或许年轻的兄弟的泪水早已被无情的岁月和曾经的贫穷榨干。

大龙是重庆市黔江区濯水镇双龙村人。他告诉我说："我现在已经读大一了，在重庆科技学院读书，弟弟小龙也已经读高二了。妈妈是三年前的今天走的，那时我正读高一，弟弟正读初二，成绩都非常好。妈妈有病，爸爸又挣不到什么钱，当时我们兄弟俩都面临辍学。看着家里一贫如洗，妈妈天天在家以泪洗面。那个冬天的深夜，妈妈上吊自尽了。这次回家是我上大学后第一次回家。我上大学了，而且在学校过得很好，我要把这个消息告诉远在天堂的妈妈。"

大龙的爸爸站在一旁，不停地抽着烟。这是一个皮肤黝黑，非常憨厚的山里男人。他刚刚从工地上赶来，一脚的泥巴，裤脚还是湿的。他话不多，你问一句他答一句。大龙爸爸告诉我说，他们双龙村是贫困村，特别是他们四组，在山上，海拔900多米，以种烤烟为主。那时候大龙刚进高中，小龙还在上初中，他婆娘病倒了，家里仅有的两万元积蓄用完了，还向亲戚朋友借了一万块钱。而他种烤烟一年也就六七千块钱收入，两个儿子上学还要用钱，于是家里入不敷出了，还负债，完全贫困了。两个儿子很懂事，他们都跑回家说，不想读书了，想出去打工。其实他们是想为家里减轻担子。他婆娘很着急，总觉得是自己连累了这个家，连累了自己的孩子，于是想不通，就走上了绝路。当时他就想，再苦再累，砸锅卖铁，也要让孩子读书，孩子不读书，他们就走不出大山，就会永远贫困下去，永远没有希望。大龙爸爸说，他婆娘去世后，很多人给他做媒提亲，那些女的，有40来岁的，有30来岁的，甚至还有20来岁的，有些还没结过婚。但他都一一拒绝了。不是他不想结婚不想女人，他是想先把精力放在儿子身上，让儿子们都大学毕业后，能自立了，他再考虑个人婚姻问题。因为两个孩子上学，从2015年开始他又扩大了烤烟的种植规模，种植了25亩，一年毛收入4万多块钱，除去成本，有1万多块钱纯收入。

大龙爸爸说，他家大龙是今年考上大学的。大龙领到通知书时，家里都很高兴，他们这个家族祖祖辈辈都没出过大学生。他也为孩子的学费发愁，但有人告诉他，急什么，可以申请国家贷款呀。他打听了一下这个政策后，非常兴奋，在心里说道：这下有希望了。于是他带着大龙到黔江区的学生资助管理中心申请了生源地信用助学贷款，贷了 6000 元。这个政策早几年就有了，但精准扶贫后，国家的政策更加优惠了，为切实减轻借款学生的经济负担，将贷款最长期限从 14 年延长至 20 年，还本宽限期从 2 年延长至 3 年整，学生在读期间贷款利息由财政全额补贴。以后他们一年可贷一次，每次都可以贷 6000 元。大龙爸爸说，除了无息贷款，由于他们这里是少数民族地区，对考入大学的大学生，每年还有 3000 块钱的教育资助。虽然这个资助名额有限，但贫困户家的大学生都得到了保障。有了生源地信用助学贷款和教育资助，以后小龙上大学也不用愁了。

说到这儿，大龙爸爸脸上堆满了笑容。他告诉我，他家今年收入还不够，主要是雨水太多，烤烟减产了。他只得在附近做点临工，帮人家建建房子，补贴家用。主要是农闲时干，200 块钱一天，一年下来能挣个六七千块钱。大龙爸爸还说，他家还新建了房子，是去年建的，国家补助了 3 万块钱。如果没有精准扶贫政策，孩子哪能读得起书，更不要说建房子了……

离开双龙很远了，我看见大龙、小龙和他们的爸爸还在目送我。雾还没有完全散去，似武陵山区淡淡的忧伤。看着他们目送的身影，我心中充斥的是贫困山区的困境与希望。

故事并不新奇，也不曲折，在贫困山区普遍而朴实地存在，但不知何故，它却激荡在我内心，并久久难以散去。大龙的故事让我感受到了贫困带给人们的酸楚，更让我看到了贫困山区人们未来生活的希望。

孩子是祖国的花朵，是祖国的明天和未来，是希望中的希望！

然而，我们的力度还不够，还有成千上万的"花朵"需要我们去呵护、去浇灌。用高纪莲副校长的话说就是：我们学校的孩子是幸运的，要是所有贫困山区的孩子都能喝到牛奶该有多好啊！

我们当努力，我们在努力，我们一直在努力的路上，没有尽头……

# 一首民歌的忧思

## 一

> 马桑树儿搭灯台（哟嗬），
> 写封的书信与（也）姐带（哟），
> 郎去当兵姐（也）在家（呀），
> 我三五两年不得来（哟），
> 你个儿移花别（也）处栽（哟）……

2016年5月，当我来到位于湘西北的张家界桑植县采访，面对这片贫穷的热土，我对旋律优美、情感深沉的桑植民歌《马桑树儿搭灯台》又有了更加深刻的理解。在采访中有老人告诉我，其实《马桑树儿搭灯台》早在明代就有了，主要表达了抗倭将士和妻子之间的忠贞爱情。到了第二次国内革命战争时期，桑植再次出现了妻子送郎当红军，母亲送儿杀敌人的热烈场面，在这种群情沸腾的时候，桑植人民根据新形势，对这首歌重新填词，再次唱响。而这次的填词者正是贺龙的堂弟、骁勇善战的红军第四军第一师师长贺锦斋。后来贺师长在战斗中壮烈牺牲，而他的妻子戴桂香唱着《马桑树儿搭灯台》守望了67年，直到1995年她生命的终结。

显然，这不只是一个凄婉的爱情故事，更是一种精神的代表与传承。

桑植，中国工农红军第二方面军长征出发地。1927年3000多桑植儿女参加南昌起义，起义失利后，剩下不到1000人，仅9个人回到桑植，但不到一个月，又有成千上万的桑植儿女毫不犹豫地加入红军。当时人口不足10万的桑植，竟先后共有5万多人参加红军、游击队和地方红色政权，为革命献身的有1万多人。特别是红二、六军团于1935年11月长征后，国民党反动派举起了屠刀，对桑植进行了残酷的迫害和镇压，烧杀淫掳，尸横遍野，血染酉水。即便这样，桑植人民依然与国民党反动派进行着不屈不挠的斗争，继续开展游击斗争，继续照顾留守的红军伤病员，高度保密，严防国民党反动派的疯狂搜捕。

坚定的理想信念与满腔的赤诚，让桑植这个革命老区留下了可贵的红色基因，也让一代又一代的桑植人传承下了坚忍不拔、不畏困难、不惧艰险的精神。然而，面对贫困，他们却显得有些束手无策。老区的革命史，让人心中充满悲壮，人们也一直在铭记。然而，六七十年过去了，老区并没有想象中的富足与繁华。这片曾经最为渴望改变与发展的土地，依然贫穷，甚至贫穷得让人无比心酸，令人心痛。

那天下午，我在桑植县刘家坪乡刘家坪村刘家坪组，见到了70岁的熊朝盛。熊老虽然已经白发苍苍，但精神矍铄，不过一提家史，他的眼眶便湿润了。他告诉我说，他家本来人丁兴旺，特别是他父亲辈更是达到了顶峰，他父亲共有九兄弟姊妹。熊朝盛说："我婆婆（奶奶）命苦啊，一生生了十五个孩子，只活下来九个。但我婆婆的九个娃儿，后来有八个当了红军，牺牲了七个。我伯伯最先当的红军，因为他接触的都是有知识有文化有见识的人，去了没干多久，他的思想就开放多了，知道什么叫革命思想了。有时晚上，大伯也会回家，一回家，伯伯就讲红军的事，就讲桑植以外的事，我老儿（父亲），我大叔二叔三叔四叔，大姑二姑幺（小）姑，都围在一起，听大伯讲故事。随后，我老儿，我大叔二叔三叔，大姑二姑幺姑，都参加了红军。只有老六，也就是我四叔没参加。后来他们都参加了战斗，噩耗不断传来。首先是我大叔和我三叔牺牲了，是在洪湖牺牲的。我大叔被炮弹炸掉了半边脸，部队给埋在那边了，但三叔连尸体都没找到。后来，也就是1934年11月，红军转到后方，开始长征了。我老儿和我二叔走上了长征路。好在我大姑二姑幺姑都是红军女儿队的，没有跟着红军一起走，留了下来。可留下来有狗屁用，走了还好些。"

说到这，熊老的眼里噙满了泪花。继而，他又抽泣起来。

熊老说："红军前脚刚离开桑植，国民党反动派就开始抓人杀人了。我娘告诉我说，先是我大伯被杀，直接在红军党部被枪打死的。接着，他们又气势汹汹地跑到我家,在我家耀武扬威的,把我四叔、大姑、二姑抓了起来,当场枪杀。当时我老儿结婚了,我老儿也是六兄弟中唯一一个结了婚的,也是唯一一个没有牺牲的,所以才有了我这条根脉。我娘和幺姑那是命大,狗日的反动派来我家时,她们姑嫂俩不在家,一块上我戛戛(外婆)家去了。我二叔也牺牲在了长征路上,是新中国成立后听一个回到桑植的红军说的,说我二叔牺牲了,怎么死的,埋在哪里了,他也不知道。后来我长大了,也想过去找二叔,但一直没去成。我老儿是在长征中负伤才回到家的。为了躲避追杀,我老儿带着我娘和幺姑离开了家。走的时候,我婆婆拉着我娘的手,流着泪说,志翠,你要加紧生娃儿,要多生几个,熊家以后就靠你了。说起生娃儿,我娘就一肚子的苦水。那时,她嫁到我家也有将近20年了,但还没有给我家添一个丁,不是我娘不能生,而是生的都没救活,全部夭折了。我娘生我的时候已经49岁了,是1947年生的,我是我娘的第九胎,前面只有一个姐姐存活了,你说我娘命苦不苦。我老儿他们躲到了海洱峪,那里山高林密,他们更名换姓,住到了山里。没多久,我幺姑就嫁到当地了。我老儿和我娘在那里住了四五年,并且与其他同样留在那里的红军还有联系。有时,晚上的时候,他们会走上四五个小时山路,偷偷回家看我婆婆。再后来,我老儿和我娘逃到了湖北五峰山的大山里,直到1949年才回的桑植,我就是在五峰山出生的。但当我们回到老家时,我婆婆已经变成了一堆坟茔,与我爷爷、大伯、四叔、大姑、二姑在一起。他们团聚了……"

这时,熊老拿出了他珍藏多年的发黄的烈士证,对我说:"虽然我只有一个烈士证,但我是七个烈士的孩子。为什么?我大伯,我大叔二叔三叔四叔,他们都没娶老婆,都没成家,都没后代,我是熊家唯一的男丁。"

此时,熊老的泪水滚滚而下。

然而现实告诉我,六七十年过去了,这个命运坎坷与悲惨的家庭,依然生活在命运的漩涡中。上次是因为革命,这次是因为贫困。熊老家的墙壁上贴着一张用粉色纸打印的标志牌,那是张家界市精准扶贫标志牌。扶贫对象一栏写着:熊朝盛;致贫原因:因病;帮扶内容一栏写着:低保保障。村干部告诉我,熊老家是建卡立档贫困户，在政府的关心下，他家吃了低保。即便如此，我心中依然没有任何欣慰，只有沉重。

对牺牲都无所畏惧的桑植人怎么会屈服于贫困呢？他们从未放弃过与贫困的斗争，对美好生活的追求。桑植县扶贫办副主任童自立告诉我，近几年来，桑植县结合优势资源，将具有发展前景、风险较小、效益明显的产业项目纳入全县脱贫创业"孵化库"，采取直接帮扶、委托帮扶和股份合作的办法，扶持贫困户建设特色产业基地，实现贫困户与产业项目、新型农业经营组织的精准对接。县财政还特意安排扶贫专项资金，坚持"资金跟着贫困人口走"的原则，将 50% 以上的专项扶贫资金安排到乡镇……前段时间，童主任又从桑植传给我一份桑植的最新扶贫资料：自 2014 年建档立卡以来，全县确认建档立卡贫困户 37082 户 118828 人。截至 2016 年底，累计减贫 18252 户 62473 人，其中 2016 年减贫 6362 户 21230 人，贫困发生率由 2014 年的 26.79% 下降到 2016 年底的 12.24%。

2017 年 1 月 14 日，我应邀参加了长沙市民族联谊会桑植分会 2017 年工作年会。在这个年会上我感受最深的是桑植人对故乡美好的愿望，他们畅叙乡情，共谋发展，但谈论得最多的还是如何让故乡脱贫致富。桑植的分管领导以及扶贫办等相关县直部门负责人也参加了这个年会，既是拜望乡贤，与大家联络感情、增进友谊，又是向大家陈述家乡的变化，共谋家乡的发展。

副县长陈海涛饱含深情地发言说："……各位乡友，桑植是国家扶贫开发工作重点县，张家界市脱贫攻坚主战场。通过近几年的努力，脱贫攻坚虽然取得了一些成效，但桑植贫困人口多，贫困程度深，因病因学因房返贫现象还比较突出。据统计，全县建档立卡贫困学生有 19377 名，其中学前教育 1988 名、九年义务教育 14471 名、职高高中教育 2168 名、大专及以上教育 1519 名。还有 65 名建档立卡'两癌'妇女对象需要更好的医疗救助……乡友们，昨天，你们怀着改变家乡落后面貌的强烈愿望，凭着桑植人敢闯、敢干的坚毅品格，在省城创下了一片天地，成就了一番事业，成了桑植人民的骄傲。今天，桑植脱贫攻坚进入了啃硬骨头的关键时期，我们真诚地希望你们继续对家乡的脱贫攻坚事业给予关注和支持。"

整个会场都是以《马桑树儿搭灯台》作为音乐背景的。或许这首歌让与会的桑植人有了回家的感觉，然而于我而言，却是无尽的忧思……

## 二

我想到采访途中经过的安徽省金寨县、湖北省红安县、福建省武夷山市、四川省通江县等地，这些地方都曾是革命根据地，是老区，播撒过革命的种子。这里的老百姓既纯朴、善良、勤劳，但也不乏革命英雄主义、乐观主义、浪漫主义。然而，这些地方还有一个共同特点，他们大都是全国扶贫开发工作重点县，还有不少人民处于贫困状态，距离小康水平有一定差距。巨大的历史贡献与火热的脱贫场景，或者说富有与困顿，在这些地方形成的鲜明对比，令我感叹。

笔者在安徽金寨采访时了解到，作为革命老区的金寨，是全国有名的将军县。从战争年代到建设时期，曾贡献过"5个10万"——战争年代有10万儿女投身革命，为根治淮河修水库淹没了10万亩良田，减少10万亩经济林，移民10万人，使库区外的灌区每年受益10多万元。由于社会的、历史的、自然的原因，金寨人背上了沉重的包袱。1986年被列为全国331个重点贫困县之一，贫困人口48.03万，贫困发生率为90%。20世纪90年代初中国青少年发展基金会考察组来到青山区油店乡中心小学，发现这所学校的学生流失率高达26%。有一名学生，家中兄妹4人同时上学，一学期学杂费和书本费加起来近400元，家里实在拿不出这么多钱，于是姐姐想中途辍学，让妹妹上。其母万般无奈，竟喝敌敌畏自杀以求解脱，幸被及时发现而获救。老区的现状，震撼了考察组，也更加坚定了他们实施希望工程的决心。于是全国第一所希望小学——金寨县希望小学在这里诞生。经过多年的努力，到2016年底时，全县核定建档立卡贫困人口29137户、82798人，贫困发生率大幅度降低。

我来到了具有丰蕴革命历史的神奇土地湖北红安。这里是"黄麻起义"的策源地，鄂豫皖革命根据地的中心，也是中国工农红军第四方面军的诞生地，红二十五军、红二十八军的重建地。这里，为新中国的成立牺牲了14万英雄儿女，在册革命烈士22552人。牺牲之重，贡献之大，全国罕见。虽然红安因为各种各样的原因，在脱贫中返贫人口一度增加，但最终总是在艰难中前行。全县贫困人口由2010年的15.99万人减少到2014年的10.16万人，减少5.83万人；贫困发生率由2010年的30%下降到2014年的18%，下降了12个百分点。

来到福建武夷山市，让我震撼的当然不是秀丽的风景。武夷山市是闽北苏维埃革命的策源地和活动中心。在游击战争、抗日战争和解放战争时期，这里是闽赣省委机关、福建省委机关，闽北特委、闽北游击队的大本营。这片土地先后有1.2万余名青壮年参加红军游击队，被定为革命烈士的近4000名。在苏维埃时期，这里人口14.4万，到新中国成立前夕仅剩6.9万，因战乱死亡、离乡的约7.6万人，其中被国民党反动派杀害3.47万人，饿死3.28万人，被抓壮丁4279人，被迫背井离乡4184人。被毁灭村庄达549个，民房8.44万间。由于武夷山市不是国家扶贫工作重点县，也不是省级扶贫工作重点县，既没有中央财政扶贫资金，来自省级财政扶贫资金也比较少。于是他们自筹资金，加大扶贫力度。

针对革命老区扶贫问题，在北京采访时，我专程拜访了中国农业科学院农业经济与发展研究所的研究员吕开宇。近年来，他一直从事革命老区扶贫开发的研究工作。

吕研究员告诉我，他们农经所课题组曾对贫困革命老区进行过调研，在592个国家扶贫开发工作重点县中，革命老区县有305个，占了一半以上。他们从武夷山区、大别山区、太行—吕梁山区和秦巴山区等4个片区中的125个国家重点贫困（革命老区）县中选取了7个，另选1个不属于国家重点贫困县的贫困革命老区县。4个片区中含有的国家重点贫困（革命老区）县在数量上约占全部国家贫困县的21.1%，占全部贫困革命老区县的41%；在地理位置上，

4个片区分布于我国东、中、西部，包括江西、陕西、湖北、四川等省份，具有很强的代表性。物种资源相对丰富，人均土地资源稀缺，生态环境脆弱，灾害频发，是贫困革命老区共同的自然资源与环境特点，但产业资源特点和区位则各有不同。

吕研究员认为，区域发展落后是革命老区贫困落后的主要原因。一是历史原因。革命老区不仅为新中国的建立做出了巨大牺牲，而且为经济建设做出了巨大贡献，精英人口损失众多，自然资源破坏严重，致使老区发展举步维艰，发展缓慢，这也是老区贫困的重要原因。具体来说，一方面战争创伤严重，革命战争时期，老区人民为革命事业前仆后继，自然资源遭到严重破坏，人才资源严重匮乏，导致发展基础薄弱，时至今日有一些乡镇的人口仍没有恢复到革命战争时期的水平。另一方面，经济建设过程中老区做出了牺牲，如皖西水库建设，历史上为治理淮河，国家在皖西大别山区连续修建5座大型水库。五大水库建设虽然改善了当地和江淮分水岭部分地区的生产条件，但却淹没了大量良田，还产生了大量移民，形成了大面积库区。这些地区，居民和移民生产生活条件长期难以改善。二是区位劣势明显，生存环境差，基础设施落后，经济发展、农民增收缺乏产业依托。革命老区主要产业仍以传统种植业为主，现代农业发展滞后，工业化进程缓慢。三是一些政策性因素有碍贫困革命老区发展。革命老区为中国的解放事业和新中国的成立做出过巨大贡献，但在社会发展建设过程中，老区一边要面对不利的客观自然环境条件，一边只能享受国家普惠性的政策待遇。除个别革命老区外，老区发展已经远远落后于其他地区，造成对老区发展条件的不公平。不仅如此，国家近些年来从全国可持续发展目标出发制定的一系列保护资源生态的政策，如"退耕还林""南水北调"等，限制了老区自然资源的开发利用，同时又没有建立起符合老区实际需要的资源保护补偿机制，使老区继续扮演着中国建设事业的牺牲者角色。

吕研究员有点担忧地说："经过30多年的扶贫，革命老区的区位劣势正在改善，产业发展也有了一定基础，基础设施也得到了很大的改善，但最贫困的、局部的地方改善不大，自我发展能力依然薄弱，贫困发生率也在较大幅度下降，但返贫现象也较多。"

这不仅是吕研究员一个人的担忧，这还是中国革命老区所有扶贫工作者的担忧。我国实行的是政府主导的扶贫管理体制，这种自上而下的体制优势在于可以集中全国资源，从全国经济发展大局去确定扶贫工作的目标、措施和步骤，但在扶贫实践中这种体制的弊端也日益明显。在革命老区采访时，我听到了这样那样的问题：地方扶贫管理机构与老区管理机构重叠，出现以偏概全和不协调现象；财政扶贫资金投入分散，整合使用有难度；贫困人口主体地位缺失，扶贫计划体制与项目实际所需有差距；缺少非政府组织和民间的监督力量，很难保证监督的公平、公正和公开，也很容易产生权力腐败；经济结构不合理，"造血功能"不足；共位缺乏吸附力，"失血"严重；县级财政长期困难，支出压力大……

出路在哪儿？就在贫困群众自己的脚下！各级政府的优惠政策，各种类型的财政补贴，这些当然不可少，也必不可少，但关键是精神，还是那句老话，要激发群众内生动力，这才是真正的出路。送钱送物的"保姆式扶贫"，再多也会坐吃山空，难管长久；简单改变村容村貌，匆匆上马扶贫项目，也只是"穷人穿丝绸"，华而不实；资金扶贫只能救"近火"，不能解"远渴"。扶贫工作只有帮思想、理思路、找出路，充分激发出贫困群众主动脱贫的斗志和决心，发挥他们的积极性、主动性、创造性，才能内生出穷且益坚的源源动力。做到这一点，脱贫攻坚才算达到了目的！这也是我们常说的扶贫先扶志。我想，革命老区的种种劣势，注定了老区人民要加倍的付出，否则他们永远只能跑在人家后面。

2016年11月16日上午，当我来到四川通江王家坪时，大雾笼罩着这里的一切。通江县扶贫和移民工作局党组成员、工会主任刘斌向我介绍说，当年，巴中总人口约120万人，参加红军和地方武装的就达12万人；其中，作为原中华苏维埃第二大苏区首府的通江县，当年有4.8万人参加红军，新中国成立后仅幸存4千余人。无疑，通江为我们留下了伟大的红军精神和宝贵的文物资源。然而通江地处大巴中腹地，自然条件恶劣，通江人民一直与之进行着顽强的斗争。在巴中，通江条件最差，但扶贫效果最好。为了打赢这场战争，全县抽调了38人，组成了脱贫攻坚办，集中办公。2016年，全县47个贫困村脱贫摘帽，19825人脱贫，贫困发生率由2015年的11.3%下降到8.1%。他们创新探索"股权量化"资产收益扶贫模式、"5+1"金融扶贫模式和"四联四统"党建扶贫模式，先后被中央电视台《新闻联播》《人民日报》报道，脱贫攻坚先进经验做法在全省交流。这确实值得欣慰。然而，当浓雾散去，25048名红军烈士墓碑（有许多无名墓碑）整齐、清晰地出现在我眼前时，陪伴烈士的松柏随风奏响悲壮的"旋律"，泪水渐渐模糊了我的双眼，一如刚才大雾笼罩。我就想，感动我的，既是守卫这片土地的英烈，也是英烈守卫的这片炽热的土地。

## 三

当我即将结束在六盘山区的采访时，我来到了红军长征的终点甘肃省会宁县。当我向伟岸的会师塔走去时，我感受到的是雄壮、豪迈和大气磅礴。会宁大会师是长征胜利的标志，是民族抗战的前进阵地，是革命力量大团结的典范，是中国革命走向胜利的转折点。

人类当仰视，历史当仰视。

仰望会师塔，我仿佛看到30万红军将士从瑞金等革命根据地一路走来，跨越滔滔急流，征服皑皑雪山，穿越茫茫草地，突破层层封锁，有数十万人在走向会宁的征途中倒下了，他们壮志未酬，他们壮怀激烈，他们的历程惨烈而又悲壮，他们的壮举英勇而又伟大。

仰望会师塔，我分明看到这是一个民族灵魂铸就的金字塔，那浩然正气和威武气概，诠释着理想、信念和崇高，展示着英雄、胆略和忠诚。多少年过去了，人们在震撼中思考，在沉思中追寻，数以万计的红军英烈陈尸疆场，他们的遗骨枕藉在漫漫长征路上，有多少人甚至连名字都没有留下，有多少战士的年龄还不满十八岁。但他们的名字全都叫红军。

仰望会师塔，聆听英烈们惊天动地的故事，我不禁心潮澎湃。作为后人，我们所能做到的，就是要铭记英雄的事迹，就是要激励民族的斗志，就是要继承先烈的遗愿……听吧，会师塔尖上那叮咚作响的风铃声，不就是一首悲壮的安魂曲吗？

仰望会师塔，我仿佛看见皑皑白雪覆盖的夹金山上，多少战士一蹲下去就再也没有站起来，仿佛看见茫茫水渍掩盖的大草地上，多少战士一脚踏出去就陷进泥潭，慢慢地消失在战友们泪眼模糊的视野里，只看见一圈圈的水泡淹没了他们的头顶……

仰望会师塔，我听到了80年后真切的回应。

2016年2月2日，又是在一个乡村，江西省井冈山市茅坪乡神山村，一个贫困村，习近平总书记同乡亲们握手，向乡亲们拜年。他对乡亲们说："我们党是全心全意为人民服务的党，将继续大力支持老区发展，让乡亲们日子越过越好。在扶贫的路上，不能落下一个贫困家庭，丢下一个贫困群众……"

声音响彻山谷、震颤心弦，穿越历史和时空……

一年后，2017年2月26日，好消息再次传来。江西井冈山宣告在全国率先脱贫摘帽，向长眠在这块红土地上的4.8万多名革命烈士奉上最好的告慰。一个月后，河南兰考也宣布摘下贫困的帽子。曾经的风沙盐碱地，如今经济社会繁荣、百姓安居乐业……

是啊，虽然战争硝烟早已散去，但我们什么时候也不能忘了，我们是从哪里来，要到哪里去。不能忘了先烈，也不能忘了老区。我们将此写进历史，也告诉孩子，希望他们长大了，告诉他们自己的孩子……

# 尾 声

## 没有国界的事业

采访中,当我在山村遇到一拨又一拨高个子、黑皮肤的非洲人时,我的思绪飞到了遥远的非洲大地,那广袤的撒哈拉沙漠,以及那片土地的烂衫如幡,步履蹒跚。是什么力量让一拨又一拨的非洲朋友不远万里来到中国的大山深处?这应该是我们必须探讨和思索的一个问题。

我想起一张名为"饥饿的苏丹"的照片。这是一张让人落泪与沉重的照片!

那是24年前的事了。1993年苏丹战乱频繁的同时发生了大饥荒,南非的自由摄影记者凯文·卡特来到战乱、贫穷、饥饿的非洲国家苏丹采访。一天,他看到这样一幅令人震惊的场景:一个瘦得皮包骨头的苏丹小女孩在前往食物救济中心的路上再也走不动了,趴倒在地上。而就在不远处,蹲着一只硕大的秃鹰,正贪婪地盯着地上那个奄奄一息的瘦小生命,等待着即将到口的"美餐"。

哦,生存!

哦,生命!

凯文·卡特抢拍下这一镜头。这年3月26日,美国著名权威大报《纽约时报》首家刊登了凯文·卡特的这幅照片。接着,其他媒体很快将其传遍世界,在各国人民中激起强烈反响。后来,这张照片还获得普利策新闻特写摄影奖(美国新闻报道最高荣誉奖项)。

这张照片引起了世界对非洲贫困问题的重视，虽然没人知道这个孩子最后命运如何，虽然凯文·卡特自杀于拍摄照片后的三个月。它以显著的方式表明了人性的倾覆，揭示了整个非洲大陆因为贫困而带给人们的绝望！

贫困，如此鲜活而深刻地撞击着人类的心灵！

贫困，是人类共同的敌人；脱贫攻坚，是一项没有国界的事业。

翻开人类的历史我们会发现，在72亿人口居住的这个人类唯一的星球上，现代工业文明可以把茹毛饮血、钻木取火写进人类历史中最古老的一页，却无法使人类在自身的繁衍中走出贫困的阴影。

饥饿的威胁，时隐时现。

其实贫困现象在18世纪之前，并不引人注目。那是因为当时生产力水平低，整个社会普遍困苦。直到现代，贫困问题才愈来愈突出。即便今天，我们仍无不遗憾地看到：当今世界正像古希腊的亚里士多德所言，由两种城邦组成：富有的和贫困的。贫困还是世界性的问题，还是一块巨大的拦路石，羁绊着人类走向繁荣的历史进程。

打开世界政区图与降雨量图，仔细观察，贫困与降水量在地图上居然得到较好拟合。贫困国家几乎占据了所有涂着深蓝色、紫色和深褐色的地区，即年降雨量在1000毫米以上和250毫米以下的地区。似乎这些地方的阳光和乌云都在无情地捉弄人类。大自然有时也有意无意地加深着人类的苦难。

人类一直在同贫困做斗争！

1945年二战硝烟即将消散之时，战火也唤起了人类的人文精神，点燃了人性的良知。为实现人人都能实际获得其所需粮食，达到粮食安全，联合国粮食及农业组织宣告诞生。70多年来，它为解决全球温饱问题做出了积极而有益的贡献。

20世纪50年代，贫困国家改变面貌的愿望十分普遍而强烈，那是个"人人充满希望的革命时代"。正是第三世界的纳塞尔、尼赫鲁、恩克鲁马这样一批杰出政治领袖掀起了一个改变贫困的希望热潮。那些过去默默无闻的穷人成为勇敢的探索者，致力于摆脱贫困、增加财富。令人遗憾的是过高的愿望本身就潜伏着危机,"希望容易增长,却很难满足。"紧接着 20 世纪 60 年代成了挫折的时代。1960 年至 1970 年,不发达国家步履蹒跚地开始了"第一个发展的十年"。

1979 年,参加粮食组织大会的 147 个国家决定把粮农组织成立的 1945 年 10 月 15 日定为"世界粮食日",以提高公众对世界粮食问题的认识,团结一致与饥饿、营养不良和贫困现象做斗争,为人类自身解放、摆脱最大的共同敌人而奋斗。这一年,法国社会学家和经济学家佩鲁,受联合国教科文组织委托,为其"研究综合发展观"专家会议撰写报告。他大胆地提出:"对发展的注意预示着经济学及其所应用的分析工具领域中的根本变革。"一种重视所有的人和所有民族的经济学,绝不是一种单纯的道德说教;只有在探索和开发人力资源的潜力之后,我们才能知道自己是会变穷还是变富。发展,越来越被看作是社会灵魂的一种觉醒。

但与贫困做斗争是何其艰难!

1974 年,罗马世界粮食会议曾发出豪言壮语:今天,我们要宣布一项大胆的目标,今后十年之内,没有一个儿童将饿着肚子上床,没有一个家庭将为隔夜粮发愁,没有一个人将因营养不良而断送前程、丧失能力!

然而,十多年后,美好善良的愿望仍旧是纸上蓝图。尽管粮食生产有所发展,但挨饿的人数仍大量增加。1970 年至 1980 年增加了 1500 万,1980 年至 1985 年增加了 4000 万……

但勇敢、顽强的人类,始终与贫困进行着不屈不挠的斗争,脱贫战争在曲折中前进。

2016 年 10 月,世界银行发布的《2016 年贫困和共同繁荣》报告中说,到 2013 年,全球有接近 8 亿人口生活在极端贫困之中,比 2012 年的极端贫困人口减少了近 1 亿;极端贫困人口占世界总人口比重从 1990 年的 35% 降至 2013 年的 11%。

总的形势是好的,但贫困问题当前仍然在全世界广泛存在,尤其是在发展中国家,贫困依然笼罩着贫困地区,比如说撒哈拉沙漠以南的非洲,比如说拉美,等等。根据世界银行的报告,目前全球8亿极贫人口中,逾四分之三住在农村。农村依然是脱贫攻坚的主战场。

贫困并非发展中国家"专利"!人们往往很难把自20世纪以来的世界头号经济强国美国和贫困一词联系起来。的确,根据美国经济分析局的数据,以现值美元计算,美国2016年国内生产总值达到18.6万亿美元,仍居世界第一。但现实中的美国,仍有数以千万计的贫困人口。"天呀,我真想不到有这样穷的人!"1960年,肯尼迪到西弗吉尼亚竞选总统时发出惊叹,这些穷人给他留下了极其深刻的印象。正是根据肯尼迪总统的建议,联合国大会才一致通过决议,宣布20世纪60年代为"发展的十年"。4年后,肯尼迪的继任者约翰逊总统代表美国政府郑重地"向贫困无条件宣战",随后又提出了"伟大社会"的宏伟目标。解决贫困问题,虽然不是约翰逊的首创,但他的反贫困政策却是美国历史上最为全面和系统的。随后,美国的反贫困战争从未松懈。直到今日,我们依然可以看得到美国脱贫战争的硝烟。

而贫困面大、贫困人口多的中国,目前仍是世界贫困人口主要居住国家和地区之一,但在脱贫工作中取得的巨大进步却令世界瞩目。联合国开发计划署2015年发布的《联合国千年发展目标报告》明确指出:"中国在全球减贫中发挥了核心作用。""按照现行农村贫困标准测算,从1978年到2016年,中国农村贫困人口减少了7.3亿,农村居民贫困发生率从1978年的97.5%下降至2016年的4.5%。世界银行在2016年年底发布的一项报告说,尽管2008年金融危机以来全球经济复苏缓慢,但全球贫困人口仍大幅下降,这主要归功于中国等亚太地区国家贫困人口的下降。世界银行中国、蒙古和韩国局局长郝福满也表示:"毫无疑问,中国将继续推动全球消除贫困的进程,并向世界表明,实现包容性增长和为最贫困人口提供更好的机会皆有可能。"

而事实上,30多年里,大量有针对性的扶贫工作强有力地带动了贫困人口的脱贫,有力地促进了贫困地区的经济发展,减少了区域之间的贫富差距,改善了贫困地区农村人口的生活条件,既实现了中国政府的反贫困目标,也为人类减贫事业做出了巨大贡献,成功地开辟了一条具有中国特色的反贫困之路。

中国扶贫的成功模式不仅对中国本土的扶贫做出了重大贡献，也为非洲减贫贡献了中国智慧、中国方案，给非洲扶贫减贫带来了新的理念、新的希望，为非洲减贫事业注入新活力。

乌干达就是最好的例子。他们凭借中国扶贫经验，实施了一系列旨在稳定经济、为农业发展创造环境的经济和机构改革。例如允许农民可以直接从银行借贷资金，撤销不利于农业发展跨区域合作的各种限制，向穷人分配可耕土地，提供农业咨询服务，扩大农业金融市场，充分利用可持续的自然资源，加强包括道路、可持续的能源资源利用在内的农村基础设施建设，向穷人提供免费义务教育，改善卫生条件，加强对艾滋病等疾病的防治，提高成人识字率，等。近10多年来，昔日的动荡之国在扶贫的道路上已经迈出了坚实的步伐。2015年底，乌干达国家发展计划中心的统计数据，近5年来乌贫困率由28.5%降低至19.7%，贫困人口减少约300万。但乌干达的脱贫之路依然非常艰辛，还不能掉以轻心，不能有丝毫的松懈。世界银行警告他们说：持续扩大的收入差距和较高的人口出生率对乌降低贫困率产生了消极影响；乌整体贫困率虽有所下降，但地区差距显著，北部地区仍有大量贫困人口，未来乌每日开销2.4美元以下的人口仍可能重返贫困。

德国全球与区域研究所主任罗伯特·卡佩尔说："在某种程度上，非洲和中国很类似，国土面积大、复杂多样，比起西方国家，中国的减贫做法和经验对非洲的借鉴意义可能更大。"南非著名政治评论家、《贫穷的设计师》一书的作者莫列齐姆贝基说中国扶贫是"正确的发展模式"，是"撒哈拉沙漠以南非洲可以从过去25年发生在中国的农业改革中学到的重要经验"。2017年4月28日，在意大利罗马举行的全球减贫伙伴研讨会上，来自世界银行、联合国粮农组织、国际农发基金等国际机构的代表认为，中国精准扶贫的理论和实践表明，良好的政治愿景、科学的扶贫战略、适宜的政策措施，实现整体脱贫是完全可能的。中国的成功实践，对推进世界减贫事业具有重要启示。

对于非洲与其他贫困地区来说，中国模式是以客观的方式呈现的，而有一种力量则是主观的——为了战胜超越国界的贫困，中国从来没有袖手旁观。很多人都不会忘记，中国人在自己处于饥饿的最艰辛的岁月，依然分拨力量去援助别的国家。雷兹·于迈尔·马利列在20世纪60年代任阿尔巴尼亚驻华大使，他在《我眼中的中国政要》一书中披露：1962年，在中国粮食出现了严重危机时，在阿方的要求下，航行在大西洋上的几艘满载着运往中国的小麦的轮船，改变了航向，驶抵阿尔巴尼亚港口并卸了小麦。就这样，阿尔巴尼亚人民依靠中国的慷慨援助，度过了因干旱再度加重了的缺粮危机。时任驻阿大使耿飚也证实了这一说法："从1954年以来，我们给阿的经济、军事援助将近90亿元人民币，阿总人口才200万，平均每人达4000多元，这是个不小的数字。我们援阿的化肥厂，年产20万吨，平均一公顷地达400公斤，远远超过我国农村耕地使用的化肥数量。而军援项目之繁多，数量之大，也超出了阿国防的需要。"

可以说，中国对外援助的例子不胜枚举，甚至可以说是一种习惯，一种传统了，几十年如一日。2016年12月1日，国务院新闻办发表的《发展权：中国的理念、实践与贡献》白皮书告诉世人：60多年来，中国共向166个国家和国际组织提供了近4000亿元人民币援助，派遣60多万援助人员，其中700多名中国好儿女为他国发展献出了宝贵生命。中国先后7次宣布无条件免除重债穷国和最不发达国家对华到期政府无息贷款债务。中国积极向亚洲、非洲、拉丁美洲和加勒比地区、大洋洲的69个国家提供医疗援助，先后为120多个发展中国家落实千年发展目标提供帮助。白皮书还说：未来5年，中国将向发展中国家提供"6个100"项目支持，包括100个减贫项目，100个农业合作项目，100个促贸援助项目，100个生态保护和应对气候变化项目，100所医院和诊所，100所学校和职业培训中心；向发展中国家提供12万个来华培训和15万个奖学金名额，为发展中国家培养50万名职业技术人员；设立南南合作与发展学院，向世界卫生组织提供200万美元的现汇援助。过去60多年来，非洲是中国援助的重点地区。从东非高原到西非海滨，从撒哈拉大沙漠的内陆国家到南部非洲的小岛国，中国力量无处不在；具有浓郁中国元素的铁路、港口、会议中心、体育馆、图书馆、医院等等，已成为非洲国家的亮丽风景。然而，风景的背后，除了中国人的智慧与勇敢，便是他们的酸楚和血汗，甚至是生命的代价。

此时，我想到了"一带一路"（"丝绸之路经济带"和"21世纪海上丝绸之路"的简称）。"一带一路"是习近平总书记在2013年提出的重要概念，四年来，从"倡议"到现在变成各国积极参与合作的平台，也成为中国对外关系、对外合作的重要抓手，这是一个重要变化。这一变化体现了中国国际地位的持续上升和国际影响力的不断扩大。

"精准扶贫"奔向了"一带一路"？这并不奇怪！"一带一路"沿线国家是历史文明久远的国家，也是自然资源丰富的国家；是发展中国家，但更多的是贫困国家。农业在发展中国家的经济发展中，构成比例是非常大的，农业人口也非常多，相对来说他们城市化的进程和城镇化的发展水平都是比较低的。促进这一部分人口的发展，提高他们的收入，肯定也是这些国家最重要的经济工作重点，所以扶贫开发必然是经济发展里非常重要的环节。2015年10月16日，2015减贫与发展高层论坛在北京举行，习近平出席大会并发表主旨演讲，他总结和分享了中国特色的减贫道路、基本经验，阐述了精准扶贫方略。他还深刻阐释了中国扶贫开发与国际减贫发展的紧密联系，倡议"共建一个没有贫困、共同发展的人类命运共同体"。这显示了中国在推动中国减贫与世界减贫共同发展的决心和愿望，更显示了中国对于世界减贫发展的责任意识和大国担当！而现在，"一带一路"建设的推进，就是习近平倡议"共建一个没有贫困、共同发展的人类命运共同体"的具体体现，因为它正在把中国和世界完全连在一起，成为"命运共同体"。

中国扶贫基金会就很"超前"。中国扶贫基金会副会长王行最介绍说，他们基金会在2005年就开始提出，在做好国内项目的同时，要走出国门，走向国际。2009年他们提出，除了人道主义救援之外，还要进入社区开展发展型的项目，开展民生工程。他们在布点上以东南亚国家和非洲国家为主，这个恰好也是在"一带一路"线上。目前在长期执行项目的国家有4个，非洲的埃塞俄比亚和苏丹，还有东南亚的缅甸和尼泊尔。在埃塞俄比亚他们开展了微笑儿童学校共参的项目。这个项目2015年5月正式启动，现在已经实施了两年时间，覆盖亚的斯亚贝巴地区的 42 个公益学校、大约 3200 名学生。这些学生来到学校后，精神状态比以前有很大改善，学习成绩比以前也有很大提高。更令他们欣喜的是，这个项目由于实施效果非常好，为当地许多企业所认可，所以埃塞俄比亚本地的企业投了很多钱……现在，像中国扶贫基金会这样的社会组织参与国际扶贫的还有很多。但客观地说，相对于中国社会组织参与国际扶贫来说，国际组织参与中国扶贫更早。就说香港乐施会吧，这个国际组织 1976 年由一群关注贫困问题的志愿者在香港成立，1988 年在香港注册成为独立的扶贫、发展和救援机构，先后在全球超过 70 个国家推行扶贫及救灾工作，开展综合发展、紧急援助、教育、卫生和水利等项目。从 20 世纪 80 年代开始至今，香港乐施会一直致力在中国大陆推行扶贫发展及防灾救灾工作，30 多年来，他们为中国大陆的扶贫发展、防灾救灾，新农村建设，构建和谐社会做出了巨大贡献。像香港乐施会这样的国际组织，他们带来的不仅仅是资金和项目，更重要的是观念、管理经验，这对中国政府的扶贫管理具有拾遗补缺的作用。但反过来说，国际组织得以顺利开展扶贫和发展工作并取得成绩，恰恰体现了中国政府的开放性与包容性。

但现实又不得不让我们警惕。包括中国在内的许多国家对非洲进行了大量援助，也解了他们的燃眉之急，必须承认这些援助挽救了不少人的生命，值得点赞。但如同抗生素用得过多会留下严重的后遗症一样，这些以援助为主要形式的扶贫行动并没有让非洲摆脱贫困，反而使非洲人的实际人均收入低于 20 世纪 70 年代；超过一半的非洲人口（约 3.5 亿）每天生活费不足 1 美元；撒哈拉大沙漠以南的每 48 个非洲人中，有 9 个比 1960 年更贫困。一位到过赞比亚参加援非项目的中国工程师撰文说，他在赞比亚看到的该国总统车队，全是奔驰、宝马等高级轿车。当地朋友告诉他，外国援助，多被政府高官拿去挥霍了，尤其是买车。非洲国家的部长们开的都是世界级的好车，住的是占好大一片地的两层小楼。还有人说，中国援助给他们的种子，玉米、大米、小麦之类，他们不是拿去种，而是直接吃掉，你援助多少他们吃多少。他根据在当地的观察得出结论："外援很大一部分没有对非洲的自强和发展起作用，而只是使少数人的生活变得日益富裕、奢侈。"鲜活的事实在告诉我们：今天给你一笔钱，明天给你一袋面的"输血式"扶贫固然不可或缺，但只能帮助他人度过眼前的困难，"造血式"扶贫才是长久之计。

当然，相对于这种"输血式"援助，中华民族自身的强大与崛起，软实力的提高，能够为非洲等贫困地区提供实实在在的，有示范引领作用的，可供参考与借鉴的脱贫经验，肯定更为重要。中华民族不仅是一个勤劳善良的民族，更是一个慷慨而又有大情怀的民族，从来没有吝惜过把自己伟大的创举奉献给世界和人类。对于人类的需求与呼唤，中国的援助之手，让全世界感受到了一种辽阔而博大的爱和拯救。

我想，一拨又一拨的非洲朋友不远万里来到中国的大山深处观察学习的答案应该写在了中国人的智慧与情怀里！

# 附录：

## 作者寻访的 202 个村庄名单

湖南省——

凤凰县：夯卡村、追高鲁村、骆驼山村、夺西村、追高来村、板拉村、大教村、务能村

花垣县：十八洞村、四新村、马鞍村

吉首市：十八湾村、社塘坡村、西门口村、三岔坪村、牯牛村、强虎村、花果山村、清明村

桑植县：珠玑塔村、双溪桥村、刘家坪村、关溪涧村、晚田峪村、双元坪村、鹰嘴山村、熊家溶村、朝阳地村、田儿垭村、谷家坪村、新桥村

邵阳县：大付村、大坪村、青山村、南山村、田庄村、仁和村、响石村、雄塘村

云南省——

金平县：小翁寨村、牛塘村

寻甸县：可郎村、六甲村、新庄村

宁夏回族自治区——

永宁县：原隆村、福宁村、木兰村

海原县：徐坪村、团庄村、新源村、田拐村、大川村、麻春村、史店村

彭阳县：陡坡村、白岔村、双树村、小石沟村、双磨村、老庄村

**甘肃省——**

渭源县：元古堆村、西沟村、汤尕沟村、田家河村

陇西县：安家咀村、北站村、三湾村

会宁县：大山川村、庄湾村、党家岘村、梁家河村、王家沟村、侯家川村、高家湾村

**新疆维吾尔自治区——**

泽普县：喀尔莎村、达克其村

叶城县：托万库其村、依提木孔村、拉依巴格村、喀斯克艾日克村、斯代村

莎车县：塔尕尔其古勒巴格村、亚克塔木村、其格勒克布隆村、库尔干村、尧鲁其兰干村

**贵州省——**

赫章县：海雀村、恒底村、老街村、油房村、板底村

盘县：舍烹村、厂上村、高官村、水塘村、米勒村

晴隆县：董箐村、大田村、兰蛇坡村、兵务村、达土村

罗甸县：大关村、龙坪村、麻怀村、田坝村

**广西壮族自治区——**

天峨县：麻洞村、大曹村

凤山县：同乐村、文里村、同东村

东兰县：隆明村

凌云县：陇雅村、陇照村、陇浩村、品村村、后龙村

**福建省**——

福鼎市：赤溪村、杜家村、排洋村、朝阳村、青坑村、蒋阳村、吴洋村

武夷山市：大安村、四渡村、三渡村、洋庄村

**重庆市**——

黔江区：望岭村、清水村、平溪村、山坳村、双龙村、白杨村、岔河村、丁家村、高尖村

**四川省**——

恩阳区：窑罐梁村、罐子沟村、凤梁村、青堡村、火花村、群英村、金鳌村、金银村

巴州区：龙台村、印盒村、梭椤村、金子村、李家村

通江县：巴州沟村、猫儿坪村、红岩村、七家沟村、窄口村、王家坪村、水磨沟村

南部县：林坝村、向黎村、渔池村、封坎庙村、三家沟村、纯阳山村、墙垭口村、金垭村

**湖北省**——

来凤县：白羊坡村、龟塘村、赵家坡村、枣木垭村、胡家坝村

咸丰县：水坝村、汤岩嵌村、瘾疱树村、晓溪村

红安县：庙咀湾村、四岭铺村、龙王山村、王家榜村、其亭榜村

秭归县：香溪村、向家店村、万石寺村

**江西省**——

安义县：乌溪村、罗丰村、峤岭村

井冈山市：神山村、茅坪村、坝上村、马源村、大坪村

**安徽省——**

金寨县：曹畈村、南溪村、南湾村、麻河村、石寨村

**西藏自治区——**

隆子县：忙措村、色吉雪村、新巴村、西徒村、念堆村、列麦村、麦沙村、日当村

# 后记

## 心声·心愿

### 一

岳麓山下，湘江河畔，当我在陋室中整理思绪时，心情久久难以平静。

此时的我，心中只有两个关键词——心声与心愿。

采写老百姓的心声，反映中国农村扶贫，尤其是老少边穷地区精准扶贫现状，为我国的扶贫事业留下一份带着温度的扶贫报告，是我创作的初衷。

这两年多来，在国务院扶贫办的大力支持和帮助下，我背着简单的换洗衣服、笔记本电脑和相机，或乘飞机或乘高铁或乘火车或乘大巴或乘三轮车，独自行走于六盘山区、滇桂黔石漠化片区、武陵山区、秦巴山区、乌蒙山区、罗霄山区、闽东山区，西藏山南、新疆喀什等脱贫攻坚主战场，走过湖南、云南、甘肃、宁夏、新疆、贵州、广西、福建、重庆、四川、湖北、江西、安徽、西藏等14个省（自治区、直辖市）39多个县（区、县级市）的202多个村庄，实地采访了脱贫的老乡和当地扶贫工作者，带回了200多个小时的采访录音，整理了100多万字的采访素材。

在这个过程中，有无尽的感动与感叹，特别是贫困群众自然流露的感激之情，给我留下了深刻的印象。贫困山区确实难，难于生活，难于扶贫，难于脱贫。

但再难，都挺了过来，都攻坚克难了，都已经成为过去时了，或者已经渐渐成为过去时。就包括那些丧失劳动能力、曾经对生活无望的群众，也因为搭上了精准扶贫这趟列车，有了基本的生活保障，家中生活境遇也悄然发生了变化。看着浩浩荡荡的脱贫队伍，我看到了喜悦与温暖，更看到了一种豪迈与自信。

在重庆黔江区濯水镇采访时，我遇到了72岁的老人徐明德，他经历过灾难与贫困，曾当过村长，喜爱看书，并依然关注着时政。他跟我说得最多的就是山区的今非昔比，采访结束告别濯水时，他紧紧地拉着我的手，动情地说："我们濯水人之所以能够脱贫，能够把经济发展起来，一是靠'宁愿苦干、不愿苦熬'的实干精神。濯水都是山，没什么地，加之遭受洪水灾害，我们家家户户只能靠做小生意营生。一年365天，天天赶场。出去赶场很辛苦，天不亮就出发，晚上回来天都黑了，再大的雨再大的雪，也从不间断。开始是肩挑背扛，后来用手扶拖拉机。周围站人，中间放货，人站在两边手拉手。二是靠国家好的扶贫政策。我们再吃苦，如果没有国家好的政策，一样脱不了贫，致不了富。党和政府一心为百姓好，像当年毛主席一样，共产党坚持走人民路线，始终不会错。我们最感激的还是党和政府的好政策。"我点着头。随后，徐明德老人一脸愁云地对我说："虽然我们感激党和政府，但不知道怎么表达，不知道如何让他们知道。你是作家，会写，能不能把我的这个想法写到书里，让领导们看到，知道我们的感激之情，感恩之心。"我继续点着头。我不知道如何说。我知道，这部作品不一定所有领导都能看到，但至少可以向更多的人传递这一份质朴的心声。

我深深记得吉首市扶贫办茶叶办彭明安主任把我送到吉首长途汽车站时，向我嘱托说："'脱贫攻坚'是个很大很大的题材，要写好不容易，我真佩服你有勇气来写这个大题材。但我相信你能写好。你一定要多把笔墨放在基层的扶贫干部和贫困群众身上，多写他们的故事，多反映他们的心声。现在扶贫不是任务式的、表格式的了，扶贫人都带着感情来思考谋划，带着温度来深入推进。扶贫，说到底，扶的是感情。你要是把群众的心声表达出来，这是个功德无量的大好事。"长途汽车徐徐启动，彭明安主任还一边向我挥着手，一边大声对我说:"书出来后一定要记得送本给我哦!"我重重地点着头。

我深知,30多年来党中央对贫困群众的关怀和温暖的传递,让贫困群众真真正正地成为受惠者;30多年来脱贫之路的酸甜苦辣,贫困群众都是亲历者和感受者;30多年来的脱贫之战,特别是现在最难啃的"精准脱贫"战的阶段性战绩,贫困群众才是真正的评判人……,群众,只有群众最有发言权。我想,只要真实地把他们的心声呈现出来,这部作品就会充满感动和力量。于是我决定把这部作品的话语权交给贫困群众,把尽量多的笔墨留给贫困群众。虽然他们生活在最基层,他们是草根,但他们纯真、朴实,他们有一种摧不垮的高大与伟岸。

## 二

除了想尽快反映老百姓的心声,我还急切地想把自己一路走来的所见所闻、所思所想,倾诉给亲爱的读者,这是我的心愿。然而,当我面对着一份份沉甸甸的资料,真正下笔开始创作时,我感受到了另一种艰难。

脱贫攻坚主战场场面之大,涉及面之广,史无前例,令人震撼。六盘山区、秦巴山区、武陵山区、乌蒙山区、滇桂黔石漠化片区、滇西边境山区、大兴安岭南麓山区、燕山—太行山区、吕梁山区、大别山区、罗霄山区、西藏、四省藏区、新疆南疆三地州等14个集中连片特殊贫困地区,涉及全国各地的680个县,几乎遍布神州大地。并且中国脱贫攻坚战场还只是世界脱贫攻坚战场的主阵地之一。到2015年全世界仍有8亿人生活在贫困之中,脱贫攻坚仍是地球人最为惊心动魄的激战、恶战、苦战。参与范围之广,同样令人惊叹。产业扶贫、教育扶贫、健康扶贫、金融扶贫、生态扶贫、电商扶贫、光伏扶贫……在精准扶贫、精准脱贫基本方略的统领下,社会各界、各行各业的力量都动员起来了,因地制宜、因人而异采用多种手段,一系列脱贫创新实践正在各地蓬勃开展,众人拾柴汇聚起澎湃的"巨能量"。参与人数之多,历史贡献之大,史无前例。农村贫困人口从1978年的7.7亿(按照人均纯收入2300元的标准)减少到2016年的4335万,中国新时期的反贫困取得了翻天覆地的变化,这其中凝聚着数以亿计的扶贫干部和脱贫群众的血汗。目前,全国共选派77.5万名干部驻村帮扶,选派19.5万名优秀干部到贫困村和基层组织薄弱涣散村担任第一书记……脱贫攻坚的场景、队伍和历史,令人振奋。一路征程,一路凯歌,扶贫干部和脱贫群众历尽艰辛、艰苦卓绝,收获喜悦,收获欢笑,但也饱尝了无尽的辛酸。

面对如此壮阔的场景,如此重大而沉重的命题,我该写什么?怎么写?我有"老虎吃天,无从下口"的感觉,但我不想进行所谓"大题材"的报告文学创作,不想写大话、空话与套话,这样会使整部作品变得苍白无力。思来想去,我决定站在平民的视角,本着"详近略远"的原则,将本书聚焦在人性、精神和情怀上,既重点反映党的十八大以来精准扶贫攻坚场景,也注意历史的延伸,既叙写扶贫攻坚取得的成绩,也呈现中国扶贫历史的艰巨性和复杂性,既歌颂脱贫攻坚道路上人性的光辉,也心怀忧虑,注重反思。于是便有了一些不成熟的想法:

其一,我想通过贫困乡村这个小窗口反映党和国家的扶贫战略。新时期以来,扶贫战略一直是关乎党和国家政治方向、根本制度和发展道路的大事,是经济社会发展规划的主要内容。特别是党的十八大以来,党中央对我国扶贫开发工作做出战略性创新部署,提出建立精准扶贫工作机制。因为"扶贫"一直是党和国家非常关注的大事之一,写作这类作品,很容易站在官方视角,写成"高大上"的作品,难接地气;既不是官样文章,也不是文学作品,两不像,不伦不类。那显然是没有生命力的作品。我希望质感、鲜活且有个性地体现国家的扶贫战略,这样做就必须以平民的视角,用接地气的故事和叙述,把传统的"主流"叙事转化为作家个性化的叙事,尽量让作品有感染力。正如著名报告文学作家李鸣生老师所说:"尤其一些所谓'大题材'的报告文学,几十年来基本都是官方视角,'主流'叙事;作者总是有模有样、捏腔拿调、卷着舌头说话……"写到这儿，我必须说明的是，虽然现在脱贫攻坚主战场在农村，硬骨头也在农村，但我必须清楚认识到，贫困已不再是农村的专有名词，特别是20世纪90年代以来，由于城市居民收入差距迅速扩大，失业和下岗等突发性事件大量增加，加上社会保障制度改革的滞后，中国城市贫困问题日趋显现，贫困人数不断上升。截至2015年3月底，全国共有城市低保对象1013.6万户、1842.9万人。城市贫困已经不容忽视，也需要我们关注。

其二，我想通过"精神"二字理顺全文脉络。采访之前我谋篇布局时，对于到底用一条什么样的线索贯穿全文，心里还飘忽不定，一直没底，也无法定夺。根本原因，还是认识和理解不深入，也不深刻，没有抓住脱贫攻坚工作的精神，或者说灵魂。精神二字的含义，很宽，也很广。最先要说的是贫困山区群众那种自强不息、坚毅与顽强的意志与精神。事实上，贫困并不是我们这个时期特有的产物，贫困一直伴随着人类的发展，人类也一直在同贫困进行着顽强的斗争。在麻怀村，在十八湾村，在陇雅村，在汉尧屯……我已经深刻感受到了贫困群众精神的力量。这应该也是各级政府提出，"要打赢脱贫攻坚战，必须发挥群众主体作用，发掘群众内生动力"的原因所在吧。当然，各级扶贫干部，各行业各领域的扶贫力量的无私奉献精神，更是需要弘扬和宣传。他们无私无畏，为了脱贫事业抛洒着汗水和青春，甚至许多人为此献出了生命。把精神提炼出来了，或者说找到了灵魂，我也就从千头万绪的采访资料中走出来了。

其三，我想围绕"艰难"二字展开叙事。贫困是人类的顽疾，要完全摆脱贫困谈何容易。中国过去30多年的脱贫之路，有巨大的收获，但是由于中国幅员辽阔且各地现实的差异，反贫困仍具有相当的复杂性。反贫困过程中存在着大量亟待解决的问题。这些问题有些是长期存在的，有些是最新出现的。新中国成立之初，由于中国长期积贫积弱，财富积累水平低，再加上中国国土辽阔、地形复杂等因素的作用，存在着许多长期制约人民走向富裕的因素，如基础设施建设条件较差，贫困地区教育相对落后，群众自我发展能力较弱，素质性贫困根深蒂固，等等。进入新世纪以来，经过努力，虽然中国大部分地方这些长期存在的问题有了较大的改善，但同时也产生了一些新的问题。第一，素质性贫困有了新的特点。由于大批青壮年外出打工甚至成为城市新居民，贫困地区多为留守老人和儿童，生产经营能力较低，自我发展能力更加脆弱；因病因教返贫的现象凸显。第二，扶贫缺乏长效机制。国家和社会的关注使得扶贫有了较大的发展，但由于中国的扶贫开发工作与贫困地区其他建设项目之间缺乏有效的衔接、不同部门之间缺乏合力，因此资金和技术等资源得不到有效整合，不利于社会帮扶体系的建立健全，影响了扶贫工作的效率。第三，由于工作不到位或者方法需要改进乃至腐败等问题的共同作用，导致了对扶贫对象的数量数不清、对贫困对象瞄不准。很多非贫困人口被扶贫、被滥保，而真正贫困的人却未得到帮扶；很多扶贫地区的主要特点是区域瞄准，并没有识别到户；不少地方并没有实实在在实现真扶贫、扶真贫的目标。扶持对象不准确就会导致一系列相应工作得不到很好的落实，项目不能准确安排，资金也得不到准确使用，同时使贫困地区内部收入的分配差距不断扩大。因此，精准扶贫应运而生。经过多年的努力，容易脱贫的地区和人口已经基本脱贫了，剩下的贫困人口大多贫困程度较深，自身发展能力较弱，越往后脱贫攻坚成本越高、难度越大。以前出台一项政策、采取一项措施就可以解决成百万甚至上千万人的脱贫，现在减贫政策效应递减，需要以更大的投入实现脱贫目标。采用常规思路和办法，按部就班推进，难以完成任务。我想，只有写出脱贫攻坚的"难点""痛点"，才能触及心灵的深处，作品才会有温度和生命力。这样的作品可能会有些沉重，但我认为，脱贫攻坚的巨大贡献需要赞扬与歌颂，但必须是理性的赞扬与歌颂。

其四，我想让这部作品可以留下思索的空间。经过30多年的努力，我国成功走出了一条中国特色扶贫开发的道路，使7亿多农村贫困人口成功脱贫，成为世界上减贫人口最多的国家，也是世界上率先完成联合国千年发展目标中贫困人口减半的国家。成就无疑是巨大的。但在看到成就的同时，我告诫自己要尽量用发展和审视的眼光看问题，坚守自己独立的人格、独立的立场、独立的思想。如果不这样，各地脱贫攻坚工作就会显得千篇一律，也就没有了独特的故事、个性化的人物,只会有故事的雷同,内容的复制,那样留下的不是思索的空间,而是无声的叹息。故事就在那里,只有挖掘程度的深与浅之分,但思索是自己的,是独有的。作品存在的价值在哪儿?就在于思索。

其五,我想告诉读者,脱贫之路的艰巨性是长期的。即使到2020年,我国农村人口全部脱贫,也全面建成小康社会了,贫困问题也不会彻底消失,攻难克坚的脱贫精神依然不能丢。十八届五中全会提出了全面建成小康社会的新的目标要求,其中扶贫的目标为:到2020年,我国现行标准下农村贫困人口实现脱贫,贫困县全部摘帽,解决区域性整体贫困。请注意,这句话有两个关键词,一个是"现行标准下",一个是"解决区域性整体贫困"。这两个问题,国务院扶贫办做出过解释。何为现行标准?国务院扶贫办说,1986年中国第一次制定的国家扶贫标准,为农民年人均纯收入206元(人民币,下同),到2000年是625元,2001年提高到865元,到2010年是1274元,2011年提高到2300元,2015年这个标准为2855元。根据规定,各省还可以制定高于国家标准的地方扶贫标准。目前有12个省市制定了高于国家标准的地方标准,一般在4000元左右,高的到了6000元以上。中国目前最低扶贫标准是年人均纯收入2855元,按购买力平价法计算,相当于每天2.2美元,略高于1.9美元的国际极端贫困标准。对于解决区域性整体贫困的问题,国务院扶贫办则如此解答:贫困有绝对贫困和相对贫困之分,目前中国的减贫仍是在消除绝对贫困,到2020年我们的目标是解决绝对贫困人口。但2020年以后不是说中国就没有贫困人口了,那时候的贫困人口和现在的贫困人口又不是完全一样的贫困,是相对贫困的人口,到时我们的工作重点就应当转移到相对贫困和城市贫困上来。中国是最大的发展中国家,贫困问题会长期存在,即使是世界上发达的国家,也不能说自己没有贫困人口。

心愿归心愿,但在创作过程中,我真实感受到了自己的力不从心。面对浩瀚的历史,广袤的大地,特别是无私奉献的扶贫队伍,勤劳、顽强的贫困群众,矮小的我必须仰视,也只有仰视,且泪湿衣襟。面对这一切,我的笔端是如此的无力而幼稚。这时我才真正体味到,共和国脱贫历史进程中涌现出的诸多优秀扶贫作品其创作之艰难、价值之珍贵。我曾经苦闷过,也曾经纠结与犹豫过,甚至曾经萌生过打退堂鼓的念头,但在这个过程中我得到了诸多良师益友的鼓励与支持。黄承伟先生对我的采访与写作一直给予无私的帮助、真诚的鼓励,他给我发微信说:"采访都在山区,一定要注意安全,要尽量避开暴雨季节,当心洪水和泥石流。""除了要注意人身安全,还要注意采访资料的保存。""这个作品既要体现脱贫攻坚取得的巨大现实成就,也要注意历史的延伸,呈现其艰巨性和复杂性……总之,写作中有任何问题,你可随时联系我。"本书责任编辑周熠女士总是在我孤独的采访路上和纠结的创作过程中送来慰藉,她说:"你跑了这么多贫困地区,很苦也很累,但都会在作品中留下印迹的。""可以带本文学书籍,让它帮你消解路途的孤独与无奈。""矛盾、纠结与痛苦,好的文学作品就是这样炼成的,要相信文学的力量。""加油!加油哦!"《中国作家》资深编辑汪雪涛先生鼓励我说:"报告文学是行走的文学,你把采访的故事,以及行走中酸甜苦辣都在作品中进行叙述,这就是报告文学的意义所在。你是在做一件极有意义的事情,你要把此当成你的创作自信与动力。"……最终,我鼓足勇气把这个作品写了下来,紧紧围绕着贫困乡村,围绕着贫困乡村里的人和事,围绕着人心和人性,围绕着精神和灵魂。我也在内心不断安慰自己、告诫自己,虽然我很矮小,也无才华,更没有宽广的思维,但我的行走是真实而忠诚的。这点,我十分肯定。于是在创作过程中,我把自己一路走来的所见所闻、所思所想,都真实地记录了下来。真实、真诚,还有心灵的表达,以及些许反思,足矣!

  于我而言,这次创作是一次考验,也是我的一次新生。作为一个报告文学作家,我从未想过自己会有多出名,但做一个忠实的默默无闻的行走者、记录者、思考者、报告者,这一点,在我心中从未动摇过。